大運運命
대운명

정재원 지음

가림출판사

산청·함양사건 추모공원
홈페이지 : http://shchumo.sancheong.go.kr
주소 : 경남 산청군 금서면 화계오봉로 530(방곡리 722)
전화 : 055-970-6183
　　　055-973-4551

헌시(獻詩)

강희근

양민을 적이라 하고
작전을 수행했던 이상한 부대
하늘 아래 있었습니다.
가현, 방곡, 점촌 사람 몰살하고
그 아래 야지 마을 사람 반으로 나눠
무차별 사살했던 이상한 부대
이 나라 땅 위에 있었습니다.
대대로 살아온 것 죄가 되는가
흙 파고 씨 뿌린 일 죄가 되는가
제 나라 군대의 총알에 맞아 죽은 백성들
산발한 채 원혼으로 반세기
하늘을 떠돌아 다니는 나라
이 나라 말고 어디 있겠습니까
그 부대 대장들이 붙들려
눈 가리기로
재판 받고 감옥 갔다 풀려나
승진해 가는 동안
나라의 권력은 善으로부터 고개 돌렸으니
하늘 아래 권력이 이처럼 오래 죄인의 손
들어주고 다닌 나라
이 나라 말고 어디 있겠습니까

그러나 역사는 義人들을 내고
진실 화안히 드러내니
이제는 냇물이 제 소리 내며 흐르고
노을과 이슬 저희 허리 펴고 다니기
시작했습니다.
오! 반세기
자리에 한 번 앉아 보지 못한 7백 여 원혼들이여
이제는 나라가 법으로 그대들 양민이라 하고
겨레가 입으로 그대들 님이라 부릅니다.
자리에 앉아 편히 쉬세요
진달래 피고 보리가 익는데
님들이 그리워 새들이 재잘거립니다
님들이시여 힘 들어도 오히려 불쌍한 죄인
죄인들
새들의 노래 안에 불러 들이세요.
중매재 고개마루
깨곰이 달리고 산머루 탐스레 익으면
거기 그 빛깔로 도란도란 오세요.
오세요 저희 살아남은 자 곁으로
나라 잘못된 나라되지 않게
염원 알알이 목에 걸고 어서 오세요.

산청 · 함양사건 추모공원

위령탑
이 추모탑의 높이는 21m, 넓이는 55m로 우리나라에서 가장 높은 탑이다.
21m의 의미는 두령과 권위가 충만하여 영광을 누릴 상이고, 55m의 의미는 천복을 타고 위엄과 존경, 복록을 받게 되는 대길수를 나타낸다.

위령탑 - 원혼소생상
영원히 지울 수 없는 슬픈 역사와 기막힌 사건을 대변하듯 굳건한 모습으로 오래도록 보존되어 후손들에게 산교육적 의미를 부여함으로써 이 땅에 이런 참혹한 비극이 되풀이 되지 않기를 간절히 기원하는 마음을 담고 있다.
산청 · 함양사건 추모공원은 정기가 강한 곳이다. 백두산에서 시작된 정기가 여러 산맥으로 이어져 이곳 지리산에 집중적으로 모인 곳이다. 추모탑에 향불을 피우고 2시간 10분 정도 정성을 다해 기도하면 밝은 해가 온누리를 환하게 비추는 형상으로 우리 몸에 좋은 기운이 들어온다.
매일 하면 좋지만 거리가 멀 경우 한 달에 한 번이라도 하면 좋다. 특히 각종 불치병 환자와 사업 성공을 원하는 사람, 관에 진출하고자 하는 사람이라면 소원하는 바 목적이 성취될 것이다 .

회양문回陽門 (음지에 있다가 양지로 돌아오는 문)
슬픔과 고통으로 점철된 과거를 극복하고 새시대를 맞이하여 상생과 화합을 창출하는 역사를 열어가는 미래의 초석이 될
수 있는 디딤돌로 승화되어야 한다는 의미를 담고 있다.

복예관復譽館
영문도 모른 채 억울하게 학살당한 영혼들의 명예가 회복되었다는 의미로 산청 · 함양사건 관
련 전시실과 영상실이 있다.

묘역 사진
산청 · 함양 양민학살사건에서 법적으로 등록을 마친 분들의 영혼을 모신 추모공원 내 묘지

멸몰된 희생자들
산청 · 함양 양민학살사건에서 법적으로 등록을 필하지 못한 분들의 영혼을 모신 추모공원 내 합동 묘지로 319분의 영혼을 모시고 있다.

이흥이의 묘
필자의 할머니 묘로 친인척 11명 중 총 8명이 사망하였다.

이영점의 묘
필자의 어머니로 가슴에 총을 맞고 돌아가셨다.

정인식의 묘
필자의 남동생으로 항문에 총을 맞고 즉사했다.

정순자의 묘
필자의 여동생으로 총을 맞지는 않았으나 그 자리에서 숨졌다.

표모연의 묘
필자의 큰어머니 묘

정정임의 묘
필자의 큰집 큰누님의 묘

정동식의 묘
필자의 큰 집 남동생의 묘

정은식의 묘
필자의 큰 집 남동생의 묘

위패봉안각位牌奉安閣 (위패를 모시는 크고 웅장하며 화려한 집)
산청·함양사건의 승화 공간으로 억울하게 희생된 분들의 추모제를 해마다 모시는 곳이다.

위패봉안각 내부 모습으로 386분의 위패가 모셔져 있다.

산청 · 함양사건 희생자 보존지역

서주희생장소보존지역
300여 명을 구덩이를 파고 들어가게 한 후 수류탄을
던져 학살한 장소로 313명이 학살되었다.

가현희생장소보존지역
123명이 학살된 장소이다.

문바위 사진
이 곳은 문바위로 처음 학살이 자행되
어 희생된 386명과 동심계 회원들의
명단이 기록되어 있다.
방곡 지역에서 유일하게 살아남은 필
자와 사촌누이 정정자 씨.
사촌 누이도 총3발을 맞고 구사일생으
로 살아남아 현재 방곡에서 살고 있으
며, 매일 방곡에 위치한 추모공원을 다
니면서 영령들을 위해 추모하고 있다.

점촌희생장소보존지역
60명이 학살된 장소이다.

방곡희생장소보존지역
필자가 직접 목격한 212명이 학살된 장소이다.

산청 · 함양사건 교육관

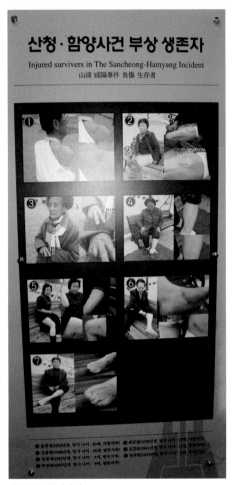

제1전시실
산청 · 함양사건 학살 시 사용되었던 총으로 필자도 이 총에
맞았다. 국방부에서 임대하여 전시한 것이다.

생존자들 증언사진
❶ 윤한영(1932년생, 당시 나이 20세, 가현지역)
❷ 최금점(1939년생, 당시 나이 13세, 가현지역)
❸ 김분달(1928년생, 당시 나이 24세, 방곡지역)
❹ 김갑순(1941년생, 당시 나이 11세, 방곡지역)
❺ 정정자(1943년생, 당시 나이 9세, 방곡지역)
❻ 정재원(1944년생, 당시 나이 8세, 방곡지역)
❼ 주상복(1943년생, 당시 나이 9세, 점촌지역)

필자가 세 발 맞은 탄알

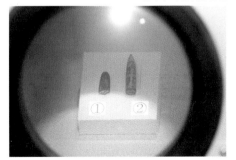

산청 · 함양사건 유족회장으로서 걸어온 길

산청 · 함양사건 위령제 모습으로 필자가 유족회 회장으로서 행사를 주관하고 있다.

석가탄신일을 맞아 양산 통도사를 찾은 필자 내외. 월하 큰스님으로부터 법문을 들었다.

1998년 4월 롯데호텔에서 서울시 여의사회 회원 400여 명을 대상으로 기에 대한 세미나를 열었을 때 특별초청강연을 마치고 고 서정범 교수와 함께 기념촬영을 한 필자

진주 정씨 은열공파 후손인 정홍원 국무총리를 비롯하여 대학총장 및 교수, 각계각층에서 성공한 후손들이 진주 촉석루에서 촬영한 사진으로, 필자와 정홍원 국무총리가 산청·함양사건에 대해 논의를 하였다.

지덕회는 산청·함양·거창·합천 지역을 위주로 정치인을 비롯하여 각계각층의 저명 인사들의 친목단체로 권익현 의원이 민정당 대표 시절에 만들었다. 현 새누리당 대표 김무성 의원을 비롯하여 김두희 전 법무장관 등이 참여하여 산청·함양사건에 대해 논의하였다.

박근혜 대통령의 동생 박근영 씨와 신동욱 박사 부부, 민관식, 강정희 전 의장들이 필자 내외와 추모공원을 방문하였다.

당시 김태호 경남지사와 이강두 산청 · 함양 거창지역구 의원, 산청 · 함양 각 군의회 의장, 권철현 산청군수가 참석한
허준 한방 개원식

한나라당 김소남 의원이 앞장서 40여 명의 국회의원들의 사인과 인감도장이 날인된 산청·함양사건 수정 동의안을 제출하게 되었다.

조갑제닷컴 대표와 산청·함양사건을 논하였다.

윤종현 전 장관이 고대아카데미에 초청되어 강연한 후 필자와 산청·함양사건에 대해 논의하였다.

사단법인 한국수난안전협회 부회장인 필자가 협회를 내방한 국제평화 재단 총재 및
세계일보 발행인 박보희 회장을 배웅하고 있다.

동원그룹회장이며 한국무역협
회회장을 역임한 김재철 회장과
함께 선 필자

이한동 전 국무총리의 사저에서 이 총리와 조찬 면담을 하고 사저 앞뜰에서 방문 기념촬영을 했다. 오른쪽은 박찬정 교수

코리아나호텔에서 이재오 국회의원의 강연 중 산청 · 함양 학살사건에 대한 논의 후 인사를 나누는 장면

고려대학교 교우회에서 정운찬 전 국무총리와 산청 · 함양 학살사건에 대한 논의 후 인사를 나누는 장면

박찬종 전 대통령 후보와 산청 · 함양사건 배상, 보상에 관한 의논을 하였다.

2001년 9월, 산청 · 함양사건의 배상, 보상 문제에 관해 논의한
민주노동당 대표 권영길 의원과 함께

평화민주당 총재 시절에 김대중 전 대통령과 인사를 나누는 필자

2001년 5월, 산청·함양사건의 명예회복에 힘써준
한화갑 민주당 대표와 함께

중앙경제신문 회장 취임식에 참석하여 축하해주신 민주당
정세균 의원

유인촌 전 문화체육관광부장관과 고려대학교
아카데미 강연 후 기념 촬영을 하였다.

동작동 국립묘지 10열 311번에 안장되어 있는 아버지의 묘 앞에 앉아서 묵념하고 있는 필자.
반세기 가까이 지난 지금도 그의 가슴에는 그날의 통한이 응어리로 남아있다.

충남 공주군. 필자가 목을 맸던 큰 참나무가 이듬해 태
풍에 넘어진 상태. 목을 매었을 때 부러진 가지 옆에
선 필자

육군소위 정찬조의 묘. 이 묘가 필자가 수십 년 동안
찾아헤맸던 부친의 묘다. 묘비 뒷면에는 '1953년 3월
3일 양주지구에서 사망'이라고 새겨져 있다.

중앙경제신문사 제6대 회장 취임 인사말 중인 필자

중앙경제신문 회장 취임식에 참석한 3,000여 명의 하객들

지리산평화대상
2012년 제39회 지리산평화대상을 수상한 필자
(사)산청 · 함양사건 양민희생자 유족회 회장으로 희생자의 명예회복과 합동묘역성역화 사업에 기울인 정성, 장학금을 기탁해 후진양성에 도움을 주고, 각종 사회단체에 운영비 지원, '산청 · 함양 인권문학상' 제정 등 이웃과 더불어 살아가는 복지사회 구현에 앞장서 왔다.

제 43845 호

표 창 장

신 정 인 당
대 표 정 재 원

귀하는 납세의무를 성실히 이행하여
국가재정에 이바지하였을 뿐 아니라
건전한 납세풍토를 조성하는데 기여한
공이 크므로 이에 표창합니다

2007년 3월 3일

국세청장 전 군 표

2007년 3월 8일, 모범납세자로 선정되어 국세청장
의 표창장을 받았다.

2007년 3월 8일, 모범 납세자로 선정되어 표창장을 받고 기념촬영을 했다. 사진 앞줄 왼쪽 두 번째부터 정재원 회장, 일일
세무서장으로 위촉된 박경실 다이렉트코리아 대표, 송찬수 종로세무서장, 그리고 그 다음이 일일 민원봉사실장으로 위촉
된 배우 김갑수 씨이다.

천제존성天帝尊星 82령부

사람들은 살아가면서 갖가지 재앙과 불행이 닥칠 때마다 최첨단 과학의 힘으로도 해결할 수 없는 일들이 너무나 많음을 새삼 느끼곤 한다. 그럴 때마다 무엇인가에 의지하고 호소하고 싶은 생각이 들게 된다. 그래서 때로는 신앙을 갖기도 하고 때로는 선인들이 태고적부터 사용하며 전해 내려오는 부적의 도움을 받기도 한다. 이 천제존성 82령 부적은 부적 중 가장 신비로운 신神이 내린 부적으로 모든 재난과 병마로 인한 불행을 타개해 주는 힘을 가지고 있다. 이 부적을 액자로 만들어 매일 아침저녁으로 정화수를 떠놓은 뒤 향불을 피워놓고 기도하면 가정이 안정되고 번창하며 가족들의 건강과 행복은 물론 입신 출세하여 부귀영화를 누린다. 기氣와 82신령에 담긴 글은 필자가 명상 끝에 작성한 것이다. 이것을 아무렇게나 흉내 내면 큰 재앙을 받는다. 가족의 이름 생년월일시 행운번호를 함께 작성하여 면이나 실크에 싸서 침대나 요 밑에 깔고 자면 기가 증폭되고 흉몽이나 수맥을 차단하는 작용이 일어난다. 고 서정범 교수도 초능력의 기가 나온다고 했다. 사진 위에 손바닥을 대고 느껴보라. 이 신령神靈한 작품은 필자가 한 고위층 인사에게 그려준 7호이다.

大運命

대운명

정재원 지음

가림출판사

책머리에

너는 네가 할 일이 따로 있느니라. 나는 보다 더 큰일을 해야 하느니라.

운명은 거스를 수 없는 것이다. 운명이 강요하는 것이라면 인간은 이것을 감수해야만 할 것이다. 지리산 자락 평온한 마을에서 흙파고 농사만 짓고 살던 순진무구한 양민을 무참히 학살한 이 영원히 지울 수 없는 슬픈 역사도 운명으로 받아들여야 하는 일인가?

세계 모든 나라를 통틀어 이런 잔혹한 일이 있었다는 말을 들어보았는가? 이 슬픈 역사의 기막힌 사건은 6·25 전쟁 중이던 1951년 2월 7일 10시경, 음력 정월 초이튿날 국군 11사단장 최덕신을 비롯한 9연대장 오익경, 3대대장 한동석, 민사부장 김종원 등의 장병들은 마을 곳곳을 샅샅이 뒤지고 다니면서 좋은 소식을 전해주겠다며 주민들을 마을 앞 논으로 모이게 하였다. 그런 다음 원인도 모른 채 무조건 뒤돌아 앉아 눈을 모두 감게 한 다음 총기를 무차별 난사하여 함양 포함 705명을 총살하였다. 마을 전체가 전소되었고, 많은 가축과 곡식 등을 탈취해 갔다. 그리고 난 후 2월 9일 거창으로 가서도 똑같은 방법으로 719명을 무차별 총살하고 재산을 탈취해갔다. 순진무구한 수많은 양민들이 억울하게 희생된 천인공노할 만행이자 대학살이 자행된 것이다.

사상이 뭔지도 모르는 순박한 양민들은 공비토벌작전이란 이름 하에 전개된 작전에서 갑자기 공비로 둔갑되어 영문도 모른 채 죽임을 당해야 했다. 이런 비참한 사실을 나는 생생하게 보고 직접 겪었었다. 나는 사건이 발생한 바로 그곳에 가족들과 함께 있다가 참변을 당한 것이다. 그 비운의 현장에서 그들이 쏜 총알이 배를, 허벅지를, 발바닥을 파고들어 죽음 직전까지 갔다가 구사일생으로 살아나 아직까지도 한으로 점철된 삶을 살아가고 있다.

당시 마을 주민은 아무런 반항도 하지 못한 채 무차별 총격을 당했고, 그날 그곳에서 나의 할아버지와 할머니, 어머니와 형제 등 가족 11명 중 8명이 총살당했으나 필자는 일곱 살의 어린 나이에 총탄 세 발의 관통상을 입고도 천지신명이 도와 천신만고로 살아남았다.

이 처참한 오욕의 사건은 반세기가 넘도록 묻힐 뻔하다가 필자와 유족회의 힘겹고도 피눈물 나는 끈질긴 노력으로 그 실상들이 낱낱이 드러나게 되었고, 유족회 회장으로서 나의 혼과 생명을 다 바쳐 영령의 억울함을 이 책을 통해 만천하에 알리고자 한다.

살아남은 자들도 천추의 한을 안고 모진 고통과 핍박을 감내하면서도 겨우겨우 살아남아 이제야 혼백이나마 위로하고자 영령들을 모시는 합동묘역 성역화사업을 완공하고 경남 산청군 금서면에 '산청·함양사건 추모공원'을 조성하게 된 것이다. 아울러 이들의 치욕적인 죽음을 밝혀 혼백이나마 명예회복을 해주고자 여러 방면에서 노력하고 있다.

필자는 자신이 감내할 수 없는 엄청난 고통이 극에 달할 때마다 누군가로부터 계시를 듣는다.

나는 비로소 이 계시가 내가 반드시 해야 할 역사적 사명임을 알았고, 당시 살아남은 자로서의 마땅한 책무임을 오랜 세월 강하게 느끼게 되었다. 이제 슬픔과 고통의 음지인 과거를 극복하고 화합의 차원에서 음양陰陽의 조화를 표출시켜 상생相生하는 삶으로 창출해나가야 하겠다.

그리고 이 책에는 이런 역사적 현실과 더불어 필자와 같은 운명적인 필연을 극복할 수 있도록 좋은 이름 짓는 법에 대하여 상세히 기술하였다. 부자로 성공한 삶을 살고 싶다면 이름을 함부로 지으면 안된다. 이름이 사주팔자와 맞지 않으면 자자손손에게 대물림한다.

수백 년 세월 동안 전해 내려온 이름을 분석하면 사람의 사주팔자가 용신이 많은 사람은 가령 사용하더라도 아무런 상관이 없다. 그렇지 않은 사람이 사용하면 평생 고통 속에서 헤어나오지 못하는 경우가 허다하다.

특히 이 책에는 세계 최초로 숫자를 통해 운세보는 법을 터득하였고 인장을 통해 운수보는 법, 은행비밀번호와 자동차번호를 가지고 길흉을 판단하는 법으로 자신이 태어나면서 재복을 어느 정도 가지고 운세 속에 확실히 정해져 출생한다는 것을 터득한 필자의 경험을 토대로 상세히 기술하였다.

이름에도 사주팔자와 용신법用神法을 표출하여 지어야 된다는 것을 또 선인先人들께서는 항렬을 고수했는데 지금의 시대에는 맞지 않는다는 것을 발견하였다. 좋은 이름을 짓기 위해서는 사주팔자와 맞아야 되고 부모 형제와 상극이 일어나면 안 된다. 또 출생신고일도 사주팔자와 진용신眞用神이 되어야 하고 사주가 흉하더라도 이름을 잘 지어서 사용하면 좋다.

여기에는 사주팔자와 용신법用神法을 모르는 사람을 위하여 쉽게 파악할 수 있도록 천인지법天人地法을 택하여 간단 명료하게 저술해 놓았다.

내일 언론에 보도되는 각종 범죄 등의 사건을 일으킨 장본인들을 성명학에 대조 감정해 보면 흉명이 대부분 원인임이 확실하다. 모든 사람들이 각양각색의 사회상 특히 이성관계, 부부의 생리사별, 청춘남녀들의 탈선된 비극 문제로 인한 고민들의 원인을 보면 대략 이름과 운명감정만으로도 대부분 흉명의 이름임이 실증되니 이름이 인간 운로雲路에 파급하는 지대한 영향력을 재인식하게 되는 동시에 양명良名 선택에 있어 극히 신중을 기해야 할 것임은 물론이다. 우주과학이 첨단을 걷고 있다. 동서양을 막론하고 고도 사회에 있어서 과학의 발전적 경향은 비단 과학의 발전에만 국한되는 것이 아니고 제반 영역에 걸쳐 인간의 손이 미치지 않는 것이 없을 정도이다.

필자가 생각하는 위생학상衛生學上으로 본 이름은 이름을 지닌 인체 건강상에 파급하는 암시 영동력靈動力이 실로 강력한 이름과 생년월일시로서 육체의 안위 건강상태 내지 제병재질환諸病災疾患 근원根源 내장기계통內臟器系統까지 판단할 수 있으며 질병·불구·단명 기타 질환을 수반하는 흉명凶名을 양명良名으로 변경함으로써 그 근본 영성靈性의 방향 회전에 따라 어느 한도 내에서 질병까지 호전될 수 있다고 판단된다.

끝으로 강조하고 싶은 것은 이름을 지을 때 한자 뜻풀이로 지으면 안 된다는 것이다.

설령 사주에 음양의 배치가 부족하더라도 용신을 표출하여 사주와 맞게끔 지으면 훨씬 진취적이고 성공적인 삶을 추구할 수 있을 것이라 확신하기 때문이다.

남녀가 만나 결합하여 손가락 1지 2지는 부부, 3지의 자식은 대학자, 4지의 자식은 재벌이요, 5지의 자식은 대왕이다. 한 가족의 숫자는 부모와 자식 5명의 가족으로 구성되어야 한다. 그래서 오행이 맞아야 큰 일꾼이 나온다. 1지의 손가락은 내 자신을 먼저 잘 알아서 판단할 것이며, 2지의 손가락은 모든 것을 긍정적으로 받아드릴 것이며, 3지의 손가락은 어떤 일을 할 때 단 1시간을 하더라도 최선을 다해 주인의식을 갖고 자신의 일처럼 할 것이며, 4지의 손가락은 모든 이에게 배려하고 솔선수범할 것이며, 5지의 손가락은 맡은 바 임무를 완벽하게 점하여 처리할 것이다.

이 책을 끝까지 읽은 분이라면 반드시 작명에 대한 새로운 사실을 깨닫게 될 것이며 인생을 살아감에 이름과 행운의 숫자, 삼합인장이 얼마나 큰 작용을 하고 영향을 미치는지 깨닫게 될 것이다.

이 책을 통해 모든 이들이 큰 희망을 가질 수 있기를 바란다.

차례

제1부

산청 · 함양사건

제1장

운명運命

운명

마을 뒷산에 앉아 내려다 본 방실마을은 예나 지금이나 평화롭고 고요하기 그지없다.

주마등처럼 스쳐가는 옛 기억들이 한 편의 영화처럼 가슴 저리게 후벼댔다.

나를 아프게도 했고 험난한 길을 걷게 만든 내가 태어난 곳…….

자의든 타의든 방실마을은 나를 바로 서게 만들었고 풀어나가야 할 많은 숙제를 안겨준 고향이다.

내 고향은 지리산智異山 동남쪽의 능선이 힘차게 뻗어내려 아름다운 자연경관을 가진 전형적인 벽지僻地 마을이다.

다랑이 논밭들이 그림처럼 펼쳐져 있고, 건너편 실개천을 지나 멀리 중매재라는 나지막한 고갯마루는 마을 사람들에게 외지로 향하는 나들목이어서 회한과 잔정이 가슴 시리게 서려 있는 곳이기도 했다.

경상남도 산청군 금서면 방곡리 방실마을.

역사도 기억하고 싶지 않은 한 맺힌 통한의 메아리가 들리는 듯 지금도 생생하게 나를 휘감아왔다.

사람이 나고 죽는 것은 하늘의 뜻이고, 생과 사도 일생을 값지게 일궈나가며 이루어야 할 뜻을 주신 것도 하늘이라 했다.

우주만물이 그렇듯이 한 알의 밀알이 썩어 수많은 새싹을 틔우듯 자연과 더불어 생의 섭리였을 것이다.

기어가는 것이 내 운명이라면 기꺼이 기어갈 것이고, 날아가는 것이 내 운명이라면 재빠르게 날아갈 것이다. 그러나 그것을 피할 수 있는 한, 나는 결코 불행하지 않을 것이다.

  시드니 스미스^{Sydney Smith}의 명언 한 구절이다.

  한 톨의 작은 싹이 되기 위해 늠름하고 씩씩하게 자라고 있는 일곱 살 어린아이가 있었다.

  운명은 어린아이의 인생을 처절하게 찢어 놓아 회한으로 얼룩진 인생 행로를 걷게 만들었으니 어쩌면 어린아이의 운명도 하늘의 뜻이었는지도 모른다.

  기억 저편이고 싶지만 너무나 또렷한 1951년 정월 초이튿날이었다.

  한국전쟁이 발발한 지 7개월쯤이던 그날은 예나 지금이나 큰 명절인 설날의 다음날이었다. 양력으로 그 해 2월 7일이었다.

  명절을 맞은 방실마을은 이 고샅 저 고샅에서 아이들의 웃고 떠드는 소리가 봄날을 재촉하고 있었다.

  초이튿날 아침식사를 마친 후 동생 인식이와 젖먹이를 안은 어머니는 이웃집 전용희(작고)씨 댁 아주머니와 마루 끝에 걸터앉아 따스한 햇살을 받으며 얘기꽃을 피우고 계셨다.

  뭔지 모를 불안감이 밀려와서인지 걱정 반…… 억지웃음으로 대화를 나누던 모습이 박수근의 빨래터 그림만큼 가슴이 뭉클했다. 힘겨운 상황 속에서도 강인한 삶의 의지가 곳곳에 널려 있었기 때문이었다.

  전쟁 통에 군인으로 끌려가신 아버지 염려에 매일 밤 흐느끼시는 어머니의 모습을 종종 훔쳐본 터에 어머니의 웃음은 곧 눈물임을 어렴풋이 느끼고 있었다.

  처마 끝 그림자로 시간을 유추하던 시절이라 아마도 오전 아홉 시나 열 시^{十時}쯤 되었을 시각이었다.

행여 그리운 아버지에 대한 얘기가 흘러 나올까 싶어 어른들 주변에서 맴돌며 귀 기울이고 있을 때였다…… 그때 무언가 심상치 않은 것이 눈에 확 들어왔다.

앞산 중매재 쪽에서 한 무더기 군인들이 음산하게 검은 그림자를 드리우고 마을로 내려오고 있는 것이었다.

어렸지만 전쟁 중이라는 것은 알고 있었기 때문에 왠지 모르게 섬뜩했다.

빨갱이들이 아침나절에 저렇게 개미떼처럼 몰려올 리 없다는 생각이 미치자 다소 안심이 되면서 우리 국군임을 직감적으로 알 수 있었다. 그것은 우리 아버지도 군인이었기에 막연한 믿음과 친밀감도 함께였다.

"엄마! 엄마! 저기 저 중매재 아래로 군인들이 떼거지로 내려오고 있는데예!"

나의 느닷없는 비명소리에 중매재를 한참 바라보시던 어머니는 아무 말도 없이 벌떡 일어나 마을 골목길을 잰걸음으로 뛰쳐나가셨다.

심상치 않음을 감지한 어머니의 민첩한 행동은 침착하고 재빠르셨다.

그때 어머니의 차분하고 단아했던 기억들은 항상 뇌리에 생생하여 지금도 내가 가고 있는 길을 어머니가 신중하게 인도하고 있다고 믿으며 살아가고 있다.

어머니는 마을 사람들에게 중매재를 넘어오고 있는 불안한 그림자를 급히 알리고, 뭔지 모를 심각한 사태가 곧 일어날 것 같은 직감을 느꼈던지 그나마 남아 있는 남정네들에게 뒷산으로, 혹은 계곡으로 서둘러 피하기를 재촉했다.

남자라면 열 두세 살만 되어도 부역을 시키거나 잡다한 노무를 위해 징집 당했기 때문에 마을에 젊은이라곤 거의 없었다.

젊은 처녀나 새댁들은 세상이 흉흉해서 은밀히 숨거나 바깥출입은 거의 할 수가 없었다.

중매재 고갯마루에서 마을까지는 불과 20~30분 남짓 걸리는 거리였다.

아저씨들과 젊은이들은 모두 뒷산이나 계곡으로 스멀스멀 티 나지 않게 숨어버렸고, 대부분의 힘없는 노인들과 어린이, 부녀자들만 집을 지키고 있었다.

어머니는 나와 어린 동생들을 감싸 안고 방으로 들어가 방문을 꼭꼭 걸어 잠그고 몸을 숨길 곳이라곤 이불 속밖에 없었으니 이불을 푹 뒤집어썼다. 숨소리를 죽이며 앞으로 닥칠 불안감에 오돌오돌 떨고 있었다.

완전 맨붕 상태였다.

다가오는 검은 그림자가 마을을 무사히 스쳐 지나가기만을 기다렸다.

그러면서도 엄습해 오는 두려움은 떨쳐낼 수 없는 긴박한 순간들이었다.

무사하기만을 바랬던 바람은 어린아이의 기우에 불과할 뿐이었다.

우리를 지켜준다고 믿었던 국군이 평화롭고 고요한 방실마을을 생지옥으로 만들어버릴 줄은 꿈에도 생각하지 못했었다.

"주민 여러분! 우리는 육군 11사단 9연대 3대대 소속 군인들입니다. 저희가 기쁜 소식을 가지고 왔으니 마을 앞 논으로 한 분도 빠짐없이 모여주시기 바랍니다."

그들은 온 고샅을 에워싸며, 우왕좌왕하는 사람들을 불러 모았다. 군인들은 동네 사람들을 어르고 달래며 꼬드겼다. 겁에 질려 오돌오돌 떨고 있던 순박한 사람들은 기쁜 소식이라는 말에 방문 사이로 고개를 빠끔히 내밀기 시작했다.

순진무구한 그들은 영문도 모른 채 시키는 대로 꾸역꾸역 논 가운데로 모여들었다.

그들에게 보이지 않는 살의를 느끼면서도 은근한 으름장을 견딜 재간도 없었거니와 이미 서슬이 시퍼런 그들의 총구가 곧 불을 뿜을 것 같은 기세에 압도당하고 있었다.

어머니는 젖먹이 동생을 업고 인식이와 나는 손을 잡고 두리번거리면서 어머니의 치마 끝을 잡고 논으로 향했다.

한 병사가 겁을 먹지 않도록 달래듯 낮은 소리로 말을 걸어왔다.

"꼬마야, 느그 아버지와 형들은 어디 갔냐?"

"우리 아부지는 군대 갔는데에."

"그래? 그럼 형들은?"

"형? 형은 없는데예……."

"그럼, 누나는?"

"누나도 없어예. 지는 동생들과 엄니밖에 없는데예."

스스럼없는 대답이 거짓이 아님을 느꼈는지 꿀밤을 한 대 먹이며,

"짜아식, 참 똘똘하구나! 느그 아버지는 어느 군대에 갔냐?"

"군대가 군대지, 무신 군대가 또 있어예? 우리 아부지도 국군인데 별이 엄청 많다던데예."

"그래, 알았다. 얼른 저쪽에 모여 있거라."

머리를 한 번 더 매만지던 군인은 곧장 다른 집을 향해 뚜벅뚜벅 걸어갔다.

어머니와 아장아장 걷는 동생의 손을 잡고 논에 다다르니 그곳에는 어제 설을 같이 지냈던 할아버지와 할머니, 큰어머니, 사촌누나 등 10명이 넘는 가족들이 옹기종기 모여 계셨다. 할머니께서는 나와 동생을 보자 '어이구 내 새끼들'하며 볼을 어루만져 주셨다. 어느 새 꾸역꾸역 모여든 마을 어른들이 논을 가득 메우고 있었다.

웅성웅성거리며 모여 있는 논에는 차디찬 정월 바람이 쌩쌩 칼날처럼 불어대고 있었다. 손발이 시려 오그라들 것 같고 귀가 떨어져 나갈 것만 같았다.

당시 방곡은 벽촌치고는 제법 큰 동네였다.

금서면에서는 제일 살기 좋은 곳이라고도 했다. 그래서인지 하나 둘 사람들이 모여들어 옹기종기 사는 모습이 평화롭기 그지없는 소박한 마을이었다.

1방실, 2금석, 3곱내라고 할 정도로 번창하고 있는 활기찬 마을이어서 사람들의 희생자가 컸던 것이다.

마을을 쥐 잡듯이 뒤져 사람들을 끌어낸 군인들은 마을 사람들을 에워싸고 큰소리로 연설을 시작했다.

"여기 모인 여러분들께서는 지금부터 우리의 지시를 잘 따라야 한다. 말을 듣지 않거나 무슨 엉뚱한 짓을 하면 이 자리에서 바로 험한 꼴을 볼 것이다. 너희 식구 중 남자들은 다 숨어 버렸다. 남자들은 어디에 숨었나? 바른 대로 말하지 않으면 여기 모인 모두가 책임져야 할 것이다! 바른대로 말하시오!"

공비토벌 작전에 막대한 지장을 주고 밤에는 빨갱이들한테 밥을 해주며 빨갱이와 합당하고 있다는 등 큰소리로 위협해 왔다.

그들의 행동이 심상치 않음을 느낀 사람들이 수군거리며 공포에 휩싸여 하얗게 질려가고 있었다.

몇 번이고 강조하며 윽박질렀으나 서로 눈치만 보며 한숨과 침묵만이 흐를 뿐이었다.

화가 치밀었는지 그들은 난폭하게 소리를 꽥 질렀다.

"좋게 말해도 듣지 않으니 모두 뒤로 돌아 앉아!"

"모두 눈을 감아!"

영문도 모르면서 착하디 착한 사람들은 시키는 대로 뒤로 돌아 앉아 눈을 꼭 감았다.

찰칵! 찰칵! 찰칵!

찰칵거리는 날카로운 쇳소리와 함께 총성이 지축을 흔들었다. 고요했던 산간벽지의 평화로움은 한순간에 깨져 버렸다.

"탕! 탕! 타당 탕! 탕! 타당 탕!"

귀청이 찢어질 듯한 총소리와 함께 아비규환으로 온천지가 뒤흔들렸다. 돌아 앉아 있던 사람들이 외마디소리와 함께 꼬꾸라지기 시작했다. 순식간에 논바닥은 아수라장으로 변하고, 화약 냄새와 피비린내가 하늘을 뒤덮어 버렸다.

미처 총에 맞지 않은 사람들은 놀라서 내달렸지만 도망갈 곳은 어디에도 없었다. 불과 몇 걸음 도망을 치다가 총탄에 맞은 사람들은 시체 위에 겹겹이 쓰러졌다.

그것도 빨갱이가 아닌 국군의 총탄에 죽어야 하는 선량한 대한민국의 국민들이었다.

긴긴 세월을 두고 두고 한으로 남겨질 외마디소리가 메아리되어 지리산 긴 자락으로 슬프디 슬프게 울려 퍼졌다.

얼마나 시간이 흘렀는지 모른다. 기절한 채 엎드려 있던 나는 정신을 가다듬었다. 논바닥에는 동네 사람들이 피를 흘리며 쓰러져 있었고, 피로 붉게 물들어가고 있었다.

두리번거리며 식구들을 찾았다. 어머니는 젖먹이 동생을 치마폭으로 감싸안은 채 엎드려 계셨고, 인식이가, 그리고 할아버지와 할머니, 누나 등은 논다랑이에 쓰러져 계셨다.

어처구니없는 찰라 앞에서 아연실색할 수밖에 없었다. 머릿속이 하얘지는 순간이었다. 혹시 총에 맞지 않고 살아 있다 하더라도 그 순간에는 모두 죽은 척 숨마저도 제대로 쉴 수 없었다.

총을 한참 쏘아대던 군인들은 모두가 죽었음을 확인했는지 뒤를 힐끔힐끔 돌아보면서 마을 쪽을 향해 저벅저벅 걸어갔다.

군인들이 시첫더미가 쌓여 있는 논바닥에서 벗어나고 있을 때 숨어 있던 한 아주머니가 대성통곡을 하며 미친 듯이 뛰쳐나왔다.

"아이구 내 새끼들 다 죽었구나! 우야꼬, 우짜모 좋노! 우리가 무신 죄가 있다고 이카노! 이 천하에 나쁜 놈들아! 우리가 무신 죄가 있다고 생사람을 이렇게 죽인단 말이고! 내 새끼들, 내 새끼 어데 갔노?"

찢어지는 울부짖음은 지리산 골짜기를 뒤흔들었다. 그것이 미처 생각 못한 더 큰 불행의 메아리를 몰고 왔다. 그 소리에 군인들이 부랴부랴 되돌아온 것이다. 그들은 그 아주머니의 가슴을 향해 주저없이 방아쇠를 당겼다. 분노로 절규하던 아주머니는 외마디소리도 없이 그 자리에서 풀썩 꼬꾸라져 버렸다.

그들은 험상궂은 얼굴을 더욱 찡그리면서,

"미친년아! 네 죄를 네가 모른단 말이냐! 괘씸한 년 같으니라구!"

죽어가는 그 아주머니를 향해 다시 몇 발의 총알이 튀어나갔다.

어린 나는 두 눈으로 그 아주머니에게 총을 쏘아대는 것을 보고 정신을 잃고 말았다.

그들은 엎드려 죽어 있는 그 아주머니를 반듯하게 누이고는 대검으로 젖가슴을 찔러대더니 구둣발로 다시 얼굴을 짓뭉갰다. 잔인했다.

순식간에 벌어진 어처구니없는 광경이었다. 하늘이 노랗게 변해 갔다. 탄약 냄새와 피비린내가 코를 찔러도 그 냄새조차 느낄 수가 없었다. 사람이 사람을, 그것도 국군이 착하디 착한 양민을 이토록 잔인하고 무자비하게 죽였다는 것을 도저히 믿을 수가 없었다. 눈앞에서 확인한 현실인데도 도무지 믿어지지가 않았다.

처음 총을 쏘아댈 때는 반은 죽지 않았다. 몇 발의 총알을 맞았더라도 목숨은 건질 수 있는 사람이 많았다.

그때까지 나도 총을 맞지 않았었다.

어른들 틈에 끼여 있었기 때문이기도 했지만 어린 꼬마였기에 제대로 확인하지 않았던 것이다.

그때까지는 동생들을 병아리 품듯 감싸 안은 어머니도 총을 맞지 않았다. 그 아주머니가 울고불고 야단법석을 떠는 바람에, 다시 총으로 난사질해 대는 바람에 운명을 달리하시고 말았다.

자식들을 감싸 안은 어머니는 총알받이가 되어 젖먹이 동생을 안은 채 가슴에 정통으로 총을 맞았고, 동생 인식이도 항문에 정통으로 총을 맞아 그 자리에서 처참하게 즉사하고 말았다. 젖먹이 동생은 어머니 품에 안겨 총은 맞지 않았으나 어린 것이 놀래서 기절했다 심장마비로 그대로 죽은 것 같았다.

그 아주머니의 외침에 살아 있던 사람들이 고개를 들었고, 그것은 그들에게 확인 사살의 빌미가 되었던 것이다.

그들은 그렇게 한없이 총구에 불을 뿜어대더니 안심이 안 되었던지 석유인지 신나를 시체 위에 흩뿌리고는 불까지 질렀다. 불길은 삽시간에 시쳇더미로 옮겨 붙었다. 뜨거운 불길을 견디지 못해 꿈틀거리는 사람들에게 또다시 확인, 잔인하게 총질을 해대는 것이었다. 대검으로 쿡쿡 얼굴을 찔러보기도 하고, 어린아이들을 구둣발로 목과 얼굴을 밟아 짓뭉갰다.

그러나 저러나 나는 천운으로 살아 남았다.

어머니가 우리 자식들을 살리기 위해 품 안에 꼭꼭 안은 채 총알받이가 되어 처참하게 가신 덕분에 살아 남았다.

그때까지 어머니와 동생들의 시체가 내 위에 덮여 있어서 살아난 것이다.

나는 실눈을 뜨고는 군인들이 오는 것을 보았기 때문에 숨을 죽이고 죽은 척했다.

그 순간은 국군의 탈을 쓴 빨갱이들보다 더 흉측하고 잔인한 놈들이었다.

그 처참한 상황을 당한 사람들이 현재 정정자 사촌 누나와 또 한 분, 그리고 필자 이렇게 세 명만 살아 있다.

삽시간에 퍼진 불길은 시쳇더미를 태웠고, 나에게도 불길이 옮아왔다. 뜨거워 견딜 수가 없었다. 그대로 있다가는 결국 불에 타 죽을 것만 같았다. 견딜 재간이 없었다.

나는 본능적으로 벌떡 일어나 군인들이 지켜보고 있는 반대방향으로 냅다 내달렸다.

도망치는 모습을 본 그들의 총구가 가만히 있을 리 만무했다. 그때 귀청을 뚫는 총소리와 함께 나는 픽 쓰러지고 말았다. 쓰러진 나에게로 몇 발의 총알이 더 날아왔다.

아무런 생각도, 느낌도 있을 수 없었다.

얼마의 시간이 흘렀는지도 모른다. 한참 후에야 나는 고통스러움을 느꼈다.

분명 살아 있었다.

고통을 느낀다는 것은 분명 살아 있음이었다.

아직도 시쳇더미는 불에 타고 있었으며, 누구 하나 꿈틀거리지도 않았다.

무자비한 군인들도 이젠 보이지 않았다. 다른 마을로 가버린 모양이었다. 그때서야 온몸이 떨려오고 아파서 견딜 수가 없었다.

한 발은 허벅지를 관통했고, 또 한 발은 배를 스치고 지나갔다. 세 번째 총알은 발바닥을 뚫었는데 총알이 발바닥에 박혀 있었다.

일곱 살짜리가 총알을 세 발이나 맞고도 죽지 않았다.

겨우겨우 일어나 앉았으나 더는 움직여지지가 않았다. 몸은 피투성이였고, 고통스런 통증이 온 전신을 휘감아도 정신은 말똥말똥했다.

피범벅이 된 시체들 사이에서 물을 달라는 신음소리가 간간히 들려왔다. 그런 와중에서도 목숨이 붙어 있는 사람들이 더러 있었던 것이다. 기적이었지만 모질고 질긴 목숨들이었다.

여기저기서 물을 달라는 아우성이 아련히 들렸지만 나도 목이 타서 견딜 수가 없었다. 그러나 어디에도 물은 없었다. 물을 떠다 줄 사람도 없었다. 모두가 죽어 있었고, 그나마 살아 있는 몇몇도 총상으로 움직일 수가 없었기 때문이었다. 그저 논바닥만이 피로 홍수를 이루고 있을 뿐이었다.

머리는 머리대로 나뒹굴기도 하고, 팔과 다리가 떨어져 나간 채 몸통만 피투성이가 된 시체, 창자가 튀어나온 채 죽어 있는 사람들로 차마 눈뜨고는 볼 수가 없을 정도로 처참하고 참혹했다.

"물, 물, 물을……."

신음하다가 그냥 픽 쓰러져 버렸다.

우리 가족 열 명 중 일곱 명이 군인들의 총탄을 맞고 운명을 달리했다. 나와 함께 기적처럼 살아 남았던 사촌 누나 정정자는 악몽 같은 반세기를 애환과 한숨으로 보내며 현재 방실마을에 살아 계신다.

정자 누나는 손목과 팔꿈치, 그리고 다리를 맞았기 때문에 치명상이 되지는 않았다.

할아버지는 어깨와 팔에 총상을 입었으나 그날의 후유증으로 고생하시다가 운명을 달리하셨다.

산청·함양 양민학살 사건이다.

11사단 9연대의 만행으로 목숨을 잃은 양민은 705명에 달했고 공식 확인된 분들도 386명이다.

미복구 지대, 적 수중에 있는 주민들을 전원 총살하라는 작전 명령 제5호에 의한 것이었다. 공비토벌이라는 작전에 희생된 산청과 함양 촌민들이었다.

양민을 대량으로 학살했던 그 당시의 지휘관은 한동석이었다,

대대를 이끌던 지휘관은 군법회의에 회부되어 사형선고를 받았으나 정권에 의해 감형 석방되었고 양민을 학살하고 공비를 토벌했다고 허위 보고한 그는 춘천과 속초에서 시장市長까지 지냈다. 그리고 마지막으로 서울 국립의료원 국장으로 정년퇴직했다는 이야기를 임성섭 노조위원장에게 전해 들었다.

하늘은 스스로 돕는 자를 돕는다고 했는데 천벌을 받아 마땅한 자는 무공훈장을 받고 기관장까지 지낸 것이다.

겨우겨우 목숨을 건진 양민들과 유가족들은 반세기 동안 한을 되씹으며 뼈와 살이 찢어지는 통증을 안고 힘들게 힘들게 긴 세월을 살아내야 했다.

법 앞에는 만인이 평등하다는데…….

인간의 존엄성이 보장되기 위해서는 자유와 평등이 보장되어야 하고 그 권리가 부당하게 침해 받아서는 안 되고 인격적으로 동등하고 존엄하

게 대우받아야 한다고 했는데…….

그것은 인간 삶의 근본이며 진리라고 했는데…….

죽음보다 더한 고통

얼마나 시간이 흘렀는지 모른다. 뉘엿뉘엿 날이 저물어갈 즈음에 피신해 있던 마을 청년들이 내려왔을 때에 참혹한 광경이 펼쳐져 있는 것을 보고는 아연실색을 하고 말았다. 그러나 지켜보며 통곡만 하고 있을 수도 없는 일이었다.

청년들은 울며불며 시체들을 하나하나 분류하여 그 논에다 임시 가매장을 했다.

내 어머니와 동생들, 그리고 할머니, 큰어머니 등의 시체를 큰아버지와 사촌 형님 정장식(고인) 씨가 가매장을 했다. 그리고 나와 누나는 임시로 만든 동네 움막으로 옮겨졌다.

"형! 목이 타서 죽겠심더. 물을 좀 주이소! 큰아버지예, 물!"

누나와 나는 참을 수 없는 갈증에 물을 달라고 소리소리 질렀다. 그러나 물을 주지 않고 어쩔 수 없다 싶으면 겨우 숟가락으로 한 번 찍어 먹이는 게 고작이었다. 피를 많이 흘렸기 때문에 한꺼번에 물을 마시면 안 된다는 것이다.

"죽어도 좋은끼내 물 좀 주이소! 큰아버지예, 물을 주이소! 헉헉헉!"

고통스러워 정신을 잃으면 한 숟갈 떠먹여 주는 물, 그것은 생지옥 같은 고통이었다.

그날 방실마을은 한 집도 남김없이 불타 버렸다. 그나마 불을 지필 수 있는 볏짚마저도 태워 버렸으니 참담하기 그지없었다.

총알이 뚫고 지나간 배는 고무풍선처럼 곧 터질 것 같은 꼴이었다. 창자가 튀어나올 것같이 비지직거렸고, 창자가 스멀스멀 나올라 치면 숟갈로 호박을 긁어서 붙여주시곤 했다. 왼쪽 발꿈치는 탄알이 박혀서 움쩍달싹도 할 수 없었으며, 허벅지는 칼로 도려내는 듯한 통증으로 견딜 수가 없었다.

울부짖으며 엄마, 동생들을 찾아대도 누구 하나 말해 주질 않았고 겨우 일곱 살인 어린 생명에게 고통은 견디기가 너무 힘들었다.

"수동에서 작은아버지가 곧 오실 끼다. 작은아버지가 오모 수동에 가서 치료한다 안카나. 수동에 의사가 있다카이. 거기 가서 치료하모 곰방 나을 끼다. 쬐금만 참아라! 우리 춘식이 참 착하데이, 쯧쯧쯧!"

큰아버지가 안쓰러워 눈시울을 적시던 모습을 내 어찌 잊을 수가 있으랴!

"물 좀 주이소. 물이나 좀 주이소, 와 그렇게 물을 좀 달라는데도 안 주십니꺼."

정자 누나와 나는 물을 주지 않는 사촌 형님과 큰아버지가 원망스러웠다. 가족들을 잃어 슬퍼할 겨를도 없이 찢어지는 가슴을 안고 어린 생명들을 살리는데 최선을 다하셨다. 정자 누나와 나는 고통스러워 마주보고 엉엉 울어댔다.

어린 것들의 애처로운 모습을 지켜보고 있던 장식 형님도 큰아버지와 마찬가지로 멍하게 중매재를 바라보며 굵은 눈물을 종종 훔치셨다. 사촌 형님께서 베개를 등 뒤에다 받쳐주며 잠시도 옆을 떠나지 않고 수발을 들어주시던 모습이 지금도 생생하다.

하루아침에 고아가 됐는데도 어머니가 돌아가셨다는 사실을 느낄 수가 없었다. 오직 갈증과 통증을 참아내는 게 더 큰 고통이었다.

어떻게 시간이 흘러갔는지 모른다. 아마도 총상을 입은 후 약 2주일쯤 되었을 때 작은아버지께서 오셨다. 늦게 도착한 것은 병원과의 협의가 잘 이뤄지지 않았기 때문이라는 것이다.

작은아버지는 우리 남매를 싸리 바지게에 얹어 짊어지고 30리나 되는 수동의 병원으로 향했다.

지게의 중심을 바로 잡기 위해 머리를 바지게 양쪽으로 두게 하고 시신이나 다름없는 어린 몸뚱아리를 포개서 지게에 뉘였다. 혹시나 무게중심이 잘못 잡혀 흔들리지 않도록 발걸음이 조심스러웠다.

어떤 몹쓸 병을 앓다가 죽은 시신을 매장하러 가는 꼴이었다. 아니면 돼지새끼를 짊어지고 시골 장으로 팔러 가는 모양, 그런 꼴과 흡사했다.

피는 물보다 진했다. 어린 조카 둘을 짊어지고 땀을 뻘뻘 흘리면서도 평정을 잃지 않으시던 작은아버지.

지금은 하늘나라에 가시고 안 계시지만 그날, 그 사건으로 말미암아 작은아버지께서 우리 둘에게 베푸신 은덕은 후일 자라서 바른 사회생활을 하는 데 많은 인내와 강인한 정신력을 일깨워준 최고의 교훈이 아니었나 싶다.

"너그들 조금만 참으래이. 불쌍한 것들…… 아픔이야 오죽할 끼가. 그라고 일른 거서 꼭 원수를 갚아야제!"

분노를 참느라 피눈물을 가슴으로 쏟아냈을 것이다.

아무리 어린아이라고 하더라도 둘을 짊어지고 30리 길을 간다는 것은 멀고 힘든 거리였다.

힘들게 걷다가 조그마한 소리로 말씀하시곤 했다.

"불쌍한 것들아 조금만 쉬어 가제이. 너그들도 힘들제. 조금만 참자. 인자 얼매 안 남았데이."

자혜리 동구 밖의 수백 년 묵은 느티나무는 긴 세월 동안 오고 가는 사람들의 애환과 숱한 고통을 지켜봤을 것이다.

그 느티나무 아래서 잠시 쉬는 동안에 소문은 순식간에 퍼져 나갔고, 우리를 짊어지고 가는 작은아버지의 모습을 마을 사람들은 안타깝게 지켜보며 혀를 내둘렀다.

"천하에 나쁜 놈들, 천벌을 받을 끼다. 어린 것들이 무신 죄가 있다고 이렇게 총을 쐈노 말이다!"

"하모하모, 문디 같은 놈들에게 천벌을 안 주고 누굴 주겠노. 흉측한 놈들!"

동네 사람들은 웅성웅성 우리를 쳐다보며 안쓰럽게 한마디씩을 내뱉었다.

수동 병원의 의사선생님과 작은아버지는 좀 아는 사이였던 것 같다. 작은아버지의 처가妻家 쪽으로 가까운 친척이라는 것을 후에 알았다.

우리 남매를 내려놓고, 한겨울인데도 비지땀을 흘리시며 의사선생님과 심각하게 얘기를 주고받았다. 아마도 그간의 경위에 대한 설명이었을 것이다.

애처로운 눈길로 우리 둘을 내려다보시던 의사선생님은 혀를 내두르면서 입을 다물지 못하셨다. "세상에 이런 죽일 놈들이 다 있나. 국군이란 것들이 어린아이들에게까지 이런 못된 짓을 하다니, 천벌을 받을 놈들!"

어떤 이유로도 용서할 수 없는 행위라고 의사선생님도 분개하며 몸서리를 치셨다.

"그래, 그런 만행을 저지른 놈이 도대체 누구요? 11사단 9연대 3대대 지휘관 놈의 단독 소행이랍디까? 아니면 그 백두산 호랑이라고 소문난 김종운이란 놈이 시킨 것이라고 합디까?"

이어 우리 남매는 의사선생님의 보살핌과 치료를 받기 시작했다. 조금만 늦었더라면 이 아이들은 소생이 불가능했을 것이라고 했다. 불행 중 다행이어서 치료만 잘 하면 생명에는 별로 지장이 없을 것이라 했다. 천명을 타고난 아이들이라 여러 군데 총알을 맞고도 살아났으니 하늘이 돌본 것이라 했다.

작은아버지는 의사선생님의 설명을 듣고 난 후에 비로소 긴 한숨을 크게 내쉬며 풀썩 주저 앉으셨다. 다소나마 안도의 한숨과 커다랗게 충혈된 두 눈에서 굵은 눈물이 주르르 흘러내리는 것을 나는 보았다.

"선생님, 부탁합니더. 이 어린 것들을 병신이 되지 않도록 해주이소. 인자 고아나 다름없는 녀석들입니더. 목숨을 구해 주시는 것도 대단히 고맙습니더만, 꼭 병신이 되지 않도록 해주이소. 지는 선생님만 믿겠습니더. 험난한 시상을 살아가야 하는데 병신이 되면 우에 살아가겠습니꺼. 잘 좀 도와주이소!"

그 절실한 심정을 의사선생님도 알고 계신 것 같았다. 애처롭게 꺼져가는 어린 생명에 대한 연민도 크게 느끼셨을 것이다.

나는 고통으로 비몽사몽 헤매면서도 의사선생님과 작은아버지의 대화를 하나도 빠짐없이 듣고 있었다.

"왼쪽 발꿈치에 탄알이 박혀 있군요. 발꿈치가 썩어가기 시작합니다. 왼쪽 발목을 잘라야 합니다. 탄알이 뼛속에 박혀 있어 뼈를 쪼개야만 탄알을 빼낼 수 있는데 그것은 대단히 위험합니다. 그리고 뼈를 쪼갠다는 것은 어린아이로서는 참기 힘든 고통일 뿐만 아니라 정상적인 치료가 될 보장도 없습니다."

"안 됩니더! 에미 애비도 없는 아이인데 한 쪽 다리를 자르면 어떻게 되겠습니꺼? 차라리 죽이는 것이 낫습니더. 정상적인 치료가 안 되고 고통이 따르더라도 다리를 자르면 안 됩니더, 수술을 하다가 죽는 한이 있더라도 다리를 자르지 마이소."

작은아버지는 참을 수 없어 꺼억꺼억 통곡을 하기 시작했다. 그것은 울음이 아니라 절규였다. "아이고 에미 애비도 없는 놈을, 다리를 자르면 어찌 되겠노. 차라리 죽든지 할 것이지 한쪽 다리를 자르면 죽은 거나 뭐가 다르겠노. 이 불쌍한 것아!"

의사선생님은 한동안 아무 말씀도 없으셨다. 무언가를 결심하지 않으면 안 된다는 침통한 표정이셨다.

이튿날 의사선생님은 일단은 그냥 치료를 해보다가 정녕 안 되면 자르자는 의견을 내 놓았다.

"일단은 발꿈치 속에 들어 있는 탄알을 꺼내야 합니다. 그걸 꺼내려면 어차피 발꿈치를 도려내야 하는데 그 고통은 상상을 초월하는 것입니다. 이 어린 것이 과연 참을 수 있을는지 모르겠군요. 아무튼 팔다리를 꽁꽁 묶어서 꼼짝 못하게 해 놓은 다음 발꿈치 뼈 속을 후벼내야 합니다. 숙부께서 이 아이 옆에 꼭 붙잡고 계셔야 합니다."

살을 찢고 뼈를 후벼 파서 탄알을 뽑아내는 수술이었다. 흔히 뼈를 깎는 아픔을 얘기하지만 뼈를 깎는 아픔을 일곱 살에 체험했다.

당시 수동 병원은 시설이 미약한 병원이었다.

의사선생님은 작은아버지께 치료 방법과 순서까지를 설명해 가면서 안심을 시키려고 노력했다.

뼈가 앙상하고 배가 느슨한 것이 천만다행이라고 했다.

우여곡절 끝에 내 발꿈치 수술이 시작되었다. 통증에 괴로워하면서도 초롱초롱한 내 눈을 들여다보며 의사선생님은 애처로운 표정으로 달래

듯 말했다.

"남자는 강인해야 하는 거야. 참을 줄도 알고, 아프더라도 참아야 하는 거야. 그래야 상처가 빨리 낫는 거다, 빨리 나아 공부해서 나쁜 놈들의 원수를 갚아야 하는 거다, 참 총명하게 생겼구면. 일곱 살이랬지? 이놈 참 어른스럽네. 크면 장차 큰 인물이 되겠구나. 아파도 참아야 하는 거다? 사나이 대장부가 그것도 못 참으면 장차 아무것도 할 수 없는 것이야. 꼭 참으래이."

어른들 몇 명이 꽁꽁 묶인 나의 팔과 다리를 붙들고 있었고, 가슴과 하복부에도 압박대가 동여져 있었다.

발꿈치를 후벼 파는 아픔, 살을 베어내는 아픔 따위는 느낄 수도 없었다. 뼛속을 후비는 통증은 병실 천장을 온통 노랗게 만들었다. 병실뿐만이 아니라 온 천지가 샛노랗게 변했다.

얼마의 시간이 흘렀을까? 참아야 한다고 다짐했지만 잠시뿐, 도저히 참을 수 없었다.

나는 발버둥을 쳤다. 누굴 빗대어 퍼부은 욕설이 아니라 그저 통증을 참을 수 없어서 욕설을 퍼부어댔다. 그때의 욕설은 지금도 기억하고 있다.

"죽여라 이 개새끼들아! 내는 죽는 게 낫다. 나쁜 새끼들아! 아악!"

실신하고 말았다.

내가 깨어났을 때는 이미 발꿈치의 치료가 끝나고 붕대가 동여매진 후였다.

생살을 찢고 뼈를 깎는 고통에 정신을 잃었을 때 의사선생님과 작은아버지, 그리고 병실에 함께 있던 모든 사람들은 내가 죽은 것으로 알고, 혼비백산하여 발꿈치 수술과 더불어 소생제를 주입시키며 한바탕 소동이 났다고 했다. 다행히 마취된 듯이 실신했기에 안도의 숨을 내쉬며 발꿈치 수술을 순조롭게 할 수 있었다는 것이다. 이것을 두고도 '범상한 놈', '천운을 타고 난 놈'이라 했다.

그때의 아픔은 60여 년이 지난 오늘날까지도 소름 끼치는 전율로 다가오곤 한다. 요즘도 날씨가 흐리거나 조금 심한 운동을 하면 통증이 되살아났다. 조금만 많이 걸어도 통증이 느껴졌다. 발꿈치 속을 후비며 가위로 자르는 사각사각 소리가 귓가에 들리는 것이다.

그 사각사각 소리를 느끼면 창자가 꼬이고 그때의 아픔이 되살아나 2, 3일간은 그 고통에서 벗어나지 못했다. 아마도 이것은 내 생애가 끝날 때까지 잊혀지지 않고 되살아날 통증일 것이다.

수술이 완전히 끝날 때쯤 깨어났다. 꿈결처럼 두런두런 귓가에 맴도는 소리에 정신이 든 것이다.

"수술은 성공적입니다. 하늘이 도운 것 같습니다. 이 아이가 수술하는 동안 잠시 쉬어준 것이 천만다행입니다. 잠시 기절하여 놀랬지만 성공적인 수술이 되도록 하늘이 도운 건가 봅니다. 이제는 안심하셔도 됩니다. 참으로 숙부께서 고생이 많으셨습니다."

"아닙니더. 선생님께서 훌륭히 잘 치료해 주셨기 때문에 이눔이 살아났습니더. 이 은혜는 꼭 갚겠심더. 저눔들에게도 선생님의 감사함을 꼭 말할 껍니더."

잘라야 될 발목을 자르지 않고 성공적으로 수술을 했다고 기뻐하시던 의사선생님과 작은아버지의 모습이 눈앞에 어른거릴 때면 열심히 살아야겠다고 다짐하곤 했다.

회오리 치던 정월이 가고 이월二月이 시작되었다. 그동안 우리 남매는 작은아버지의 극진한 보살핌을 받으며 수동에서 지냈다.

매일매일 벌어지는 일도 예측할 수도 없었으며, 내일이 불안정했다. 종잡을 수도 없는 하루하루는 새로이 시작되고, 또 그렇게 기울어가고 있었다.

아버지, 그리고 살기 위한 몸부림

방곡리 마을 앞으로 평화롭게 흐르는 청정수淸淨水만큼이나 맑고 총총한 소년의 눈망울이 초점 잃은 듯 산 위의 고갯마루를 응시하고 있었다. 수줍은 듯 다가오는 봄기운이 풋풋하게 밀려오고 있어도 소년은 웃음을 잃은 지 오래였다.

진저리 처지는 상념들로 가득한 그 병실은 아직도 그날의 통증과 고통이 벽마다 가득가득 배어 있었다.

운명運命이 정해져 있다면, 이는 피한다고 피해질 수도 없을 것이며 미래가 불확실하다면 두려워할 필요도 없을 것이다.

의지가 투철한 사람은 어떤 불행이 닥쳐도 헤쳐나갈 것이다.

그것은 지혜가 아니라 운명이 사람의 인생을 지배하기 때문인 것이다.

잠시 어제와 오늘, 내일들이 일곱 살 소년의 가슴팍을 쫙쫙 할퀴고 있었다.

소년은 지그시 눈을 감으며 조막손으로 주먹을 힘껏 쥐어 보았다.

세상에서 훌륭한 기술, 즉 배우기 어려운 기술이 바로 살아가는 기술이라고 했다.

사람이 태어난다는 것은 행복이고, 살아간다는 것은 고통이며, 죽는다는 것은 비통한 일이라고 했다.

미친 사람이 동쪽으로 뛰어가면 그를 쫓는 사람도 동쪽으로 뛴다. 그러나 동쪽으로 뛰는 것은 같지만 뛰는 목적이 서로 다른 것이다.

성인聖人도 마찬가지이다.

성인의 생과 사가 도리道理로 통하지만, 어리석은 자들은 삶과 죽음의 가치를 몰라서 혼동한다고 했다.

어느 날 방실마을의 큰아버지와 사촌 형님은 소식이 끊어졌다. 혼란스러운 틈에 군인들에게 끌려갔다는 것이다.

그때가 2월 중순이었다.

다행스럽게도 큰아버지와 장식 형님은 처형 직전에 구사일생으로 살아 남았다.

"이 분은 나의 매제이고 젊은이는 생질입니다."

함양의 건바실이라는 동네의 구장(이장:里長)이던 사람이 큰아버지의 처남이었다. 당시에는 전시戰時기 때문에 조금만 거동이 수상하다고 여기면 처형당했다. 큰아버지와 장식 형님도 붙잡혀 갔으나 큰아버지 처남 덕에 살아남을 수 있었던 것이다.

어린 나이에 상처투성이가 된 나는 천덕꾸러기가 되어 친척집을 전전할 수밖에 없는 신세가 되었다.

40대 초반이었던 큰아버지는 가족들을 모두 잃고 장식 형님과 나, 정자 누나를 돌봐야 했다.

가족들이 눈앞을 아른거렸고 가슴에 한이 되어 일이 손에 잡힐 리 없었다. 살아남은 사람은 어떻게든 살아야 했다. 이것이 운명이라고 여기며 새로운 삶을 위해 마음을 가다듬지 않으면 안 되었다.

부모님과 아내를 잃은 슬픔과 분노, 외로움이 한꺼번에 엄습해 올 때면 견디기 힘들어하셨다.

이런 모습을 보다 못한 아는 분이 중매를 해서 새 부인을 맞이하게 되었다.

우여곡절 끝에 새 큰어머니가 들어오신 것이다.

이것은 큰아버지의 편안함을 위해서도 아니었고 안락한 가정을 얻기 위한 것만도 아니었다. 어린 것들을 키워야 했고, 갑자기 고아가 된 나까지 돌봐야 했기 때문이다.

돌이켜 보면 큰아버지와 낯선 큰어머니께서 나 때문에 많은 고생을 하셨다. 의붓 아들딸에 조카까지 보살펴야 했기에 마음고생도 크게 뒤따랐을 것이다.

그럭저럭 한 해가 저물고 새해를 맞으면서 나는 여덟 살이 되었다.

또래의 아이들이 엄마에게 재롱을 부리는 것을 볼 때마다 부럽기도 했고 엄마와 동생들이 그리워 견딜 수 없었다. 그럴 때면 미친 듯이 뒷산을 헤매면서 엄마를 부르며 울부짖었다.

울부짖다 넘어지면 오뚝이처럼 일어나 걷다가는 또 넘어지길 반복하던 어느날 큰어머니가 사 주신 새옷의 무릎 부분이 모두 다 찢어져 버렸다. 큰어머니가 손수 마련하여 입혀주신 핫바지였다. 야단맞을 생각을 하니 겁이 더럭 났다.

그날 집에 들어가질 못했다. 어둠이 깔리는 틈을 타서 동네의 종필이라는 아이와 함께 별명이 붕알쟁이라는 사람의 집에서 하룻밤을 지냈다. 그리고는 안절부절 못하고 있는데 큰어머니가 찾으러 오셨다.

겁에 질려 있는 나를 큰어머니는 회초리로 마구 때렸다. 여덟 살짜리가 억센 어른의 손아귀에 붙들려 꼼짝할 수도 없었다.

아픔이 병원의 쓰라린 수술 만큼이나 고통스러웠다. 이렇게 죽을 수도 있겠다는 생각이 들었다.

큰어머니의 회초리가 얼마나 아팠던지 참지 못하고 도망을 쳤다. 도망 가다가 돌부리에 걸려 넘어지고, 바위 너머로 굴러 떨어져도 회초리보다는 아프지 않았다.

한참 후 큰아버지께서 나타나서서 조용하게 나를 달래셨다.

"너가 도망가면 우짜노. 괜찮으니께 집에 가야제. 큰 어매도 용서할 끼다. 가서 '큰엄마 지가 잘못했심더' 하몬 될 거 아이가. 가자꾸나."

나는 큰아버지께 허리를 굽혀 절을 했다.

"지가 잘못했심더. 다시는 안 그랄께에. 큰아부지."

"그래 이제 됐다. 우리 춘식이 착하제. 큰아부지하고 같이 가자."

큰아버지의 다정한 말씀에 엉엉 울음이 터져 나올 것 같아 이빨을 꽉 깨물면서 참았다. 흘러내리는 눈시울을 연신 손등으로 닦으면서 큰아버지를 따라 내려갔다.

도망쳐 본들 어디를 갈 것인가. 갈 곳은 아무 데도 없었다.

큰아버지 계실 때와 안 계실 때의 행동이 무척 다른 큰어머니였다. 눈엣가시였던 나는 어느날 쫓겨나다시피 집을 나왔다.

나는 배가 고파 거리로 나서서 동냥을 하지 않을 수 없었다.

그러다가 어느 동네에선가 진외갓집 아저씨에게 들켜서 야단만 맞고 다시 집으로 붙잡혀 왔지만 여전히 큰어머니의 눈총은 이만저만이 아니었다. 눈만 마주치면 흘겼고, 피하려고 하면 더 자주 부딪쳐서 곤혹스럽기 그지없는 나날이었다.

사람에게 아픔은 상처로 인한 통증만이 아니다. 그리움과 외로움으로 인한 가슴의 아픔은 더 큰 고통을 동반하게 된다.

이 세상 사람이 아닌 어머니를 향한 그리움은 어린 가슴을 갈갈이 찢어내는 아픔이었다.

나는 아버지의 얼굴을 기억하지 못했다. 누구도 아버지에 대해서는 한마디도 꺼내지 않았다. 그래서인지 아버지에 대해서 어떤 향수나 부정父情을 느껴본 기억이 없었다.

그 무렵 나는 아버지를 처음으로 뵙게 되었다. 처음 뵌 아버지는 여전히 국군이었다.

아버지는 우리 가족들이 몰살당한 것을 전혀 모르고 계셨다.

양민학살 사건이 신문에 보도되지 않았기 때문에 전혀 알지 못했다고 했다.

나를 바라보시는 아버지의 눈시울이 붉게 물들어 있음을 보았다. 아버지는 한참 동안 나를 지켜보시다가 물으셨다.

"큰어머니가 잘 해주더나?"

그저 고개만 끄덕였다.

"다행이구나. 네 이놈들, 11사단 9연대 3대대 놈들을 죽여 버릴 끼다. 가만 안 둔다카이."

아버지는 그 한마디를 남기고는 재입대한 후 영영 소식이 끊어지고 말았다.

낯설기만 했던 아버지였다.

그날 나는 '아버지'하고 어색하게 딱 한 번 부르며 나랑 같이 살자고 했다. 그러나 아버지는 냉담하게 '성공하여 돌아올 낀데 그때 같이 살자'는 말만 남기고 떠나 버리셨다.

내게는 군인이었던 아버지가 있었다는 사실 외에 처음 뵈었을 때는 별다른 느낌이 없었다.

그런데 혈육이란 묘한 것이었다. 아버지가 떠나신 후 차츰 혈육에 대한 그리움이 솟아올랐다.

내게도 아버지가 계시다는 사실이 새로운 삶의 의욕을 북돋아주는 것이었다.

가끔 외가外家에 들를 때면 나를 붙들고 우시던 외할머니는 아버지에 대한 넋두리를 많이 하셨다.

"우리 춘식이는 커서 니 애비처럼 똑똑한 놈이 될 끼다. 니 애비는 가는 곳마다 많은 사람들로부터 큰 환영을 받은 기라. 부산이고 대구고 간에 많은 사람들이 모이는 곳이라면 반드시 정찬조가 있었다 안카나. 니애비는 반드시 크게 성공하여 올 끼다. 아무 걱정 말고 조금만 기다려 보믄 기쁜 소식이 올 끼다."

나는 외할머니의 말씀대로 은근히 아버지를 기다렸다. 그러나 한 해 두해 기다려도 편지 한 장 없었다. 당시 어린 나로서는 아버지를 찾는 방법을 도무지 알 수 없었다.

후일 산전수전을 다 겪으며 내가 20대에 접어들어 사업을 하게 되었고, 다소 경제적인 여유가 생기자 아버지를 찾아야겠다는 생각은 더욱 굳어갔다. 일간지에도 광고를 해봤으나 아무 효과도 없었다.

1979년 8월 24일쯤으로 기억되는 그날, 나는 사업차 제주도에 갔다가 서울행 비행기 안에서 잠깐 잠이 들었을 때 어떤 주체 못할 환상이 온몸을 휘감아 왔다. 분명히 아버지는 이 세상 사람이 아니라는 느낌이 들었다.

그 당시 전사戰死를 했다면 분명 본적지로 통보가 왔을 터인데 통보가 없었다. 자꾸만 이상한 예감이 뇌리를 스쳤다. 전장戰場에서 실종도 될 수있고, 포로가 될 수도 있을 것이다. 그럴 땐 미처 본적지 확인이 안 되는 경우도 생긴다고 들었다. 또한 본적지에 통보가 되지 않고도 국군묘지에 안장은 될 수 있다는 말을 들은 적이 있었다. 그래서 나는 고려대 경영대학원 동기이면서 육군 중령으로 예편한 윤정로 씨에게 문의하며 찾을 수 있는 방법을 상담했다. 윤정로 씨도 다방면으로 찾아보았으나 찾을 길이 없다면서 나에게 직접 국립묘지에 가서 한 번 찾아보라고 권했다.

일주일을 찾아 헤맨 끝에 국군묘지 10열 311번, '1954년 3월 3일 육군 소위 정찬조 양주에서 사망'으로 국립묘지에 안장되어 있는 것을 발견했다.

아버지의 묘를 찾았으나 주소불명으로 처리되어 나는 유가족으로 인정을 받을 수가 없었다. 국방부장관에게 수없이 탄원서를 올렸으나 증거 불충분으로 매번 기각되었다. 그러나 물러설 수는 없었다. 내가 할 수 있는 모든 자료와 증거를 확보하여 소송을 제기, 결국 나의 아버지 정찬조임을 판결받았다.

유족으로 인정은 받았으나 원호대상은 되지 않았다. 왜냐하면 아버지의 죽음에 대한 기록에는 전사戰死가 아니라 자살이라고 되어 있었기 때문이다.

지금의 나로서는 명예회복과 원호 혜택보다는 아버지가 국립묘지에 안장되어 있다는 것만으로도 충분히 만족하고 있다. 그러나 기회가 주어지면 자살이라는 불명예를 반드시 회복시켜 드릴 것을 계획하고 있다.

희뿌연 안개가 걷히면 태양의 따사로움이 온누리를 환하게 만든다. 인간사야 어찌됐든 자연은 지구의 자전과 공전에 따라 한 치의 오차도 없이 순환되고 있는 것이다.

방실마을에도 철따라 꽃이 피고, 온갖 산새들이 날아들어 쉴 새 없이 재잘거렸다. 짙은 녹음이 싱그러움을 더해 주었고, 곧이어 울긋불긋 새

빨간 단풍으로 온세상이 물들면서 예나 지금이나 눈부시게 아름다운 모습은 변함이 없었다.

아름다운 곳, 금서면에서 가장 살기 좋은 곳이었던 방실마을은 3년 전 피비린내를 진동시킨 양민학살의 현장이라고는 믿기지 않을 정도로 평화로움이 자리 잡아가고 있었다.

죽은 사람은 차츰 잊혀지게 마련이고 살아남은 사람은 살아야 하는 생존의 본능 때문인지 이곳 사람들은 모두 열심히들 살아가고 있었다.

악몽같았던 세월들은 나를 차츰 성장하고 성숙하게 만들었다. 3년이란 세월은 힘들게 힘들게 흘러갔다.

나는 열 살이 되어서야 금서초등학교에 입학을 하게 되었다. 정자 누나는 입학을 하지 못하고 나만 입학했다.

빠듯한 시골 살림에 두 아이를 학교에 보낼 능력이 안 되었기 때문에 친딸보다 조카인 나를 입학시킨 것이다. 큰아버지의 큰 뜻을 내가 모를 리가 없었다.

나는 열심히 공부했다. 한참 뛰어놀 나이였지만 틈만 나면 책을 들여다보고 글을 썼다. 흰 종이만 보면 글씨를 썼다.

모실이라는 곳 바로 아래 갱분마을에서 4학년까지 다니다가 논들이 있는 방실마을로 올라가야만 했다.

꿈에도 나타나지 않았으면 좋겠다고 생각했던 방실마을, 기억하고 싶지 않은 곳으로 다시 가게 된다는 것은 몸서리쳐지는 일이었다.

방실에서 내가 다니는 학교는 무척 멀었다. 큰어머니는 내색은 하지 않으셨으나 친자식도 아닌 조카를 위해서 새벽부터 움직여야 하시는 부분이 내심 죄송스러웠다.

열심히 공부하여 이 세상을 바로 세워 보겠다는 뜻은 조금도 변함이 없었다. 옛 생각이 떠오를 때면 더욱 굳은 다짐을 하고 스스로에게 맹세하곤 했다.

열 살이던 그 해 옥내 장터 이모님 댁에 설 세배를 갔을 때의 일이다. 이모님 댁 옆에서 이웃집 할아버지가 토정비결을 봐주고 있었다. 동네 사람들이 많이 몰려와서 너도나도 한해 운수를 궁금해 했다. 용케도 잘 맞춘다고 모두들 수군거렸다.

이모님은 그 할아버지에게 '우리 춘식이도 좀 봐 주이소'하며 운수를 부탁했다.

'저 아이는 사주팔자에 부모 형제가 없는 사주다', '그러나 천운을 타고 이 세상에 태어났다'고 하셨다. 아주 총명하고 활동적이며 큰일을 할 아이라고 했다.

산골에 묵혀두면 큰 일을 할 수 없으니 객지로 보내라는 것이었다. 특히 서울 쪽으로 연고지를 만들어 보고 시골에서 썩어서는 안 되니까 하루라도 빨리 객지로 보내는 것이 저 아이의 장래를 위해서도 좋다는 것이었다.

그 할아버지의 말씀을 곧이곧대로 믿는 이모님은 갑자기 큰 걱정이 생겼다. 나의 장래를 위해서 서울로 보내야겠다는 고민이었다. 어떻게 하면 춘식이를 시울로 보내 훌륭한 사람이 될 수 있도록 할 것인가가 새로운 걱정이었다.

그날 이후 자주 그 할아버지를 찾아가서 토정비결 보는 법을 익혔다. 그렇게 토정비결 보는 법을 터득한 것이다.

나이는 열 살이었지만 겨우 초등학교 1학년이었다. 말하자면 한글도 제대로 다 익히지 못한 상태에서 그동안 익혀둔 아라비아 숫자, 그리고 학교에 가지 않았으면서도 동네 아이들의 책을 틈만 나면 펼쳐보며 독습을 해 한글을 쉽게 익혔던 것이다.

겨우 한글을 익힌 아이가 토정비결을 터득했다는 것에 이웃 사람들은 크게 놀랐다. 그것도 그 할아버지의 설명을 한 번 듣고 깨달았다는 것에 대단히 놀란 것이다.

그 소문은 옥내 장터에 퍼졌다. 영리한 아이라느니, 천재가 났다느니, 심지어는 방실마을에 신동神童이 나타났다고 야단법석이었다.

그러나 나는 분명 보통 아이일 뿐이었다. 방곡리에서 태어나 총을 맞고도 살아남은 시골 아이일 뿐이었다. 다른 아이들보다 똘똘했는지 몰라도 부모 형제를 잃고 혈혈단신으로 살아가야 한다는 것이 다르다면 달랐을 것이다.

나는 결국 금서초등학교 4학년을 끝으로 학교 공부를 계속할 수가 없었다.

장식 형님이 군에 입대를 하였기 때문에 큰아버지를 도와 많은 농사 일을 하지 않으면 안 되었다.

방황의 기나긴 여정

고통은 어떤 생각보다 더 깊고, 웃음은 어떤 고통보다 더 크게 느낀다고 했다. 눈물은 말 없는 슬픔의 언어言語이다. 그래서 우리는 슬픔과 고통의 표현으로 눈물을 글썽이기도 하고, 울음을 터뜨리기도 한다.

바쁜 일상은 지난 일들을 곧잘 잊게 만들었다. 그러나 아물지 않은 상처들은 가슴 깊이 새겨져 쉽게 지워지지 않았다. 더구나 고달픔이 작은 몸뚱이를 훔씬 적셔올 때면 점점 희미해져가는 어머니의 모습이 가슴을 할퀴는 그리움으로 눈앞을 가렸다.

꿈에도 생각하지 말자고 다짐했지만 그날의 원한들은 밤마다 악몽으로 되살아나곤 했다.

피로 물들었던 전답은 수년을 지나는 동안 그날의 악몽들을 다 잊은 듯 다시 문전옥답으로 변해 있었다.

공비들이 활개치던 지리산 골짜기에는 예나 다름없이 맑디맑은 물이 쉬임없이 흘렀고, 속절없는 세월의 뒤안길에서 소년의 길고 긴 한숨은 가슴 한 켠에 응어리져 있었다.

예리한 송곳으로 쿡쿡 찔러도 통증마저도 느낄 수 없는 그 덩어리, 어떤 이유든 삶이 고통스럽더라도 살지 않으면 안 되는 게 현실이었다.

나는 방실마을에서 열다섯 살까지 큰아버지의 농사 일을 거들었다. 큰 아버지와 함께 열심히 밤낮으로 일했다.

공부를 해야 할 나이에 농사 일만 하고 있다는 것이 미래에 대한 불안감으로 가슴이 답답해졌다. 그러나 공부는커녕 날이 밝으면 논으로, 밭으로 밤늦게까지 일을 해야만 했다.

몸이 으스러지도록 일에 파묻혀 지내야 했고, 밤이 되면 지친 몸으로 책을 뒤적이면서 어떻게 하면 공부를 계속할 수 있을까 하는 향학에 대한 집념의 끈을 놓질 못했다.

인생의 가치는 세월의 길고 짧음에 있는 것이 아니라, 어떻게 이뤄나 가느냐는 척도에 따라 달라지게 마련이다. 얼마만큼 노력을 할 것인가가 중요한 것이다. 따라서 몇 살에 의해서가 아니라 그 사람의 의지가 어떤 가에 의해 좌우되는 것이다.

그 무렵, 나는 이재理財에도 관심을 가졌다. 말하자면 또래의 친구들보다 이재에 대해 일찍 눈을 뜬 셈이다.

전쟁으로 인해 폐허가 된 국토, 더구나 도시의 파괴는 수많은 사람들에게 기거할 공간을 앗아가 버린 것이다. 북에서 남으로 내려온 수많은 피난민들이 모여든 곳이 부산釜山일대였다. 휴전으로 인해 고향으로 돌아가지 못하고 주저앉은 피난민들은 살 집이 있을 리 없었다.

그 때 서울이나 부산 등에는 수많은 판잣집이 지어졌다. 그 판잣집을 지은 나무들은 지리산 일대의 소나무들이 대부분이었다. 그 당시 방실마을 뒷산의 아름드리 나무들도 판잣집을 짓기 위해 베어져 나가기 시작했다. 판자로 켤만한 나무들은 비단 소나무가 아니더라도 모조리 베어졌다. 도회지의 땔감으로도 작은 나무들이 마구 잘려나갔다. 그때 그 일을 '산판'이라고 했다.

모조리 베어진 나무들은 트럭GMC으로 실려 나갔다. 도로 모양이 갖춰져 있지 않은 험한 산길이라 트럭이 올라올 수 없었다. 트럭은 큰 길까지 와서 대기했고, 그곳까지는 사람들이 일일이 지어다 날랐다.

어린 나이임에도 불구하고 열심히 지어다 날랐다. 그리고 틈틈이 나무 장사를 열심히 하기 시작했다. 나는 무슨 일이든 시작하면 한눈 팔지 않고 열심히 노력하는 성미여서 다른 사람들보다 악착같다는 소리를 수없이 들었다.

다른 사람들이 네댓 짐 정도로 하루를 보낼 때 나는 하루 스무 짐을 해본 적도 있었다.

그때 그 나무 일로 해서 돈을 제법 모았다. 때로는 큰어머니에게 드리기도 하고, 내 스스로 모으기도 했다. 그러나 그렇게 모은 돈을 보관하기가 쉽지 않았다.

나는 궁리한 끝에 그 돈을 큰아버지께 맡겼다. 말하자면 보관시켜 놓은 것이다.

산판 일도, 농사 일도 게을리하지 않았다. 상당히 많은 농사 일을 거의 혼자서 하다시피 해냈다. 몸은 힘들어도 공부에 대한 집념을 포기할 수가 없었다. 자나 깨나 공부를 해야 할 시기를 놓치면 안 되겠다는 생각이 머리를 꽉 누르고 있었다. 어느 날 옥내 장터의 이모님을 찾아가 의논을 했다.

"이모, 내 이렇게 살다가 그냥 콱 죽을 거 같애에. 공부를 하고 싶은데 공부할 시간이 없어에. 우짜모 조케심꺼. 이모님이 방법을 가르쳐 주이소."

철이 들면서 일이 잘 풀리지 않거나 마음이 괴로울 때는 이모님을 찾아가 의논하곤 했었다.

"하모, 내가 우째 니 맴을 모를 끼고, 니는 그 똑똑한 머리를 촌에서 썩여서는 안 되는 기라. 니는 어데 가도 잘 살 수 있을 끼다. 그런 끼내 무조건 도회지로 나가거라. 아무 소리하지 말고 무조건 나가거라. 이모도 여러 모로 알아볼 끼다. 도회지로 나가서 공부도 하고 니가 하고 싶은 거 한번 해봐라. 그런 꺼내 이모한테는 자주 연락하고 니가 있는 곳을 이모는 알고 있어야 된대이!"

나는 동네의 상호라는 친구와 작당하여 방실마을을 떠나기로 했다. 죄지은 것도 아닌데 야반 도주하다시피 상호와 함께 난생 처음 버스를 타고 신주를 거쳐 마산으로 향했다. 마산에 작은아버지가 살고 계시다는 말을 들었다. 수동에서 나를 치료해 주셨던 그리운 작은아버지였다.

마산에 도착한 그 순간부터 난감했다. 주소도 모르고 무조건 찾아 나선 것은 그야말로 서울 가서 김서방 찾는 격이었으니…… 그때는 도회지가 그렇게 넓고 큰 곳인지 상상도 못했다. 그냥 옆 동네에 가서 두식이를 찾으면 바로 찾을 수 있듯이 그럴 거라고 생각했다.

두식이는 작은아버지 아들인 사촌 동생이다. 시골 동네에서 아무개를 찾으면 다 알듯이 그렇게 찾을 수 있으리라고 생각한 것이다. 그러나 마산이란 곳이 나를 절망으로 몰아넣었다.

"아저씨, 여기 마산에 살고 있는 두식이 집이 어데닙꺼?"

"이 넓은 데서 어떻게 두식이 집을 어찌 알 것노. 주소도 없이 어데 가서 찾노, 너 보자헌께 집에서 도망쳤고나!"

"아니라예. 우리 작은아버지를 찾아 왔어예. 두식이 집을 좀 찾아주이소!"

"그래가지고는 못 찾는다. 그냥 집에 가거라. 큰일 난데이. 여기는 깡패들도 많고 도둑놈들도 많은 기라!"

상호와 나는 포기하지 않고, 이 골목 저 골목을 누비며 두식이를 찾아 헤맸다. 모래사장에서 바늘 찾기보다 더 어려웠다.

그러다가 아저씨의 말씀대로 불량배를 만나고 말았다.

"촌놈들! 집에서 도망왔제? 가마이 본 끼내 저기 해명산천쯤에서 온 놈들 같은데……?"

그들은 험상궂은 표정으로 금방 우리를 낚아채 갈 독수리 모양 사납게 굴었다.

나는 땅달막했으나 상호는 눈도 부리부리하고 키도 나보다 훨씬 컸다.

"이 쪼깬 놈은 놔두고, 큰 놈을 조지야 되것네. 아랏차차!"

그와 동시에 그들의 주먹이 상호의 안면을 후려갈겼고, 비틀거리는 상호의 복부에 발길이 날아들었다. 한마디로 상호는 꼼짝도 못하고 두들겨 맞았다. 죽은 사람처럼 축 늘어져 있는 상호를 그들은 오뉴월 개 패듯이 두들겨 팼다.

상호는 온몸이 피투성이가 되어 반 죽어 있었다. 묵사발이 되도록 두들겨 맞은 것이다.

그 뿐 아니라 우리의 몸을 뒤져 여비까지 홀랑 빼앗아 가버렸다.

그날 이후 나는 상호와 헤어졌고 50여 년이 지난 지금까지도 소식을 알 길이 없다.

지금도 가끔 그때의 상호가 그리워진다. 마산으로 공부하러 가자고 상호를 꼬드긴 것이 나였기 때문이었다.

피투성이가 된 상호와 나는 하수구에서 흘러나오는 구정물로 대충 얼굴의 피를 씻어내고는 서로 헤어졌다. 상호는 집으로 돌아간다고 했다. 그러나 나는 큰아버지와 큰어머니가 떠올라 돌아갈 수도 없었고, 찾을 길도 없는 두식이를 찾아 마산 시내를 헤매고 다녔다.

그러다가 당도한 곳이 마산역이었다.

그곳에서 난생 처음으로 기차를 보게 되었다.

그것이 기차인 줄도 모르고 엄청나게 큰 쇠구루마로 본 것이다. 큰 구루마도 신기했지만 연기를 풉풉 뿜으며 굴러가는 것이 흡사 괴물같았다.

나는 배고픔도 잊은 채 느릿느릿 굴러가는 쇠구루마를 타기 위해 정신 없이 뛰어가 매달리려 했으나 쇠구루마는 차츰 속력이 빨라지면서 굉음을 질러댔다.

"야! 거기는 위험하다! 빨랑 안 나올 끼가!"

역무원 아저씨는 호통을 치며 나를 불러댔다.

"저 쇠구루마 탈라꼬요!"

"허허, 이놈아! 쇠구루마가 아이라 기차다. 저걸 우째 탈 끼고. 니 어데서 왔노?"

"내는 방실에서 왔어예. 우리 작은아버지 집에 왔는데 지금꺼정 찾지 몬하고 있어예. 3일이나 찾았는데 찾을 수가 없어예."

"주소는 가지고 있나?"

"아입니더."

역무원은 기가 차다는 듯 내 머리에 꿀밤을 한 방 놓았다.

"그래가지고 우예 찾는다 말이고. 못 찾는대이…… 택도 없는 짓을 하고 있대이. 너 지금 잠잘 데도 없제? 그라지 말고 우리 집에 가서 살래?"

"아입니더. 내는 공부를 해야 합니더. 공부할라꼬 여기꺼정 안 왔십니꺼."

"우리 집에 가모 니한테 공부도 시키주고 먹이주고 입히주고 다 할 끼다."

"정말이라예?"

"내가 와 니한테 거짓말할 끼고."

공부만 할 수 있다면 못할 것이 없을 것 같아 역무원 아저씨를 따라 나섰다. 그 역무원의 집은 경남 진양군 이반성면 용암리였다. 진양군이면 산청군과 이웃이었다. 그때 나이가 열다섯이었고, 그 해 봄 3월 11일이었다.

역무원의 이름은 김대성 씨로 40대 초반쯤 되는 듬직한 사람이었다. 지금 생존해 계신지 알 수 없지만, 그때는 무조건 고마운 분으로 여겨 무작정 따라간 것이다.

그러나 세상은 녹록지 않았다. 반성에 도착해 보니 내가 상상하며 희망에 부풀었던 그런 곳이 아니었다. 심심산골이었다. 방실마을이나 별반 다르질 않았다. 더군다나 또래 아이들의 에미 애비도 없다는 놀림이 무척 곤혹스럽고 성가셨다. 마산역에서 주워온 고아놈이라고 놀려댔다.

에미 애비 없는 것도 마산역에서 주워온 자식이라는 말도 틀린 말은 아니었다.

또래의 놀림은 견딜 수 없는 수모여서 슬픔이 엄습해 왔다. 공부를 할 수 있게 해준다는 약속은 꾐이었다는 것을 차츰 느낄 수 있었다. 공부는 커녕 잠시 놀 수 있는 시간도 주지 않고 힘든 일을 새벽부터 밤늦도록 시켰다.

영봉산 능선에서 땔감나무를 매일 두 짐씩 해야 했다. 그 집 아주머니는 나에게 일만 열심히 하면 곧 학교에 보내준다고 꼬드겼다. 한 달이 지나고 두 달이 지나도 학교라는 단어는 사라지고 잔소리만 점점 늘어가기 시작했다.

꾐에 빠졌다는 생각이 들자 혼자라는 생각에 엄마가 너무나 보고 싶었다. 나는 영봉산 골짜기가 쩡쩡 울릴 정도로 큰소리를 내며 엉엉 울었다. 그래도 속이 후련해지지가 않았다. 어둠이 내리면 밥 한술 뜨고, 쭈그려 자고, 날이 밝으면 산으로 들로 일을 하러 나가야 하는 꼬마 머슴이었다. 모두들 그렇게 취급하며 일을 시켰다.

김대성 씨가 나쁜 사람이라는 것을 느끼면서 하루 빨리 이곳에서 벗어나야 한다고 생각했다. 차츰 동네 사람들과도 가까워졌고, 공부시켜 준다는 꾐에 빠져 여기까지 오게 된 동기를 이야기하다 보니 한학자 어르신이 계시다는 것을 알게 되었다.

그 상황에서도 어떤 고난이 닥치더라도 반드시 공부는 할 것이라고 다짐하며 밤늦은 시간에 동네 한학자 어르신을 찾아갔다. 그 어르신에게 그간의 정황을 설명하고 공부를 할 수 있는 방법을 여쭈었다.

"어르신, 제게 공부할 수 있는 방법을 좀 가르쳐 주이소. 지는 공부를 해야만 합니더. 공부가 하고파서 죽을 지경입니더⋯⋯."

애걸복걸하는 나를 한참 동안 바라보던 어르신은 입가에 미소를 머금으시고 나의 머리를 쓰다듬어주셨다.

"참말로 공부가 하고 싶나?"

"예! 정말입니더. 지는 공부하는 기 제일 좋심더!"

"그래? 이놈 참 총명하구나. 우째서 요기까지 오게 됐노."

그 어르신의 따뜻한 위로에 그동안의 경위를 소상히 털어놓았다.

"알았다. 공부도 가르쳐주고 한문도 가르쳐 주마. 열심히 해 보거라. 장차 훌륭한 사람이 될 것 같구나."

어르신은 뜻하지 않게 칭찬과 용기를 한꺼번에 주셨다.

낮에는 죽어라 일을 하고, 밤이 되면 어르신을 찾아가 밤새도록 공부했다. 나의 열성에 감동하셨는지 성의껏 이끌어 주셨다.

나는 1년 만에 4~6학년 과정을 완전 습득했다. 그런 나에 대한 어르신의 칭찬은 혀가 마를 정도였다.

"춘식春植이 이놈은 천재야. 천재가 따로 있는 기 아니고 너 같은 놈이 천재로다. 니는 반드시 큰 인물이 될 끼다."

칭찬은 온 동네에 퍼졌고, 그 어르신은 내가 살고 있는 주인집 아주머니를 찾아가 상의했다.

"아주머니, 야는 보통 놈이 아니오. 이렇게 여기서 썩어서는 안 되겠어요. 장차 큰 인물이 될 놈이니까 학교에 보내 공부를 더 하도록 하는 것이 좋겠소. 1년 만에 초등학교 전 과정을 모두 떼었어요. 요놈은 천재란 말이오. 중학교에 보냅시다. 그래야 훗날 아주머니도 복을 받게 될낍니더."

그러나 주인집 아주머니가 한학자 어르신의 말씀을 들어줄 리 만무했다. 우선 일을 시켜야 하기 때문에 낮에 학교에 보낸다는 것은 호박에 대침도 안 들어가는 꼴이다.

그날 이후 나는 더욱 호된 일을 하게 되었다. 심지어는 밤에 어르신께 가는 것조차도 못하게 되었다.

"공부는 무신 공부노. 이놈이 멕이주고 입히준 끼내 인자 엉뚱한 짓을 하고 아인나. 니가 그 양반한테 그렇게 해달라고 말했나? 또 그런 말을 들으모 내 그냥 안둘 끼다!"

주인아주머니의 꾸지람이나 호통 따위에 기가 죽을 내가 아니었다. 공부를 중단할 수는 없었다. 그래서 낮에는 주인아주머니의 마음에 들도록 더욱 열심히 일을 했고 밤에는 더욱 열심히 공부를 했다.

밤에 몰래 어르신한테로 가다가 들켜 붙들리면 집에서라도 열심히 책을 읽고 글을 썼다. 호롱불을 켜 놓고 공부를 하면 일찍 자지 않는다고 야단을 맞았다. 호롱불 기름도 쓰지 말라는 것이었다.

열다섯 살 나이에 어른들과 똑같은 일을 해냈다.

나의 그러한 모습은 동네 사람들의 입으로 회자되었고, 많은 사람들이 나를 탐냈다. 그러니 나를 그대로 둘 리가 없었다.

"에미 애비도 없는 놈이 우짜모 그렇게 예의도 바를까? 참말로 용하네. 정말 아깝다카이."

"인사성 밝고, 일 잘하고 뭐 하나 나무랠께 있어야제. 참말로 용타."

남녀를 막론하고 동네 어른들은 한결같이 나에 대한 칭찬이 자자했다. 심지어는 내가 일하는 모습을 한참이나 서서 쳐다보기도 하며 한마디씩 찬사를 아끼지 않았다.

그 해 12월경 나는 이르신을 찾아가 큰절을 올리고 의논을 하였다.

"어르신, 지는 우짜든지 공부를 계속 해야겠심더. 우짜모 좋겠심꺼? 여기 주인집에서는 자꾸만 공부를 몬하게 방해를 합니다. 이 집에 온 지가 일 년이 지났는데도 처음 약속한 공부시켜 준다는 거는 말할 것도 없고 일한 대가도 안 준다 아입니꺼. 그러면서도 죽도록 일만 시키거든예. 주인아주머니는 나를 마산역에서 주워온 놈이고, 오갈 데 없는 놈을 먹이고 입힌 것만으로도 충분하다고 말합니다. 오갈 데 없는 놈을 키워논 끼내 인자 뱃대지가 부르냐고 야단합니다."

어르신께서는 한참 생각하다가 가만히 입을 열었다.

"춘식아, 조금만 참아보거라. 내 무신 방법을 한 번 찾아볼 긴거내. 공부하겠다는 마음은 조금도 버리면 안 된다이."

"고맙심더, 어르신. 지는 커서 은혜를 꼭 갚을 낌니더. 감사합니다."

나를 지켜보던 동네 사람들은 하나같이 그 집에서 나오라고 하였다. 자기집에 오면 공부도 시켜주고 새경도 주겠다며 꾀는 사람도 있었다.

"아주머니, 저는 공부를 하기 위해 여기까지 왔심더. 아저씨하고 마산역에서 약속을 했다 아입니꺼. 공부를 시켜준다고 해서 여기꺼정 온긴데일 년이 넘도록 공부는커녕 일한 대가도 안줍니꺼. 와, 약속을 안 지킵니꺼. 일 년이 넘도록 죽어라 일만 안 했심니꺼. 이래가지고 되겠심니꺼. 지가 우째 이 집에 있겠습니꺼. 올데갈데없이 길을 헤매다가 아저씨와 만났더라도 약속은 약속 아입니꺼. 그동안 시키는 일 내가 안 한기 있습니꺼? 지가 남들보다 또 일을 적게 했심니꺼? 한 번 말해 보이소."

아주머니는 얼굴이 붉으락푸르락 하면서 화를 삭히지 못하고 지게 작대기로 어깨며 머리며 사정없이 후려쳤다.

그 길로 그 집을 빠져 나와 동네 김영돌 씨와 정만덕 씨에게 여차저차 사정을 하소연하였다. 그들은 하나같이 그 집에 들어갈 생각 말라고 했다.

한바탕 소동 후에 이반성면 면장 댁으로 가게 되었다. 당시 면장이었던 안병두 씨의 부친은 이반성면뿐만 아니라 멀리 진주에서도 그의 인품과 덕망을 칭송할 정도로 훌륭한 학자였다.

내 나이 열여섯 살 봄이었다.

그 집에는 큰 머슴이 있었고 나는 작은 머슴이었다.

그 집은 양돈과 양계를 겸하고 있어 주로 가축을 기르며 돌보는 것이

주 임무였다. 일이 무척 고되기도 했으나 즐거운 마음으로 많은 일을 해 내면서 싫다는 생각을 하지 않았다. 일 복을 타고 난 놈이라 가는 곳마다 일이 참 많다는 생각을 하기도 했다. 그것은 나에게 주어진 운명일 거라 는 생각이 들었다.

모양새는 작은 머슴이었지만 열여섯 나이에 어른들 못지 않게 일했다. 열심히 일하는 모습을 지켜보며 머슴이 아니라 한 식구처럼 따뜻하게 대해 주셨다. 특히 어르신께서는 중학 과정의 공부도 시키면서 시간이 나 면 손수 한문을 가르쳐 주셨다.

고등학교 1학년짜리와 중학교 1학년, 3학년짜리 손자가 있었다.

어르신께서는 손자들의 책으로 중학 과정을 가르쳐 주셨다.

나는 공부를 하면서 가끔 눈물을 글썽이곤 했다. 어르신의 가르침에 대한 감사와 감동의 눈물이었다.

당신 손자들은 학교에서 선생님께 정상적으로 배우고, 나는 어르신의 가르침과 내 스스로 독학에 가까운 공부를 하는데도, 친손자들보다 월등 히 공부를 잘한다고 격려해 주셨다.

칭찬은 고래도 춤추게 한다고 했던가…….

젊을 때의 고생은 앞으로 살아가는 데 큰 도움이 된다고 말씀하셔서 피 곤함도 잊은 채 감동을 받은 적이 한두 번이 아니었다.

면장 어른이 중학교 교재 전부를 다 주셔서 중학교 3년 과정을 완전히 외우다시피 해버렸다. 일 년 만에 중학과정을 끝낸 나에게 큰 어르신은 한문을 본격적으로 지도해 주셨다.

천자문도 떼고, 명심보감을 익혔으며, 소학·대학·중용 등 한문의 기초부터 하나하나 공부해 나갔다.

"너무 아까운 놈이다. 우리 형편이 좀 나아지면 춘식이를 공부시키도록 하는 기 좋겠구나."

"네, 아버님. 그렇게 해보도록 하겠습니다."

나는 이반성중학교를 월반하여 졸업하고 진주고등학교에 입학하기로 결정되었다. 그토록 원했던 정상적인 학교 공부를 하게 된 것이다.

인간의 슬픔 중에서 가장 견디기 어려운 것은 혼자 겪는 슬픔이었다. 나만이 지니고 있는 슬픔의 심연이 물밀 듯이 밀려오면 더더욱 고향과 어머니에 대한 아픔, 그리고 친척들인 피붙이가 그리워졌다.

조금 마음에 여유가 생기자 고향에 가고 싶었다. 게다가 인정 많고 훌륭하신 큰 어르신과 면장댁 식구들의 표 나지 않는 마음 씀씀이가 더욱 향수에 젖게 만들었다.

따지고 보면 고향 방실마을이 이반성면 용암리에서 그리 먼 곳은 아니었다.

지척이었다.

그러나 그때 내게는 지척이 천리였다.

고향에서는 내가 집을 나간 지 2년이 되도록 아무런 연락이 없었으니 차츰 잊혀져 가고 있을 때였다. 나는 그 2년 동안 전혀 연락을 하지 않았다.

면장님 댁에서 진주고등학교에 보내 주신다고 하셔서 나는 고향에 인사를 다녀오겠다고 말씀 드렸다.

큰아버지께 그동안의 사정을 말씀 드리고 죽지 않고 살아 있음을 알리려는 것이었다. 큰어머니께도 은근히 뻐기고 싶은 심사가 내재되어 있었을 것이다. 그토록 냉대를 받았으나 이제는 떳떳하게 진주고등학교에 들어가게 되었다는 것도 자랑하고 싶었다.

그렇게 2년을 지내다가 그리움을 참지 못해 잠시 고향을 찾은 것이었다.

어디 가서 죽은 줄로만 알았던 내가 고향 큰집에 나타나자 모두들 깜짝 놀라 야단법석이었다.

나는 큰어머니가 우시는 것을 그때 처음 보았다.

다시는 고향엘 가지 않겠다고 수없이 다짐했건만, 고향은 영원한 안식처라고 했듯 그렇게 잠시 다니러 온 것이다.

그런데 잘못된 생각이었다.

나는 진주고등학교에 들어가는 꿈도 포기해야만 했다. 그곳 큰댁에 붙들려 아무 곳에도 갈 수가 없었다. 큰어머니의 간교로 큰아버지의 엄명이 너무나 강했기 때문에 방실에서 꼼짝을 할 수가 없었다.

1년이란 세월을 또다시 허송했다. 죽어라고 일은 하면서도 허전하고 공허했다.

그렇게 지내던 어느 날, 이모님께서 또다시 나를 부추겼다.

"객지로 떠나거래이. 어디든 객지로 나가서 하고 싶은 공부도 하고, 성공하도록 해라. 너는 여기 묻혀서는 안 되느니라!"

이모님의 말씀은 나에게 용기를 북돋아 주면서 힘 있는 날개까지 달아 주었다. 객지에 나가는 방법도 일러준 것이다.

절대적인 사람은 자기가 좋아하는 일을 얼마든지 할 수 있다.

자기가 좋아하는 일을 할 수 있는 사람은 쾌락을 즐길 수 있다.

쾌락을 즐길 수 있는 사람은 만족할 수 있다. 만족할 수 있는 사람은 더이상 갈망하지 않는다. 그리고 갈망하도록 남겨진 것이 없을 때에 문제는 끝난다.

스페인의 소설가 세르반테스는 '절대적인 사고'와 '주저하지 않는 용기'를 북돋아 주는 명언들을 많이 남겼다.

이모님의 현명한 판단이 갈피를 못 잡는 나에게 한껏 용기를 일으켜 주었다.

비참하다고 생각하지 않는다면 아무것도 비참한 것이 없다. 그와 같이 어떠한 상태에서도 만족하다고 생각하면 그것으로도 충분히 행복할 수 있으리라.

그러나 고향에서 일 년이 지난 그 해 3월 초순 나는 큰어머니께 거짓말을 하고 집을 나섰다. 뒷산에 고사리를 따러 간다고 했다. 그리고는 동정을 살피다가 큰어머니께서 집을 비운 사이 개 한 마리를 끌고 나왔다.

나는 큰아버지 댁의 큰 개 한 마리를 끌고는 뛰다시피 내달렸다. 함양까지 잠시도 쉬지 않고 내달렸다. 그곳에서 함양까지의 거리는 뛰다시피 해도 몇 시간이 걸리는 곳이었다. 그날이 함양 5일장이 서는 장날이었기에 그곳 장마당으로 달려간 것이다.

야속했지만 함양 장마당에서 3천 원을 받고 정들었던 큰 개를 팔아 넘기면서 가슴에서 울컥 쏟아지는 눈물을 삼켰다. 그리고는 내친 김에 곧바로 부산으로 향했다.

이모(현재 108세로 생존해 계신다)님께서 용기를 주며 날개를 달아준 방법과 행로였다. 그곳을 찾아가기 위한 발걸음이었다.

강원도 화천군 상서면 봉우리.

당시 15사단 주둔지 근처였다. '군인주부'라고 하는 매점 뒤에서 장사를 하는 사람을 찾아 가라는 것이었다. 우리 동네에서 자란 사람이 그곳으로 시집을 가서 잘 살고 있으며, 그 사람의 수양아들이 되라는 것이었다.

그 사람은 재산도 많이 물려주고, 공부를 원하면 공부도 시켜준다고 했다는 것이다.

네가 잘하고 못함에 따라 너의 운명이 달라지겠지만 잘하면 횡재를 한

거나 다름없다는 말로 타일렀다.

이모님으로부터 받은 쪽지 하나로 난생 처음 들어보는 강원도 화천을 향한 시동을 걸었다.

나는 지금도 빠듯한 시골 살림에 어머니 역할까지 도맡아 해주신 이모님을 잊지 못한다.

그때 갈피를 잡지 못한 나에게 베푼 인정과 용기, 그리고 모성애를 잊을 수가 없다. 돌아가신 어머니가 그리울 때면 언제나 그 이모님을 떠올리곤 했다.

나는 그야말로 전쟁고아였다.

부산에서 서울까지, 그리고 강원도 화천까지 가야 하는데 수중에 돈이 달랑 5천 원뿐이었다. 무임승차를 생각할 만큼 철이 들었다.

서울까지 차비를 내고 나면 밥을 사먹을 돈마저 없어질 것이라는 계산도 들었다. 목적을 위해서 최선의 방법과 수단을 동원하지 않을 수 없었던 것이다. 그때로서는 무임승차밖에 다른 도리가 없었다.

한참을 달리던 열차 안에서 차표조사가 시작되었다. 나는 요리조리 역무원의 눈을 속여 위기를 면하기는 했으나 얼마 안 가서 또 차표조사를 하곤 했다. 완행열차라 느리기도 했거니와 중간 중간에서 사람들이 많이 타고 또 내렸기 때문에 수시로 차표검사를 했었던 것이다. 몇 번의 위기를 넘기기는 했으나 꼬리가 길면 잡히듯 결국 대전쯤에서 차장에게 들키고 말았다.

무조건 끌려 내린 나는 역무원에게 인계되었고, 울며불며 사정을 털어놓으며 용서해 달라고 애원했다. 역무원이 묻지 않은 내용도 털어놓으며 잘못을 빌었다.

그 역무원은 애처롭게 나를 쳐다보다가는 간이매점에서 국수를 사주면서 얼른 먹으라고 했다. 배가 고파도 돈을 쓸 수 없었기에 참아 오던 나는 눈 깜짝할 사이에 국수 한 그릇을 먹어 치운 후에야 그 역무원에게 인사했다.

"고맙습니다. 아저씨! 정말로 배가 많이 고팠거든요. 배가 고파도 무엇 하나 사먹을 수가 없어서 굶고 왔었거든에."

역무원은 인자했다. 나의 머리를 쓰다듬으며 나무라는 게 아니라 오히려 달래주는 것이었다.

"이것을 가지고 가거라. 혹시 다른 차장이나 역무원에게 들키면 이것을 보여 주거라. 그러면 너를 끌어내리거나 야단을 치지 않을 것이다. 네 놈을 보아하니 솔직하고 똑똑하구나. 그러니 어디가서든 열심히 살아서 크게 성공해라."

그는 뭔가를 적어 주면서, 혹시 무슨 일이 생기면 연락하라고 하였다. 도와줄 수 있는 일이라면 도와주겠다는 것이었다.

그날 이후 나는 단 한 번도 그 역무원에게 연락을 하지 못했다. 수십 년이 지난 오늘까지도 그분을 잊어본 적은 없다. 강원도로 가는 도중 그 쪽지를 잃어버려 마음속으로만 수없이 고마웠다는 인사를 했다.

그렇게 용산역에 도착한 것은 다음날이었다. 긴긴 시간을 완행열차에 시달린 나는 얼굴이 꾀죄죄했으나 기백만은 당당했다. 무임승차로 부산에서 열차에 오를 때나 차표검사를 할 때 의자 밑에 숨어들던 때와는 완연히 달랐다.

떳떳한 것이었다.

대전에서 역무원의 메모가 있다는 것이 너무나 떳떳했다.

당당하게 개찰구를 빠져 나오면서 검표원에게 그 쪽지를 내밀었다. 그랬더니 다른 사람에게 대하는 것과 달리 그 검표원은 나를 가만히 쳐다보더니 빙긋 웃으면서 잘 가라는 시늉을 하는 것이었다.

용산역 광장을 나오면서 나는 길고 긴 숨을 내뱉었다. 안도의 한숨이었을 것이다. 길고 긴 터널을 벗어나 찬연한 햇살을 받은 황홀한 한숨이었을 것이다.

다소의 난항들이 없진 않았으나 무사히 서울에 입성했다는 안도감이 밀려왔다.

또다시 강원도 화천으로 가야 한다는 것은 별문제가 아니라고 생각했다. 여기까지 왔는데 그까짓 앞으로의 길이야 별것 아닐 것이라는 자신감이 충만했다.

그만큼 곳곳에 정이 많던 시절이었기 때문이다.

인내의 쓰라림, 열애의 달콤함

인내忍耐란 무거운 짐을 지고 빨리 걸으면서도 말이 없는 나귀의 미덕美德이라고 했다. 슬프면서 침묵하는 것은 강하고, 끈질기게 참는 것은 존엄하다고까지 말한다.

한 송이의 포도나 한 개의 사과가 그러하듯이 위대한 것이 갑자기 만들어진 적은 없다. 잘 익은 포도나 사과를 갖기 위해서는 상당한 시간이 필요한 것이다. 우선 꽃을 피워야 하고, 열매를 맺게 하며 온갖 풍상과 뜨거운 햇살을 받으며, 알차게 여물기를 기다려야만 훌륭한 결실이 이뤄지는 것이다.

사람이 살아가는 노정路程인들 어찌 평탄할 수만 있으랴. 거기에는 험준한 산과 험난한 계곡도 있을 것이고, 또한 가파른 언덕길이 있는가 하면, 건너기 어려운 강도 있을 것이다.

나에게 주어진 지금의 고통스러움이 진정 내 험난한 삶이라면 기필코 그런 난제들을 풀어나가며 목적을 향해 내달릴 수밖에 없는 것이다.

화천 땅에 당도한 것은 부산을 출발한 지 이틀 만이었다. 말하자면 하루 한나절이 걸린 셈이었다. 길고 먼 여정에 굶주리며 시달렸으나 피로를 잊은 채, 이모님께서 찾아가라고 했던 분을 만나게 되었다.

그분은 이미 연락을 받았던지 나를 반갑게 맞아 주었다.

"잘 왔구나. 네가 춘식이냐?"

"지가 춘식입니더."

"너그 이모한테 얘기 잘 들었다. 그렇게 영특하다면서? 참 생기기도 잘했네. 우리 집에 조금 있다가 내가 어디로 보내줄 테니께 며칠만 기다리거라. 남의 집이라 생각지 말고 푹 좀 쉬거라. 먼 길 오느라고 고생도 많이 했제?"

그날부터 매점에서 장사를 거들기도 하고 잔심부름도 마다하지 않았다. 그 놈의 일 복과 근면성은 타고 났는지 시키지 않는 일까지도 척척 알아서 해냈다. 그런 나의 행동은 그 집 식구들뿐만 아니라 주위 사람들에게까지 귀여움을 독차지했다.

장사도 하고, 허드렛일까지 해치웠다. 15사단 부대 안에도 들락거리면서 군인들과도 어울리고 많은 사람들과도 스스럼없이 지냈다.

그렇게 5개월이 훌쩍 지났다. 며칠만 기다리면 어디 다른 곳으로 보내준다더니 5개월이 지나도록 아무런 소식이 없었다.

"아주머니, 지는 수양아들로 보내 주신다는 말을 듣고 왔는데 거기는 언제쯤 보내 주실 겁니꺼? 벌써 다섯 달이나 지났는데도 궁금하네에."

그렇게 해서 다음 다음날 봉우리 삼거리에 있는 한일식당 집의 양자로 들어가게 되었다. 그 식당의 남자 주인은 황해도 사람으로 1·4후퇴 때

부산까지 피난 나왔다가 고향 찾아서 올라가던 중 휴전 협정으로 38선을 넘지 못하고 강원도 화천에 눌러앉게 되었다고 했다. 양모라는 아주머니는 딸아이를 데리고 와서 같이 살고 있었다. 그 집에는 아들이 없고, 무남독녀만 있는 셈이었다.

그 집에 들어간 첫날부터 '아버지, 어머니, 누나'라고 부르며 아들 행세를 시작했다. 예의바르게 한 가족이 되어 새 삶의 보금자리에 안착한 셈이었다. 그런데 하루가 지나고 이틀이 지나면서 착각이었다는 생각이 들기 시작했다.

양아들이 아니라 일꾼으로 부려먹기 위한 것이었다.

그 집은 종합식당이었다. 요리사와 심부름하는 종업원이 한 명뿐이었다. 군사지역이라 군인들이 많이 들락거려 장사가 잘 되는 편이어서 두 사람의 종업원으로는 일손이 모자랐다. 그래서 나도 그 식당 일을 거들지 않을 수 없었다.

힘든 일은 대부분 내가 맡아서 했다. 기술을 요하지 않는 일들은 거의 내 차지였다. 어딜 가나 일이 산더미처럼 쌓여 있었다.

이모님께서 하신 말씀과는 전혀 달랐다.

"그 집은 부자富者인데 아들이 없단다. 양아들이 되면 팔자는 고칠 끼다."

이모님은 동네 사람에게 들은 말을 나에게 전해 주셨으나 시간이 흐를수록 모두가 허위였다.

내색할 수는 없었지만 혼자서 여러 방향으로 생각하며 연구했다. 요리사로부터 요리도 배우고, 식당 일을 배워 나갔다. 작은 일도 허투루 보지 않고 열심히 익혔다. 기구한 삶이라 언젠가는 반드시 필요할 것이라는 생각이 들었다.

부지런하고 예의바른 나를 미워하는 사람은 아무도 없었다. 비호감이 아니어서 요리하는 것도 쉽고 빠르게 배울 수가 있었다.

가끔 주방에 들어가 요리사가 시키는 대로 요리를 하기도 했다. 어느덧 그 식당의 메뉴는 못하는 것이 없을 정도로 익숙해졌다.

혹독하게 종업원 취급하는 주인집 식구들의 속셈도 파악할 수 있었다.

현실을 파악한 나는 배울 수 있는 기술은 무조건 습득하는 걸로 생각을 바꿨다.

언젠가는 서울로 갈 뜻을 품으면서 열심히 일했다.

그럴 즈음 5·16 군사 쿠데타가 터졌다.

온 나라가 어수선해서 군인들은 대부분 부대를 이탈하지 못하게 되었다. 군사지역에서 군인들이 움직이지 않으니 장사가 타격을 받을 수밖에 없었다. 그러니 식당이 힘들어지고 양부모란 자들의 태도도 점점 노골적으로 변해가기 시작했다.

나는 차츰 아버지, 어머니라는 말도 잘 나오지 않았다. 그렇게 부를 이유가 없었다. 양아들이라는 사탕발림으로 오갈 데 없는 청소년을 이용하려 한 의도가 엄연하다는 것을 눈치 챈 이상 굳이 그럴 필요가 없다는 생각이 미치자 불쑥불쑥 화가 치밀고 흐르는 시간이 아까웠다.

그야말로 요지경이었다.

간악하게 일을 시켜먹기 위해 양자라는 이름으로 나를 끌어들이고 먼 곳에서 온 놈이니까 얼른 도망을 가지 않을 것이라는 계산도 했을 것이다.

눈만 뜨면 물지게를 지고 물을 길어야 했다. 큰 드럼통이 서너 개 있었는데 거기에 언제나 물을 가득 채워놓고 식당 일이며 모든 것에 사용했다. 그러니 하루에도 수십 지게를 져 날라야 했다. 조금이라도 게을리했다가는 꾸지람 정도가 아니라 노골적인 욕설이 마구 쏟아졌다. 견딜 수 없는 모욕적인 말들도 마구 튀어나오기도 했다.

영하 25도를 오르내리는 혹한에서도 물을 길어야 했는데 물기가 약간만 묻어도 그대로 얼어버리는 강추위였다.

물을 수십 번씩 길어 나르다 보면 물을 흘리게 되고 무거운 물지게를 지고 가다가 넘어지면 온통 물을 뒤집어 써 옷이 꽁꽁 얼어 버렸다.

장갑도 끼지 않은 손은 얼어 동상에 걸렸고, 물에 젖은 신발로는 영하 25도의 강추위를 견딜 재간이 없었다.

이 가혹한 현실을 누구를 원망할 것이랴!

참아내지 않으면 안 되었다. 어떤 대안도 없었으며 특별한 방법도 없었다.

인내는 쓰다, 그러나 그 열매는 달다.

물지게를 지고 가다 넘어진 나에게 양모라는 주인아주머니는 입에 담을 수 없는 욕설을 퍼부었다.

"니는 눈깔도 없냐? 멀건 대낮에 왜 자빠지고 야단이냐. 밥 처먹이고 입혀 놓으니까 이게 무슨 꼴이고! 빌어먹을 놈의 자식."

"너무 심히지 않습니까? 나들 우째 넘어지고 싶어서 넘어졌습니까?"

한마디 대꾸를 할라치면 금방 장작개비를 집어 들고 어깻죽지며 다리며, 닥치는 대로 사정없이 휘둘렀다.

머리는 산발인 채 뻐드렁니에다 금 이빨이 툭 튀어 나왔고 광대뼈가 불거진 악마 같은 몰골로 피가 흐를 때까지 두들겨 패댔다.

훌륭하고 덕망 높은 이반성 면장댁에서 일하며 공부도 못하게 훼방한 큰아버지나 큰어머니가 원망스럽고 미워서 눈물이 솟아오르곤 했다. 그릴 때면 기억조차 가물거리는 어머니의 품이 그립고 또 그리웠다.

나는 뒷산에 올라 가슴에 맺힌 괴로움과 불행하게 만든 그날이 원망스러워 몸부림을 쳤다.

"너 와 그리 슬피 우노. 무신 일이고? 말해 봐라. 내가 도와줄 수 있는 일이모 내가 도와 주꾸마. 퍼뜩 얘기해 봐라카이."

경상도 출신의 친형 같은 군인 아저씨는 서럽게 울고 있는 내 모습이 못내 안쓰러워 안절부절 못했다.

임금님 귀는 당나귀라고 했던가, 누군가에게 털어 놓으면 답답한 가슴이 좀 뚫릴 것 같은 생각에 주저리주저리 그동안의 전말을 털어놓았다.

그 군인 형은 자기 상사에게 나의 사정을 얘기했는지 위엄이 철철 넘친 분에게 불리어 가서 "양아들 삼겠다고 해서 왔는데 밤낮 없어 죽어라 일만 시키고, 추위에도 산에 가서 땔나무를 해 와야 했으며, 물을 길어 나르는 것이 하루에도 수십 번이라는 얘기와 가끔 장작개비로 맞았다"고 말을 했다.

양모는 이미 그곳 군인들에게까지도 이미지가 나빠져 있었다.

그 군인은 15사단 포병사령관이었다. 계급은 대령이었다. 내 얘기를 한참 듣고 있던 대령은 내 머리를 한 번 쓰다듬으며 그 집을 나가라고 했다. 화천읍까지 데려다 줄 테니까 미련 갖지 말고 멀리 가버리라고 했다.

그리고는 추운 겨울에 양말도 제대로 신기지도 않고, 옷도 낡아서 헤어진 걸 입혔으니 오죽이나 추울 것이며 저러다가 어린 것이 얼어 죽으면 어쩔 거냐고 다잡으며 양아버지를 야단쳤다. 그러면서 군용 양말과 내의를 한 벌 내게 주시는 것이었다.

그 후로는 조금 달라졌다. 웬만한 일에는 핀잔을 주거나 호된 꾸지람을 쳤지만 간섭도 줄고, 조금 양순해졌다.

그 무렵 주병규라는 친구와 친하게 지냈다. 지금은 경기도 가평군 하면 하판리에서 유경냉면집을 운영하고 있는 절친한 친구이다.

병규는 친해지자 내가 안쓰러웠는지 얼마 간의 용돈까지 쥐어 주면서 하루빨리 그 집을 벗어나도록 종용하였다.

"춘식아, 너 여기 있어봐야 꽝이다. 한일식당 주인은 소문난 거짓말쟁이고 신용도 없어서 많은 사람들에게 손가락질을 당하는 왕대포야. 너를 양아들로 삼은 것이 아니고 머슴으로 데려온 거래."

병규는 당장 갈 곳 없어 머뭇거리는 나를 재촉했다.

"거기서 일해 봐야 결국은 너만 바보가 되는 것이야. 양아들이라는 사탕발림으로 너를 묶어 놓고 월급도 주지 않잖아. 여기서 화천까지는 불과 30리 밖에 안 돼. 걸어서 간다고 해도 두세 시간이면 충분해. 마침 포사령관님이 너를 도와주려고 하니, 이 기회를 놓치지 마라."

나는 병규의 진심어린 충고를 받아들이고 병규가 준 돈과 그동안 군인들의 심부름을 해주고 조금씩 얻어 모아둔 돈 1천 원을 혁대 안주머니에 끼워 넣고는 삼거리를 나섰다.

소개해준 상점 아주머니에게는 얘기해야겠다는 생각이 들어 발길을 옮겼다. 내가 이곳 화천에 와서 처음 만난 사람이며, 그동안 나를 다소나마 보살펴 준 사람이기 때문에 최소한의 예의라는 생각에서였다.

"아주머니, 그동안 고마웠습니다. 저는 그만 가겠습니다. 도저히 더 살수가 없어요. 죽어라고 일만 하고도 맨날 얻어맞아 죽을 것 같습니다."

상점 아주머니는 한일식당과는 제법 친하게 지내는 사이였다. 갑자기 그곳을 떠나겠다는 내 말에 아주머니는 놀라서 나를 쳐다봤다.

"그 집에서는 일 잘하고 착한 양아들이 들어왔다고 자랑하던데, 아무런 말도 없이 훌쩍 떠나 버리면 어떡하느냐. 서운한 일이 있으면 내가 얘기해 줄 테니 조금만 더 참고 견뎌 보거라. 곧 좋은 일이 있을 것인데."

"아주머니 말씀은 고맙습니다만 이제는 더 참기가 힘드네요. 말이 양부모지 남들보다 더 독해요. 넘 힘들어서 이젠 진저리가 납니다."

"내가 듣기로는 무척 잘 해주고 있다던데…… 그럼 그게 모두 거짓이었나? 내게는 니 자랑을 하면서 양아들로 잘 키워 재산을 물려주겠다던데."

"모두 거짓이에요. 맨날 나무를 해 날라야 하고, 물지게를 하루 종일 져다 날라야 해요. 자기네들은 내가 해다준 장작으로 불을 때 따뜻한 방안에서 히히덕거리면서 내가 조금만 쉬어도 야단을 칩니다. 물을 길어 나르다가 너무 추워서 잠깐 난롯불을 쬐기만 해도 난리법석입니다. 문에 구멍을 뚫어놓고 나를 감시하고 잠시만 몸을 녹여도 그냥 두질 않아요. 그 사람들이 내가 이곳을 떠나는 줄 알면 나는 붙들려 죽을지도 모르니까 아주머니만 알고 계시고, 안녕히 계십시오, 서울 가서 성공하여 찾아 뵐께요."

상점 아주머니에게 인사를 하고는 곧바로 삼거리를 벗어났다. 차비를 아끼려고 뒤도 돌아보지 않고 빠른 걸음으로 내달렸다.

그런데 10리 정도도 못 가서 왕대포가 눈앞에 나타난 것이다. 차를 타고 나를 잡으러 온 것이다.

주인집에 알리지 않고 떠난다니까 상점 아주머니는 무슨 나쁜 짓을 하고 도망가는 것으로 생각했는지 내가 떠난 후 한일식당으로 달려가서 고해 받쳤던 것이다.

참고 참다가 도저히 더는 견딜 수가 없어서 떠나려는 것 뿐이었는데…….

혹독한 냉대를 감내하기도 힘들었고, 인간 이하의 대우에 진저리가 났던 것인데…….

억센 그들에게 붙들려 죄 없는 잘못을 용서해 달라고 빌어야만 했다.

"용서해 주세요. 다시는 안 그럴게요. 잘못했습니다. 아버지!"

아버지라는 말이 스스럼없이 튀어나왔다. 그 억센 손아귀에 허리춤을 붙잡힌 나는 꼼짝할 수도 없었다.

나의 애절함이 오히려 그들의 기세를 더욱 돋우는 꼴이었다. 기고만장해져서 억센 주먹이 얼굴을 쉴 새 없이 강타해 왔다.

"오갈 데 없는 놈을 먹이고 입히고 해놓았더니 나를 배신하고 도망을 쳐? 나는 황해도 사람이다. 이놈을 당장 죽여 버리고 말 테다! 네 깐 놈 하나 죽이는 것은 문제도 안 된다. 너 오늘 한 번 죽어 봐라!"

그의 얼굴은 소름끼칠 정도로 험상궂게 일그러져 있었다.

"네 깐 놈 하나 죽여 버리는 것은 식은 죽 먹기다! 죽여 묻어 버리면 쥐도 새도 모른다! 이 간나 새끼가 나를 배신하고 도망을 쳤단 말이지."

골방에 처넣어진 나는 그 큰 주먹으로 무수히 얻어맞았다. 얼굴이며 몸통이며 가릴 것이 없이 닥치는 대로 마구 얻어맞을 수밖에 없었다.

무서웠다. 정말 죽을 것만 같았다. 그의 말대로 내 작은 몸뚱아리 하나 죽여서 뒷산에 파묻어 버리면 정말 쥐도 새도 모를 것이라는 생각이 드니 오싹 소름이 끼쳤다.

수많은 고통의 세월을 보내면서 꿋꿋하게 살아온 내가 여기 화천 땅에서 쥐도 새도 모르게 죽어 없어질 수도 있다는 생각이 뇌리에서 떠나지 않았다. 나는 엉엉 울면서 뭘 잘못했는지도 모르면서 빌고 또 빌었다.

"앞으로는 다시 이런 일 벌이질 않겠습니다. 절대 도망가지 않고 열심히 일하겠습니다. 아버지, 어머니, 누나 말씀 잘 듣고 열심히 일하겠습니다. 한 번만 용서해 주십시오!"

그들의 위협과 매질이 겁도 나고 살기 위해서 무조건 용서해 달라고 빌었다.

"이 도둑놈의 새끼를 당장 경찰서로 끌고 가서 유치장에 처넣어 버려라. 이런 놈을 그냥 둘 수는 없어. 콩밥을 먹어도 단단히 먹여야 한다!"

경찰서로 보낸다는 것이었다.

도둑놈의 새끼란다.

내가 왜 경찰서에 끌려가야 한단 말인가?

나는 억울하고 분해서 견딜 수가 없었다. 어렸지만 그런 수모는 견딜 수 없는 크나큰 모욕이었고, 혹독한 인권 유린이었다. 어린 마음에 그 협박이 겁을 주기 위한 것만이 아니라 어쩜 그렇게 할지도 모른다는 생각에 미치자 겁이 더럭 났다.

그곳에 파견 나온 순경이 식당을 자주 드나들었고, 왕대포와 가깝게 지내는 것을 여러 번 본 적이 있었기 때문에 충분히 그럴 수도 있으리라는 생각이 들었다. 순진하게만 자라온 시골 촌놈답게 그런 협박이 사실일지도 모른다는 생각이 들었다.

맞는 매가 아프다는 것보다는 유치장에 보내고, 쥐도 새도 모르게 죽여 버린다는 협박이 더 무서웠다.

왕대포는 겁에 질려 부들부들 떨고 있는 나를 끌어내어 옷을 홀랑 벗겼다. 실오라기 하나 없는 알몸으로 만들어 가느다란 철사를 가져왔다. 그 철사로 나의 고추를 동여매어 기둥에 묶어 놓았다. 약간만 움직여도 아파서 견딜 수가 없었다.

그야말로 성고문으로 엄청나게 잔혹한 짓을 해도 나는 반항하질 못했다.

아주 어릴 때를 제외하곤 친척 집이나 남의 집에서 눈칫밥을 먹으며 기한 번 펴지 못하고 살아온 데다 세상물정도 전혀 몰랐을 때라 그토록 모진 고문을 당하면서도 그저 잘못했으니 용서해 달라고만 빌었다.

철사로 동여맨 곳이 아파서 견딜 수가 없었다. 장작개비로 맞는 것도, 가죽 혁띠로 휘갈겨 맞는 것도 그보다는 나았다. 철사에 묶인 곳이 팽창되면 곧 끊어질 것 같은 고통이 느껴졌다.

오줌이 마렵다고 해도, 충혈되어 곧 터질 듯해도 풀어주지 않았다. 오줌이 마려워 곧 쌀 것 같다고 하면 요강을 갖다 주었다. 그러나 묶인 상태에서 오줌이 나올 리 없었고 방광이 터질 것만 같았다.

잔혹한 고문이었다.

인내忍耐는 힘보다 더 많은 것을 성취한다고 했던가. 쓰러지면 일어나고, 좌절되면 더 잘 싸우고, 잠자고 깨는 것이 우리들 인간이라고 했던가. 고통은 참고 버티면 차츰차츰 좋은 것으로 변할 것이라고 했던가. 나는 인내의 힘이 얼마나 큰 것인가 깨닫게 되었다.

상상을 초월하는 두려움에 그때를 회상하지 않을 수 없다. 소름이 끼치고 온몸에 전율을 느끼는 그때의 일들이 문득문득 나의 가슴을 또 한 번 갈갈이 찢어놓곤 했다. 불현듯 그때 생각이 떠오르면 온몸이 비비 꼬이고 일주일이 넘도록 밥맛을 잃어버리는 것은 악몽이 아닌 현실이었던 것이다.

산청·함양 양민학살사건 때도 총을 세 발이나 맞고도 살아났었다.

11사단 9연대 3대대 악당들이나 조금도 다름없는 바 없는 그 왕대포를 미워하기도 했다. 부모 형제를 잃고도 꿋꿋하게 견디며 조금이나마 인간답게 살아보고자 이 먼 곳까지 왔는데 이런 꼴이 뭐란 말인가.

이것이 나에게 주어진 운명이라면 너무나도 가혹한 형벌이라는 생각이 들었다. 전생에 무슨 죄를 지었기에 이토록 가혹한 형벌을 어린 나이에 겪어야만 하는가. 무엇을 얼마나 잘못했기에 이토록 가혹한 벌을 감내해야만 하는 것인가.

서러움이 북받쳐 오르고 눈물이 마구 쏟아졌다. 돌아가신 할머니, 어머니, 동생들과 함께 차라리 그때 죽어버렸다면 이런 수모와 고통은 당하지 않았으리라는 생각으로 더욱 슬프기 짝이 없었다. 그럴 때면 나를 이렇게 만든 세상이 원망스러웠다.

그날 이후 나는 3일이 넘도록 잠도 못 자고, 대소변도 볼 수 없었다.

먹이지도 않았다. 하루에 찐빵 한 개와 물 한 컵 먹는 것이 전부였다. 배가 고파 견딜 수가 없어도 먹을 것을 달라고 할 수가 없었다.

"이놈아! 너의 잘못을 뉘우친단 말이지?"

"잘못했어요. 용서해 주세요. 다시는……."

무엇을 잘못했는지 알 수 없었다. 빌어야만 고통에서 벗어날 수 있을 것 같았다.

험상궂은 얼굴을 울그락불그락거리면서 왕대포와 악마 아주머니는 시퍼런 식칼을 들고 위협했다. 완전히 주눅이 든 나는 겁에 질려 아무런 말도 못하고 눈물만 주르르 흘리고 있었다.

악마는 칼로 위협하고 있는 왕대포 옆에다 가마니를 한 장 갖다 놓고 기고만장한 말로 나를 위협했다

"이것이 무슨 가마닌 줄 알기나 하냐? 이것은 바로 너 같은 놈 하나 죽여서 둘둘 말아 파묻기 위해 준비해 둔 것이다! 알겠냐?"

나는 그들이 나를 죽여 파묻어 버릴지도 모른다는 생각이 미치자 그만 실신해 버렸다. 내가 진짜로 실신한 것을 확인한 그들은 바가지로 물을 떠다가 얼굴에 끼얹으며 법석을 떨었다.

왕대포와 악마는 당황하여 나를 화천병원에 입원시켰다. 응급조치를 한 후 주사를 맞고, 그로부터 10여 시간 만에 눈을 떴을 때는 병원이었다.

실신한 그 여남은 시간에 나는 천국을 오가는 꿈을 꾸었다. 꿈이었는지

는 모르지만 너무나 생생하게 나타난 현몽이었다. 누군지 모습은 보이지 않았으나 그 말소리는 너무나 분명했다.

"너는 아직 죽을 때가 아니니라. 어서 깨어나거라. 너는 할 일이 너무 많으니라. 어서 깨어나 그 일을 찾아야 하느니라. 그러기 위해서는 빨리 그 집에서 벗어나야 하느니라!"

나는 실신에서 깨어난 후 그 음성이 무엇을 의미하는지 어렴풋이 짐작할 수 있었다. 나는 평소에도 내가 할 일이 많고 크다는 것을 항상 염두에 두고 있었기 때문에 어떤 고통이 따르더라도 기필코 살아 남아야 했다.

그 일이 있은 후 여러 사람들로부터 왕대포와 악마 아주머니를 고발하라고 했다. 그간의 사정과 벌어진 일을 상세히 기술하여 경찰서에 보내라는 것이었다. 그들은 나에게 경찰서에 고발하는 방법까지 가르쳐 주었다.

그러나 그때의 어린 마음에 그들이 말하는 것처럼 고발을 해 봤자 소용이 없으리란 생각이 들었다. 경찰들과도 친밀하게 지내고 있는 왕대포이기 때문에 오히려 역효과가 나타날까봐 무서웠다. 현재와는 달리 그 당시에는 모든 일이 힘이 있고, 실력 행사하는 사람들과 밀착되어 있는 사람들이 모든 것을 좌지우지할 때였다. 그런 상황에서 아무리 고통을 받는다 할지라도 힘 있는 자가 우선일 수밖에 없었다.

병원에서 퇴원하여 지옥 같은 한일식당으로 되돌아 왔다.

"지금까지 있었던 것은 모두 잊어버려라. 그리고 전과 같이 일만 열심히 하면 공부도 시켜주고 또 유학까지 보내줄 테니까 그리 알아라. 지난 일들은 누구에게도 말하면 안 된다. 만일 그런 얘기를 아무에게나 말하면 너하고 나하고는 끝장이다! 알았제?"

식당에는 종업원들이 전부 그만둘 판이었다. 나를 붙들어 놓지 않으면 일할 사람이 없을 뿐만 아니라 식당도 점점 힘들어져 갔기 때문이었다.

요리사는 일 년이 가깝도록 월급을 주지 못했고, 종업원도 육 개월씩이나 월급이 밀려 있는 상태였다. 그러한 상황에서 그들이 일을 할 리가 없는 것이다. 게다가 그 집에 대한 소문이 나쁘게 퍼져 있었기 때문에 누구 하나 그곳에 종업원으로 들어올 사람이 없었던 것이다. 그러니 어떻게 하든 나를 꼬드겨 머물 수 있도록 해야 하는 것이었다.

그 집 일을 전적으로 내가 맡아 하다시피 했다. 땔감에서부터 물을 길어 나르는 일, 거기에다 장사까지 도왔기 때문이다. 심지어 요리사가 나간 뒤로는 직접 요리까지도 해야 했다. 그런 나를 내보낸다는 것은 언어도단이다. 내가 없으면 아무것도 할 수 없는 지경에 놓일 것이 뻔하기 때문에 어떤 수단과 방법을 가리지 않고 나를 붙들어야만 하는 것이다.

"너 정도면 갈 곳은 많다. 왜 그 집에서 인간적인 대우도 못 받고 맨날 얻어터지고 있냐. 내가 좋은 자리를 알아봐 줄 테니까 빨리 그 집을 나오거라!"

이구동성으로 그 집을 떠나라는 것이었다.

"나와서 한 달 정도만 다른 곳에 있다가 우리 큰형님 가게로 가거라. 그곳에는 자전거와 오토바이 수리를 전문으로 하는데 거기서 기술을 배워라. 거기서 일 년만 배우면 일류 기술자가 된다. 왜 그런 곳에서 썩고 있느냐. 요즘 세상에 그런 기술만 가지면 얼마든지 잘 살 수가 있다."

제법 성숙해진 나는 그의 말을 고맙게 받아들이기로 했다. 공부를 시켜주고 유학을 보내준다는 꾐에 빠져 있을 수 있는 상황은 아니었다. 그럭저럭 나이도 한 살 더 먹게 되었고, 세상 돌아가는 이치도 또래들보다는 일찍 눈뜨고 살아왔으니 더 이상 군더더기가 필요없었다.

유학이 아니라 천만금을 준다 해도 그 집에서는 살고 싶지 않았다. 모든 것이 꼴불견이었다. 그 집의 모든 것이 싫었다. 지난 번처럼 몰래 도망갈 것이 아니라 당당하게 정면승부를 해야겠다는 결심을 굳혔다.

내가 잘못한 일이 없는데 혀 짧은 소리로 애걸하고, 왜 걸핏하면 얻어맞았는지 골똘히 생각을 다잡으면서 앞으로 절대 그럴 수 없다고 고개를 세차게 흔들었다.

이젠 그들에게 당할 수만은 없었다. 만일 내가 그만둔다고 말을 했을 때 전번처럼 그들이 나를 혹독하게 대한다면 오히려 가만 있지 않겠다는 결심을 한 것이다. 자기들이 아무리 경찰과 내통하며 가깝게 지냈다 할지라도 탄원서를 경찰서장 앞으로 보낼 각오를 하면서 며칠을 두고 준비를 했다.

이종사촌 형님, 시골의 큰집, 작은집, 고모님 댁, 외사촌, 이모님 등 여러 친척들에게 지금까지의 지내온 일들을 소상히 적어서 폭로할 요령이었다. 그래서 똑같은 내용의 편지 20통을 썼다. 그 편지를 쓰는 데 상당히 머리가 아팠다. 왕대포와 악마가 모르게 써서 보관해야 했기 때문이다. 그 당시 이종사촌 형은 서울의 고등학교 교사로 재직하고 계셨다. 후에 인하대학교 교수님이 되셨다.

20통의 편지를 써서 우표까지 붙여서 우체통에 집어넣을 준비까지 해 놓았다. 그러면서도 혹시 친척들이 알면 너무나 큰 충격을 받을 것 같아서 친척들에게 보내는 것은 후에 생각하기로 결정했다.

혼자만 고통을 참고 이겨나가면 될 일을 친척들에게 알려서는 안 되겠다는 생각으로 결국 친척들에게는 전혀 알리지 못했다. 친척들에게는 그저 잘 지내고 있다는 소식만 전했을 뿐이다. 이제야 이 책에 공개하는 것은 나의 진실을 조금도 꾸밈없이 그대로 밝히고자 하기 위함이다.

옆집에서 지켜보던 강씨 아저씨와 포사령관의 엄호가 용기를 북돋아

준 것이다. 당시 포사령관은 할 일도 많으면서 그 집에 머무는 것은 시간 낭비이니 원하기만 하면 자신의 군용차로 화천읍까지 태워주겠다고까지 했다. 만일 왕대포가 또다시 때린다거나 고문과 협박을 하면 바로 연락하라고도 하였다.

왕대포 부부에게 나의 생각을 조금도 흐트러짐 없이 당당하게 피력해 나갔다.

"늦었지만 이제 다른 길을 찾아야겠습니다. 그동안 여러 모로 돌봐주신 건 고맙습니다만 저도 이대로는 더 발전할 수가 없을 것 같습니다. 제가 할 수 있는 힘껏 열심히 일했다고 생각합니다. 이 집에 머슴으로 들어온 것이 아닙니다. 종살이하러 온 것이 아닙니다. 이용만 당하고 살아야할 이유도 없다고 생각합니다. 두 분께서도 한 번 생각해 보십시오. 여태껏 그 많은 일을 밤낮 없이 시켜먹고, 그것도 모자라 매질까지 당했습니다. 그동안 내가 얻어맞은 것이 얼마나 되는 줄 압니까? 하나도 빠짐없이 기록해 놓았습니다. 지금 말씀드린 것은 두 분에게 협박하자는 것은 아닙니다. 이제 그만 풀어달라는 것입니다. 장작개비로 맞아 피를 흘린 것이 한두 번입니까? 칼을 목에 갖다 대면서 죽인다고, 죽이고는 가마니에 싸서 쥐도 새도 모르게 파묻어 버린다고 협박했습니다. 그 때 정말 그럴 수 있는 사람들이라는 생각도 들었습니다. 철사로 내 고추를 꽁꽁 묶어서 꼼짝 못하게도 했습니다. 하루에 빵 한 개로 살게도 했습니다. 그것도 모자라 잠도 자지 못하게 하지 않았습니까? 나를 죽여서 쥐도 새도 모르게 파묻어 버린다고요? 그런 사람들과 어떻게 함께 살 수 있다고 생각합니까? 사실 쥐도 새도 모르게 죽여서 파묻어 버릴 것 같아서 잠도 제대로 못 잤습니다. 겁이 나서요…… 마구 부려먹고 위협하고 치욕적인 고문을 하며 개작살을 내듯 했습니다. 그때도 정말 죽는 줄 알았습니다. 저는 이

대로 죽을 수 없는 놈입니다. 제가 해야 할 일이 너무 많기 때문입니다. 저는 결심한 그 일을 해놓지 않고는 도저히 죽을 수 없는 몸입니다. 목에 시퍼런 식칼을 들이대었을 때도 열 시간 넘게 실신을 했고 결국 병원에서 살아나지 않았습니까?"

차근차근 사실대로 얘기해 나갔다. 나의 느닷없는 반발에 그들은 아무 대꾸를 못한 채 넋을 잃고 서 있었다. 어이없는 표정을 지으며 얼굴이 붉으락푸르락 어쩔 줄을 몰라 했다.

"그동안 여기서 일하며 얻어맞은 것들을 모두 일기로 써두었습니다. 편지 20통을 써서 우리 친척들과 경찰서에 보내려고 준비해 두었습니다."

20통의 편지를 친척들과 경찰서에 보낸다는 말을 듣는 순간, 그들은 얼굴이 새하얗게 질리면서 깜짝 놀라는 것이었다. 그리고는 둘이서 달려 들어 내 안주머니에 넣어둔 편지를 빼앗아 불태워버렸다. 그러면서도 겁이 났던지 전처럼 윽박지르거나 심한 욕을 퍼붓지는 않았다.

"그 까짓 것 태우면 뭘 합니까? 그것은 또 쓰면 되는 거 아닙니까?"

혼비백산이 된 듯 두 사람은 어쩔 줄 몰라하며 안절부절 못하였다. 그리고는 큰 낭패를 당하겠다 싶었던지 나를 어르고 달래기 시작했다.

"가만히 생각해 보니 우리가 잘못한 것 같은데, 사실 그것은 전부 너 잘되라고 한 것이지 미워서 그런 것은 절대 아니다. 아무렴 사람을 죽이려고 가마니와 식칼을 가지고 위협했겠나……."

그들은 씨알도 먹히지 않을 잔꾀를 부리려고 했다.

"그리고 거기다가 철사로 묶고 하루에 빵 한 개씩 준 것도 일부러 널 죽이고 골탕 먹이기 위한 것이 아니라 네가 얼마나 참을성이 있는가 한 번 시험해 본 것이야. 이 담에 네가 커서 훌륭한 사람이 되려면 참을성을 길러야 하고 위험을 극복할 수 있어야 하거든. 너를 훌륭한 사람으로 만들기 위해서 한 번 시험해 본 것이야. 그게 잘못되었다면 용서해라. 네가 그렇게 오해할 줄은 몰랐다카이."

그들의 음흉함과 간교하기 짝이 없음을 알아차렸다. 그들의 말 한마디, 행동 하나하나는 그날따라 왜 그리도 비굴하던지 차마 눈뜨고 볼 수 없는 꼬락서니였다.

그런 꼬락서니들은 약자에겐 강하고 강자에겐 약한 것이었다. 내가 강하게 나서니까 바로 그들의 본성이 나타나는 것이다.

"그동안 있었던 일은 아무에게도 말하지 않았으면 고맙겠네. 내 가만히 너의 얘기를 들어보니 내 생각이 좀 부족했네."

왕대포는 뒤통수를 긁적거리면서 겸연쩍은 듯 자신의 과오를 숨겨달라고 신신당부를 하였다.

"나도 창피스러워서 말하지 않으려고 합니다. 그런 얘기를 해서 제게 득 될 것이 뭐겠습니까? 누가 그런 발설을 하라고 해도 하지 않을 것입니다."

창피스럽고 굴욕적인 내 과거를 누구에게 말할 수 있겠는가. 차마 내 입으로는 다시 꺼내고 싶지도 않은 처절한 과거였기 때문이었다.

허지만 그 동네 사람들은 거의 다 알고 있었다. 특히 포사령관인 대령님과 군인들은 상당 부분을 알고 있었다.

그 곳 삼거리에는 군부대가 많았다. 주민들의 90% 이상이 군인가족이었다. 군부대 주변에서 영업을 하는 사람들은 그들의 고객이 대부분 군인들이기 때문에 군인들에게 그 집 나쁘다는 소문이 나면 장사는커녕 그 곳에서 쫓겨나야 할 형편에 놓이게 된다.

그런데 그날 이후 포사령관은 모든 군인들을 한일식당에 가지 못하도록 명령을 내린 모양이었다. 다른 사람들보다 대령은 사정을 세세히 알고 있었다. 그것은 나를 귀여워해 줬기 때문에 내가 모든 것을 털어놓았던 적이 있었기 때문이다. 그러므로 나는 어렵고 괴로울 때면 그 대령님의 자문을 얻곤 했었다.

광명같은 새로운 삶의 시작

영광은 짧은 순간에 지나가고, 넓은 세상의 영광은 언제나 슬픔이 따르기 마련이다.

강물이 대양大洋을 흘러가는 동안, 그늘이 산골짜기에서 움직이는 동안, 하늘이 별에게 먹이를 주는 동안 언제나 너의 명예, 너의 이름, 너의 영광은 남을 것이라고 했다.

나는 마침내 지옥의 문을 빠져 나오게 되었다. 지긋지긋했던 그 지옥의 문턱, 그 문턱을 넘기 위해 온갖 고문과 위협으로부터 인내하는 미덕을 기른 셈이었다.

지옥의 문을 나서니 온 세상천지가 광명이었다. 찬란한 햇살이 온통 나에게만 비춰지는 것 같았다. 그리고 온갖 만물이 나를 반기는 듯했다. 오랫동안 우리에 갇혀 있던 호랑이가 우리를 박차고 튀어나온 기분이었다. 새장에 갇혀 있던 새가 자유롭게 하늘을 날 수 있는 기분이었다. 싱그러운 날개를 퍼덕이며 찬란하고 광활한 하늘로 마음껏 솟아 오르는 기분이었다.

자유와 광명을 함께 얻은 나는 가만히 지난날을 반추해 봤다. 참으로 힘들게 고난한 행로를 많이도 온 것 같다.

내 나이 열 살 때 토정비결과 운세를 보았던 기억을 더듬으며 이모님의 이웃에 사시던 할아버지의 말씀을 회상했다. 모든 것이 정말 내 팔자소관이었구나 하고 생각했다. 그동안 수난과 고통 속에서 숨돌릴 틈도 없이 살아오다 보니 잠시 잊고 있었던 것이다.

지옥의 문턱을 넘어 광명의 길로 나선 1년쯤 후의 소식에 의하면 그 지옥은 완전히 파멸되었다고 한다. 인심을 잃은 그들은 그곳에서 살지 못하고 어디론가 떠나 버렸다는 것이다.

역시, 하늘은 스스로 돕는 자만을 돕는 것이었다. 악랄하고 남에게 가혹한 짓을 많이 한 사람에게는 절대 복을 주지 않는다는 것을 새삼 깨닫게 되었다. 그냥 착하게 사는 것이 순리라고 생각했다.

꿈대로 화천에서 공부를 더 하기 위해 서비스 공장에 취직하였다. 공부를 할 수 있는 여건이 주어진 것이다. 먹고 사는 게 힘든 시절이라 월급이 없는 대신 먹고 잘 수 있는 조건이었다. 산소용접과 각종 공구를 다루는 데 하루 다섯 시간만 일하기로 하였다. 그러나 공부를 해야 하므로 책을 살 돈이 필요해서 식당 일을 거들기로 했다. 서비스 공장에서 다섯 시간 일한 후 남는 시간을 이용하여 생활에 필요한 돈을 벌기 위해 시간을 할애하는 기본 생활계획을 세웠다.

어디에서나 마찬가지로 나는 열심히 일했다. 나에게 맡겨진 일을 훨씬 초과하여 일을 하기 때문에 공장 주인은 열심히 일하는 나를 몹시 좋아했다. 내가 하는 일이나 행동에 대해 흡족해 하셨다.

가는 것이 있으면 오는 것도 있는 법이다. 내가 열심히 일하는 만큼 그 주인도 나에게 무엇이든 도와주려고 했다. 심지어는 자신의 친자식들보다도 더 잘해 주었다. 내가 하고자 하는 일은 모두가 찬성이었다. 그러니 나로서도 더욱 열심히 일하지 않을 수 없었다.

혹시 손님이 와서 나를 쳐다보며, 이 아이가 누구냐고 물으면 나를 자신의 둘째 아들이라고 농 섞인 대답을 할 정도였다. 손님들이 진담인 줄 알고, 이 집에는 아들이 하나뿐인 줄 알았는데 어디 작은 마누라한테서 낳아 키우다가 이제야 데려왔냐고 물었고, 그러면 그렇다고 대답하여 나는 졸지에 그 주인의 둘째 마누라 아이로 둔갑하기도 했다.

주인아저씨의 말을 농담으로 알아듣지 못한 손님들은 몹시도 궁금한 모양이었다. 나를 유심히 요리조리 관찰하면서 나에게 사실 확인을 하곤 했다. 그럴 때면 나도, 그렇다고 대답해 버렸다. 어떻게 대답해야 할지를 몰라 그냥 묻는 대로 대답해 버린 것이다.

"어머니를 닮은 건가? 아버지는 닮지 않았잖아. 아버지와는 닮은 데가 어디 한 군데도 없는 것 같은데……?"

그러나 나는 그들의 궁금증을 들은 척도 하지 않은 채 내 할 일만 열심히 했다.

그곳에서의 하루 일과는 점심시간까지만 일하는 것이다. 오후에는 공부를 하기 위해 서점에 들르고, 필요한 책을 구입하여 열심히 공부했다. 그리고 저녁 무렵 식당에 가서 4시간을 일했다. 돈을 벌기 위한 그 4시간과 잠자는 4시간을 빼고는 모두 책을 읽는 시간이었다.

열심히 공부하는 나에게 주변 사람들은 고시를 준비하고 있느냐고 묻기도 했다. 그럴 때면 빙그레 웃으며 고개만 끄덕이곤 했다.

소문은 발이 없어도 쏜살같다. 입에서 입으로 번져가는 소문은 잡을 수 없는 속도로 퍼져갔다. 아무개 첩의 아들이 고시 준비를 하고 있다는 소문이었다. 누군가는 그 소문이 진짜인지 확인을 하러 일부러 들르는 사람도 있었다. 그럴라 치면 서비스 공장 주인아저씨도 조금도 스스럼없이 그렇다고 대답해 버렸다. 사실 아닌 사실로 확인된 나의 고시 준비는 온 마을에 퍼졌고, 칭찬과 더불어 부러움을 함께 받기도 했다.

그 당시 화천에는 고시 공부를 하는 사람이 두 명 있었는데 한 사람은 두 번째 낙방하고 세 번째 도전을 기다리고 있었고, 또 한 사람은 한 번 낙방했다는 소문이 있었기에 나에 대한 주변 사람들의 기대 섞인 칭찬은 대단했다. 열심히 공부하여 우리 화천에서 처음으로 판·검사가 나왔다는 말을 듣도록 해달라는 위로를 곁들이기도 했다. 그들은 하나같이 내가 공부하면 성공할 것을 믿으며 자신들의 일처럼 자랑스러워했다.

그곳 사람들의 기대와는 달리 나는 그때부터 주역 공부를 했다. 자못 오해가 생길 소지였다. 그곳 사람들의 지나친 기대를 져버리는 일이 벌어져서는 안 된다고 생각했다. 그래서 어느 날 끈질기게 궁금하여 못 견디는 이웃집 아저씨에게 사실대로 털어 놓았다.

"아저씨, 제가 공부하는데 뭐가 그리도 궁금하십니까? 그저 공부 열심히 하는구나, 생각하시면 되요. 사실은 고시 공부하는 게 아니고 주역 공부를 하고 있어요. 어둡게 살고 있는 세상 사람들을 일깨워 주기 위해 주역 공부를 하고 있습니다."

어린 사람이 무엇이 되려고 그 어려운 주역 공부를 하느냐는 거였다.

이렇듯 나에게 지대한 관심을 베풀어준 화천에는 고마운 사람들이 많았다. 그곳 사람들은 심성이 곱고, 인심 또한 후했다. 좋은 사람들을 만나게 되어 별 어려움 없이 공부를 하게 된 것이다.

우리는 웃기 전에 우선 울어야 한다.

큰 고난과 슬픔에서 깨닫는 바가 있는 그 깨달음에서 온정과 관용을 아울러 지닌 철학적 너털웃음이 우러나는 법이다.

린 위탕林語堂(임어당)이 말했듯이 어려움을 겪고 난 후라야 진정한 자신을 완성시킬 수 있는 것이다. 그래서 인내는 희망의 기술이라고 했다. 인내는 분명히 고귀한 덕德이라고 했다.

그럴 즈음, 고향에서는 큰아버지를 비롯한 친척들이, 애비 에미도 없이 천덕꾸러기로 자라다가 객지에 나가 죽었는지 살았는지 소식이 없는 나를 찾으려고 백방으로 수소문했으나 찾을 수가 없었다는 것이다. 고향을 떠난 지가 그 해로 4년째였다. 옥내 장터의 이모님은 내 소식을 알고 있었지만 아무에게도 말하지 않았던 것이다.

가끔은 고향이 그리울 때도 있었지만 그럴 때마다 마음을 다지곤 했다. 고향에 가 봐야 죽으라고 일만 할 것이고, 또한 서러움이 더할 것이라는 생각이었다. 그곳에 가면 부모 형제 생각으로 더욱 마음고생이 심할 것이고, 하고 싶은 공부는 더 못할 것이라는 생각이었다. 그러니 차라리 멀리 떨어져 살면 괜한 상심을 덜 수 있을 것이었다. 그래서 어떤 고통이 따르더라도 고향을 잊고 살다가 크게 성공한 다음에 찾아 가겠다는 결심이 더욱 굳어졌던 것이다.

그 당시 나처럼 객지로 나온 대부분의 친구들은 하나같이 오래 버티지 못하고 집으로 되돌아갔다. 견딜 수 없을 만큼 고통이 뒤따랐기 때문이었다. 웬만한 각오로는 단 며칠도 견디기 어려운 객지 생활이었다.

물론 그들은 나와 같이 부모 형제를 다 잃은 처지가 아니었기 때문인지도 모른다. 설사 부모 형제를 다 잃고 혈혈단신의 몸이라 했더라도 지독한 결심을 하지 않으면 버텨내기가 무척 어려운 실정이었다. 또한 목적하는 바가 다르기 때문일 수도 있었다.

나는 할 일이 너무나 많다는 생각을 한시도 잊어본 적이 없다. 시간이 흐르고 세월이 지날수록 내가 할 일은 태산같이 쌓여 갔다. 많은 일들을 내가 하지 않으면 안 된다는 생각을 했다. 공부를 깊고 넓게 하여 세상을 깜짝 놀라게 해야 한다고 결심하였다. 또한 돈도 많이 벌어서 어려운 사람들을 도와 사회봉사에도 힘쓰겠다는 포부도 가졌다.

그렇듯 원대한 꿈을 이루기 위해서는 여러 가지 충분 요소들이 밑바탕에 깔려 있어야 했다. 그런데 나에게는 뿌리가 없었다. 뿌리가 없는 것이 아니라 너무나 하잘 것 없이 미약했다. 그러한 바탕에서 큰 포부를 이루기 위해서는 아무튼 열심히 공부하고 일하는 수밖에 없었다. 그러면서 주위 사람들로부터 인정을 받아야 하는 것이다. 내가 갖고 있는 투지와 성실로 많은 사람들에게 신뢰의 토대를 구축하는 것이 내가 하고자 하는 의도의 첩경이었던 것이다.

어떤 곳, 어느 집에서든 신뢰를 얻는 데는 일가견이 있었다. 모든 것이 내가 할 탓이라고 여기면서 열심히 일하고 구김 없는 행동을 했기 때문일까? 역경을 딛고 일어서서 끊임없이 도전의 고삐를 늦추지 않았던 것이다.

인내에 대한 어떤 위안을 찾을 수 없다면 그보다 더 괴로운 일은 없다고 했다. 그러나 그 당시 나에게는 어둠이 걷히고 여명과 함께 광명이 펼쳐지기 시작한 것이다.

열아홉되던 해에 우연한 계기로 강원도 영월군 북면 마차리에 갈 기회가 있었다. 그 당시 마차광업소는 무연탄을 채굴하고 있었으며, 그 일대는 무연탄을 채굴하는 광원들로 북적대고 있었다.

마차는 무연탄을 생산하여 삭도로 영월 화력발전소까지 산으로 실어 나르는 기구였다. 나는 마차에서 락임이라는 유흥음식점을 알게 되었다. 그곳은 접대부(그 당시는 기생이라고 불렀다)의 숫자가 50~60명쯤 되는, 말하자면 대단히 큰 접객업소였다. 거기서 웨이터 겸 책임자로 일하게 되었다.

당시 19살이었으나 주인에게 25살이라고 말했다. 주인은 이미 소문을 들었던지 나를 신임하듯 열심히 잘 해달라고 긴히 당부까지 했다.

　나는 거기에서도 열심히 일했고 많은 사람들로부터 두터운 신임을 얻었다. 일거수 일투족 모든 사람들에게 신뢰와 선망의 대상으로 자리 잡아 갔다.

　마차 락임에서의 생활은 마냥 즐거웠다. 주인으로부터의 신뢰와 60여 명의 종업원들로부터의 선망을 한 몸에 받았으며, 모든 일은 내 책임 하에 이뤄졌기 때문에 어느 누구한테도 눈치 보일 이유가 없었다. 오히려 주인이 혹시나 내가 불만스러워 할까봐 근심을 할 정도로 나의 권위는 치솟아 있었다. 그러니 시간을 활용하는 데도 충분하였다.

　마차에서 정선 쪽으로 얼마 안 가서 조그마한 사찰이 하나 있었는데 우연한 기회에 그곳엘 가게 되었다. 나는 법당으로 들어가 난생 처음으로 부처님께 큰절을 했다. 3배를 하고 나오려는데 출입구 왼쪽에 책이 한 권 있음을 보았다. 책이라면 사족을 못 쓰던 나였다.

　그때도 나는 틈만 나면 책을 읽었고, 또한 책이라면 무슨 종류이든 탐독하는 습관이 배어 있었다. 그 책을 얼른 집어 들고 한 장 한 장 넘겨보았다. 거기서 나는 새로운 것을 발견하게 되었다. 여태껏 한 번도 읽어보지 못한 희귀한 글귀가 인쇄되어 있는 것이다.

　대단한 발견이었다. 갑자기 심장의 맥박이 강하게 울려왔다. 내 눈은 그 책갈피에서 떨어질 줄을 몰랐다. 주역에서 많이 나오는 8괘 보는 법과 부적이 그려져 있었다. 그 무언가가 나를 압도했고, 나의 발을 꽁꽁 묶어 버렸다.

　나는 스님이 오기를 기다렸다. 어둠이 깔리고 적막한 산사에 스산한 바람이 스치고 있었다. 멀리서 부엉이 울음소리도 들렸고, 알 수 없는 산짐승들의 울음소리가 가끔 적막한 산사에 앉은 나의 귓전을 흔들 뿐이었다.

그 곳 노스님이 나타난 것은 밤이 꽤나 깊은 시각이었다. 나는 하룻밤을 꼬박 새면서 그 책을 읽었다. 어려운 문맥들이 많아 얼른 이해되지 않는 부분도 있었으나 그 책을 탐독하고 얻은 것이 대단히 많았다. 그것은 〈월령도〉라는 책이었다. 스님과 나는 이내 친분이 오랜 사람처럼 대화를 나눌 수 있었다.

"스님, 이 책 저에게 좀 빌려 주시면 안 되겠습니까?"

스님은 나의 절실한 눈빛을 따라 한참 생각하는 듯했다.

"안 되지. 그 책은 귀한 책이야. 아무 데서나 구할 수 있는 것이 아니야."

스님의 태도로 봐서는 그 책을 빌려줄 것 같지 않았다. 스님의 용태는 인자함 뒤에 단호함이 깔려 있었다. 몇 번이고 사정하면서 빌리기를 간곡히 부탁했으나 한 번 거절한 말은 되돌릴 수가 없었다.

그 책을 보기 위해 하루 한 번씩 그 절엘 드나들었다. 나의 열성에 감흥받았는지 스님께서 말문이 조금씩 열리기 시작했다. 그러면서 은근히 또 물어주시기를 기대하는 듯 상세히 설명해 주셨다.

열심히 읽고, 무언가를 더 알려고 하던 나는 그 책 속에서 눈이 휘둥그래지는 어떤 것을 발견하였다. 생전 처음 보는 것이었다.

"스님, 이것은 무엇입니까?"

스님께 궁금한 것에 대해서는 스스럼없이 여쭤보고 그때마다 노스님은 조금도 성가시다는 표정을 짓지 않고 상세히 설명해 주셨다.

"그것은 주술이라는 것이야. 즉 부적이지. 그것을 잘 작성하면 안 되는 일이 없어. 귀하고 좋은 것이지. 그러나 그런 건 아무나 작성하는 것이 아닐세. 그걸 잘못 섣불리 작성하다간 혼나는 것이야. 잘못 작성한 사람에게도 큰 화가 미치는 것이야!"

"그렇습니까? 저도 좀 배우면 안 될까요? 스님께서 좀 가르쳐 주십시오. 열심히 배우겠습니다."

"그게 어디 생각처럼 그리 쉬운 건 줄 아나? 그렇게 쉽게 배울 수 있다면 누군들 못하겠는가? 누구나 할 수 있다면 어째서 귀한 것이라고 하겠는가?"

그 스님은 당시 세수 여든 셋에 법랍 예순 넷으로 노스님이었다. 세속에는 그다지 알려지지 않았으나 선방에서는 상당히 고결하고 경륜이 높으신 큰 스님으로 알려진 분이었다.

나는 때를 쓰다시피 하여 부적 작성법을 가르쳐 달라고 졸랐다.

"정녕 배우고 싶다면 자네가 이 절에 들어오게나. 여기에 와서 내 뒤를 이어가겠다고 한다면 내 기꺼이 가르쳐 줌세. 그렇지 않으면 가르쳐 줄 수가 없는 것이야. 내 뒤를 이어갈 놈이라야만 가르쳐 줄 것이란 말이야."

한마디로 가르쳐 줄 수 없다는 것이었다. 이 절에 들어와서 중이 되고, 그의 밑에서 공부를 해야만 가르쳐 준다는 것이 아닌가.

"그럼, 저더러 모든 세속의 것을 덮어버리고 이 절에 들어와 머리를 깎으라는 겁니까?"

"그렇다니까! 싫으면 그만이고…… 누가 자네더러 굳이 여기에 오라는가? 자네가 자꾸만 억지를 부리니까 내가 하는 말이지. 알겠는가?"

당시로서는 나에게 주어진 환경이 그것을 배우는 것보다 더 중요했다. 우선 락임의 업무를 게을리해서는 안 되었다. 60여 명의 종업원들을 관리해야 하고 모든 업무를 직접 내가 챙겨야만 했다.

"스님, 지금은 제가 해야 할 일이 너무 많습니다. 지금도 그러하지만 앞으로의 제 꿈이 너무 크거든요. 세상에서 제1인자가 되고 싶을 만큼 큰 꿈을 가지고 있습니다. 스님께서 좀 도와주십시오. 그래서 뭐든지 알려고 열심히 공부하고 있습니다."

가만히 내 표정을 지켜보던 스님은 입가에 잔잔한 미소를 머금으며 흡족한 표정을 지으셨다.

"그 놈 참, 기특한 생각을 하는구먼. 자네 올해 몇인가?"

"열 아홉입니다."

"그래? 자네의 범상한 기백이 마음에 드는구먼. 그래, 어떤 것에 1인자가 되겠다는 건가?"

"어떤 것이 아니라 모든 것에 1인자가 되고 싶습니다."

"내 자네의 용기가 맘에 들어 몇 가지라도 가르쳐 줘야겠구먼."

나는 그날부터 스님으로부터 많은 것을 배우고 익혔다. 손금 보는 법, 손가락의 지문 보는 법, 엄지손가락 좌우를 통하여 수명운과 재물운 등을 보는 법을 정확히 배웠다. 한 가지라도 더 배우고자 노력하는 나에게 노스님은 성심껏 가르쳐 주었다.

그 후 사회생활을 하면서부터 가끔 다른 사람들의 손금과 엄지손가락의 지문을 보고 수명과 재물에 대한 이야기를 해주면 이구동성으로 탄복을 하는 것이었다. 심지어는 나를 보고 신들린 사람이라고 말하기도 했다.

나는 그 스님으로부터 배운 지문 보는 법을, 내 스스로 착안하고 공부한 생년월일시의 사주팔자와 대입시켜 일치와 불일치를 살펴보고, 불일치했을 경우 그 편차에 따라 정확하게 판단해 나갔다. 그래야만 정확하게 진단할 수 있기 때문이다. 지문 하나로는 정확도가 약하다는 것을 터득한 것이다.

그 무렵 스님은 그 곳 마차리에서 일 년만 더 있으면 자신의 모든 비법을 다 가르쳐 주겠다고 했다. 그래서 매일 절에 오라는 것이었다. 나는 그때 스님께 여러 가지 비법을 배우면서 그 무엇 하나도 시주를 하지 않았다. 심지어 불을 밝힐 초 한 자루도 사 가지 않았다. 오히려 절에서 공양만 하고 돌아오기도 했다.

스님은 나더러 재복財福이 크게 있어 장차 재벌이 될 것이라고 했다. 그러면서 크나큰 시련도 당할 것이라고 했다. 그러나 그 시련은 반드시 이겨내야만 하는 운명을 타고 났으니 좌절하거나 용기를 잃으면 안 된다는 것이었다. 그러한 기백을 살리고 시련을 이겨내기 위해서 열심히 공부하라는 당부를 몇 번씩 하셨다. 그리고 그 해 스님은 나에게 한 말이 마지막 유언인듯이 입적을 하시고 말았다.

스님의 입적으로 나는 한동안 실의에 빠지기도 했으나, 유언같았던 그 말씀을 진리로 받아들이고 더욱 열심히 공부했다.

인간에게 유익한 것은 무엇이든 진리眞理이다. 인간 속에서 모든 자연自然이 이해되고, 모든 자연 속에서 인간만이 창조되었고, 모든 자연이 인간만을 위해 창조되었다. 인간은 모든 사물의 척도이며, 인간의 복지는 유일하고 단일한 진리의 기준인 것이다.

남자 나이가 스물이 되면 군대엘 가야 한다. 그것은 우리 국민의 4대 의무 중 유일하게 남자에게만 부여된 헌법상의 의무이다.

스님이 떠나신 그 이듬해 나는 스물이 되었고, 고향을 완전히 떠나온 지 4년여 만에 편지를 보냈다. 징집 문제 때문이었다. 성공하지 않고는 고향에 소식을 전하지 않겠다는 결심을 했으나 국민의 의무를 수행해야 하는 것이다. 군대 기피자가 되어서는 안 된다는 생각이었다.

고향의 큰집 식구들은 모두 내가 죽은 줄로만 알고 있었다. 갑작스런 소식을 받은 큰아버지와 큰어머니는 깜짝 놀라 어쩔 줄을 몰라 했었다는 것이다. 내가 보낸 편지를 보시고는 급히 내려오라는 전갈이 왔다. 역시 징집 문제로 대단히 걱정을 하고 있을 때였다. 오래 지체할 시간이 없다는 것이었다.

어쩔 수 없이 나는 그동안 정들었던 락임을 떠나야만 했다. 사장님에게 사실대로 얘기했다.

"혹시나 하고 4년 여 만에 고향에 편지를 했더니 징집 문제로 많은 걱정을 했다는군요. 남자가 군대를 기피할 수 없는 것 아니겠습니까?"

"아니, 나이가 몇인데 이제야 징집인가? 지배인의 나이가 스물 다섯이라면서⋯⋯?" 그는 내 나이를 스물다섯으로 알고 있었다. 그것은 그런 일을 하기 위해서 어린 나이로는 업신여김을 당하게 될까봐 방지하기 위한 방편이었다. 그러니 사장님도 그렇게 알고 있었는데 갑자기 징집이라니 어안이 벙벙해질 수밖에 없었다.

"그때 열아홉 살이라고 하면 사장님께서 저를 쓰지 않을 것 같기도 하고, 또 설사 제가 들어온다 하더라도 나이가 너무 어리면 다른 사람들이 얕보게 될까 봐 본의 아니게 거짓말을 하게 된 것입니다. 죄송합니다. 사장님!"

"어쩔 수 없는 일이구먼, 그까짓 나이 가지고 거짓이 됐든 어쨌든 그런 것이 별문제가 되는 것은 아니야. 좌우지간 군대는 가야 하니까 어쩔 수 없다 치고, 군대 갔다 와서는 반드시 우리집으로 돌아오겠다는 약속이나 하라구!"

사장님은 오히려 아쉬워하며 미래를 약속하자고 했다.

한 달 후 락임을 떠나기로 했다. 징병검사 날짜가 대충 그때쯤이라고 알려왔기 때문이다. 내일 당장 떠나더라도 오늘까지는 성심 성의껏 일을 해야 한다는 것이 내 신조나 다름없었다.

그 한 달은 나에게도 많은 교훈이 되었다. 또 많은 생각들을 정리하면서 앞으로의 계획도 새롭게 가다듬기도 했다. 할 일이 태산같았고, 공부도 많이 해야 하고 또 돈도 많이 벌어야 했다.

내가 마차에서 떠나기 3일 전, 나는 전 종업원들에게 그 사실을 알리지 않을 수 없었다.

"여러분, 오늘은 우리 모든 식구들끼리 파티를 열겠습니다. 오늘은 한 사람도 손님을 받지 않습니다. 오늘 손님은 우리 지배인입니다. 우리 지배인 한 사람을 위해 우리 60여 명이 시중을 들도록 해야 합니다!"

사장님의 느닷없는 인사말에 모든 종업원들이 의아한 눈빛으로 사장님을 쳐다보고 있었다. 잠시 길게 숨을 한 번 들이쉰 사장님은 다시 말을 이어갔다.

"대단히 섭섭한 말을 여러분들에게 전하지 않을 수 없습니다. 바로 오늘 이 자리는 서운하게도 우리 지배인과의 송별파티 자리가 되겠습니다."

지배인과의 송별식 자리라는 말이 나오자 여기저기서 웅성웅성 소리가 들리기 시작하면서 술잔 부딪치는 소리와 함께 건배의 아우성이 울렸다.

"오빠, 만세다! 만세!"

"춘식이 오빠, 건강하세요!"

손을 잡는 사람, 목을 끌어안는 사람, 내 등에 올라타는 사람, 볼에 키스를 하는 사람, 심지어는 입술에 진짜 키스를 하는 아가씨도 있었다. 잠시 떠들썩했던 아가씨들이 다시 제자리로 가서 앉았고, 나는 그들의 열렬한 반응으로 인해 어리둥절했다.

송별파티 3일 후 나는 마차를 떠났다. 경남 산청군 금서면에 있는 금서초등학교 징병검사장으로 향했다. 버스에 앉은 나의 심정은 착잡했다.

지난날들이 영상처럼 펼쳐지기도 했으며, 또한 앞으로 나에게 주어질 운명적인 일들이 아련하게 다가오기도 했다. 어떻게, 어떤 일들이 닥쳐올지는 확실치 않으나 수많은 일들과 난제들이 기다리고 있는 듯 나의 머리는 어수선하기도 했다.

이제부터 돈을 벌어야 할 때라는 생각이 스치고 있었다. 그런 중요한 시기에 군대에 가서 3년을 보내야 한다는 것을 생각하니 초조해져 착잡한 감이 들기도 했다. 그러나 어쩌겠는가, 국민의 의무가 아닌가.

군에서 3년을 보내고 제대를 했을 때 과연 내가 해야 할 일들을 쉽게 찾을 수 있을까를 곰곰이 생각했다. 군대를 가기 싫다는 것이 아니라 사회에 발을 내디딘 후 가장 활발하게 일할 수 있는 토대가 마련되려는 시기였기 때문에 그 기회를 놓치고 싶지 않았던 것이다.

이런저런 생각에 사로 잡혀 있던 나의 머리를 무언가가 꽝 때렸다. 그것은 다름 아닌 내 나이 일곱 살 때 나를 죽음 직전까지 몰고 갔던 양민학살 사건이었다. 허벅지며 발뒤꿈치, 배의 관통상 흔적이 그대로 남아 있었다. 그래서 징병검사 때 발꿈치와 허벅지의 관통상들의 보여주고, 지난날의 상황을 설명해야겠다는 생각이었다.

나는 검사장에서 검사원에게 사실대로 설명을 했다. 1951년 정월 초이틀날, 산청·함양 양민학살사건 때 국군 11사단 9연대 3대대 소속 장병들에 의해 총을 세 발 맞았으며, 지금도 완쾌되지 않은 상태라는 것을 진술했다. 그러나 그것으로 징집 면제가 확실한 것은 아니었다. 어쩌면 가능성이 있을 것이라는 막연한 기대를 했을 뿐이다. 당시에는 징집 대상자의 숫자가 모자라는 형국이기도 했기 때문이다.

그런데 징병검사 결과는 다행스럽게 무종이었다. 내년에 다시 징병검사를 받아야 한다는 것이다. 내년엔 어떻게 될는지 알 수 없으나 우선 일

년의 유예기간이 생긴 셈이었다.

고향이지만 산청에 머물 이유가 없었다. 내가 해야 할 일이 있는 곳은 산청이 아니었다. 객지라 하더라도 넓은 곳에서 큰일을 찾아야 한다는 생각이었다. 영월의 마차로 다시 돌아갈까 하는 생각에 잠시 머물렀으나 고개를 저었다.

나는 고향 마을을 한 바퀴 돌아보고 산청을 떠나기로 했다. 수년이 지났건만 고향 산천은 예나 다름없었다. 산판으로 많은 나무들이 잘려 나갔지만 그래도 아름드리 나무들이 숲을 이뤄 그 푸르름이 더했고 깊은 골짜기의 맑은 물은 한으로 점철된 내 가슴의 응어리를 한 겹씩 씻어내리듯 유유히 흐르고 있었다.

그러나 아픈 기억의 뒤안길에는 언제나 서글픈 그림자가 드리워지듯, 남쪽 하늘 자락 멀리 중매재를 쳐다본 순간 귀청을 찢는 그날의 총성과 아우성들이 환청으로 들리며 괴로웠다. 영원히 잊을 수 없는 원혼들의 처절한 통한의 절규였다.

운명 같은 시련의 연속

쓰러지면 일어나고, 어려우면 더 잘 싸우고, 자고 나면 깨는 것이 우리들 인생이라고 했던가. 한 번 뛰어서 하늘에 도달하지는 못한다. 그러기에 우리는 낮은 땅에서 둥글게 하늘로 올라가는 사다리를 만들고, 그 둥근 사다리를 타고 돌고 돌아서 결국 그 꼭대기에 이르는 감격을 얻는 것이다.

작은 일이라 하여 쉬이 하지 않으며, 남이 안 보이는 곳이라 하여 속이거나 숨기지 않으며, 어떤 일에 실패를 한 경우에도 좌절하거나 자포자기하지 않는다면 비로소 하나의 확고한 대장부로 탄생하게 되는 것이다.

영월의 마차로 가는 것을 포기하고 서울행을 결정했다. 더 넓은 곳에서 꿈을 실현시켜야겠다는 것이 최후의 결정이었다.

서울에 입성한 나는 맨 처음 이종 형님을 찾아갔다. 어쨌거나 피붙이라는 인연으로 맺어져 있고, 또한 나에 대한 애정이 남다르기도 했었다.

형님이 반가워해 준 건 말할 것도 없고 이모님도 눈물을 훔치시며 반겨주셨다. 이모님의 애정은 유별나 어머니를 만나는 것처럼, 자식을 만나는 것처럼 뜨거운 해후였다. 숭고한 제 2의 모정이었다.

나는 그동안의 살아온 세월을 보고 드렸다.

이모님은 내 손을 잡으시면서 대견하다는 칭찬을 몇 번이나 하셨다. 너는 워낙 총명하여 어딜 가든 잘 적응하리라 믿었다는 것이다. 크게 성공할 것이라는 믿음의 끈을 놓지 않으셨다. 그것은 옛날 내가 아주 어렸을 적부터 입에 침이 마르도록 나에게 하시던 말씀이었다.

요즘의 젊은이들도 갖는 꿈이기는 하지만 당시 나도 영화배우가 되겠다는 포부를 갖고 있었다. 그 당시 박노식, 신영균, 김지미 등 대 스타들을 동경했고, 그들처럼 훌륭한 배우가 되겠다는 꿈을 갖고 있었기에 형님께 말씀드렸더니 훌륭한 영화배우도 좋지만 걷는 길이 험난함을 걱정하셨다.

어떤 일이든 쉬운 게 어디 있으랴마는 특히 그 길은 험난하고 많은 애로가 있다고 했다. 우선 타고난 자질이 있어야 하고, 설사 돈이 있다고 하더라도 혼자 힘으로는 당해낼 수가 없다고 했다. 그 뒷바라지를 해줄 사람도 없거니와 그 계통에서 아는 사람도 전무한 상태였다.

형님은 일찍 서울로 올라왔고, 서울에서 공부도 했으며 누구나가 부러워하는 선생님이었다. 그러니 서울에서의 삶을 나보다는 훨씬 잘 알고 계섰기 때문에 나는 웬만한 일은 그 형님과 상의하곤 했었다. 형님의 설명을 듣고는 영화배우 되는 것을 포기할까도 생각했다.

형님께는 잘 생각해 보겠다고 대답했으나 쉽게 마음을 되돌릴 수 없었던 나는, 충무로 길을 돌아다녔다. 지금의 명보 프라자 주변을 서성거리기도 하고 이곳 저곳 영화 관계 사람들이 모이는 곳은 어디든 찾아 헤매기도 했다.

충무로 바닥을 헤매는 동안 내가 맨 처음 만난 분이 허장강 씨였다. 지금은 고인이 되셨지만 그 당시 그분의 인기는 대단했다. 그분이 나를 알든 말든 나는 그에게로 달려가 반갑게 인사를 했다.

"아저씨 안녕하세요. 저는 아저씨의 열렬한 팬입니다. 아저씨를 만나러 서울까지 왔어요. 저도 아저씨처럼 훌륭한 영화배우가 되고 싶어요."

처음 보는 나를 어리둥절한 채 바라보는 그에게 나는 절을 했다. 명보극장 앞 길바닥에 넙죽 엎드려 큰절을 했다. 아닌 밤중에 홍두깨처럼 나타나 넙죽 절까지 하는 나를 어이없다는 듯 한참 쳐다보던 허장강 씨는 내 머리를 어루만지며 싫지 않은 표정으로 껄껄 웃으셨다.

"그래? 그럼 날 따라와 봐. 생기긴 총명하게 생겼구먼. 그런데 영화배우는 아무나 되는 게 아닌데……."

나는 그로부터 얻은 용기가 백배했다. 금방이라도 영화배우가 될 것처럼 기뻤다. 공중을 날아오르는 기분이었다.

나를 데리고 간 곳은 별로 크지 않은 사무실이었다. 그 방에는 여자 배우들의 포즈를 촬영한 사진 액자들이 여기저기 걸려 있었다. 그 사진들을 가까이에서 본다는 것 자체만 해도 여간 기쁜 것이 아니었다.

"이 친구, 총명하게 생겼어. 영화배우가 되겠다고 시골에서 올라왔다네. 또랑또랑하고 대견스러워. 어디 한 번 잘 도와줄 수 있는지 얘기해

보지."

허장강 씨는 나를 그 사무실 사람에게 소개시켜 주고는 어디론가 가 버렸다.

"영화배우가 되려면 어떤 절차가 필요합니까? 나는 꼭 영화배우가 되고 싶습니다."

나의 느닷없는 물음에 그는 입가에 조소를 띠우며 힐난하듯 내뱉었다.

"촌놈아. 영화배우를 아무나 하냐? 네깐 놈이 영화배우하면 대한민국 사람 전부 영화배우 되겠다!"

"누군 날 때부터 영화배우 했나요? 열심히 하면 되는 거지."

"요놈 봐라, 촌티가 더덕더덕한 네가 어떻게 영화배우를 하냐? 꿈 깨라, 꿈!"

그가 나에게 핀잔을 주며 힐난했지만 별로 악의는 없어 보였다. 아마도 허장강 씨가 소개했기 때문에 막무가내로 대할 수는 없었던 모양이다.

"지금은 촌티를 벗지 못했지만 차츰 세련되겠지요. 잘 좀 부탁합니다. 좀 도와주십시오."

호락호락 그냥 물러설 내가 아니었다. 어이없다는 표정으로 나의 위아래를 훑어보던 그는 나를 또 다른 사람에게 인계했다. 그 사람과 몇 가지 얘기를 나누었고, 곧 그 사람 밑에서 개인 심부름을 하기로 결정했다. 3개월 정도만 자기 밑에서 심부름을 하면 좋은 길이 열릴 것이라는 그의 말을 믿기로 했다.

사무실 청소는 물론, 하찮은 심부름에서부터 궂은 일까지 내가 맡아서 했다. 굴욕스러운 일이 있어도 참았다. 자존심이 상해도 참았다. 그것이 영화배우가 되는 길이라고 들었다.

그러나 나에게는 잠을 자고 밥을 먹을 어떤 길도 없었다. 그곳에서 심부름을 하면서 온갖 잡일을 다 맡아 했는데도 아무런 보상이 없었다. 그래서 그에게 나의 사정을 얘기했더니, 잠은 사무실에서 자고 밥 먹는 것은 스스로 알아서 하라는 것이었다.

나는 밥벌이를 해야겠다고 생각했다. 시간제 아르바이트를 구하기로 한 것이다. 영화배우가 되는 길이 곧 열려 있어 머지않아 유명한 배우가 된다 하더라도 당장의 허기를 때워야 했다. 그래서 내가 찾아간 곳이 식당이었다.

식당 일은 경험이 있는 터였다. 화천 삼거리의 한일식당에서도 일한 적이 있었고, 마차의 큰 요정에서도 지배인까지 지냈기 때문에 식당 일이라면 잘 할 수 있었다. 또한 그런 곳이라야 시간제 일을 할 수 있겠다는 계산을 한 것이다.

다행히 내가 쉽게 찾아낸 곳은 장충공원 앞 동화장이라는 식당이었다. 그 집에서 낮 12시부터 오후 3시까지만 일하고 밥만 먹여 주는 조건이었다. 그것으로 일단 먹는 문제는 해결된 셈이었다.

나는 어디에서나 남들에게 밉보이지는 않았다. 일부러 아양을 떨거나 간사스런 행동을 하지도 않았으며, 주어진 일을 보다 더 열심히 하기 때문일 것이다.

몸을 아끼지 않는 열성이 그들로부터 호감을 끌어내는 비결이기도 했다. 그런 열성과 부지런함에 칭찬을 하지 않을 사람은 없다. 그것은 신뢰를 구축하는 비결이기도 했다.

나의 열성과 부지런함은 동화장 주인에게도 감흥을 주었다. 주인은 나더러 아예 그곳에 들어와서 살면서 식당 일을 도맡아 하라는 것이었다. 보수도 다른 사람보다 많이 주겠다고 했다. 그러나 나는 그럴 수가 없었다.

"아저씨, 저는 영화배우가 되는 것이 꿈이에요. 지금 제가 일을 도와주고 있는 영화사 사무실에서 한 3개월만 있으면 영화배우 시켜준다고 했어요."

그것은 당시 나의 요망사항이었다.

"그게 그렇게 쉬운 건 줄 알아? 그거 마음대로 되는 것이 아니야. 엉뚱한 생각하지 말고 우리집에서 일이나 열심히 배우는 게 어때? 내 다른 아이들보다 월급을 많이 줄 테니 내가 하자는 대로 하는 것이 좋을 거야."

그 날 주인아저씨는 나에게 3천 원을 주면서 자기 집에서 일하도록 꼬드겼다. 돈이 궁하던 참이라 그날 주인아저씨가 준 3천 원은 너무나 고마웠다.

당시 3천 원이면 제법 많은 금액이었다. 그래서 그날로 영화사는 나가지 않기로 했다. 그곳에서 일하며 공부를 해야겠다고 방향을 바꾼 것이다. 공부를 해야 한다는 굳은 마음은 그동안 무슨 일을 하든지 버리지 않았다. 어느 곳에서든 틈만 나면 공부를 해야 한다고 다짐하곤 했다. 그곳에서도 주인으로부터 신임을 받고 있었기 때문에 공부하기 위해 시간을 내려면 충분히 허락해 줄 것이라는 생각에서였다.

일차적으로 주역 공부를 하기로 했다. 영월군 마차에서 스님으로부터 전수받은 것과 또 독습해 오던 것을 완전히 터득해야겠다고 마음을 다졌다. 그래서 학원에 다니기로 하고 주인에게 허락을 받았다. 당시 서울에서는 누구에게도 주역을 공부한다는 것은 비밀에 부쳤다. 아무도 모르게 열심히 공부하여 완전 터득을 할 요량이었다.

막상 식당 일을 하면서 공부를 하려고 하니 시간적 여유가 너무 없었다. 원래 식당 일이라는 것은 해도 해도 끝이 없는 것이다. 시장 보는 것부터 설거지, 청소까지 하려면 밤늦게까지 시간이 없었다. 또한 하루 종일 서서 움직여야 하기 때문에 몹시 피곤했다. 이래서는 공부는커녕 오히려 몸이 견뎌내지를 못할 것 같았다.

시간도 활용하고 돈도 벌 수 있는 방법을 생각하다가 신문팔이와 구두닦이를 하기로 했다. 적당한 지역을 물색하다가 남산공원 주변을 선택했다.

신문팔이와 구두닦이는 그 당시 밑바닥 인생이라고 했다. 주로 고아로 자란 아이들이라든가 불량스러운 아이들이 하던 일들이었다. 지금이야 신문 · 잡지를 팔고 구두를 닦는 것이 떳떳한 직업으로 여겨지지만 그당시로서는 밑바닥 인생이나 하는 일로 치부되었다.

그 세계는 불량배들의 소굴처럼 간주되었고, 사실 그런 아이들이 우글거렸다. 그러다 보니 마찰과 충돌이 비일비재했다. 그 세계에서는 주먹질을 잘해야 살아남을 수 있었다. 싸움에서 패하면 도태되었다. 그때 나도 불량배들의 똘마니들로부터 수없이 얻어맞았다.

그래서 나는 태권도를 배우기로 했다. 내가 얻어맞은 만큼 그들을 두들겨 패주어야겠다는 생각을 했다. 그러나 그보다는 내가 이 일을 하기 위해서는 먼저 힘을 길러야 했다.

새벽 5시에 태권도 도장에 가서 열심히 운동을 했다. 아무리 피곤하고 힘이 들어도 단 하루도 걸러 본 적이 없었다. 열심히 운동을 했다. 그러니 같이 입관한 또래들보다 훨씬 빠르게 승단할 수 있었다. 그것도 나의 타고난 성품의 한 부분이었다.

당시 한성여고 체육관에서 초단 심사에 당당히 합격했고, 1년 후에 2단, 그리고 1년 6개월 만에 3단으로 승단했다. 대단히 빠른 승단이었다.

불과 3년 6개월 만에 태권도 3단이 된 나는 두려울 게 없었다. 특히 남산공원 주변의 불량배 정도는 거뜬히 이길 수 있다는 자신감이 팽배해 있었다. 게다가 나는 정식으로 수련하였기 때문에 싸움의 요령도 충분히 숙

지했다. 평소 여러 번 싸워 본 경험이 있기 때문에 그들의 실력을 대충 알고 있었다. 그리고 언젠가 한 판 세게 붙어야 한다는 생각으로 충분히 대비를 하고 있었다.

드디어 힘의 균형을 깨뜨릴 그날이 왔다. 결판지게 한 번 겨뤄야 할 기회가 주어진 것이다.

KBS 라디오 방송국이 남산 기슭에 있을 때였다. 방송국 건물 좌측 골목에서 3명을 상대로 싸움이 벌어졌다. 키는 작았으나 몸집은 당당했던 나는 그들보다 기술뿐 아니라 힘도 넘쳤다. 그날 그 3명은 나에게 묵사발이 될 정도로 얻어맞고는 빌다시피 했다. 다시는 내 자리를 넘보지 않겠다고 했다. 그날 이후론 주변에 소문이 퍼진 것이다. 그 이후 어느 누구도 내 주위를 침범하지 못했다.

구두를 닦고 신문을 팔면서 시간만 나면 공부를 하는 데 게을리 하지 않았다. 열심히 구두를 닦고 신문을 팔아 정당한 생활을 했고, 학원에 나가 공부도 열심히 했다. 그러면서 누구에게라도 내 처지에 대한 얘기가 나오면 사실대로 털어놓았다. 당당한 시민으로서 열심히 살고 있다는 자부심을 갖고 있었기 때문이다.

구두를 닦고 신문을 팔면서도 꿋꿋하게, 열심히 공부하는 나를 본 학원 원장이 칭찬을 하기 시작했다. 어려운 환경에서도 열심히 공부하는 모습이 장하다고 칭찬하면서 나에게 구두 닦고 신문 파는 일을 그만두고 아예 학원으로 들어오라고 했다. 학원에서 일을 도와주면서 공부를 하는 게 어떠냐는 거였다. 학원비도 무료로 해주고, 숙식 일체를 제공하겠다는 것이었다. 나는 그날로 그 학원에 입주했다.

학원에서 2년간 일하면서 열심히 공부했다. 학원장이 많은 배려를 해주어 어렵지 않게 대학을 갈 수 있을 만큼의 실력을 닦았다. 대학을 가기 위해서는 돈을 벌어야 했기 때문에 학원을 그만두겠다고 했을 때 학원장은 1년만 더 있어 주었으면 했으나 내 처지가 그럴 수 없었다.

나는 하루에 잠을 네댓 시간으로 줄이며 뼈가 으스러지도록 돈이 되는 일은 무엇이든 가리지 않고 해냈다.

시간과의 싸움이었다.

돈을 벌어야 한다는 일념으로 이리 뛰고 저리 뛰어 1년 만에 5만 원을 모았다.

30평 정도의 방이 딸린 가게를 3만 원 보증금에 월 3천 원짜리 월세를 얻어 본격적으로 금호동에 조그마한 가게를 오픈하여 사업장을 마련했다. 다행스럽게도 식품을 공장에 납품할 수 있는 기회가 주어진 것이다.

우연한 기회는 일의 시작이었다. 성공이란 확실히 자기 목표를 향해서 빗나가지 않게 나아가는 사람일 것이다.

가장 높은 곳에 올라가려면 가장 낮은 곳에서부터 시작하라고 했다. 나는 작은 가게에서부터 시작했지만 한껏 부푼 꿈으로 반드시 성취할 것을 스스로 다짐했다. 그래서 팔을 걷어 부치고 가게 수리부터 손수 주방을 꾸미고 연탄아궁이의 화덕도 이종사촌 동생인 하영포와 함께 이틀이나 걸려 만들었지만 화덕이 무너졌을 때는 황당했지만 결코 실망하거나 포기하지 않았다

5만 원 중에서 가게 보증금 3만 원을 뺀 나머지 2만 원으로 여러 가지 집기와 각종 재료를 구입했다. 적은 밑천으로 사업장을 펼치면서 큰 희망과 용기를 줄 수 있는 토대가 된 것이다.

그날이 1965년 3월 21일이었다.

한강이 내려다보이는 금호동 산비탈의 달동네.

그곳은 나를 안도하며 열심히 살게 해 준 아늑한 곳이기도 했다. 한강

주변에 민수편직공장이 있었고, 그 공장에 각종 물품을 납품하기로 계약을 맺었다. 거기에 납품하는 품목은 일반 식품에서부터 사소한 소모품까지 독점 납품하게 된 것이다.

그들이 요구하면 밤이든 새벽이든 가리지 않고 배달했다. 공장에서 제조되는 제품들은 대부분 외국으로 수출을 했기 때문에 제법 호황을 누리고 있었다. 공장에서 발행하는 종이딱지는 그 일대에서 현금과 상응하는 신용이 있어 그 주변에서는 현금처럼 통용되기도 했다.

외상으로 납품을 하고 종이딱지인 개인이 발행하는 어음(자가어음, 문방구어음)을 받으면 한 달 후에 현금으로 결재되는 것이다.

민수편직공장의 공식 상호는 신일기업사로 정부가 인정한 모범업체로 선정되었기 때문에 신뢰도는 대단히 높았다. 그 어음으로 금호동 일대에서는 무엇이든 살 수 있었고 제법 신용도가 높아 담배까지도 판매대금으로 받을 정도였다.

개업한 지 두 달 만에 대단한 액수인 20여만 원의 순수익을 올렸다. 당시 금호동 건너편에 배밭이 있었는데 그 땅 한 평에 30원 할 때니까 그 액수는 가히 짐작하고도 남을 것이다. 그 배밭이 지금의 압구정동이다.

이대로라면 금방 일어설 수 있을 것 같고 꿈도 가까이 다가온 것 같았다. 한 달에 10여만 원의 순수익을 내면서 또 다른 계획을 세우기 위해 압구정동 일대 배밭과 호박밭을 사기로 했다. 마침 만 평의 땅이 매물로 나왔으니 그것을 구입하라며 복덕방 아저씨들이 수없이 드나들었다.

1만 평의 계약금 3만 원을 지불하고 잔금 27만 원은 만일의 경우를 생각하여 기한을 조금 멀게 잡아 3개월 후에 주기로 일단 계약을 했다.

그동안 서울에서 유일하게 의지하고 있던 이종사촌 형님께 이런저런 사소한 일에서부터 장래에 대한 여러 가지 진로들을 상담해 왔었다. 마침 그 형님께서 근무하던 대경상고의 서무과 주임이 책임을 지고 사채관리를 하도록 맡겨보라는 권유를 하셨다. 형님이 권하는 일이고 또 학교 재정 관리자인 서무주임이 책임진다는 말과 4부라는 다소 높은 이자에다 학교라는 매력이 더해 그렇게 하기로 했다.

압구정동의 땅 계약금 3만 원은 포기하고 20만 원을 서무주임에게 빌려 주었다. 이자가 월 8천 원이었기 때문에 1년이면 이자만 해도 9만 6천 원, 그러니까 근 10만 원이라는 이자가 붙게 되니 수입 면에서 훨씬 나을 것이라는 계산을 한 것이다.

압구정동은 모래밭으로 배나무 같은 과수를 심거나 호박이나 심을 정도였기 때문에 별 가치를 느끼지 못했었다. 혜안이 없어 지금처럼 개발되어 금싸라기 땅으로 변하리라는 생각은 미처 못했다.

당시 20만 원이면 대단히 큰돈이었다. 대경상고에서 두 달에 한 번씩 이자를 받기로 했기 때문에, 7월 30일 경 이자를 받으러 학교에 갔더니 부도를 낸 상태로 이자는커녕 원금도 못 받을 지경이 되어 버렸다.

날벼락이었다.

압구정동의 땅 계약금 3만 원까지 포기하면서 학교라는 곳을 믿고 돈을 줬는데 부도가 나다니, 이건 청천벽력이었다.

앞이 캄캄했다.

고함을 지르며 거리를 헤매고 다니다가 정신 나간 사람으로 오인받아 금호동 파출소에 끌려가기도 했었다. 파출소에서 담당 경찰관에게 사실대로 설명하면서 그들에게 돈을 받아달라고 호소도 했다.

후에 안 일이지만 그때 그 학교장은 교사들의 월급도 조금씩 적게 주고 모아둔 돈과 주변의 시장은 물론 노점에서 장사하는 사람들의 돈까지 빌려 썼다는 것이다. 그뿐 아니었다. 전세를 살고 있던 사람들이 월세로 옮기고 남은 돈을 고리高利로 준다는 꾐에 빠져 학교에 맡긴 사람들도 수없이 많았다. 수백 명으로부터 많은 돈을 끌어들여 빼돌리고는 계획적으로 부도를 낸 것이라고 했다.

어처구니 없었지만 새 출발을 다짐하며 더 열심히, 부지런히 일을 시작했다. 새벽 4시에 일어나 같은 물건이라도 좀 더 싸게 살 수 있는 도매시장을 이용하여 신일기업사에서 신임하는 것 이상으로 더욱 신속하고 좋은 물건을 공급해 주었다.

개업을 한 후 큰 시련을 겪었지만 지성이면 감천이라 했다. 신일기업에 납품을 시작한 지 13개월이 되던 1966년 5월경에 결산을 해보니 50만 원이라는 돈을 번 것이다. 대경상고에 떼인 돈을 제외하고도 그만큼 벌었으니 대단한 금액이었다. 그 돈이면 압구정동의 호박밭 2~3만 평을 살 수 있었다.

나는 다시 압구정동의 땅을 사기로 했다. 작년에 사려고 했던 땅을 다시 사기 위해 복덕방 노인을 찾아갔더니, 그 땅은 이미 팔렸고 그 옆의 땅을 소개하는 것이었다. 3만 3천 평이었다. 지난해보다 땅값이 조금 올라 3만 3천 평 값이 115만 원이라는 것이다. 너무나 큰 액수였다.

"아저씨, 그것은 너무 큰 액수라 내가 살 수 없겠군요. 내가 갖고 있는 돈은 불과 50만 원 뿐인데 어찌 그것을 사겠어요? 이 돈으로 살 수 있을 정도의 것을 소개해 주세요. 그것을 사려면 65만 원이나 모자라는데요."

그러나 복덕방 아저씨는 자꾸만 그것을 권했다.

"그 땅이 요지라 내가 권하는 것이라네. 그건 사기만 하면 금방 오를 땅이야. 그걸 살 수 있는 방법을 알려 줄 테니 조금 무리를 하더라도 그 놈을 잡아놓는 게 좋을 걸세. 내 말대로 결정을 하라구."

"그러나 아저씨, 금액 차이가 너무 많이 나니까 엄두를 못 내겠네요."

"그러니까 말이야, 일단 계약을 해놓고 중도금을 일부 주고, 나머지 잔액을 5~6개월쯤 후에 건네는 방법을 의논해 볼 테니까 그렇게 하도록 하지."

나는 복덕방 아저씨가 고맙다고 생각했다. 5~6개월 후면 충분히 그 정도의 돈을 벌 수 있겠다고 생각했다. 신일기업에 납품하는 것만으로도 한 달에 10여만 원씩 모으는 것은 별 어려움이 없으리라는 계산이 섰다.

"그렇게 하시지요, 아저씨께서 좀 도와주십시오. 저는 아저씨만 믿겠습니다."

"날 믿고 한 번 큰 걸 손에 넣어 봐. 이건 호박밭이 아니라 호박이 넝쿨째 굴러 들어오는 것이야."

나는 복덕방 아저씨를 믿고 계약금조로 10만 원을 건네주었다. 중도금은 1개월 후에 지불하기로 하고, 잔금은 5개월 후에 지불하기로 했다. 나에게 고맙게 해주는 복덕방 아저씨를 믿었기 때문에 계약서나 영수증도 받지 않았다.

종업원을 두 명 두고도 정신없이 바빴다. 물건 납품 뿐만 아니라 거기서 쏟아져 나오는 종이딱지를 현금으로 할인해 주니 그 이자가 수월찮았다. 돈은 이자에 이자가 붙고 또 그 돈을 할인해 주고, 이렇게 불린 돈은 금세 상상을 초월할 큰돈으로 뭉쳐졌다.

15개월만에 150만 원 정도를 벌었다. 떼인 돈 말고도 그 정도였으니까 돈을 그냥 번 것이 아니라 긁어 모은 것이나 다름없었다. 그 몇 달 사이에 한 달에 30~40만 원 이상을 벌어들인 것이다.

납품하는 물건대금 외에 직원들이나 간부들이 가지고 와서 할인을 해가는 액수가 자꾸만 늘어갔다. 현금이 부족하면 시장의 아는 사람들에게 빌려서라도 할인을 해주었다.

어느 날은 직접 오지 않던 총무과장이 와서 딱지를 할인해 갔다. 금액이 좀 크다 싶기도 했지만 총무과장이기 때문에 의심할 여지도 없었다. 그 후 그 회사 사장이 지나는 길에 들렀다며 한 번 찾아와서는 자기들의 딱지를 할인까지 해주는 것이 너무 고맙다는 말을 몇 번이고 했다.

차츰 한 달짜리 딱지가 두 달, 심지어는 석 달짜리까지 나오기 시작했다. 그래도 날짜가 길다느니 짧다느니 한마디 하지 않고 모두 할인해 주었다.

단일 공장에서 300여 명의 직원을 거느리고 있다면 대단히 큰 공장이었다. 요즘으로 말하면 중견기업 이상의 큰 회사였다. 그 300여 명의 종업원들이 은행창구에 몰려드는 것처럼 와글거렸다. 회사에서 하루 일과가 끝나면 우르르 몰려와서 딱지를 할인해 갔다. 그때 회사 직원들이 할인해가는 금액이라야 고작 몇 천 원짜리들이 대부분이었다. 조금 큰 것은 1, 2만 원 정도로 중간 간부들이 할인해 가는 금액이었다. 그러나 총무과장이나 회사의 경리 담당자들이 현금이 급할 때 할인하는 금액은 10만 원 이하 정도였다.

당시 일반 통념으로 행해지던 사채의 이자율은 5, 6부였다. 그런데 나는 신일기업에 4부로 할인해 주었다. 물론 내가 할인해 주는 곳은 오직 신일기업뿐이었다.

모든 상행위가 그러하듯 신용이 철저하고 서로의 신뢰가 두터워지면 이자율도 낮춰 주고, 또 상품대금도 낮춰 주게 되는 것이다. 수요가 많아지면 소위 박리다매 식으로 거래를 하게 되는 것이다.

총무과장이 찾아와 많아야 10여만 원을 할인해 가던 어느 날, 사장이 직접 나를 찾아왔다. 너무 뜻밖이었다. 왜냐하면 그 당시로서는 그 사장의 위엄이 하늘 같은 존재로 여겨졌기 때문이다. 300여 명의 대식구들을 먹여 살려야 하는 중대한 사람이었다. 또 그 300여 명을 4인 가족의 가장으로 생각한다면 1,200여 명을 먹여 살리고 있는 중요한 위치의 사람이었기 때문이다.

나를 찾아온 사장은 회사의 사정도 사정이거니와 이것은 자신이 직접 필요한 돈이기 때문에 총무과장을 시킬 수 없어 직접 찾아온 것이라고 했다. 이것은 자기가 직접 결제일자 2, 3일 전에 갚을 것이니 틀림없이 비밀을 지켜 달라는 말까지 했다.

나는 그동안 신일기업을 믿었고, 회사를 믿는다는 것은 곧 그 회사의 사장을 신임한다는 것과 다름없는 것이라고 생각했다. 그러나 금액이 너무 큰 것에 섣불리 마음이 내키지는 않았으나 거절할 수도 없었다. 썩 내키지 않지만 사장이 부탁하는 50만 원을 할인해 주었다.

신일기업 직원들이 갖고 오는 금액이 고작 1천 원짜리, 게다가 많아 봤자 1만 원이었는데, 50만 원이면 대단히 큰 금액이었다. 사장이 직접 가지고 온 것이니 의심할 여지는 더더구나 없었다. 차액이 커 횡재한 것이나 마찬가지였다.

하루를 자고 나면 얼마의 이자가 불어나고, 또 하루를 지나고 나면 눈덩이처럼 불어나는 것이 그때의 내 돈이었다. 즐거운 비명으로 지난 모든 비참과 굴욕, 고통과 가난을 잊게 만들었다. 그러기에 대경상고에 떼인 돈 같은 것은 아예 잊어 버렸고, 압구정동의 땅 3만 3천 평을 사기 위해 계약을 해둔 것 같은 것도 잊고 있었다.

그까짓 땅이 문제가 아니었다. 기하급수적으로 불어나는 이 돈은 그 땅을 사서 불어날 것과는 비교도 안 되는 것이었다. 사장이 직접 찾아와 큰 액수를 할인한다는 것은 나를 그만큼 신뢰했고, 또 나를 대단히 잘 봐준다는 것이었다.

그래서 나는 사장이 부탁하면 다른 데서 빌려서라도 할인해 주기도 했다.

어느 날 사장의 부름을 받고 한걸음에 달려갔다.

"이 젊은이가 우리 회사를 적극적으로 돕는 사람이야. 아주 똑똑한 젊은이지. 서로 도우며 잘 지내도록 하시오."

사장의 소개로 회사 간부들은 반가운 표정으로 나에게 악수를 청했다.

"자넨 젊은 사람이 어쩌면 그렇게 신용을 잘 지키는가? 요즘 사람같지 않단 말이야. 전도가 양양하구먼."

"감사합니다. 이 모두가 사장님께서 좋게 봐주신 덕분입니다. 앞으로도 많이 도와주십시오. 저는 사장님과 신일기업을 위해서라면 최선을 다해 열심히 하겠습니다."

그러면 그럴수록 나는 더욱 더 좋은 물건을 골라 납품하는 데 성의를 다했다. 그 후로는 납품 금액도 10% 정도 낮춰 청구서를 올렸다.

그런 어느 날 총무과장이 나를 불러 말했다.

"청구서가 잘못된 것 같습니다. 지난 번에 올라온 것과 차이가 많이 나는군요. 잘 계산해 보고 다시 올리시지요."

앞의 계산서와 비교해 보는 과정에서 10% 정도가 낮게 계산된 것을 발견한 것이었다.

"그것은 잘못된 것이 아닙니다. 신일기업과 사장님, 총무과장님께서 저에게 워낙 잘해 주시니까, 저도 신일기업사를 위해 좀 더 잘하고자 해서 10% 정도 낮게 올린 것입니다. 회사에서 잘해 주는 것만큼 회사에 다소나마 보답을 하고자 한 일이니까 그리 아십시오."

나의 진심을 안 사장은 나를 불러 식사대접을 해줬다. 그날의 저녁 식사는 난생 처음으로 먹어본 진수성찬일 뿐 아니라 생전 보지도 못한 것들이 대부분이었다.

"이런 음식은 처음입니다. 정말 고맙습니다. 사장님을 뵙는 것만으로도 영광이라고 생각합니다."

"정말 고맙구먼, 내 총무과장한테 얘기 들었네. 납품하는 물건 값을 10%나 낮춰 올리기로 했다면서? 자네는 분명히 크게 성공할 걸세. 최선을 다해 도와줄 테니 열심히 하도록 하세."

사장의 칭찬이 앞날이 창창함을 예시하는 것과 다름없었다.

신일기업과의 관계, 특히나 사장과 친밀하게 지낸다는 소문은 금호동 일대뿐 아니라 멀리 동대문시장, 남대문시장에까지 퍼졌다. 평소의 성실성과 신용도를 인정한 큰 시장의 상인들은 앞 다투어 나와 거래를 트기 위해 안달이었다.

장사란 그런 것이다. 신용이 투철하고 확실한 거래처를 가지고 있으면 돈을 버는 데는 의심의 여지가 없는 것이다. 그리고 돈을 벌기 위해서는 돈이 있는 곳으로 모여들기 마련이다.

300여 명의 직원들이 먹을 식품은 물론, 신용 있고 확실한 회사에 모든 소모품들을 전량 납품하는 나에게 장사꾼들이 모여드는 것도 당연한 일이었다.

나는 물건을 고를 때도 차츰 가격보다는 품질 위주로 바꾸었다. 좋은 물건도 좋은 신용으로 더욱 싸게 구입했으며, 직접 시장에 물건을 사러 가던 것도, 가만히 앉아서 주문만 하면 즉시 배달이 이뤄졌다.

지불관계도 훨씬 쉬워졌다. 굳이 현금이 아니라도 가능했다. 신일기업의 딱지가 워낙 신용이 좋았기 때문에 그것으로 지불할 수가 있었다.

나는 금호동 시장에서 신용이 좋기로 소문이 나 있었다. 그 종이 딱지가 아니더라도 내 말 한마디가 곧 완벽한 신용 그 자체였다. 웬만한 돈은 차용증을 쓰지 않아도 척척 빌려 주었다. 용기와 희망이 가히 하늘을 찌를 듯 용틀임하고 있었다.

'내가 원하는 것을 전부 얻었을 때 조심해야 한다'는 생각이 번뜩 들었다. 살찐 돼지는 운이 나쁠 수밖에 없는 것이다. 살찐 돼지는 곧 죽어 먹혀야 하기 때문이다. '바보는 때때로 어려운 것을 쉽게 생각하여 실패하고, 현명한 자는 때때로 쉬운 것을 어렵게 생각하기 때문에 실패를 한다'고 했다. 그러기에 옛날 속담에도 '돌다리도 두드려보고 건넌다'고 하지 않았던가.

정미년 3월 11일 아침.

나는 어떤 좋지 않은 예감이 느껴졌다. 괜시리 우울해지고 무언가 불길할 것 같은 예감이 나 자신도 모르게 스치고 지나간 것이다.

나는 그동안 공부했던 주역에 대해 골똘히 생각을 가다듬었다. 그리고는 나의 생년월일시를 나열해 놓고 패를 풀어 봤다.

대단히 좋지 않은 일이 일어날 것 같은 예감과 함께 패가 믿기지 않을 정도로 나쁘게 나타나는 것이었다.

생년월일시는, 즉 갑신甲申, 신미辛未, 무자戊子, 계해癸亥다. 3월 11일 갑술일甲戌日로 나타났다. 그것은 내가 총으로 난타를 당하는 것으로 해석이 되어 섬뜩한 예감이 스쳤다.

주역을 통해 익혀온 바로는 무언가 특이한 점을 예시해 주는 것이었다. 북쪽을 향해 정좌한 채 명상에 잠겼다. 30분 정도 명상을 했더니 갑자기 신일기업사의 사장이 나타났다. 양손이 꽁꽁 묶인 채 경찰서로 끌려가는 모습이 희미한 실루엣처럼 떠오르는 것이었다. 상상조차 할 수 없는 상황이 나와 연계되어 전개되는 듯해서 깜짝 놀라 눈을 떴다. 명상 속에 나타났던 신일기업 사장의 모습이 쉽사리 지워지지 않았다.

그날 아침 8시경이었다.

내가 명상에서 헤어나지도 않고 있던 시각에 신일기업 총무과장이 찾아왔다.

"사장님 심부름이오. 50만 원을 급히 할인해 주시오. 사장님이 급하신 모양입니다. 기다리고 계셔서 빨리 들어가 봐야 합니다."

집안에 들어서자마자 과장은 다른 인사말 따위는 한마디도 없이 급히 서두르는 눈치였다.

나는 조금 전의 명상에서 나타난 상황과 총무과장의 느닷없는 방문, 게다가 아침 일찍부터 50만 원을 바꿔 달라는 것을 다소 의아스럽게 여길 수밖에 없었다.

예감으로 보면 틀림없이 이 회사에 어떤 큰 변화나 문제가 발생한 것이 분명했다. 어떤 행동이 가장 옳은 것인지를 얼른 분별할 수가 없었다.

이미 신일기업의 어음딱지 금액으로 150만 원 정도를 갖고 있었고, 사장의 개인 종이딱지를 100만 원, 도합 250만 원 정도를 갖고 있었다. 당시 250만 원이면 거금이었다. 나 같은 사람뿐 아니라 대기업을 경영하는 사람에게도 그만한 돈은 큰 것이었다. 예감으로 봐서는 분명히 신일기업은 부도 직전에 와 있는 것 같은 느낌이었다.

만약 신일기업이 부도가 난다면 나는 하루아침에 깡통을 차야 할 신세가 되는 것이다. 금호동 시장 상인들에게 빌린 돈으로 인해 빚을 엄청나게 짊어지는 신세가 되는 것이다. 이것은 그냥 큰일로만 생각할 것이 아니라 나에게는 생사(生死)가 걸린 문제였다.

"지금은 돈이 하나도 없는데요. 엊그저께 사장님께서 몽땅 다 바꿔갔는데요. 그렇게 급하시면 어떡하나? 지금 시간에는 어쩔 수 없고, 시장 문을 열면 금호동 시장 사람들에게 빌려보도록 하지요. 그때 가서 바꿔드리도록 하면 안 될까요?"

"지금 당장 발등에 불이 떨어져서 그래요. 우선 있는 대로라도 주시지요. 이걸 여기에 맡겨 놓을 테니, 우선 있는 대로 먼저 주고 나중에 나머지를 가져가도록 할 테니까요?"

그때 아침에 있었던 명상에 대한 얘기를 꺼냈다.

"과장님, 제가 오늘 아침에 명상을 했는데 내용이 불길하고 기분이 매우 언짢아 여러 가지 생각을 하던 중입니다. 어처구니 없는 일이라 말하기 곤란합니다만 혹시나 참고가 되실까 해서 말씀 드리는 것이니 조금도 오해는 하지 마십시오. 신일기업사와 사장님에 대한 일이라서……."

"말씀해 보시지요."

"오늘 아침에 느닷없이 기분이 우울하고 이상한 예감이 뇌리를 파고들기에 북쪽을 향해 앉아서는 명상을 시작했지요. 명상 시작한 지 30분쯤 지나니까 사장님이 나타나는 거에요. 그것도 두 손이 꽁꽁 묶여 경찰서로 끌려가는 모습으로 나타나는 게 아닙니까! 하도 어이가 없는 일이라 잊어버리려고 눈을 떴다 감았다 해도, 막무가내로 나타나는 겁니다. 잊으려고 하면 할수록 더욱 또렷하게 나타나거든요. 정말 이상한 일이 아닐 수 없습니다."

총무과장은 섬뜩 놀라면서 몸이 바르르 떨리듯 경련을 일으키기도 했다.

"정말 이상합니다. 주역을 공부했기 때문에 가끔 이런 현상을 느끼거든요. 그럴 때면 틀림없이 어떤 일이 발생합니다. 그러니까 나는 웬만큼 큰일은 미리 예감한다는 겁니다. 혹시 신일기업에 무슨 일이 있는 건 아닙니까? 사장님이 어떻게 잘못된 건 아닙니까?"

총무과장은 황당한 표정으로 나를 잠깐 쳐다보더니 의아스럽다는 한마디를 내뱉고는 되돌아가려고 했다.

"해괴하고 망측한 노릇이구먼. 지금 한 말이 사실인가요?"

"제가 과장님께 거짓말을 하겠습니까? 엄청난 일을 말입니다. 혹시나 해서 참고하시라고 말씀 드리는 것이니 그렇게 아십시오. 과장님!"

그러나 그는 한마디 내뱉고는 나의 인사에 대해 대답도 하지 않은 채 나가 버렸다.

"나는 그저께 사장님이 와서 100만 원을 바꿔줬거든. 지금 돈이 어디 있겠어! 그렇지 않았으면 이 50만 원쯤은 내가 금방 바꿔 줘버리지."

"뭐? 사장에게 100만 원씩이나 바꿔줬다고? 이 사람 큰일 날 사람이군. 그렇게 큰돈을 바꿔 써야 할 정도면 위험하다는 신호란 말이야! 한 번 잘 알아보라구! 잘못하면 돈 잃고 사람 잃고, 좋은 사람들과 원수가 되고 결국은 깡통을 찬다는 걸 알아야 해. 정사장, 좋은 일이 있을 때는 나쁜 일에 대한 생각도 가끔 할 줄 알아야 한다네. 명심하게나!"

그동안 친하게 지냈던 정육점 주인아저씨도 놀라는 눈치였다.

"50만 원짜리 어음이라…… 난 이렇게 큰 종이딱지는 처음 보았네. 50만 원이면 큰 황소 50마리 값은 족히 될 것이란 말이야. 내 여태껏 한 번도 만져보지 못한 액수야. 조심해!"

명상에 나타났던 신일기업 사장의 모습이 불현듯 스쳤다. 가슴이 콩콩 뛰고 온몸이 부르르 떨리며 심지어 한기까지 느낄 정도로 전율이 흘렀다.

헐레벌떡 사장실 문을 들어서자 안에 있던 여러 사람들이 눈을 휘둥그레 뜨고는 나를 빤히 쳐다보는 것이었다.

사장실에 사장은 없었고, 공장장과 일부 간부 직원들이 선 채, 또는 앉은 채로 웅성거리고 있었다. 총무과장도 보이지 않았다. 300여 명의 종업원들은 공장 작업장에서 평소와 다름없이 열심히 일을 하고 있었다.

나는 마음이 한결 가벼워짐을 느꼈다. 다행이었다.

"어휴, 괜찮구나!"

잠시 후 나는 한마디도 하지 않은 채 가만히 회사를 빠져 나왔다. 그리고 집에 돌아온 나는 다시 명상에 잠겼다. 아침에 일어났던 것과 똑같은 모습들이 전개되었다.

의심스러워 다시 회사에 가보았으나 공장은 쉬임없이 잘 돌아가고 있었다. 혹시 내가 헛개비를 본 게 아닌가 싶어 또다시 명상을 했다. 명상을 하면 할수록 똑같은 현상이 더 또렷이 나타나곤 하는 것이었다.

지체할 일이 아니었고, 사장이 없으면 총무과장을 만나서라도 확인을 해봐야 했다.

가지고 있었던 딱지어음은 250만 원이었다. 그걸 신일기업에서 3월 1일 갑오일甲午日에 결제하기로 되어 있었다. 그 돈 말고도 적은 액수의 돈을 매일매일 할인을 해주고 있었는데, 그걸 또 모두 합치면 100만 원으로 3월 31일에 결제하기로 되어 있었다. 3월 31일까지 신일기업에서 내게 결제해야 할 돈이 모두 350여 만 원이 되었다.

상세한 사정을 알아보기 위해 신일기업으로 찾아가 총무과장실에 들어갔다. 과장은 없었다. 과장실에서 3시간을 기다려도 총무과장은 나타나질 않았다. 주변 사람들에게 물어봐도 모두들 모르겠다는 것이다. 그 와중에도 직원들과 간부들은 종이딱지를 들고 와서는 할인을 요구했다.

"여보시오. 여긴 이 회사 총무과장실이잖소. 여기서 어떻게 그걸 바꿔 줄 수 있단 말이오."

그들이 찾아오면 나는 언제나 친절하게 바꿔 주었다. 그러니 아무데서나 바꿔 달라면 되는 줄로 알았던 모양이다. 당시 신일기업사 직원들과 간부들은 매일 오전 11시와 오후 3시가 되면 할인하러 오곤 했다. 하루에 10여 명, 많을 때는 30여 명에 이르렀다. 그때는 별로 이상하게 여기지 않았으나 이런 명상 후에는 얼마 전부터 부쩍 늘어난 할인 액수에 대해서도 의심이 가기 시작했다.

그 무렵에는 월급과 수당도 현금지불을 하지 않았다. 종전에는 월급과 수당은 전부 현금지불이었고, 그 외의 것에만 어음결제였는데 알고 봤더니 언젠가부터는 월급과 수당도 딱지로 지불했던 사실을 알았다. 그래서 근래 들어 더 많은 사람들이 몰려들었다는 것을 알게 된 것이다. 물론 딱지로 지급할 때는 현금에 대한 이자 4%를 가산하여 발행했다.

1967년 3월 11일 오후 5시, 하루 종일 착잡한 기분으로 허둥대고 있었다. 이미 감지된 예시는 틀림없이 잘못되고 있음을 암시한 것이어서 아무 일도 손에 잡히지 않았다.

하루 종일 술 취한 사람처럼 비실거리며 아무것도 먹질 못했다. 얼굴은 창백해지고 눈앞이 점차 흐려지고 있었다. 딱지를 가지고 찾아온 신일기업 직원들에게 "오늘은 사정상 바꿔드릴 수 없습니다" 하였다.

현금이 필요해서 찾아온 사람들에게, 사정이 있어서 바꿔줄 수 없다고 하니 화가 난 모양이었다. 온갖 욕설을 퍼붓고 가는 직원들도 있었다.

"돈 좀 벌더니 배때지가 불렀구먼. 빌어먹을 놈!"

내 사정을 알지 못하는 그들은 입에 담을 수 없는 욕설까지 퍼부으며 문을 쾅쾅 차고 나갔다. 그까짓 것은 아무래도 상관없었다. 그럴 때면 그들은 모두 금호동 시장으로 몰려갔다. 그곳에서 딱지는 대환영이었다.

그 일대에서 전체의 30, 40% 이상을 나에게 할인해 간 것은 총무과장의 부탁이 많이 좌우했다. 신일기업사에서 제일 가까운 곳에 위치해 있었고, 그 회사와의 거래관계로 인간적인 문제까지 곁들여 있었기 때문에 될 수 있으면 나에게 할인하도록 총무과장이 직원들에게 독려했기 때문이다.

총무과장의 50만 원은 사장 심부름으로 갖고 온 것이 아니라 개인이 활용하기 위해 끊어온 것이었다.

그날 오후 8시경, 어둠이 깔렸을 때 30대의 한 여인이 찾아왔다. 총무과장 심부름으로 왔다면서 쪽지를 한 장 내밀었다. 충무로에 있는 아스토리아호텔 301호실로 빨리 오라는 것이었다.

서둘러 아스토리아호텔로 향하면서 반갑기도 했지만 한편으로는 몹시 불안했다. 호텔에서 급히 만나자고 하는 것도 의심스러운 일이었다. 나쁜 일이 아니기를 빌었지만 마음 한 켠으로 불안해서 미칠 것만 같았다.

금호동에서 충무로까지 걸어서 갔다. 급한 마음에 뛰다가 걷다가 하면서 그 먼 길을 걸어서 갔다. 그곳까지의 차비를 아끼기 위해서였다. 30분이 걸렸다.

호텔 301호실에 들어서니 사장이 앉아 있었다. 총무과장은 혹시 내가 그 호텔을 찾지 못할까 봐 마중 나갔다는 것이다. 사장은 자리에 앉은 채로 나를 맞았다.

"어서 오게. 여기까지 오라고 해서 미안하네."

"괜찮습니다. 그간 안녕하시지요?"

"나야 뭐…… 그건 그렇고 이봐 젊은이, 총무과장 얘기를 들으니 자네가 무슨 명상을 했다고?"

사장은 아침에 내가 총무과장에게 한 말을 들었던 모양이었다.

"죄송합니다. 사장님이 잘못되리라는 생각에서가 아니라, 그저…… 제가 느낀 그대로를 사실대로 얘기했을 뿐입니다. 조…… 조금도 언짢게는 생각지 마십시오. 죄송합니다! 사장님!"

"괜찮아, 명상을 하니까 사장인 내가 경찰서에 잡혀가는 것이 떠올랐다고? 총무과장이 그 말을 듣고 하도 해괴하다며 쫓아와서 그러더군. 사실인가?"

"……"

"사실대로 한 번 얘기해 보게. 조금도 언짢아 하지 않을 테니까. 얘기해 보게."

사장도 기분 나쁜 표정을 보이지 않았고 내가 얼떨떨해 있는 것을 풀어 주려는 듯 가볍게 미소를 지으면서 더 부드럽게 대해 주었다.

"그것 때문에 자네를 빨리 오라고 했네. 자세히 얘기해 봐. 아무렇지도 않으니까 말일세."

"사장님, 오늘 제 운명이 10년 이상 앞당겨질 정도로 큰 충격을 받았습니다!"

"그게 어떤 것이었나? 어서 말해 보라니까. 사실 그대로를 말해 보게."

사장은 몹시 궁금해서 음성이 조금 높아지긴 했으나 나에게 개인적인 악한 감정이 있는 것 같지는 않았다.

"어젯밤 꿈이 하도 이상하고 기분이 나빠서 새벽에 일어나 명상을 했습니다. 새벽 5시쯤 되었어요. 한 30분쯤 명상을 했더니 사장님 모습이 나타나는 겁니다. 그것도 두 손이 꽁꽁 묶인 채 경찰서로 가는 게 아니겠어요? 저는 깜짝 놀라 눈을 떴어요. 그런데 눈을 떠도 마찬가지였어요. 똑같은 모습으로 아른거렸고, 눈을 감으면 더 또렷하게 나타나는 겁니다."

"그뿐인가?"

사장은 별로 놀라는 기색이 없었다.

"저는 그것이 큰 충격이었거든요. 더 이상 다른 명상을 하고 싶지도 않았습니다. 저는 사장님이 부도를 내고 경찰서로 잡혀간다면 큰일이거든요. 지금 갖고 있는 종이딱지만 해도 수백만 원입니다. 사장님과 총무과장이 바꿔간 것만 해도 250만 원입니다. 직원들과 간부들 것까지 합치면 350여만 원이나 되는 거금입니다."

"그런데 그게 어찌됐단 거야! 그걸 지금 떼였다고 생각하는 건가?"

"아닙니다. 사실 제가 걱정이 된 나머지 그만 그런 말을 하게 되어 죄송합니다."

"자네가 갖고 있는 것이 350여만 원이나 된다고? 그까짓 가지고 뭘 걱정을 하는가?"

"저는 사장님을 위해 열심히 노력했습니다. 압구정동의 땅을 사기 위해 계약을 했었거든요. 그게 자그마치 3만 3천 평이었습니다. 거기에 계약금으로 10만 원을 걸었는데, 그것을 해약해 버렸습니다. 사장님께서 돈을 바꿔 달라고 하시기에 계약금도 떼이면서까지 해약하고는 몽땅 사장님한테 다 드렸습니다. 한 푼 두 푼 모인 돈, 납품하여 굴리던 돈도 몽땅 신일기업사에 맡긴 셈입니다. 어찌 걱정이 안 되겠습니까? 저는 사장님을 믿고 모든 돈을 신일기업에 다 넣어 놓은 셈이잖아요? 신일기업사가 잘못된다면 저는 죽습니다."

사장은 내 말을 듣고서 예리한 눈으로 눈을 깜박거리지도 않은 채 한참을 나를 뚫어져라 쳐다보았다

"일곱 살 때 총 3발을 맞고도 살아 남았습니다. 이 모진 목숨은 무언가 꼭 큰일을 해야 한다는 사명감으로 똘똘 뭉쳐 있습니다. 그동안 온갖 풍파를 겪으며 지금까지 살아왔습니다. 그러면서 신일기업사를 만나 제법 돈도 모았는데, 이런 일이 생긴다면 저는 한을 품게 될 것입니다."

사장이 현재 잘못되어 있는 것처럼 은근히 반협박으로 나의 과거를 얘기했다.

"이보게 젊은이, 명상을 어떻게 하는지 다시 한 번 설명해 줄 수 있겠나? 나도 한 번 해 봄세."

명상을 하는 방법을 설명해 주면서 지나온 일도 상세히 설명했다. 열 살 때부터 주역에 대한 공부를 하게 되었고, 차츰 명상법도 알게 되었다

는 것, 그리고 위기 때마다 반드시 누군가로부터 예시를 받았다는 것, 그러면 반드시 어떤 예시가 주어진다는 것도 설명을 했다. 그러면서 결국은 그것도 허사로 끝났기 때문에 더 이상 주역 공부를 하지 않고 지금에 이르렀다는 것을 설명했다.

그러면서 나는 사장에게 다그치듯 말했다.

"사장님! 오늘 공장에 총무과장과 사장님은 안 계셨습니까? 저는 하루 종일 공장에서 기다렸습니다. 다른 직원들이 가지고 온 딱지도 바꿔 주지 않았습니다. 아침에 총무과장이 50만 원짜리를 가져왔기에 그걸 가지고 시장으로 나갔더니 모두들 놀랬습니다. 지금 저한테는 그만한 돈이 없거든요. 사장님께서도 알다시피 제가 갖고 있던 돈은 신일기업에 다 들어가 있습니다. 50만 원을 시장에 가서 바꿔 드리려고 갔더니, 모두들 혼비백산하듯 놀라는 것입니다. 그 사람들은 50만 원짜리를 보고도 놀라는데 나는 사장님께 100만 원짜리도 바꿔드리지 않았습니까? 시장 정육점 아저씨가 돈이 좀 있을 것 같아서 갔더니 더욱 놀라는 것입니다. 50만 원씩이나 끊는 회사는 분명히 어떤 문제가 있을 거라고 저에게 충고를 했습니다. 기분이 좋지 않았습니다. 자꾸만 아침의 명상에서 나타난 사장님 얼굴이 함께 떠오르곤 했어요. 저는 오늘 반쯤 미친 사람처럼 회사로 뛰어갔더니 총무과장도 자리에 없고, 사장님도 만날 수가 없어 더욱 미칠 지경이었습니다."

그러자 사장은 자리에서 일어나더니 내 손을 잡으며 세게 흔들었다.

"그동안 고마웠네. 우리 회사를 위해 도와준 것 진심으로 고맙게 생각하네. 그러니 아무 걱정 말고 조금만 기다려 주게나. 앞으로 10일간만 전과 다름없이 정상적인 거래를 해주게나. 그러면 모든 것이 쉽게 해결될 것이야. 부탁하네."

사장의 빛나던 눈에서 맑은 물기가 살짝 어리는 것을 보았다.

"사장님이 저에게 무엇을 부탁합니까? 그리고 무엇이 고맙습니까? 저는 저를 위해서 일했습니다. 그리고 마땅히 제가 해야 할 일을 했을 뿐입니다."

조금 가라앉은 음성으로 차분하게 사장의 비위를 거스르지 않도록 해야겠다는 생각이 들었다.

"사장님, 지금 회사 상태가 위기입니까? 무언가 잘못되어 가는 것이군요?"

직감을 그대로 물었다. 사장은 나의 직감이 사실이라는 듯 긍정의 고개를 끄덕이는 게 아닌가.

사장이 위기를 시인하자 나는 그 자리에 쓰러지고 말았다. 내가 까무러치자 사장은 당황하여 어쩔 줄을 몰라 했다.

나를 흔들어 깨우며 큰소리로 물었다.

"정신차리게, 그것은 모두 회수할 테니 아무 걱정 말고 정신차리게나, 어서!"

어렴풋이 사장의 다그치는 말이 들린 것이다. 한참 후 내가 눈을 떴을 때 사장은 다시 물었다.

"자네가 갖고 있는 우리 회사 종이 딱지가 얼마나 된다고 했지?"

"전부 350만 원쯤 됩니다. 그 중에서 사장님과 총무과장이 바꿔간 것이 250만 원이고요."

내 말을 들은 사장은 더욱 놀라며 말했다.

"350만 원이라니! 우리 회사가 발행한 딱지의 40%나 되잖아? 총무과장, 딱지를 빨리 회수해야 하겠는데 어떡하면 좋지?"

"그 많은 돈이 어디 있습니까? 지금은 도저히 불가능합니다."

"그럼 어떻게 하지? 시간이 좀 필요하단 말이야. 10일간만 전과 다름없이 해주면 젊은이의 그 돈은 조금도 손해 보지 않도록 해줄 테니까 그렇게 해주게. 그리고 금호동 시장에 절대로 소문을 내서는 안 되는 것이야. 소문이 나면 한꺼번에 죽게 돼. 자네가 잘해 주지 않으면 자네도 죽고 나도 죽는단 말이야. 그러니 10일간만 종전과 다름없이 해주고 이 소문이 나지 않도록 절대 주의해 주게. 공장 직원들 사기를 돋워 주지 않으면 하루아침에 풍비박산이 되네. 300여 명의 우리 회사 직원들도 사는 길이야. 부탁하네. 도와 주게나!"

사장이 불안한 듯한 표정으로 사정사정하는 것이 안쓰러워 가슴이 찡하게 저려왔다. 그러나 나는 더 이상 양보해서는 안 되는 것이었다.

"제가 할 수 있는 방법은 없습니다. 350만 원 딱지를 현금으로 바꿔 주세요. 그래야만 앞으로 10일 동안 직원들과 간부들이 돈을 바꾸러 오면 바꿔줄 것 아닙니까? 10일간 그들에게 딱지를 바꿔주려면 약 50여만 원이 필요합니다. 350만 원이 묶여 있기 때문에 도저히 어떤 방법이 없습니다."

당장 250만 원을 현금으로 내놓고 다시 50만 원을 더 주어야만 10일 동안 정상적으로 직원들에게 돈을 바꿔줄 수 있다는 의견을 굽히지 않았다.

사상은 황당힌 듯 한참 동안 아무 말을 하지 못했다. 나는 사장에게 돈을 받아내는 것이 목적이었다. 조금씩이라도 수단과 방법을 가리지 않고 받아내야겠다는 생각으로 방향을 바꿨다.

"우선 100만 원을 주시지요. 우선 10일간의 급한 불은 끌 수 있겠습니다. 그 대신 10일 후에는 나머지 전액을 갚아야 하는 조건입니다."

생각보다 쉬운 조건을 내건 나를 물끄러미 쳐다보던 사장은 못 믿겠는 듯 다그쳤다.

"그 말, 진정인가?"

"그렇습니다. 약속은 틀림없이 지킵니다. 절 봐 왔지 않습니까? 저를 못 믿겠다는 말씀입니까?"

그들의 수법을 알아차린 나도 그들의 두뇌회전 이상으로 빠른 계산을 하기 시작했다. 꿩 잡는 게 매라고 했다. 내 말을 진심으로 받아들인 사장이 총무과장에게 지시했다.

"당장 100만 원을 찾아서 이 사람에게 주고 10일간 활용합시다. 그래야 다 함께 살아남을 수 있어요."

사장의 지시가 떨어지자 총무과장은 사장과의 약속을 지키겠느냐고 나에게 다짐하기에 그러겠다고 대답했다. 이대로 잘못되어 부도 처리되면 한 푼도 못 받을 것 같은 강박관념이 작용한 것이다.

나는 그들로부터 100만 원을 받아 집으로 왔다. 그동안 거래를 하면서 남아 있던 외상대금을 정리했더니 한 푼도 남질 않았다. 내가 조금 어려움을 당하더라도 남에게는 피해를 주지 말아야 한다는 것이 생활신조였기에 우선 외상거래 대금을 전부 갚았다.

이튿날 나는 다시 사장을 찾아갔고, 100만 원의 처리 경위를 설명했다. 그리고는 1주일 간격으로 나머지 돈을 갚아 달라고 하자, 사장은 버럭 화를 내며 펄쩍 뛰었다. 안 된다는 것이었다. 약속을 어긴다면서 오히려 나에게 역정을 냈고, 심한 욕설까지 퍼부었다.

사장이 잠깐 숨을 돌리는 사이 전무라는 사람이 중개를 하며 나섰다.

"이보게. 억지 자꾸 쓰지 말고 10일간만 별일 없도록 처리해 주게. 우리도 갑자기 당한 일이라서 고충을 많이 받는 상태야. 10일 정도만 지나면 모든 것이 충분히 해결될 것이란 말이야. 우리가 지금 50만 원을 더 줄 테니까 10일간만 엊저녁에 약속한 대로 해주게. 알겠는가?"

전무라는 사람은 내 어깨를 토닥거리며 달래듯 말했다. 나는 그들의 속셈을 이미 눈치챘다. 10일이라는 유보 기간 동안에 그들은 다른 사람들에게 종이딱지를 대량으로 바꿔 부도를 낼 계획임이 분명했다.

"상황이 상황인지라 50만 원으로 10일 동안을 견딜 수 있을지 모르겠습니다. 만약에 10일 동안 직원들이 바꿔달라는 액수가 50만 원을 넘을 때는 조금 더 융통해 주셔야 합니다."

그들의 꿍꿍이 속을 이미 감지하고 있었기 때문에 그들의 얘기를 더 들을 필요가 없었다. 금호동 시장에서는 신일기업 딱지를 서로 바꿔주기 위한 쟁탈전도 벌어진다는 소문이 자자했다. 그러니 나만 모른 척 해준다면 10일 동안 시장 상인들에게 최대한으로 바꿔 사기를 칠 작당을 하는 것이었다.

장사를 하여 겨우겨우 얼마씩 모아둔 서민들, 그것을 단 얼마라도 늘려보겠다고 종이 딱지를 바꿔주고 부도를 맞게 되면 엄청난 충격을 받을 것이다.

"소문이 시장바닥에 퍼지면 나는 완전히 망합니다. 수백만 원을 받지 못하고 있기 때문에, 이 소문을 내가 퍼뜨렸다는 게 알려지면 단 한 푼도 받기 어렵습니다. 그러니 혼자만 아십시오. 나와 가깝게 지내니까 아저씨에게만 말씀 드리는 겁니다. 혹시 피해를 당하실까봐 걱정이 되어서 그래요. 아셨죠?"

"고맙구먼. 그러지 않아도 어제 두어 사람이 왔다 갔는디, 마침 내게 돈이 없어 그냥 보냈지라우. 다행이구먼, 고마우이."

그 아저씨는 진심으로 고마워했다.

수단과 방법을 가릴 겨를이 없었던 나는 다시 신일기업의 사장에게로 가서 나머지 100만 원을 내놓으라고 했다.

"젊은이, 약속을 했으면 지켜야 하잖는가? 150만 원을 줬잖아? 그러면 우선 10일간은 참아 주겠다고 했잖는가? 그래 놓고 어찌 또 찾아와서 떼를 쓰느냐 말이야! 10일만 지나면 그 나머지를 전부 해결해 준다고 하잖아."

"약속은 무슨 놈의 약속입니까? 애초에 누가 먼저 약속을 어겼습니까? 나는 사장님이 가져가신 250만 원뿐 아니라 직원들에게도 100여만 원이 물리게 됩니다. 딴소리 하지 마시고 직원들 것까지 200만 원을 당장 내놓으십시오. 받을 돈을 달라는데 무슨 놈의 약속이 있습니까? 주지 않으면 한 발짝도 물러나지 않습니다."

비장한 각오로 덤비고 있음을 알아챈 사장은 아무 말도 하지 않은 채 나를 빤히 쳐다보고 있었다.

"이젠 사생결단을 해야겠어요. 돈을 못 받으면 어차피 죽을 목숨인데 양보고 뭐고가 어디 있습니까? 주십시오."

덤벼드는 나의 행동이 예사롭지 않음을 느꼈던지 사장은 슬그머니 일어나 문을 박차고 나가려는 것이었다. 얼른 사장의 혁띠를 거머쥐었다.

사장은 매달린 나를 질질 끌고 복도까지 나왔다. 복도에서도 사장과 나는 한바탕 소동을 벌였다. 와자지껄하는 소란에 놀란 호텔 지배인과 종업원들 몇 명이 달려왔고, 모두 사장 편을 들며 나를 윽박질렀다.

"손 못 놔! 업무방해죄, 소란죄로 신고해 버릴 테다. 빨리 손 놓고 나가란 말이야! 빨리 나가지 않으면 바로 경찰을 부를 테다!"

지배인은 내 손을 잡고 나를 냅다 걷어찼다. 엉덩뼈가 얼얼하도록 차여도 사장의 허리를 잡고 지배인에게 덤벼들었다.

"신고를 하든지 경찰을 부르든지 마음대로 하시오. 차라리 경찰이 왔으면 좋겠소. 나는 이 사람에게 돈을 받으러 왔을 뿐이오! 이 사기꾼이 내 알토란 같은 돈을 안 주고 도망가려고 하니 내가 붙들고 있었을 뿐이지

내가 무슨 놈의 죄가 있어요? 차라리 경찰서로 가는 게 낫겠소!"

내가 덤벼들자 어쩔 수 없었던지 지배인은 슬그머니 가버렸다. 사생결단으로 달려드는 나에게 기가 꺾였던지 사장은 나를 구슬리기 시작했다.

"젊은이, 자네가 하도 착하고 양심적으로 우리 회사에 물품을 납품해 주고, 직원들에게도 딱지를 할인해 주었기 때문에 그 고마움으로 여기까지 자네를 오라고 했잖는가. 자네 돈은 어떤 일이 있어도 갚아 주기 위해 그 방법을 의논한 것이야. 자네를 친동생처럼 아끼고 좋아했어. 이렇게까지 나를 대할 줄 몰랐네. 10일만 참으면 모든 것이 해결된다 해도 막무가내로 소란을 피우고 떼를 쓰면 되냔 말이야!"

어떻게 하든 틈만 생기면 도망칠 궁리를 하는 사장의 속셈을 알고 있었기 때문에 화장실에 갈 때도 따라가 문 앞에서 지켰고, 방외에는 한 발자국도 나가지 못하게 했다. 그렇게 하룻밤을 뜬눈으로 새웠다.

하루 종일 물 한 컵도 마시지 않았으니 허기가 피로를 더욱 재촉하고 있었다. 이러다간 제풀에 꺾일 것 같은 생각이 들었다. 누군가 도와주지 않으면 사장을 놓칠 것 같은 생각이 들었다.

태권도를 수련했던 동기생에게 전화를 걸어 대충의 사정얘기를 했고 지금 상황이 몹시 긴박하다는 것, 혼자로서는 도저히 감당해 낼 수 없을 것 같다고 도움을 요청했다.

즉시 쫓아와준 그와 합세하여 교대로 사장을 꼼짝 못하게 하며, 돈을 빨리 내놓으라고 윽박질렀다.

"빨리 돈을 내놓으시오. 그렇지 않으면 내 당장 쫓아가서 전부 소문을 퍼뜨려 버릴 것이오. 이제 친구도 왔으니까 당신을 그냥 두지 않을 것이오. 당장 금호동 시장으로 가서 사실대로 전부 말해 버릴 것이오!"

금호동 시장으로 가서 사실대로 말하겠다고 으름장을 놓자 사장은 겁을 냈다. 눈을 동그랗게 뜨고는 초조한 듯 안절부절 못하는 것이었다.

"10일만 기다려 줘. 그때 가서 원금 100만 원에 50만 원을 더 줄 테니 그렇게 해주게나. 내 지금 약속어음을 끊어줌세. 150만 원의 약속어음을 끊어줄 테니 한 번만 봐주게나!"

"약속어음 같은 건 필요 없어요. 휴지보다 못한 걸 내가 왜 받아요. 당장 현금으로 내놓으란 말이오. 그렇지 않으면 금호동 시장은 물론 직원들에게까지 전부 털어놓을 것이오!"

직원들에게까지 알리겠다고 협박을 하자 사장은 분통이 터질 듯이 온몸을 부르르 떨었다. 그러더니 순식간에 주먹이 날아왔다. 무방비 상태에서 얻어맞으면서도 그에게 덤벼들지는 않았다. 나를 수없이 때려놓고도 분을 삭이지 못한 사장은 허리띠를 붙들고 있는 내 팔을 살쾡이처럼 물어뜯으며 온갖 욕설을 퍼부었다.

돈을 받으러 왔다가 오히려 구타를 당해야 하는 어처구니없는 상황에 화가 치밀었다. 죽이고 싶다는 생각이 들었다. 차라리 죽여 버리고, 돈도 포기해 버릴까 하는 마음이 치솟자 내 주먹이 가만히 있질 않았다. 나 역시도 분을 참아 넘길 수 없었다.

독이 올라 붉으락푸르락하는 사장의 면상을 향해 발을 뻗었다. 이단 옆차기로 맞은 사장은 2, 3미터 뒤로 발랑 나자빠졌다. 묵사발을 만들어 버렸다.

"이 새끼야! 내가 너를 사장으로 점잖게 대해주면 그에 대한 보답이 있어야지, 이게 무슨 행패냐 말이야. 내가 주먹을 쓸 줄 몰라서 몇 차례 맞은 줄 아냐? 이래 봬도 태권도 공인 3단이야. 사기꾼 놈의 새끼, 당장 죽여 버릴 테다. 남의 돈을 떼어 먹으려고 하면서 사람까지 패? 이 나쁜 놈의 새끼를 그냥 칵, 죽여 버릴 테다!"

그렇게 얻어맞고도 자존심은 살아 있었다. 기가 한풀 꺾이긴 했어도 억울함을 느꼈던지 고함을 질렀다.

"이 싸가지 없는 새끼! 네 놈이 누구 땜에 돈을 벌었냐! 어려운 사정이 있어서 그만큼 얘기를 했으면 한 번쯤 들어 주어야지, 어쩜 이렇게 사람을 못살게 굴고 있어! 네 깐 놈을 죽여 버릴 테다. 내가 가만있나 봐!"

그래도 사장이라는 체면과 그만한 기업을 경영했다면 그 정도의 기백이 없을 수는 없을 것이다.

"네 놈이 태권도 3단이라고? 너에게 좀 당했다만 내가 건달 출신이라는 건 몰랐을 거다. 내 밑에 쫄따구가 얼마나 있는 줄 아냐? 당장 꺼지지 않으면 쥐도 새도 모르게 죽어 없어진다는 것을 명심해! 알겠어?"

공갈협박이 아니라 사실이라 하더라도 눈 하나 깜빡하지 않았다.

"개돼지보다 못한 놈아! 어린 몸으로 총을 세 발이나 맞고도 살아남은 내가 네 깐 놈에게 죽을 수는 없어! 너 같은 놈은 지옥까지 따라가서라도 죽여 버릴 자신이 있어!"

그를 냅다 걷어차 버렸다. 턱이 으스러지는 듯 꽥, 소리를 내고는 잠잠해졌다. 입에서 말이 되어 나오진 않으나 약간씩 꿈틀거리며 괴로워하고 있었다. 한마디로 반죽음을 시켜버린 것이다.

사장은 40대 중반이었다. 아무리 자기가 건달 세계에서 굴러먹었다 하더라도 20대 중반인 나에게 힘으로는 이길 수 없었다.

괴로운 싸움이 벌어졌던 그날 아침, 우리 둘은 경찰서로 갔다. 호텔에서 신고를 한 모양이었다. 그날까지 사장은 경찰서에서 조사를 받으면서도 단지 싸웠다는 것 외엔 다른 얘기를 하지 않았다. 경찰관의 중개로 화해를 하는 합의서에 지문을 찍고 3시간 만에 풀려났다.

친구 박동승 씨와 함께 꼼짝 못하도록 밀착 감시를 했다.

그날 오후 서너 시쯤 되었을 때 건장한 체격을 가진 청년 다섯 명이 우리 앞에 나타났다. 사장을 빼돌리기 위한 작전인 것 같았다. 여차하면 싸움이 벌어질 것이고, 그 틈에 사장은 도망을 가리라는 계산까지 했다.

땅땅한 체격의 사내가 나서며 말을 던졌다.

"너희들, 지금 사장을 놓아주지 않으면 죽여 버릴 테다. 하룻강아지 범 무서운 줄 모른다더니 그분이 누군지 알아? 당장 꺼져, 뒈지기 전에!"

그러면서 장갑 낀 주먹으로 내 얼굴을 향해 때리려는 시늉을 하며 위협했다. 박동승 씨는 태권도 4단이고, 나는 3단이었다.

한순간에 일대 격전이 벌어졌다. 6대 2의 패싸움이 된 것이다. 격렬하게 싸우는 틈을 이용, 사장은 어디론가 도망가 버렸다. 유혈이 낭자했다. 어떤 방법이 없다고 생각한 전무가 깡패를 동원했던 것이다.

경찰조서에 의하면 그들 다섯 명은 경찰서를 수시로 들락거리는 전과자들이었다. 결국 깡패를 동원한 악덕 기업주의 비행을 확인한 셈이었다. 선량한 시민인 우리는 5시간 만에 풀려 나오고 그들 5명은 유치장으로 넘겨졌다.

1967년 3월 13일, 신일기업사는 부도를 내고 말았다. 사장은 행방불명이 되었고, 직원들은 회사에 대한 성토가 계속됐고, 중간 간부들이 어떤 수습의 실마리를 찾아보겠다고 이리저리 뛰어다닌다는 소문이었다.

더 이상 거기에 미련을 두고 있을 수는 없었다.

'미련을 버리자. 그리고 새롭게 출발을 하자'고 스스로 다짐했다. 지나간 일에 얽매이다 보면 앞으로의 일을 제대로 할 수 없게 된다는 것으로 위안을 삼고자 했다.

신일기업사로부터 얻은 일시적인 부富를 신일기업사에게로 되돌려 줬다고 생각하기로 했다.

증오憎惡하는 마음은 증오하는 만큼 자신의 가슴에 멍에를 덧씌우는 것이다.

슬픈 자는 기쁜 자를 미워하고, 기쁜 자는 슬픈 자를 미워한다. 빠른 자는 느린 자를 미워하고 게으른 자는 민첩한 자를 미워한다는 것, 이것이 어리석은 자의 증오인 것이다. 모든 슬픔은 결국 자기의 최후를 두려워하고, 자기의 고통이 가라앉을 그날을 두렵게 생각한다.

이와 같이 증오는 그 자체로 초래되는 것을 무엇보다 두려워하게 되는 것이다. 다시 말하면 증오는 자기의 이빨로 자기의 꼬리를 무는 것과 다름없는 것이다.

나는 결국 신일 사장으로부터 받지 못한 나머지 돈을 떼이고 말았다. 한 푼의 돈도 건지지 못하고 알거지가 되었다.

파릇파릇 새싹이 돋고 버들가지는 물이 올라 샛노랗게 물들어 가는 봄날, 나는 강가를 거닐다가 건너편 압구정동의 호박밭을 응시하고 있었다. 3만여 평의 그 밭에는 눈부신 햇살이 쏟아지고 있었다. 그윽히 먼 하늘 가장자리에는 바랜 듯한 하얀 구름조각들이 널려 있었고 그 사이사이로 노고지리는 힘차게 비상하고 있었다.

애증의 첫사랑, 그리고 운명 같은 인연

사랑이란 사물事物을 있는 그대로 보기보다는 가장 아름답게 보고 있는 상태라고 했다. 그래서 환상의 힘은 달콤하게 하는 힘과 마찬가지로, 여기서 절정絶頂에 이른다고 하는 것인지도 모른다.

사람이 사랑에 빠져 있을 때, 다른 때보다 더 잘 참으며, 매사에 긍정적이 되는 것이다. 또한 사랑이란 광증狂症이요, 불꽃이며, 천국이고 지옥이다. 그곳은 쾌락과 고통과 슬픈 후회가 가득 모여 있는 곳이기도 하다.

첫사랑의 마력은 언제 끝날지 모르는 것을 우리 스스로가 알지 못한다는 데 있다. 그래서 사랑을 받기 위하여 사랑하는 것은 인간이지만, 사랑을 위해 사랑하는 것은 천사天使라고 말한다. 그러기에 사랑은 아름답고 황홀한 것이지만 그 안에는 무수한 고뇌도 함께 동반하게 된다는 것을 잊어서는 안 되는 것이다.

운명運命은 슬기로운 자를 훼방하지 않는다. 최고最高 관심사는 항상 이성理性에 의하여 인도되기 때문이라고 했다. 그와 같이 나에게도 내 운명적 삶을 스스로 지혜롭게 개척해 나가지 않으면 안 된다는 것을 절실히 느끼며 새 삶의 현장에서 구김없이 충실히 노력하고 있었다.

그 무렵 나의 무대는 KBS 라디오 방송국이 있던 남산에서부터 장충단 공원까지였다. 그 지역에서 구두닦이와 신문팔이를 하고 있었다.

그때 나에게도 첫사랑이 찾아 들었다.

가진 것 없이 혈혈단신으로 서울 생활을 하면서 강인한 정신력과 체력을 바탕으로 열심히 살았다. 말하자면 착하고 똘똘하게 빛나던 시절이었다. 항상 정신적 지주처럼 모셔 왔던 이모님의 심적 돌보심을 큰 위안을 삼으며 사회의 낙제생이 되지 않아야 한다는 다짐을 수없이 했었다.

누구나 아름다웠거나 애달픈 사랑의 추억을 갖고 있게 마련이다. 나 또한 그러했다. 바야흐로 아름다운 사랑의 인연을 만나게 된 것이다.

지금도 지난날을 떠올릴 때면 스무살 그때처럼 가슴이 후끈 달아오르면서 안온하고 정겨운 사랑의 하모니가 내 육신을 타고 흐르게 된다.

제법 쌈꾼이었던 나는 어느 누구의 도전을 받는다 하더라도 별 두려울게 없었다. 배짱도 두둑했다. 수없이 자리싸움도 많았지만 정정당당했던 나는 물리쳤고, 결국 대부분이 내 휘하로 들어와 장사(구두닦이와 신문팔이)를 하게 되었던 것이다.

가을이 무르익어가던 저녁 무렵, 나는 하루의 일과를 끝내고 느긋한 마음으로 회원동에서 장충동 쪽으로 걸어가고 있었다.

장충단공원을 한 바퀴 돌고는 약수동 고갯길로 들어가기 위해 언덕길로 접어들었다. 지금의 신라호텔 자리쯤으로 기억된다. 가로등 불빛이 거의 없던 시절, 그 언덕길은 음침하기 그지없었다. 어둠 속을 혼자 걷기엔 조금 으시시했다. 그저 어둠 때문이었으리라.

나는 깊은 상념이 쌓이면서 앞으로의 삶에 대한 의지를 하나씩 하나씩 되뇌이며 언덕빼기 길을 걷고 있었다.

"사람 살려요! 살려 주세요! 제발! 흑흑흑."

앙칼진 비명소리는 처음과는 달리 차츰 희미해져가고 있었다.

나의 등줄기에는 긴장으로 힘줄이 곤두섰고 온 신경은 그 숲 속을 향해 집중되었다. 무언가 위기에 처한 여자의 절규임에 틀림없다고 느끼자 용틀임하는 정의감이 그대로 있을 리 없었다. 나는 부리나케 그 숲 속으로 뛰어들었다. 건장한 남자 두 명이 어린 여학생 두 명을 넘어뜨려 옷을 벗겨내고 있었다.

인기척을 느낀 여자애들은 '사람 살리라'고 고함을 질러댔고 억누르고 있던 두 사내는 나를 향해 협박을 해왔다.

"넌 뭐야? 죽기 전에 얼른 꺼지지 못해! 뒈지기 전에 얼른 꺼져! 좃만한 새끼야!"

그 따위 협박에 물러설 내가 아니었다.

"어린 학생들에게 이게 무슨 짓들이오. 살고 싶으면 그 애들 풀어주고 그냥 가시오. 그렇지 않으면 내가 오늘 가만 두지 않을 것이야!"

한 놈이 재빨리 나에게 덤벼들었다. 그러나 내가 그 순간을 놓칠 리 없었다. 위기 상황에 놓인 그들이 나에게 덤빌 거라는 것은 뻔한 노릇이었다. 그러기에 미리 모든 기氣를 집중시켜 그들의 공격에 대비하고 있던 터였다. 덤벼드는 한 놈에게 피하는 척 하면서 돌려차기 한 방으로 고꾸라뜨렸다. 그러자 나머지 한 놈이 벌떡 일어나며 덤벼들었다. 나의 이단옆차기 한 방에 4, 5미터 언덕 아래로 나동그라지고 말았다. 그가 나뒹구는 순간 고꾸라졌던 놈이 일어나 다시 덤볐다. 손에는 재크 나이프가 들려있었다. 휘두른 칼이 빗나감과 동시에 나의 주먹과 발이 요란스럽게 그의 온몸을 강타해 버렸고, 결국 둘 다 녹다운되고 말았다.

겁에 질려 있는 두 여학생들을 부추기고 있을 때 두 놈이 엉거주춤 일어나고 있었다. 그때 인근 공원의 파출소 순찰대원들이 달려왔다.

조사를 마치고 나서 파출소장은 용감한 시민이라며 칭찬을 아끼지 않았다. 그리고는 곧 용감한 시민으로 표창을 하겠다며 거듭 칭찬을 아끼지 않았다.

파출소에서 본 그들은 20대 초반의 불량배였고, 여자애들 두 명은 여고 2학년과 3학년생이었다. 두 불량배는 경범죄 처벌을 받기 위해 즉결 재판소로 보낸다는 것이었다.

한 번의 실수는 병가지상사兵家之常事라고 했는데 그들을 용서해 주신다면 다시는 그런 짓을 하지 않을 것이라고 설득했다. 불량스럽게 보이긴 했지만 경범죄라 하더라도 어떤 처벌을 받게 되면 그 다음에 또 더 큰 죄를 범하게 되지 않을까, 그래서는 어디 교도가 되겠느냐고 설득했다.

여학생 둘은 예뻤다. 어린 학생들의 놀란 마음을 다소 진정시켜 줘야겠다는 생각에 제과점으로 데리고 들어갔다.

"오늘 있었던 일은 오늘로써 모두 잊어버리는 게 좋겠어. 어쩌다 길을 걷다 한 번 넘어졌다고 생각하는 게 좋을 거야. 이런 일을 두고두고 깊이 생각하게 되면 공부에도 지장이 있을 뿐 아니라 앞으로 살아가는 데도 도움이 안 되는 거야. 내가 너희들 집 앞까지 바래다 줄 테니까, 앞으로 일찍 일찍 집에 들어가.”

놀랬을 그녀들에게 다정한 오빠가 되어 어깨를 다독여 줬다.

여고 3년생이라는 K가 강렬한 눈빛으로 나를 쳐다보며 고마운 표정을 지었다.

귀엽게 생겼고 예뻤다.

열여덟 살의 꽃다운 피부가 바랜듯 하고, 오똑한 콧날에 두툼한 입술, 싱그러운 눈망울이 한순간에 나를 압도해 버렸다. 그녀가 나를 쳐다본 그 순간까지는 예쁜 여학생이라는 것을 알지 못했다. 순간 가슴이 쿵쿵 울렸고 온몸에 짜릿한 전율이 감돌았다. 한동안 그녀의 얼굴만 가만히 쳐다볼 뿐 아무런 말도 잇지 못했다. 20년 동안 살아오면서 이렇게 예쁜 여자는 처음이었다. 어느 영화배우도 그녀보다는 예쁘지 않을 거라고 생각했다.

나는 마음을 가다듬었다. 홀라당 맘을 뺏겨서 마음을 다스리지 못하면 이상한 오해가 생길지 모른다는 생각이 들었다.

“우연히 길을 지나가다 학생들 일에 끼어들게 된 것이야. 불의를 보면 참지 못하는 성격 때문에 그냥 넘길 수는 없었어. 다행히 내가 그곳을 지났기에 망정이지 아니면 어쩔 뻔했어? 다시는 늦은 시간에 다니지 말어. 어두운 곳은 항상 위험이 도사리고 있다는 생각을 해야 되는 거야. 명심해.”

나는 나의 감정을 다독거리기 위해 별로 하고 싶지도 않은 말까지 너저리너저리 꺼냈다.

한참 동안 내 말을 가만히 들으며 고마운 표정을 짓던 K가 나에게 말했다.

"아저씬 누구예요? 우리를 위기에서 구해 주셨으니 보답하고 싶어요. 아저씨!"

"아저씨가 아니야. 이제 겨우 스무 살 조금 넘었어. 아저씨라고 부르니까 이상하네?"

"그럼. 오빠라고 부를 게요. 오빠 뭐 하는 사람이에요? 학생이에요?"

"나는 학생도 아니고 직장인도 아니야. 나는 고아야. 고아로 떠돌아 다닌 지 벌써 10여 년이야. 불의를 보면 참지 못하는 것이 내 단점일 수도 있어. 구두닦이를 하고 있어. 신문도 팔고 구두도 닦지. 남산 KBS 방송국에서 이곳 장충동까지가 내 구역이야. 여기에서는 다른 아이들이 구두를 닦거나 신문을 팔아서는 안 되도록 되어 있어. 경찰서에서 보호를 받는, 말하자면 중부경찰서에서 나에게 허가해 준 지역이라고 하는 게 좋겠군. 그 대신 어느 누구에게도 피해를 주거나 또 나쁜 짓을 하지 못하게 되어 있어. 내가 10여 년 동안 고아 신세로 떠돌곤 있지만 추호도 거짓말을 하거나 나쁜 짓은 해보지 않았어. 이것이 지금의 내 모든 것이야."

지난날이 떠올라 잠시 눈시울이 붉어져 옴을 느꼈다. 어린 학생들 앞에서 내 나약함을 보여서는 안 되겠다는 생각이 미치자 이내 평상의 모습으로 돌아왔다.

"그러니까 오늘 일에 대해서는 이제 모든 걸 잊어버리고 어서 집으로 돌아가도록 해. 혹시 두렵다는 생각이 들면 내가 바래다 줄 수는 있지만, 이 시간 이후에는 아무 일도 없었던 것으로 하고, 나도 만나지 않았던 것으로 생각해. 알겠지?"

K는 나의 말을 들으려고 하지 않았다.

"아니요, 오빠는 오늘 우리에게 생명의 은인이나 마찬가지에요. 오늘 오빠가 그곳에 나타나지 않았다면 우린 어떻게 되었겠어요? 끔찍해요.

저희 집으로 같이 가세요. 집에 가서 부모님에게 설명하고, 우리를 살려준 생명의 은인이라고 소개하겠어요."

그녀는 간곡한 부탁이라면서 굳이 자기 집으로 가야 한다고 설득하며 간청을 하는 것이었다. 30여 분 실랑이를 벌이다가 일단은 그녀를 집까지 데려다 줄 요량으로 함께 길을 나섰다.

K의 집은 어마어마하게 큰 대궐같았다. 대문에서부터 본채까지 한참이나 걸어 올라갔다. 넓은 정원에는 잘 다듬어진 수많은 정원수가 잘 정돈되어 있었다. 집 안도 궁궐이었다.

집 안에는 가정부 두 명만 있었다. 다른 식구들은 모두 외출중이라고 했다. 집 안에서 보니 하늘에서 내려온 천사가 따로 없었다.

"아줌마, 인사해요. 내 친구에요!"

그녀는 아줌마에게 나를 소개했다.

"어서 오세요. 반갑습니다. 우리 아가씨 참 좋은 분이에요. 귀엽고 참 예쁘지요?"

"고맙습니다. 정춘식이라고 합니다."

그녀는 나를 데리고 2층 자신의 방으로 안내했다. 그곳은 여고 3학년생의 방이라기에는 너무나 엄청났다. 웬만한 호텔방보다 더 호화롭고 깨끗하게 꾸며져 있었다. 도깨비에게 홀린 기분으로 멍하니 정신을 잃고 서 있었다. 한동안 넋 나간 사람마냥 그렇게 서 있자 그녀가 나의 손을 잡으며 끌어당겼다.

천사가 따로 없었다. 그녀가 천사였다.

궁궐이 따로 없었다. 그곳이 궁궐이었다.

나는 어안이 벙벙한 상태에서 생글생글 명랑한 표정으로 마냥 즐거워하는 그녀를 아무 생각 없이 그저 한참이나 쳐다만 보고 있었다.

황홀한 실내 분위기와 함께 그녀의 아름다운 자태는 나를 현혹시키기에 충분했다. 나는 한동안 멍청한 표정으로 그녀를 지켜보며 앉아 있었지만 가슴 깊은 곳에서부터 차츰 동요가 일고 있음을 느꼈다. 여자의 아름다움에 도취되거나 흥분되는 것은 젊은 남자로서 당연한 것이다.

내 심각한 표정을 살피던 그녀가 살며시 다가오며 다정스럽게 말했다.

"난 아직 남자 친구가 없어. 그러니 오빠랑 평생 친구로 지내고 싶어."

나는 그녀의 말이 무엇을 의미하는지 그때로서는 이해할 수가 없었다. 그러면서도 금방 걱정스러웠던 마음이 안정되기 시작했다. 그녀의 말이 고맙고 반가웠다. 황홀감이 한아름 밀려와 내 몸을 휘감고 있었다.

"나의 처지와 너의 환경은 너무나 달라. 우린 서로 어울릴 수가 없는 상대야. 그러니 오늘 일은 오늘로써 끝내고 각자 자신의 위치로 돌아가는 것이 좋겠어. 그리고 오늘 일에 대한 보답이라는 것도 잘 알아. 내가할 일이 따로 있고 너는 너대로 나아가야 할 진로가 정해져 있으니 각자의 길로 가는 것이 현명한 방법이라고 생각해."

"오빠 왜 한 가지만 생각해! 우리 집이 부자라고 해서 오빠와 내가 어울리지 말라는 법이 어딨어! 오빠가 아니었음 그 자리에서 죽었을지도 모르는 거야! 오빠가 나를 구해 주지 않았을 때를 한 번 생각해 봐. 내 생명의 은인을 내가 좋아한다는 것이 왜 나빠? 오빠 같은 사람이 더 존경스럽고 믿음직스럽단 말이야. 돈이 뭐가 중요해! 사람이 중요한 것이지. 마음이 가장 중요한 것이야. 난 적어도 그렇게 생각해."

그녀는 화난 표정을 지으며 카랑카랑한 목소리로 설득했다. 그녀의 말에는 의미가 부여된 심오함마저 느껴졌다.

"오빠 같은 사람이 좋아. 오빠 같은 사람을 존경해. 내 어린 마음을 충분히 붙잡아 줄 수 있을 것 같애. 든든하고 진솔하게 살아가는 오빠 같은 사람의 앞날은 언제나 희망적이야. 틀림없이 큰일을 해낼 수 있는 사람이라고 봐. 오빠 아무 얘기 하지 말고 내가 하자는 대로 해줘."

그녀의 한마디 한마디는 흡사 세상풍파를 다 겪은 어엿한 여인처럼 어른스러운 감마저 들었다.

그녀의 말 한마디 한마디에 친밀감과 다정함이 스며들면서 사랑의 화음으로 조율되고 있었다. 그녀는 나에게 살포시 예쁘게 다가왔다. 하얀 원피스 차림에 핑크빛 장미 같은 모습으로 다가오기도 했다. 그러면서 살며시, 팔짱을 끼는 그녀의 모습은 천사보다도 더 아름다웠다.

본격적인 데이트가 시작되었다.

그녀의 비단 같은 머리결, 하얀 피부는 마치 따사로운 햇살을 받으며 갓 피어난 한 떨기 백합과도 같았다.

나는 그녀의 상대가 되지 못한다는 것을 뻔히 알고 있었음에도 서서히 사랑에 빠져 들기 시작했다.

결혼을 하기 위한 데이트라고는 조금도 생각할 수가 없었다. 열정으로 시작된 사랑이지만 미래까지는 불투명했었다. 그녀의 부모님께서도 우리의 관계를 안다고 하더라도 결혼 같은 것은 어림도 없었을 것이다.

그러나 그녀는 그런 생각과는 달랐다. 기회만 주어지면 부모님께 인사를 드리자고 졸라댔다.

나는 두려웠다.

현재의 처지로 부모님께 인사를 드린다는 것은 맞아 죽을 일이었다. 결국 두려움은 바로 내가 그녀를 너무도 사랑하고 있다는 데 있었다.

그녀는 졸업반이지만 곧 대학에 들어가야 했기 때문에 열심히 입시준비를 해야 했던 시기였다. 그러나 나와의 데이트는 매일 이루어졌다. 그녀의 부모님은 대부분 밤 10시경에 귀가하셨다. 저녁 8시쯤 그녀의 집에서 정담을 나누다가 바깥으로 빠져 나오곤 했다.

K는 2층 자신의 침실 외에 1층 한쪽 켠에 있는 방 하나를 더 사용하고 있었다. 책장이며 어릴 때 가지고 놀았던 여러 가지 장난감까지도 그대로 보관되어 있는 그녀만의 방이었기 때문에 그녀의 부모님께서도 들여다 보는 일이 거의 없었다. 우리는 틈만 나면 그곳에서 정담을 나누곤 했다.

집안에는 가정부 외에도 정원이며 허드렛일을 하시는 아저씨가 출퇴 근을 하셨기 때문에 오후 7시면 안 계셨다. 가정부 아줌마는 그녀가 비밀 에 부치면 어떤 경우라도 발설하지 않는 것이 불문율처럼 되어 있었다. 그것은 평소에 착하고 예쁘게 살아온 그녀의 심성을 부모는 물론 집안에 있는 모든 사람들이 믿기 때문이었다. 그녀와 나는 부모님이 안 계실 때 는 2층의 그녀 방에서 사랑에 빠지기도 했지만 부모님이 계시는 시간에 는 가끔 1층 방에서 숨어 지내는 경우도 있었다. 그녀와의 밀회가 완전한 사랑으로 변해 버렸다. 누가 먼저랄 것도 없이 우리 둘은 서로를 탐했다. 이래서는 안 된다고 다짐했지만 더 이상은 감정을 억누를 수가 없었다. 사랑에는 아무런 저항이나 제지도 필요치 않다는 그녀의 말이 나에게 용 기를 더욱 북돋아 주었다.

나와 그녀는 하루가 멀다 하고 만나 사랑에 빠졌다. 갈수록 깊고 깊은 심연으로 빠져들었다. 이젠 그녀와 내 앞에는 어떤 장애도 두렵지 않다 는 용기와 기백이 넘쳐 흘렀다. 그것은 그녀가 나에게 북돋아준 용기 때 문이었다. 사랑의 힘이 이렇게 강한 것인가를 그제서야 비로소 느꼈던 것이다.

그러나 시간이 지날수록 용기 백배하던 기백이 두려움으로 감돌기 시 작했다. 그것은 내가 그녀를 너무나 사랑하고 있다는 것 때문이었다. 그 녀와의 사랑이 끝난다면 나는 죽을 것 같았다. 그것은 현실적으로 나의 사랑에 대한 장애요인이 한둘이 아니었기 때문이다. 그녀와 눈높이가 맞는 부분이 하나도 없었다. 극과 극의 처지라고 할 정도로 어울리지 않는 관계라는 것을 나 자신이 너무나 잘 알고 있었다.

그녀의 부모가 알았다면?

내가 그녀의 부모 입장이라면?

어느 누구에게도 이해될 수 없는 관계라고 결론 내릴 것임에 틀림없었다. 그것이 가장 두려웠다. 그녀를 너무나 사랑하기 때문에 우리의 사랑이 깨어진다면 이 세상에 존재할 가치도 없다는 생각을 할 정도였다.

그 무렵 그녀는 부모님을 만나 모든 것을 털어놓고 이해를 구하자고 했다. 언젠가 한번은 겪어야 할 시련임을 알기 때문에 하루라도 빨리 그런 계기를 만들자는 것이 그녀의 지론이었다. 부모님께서 이 사실을 아신다면 우리의 사랑은 끝장이 나고 말 것이라는 생각 때문이었다.

그녀의 생각은 부모님이 그녀를 믿는 만큼 부모님을 설득시킬 자신이 있다고 했다. 만일 설득을 시키고 이해를 구하다가 결국 이룰 수 없다면 둘이 함께 죽음을 택하자는 말까지 서슴지 않았다. 지금도 그때를 떠올릴 때마다 그녀의 용기와 어른스러움에 감탄을 금할 수 없다.

그녀는 이듬해 신촌에 있는 Y대학에 입학했다.

대학에 들어간 후에도 우리 사랑은 조금도 달라진 게 없었다. 강의가 끝나면 우리는 몇 시간이고 붙어 다녔다.

덕수궁 뒤쪽 덕수다방, 이화여대 옆의 신촌다방, 이런 곳에서 주로 시작되는 데이트는 해거름이 질 무렵쯤 그녀의 집으로 향했다. 그녀의 방에서 9시 30분쯤 헤어져 돌아오면서 내일 약속을 기다리는 것이었다.

3년째 되던 해 그녀는 임신을 했다.

임신 사실을 알리면서도 걱정을 하거나 두려워하지 않았다. 이젠 부모님께 말씀드릴 수 있는 빌미가 생겼다고 오히려 잘된 일이라고 했다.

부모님께 말씀 드리고 결혼을 서두르자는 것이었다. 결혼하고도 학교를 다닐 수 있다고 했다. 심지어는 그까짓 공부 그만두면 될 것 아니냐고까지 했다. 결국 부모님께 그동안의 일을 조금도 가감 없이 고백하게 되었다.

그녀의 부모님은 사회 저명인사이자 상당한 재력가였다.

한동안 말도 잊은 채 멍하니 천장만 쳐다보는 것이었다. 그동안 눈치도 못 챈 자신들을 책망하고, 한마디도 하지 않았던 딸을 그저 원망스런 눈길로 바라보기만 할 뿐이었다.

"도대체 이렇게까지 지내 오면서 한마디 상의도 없었단 말이냐! 내가 너를 믿는 마음이 크면 너도 아빠를 믿고 모든 것을 상의해야지 일이 이 지경에 이르러서야 비로소 말을 꺼내는 네 태도를 내가 어떻게 이해하란 말이냐! 날벼락도 유분수지 이 무슨 해괴한 일이냔 말이다!"

분을 삭이지 못하는 아버지는 금방이라도 그녀를 집어 삼킬 듯 분노했다.

아무리 큰 일이 벌어져도 화를 내지 않은 성인다운 면모를 갖춘 그녀의 아버지도 그날은 무척이나 심하게 화를 냈다. 그러나 어른은 어른이었다. 무남독녀 꽃다운 아이의 마음이 상할까 봐 금새 자상하고 근엄했던 본래의 모습으로 돌아온 듯 보였다.

"지나간 일은 지나간 일이야. 잘못 돌아가고 있는 것을 그대로 둘 수는 없는 거야. 바로 잡을 수 있는 방법을 빨리 찾아야지. 잘못된 것이 오래 되면 고치기도 어려워지는 법이야. 오늘이라도 당장 그 청년을 데리고 오도록 해. 너에게 그간의 일을 들었다만 그 청년에게 자세한 얘길 들고 싶으니까. 그리고 난 후 매듭을 풀든지 어떤 연구를 하든지 하도록 하자. 빨리 이리로 오도록 해라. 좌우지간 그 청년이 고마운 일을 한 건 사실이니까."

아버지는 그녀의 마음에 상처를 덜 주고자 마음을 억누르고 있었다. 속으로야 어땠을는지 모르지만 무척 너그러운 자세로 바뀌어 있었다.

사랑이리라.

그것이 자식에 대한 부모의 사랑이리라.

그리고 성인의 사랑이리라.

이미 잘못된 것을 윽박지르고 나무란다고 고쳐지는 것이 아닌 것이다. 매듭은 순서에 따라 풀어야 하는 것이다.

상처는 아물고 난 후에 다시 단련을 시켜야 하는 것이다.

그녀의 호출을 받고 그 집으로 들어섰다. 그날은 궁궐이 아니라 도살장에 들어서는 기분이었다. 그럼에도 용기와 기백만은 살아 있어서 나는 대뜸 넙죽 엎드려 큰절을 올렸다.

"정춘식입니다. 일찍 찾아 뵙지 못해 죄송합니다. 잘못이 있다면 모두가 저의 잘못이니 저에게 벌을 주십시오. 아버님께서 주시는 벌이라면 어떤 것이든 달게 받을 각오입니다."

인자스러우면서도 근엄하신 그녀의 부친을 가만히 올려다 봤다.

"그동안의 얘기를 딸애에게 들어 대충은 알고 있네. 내 딸을 믿네. 그만큼 사랑하고 있다는 말이야. 그동안 자라오면서 우리 부부는 물론 집안 사람들에게 실망스런 행동을 한 번도 한 적이 없는 아이라네. 그런데 어쩌다 자네와 오랫동안 사귀어 오면서도 한 번도 얘기가 없었다는 것이 무척 섭섭하네."

아버지는 잠시 말을 끊었다가 큰 한숨을 한 번 내쉬고는 다시 말씀을

이었다.

"어차피 그런 사정들이 있었다면 진작 찾아와서 의논을 하든지 했어야 옳은 것 아닌가? 내 딸 아이와 교제를 한 것이 벌써 3년이나 되었다면서? 그러면서 매일같이 만나고 뒷방에서 생활하다시피 했다면서 이제야 나타났나? 딸애가 그토록 부모님께 인사를 드리자고 하였다는데 무슨 곡절이 있어 아무런 대꾸도 없었단 말인가? 애가 임신까지 한 지경에 이르러서야 찾아오다니, 이래서 되는 겐가?"

조용조용하게 말을 하고는 있었지만 대단히 화가 난 표정이 역력했다. 내게는 그 조용한 한마디 한마디가 호된 채찍보다도 더 매서웠다.

그때 K가 나서며 궁지에 빠진 나를 대변하듯 거들었다.

"아빠, 오늘 찾아온 것이 아니라 제가 모시고 온 것입니다. 이분이 아니었더라면 저는 그때 아마 죽었을 지도 몰라요. 저를 구해준 은인이에요. 잘못을 따지자면 제게 있습니다. 제가 더 사랑한 거예요. 저와 똑같이 사랑해 주시고, 결혼하도록 허락해 주세요. 제 몸이 무거운 것을 말씀 드리는 거는 죄송하구요. 못난 불효자식이라고 나무라세요. 저분이 있었기에 살아 남았다는 것만으로도 큰 위안을 받았습니다. 지금은 불효를 한다고 나무라실지 모르지만 분명히 아버지께 실망을 드리지 않을 겁니다. 당당하고 떳떳하게 살아갈 자신이 있습니다. 착하고 성실한 사람입니다. 비록 고아이긴 하지만……"

그녀의 말은 금방 멈출 것 같지 않았다. 그런 딸의 성미를 아는지 아버지는 가만히 그녀의 말을 듣고 있었다.

"우리 집은 부자입니다. 그러면서 아들이 없지 않습니까? 자식이라곤 오직 저 혼자뿐이잖아요. 이 사람이 고아에다 딸과도 사랑하는 사이니까 안성맞춤이잖아요. 아들 겸 사위로 사랑해 주시면 얼마나 좋은 일입니까?"

그녀의 한마디 한마디에 감격할 뿐이었다. 가슴이 북받쳐 울컥 울음이 터져 나올 것만 같았다.

그녀의 그런 설득의 말을 중도에서 끊어버리지 않는 그녀 아버지도 대단한 분이라고 생각했다. 어떤 부모가 그런 상황에서 어린 딸의 얘기를 들어주고 있었을까? 당장이라도 머리카락을 움켜쥐고 패대기를 쳐도 분이 풀리지 않을 것임은 보지 않아도 알고도 남을 일이었다.

인격이 높으신 분이었다. 많은 사람들에게 존경을 받으며 명성을 얻지 않을 수 없었을 것이다.

한참 동안 아버지를 졸라대던 그녀는 울음을 터트렸다. 그동안 참았던 북받침이 한꺼번에 울컥 치솟아 올랐다. 그녀의 아버지도 손수건을 꺼내 눈등을 누르고 있었다.

슬픔의 눈물이었을까?

실망의 눈물이었을까?

장차의 일을 어떻게 처리해야 할 것인가에 대한 고뇌의 서러움이었을까? 나는 그때 그 어른의 눈물의 의미를 아직도 알 수 없었다.

그렇게 20여 분의 시간이 흘렀다. 울음을 그치지 않는 딸의 등을 두드리고는 힘껏 껴안았다.

"자넨 정말 고마운 청년임에는 틀림없네. 그리고 우리 딸애나 자네의 살아온 환경에 대해서도 자격시비를 따지고 싶은 마음도 없네. 아직 결혼은 시켜줄 수가 없네. 아직 너무 어리잖은가? 딸애는 아직 학생으로서 공부를 더 해야 할 나이이고, 게다가 유학을 가기로 이미 수속을 다 밟아 놓은 상태야. 공부라는 것은 그 시기를 놓치면 다시는 할 수 없는 것이야. 그 기회를 버리면 모든 것을 잃게 되는 처지가 되고 마네. 딸애의 처지가 아니라 바로 나의, 그리고 우리 집안의 처지인 셈이야. 그러니 너무 갑작스런 일이긴 하지만 조금씩 이해하고 앞으로 더 좋고 훌륭한 일을 하도록 서로 도모하는 것이 가장 바람직한 선택일 것 같네. 그러니 임신된 아이는 유산流産을 시키도록 해야 되겠네. 너무 섭섭하게 생각지 말게. 모든 것은 운명적運命的으로 해결해야 하는 거니까. 내 말 이해할 수 있지?"

아버지는 우리 둘을 번갈아 보며 두 사람 모두의 대답을 듣고자 하셨다.

훌륭하신 아버지였다.

그런 부모 밑에서 자란 그녀도 훌륭한 생각을 가졌을 건 분명한 것이다. 그런 사람들을 이해 못하는 것은 사람의 도리가 아닐 거라는 생각이 들었다.

나는 그녀더러 아버지의 말씀대로, 그리고 그분의 뜻대로 모든 일이 처리되어도 좋다는 생각을 전하고 그녀에게도 아버지의 의향대로 따르라는 묵시적인 신호를 보냈다.

"일시적인 장난이 아니라 하더라도 너무 어린 나이에 자식을 낳게 되면 앞으로 해야 할 큰 일을 이룰 수가 없는 것이야. 사랑이라는 것도 좋고 자식을 빨리 갖는 것도 좋지만 그보다 더 중요한 것은, 어떤 인생을 살고, 어떤 일을 하여 더욱 보람된 사회인이 되어 만인 앞에 설 수 있는가가 더더욱 중요한 것이야. 결혼은 5, 6년 후로 미루고, 그동안 열심히 공부하도록 하는 것이 가장 좋은 선택일 거라고 생각해. 자네는 그동안 우리 회사에서 일할 수 있는 자리를 마련할 테니 말단에서부터 시작한다는 생각으로 열심히 해보도록 해."

그날 이후 그녀는 유산을 했고, 나는 그녀 아버지의 회사에서 막노동이나 다름없는 말단의 일을 시작했다. 그러나 나로서는 도저히 더 견딜 수가 없어 그녀에게 그곳에서 일을 할 수 없다고 얘기했다. 내가 해야 할 일은 다른 것이라는 것을 분명히 얘기했다. 그녀의 아버지께는 일의 경험부족뿐 아니라 적성에 맞지 않아 못하겠다고 말씀을 드렸다.

"그럼, 자넨 무엇을 했으면 좋겠는가?"

근엄하게 묻는 어른의 말에 나는 완전히 압도되었다. 그러나 나의 기백은 이대로 주저앉고 싶질 않았다.

"공부를 더 하겠습니다."

"어떻게 공부를 하겠다는 겐가?"

"제 힘으로 충분히 공부를 할 수 있습니다. 비록 고아 신세로 살아오긴 했지만 단 한 번도 실망하거나 노력을 게을리 하지 않았습니다. 모든 일은 저 혼자 힘으로 해결하면서 이렇게 살아 왔습니다. 틈틈이 고학도 했습니다."

내 대답이 가상했던지 그 어른은 크게 고무된 듯한 표정으로 얼른 말했다.

"내가 돈 100만 원을 줄 테니 이것으로 공부를 더 계속 하도록 하게나. 열심히 해야 해. 딸애가 유학을 마칠 때까지 6년간만 서로 떨어져 있다가 공부를 마치면 그때 가서 서로 결혼하도록 해, 어떤가?"

그녀의 아버지가 우리 둘을 갈라놓기 위한 방법으로 그렇게 선택한 것이라는 것을 내가 모를 리 없었다. 그러나 그것이 그녀를 위하는 길이라면 기꺼이 그렇게 하지 않을 수 없다는 생각으로 마음을 다잡고 있었다. 그때 그녀는 미국으로 유학을 가도록 모든 주선을 아버지가 준비하고 있었던 것이다.

마음을 비워야 했다. 사랑하는 그녀를 위하는 길이라면 그 길을 열어주어야 한다는 생각으로 마음이 귀결되고 있었다. 그런 마음은 내 어리석음이 아니라 내 스스로가 대범한 생각을 하도록 유도한 것이었다. 그녀와 내 처지는 아무래도 어울릴 수 없는 처지라는 것을 내 스스로도 분명히 알고 있는 바였다.

그녀도 부모님으로부터 많은 설득을 받았을 테고, 또한 일시적인 감정이 연정으로 쌓였던 것도 그녀 스스로 느꼈을 것임에는 이의가 있을 수 없다고 생각했다.

그녀가 나를 달래기 시작했다. 미국에 가서 공부하고 올 때까지 기다려 달라는 부탁을 하는 그녀의 눈물겨운 모습을 지켜보면서 나는 인생에 있어서 삶의 진실이 무엇인가를 오랫동안 생각했다. 그녀를 사랑하는 것만큼 그녀의 앞날에 알찬 결실이 맺어질 수 있도록 내가 도와줘야지 하고 나는 다짐했다.

그로부터 3일간 우리 둘은 사랑한다는 말을 수백 번도 더 했음직하게 사랑을 불태웠다.

그녀는 떠났다.

먼 미국으로 떠났다.

6년 후에 다시 만날 것을 약속하면서 그녀는 훌훌 떠나고 말았다.

그날이 그녀와의 마지막일 거라는 생각은 이미 마음을 비운 나에겐 그다지 서럽기만 한 것도 아니었다. 어쩜 더 홀가분해진 것인지도 모른다. 어차피 맺어질 수 없는 첫사랑이라면 그녀에게 무한한 영광이 열릴 수 있도록 한 그루 나무가 되어주는 것도 나쁘지는 않을 것이라는 생각을 했다. 그러나 그날을 기약한 희망마저도 버릴 수 없었던 것이 그때의 내 솔직한 심정이었다.

희망과 인내는 만병을 다스리는 두 가지 치료약이라고 했다. 역경에 처하여 의지할 수 있는 가장 믿음직한 자리며 가장 부드러운 방식이라고 했다.

사람에게 희망이 없을 수 없는 것이지만, 희망은 언제나 실망과 맞붙어 있는 것이어서 실망하게 되면 풀이 죽고 마는 것이다. 그래서 희망을 키워 나아가야 하고, 잃지 않게 하는 것은 오직 굳센 힘이라고 했다. 다부진 의지력뿐이라고 했다.

그 날 미국으로 떠난 그녀는 오늘날까지 한국으로 돌아오지 않고 있다. 그 이후로 완전히 미국에 정착했고 나와 맺어졌던 인연과 사랑도 영원한 미궁 속으로 잠겨갔다.

그녀는 미국에서 계속 공부를 하여 학위를 받았고 지금은 하버드 대학에서 교수로 재직하고 있다고 한다. 지금까지 싱글이며, 독신으로 평생을 살기로 작정했다는 소식에 가슴이 시리고 아파왔다.

모든 것에 용기가 우선이라고 했다. 우리의 자유와 안전과 생명과 가정과 부모와 조국과 자식들을 보호해 주는 것이 사랑이며, 용기는 사랑을 포함한다고 했다. 용기를 가진 사람은 모든 축복을 갖는다고 했다. 그래서 용기는 인간에게 가장 좋은 희망이 된다.

한동안 나는 그녀 생각에 실의에 빠져 지냈었다. 김포공항으로 달려가 이륙하는 비행기를 한참이나 바라보기도 했다. 소망을 담아 민 하늘 가장자리까지 들릴 수 있었으면 하는 마음으로 그녀의 이름을 불러보기도 했다.

허탈해진 가슴은 매일매일 아리고 쓰렸다. 아픔과 쓰림에 오래 시달릴 수 없는 처지였다. 건강하고 더 힘차게 살아야만 그녀와의 아름다운 사랑을 오래도록 가슴에 새길 것이라는 다짐을 하지 않으면 안 되었다.

차츰 내 본래의 모습으로 환원되어 갔다. 나는 어릴 적부터 끝은 끝이 아닌 새로운 시작이라는 생각을 수없이 해왔다. 그러기에 언젠가 인연이 다시 피어 오르면 또 못 만날 리가 없을 거라고 자위하기도 했다.

지금도 가끔 젊은 시절을 되돌아볼 때면 으레 그녀를 떠올리게 된다. 나는 지금 나를 기억하는 사람들을 잊고 사는 것은 아닐까 한탄해 보기도 한다. 그녀는 나를 잊지 않고 독신을 선언했다지 않는가? 평생을 학문에만 전념하고 다시는 후회하지 않는 인생을 살겠다고 친구들에게 선언했다는 말을 전해 들은 나는 그녀의 한 부분도 따라갈 수 없었구나 하는 생각이 들었다.

그녀를 못 잊어 내 인생을 끝맺을까 하는 생각도 수없이 했다.

그 기억이 지금도 아련하다. 그럴 때마다 나를 깨우치는 것은 용기였다. 그녀를 다시 만나든 그렇지 않든 내가 떳떳이 살아있어야만 그런 아름다움을 기억할 수 있으리라는 생각이었다. 모든 것은 운명에 맡기기로 한 것이다.

1965년 초여름.

나는 새로운 길을 찾아 나서게 되었다. 신일기업사의 직원이었던 예쁜 아가씨를 소개받아 열애에 빠지면서 두 번째의 사랑을 꽃피우게 된 것이다.

내 인생은 내가 가꿔야 했다. 내 길은 내가 가야 하는 것이다. 그리고 내가 뿌린 씨앗은 내가 거둬들여야 하는 것이다.

두 번째 사랑의 결실로 6남매를 둔 가장家長이 되었다. 1남 5녀, 그러니까 맏이인 아들 연태를 비롯하여 유진, 유선, 혜정, 수연, 현정 등 아름다운 다섯 송이의 꽃봉우리들을 가꾸고 키웠다. 이제 그 꽃들은 하나같이 아름답게 활짝 피어났다.

황홀하리만큼 짙은 향기를 내뿜는 흑장미, 고고한 달빛에 바랜 듯 청순한 백합, 진흙 속에서도 강한 의지를 내보이며 찬연하게 피어오른 수련, 강렬한 정열로 활활 타오르는 태양을 향해 고개를 내민 빨간 튤립, 한 아름 그윽히 안겨오는 풍요로움이 가득한 히아신스, 나는 이 다섯 송이의 꽃들에 파묻힐 때면 어느 새 지나온 시름을 잊고 평온함에 잠겨 든다.

성공과 좌절의 파노라마

불길이 무섭게 타올라도 끄는 방법이 있고, 먹구름이 하늘을 뒤덮는다 해도 막는 방법이 있게 마련이다. 화는 위험할 때 있는 것이 아니고 오히려 편안할 때 있으며, 복도 경사가 있을 때 있는 것이 아니라 근심할 때 있다고 했다.

용기勇氣는 악운惡運을 깨뜨리는 유일한 무기다. 그래서 용기가 있는 곳에는 언제나 희망이란 아름다움이 있는 것이다.

나는 내 인생의 새로운 출발로 구두 통을 다시 둘러맸다. 구두닦이를 하고 신문팔이를 해야만 했다.

하루에 수십만 원을 매만지던 손이 하루 수십 원, 몇 백원을 버는 조막손으로 변했다. 3개월 성도 구두를 닦고 신문 파는 생활을 하다가 귀인의 도움으로 다시 식품가게를 열었다. 처절했던 과거는 잊은 지 오래였고, 주어진 일에 최선을 다한 보람으로 제법 안정을 되찾게 되었다. 나는 사랑하는 아내와 몇 년간 식품업을 하다가 가게에 납품하는 주병덕朱炳德 씨와 수산물 도매업을 동업하게 된다.

나에게 새로운 도약의 계기를 만들 수 있는 큰 힘이 되었다.

인생은 성공에서보다는 실패에서 더 많은 지혜를 터득하게 되는 것이다.

누구에게나 기회는 주어지지만 그것을 얼마나 빨리, 그리고 정확하게 포착하는가가 중요하다. 기회를 어리석게 놓쳐 버리면 다시 그 기회를 잡을 수 없는 것이다.

'달아나는 자는 다시 싸울 수 있지만 죽은 자는 다시 싸울 수 없다'고 했다. 싸울 수 있는 힘을 축적한 사람이라야 어려움을 헤쳐 나갈 수 있는 것이다.

빨래는 쨍쨍한 햇볕에 말려야 제격이다. 칼을 잡으면 반드시 베어야 한다. 칼을 잡고도 베지 않으면 이로운 시기를 잃고 만다. 도끼를 잡고도 쪼개지 않으면 도리어 내가 잡히고 마는 원리를 잊어서는 안 되는 것이다.

그때 춘식春植을 재원在原으로 바꾼 것은 이름의 수리에 맞지 않기 때문이었다. 지금은 작고하셨지만 그 당시 종로구 필운동에 칠성작명소라는 곳에서 1967년 4월 6일, 큰아이 연태의 이름을 지으려고 찾아갔더니 대뜸 하는 말이, 춘식春植이라는 이름자字는 음양원칙에 맞지 않아 부모 형제의 덕이 있을 수 없다고 하여 개명을 한 것이다. 그분께서 20만 원을 들여서 직접 법적 수속을 밟아 모든 처리를 해줬다.

이름을 바꾸고 난 후부터는 무언가 잘 풀리는 것 같은 기분이었다.

생각 자체가 새로웠을 뿐만 아니라 일이 잘 풀려 성장 속도에 가속이 붙었다.

내 이름은 풀어보면 파란이 중첩되고 불행이 꼬리에 꼬리를 물고 다니는 수이며, 더욱이 식하니 식하고 배가 불러 배에 총을 맞아 죽는 수數라고 하는 데야 어찌 바꾸지 않고 견딜 수 있었겠는가?

1968년 3월 초.

수산물 도매업의 동업 형태를 청산했다. 동업이란 것이 사람의 마음을 갈등하게 만들기도 했지만 발전 속도가 늦었다. 무無에서 유有를 창조하려는 가상한 신통력이 항상 내재되어 있었기 때문에 주저하지 않았다.

1968년 3월 11일.

직원 3명과 '동양물산東洋物産'이라는 간판을 내걸었다. 지금은 노량진과 가락동으로 나눠져 있지만 그때는 서울역 뒤편, 그러니까 지금의 서소문 공원 자리에 수산물시장이 크게 형성되어 있었다. 그 시장의 사장은 노용환盧龍煥 씨였다.

노사장의 후광으로 동양물산이라는 간판을 달게 되었고, 그의 도움으로 어렵지 않게 성장 일로를 걷게 되었다.

노용환 사장은 재일거류민단 단장 출신으로 지금은 작고하셨지만 그 당시 그의 세력과 후광은 하늘을 찌를 듯이 높고 컸다. 박정희 대통령과는 직통 전화를 가설해 놓을 정도로 친분 관계를 유지하고 있었다.

당시 서울시장이었던 윤치영 씨도 노사장에게 도움을 청할 정도로 위세가 당당했다.

그러니 국무총리가 어떤 지시를 해도 국정관계가 아닌 그 시장市場과 수산물이 관련된 일이라면 들은 척도 하지 않았을 정도였다.

서울에 입하되는 모든 수산물은 그의 말 한마디로 좌지우지되었다. 톨게이트에 직원을 배치, 서울로 들어오는 물건은 모조리 그곳 수산시장으로 끌고 들어왔다. 강매를 하다시피 매매가 이뤄졌고, 값도 그가 정하는 것이 불문율로 되어 있었다. 당시 박대통령의 분신처럼 기고만장하던 이학수李鶴洙(고려원양 사장) 씨도 노사장에게는 꼼짝하지 못했다.

내가 그곳에서 새로운 간판을 내걸고, 그 어려운 수산물 유통업을 활발하게 할 수 있었던 것도 이모부님 덕택이었다. 그런 후원이 없었으면 아무런 노하우도 없는 젊은 사람이 어찌 그런 큰일에 관여할 수가 있었겠는가? 노사장은 법인 시절에 친조카나 다름없으니 사업에 지장이 없도록 잘 돌봐 주라는 지시를 내렸다.

지방에서 올라오는 물건을 톨게이트에서 검증했다. 탁송지와 탁송인을 확인하고 통과시켰다. 탁송 송장이 내 앞으로 오는 것이라면 무조건 통과시켰다. 화물주든, 수송기사든 그 누구든 아무런 제재를 받지 않았다. 소문들이 전국으로 퍼져 정재원이 앞으로 송장을 끊으면 무조건 통과가 되는 것으로 인식한 것이다. 그러다 보니 지방과 서울의 장사꾼들이 서로 짜고는 송장을 허위기재하여 톨게이트를 통과한 후에는 엉뚱한 곳으로 운반하기도 했다.

　어느 날 톨게이트에 나가 있던 책임자가 전화를 걸어왔다. 새벽 1시 10분이었다

　"정재원 사장님 좀 바꿔 주십시오."

　"내가 정사장인데 누구신지요?"

　"저는 영등포 비포장도로 입구에 나와 있는 정용팔이라고 합니다."

　"그런데요?"

　"정사장님은 냉동수산물을 취급하시는 줄로 알고 있는데, 오늘은 선어鮮魚가 자그마치 다섯 트럭이나 영등포로 왔습니다. 송장이 정재원 사장님 앞으로 되어 있어서 다섯 트럭 중 세 트럭은 통과를 시켰습니다. 두 대는 통과시키지 않고 정사장님께 확인을 한 후에 통과시키려고 합니다. 주무시는데 죄송합니다. 의심스러운 점이 있어서 그러니 양해하십시오."

　"뭐라고요? 그게 정말입니까? 선어 차라고요? 통과시키지 마시오! 내 곧 그리로 나갈 테니까!"

　가짜 탁송장이었다. 탁송장이 허위로 기재된 것이었다.

　그 후부터는 나에게 오는 물건은 특별한 암호를 사용하도록 했다. 철저한 암호를 사용하도록 전국 화물주들에게 지시했다. 톨게이트 감독과

나는 수시로 전화연락을 했고, 엉터리 송장이 발견되면 무조건 통과시키지 않았다. 그러는 동안 발생한 엉터리 송장이 무려 30여 건이나 되었다.

이때는 수산시장의 직원들이 모두 나를 자기네 사장 이상으로 생각했다.

시장의 직원들도 나를 보면 90도로 인사는 물론 승진관계나 자리관계로 청탁해 오는 간부가 한둘이 아니었다.

나의 사업은 승승장구했다. 그러면서도 항상 대인^{大人}의 후광이 큰 힘이 되는 것을 깨달았다. 큰 나무 아래에서 작은 나무가 자랄 수는 없지만 큰 사람 그늘에서 작은 사람은 빨리 자란다고 하지 않았던가.

나는 전국을 무대로 사업을 넓혀 갔다. 전국 각처를 다니면서 수출 상품을 구매하였고, 또한 판매도 독점하다시피 했다. 냉동 창고라든가 냉동 차량 등 구비조건이 까다로웠다. 소자본으로 얼른 시작할 수도 없었을 뿐 아니라 단단한 기반, 즉 힘 있는 사람의 후광이 절대 필요했기 때문이다.

당시의 냉동수산물 사업은 마진율이 대단히 높았다. 500% 장사는 보통이었다. 신바람으로 매일매일 즐거운 비명 속에서 일했다. 그리고는 일찍 시장에 나가 소매상인들을 맞으면서 그들과의 우의도 돈독하게 만드는 것도 게을리하지 않았다.

냉동차량이 도착할 무렵이면 상인들이 길게 늘어 서서 기다렸다. 그것도 한 사람에게 많이 주는 법이 없었다. 그러니 자연 장사꾼들의 불만이 쏟아질 수밖에 없었다.

"요걸 갖고 뭔 장사를 하라카노?"

"요게 뭐당가! 아침 반찬꺼리도 안 되지라!"

"한 대, 두 대씩 하지 말고 좀 많이 갖고 오면 안 되오?"

"미안합니다. 내일은 더 많이 올리라고 연락하겠습니다. 아무리 많이 올리라고 해도 물건이 없는 걸 어떡합니까. 곧 여러분들이 원하는 양껏 갖다 드리도록 할께요."

웃으면서 그들과 하루를 시작하고 즐겁게 하루를 끝내는 나에게 소매 장사꾼들은 적잖은 부러움을 보내기도 했다.

1968년 늦가을이었다. 그 해 10월 11일인가 보다.

그때 전라남도 여수에는 냉동수산물가공업체 8개가 있었다. 그 수출가공업체는 대부분 일본으로 수출했다. 물량의 90%는 일본으로, 나머지 10% 정도는 미주지역으로 수출했다. 그러니 국내 내수는 단 1%도 없었다. 당시로는 내수보다 수출이 훨씬 좋은 여건이 주어졌다. 수출 제일주의로 국가경영이 이루어지고 있을 때였기 때문에 다소 마진율이 적더라도 국가에서 권장하는 수출을 해야 했다.

그때 여수의 수출가공업체에서 가공을 하고 남은 것을 처분하는 것이 골칫거리였다. 그래서 일부는 사료공장으로 보내고 나머지는 폐기 처분해야 했다. 가공의 완제품으로는 약간 미달이지만 충분히 상품으로 팔 수 있는 것도 많았다.

나는 여러 가지 궁리를 하다가 그것을 이용할 수 있는 방법을 찾아냈다. 그것은 등외품으로 밀려난 것이라지만 완제품과의 차이가 별로 없는 상품이었다. 여수의 냉동창고에 쌓여 있는 전부를 서울로 올려 시장에 내 놓을 생각으로 20kg들이 3천 상자를 몽땅 헐값으로 사들였다. 당시 서울에는 물건이 거의 바닥난 상태였기 때문에 충분히 판매가 가능하리라고 믿었다. 물건 자체도 까다로운 수출품 검증에 조금의 하자가 있는 것뿐이지 다른 문제가 없었기 때문에 내수시장 상품으로는 그런 대로 평점을 받을 것으로 여겼다.

그 3천 상자를 창고에 쌓아 두고는 3백 상자뿐이라고 소문을 냈고, 장사꾼들에게도 나와 친분이 가까운 사람들에게만 우선 시험 삼아 팔아보도록 권했다. 장사꾼들은 하나 둘, 그 소문을 듣고 몰려 들었고, 창고에 보관된 것 전부를 사겠다고 덤비는 사람도 있었다.

3백 상자만 가져왔다고 했으니 나머지 2백여 상자를 독점하겠다는 식으로 덤비는 것이었다. 그럭저럭 3백 상자를 다 팔고는 2,700상자를 창고 속에 보관하고 있었다.

12월이 되었고, 눈이 많이 내려 교통이 군데군데 두절되어 지방에서의 물건 수송이 어려워지는 기회를 잡아서 나머지 물건을 출하시킬 계획이었다. 그 해 겨울은 유난히 추웠고, 눈도 많이 내렸다. 교통이 원활하지 않아 물건이 딸리는 틈을 이용, 창고의 2,700 상자의 물건을 내놓기 위해 상인들에게 소문을 퍼트렸다. 당시 남대문 시장의 어느 상인은 2,700 상자를 전부 사겠다고 달려들었다. 20kg짜리 한 상자에 만 원을 달라고 했더니 서로 사겠다고 야단이었다. 3천 상자에 1만 원씩이면 3천만 원인 셈이다.

그때 서소문공원 건너편인 순화동에 살았다. 단 한 번의 장사로 3천 만 원을 벌었으니 돈방석에 앉은 거나 다름없었다. 대지가 100평, 건평이 70평이였다. 그 집을 2,150만 원에 샀다. 지금의 시가로 30억 원 정도일 것이다.

이듬해엔 지난해의 경험을 토대로 더 많은 물건을 사들였다. 여수뿐만 아니라 전국의 냉동창고를 다 뒤지다시피 하여 물건을 사 올려 3년 동안 수십 억 원을 벌었다.

1972년 5월, 주문진의 윤 씨라는 사람에게 전화를 걸어 오징어 발을 구입하겠다고 했다. 누군가의 소개로 이름만 알 뿐이었다. 서로 얼굴은 모르지만 내가 정재원이라고 했더니 얼마든지 구해 주겠다고 했다. 주문진까지 오지 않아도 자기가 알아서 싣고 오겠다는 것이다.

동해수출 가공공장에서 나오는 오징어 발을 헐값에 사들였다. 오징어의 몸통은 가공하여 수출하고, 떨어져 나오는 발을 구입한 것이다. 당시 거기에 재고로 남겨진 것이 300톤이었다. 그것을 전부 사들인 것이다.

그 해 겨울에 하루 매출액이 천만 원을 넘을 때도 있었다. 신흥재벌이 되는 것은 시간문제였다. 당시 천만 원이면 대단히 큰 금액이었다. 운이 따랐던지 다른 사람들이 엄두를 내지 못하는 것을 내가 손만 대면 그것이 큰돈으로 바뀌는 것이었다.

회사를 재정비할 필요가 있다는 생각으로 법인회사를 설립했다. 주식회사를 설립, 대표이사에 취임하고 직원도 50여 명으로 늘려 본격적인 재벌이 되기 위한 준비를 서둘렀다.

시청 앞 백남빌딩에 큰 사무실을 마련해 놓고 군납을 할 생각으로 군장성 및 관계된 인사들을 만났다.

나는 꿈에 부풀어 당장 군납이 이뤄지는 것으로 착각하고 있었다. 전모 씨는 강전무, 김이사 등 노련한 로비스트들을 소개해 주었고, 그들은 어리석은 나를 마음대로 요리했다.

나는 강 전무와 김 이사가 요구만 하면 엄청난 돈을 선뜻 내놓았다. 최고위층에 로비를 한다는 명목이었다. 군납만 성사된다면 그 정도의 돈을 버는 것은 시간문제일 것이라고 생각했다. 하루 이틀, 한 달 두 달, 그들이 장담했던 군납문제는 자꾸만 지연되었다.

사무실 운영비와 막대한 로비자금으로 그동안 벌어놓은 많은 돈이 거의 바닥이 났다. 상권이 좋았던 수산물에 대한 영업은 거의 손을 떼다시피 하고는 일류호텔로, 최고급 음식점으로, 최고급 접객업소 등을 드나들며 로비스트들과 어울렸다.

어느 날 최고 책임자를 만나게 한다는 전갈이 왔다.

그날 저녁 7시가 약속시간으로 정해졌다.

장소는 호화스런 최고급 비밀요정으로, 나는 흥분된 가슴을 진정시키며 최고의 진수성찬과 미모의 아가씨들을 대기시켜 놓고 기다렸다. 7시에 약속한 사람들은 8, 9시가 넘어도 코빼기도 보이질 않았다.

 나는 불안하고 초조해서 좌불안석이었다.

 "큰 일을 할 사람이 어찌 그리 경망스럽소! 그래가지고 어떻게 그런 큰 것을 얻겠다는 거요! 좀 침착하게 기다릴 줄도 알아야지."

 "제 마음이 어찌 편하겠습니까? 7시에 약속을 하지 않았습니까? 10시가 다 되었는데 무언가 잘못되고 있는 거 아닙니까?"

 "조금만 더 기다려 보자니까요. 진정하시고 높으신 분이 어찌 우리 정 사장에게 거짓말을 하겠소. 10시까지만 기다려 봅시다. 이리 앉으시오!"

 밤 10시 정각에 손님이 왔다는 전갈이 왔다. 두근거리는 가슴을 다소 진정시켰을 때 두 중년의 사내가 나타났다. 중절모를 쓴 모습은 꼭 건달과 같아 가슴이 철렁했다.

 "잠시 실례하겠습니다. 각하께서 갑자기 급한 일이 생기셔서 이 자리에 참석을 할 수 없기에 저희가 대신 찾아 뵙고 양해의 말씀을 드리고자 합니다. 대단히 미안하다는 말씀과 함께 다음 기회로 미루라는 지시를 전해 드립니다……."

 그들은 모자를 벗을 듯 오른손이 머리 쪽으로 올라가며 허리를 약간 굽혀 인사를 하고는 그대로 나가 버렸다. 큰 사기에 휘말리고 있다는 생각이 머리를 스치고 지나갔다.

 "도대체가 어떻게 된 일이오! 기탄없이 얘기해 보시오! 무슨 흑막이 있는 건 아닙니까?"

 "오늘 갑자기 피치 못할 국사國事가 생긴 모양이오. 아무 연락이 없는 것보다 다른 기회를 봐서 만나주시겠다니 일이 성사되는 건 분명한 모양입니다. 정사장님? 우리끼리라도 술이나 한 잔하시지요. 안심해도 될 것 같습니다."

두 사람에게 사기를 당하고 있다는 확신에 온몸이 부들부들 떨리고, 배신감에 전신을 부르르 떨었다.

나의 몸과 마음도 지칠 대로 지쳐 버렸다.

강 전무와 김 이사에게 결별을 선언하고 더 이상 협잡하여 누구에게도 이런 사기극을 연출하지 말라고 했다.

일 년 동안 쓴 돈이 무려 15억 원이었다. 1972년 당시 명동의 금싸라기 땅값이 한 평에 500만 원일 때의 일이다.

그 많은 재산을 사기극에 휘말려 탕진하고 부도 위기에 몰렸다. 많은 직원들을 정리하고 회사를 재정비하지 않을 수 없었다.

송충이는 솔잎을 먹어야 하는 것이다. 송충이가 떡갈나무 잎을 먹겠다고 날뛰어 봐야 살 수 없는 것이다. 서해 망둥이가 뛰니까 집안의 빗자루도 덩달아 뛰려고 한 꼴이었다.

나는 이렇게 망가진 채로 5년을 허송세월로 살았다.

새로운 도약을 하지 않으면 안 된다는 강한 채찍이 가해졌다. 원래 한 푼 없는 빈털터리로 시작한 내 인생이다. 나에게 남아 있는 유일한 재산은 용기였고, 희망을 가지는 것이었다.

희망과 인내는 만병萬病을 다스리는 두 가지 치료약이라고 했다.

눈먼 돈은 다른 주인을 찾아 떠나 버렸지만 나에게는 인간관계라는 크나큰 재산이 남아 있었다. 보증수표라고 불렸던 신용도 살아 있어서 대기업의 중역들을 만났을 때 신용을 담보로 외상매출을 쉽게 끊어주었다.

을지로 6가에 태안물산주식회사泰安物產株式會社를 설립하고 본격적인 사업가로서 재도약의 의지를 불태웠다. 거듭나기 위해 밤낮을 가리지 않고 열심히 일했고, 돈을 벌 수 있는 물건이 나타났다는 기미만 보여도 지방의 어디든 달려갔다.

회사의 급성장과 함께 회사 설립 1년 만에 당시 을지세무서에서 총매출 랭킹 2위의 실적을 자랑하는 기업으로 성장시킨 것이다.

당시 중부시장의 수산물은 50% 이상이 내 손을 거쳐 넘겨졌다. 나의 한 달 매출실적이 웬만한 회사의 1년 매출을 상회했었다.

충남 부여의 노른자위 땅 3만 3천 평은 시가 10억 원대였고, 연희동의 주택은 5억 원대, 약수동의 6층짜리 건물이 10억 원대, 또 약수동에 10억 원대의 건물을 소유하게 되었다.

강원냉장주식회사의 한방걸 씨에게 담보를 제공하고 냉동수산물을 대량으로 공급받기로 계약을 체결했다. 강원냉장은 동해안 북부지역의 대부분의 수산물을 독점하다시피 할 정도로 대단한 장악력을 갖고 있었다. 그래서 강원냉장에 들어오는 상품은 전부 태안물산으로 넘겨지도록 계약을 맺은 것이다. 그런데 강원냉장이 너무 크게 확장을 하다가 부도를 내게 되면서 아예 강원냉장에 있는 수산물을 몽땅 인수해 버렸다.

1981년 신유년辛酉年은 수산업자 정재원에게 날개를 두 겹, 세 겹 달아준 해였다. 뛰어다니는 것이 아니라 날아다녔다. 동에 번쩍, 서에 번쩍해서 도깨비라는 별명도 얻었다. 냉동수산물뿐 아니라 참치, 선어 및 특수 수산물도 취급했다. 국내 굴지의 참치회사와 계약을 맺고 납품하여 떼돈을 벌었다(당시 해태 참치 통조림 원료공급을 하였다).

부산공동어시장의 특수 생선(고급생선)을 전매해 버릴 때도 있었고, 원양어선의 물량을 하역도 하지 않은 채 배에서 전매하기도 했었다.

사기꾼에게 휘말려 15억 원을 날린 돈에 대해서는 완전히 잊었다.

나는 수산물에 대한 지식을 많이 습득했다. 조금이라도 궁금하면 바로 관련 서적들을 구입하여 훑어보기도 했다. 각 어종들의 생태, 성질, 육질 등에 대해서도 연구해서 거의 박사 수준이 되었다. 특수어종에 관한 부분은 국내 제 1인자가 될 정도였다. 어종의 생태 및 취급만 연구한 것이 아니라 어느 바다에서 어떻게 살며, 어느 바다에서 많이 서식하고, 어떤 곳에서 많이 잡히는 것까지도 분석하여 하나하나 정확하게 기술해 놓기도 했다. 그래서 컴퓨터보다 더 정확한 데이터를 갖고 있는 사람은 국내에서 정재원 뿐이라고 할 정도였다.

수산대학을 졸업하고 관련 회사에 취직을 하면 그 회사의 간부들이 맨 처음 신입사원에게 내놓은 과제가 태안물산에 가서 수산물에 대한 리포트를 작성해 오라고 할 정도였다.

그 무렵 나는 D그룹에 납품할 기회가 주어졌다. D그룹은 당시에도 대단한 재벌이었다. 어떤 특혜도 없이 정상적으로 이뤄졌으나 이미 납품을 하고 있던 기존 업체들로부터의 시기와 경계가 심각할 정도였다. 협박성 전화가 무수히 걸려왔고, 직접 대면한 자리에서도 노골적인 협박을 가해왔다. 거기에서도 많은 돈을 벌었으나 영세 납품자들의 생존권을 빼앗는 것 같아 계약 기간이 만료됨과 함께 스스로 납품권을 포기하고 글로벌 시장으로 눈을 돌렸다.

특히 중국을 무대로 하는 국제무역에 눈을 돌린 것이다.

홍콩을 경유, 중국의 수산물을 대량으로 수입하여 내수시장에 공급하기도 했으며, 또 수입물을 가공하여 다시 국제시장으로 수출까지 했다. 50배 이상의 부가가치를 얻을 수 있었다. 홍콩·중국·대만 등지에서 수입하여 일본으로 수출하기도 했으며 범위를 더 넓혀 동남아까지 팔을 뻗쳤다. 그리고는 미주지역으로도 수출의 길을 모색했다.

그 무렵 태안물산 직원은 450~500명이었다.

부동산이 제법 많았기 때문에 대기업에서 필요한 자금을 얼마든지 쓰라고 했다. 하자담보를 10%만 제공하면 필요한 자금을 마음대로 쓸 수 있도록 했던 것이다. 삼성三星, 두산斗山 등 다섯 군데 국내 굴지의 기업에서 수십억 원을 대여받아 냉동수산물을 산더미같이 사들였다. 그리고는 무한정으로 들어났던 냉동수산물을 값이 오르면 그대로 내보내곤 하여 많은 폭리를 취하기도 했다. 돈을 벌기 위해서는 자금이 넉넉해야 한다는 것은 삼척동자도 아는 사실이다.

나는 그때 과거의 어려웠던 시절을 잠시 잊어버리고 회사의 내부에 대한 감독이 소홀했다. 외부로부터 자금을 끌어들이는 일, 그리고 많은 물량을 확보하고는 좋은 마진을 남기고 파는 데만 정신을 쏟고 있었다.

그 무렵 경리과장을 외부에서 특채로 영입했던 것이 화근이 되었다. 당시 경리 여직원은 스물여섯 살인 김영의(가명)였고, 경리과장으로 영입한 진영진(가명)은 특채로 영입할 때 기대했던 것과는 완전히 딴판이었다. 관리소홀로 자금 운영에 구멍이 뚫리고 말았다. 후에 밝혀진 일이지만 경리과장은 많은 돈을 빼내 돈놀이와 낭비를 일삼았다. 이제는 세월이 흘러 용서로 마무리했다.

그러한 것을 오히려 이사理事로까지 승진시키고, 열심히 하라며 특별 보너스까지 듬뿍 쥐어 주기도 했었다. 그의 무능을 짐작하게 된 것은 해외 각 지사에 대한 보고가 경리 여직원의 필체로 올라오는 것을 본 후였다.

나는 해외 출장이 많았다.

대만과 홍콩을 오가며 20여 일 만에 중국산 수산물 수입이 가능하게 되었다. 20여 일 동안 홍콩과 대만에 머물면서 수입한 것은 연어 100톤과 해파리 100톤이었다. 그 무렵 우리 근해에서는 연어와 해파리가 조업이 힘들었기 때문에 상당한 이득이 있을 거라는 생각이었다. 계획대로 이루어지면 200%의 이익이 있을 거라는 계산이었다. 그러나 국내에 들어와 보니 양도 엄청나게 적었을 뿐 아니라 색깔이나 신선도도 형편없었다. 결국 막대한 손해를 보게 되었고, 잘 팔리지 않으니까 냉동창고에 쌓아둘 수밖에 없었다. 창고에 물건이 산더미같이 쌓였고, 보관비가 한 달에 3천만 원, 관리비가 1억 원이었다. 15억 원의 자금이 창고에 묶여 순환을 못 시킬 뿐 아니라 한 달에 1억 3천만 원이라는 막대한 돈이 낭비되기 시작했다.

소문은 꼬리를 물고 순식간에 퍼지기 시작했다. 그러니 대기업에서는 차용했던 돈을 갚으라고 아우성이었다. 돈은 창고에 물건으로 잠겨 있고, 관리비, 보관비에 엄청난 이자까지 감당하기란 너무나 힘겨웠다.

그 무렵 나는 대만과 홍콩을 드나들면서 알게 된 재미교포 이홍종 교수님과 아주 친하게 지냈다. 그는 재미학자이며 경제학 박사로 미국 주립대학 교수로 재직하시던 분이었다. 그분이 나의 어려운 처지를 알고는 15억 원을 선뜻 차용해 주셨다.

이홍종 교수님께는 지금도 고마운 마음을 간직하고 있다. 그동안 본의 아니게 연락이 끊겼지만 꼭 다시 한번 뵙고 나의 지난 허물에 대해 용서를 구하고 싶다.

국내의 몇몇 사람들에게도 몇억 원을 차용해 썼다. 한 달에 3, 4억 원의 결손이 나자 금방 빚더미에 올라앉은 꼴이 되었다. 그러나 회사는 지탱해야 하고 직원들의 사기도 돋우어야 했으며, 또한 대외적인 신용도 더 추락시켜서는 안 되기 때문에 빚을 내어 이자를 갚고 또 빚을 내어 빚을 갚는 악순환이 계속되었다.

중구 순화동 저택, 연희동의 집 등 다섯 군데에 있었던 부동산을 전부 근저당한 것이 몽땅 공중분해 될 상태에까지 놓이게 되었다. 끊어놓은 수표와 어음 결제일이 돌아오면 오금이 저려 몇십 년 수명이 단축될 것 같은 고통의 시간이었다.

이미 그때의 상황은 외상매출된 금액이 70억 원 이상되었고, 창고에 보관되어 있는 물량도 상당했기 때문에 그것을 처분하면 그런대로 회생되리라고 믿었다. 그러나 외상매출 대금은 들어오질 않고 창고에 쌓여 있던 물건도 금방 팔려나가지 않았다.

자신이 어려워도 상대를 위해 최선을 다해 주는 사람이 있는가 하면, 자신의 능력이 가능한데도 상대편이 어려워지면 오히려 그것을 역이용하려는 사람도 있게 마련이다. 그런 몇몇의 사람을 꼽아보면 정덕윤, 조동래, 이하연 등이다. 정덕윤이란 자는 지역에서 뿐만 아니라 사방팔방을 돌아다니면서 온갖 나쁜 짓을 다하는 사람이었다. 특히 정덕윤은 더 못된 짓을 많이 한 사람으로 나의 회사가 승승장구할 때는 간 쓸개 다 빼줄 것처럼 날뛰다가 조금 상태가 나빠지니 180도로 돌변하여 과거의 친분관계나 좋은 거래관계 따위는 안중에도 없는, 비열하기 그지없는 사람이었다.

당시 그는 나에게 1억 5천 만 원의 외상매출금이 있었다.

자기네 친척이 청와대의 아무개인데, 자기가 한마디만 하면 누구든지 개 작살이 난다는 등 인간 이하의 말들로 공갈협박을 하면서 외상매출금을 못 주겠다고 서슴없이 말했다.

나는 참다못해 그들을 경찰당국에 고발하여 구속시켜 버렸다. 사업이 잘되고 돈을 많이 번다는 소문이 나게 되면 생면부지의 사람들도 찾아와 시기와 질투를 일삼는 무리들이 많은 것으로 안다.

사촌이 땅을 사면 배가 아프다는 꼴이었다. 관련 행정부 쪽에서의 눈총도 엿보였고, 눈에 보이지 않는 압력이 들어오고 심지어는 금융기관에서도 예전과 달랐다. 임술壬戌 · 계해癸亥년까지 힘 있는 곳에서의 압력은 견딜 수 없었다. 태안물산을 탐내는 대기업들도 있었고, 심지어는 태안을 와해시켜야 한다는 루머가 떠돌기도 했다.

압박을 이겨낼 힘이 모자랐던 나는 국내 굴지 종합상사의 회유와 유도에 휘말려 차츰 내리막길로 접어들기 시작했다.

갑자甲子・을축乙丑년이었다.

더 비상하기 위해 직원을 모집, 사업 확장을 계획했던 것이 오히려 감원을 해야 하는 운명으로 곤두박질쳤다.

천자天子는 나를 가만 두지 않았다. 꿈만 꾸면 네가 할 일은 따로 있는 것이라고 호통을 쳤다.

"도대체 제가 해야 할 일이 무엇입니까? 가르쳐 주셔야 제가 실천할 것 아닙니까?"

내 스스로가 해답을 찾으라는 크나큰 명제인지도 모를 일이었다.

경리담당 이사 진영진(甲子年에 과장에서 부장, 이사로 고속 승진시켰다)은 무능하기 그지없었다. 회사 자금이 동이 날 지경에 이르러 사채업자, 금융기관 등에서의 자금 압박이 빗발치는데도 수습할 생각은커녕 오히려 회사 공금을 어떻게 하면 조금이라도 빼낼 수 있을까를 궁리하고 있었다는 후문이었다.

1985년 을축년 1월, 나는 진이사에게 자금융통을 물색해 보라고 지시했다. 그런데 뜻밖에도 그는 너무 쉽게, 책임지고 내일까지 2억 원을 회사에 입금시키겠으니 당좌수표를 끊어달라고 하였다. 그 다음날은 어느 곳에서도 2억 원이라는 돈이 입금될 수가 없었기 때문이다. 그리고 회사 잔고도 1억 원이 안 됐다.

그 날 그를 불러 다시 지시했다.

"이보게 진이사! 당신 믿다가는 회사가 금방 부도가 나고 말 걸세. 내가 은행에 대출을 받을 수 있도록 손을 써 놓았으니 빨리 서류를 만들어서 제출하도록 하게. 10억 원을 대출해 주기로 되어 있으니 지체하지 말고 차질 없이 시행하도록 하게. 대만과 홍콩을 다녀와야 되니까 2, 3일 안으로 서류준비를 하여 제출하면 일주일 내에 돈 10억 원을 대출해 주기로 되어 있으니 조금도 차질이 생기지 않도록 철저히 하라구!"

그에게 지시를 한 뒤 나는 다시 비행기에 올랐다. 10억 원이 풀려나오면 그런대로 몇 개월 견딜 수가 있을 것이고, 그동안 물건을 팔고 또 장사를 잘 하면 어려움을 풀어나갈 수 있을 것으로 생각되었다. 그런데 무능한 진이사는 서류를 만들지 않았다. 대만에서 은행으로 전화를 걸었더니 지점장은 되려 나에게 서류 독촉을 했다.

결국 회사의 위기를 초래하는 계기가 되고 말았다. 지점장이 나에게 해 주기로 했던 대출금은 진이사의 서류미비로 다른 사람에게 넘어가고 말았다.

1986년 6월이었다.

사채업자였던 이홍종 교수도 나에게 독촉을 했다. 웬만하면 그렇지 않던 분이었는데 너무 오랫동안 이자는커녕 일부의 원금도 갚지 못하게 되니 당연한 것이다. 믿었던 은행의 대출금은 지연되고 각처에서는 빚 독촉이 심했다. 회사를 회생시키기 위해 온갖 노력을 다하고, 심지어는 친인척들의 돈도 구할 수 있는 대로 모두 동원하여 돌아오는 수표를 결제해 나갔다.

그동안 끊겨 나간 수표와 어음이 128억 원이었다. 그러나 나는 나대로의 계산법을 고안하고 있었다. 은행 돈 10억 원을 대출받아 사채 15억 원을 일부 정리하면서 일부는 기일 연장을 할 수 있으며, 그동안 돌아오는 수표나 어음의 기일도 부분적으로 연장할 수 있을 것 같았다.

9월 30일의 결제가 3억 원, 나머지는 1개월 후, 2~5개월까지 모두 합쳐 128억 원이었다. 외상매출금도 늘어나 20억 원이 있었고, 창고에 보관되어 있는 물건도 70여억 원어치나 되었다. 이것을 헐값에 판다 하더라도 60여억 원은 될 것이었다. 그러면 그것이 80여억 원이 되고 결국 마이너스 금액이 48억 원이었다. 그러나 창고 보관중인 물건이 금세 팔린다는 보장도 없을 뿐만 아니라 외상매출금의 수금이 예상대로 될 리도 없었다.

사람이 살다 보면 굴곡이 있기 마련이고 오르막, 내리막이 있는 것이다. 사업도 번창할 때도 있고, 어떤 작은 일로 인해 도산하는 경우도 있는 것이다. 오늘의 실패가 영원한 실패라고는 생각지 않았다.

9월 25일, 나는 여직원에게만 나의 결심을 이야기했다.

여직원에게 9월 30일, 3억 원의 결제 능력뿐 아니라 앞으로 줄줄이 돌아오는 128억 원을 결제하기는 도저히 방법이 없다는 것을 얘기했다. 여직원은 그 자리에서 펑펑 울었다. 그녀로서는 최선을 다했고, 또한 회사를 살리기 위해 무던히 애를 썼다.

그녀를 위로하고, 언젠가는 분명히 재기할 날이 있을 테니 그때 다시 만나서 지금까지 못해 준 것을 해주겠다고 약속했다. 그러나 아직까지도 소식을 듣지 못해 안타까운 심정이다. 언젠가는 꼭 만날 날을 지금도 기다리고 있다.

그날 나는 그간의 일을 정리함에 있어서 누구를 원망하거나 미워하는 마음도 버리기로 했다.

부도 후 뒤처리를 힘껏 도와주기로 한 김홍기 세무사에게 2천만 원을 건네주었다.

그런데 나의 아내에게도 남편의 법적 문제를 해결해 주겠노라고 하며 돈을 받아갔다는 것이다. 살림만 하던 여자가 남편의 잘못된 사업의 뒤

처리를 해준다는 말에 물불가리지 않고 집푸라기라도 잡는 심정으로 돈을 건넸을 것이다.

그런데 결국은 하나도 된 것이 없고 집과 돈만 몽땅 날려 버렸다.

병인년丙寅年 정유월丁酉月 정축일丁丑日, 그러니까 1986년 9월 30일, 결국 성자盛者는 내 모든 것을 몽땅 빼앗아가고 말았다. 40여 생애를 살아오면서 온갖 고통과 고충, 번뇌와 질서를 참고 견디며 천신만고 끝에 사업을 성장시켰는데 허무하게도, 열심히 쌓아 올렸던 모든 것을 순식간에 잃고 만 것이다.

도곡동에 13평 아파트 하나를 구해 조용히 심신을 달래려고 했다. 그곳에서 10일간 두문불출하며 마음을 정리했다. 차분하게, 그리고 무욕의 마음으로 돌아가기 위한 심신을 쓰다듬었다.

마음을 가다듬고 금융기관에 근무하는 사촌동생과 하나씩 하나씩 해결되지 못한 소소한 것들을 정리하기 위해 식사를 하면서 동생의 힘을 다소나마 빌리고자 상의했다.

그날 이후 도곡동 임시 거처로 돌아온 나는, 미처 생각지도 못한 후유증에 시달려야만 했다. 느닷없이 쳐들어온 채권자들과 한바탕 육탄전까지 치러야 했다. 이미 해결된 것으로 생각했던 일들이 자꾸만 불거져 나왔고, 그들도 평소 거래를 할 때와는 다르게 180도로 바뀌어 있었다. 돈 앞에서는 모두가 안면 몰수였다.

모든 것을 업과業果라 여기고 그들의 요구를 받아들여야만 했다.

그들에 의해 부산까지 끌려 다니다시피했고, 부산의 힐튼호텔에 감금을 당하게 되었다. 힐튼호텔에서 사실과 다른 많은 격론을 벌였지만 돈 뺏긴 죄인이 되어 온갖 좌욕挫辱을 당했다.

부산 미화당백화점에서 강압에 못 이겨 6억 원을 지불하고 풀려나긴 했으나 약 1억 원 가량이 더 지불된 것이었다. 당시 미화당백화점 직원이었던 박광수(가명)는 나를 또 다른 사람들에게 팔아 넘기기 위해 흉계를 꾸미고 있었다. 그것을 눈치 챈 나는 아내에게 내가 풀려나게 된 것을 미리 알리고 차량을 대기하도록 했다.

마치 영화의 한 장면을 연상시키는 구출작전이었다.

1986년 10월 13일 호텔에서 뒤쪽 비상계단을 이용해 내려왔다. 그날따라 강한 비바람이 몰아쳤다. 강풍에 폭우가 겹쳐 우산을 쓰고 나오는 나를 그들은 얼른 알아보지 못했다. 그 틈을 잘 이용했던 것이다.

나는 재빠르게 몸을 휘날려 미리 대기하고 있던 승용차에 몸을 싣는 데 성공하였다.

천하를 주무르고 싶었던 내가 갑작스럽게 도망을 다녀야 하고 채권자들에게 쫓겨 다니는 신세가 됐다는 그 자체가 처량하기 짝이 없었다.

재산財産은 그것을 가지고 있는 사람의 것이 아니라, 그것을 바르게 쓰는 사람의 것이라고 했다, 재산을 가지고도 그것을 옳게 쓰지 못하는 사람은 황금黃金을 나르면서도 엉겅퀴를 먹는 당나귀나 다름없는 것이다.

새로운 도약

폭풍이 강하게 휩쓸고 지나간 거리는 온통 폐허로 변해 있었다. 내 작은 몸뚱아리가 휘몰아친 폭풍에 휩싸여 날아가지 않은 것만도 다행이었다. 가슴 깊숙이 파고드는 통증은 아물 줄을 몰랐다.

나는 부산을 떠나기로 했다. 어딘가 멀리 떠나고 싶었다.

나는 모든 것을 믿고 맡겼던 김흥기 씨의 조언을 받아들이기로 했다. 나의 분신이라고까지 말할 수 있었던 사람이었다.

대지는 1만 3천 여 평이나 되었다. 곧 쓰러질 것 같은 슬레이트 집이 한 채 있었다. 바람이 조금만 세게 불어도 금방 날아가 버릴 것만 같은 집이었다. 귀신들이 히히거리며 튀어나올 것 같은 곳이었다. 천정에는 구멍이 뚫려 하늘이 보이기도 하고, 아마도 3, 4년은 아무도 살지 않았던 것으로 보였다.

당장 운신할 수 없는 난 여기서 살아야 한다는 것도 운명이라고 생각했다. 미련한 사람은 먼 곳에서 행복을 찾고, 현명한 사람은 바로 자기 발 밑에서 행복을 키운다고 했다.

나는 선물을 준비하여 동네 이장里長을 찾아가 인사를 했다. 그 곳은 공주군 유구면 유구리 노기부락 선우영진 이장(실명)님으로 참으로 고마웠던 분으로 기억한다.

공직 생활을 하다가 파직을 당해 농사나 지으며 살려고 한다는 소개하며 이장의 도움을 바란다고 했다. 이장과 유지들에게 인사를 나눈 후에 집 수리를 시작했다. 모두가 친절하고 적극적인 도움을 주어 생각보다 빨리 집을 수리할 수 있었다.

시골 생활에 석응하여 열심히 노력할 각오로 무슨 일이 있어도 이곳에서 3~5년은 머물러야 한다는 생각이었다. 포크레인을 1대 임대하여 집 앞 마당과 폐허나 마찬가지인 밭을 정리했다.

밭과 야산에는 각종 과수를 심었다. 그리고 돈사豚舍를 짓고 돼지새끼 50마리를 구입하여 기르기 시작했다. 병아리도 사다 길렀고, 강아지, 오리도 키우는 동물 가족들과의 생활이 시작됐다.

돼지는 전문서적도 읽고 이장의 지도를 받았다. 새끼 돼지를 가져와 기른 지 4개월쯤 지나니 90kg이 되었다. 장사꾼들이 소문을 듣고 찾아와 성돈成豚이라면서 팔라고 했다. 그러나 출하해도 이익은커녕 본전도 안 됐다.

돼지 값이 그렇게 형성되어 있기 때문에 그렇단다. 양돈 중에서도 모돈母豚을 구입하여 새끼를 생산하는 것이 훨씬 수입이 좋다는 것이다. 우연히 텔레비전을 보다가 모돈으로 크게 성공한 사례를 보고, 그 사람을 만나기 위해 경북 영덕으로 달려갔다.

현대식 돈사를 지어 대규모 양돈을 하고 있었다. 대부분이 기계식으로 설계되어 인력을 많이 절약할 수 있도록 설계된 전문업체였다.

거기에는 종돈種豚도 많았다. 종돈 한 마리에 700만 원짜리도 있었다. 기왕에 내친 김에 종돈 새끼 한 쌍을 150만 원에 구입해 왔다. 영덕의 돈사처럼 현대식 설비는 갖추진 못했지만 깨끗하게 관리하기 위해 종돈 우리를 새로 지었다.

새로 지은 돈사는 청결 제일주의로 관리했다. 온양에서 분양되어 온 돼지는 수의사가 한 달에 한두 번씩 찾아와 검진을 해주었기 때문인지 잘 자라 주었다. 새끼가 새끼를 낳아 종돈의 숫자가 200여 마리로 불어났고, 육돈까지 합하면 400여 마리까지 불어났다. 그 후로는 연간 1천여 마리까지 불어나 제법 큰 돈사를 짓고 수의사 노릇까지 하면서 돼지에게 정성을 기울였다.

호사다마라고 했던가.

한두 마리가 병에 걸리면 곧 전염되어 애지중지하며 보살피던 새끼들이 죽어갈 때면 내 수족이 썩어 문드러지는 것처럼 아팠다.

살아 있는 놈들을 더 많은 정성과 애정으로 보살폈다. 그리고는 또 개를 사육해 보겠다는 계획으로 유구리 뒷산에 올라가 소나무를 베어 끌고 왔다. 100여 마리 이상을 키울 수 있는 큰 축사를 지을 계획이었다.

필요한 쇠파이프와 각목 등을 일부 구입하여 비닐하우스처럼 잘 꾸몄다. 그동안의 경험을 토대로 직접 설계하면서 혼자 힘으로 모든 축사를 지었다. 몇 종류의 개를 키울 요량으로 칸막이도 했다.

유구장, 온양장에서 강아지들을 사들였다. 종류를 구분하여 축사에 나눠 종견도 기르고 잘 생긴 불독도 네 마리 사들였다. 10개월 정도 키운 불독은 송아지만 하게 자라 쩔쩔한 재미를 더해 주었다. 그 놈들로 짝짓기 한 번 시키는 데 10만 원씩을 받았다.

1988년 제24회 서울올림픽의 열기가 들끓기 시작하면서 개값이 폭락하기 시작했다. 전년도까지만 해도 불독 수놈 종견 한 마리에 500~600만 원을 호가하던 것이 폭락할 대로 폭락하여 겨우 몇십 만 원에 거래될 정도였다. 사료 값은커녕 하루라도 더 가지고 있는 만큼 손해액이 늘어나는 실정이었다. 그야말로 개를 헐값으로 모두 처분해 버렸다.

근 3년 동안 돼지며, 개, 닭, 오리 등 각종 가축을 사육했는데 결국은 완전히 손해만 본 것이다.

원성농장이라는 간판을 내걸고 열심히 가꿔 온 땅 위에서 축사를 지어 가축을 길렀다. 황무지나 다름없는 땅을 일궈 옥토로 변모시키고 논을 만들어 벼농사도 짓고, 밭에는 고추농사며 표고버섯도 재배하던 원성농장이 박살나게 된 것이다.

유구리에서 동네 주민들과 정성을 다해 친하게 지내려고 노력했다. 그들도 모두 순수한 시골의 향취가 물씬 풍겨나는 사람들이었다. 특히 선우영진 씨, 이동주 씨, 김성환 씨, 김웅이 씨, 문홍철 씨, 이인석 씨, 김봉화 씨 등은 형제처럼 친구같이 가깝게 지냈던 분들이었다. 객지에 내려온 나를 그만큼 따뜻하게 맞아준 그들의 인심에 무한한 감사의 정을 느꼈다.

유구리에서 동네 주민들과 어울려 농사를 짓고 있을 때 현상수배자로 신문에 광고가 났다. 일부 채권자들이 합동으로 500만 원 현상금을 걸고 광고를 냈다는 사실을 알았다. 10월 초순이었다. 물론 그때 동네 주민들은 내가 그 수배자인 줄은 전혀 몰랐다. 가까이 지내던 사람 중에 오토바이 가게를 하던 문홍철 씨가 있었다. 나는 그에게 안전모(하이바)를 하나 구입하여 항상 쓰고 다녔다. 내가 안전모를 쓰고 다니는 것을 동네 사람들은 조금도 이상하게 생각하지 않았다. 그것은 여러 가축들을 기르고 있었기 때문에 별로 의심할 행동은 아니었다.

누군가에게 어렴풋이 중앙정보부에 중간간부로 있다가 상사가 정치적 영향으로 그만두는 바람에 파직되었다고 했다. 그랬더니 그 말이 꼬리에 꼬리를 물고 퍼져서 결국엔 김재규의 부하로 있다가 그가 잡혀 들어가자 그만둔 사람이라고까지 소문이 났다.

서울의 김홍기에게 전화를 걸어 도와줄 수 있는 방법을 모색해 보라고 했더니 김홍기는 유구지서에다 경비전화(경찰청의 전국 연락망)로 연락을 했고 무슨 얘기를 했는지 지서의 차석이 나를 찾아온 것이다.

간이 콩알만 했다고 표현할 정도로 완전히 정신이 나갔다. 그는 그야말로 깍듯이 대접하며 서울의 모 기관에서 나를 잘 보살펴 주라고 연락이 왔다는 것이다.

그 후로는 지서장이나 국방부 직할부대 및 기관장들, 공직에 있는 사람들은 대부분 나에 대한 소문을 듣고 내가 있는 가까운 곳에 나오게 되면 꼭 들러서는 깍듯이 인사를 하고 갔다.

그러던 어느 날 김홍기에게서 갑작스럽게 전화가 걸려왔다.

"형님. 피하세요. 부산의 채권자들이 곧 그곳으로 찾아갈 것이라는 정보가 있습니다. 빨리 서두르는 것이 안전할 겁니다."

"그게 무슨 소리야. 나는 평생을 이 농장에서 지내겠다는 마음으로 이처럼 열심히 가꿔 놓았는데 도대체 무슨 청천벽력이란 말인가? 도대체 그들이 어떻게 알았다는 거야?"

김홍기는 몹시 허둥대면서 좌우지간 빨리 피하라는 말만 남긴 채 전화를 끊어 버렸다. 너무나 답답하고 불안하여 전화를 걸었으나 바쁘다는 핑계로 통화가 되지 않았다.

그 무렵 농사뿐 아니라 가축도 대량으로 사육했으며 유실수도 잘 가꾸어 놓은 상태였다. 1989년 3년 동안 피땀을 흘려서 일궈 놓은 것이 곧 결실로 이어지려는 때에 느닷없는 김홍기의 전화는 내 혼을 송두리째 빼 놓기에 충분했다.

틈을 내어 테니스 클럽에도 가입하여 동네 사람들과도 사이좋게 지내고 있었는데 이런 느닷없는 연락을 받게 되니 혼란스러웠다. 그동안 온갖 고생을 하며 가꿔 일궈놓은 농장은 당시로서는 3~4억 원쯤 되는 것이었다. 참담한 심정으로 농장을 팔기로 결정했다. 5천만 원에 사겠다는 사람이 나타났는데, 그 이상은 줄 수 없다는 것이었다. 심지어는 그 값도 제대로 받지 못할지도 모른다는 절망적인 말이 나돌기도 했다. 그때 김홍기로부터 다시 전화가 걸려왔다.

"형님, 그 돈이라도 받고 얼른 넘기세요. 너무 미련을 가지면 오히려 해가 될 수 있어요. 임자 나타났을 때 넘기고 피신하시는 게 좋을 듯합니다. 그렇지 않으면 그 후의 책임을 저는 전혀 감당할 재간이 없습니다."

그것이 김홍기의 농간임을 후에 알았다. 그동안 김홍기가 서너 번 찾아온 적이 있었다. 결국 그는 나의 돈으로 호의호식하며 나를 꼼짝달싹 못하게 올가미를 씌웠던 것이다. 나의 자녀들은 물론 아내에게까지 올가미를 씌워 놓았던 것이다.

갑자기 자식들이 눈앞에서 아른거렸다. 어린 6남매의 초롱초롱한 눈망울이 모두 나에게 쏠려 있는 것만 같았다. 한참 건강하게 자라고 열심히 공부해야 할 어린 여섯 아이들이 더욱 안쓰러워 견딜 수가 없었다. 그들은 부모를 잘못 만나 일생 동안 고통을 받아야 하는 것이 아닌가 생각되었다. 그럴 때면 한 많은 내 죄 때문에 그리 되었다는 것 외에는 그 어떤 생각도 떠올릴 수가 없었다.

보고 싶었다. 초롱초롱 빛나는 열 두 개의 동공瞳孔들이 보고 싶어 미칠 지경이었다. 아마도 하나님이 나를 더 이상 고뇌스런 세상에서 고통받으며 살지 말라는 것인가 보다고 생각했다. 아이들에게 보내는 한 장의 유서를 남겼다.

"얘들아, 내가 그동안 겪어 온 모진 비바람을 이제는 더 이상 감당할 기력이 없구나.

나에게 주어진 운명도 이것으로 끝나는가 보다. 어떤 고통이 따르더라도 참고 이겨내려고 온갖 힘을 다 쏟았건만 보람은커녕 자꾸만 나를 못살게 만들기만 하는구나.

이 못난 애비를 용서하여라. 그리고 자라서 아비가 못다 이룬 수많은 일들을 너희들이 이루길 바란다.

너희들의 길은 착하고 건강하게 잘 자라는 것 뿐이다. 남에게 피해를 주는 일은 눈곱만큼도 하지 말고, 남에게 봉사하는 마음을 항상 지녀 몸소 실천하는 자세로 꿋꿋하게 살아야 하느니라.

어머니 말씀 잘 듣고 이 못난 애비 몫까지 혼자 남은 어머니에게 다 쏟도록 하여라. 그리고 형제간에 우애를 돈독히 하여 인생살이의 제1요건으로 삼아야 할 것이다.

어머니께 효도하고 웃어른을 공경할 것이며 사회에 봉사하는 정신으로 존경받는 사람이 되어 주길 바란다. 이 못난 아비는 너희6남매의 앞날에 밝고 건강한 정신이 깃들이기를 저승에서 기도할 거야.

부디 잘 자라거라."

원성농장 입구의 수십 년 된 참나무에 목을 매었다. 20여 미터의 높이에 큰 가지는 자동차가 매달려도 부러질 리가 없는 생나무였다. 그 나무에 올라가서 목을 매고는 아래로 뛰어내렸다. 내 마지막 생명을 누구에게도 보이지 않겠다는 마음에서 어둠이 짙어오는 저녁 시간을 택했다. 그날이 1989년 7월 31일 오후 8시, 인적조차 없는 적막한 시간이었다. 그날따라 아랫마을 불빛조차도 가물가물하게 보였다. 그런데 매달려도 부러지지 않을 큰 참나무 가지에 목을 매고 뛰어 내렸더니 찌지직하며 뚝 끊어진 것이다. 그 가지에 그네를 매고 장정들 두 사람이 쌍그네를 탔어도 요동조차 하지 않던 생나무 가지가 부러져 휘어진 것이 아니라 도끼로 자른 것처럼 뚝 끊어진 것이다.

이미 나뭇가지에 매달려 있어야 할 나는 멀쩡했고, 죄 없는 굵은 참나무의 생가지만 꺾어졌다. 그 순간 나의 뇌리에 스치는 영감이 있었다.

조물주 하나님이 '너는 아직 죽어서는 안 된다'고 노발대발한 것이라고 느껴졌다.

다시 시작하자! 살아서 할 일을 해야지, 죽는다면 끝이 아닌가! 어린 자식 여섯을 두고 먼저 간다는 생각 자체가 잘못된 것임을 내 스스로 깨달았다.

앞으로 더욱 강하고 철저하게 살아야 한다는 비장한 각오를 하며 새로운 다짐을 스스로 맹세했다.

나에게 씌워진 덫이 어떤 것일지라도 원망하지 않기로 했다.

3억이든 4억이든 다 부질없고 몇 백 억도 엎었는데…… 툴툴 털고 일어섰다.

애써 가꾸고, 사랑을 온통 쏟아 부었던 원성농장, 1만 3천여 평의 땅을 미련없이 5천만 원에 넘겼다.

그것도 떳떳하게 정리를 한 것이 아니라 유구리 주민들 몰래 야반도주를 하다시피 도망쳐야 했다. 지금도 그때의 유구리 마을을 생각하면 미안하고 송구스럽다.

선우영진 씨를 비롯하여 몇몇 분들의 은혜를 지금도 잊지 않고 있다.

견딜 수 없는 상황으로 내몰린 나는 어둠이 짙어질 무렵 트럭에 일부의 짐을 실었다. 그 트럭도 서울에서 불러 내린 것이다. 흔적을 남기지 않기 위하여 트럭에 나의 몸도 함께 싣고는 충북 제천으로 거처를 옮겼다. 제천의 김봉대 씨 집에서 칩거하며 은둔생활을 시작하게 됐다.

무심한 하늘이었다.

제천에 도착한 후로 한동안 실의에 빠져 살았다. 얼마간을 꼼짝도 않은 채 많은 것을 생각하면서 무기력하게 지냈다. 지나간 일들이 주마등처럼 펼쳐지는 것이었다.

금호동에서의 납품업을 하다가 곧 큰 부자가 될 수 있는 기회를 잃게 되었고, 알거지가 되었던 나의 모습을 생각하며 피식 웃기도 했다.

서소문에서의 수산물 도매업으로 떼돈 번 일, 그러다가 군납을 하겠다고 덤벼들다 사기 당하여 15억여 원을 송두리째 쳐 넣었던 일, 태안물산으로 전국에서 수산물 왕국을 만들었다가 수많은 재산을 일시에 털려 버렸던 것도 어쩌면 운명으로 돌려야만 했다.

3년간 사력을 다해 가꾼 원성농장.

김홍기의 농간에 빠져 5천만 원을 쥐고 제천에 도착했으나 그 돈의 처리가 문제였다. 은행에 넣어둘 수 없어 지인인 김봉대 씨에게 사업자금으로 사용하다가 돌려달라며 맡겼다.

김봉대 씨는 그 돈으로 사업을 하여 갚는다고 했다. 영월터미널 뒤편에서 돼지를 구입하고, 일부는 집을 짓기도 했다. 물론 그 돈은 내가 그에게 사용하다가 필요할 때 돌려달라고 한 것이었으므로 임시로 사업자금으로 이용한 것이다.

김봉대 씨는 착하고 예쁜 아들과 딸이 있었으며 그의 처는 낯선 나에게도 매우 친절하게 대해 주셨었다(2013년 3월에 제천을 방문했을 때 그들 부부는 참으로 나를 반갑게 맞이해 주었다. 김봉대 씨는 신사임당 같은 부인과 현재 한우사업으로 크게 성공하고 하여 잘 살고 있다. 사업자금으로 사용했던 5천만 원도 물론 돌려받았다). 김봉대씨 부인을 지금도 나는 천사라고 생각한다. 그만큼 고마운 사람이다.

제천에서 며칠을 보낸 나는 차츰 안정을 되찾게 되었다.

책과의 씨름을 시작했다. 주로 고서적古書籍을 읽었고, 주역周易에 심취했다. 제천의 이문서점을 비롯, 많은 서점을 돌아다니며 고서적과 주역에 관한 책을 구입해 밤낮 없이 읽었고, 주역을 열심히 공부했다.

다행스럽게도 제천에 향교가 있어서 틈만 나면 거길 드나들었다. 그 속에서 서예도 배우고, 한학漢學을 공부했다. 거기서 이광옥 선생, 김규형 선생을 만나게 되었고, 그분들의 도움을 많이 받았다.

이모님 댁 옥내장터에서 사주를 봐주던 할아버지와의 대면이 내가 주역에 대한 관심을 갖게 된 시초였다. 신비한 감흥을 느꼈고, 그날 이후 온갖 시련과 고통 속에서도 주역에 대한 생각은 버리지 않았다.

제천향교를 매일 찾게 되었고, 거기서 두 분의 선생님을 만나게 되면서 나는 이것이 나에게 주어진 또 한 번의 기회라고 생각했다. 이런 기회를 얻기 위해 엄청난 시련들을 겪으며, 이곳까지 오게 되었나 보다고 생각했다. 이것도 역시 나의 운명일지 모른다고 생각했다.

향교를 전세 내다시피 24시간을 머물 때도 있었다. 식사는 컵라면으로 때우고, 책을 읽다가 졸리면 그 자리에서 잤다. 컵라면으로 두 끼를 먹는 시간도 아까울 정도였다. 잠을 자는 시간도 아까운 건 마찬가지였다. 책을 읽다가 잠이 쏟아지면 향교의 뒷산으로 올라갔다.

향교 뒷산에는 수령이 500여 년 된 엄나무가 있었다. 그 엄나무 아래에 정좌한 채 명상기도를 했다. 피곤하고 졸음이 쏟아질 때 그곳에서 명상기도를 하면 쉽게 잠이 달아나곤 했다. 기도를 한 번 하고 나면 7, 8시간을 거뜬히 견딜 수 있었다. 1주일 내내 잠 한숨 안 자는 나를 보고 주위 사람들은 혀를 내둘렀다.

"살아 있는 신神인기라. 1주일씩이나 잠 한숨도 안 자고 공부하며 명상기도 한다 안 카나!"

"정말 무섭데이, 나는 저 사람만 보모 겁난다카이. 우째 산 사람이 잠도 안 자고 공부만 할 끼고! 내사 저런 사람 첨 본다 아이가!"

경북 안동安東에서 이곳으로 이주해 온 두 어른이 한 말이었다. 그때 서예에도 심취했고 주역이나 역학 서적을 독파해 나갔다.

"젊은 사람이 저렇게 글씨를 잘 쓰누! 타고난 재능이 비범하구먼. 글씨를 잘 쓰는 것 보면 아마도 영특한 재질을 타고났네 그려!"

나는 사업에 실패한 후로 이름을 바꿨다. 공주에서는 이기욱으로 불리었고, 제천에서는 김봉호로 사용했다. 어릴 때의 이름은 정춘식이었고, 서울로 옮겨 온 후에는 개명한 정재원으로 사용했다.

제천에서도 곧잘 꿈을 꾸곤 했다. 40여 년 꿔온 한결 같은 꿈이었다.

'네가 할 일이 따로 있느니라. 너는 큰 일을 해야 하느니라.'

내가 해야 할 일이 무엇인지를 알 수 없었다. 꼭 할 일이 따로 있다는 지시적 꿈만 꾸었을 뿐 그 해답은 도무지 가르쳐 주질 않았다. 그것이 무엇인지 몰라 답답해 미칠 것만 같았다. 언젠가는 필히 그 해답을 찾을 수 있으리라 생각하며 열심히 공부했고, 특히 주역에 대한 공부를 게을리 하지 않았다.

사람을 보는 순간에 그 사람의 운세가 훤히 나타나는 것이다. 생전 처음 보는 사람도 잠깐만 보면 훤히 알아볼 수 있었다.

연구를 시작하면서 약 1천 명을 실험했다. 그 결과인 임상통변을 세세하게 기록했다. 그것을 비교도 해 보고, 대화 도중 장본인의 말을 참고해 보기도 했다.

생면부지의 사람도 생년월일시와 얼굴만 보면 90% 이상은 맞는 결과로 나타났다. 자신감은 충만했지만 내 스스로 확신이 설 때까지 임상을 해봐야겠다는 마음을 굳게 다졌다.

전국 방방곡곡을 돌아다니며 그 지역에서 소문난 역학자들을 찾아가 운세 감정을 해봤다. 소위 그 지역에서는 대가大家라는 사람들을 주로 만나고 다녔다. 당시 전국을 돌아다니며 소문난 역학자 78명에게 감정을 해봤다. 내 눈에 비친 그들은 모두가 나의 생각과는 다르다고 느꼈다.

풍수지리에 관한 서적, 기문둔갑, 육임, 당사주 등 역학과 관련 있는 모든 문헌을 찾아 철저하게 공부했다. 당시 나에게 큰 도움을 주신 분은 철학자 안진수 선생이었다.

1년간 제천 향교에서 공부하며 하루 4시간 이상을 자본 적이 없었다. 화장실에서도, 벽에도, 천장에도 그날 내가 공부해야 할 제목들을 써 붙여 놓고 완전히 해독할 때까지 반복하여 파고 들었다. 옛날, 공자께서는 '가죽 끈 3개가 닳도록 주역을 외웠다'고 한 말을 상기하며 촌음도 아낀 것이다. 그 당시 짧았던 기간을 따진다면 나는 공자의 말씀보다 더 많이 공부했다고 자부할 수 있다. 그러면서도 운동을 게을리 하지 않았다.

그때의 내 하루 일과는 잠자는데 4시간, 공부하는데 18시간, 운동이 2시간, 이렇게 정해 놓고 그대로 실천했다. 오전 2시간이 운동시간이었다. 그때 제천시 의림 조기축구회에도 가입했다. 아침에 나가는 조기축구회에 김봉호로 가입, 정회원이 된 것이다. 백제미술대전에도 김봉호로 출품하여 입상했다. 물론 정재원이 아닌 김봉호의 이름으로 낙관도 찍혀 있다. 백제미술대전에 입상을 한 후에는 나에게 서예를 배우겠다고 찾아오는 사람도 많았다.

서예를 하면서 동양화에도 빠져 들었다.

용龍 그림은 황홀하고 찬란하다고까지 극찬 받았을 정도다. 제천에서는 역학뿐 아니라 서예와 그림에까지 소문이 날 정도로 인정해 주었다. 주변의 권유에도 불구하고 사무실을 열지 않았다. 어떤 확신이 설 때까지는 절대로 움직이지 않겠다고 생각했다.

서울의 유명한 풍수를 찾아 나섰다. 내가 확신이 설 때까지 실험을 겸한 경험을 해 볼 작정이었다. 서울에서 내로라 하는 지모, 박모 씨를 만나 풍수지리에 관한 대화를 나누기도 했다. 그들의 말이 전부 내가 생각하는 것과는 너무나 달랐다. 또 성명학의 최고라는 박모 씨, 언론에서 국내 최고로 대우하며 아침마당에도 출연했던 김모 씨, 자칭 세계 최고의 역학자라고 하던 그런 사람들을 만나 테스트해 보았다. 그러나 똑같은 말만 반복되었다.

신촌 근방에 자리잡고 있는 노인을 찾아갔다. 평생 동안 역학만 했다며 자랑하고 다니는 일흔이 넘은 노인이었다. 그의 말에 의하면 자신이 길러낸 제자가 수백 명이나 된다면서 나에게도 자기의 문하에 들어와 배우라고 했다.

"어르신, 아무리 오래 공부하고, 또 연구를 많이 했어도 핵심을 잘 알아맞혀야 되지 않습니까? 과거도, 현재도 그리고 미래를 잘 알아맞혀야 하는 것이지 제대로 맞지 않으면 그게 무슨 소용입니까?"

내가 따지고 들자 그는 황당한 얼굴을 하며 나에게 말했다.

"젊은이, 공부 제대로 하였는데 무엇 때문에 나더러 가르쳐 달라고 하는가?"

나는 노인에게 핵심을 좀 공부하고 싶다고 했다.

"100년을 공부하면 뭘해요! 단 한 달을 공부하더라도 제대로 배워야지요!"

노인에게 몇 가지 배우고 인사를 정중하게 하고 나와 그 길로 세검정엘 갔다. 주간지 등에 대대적인 광고를 하고 있는 점쟁이를 찾아간 것이다. 그는 세검정에 요란스럽고 거창하게 신당을 차려 놓고 땅땅거리며 사는 40대 무당이었다.

내가 방문을 열고 들어서자 그는 깜짝 놀란듯 하다가 정좌를 하고는 점잖게 말했다.

"대주는 이런 데 올 사람이 아닌데 무엇하러 여길 왔소?"

"운세 좀 보려고 왔소이다. 점을 잘 본다는 소문이 널리 퍼졌더군요. 잘 좀 봐 주십시오."

내가 간절하게 말하자 그는 나를 찬찬히 살펴보더니 벌떡 일어나 큰절을 하는 것이었다.

"대주는 큰 인물입니다. 판검사를 하시는군요. 영감님께서 여길 다 오시다니요."

"여보시오. 나더러 관물 먹는 판검사라 하는데, 그보다 더 큰 일을 하려고 합니다. 어떻습니까? 그렇게 될 것 같습니까?"

그는 다시 큰절을 하며 놀라운 듯한 표정을 지으며 말했다.

"그럼요. 틀림없이 큰 일을 하시겠습니다. 반드시 그 꿈을 이루시겠습니다!"

"꿈만 꾸면 네가 할 일이 있다고 누군가가 알려주는데 무슨 뜻인지 몰라서 이렇게 왔으니 좀 알 길이 없습니까? 나는 수백 억의 부도를 내고 도망 다니고 있습니다" 하고 말하였다. 역시 그곳에서도 별다른 소득을 얻지 못했다.

나는 역학자나 다른 학자, 교수 등 100명만 골라 계속 실험해볼 계획을 세웠다.

그리고는 하남시에 사는 사촌동생을 찾아갔다.

"형님, 하남시에 유명한 점쟁이가 있는데 한 번 만나 보세요."

"얼마나 유명한데?"

"이곳에서는 족집게로 소문 났어요."

"잘 됐구먼. 지금 그런 사람들을 찾아 나선 중인데 잘 됐구먼."

그곳에 도착했을 때 한 부녀자가 점을 보고 나오고 있었다.

그는 40대 중반쯤 된 듯한 남자 박수였다.

"대주의 친척 한 사람이 장가도 못 가고 죽은 이가 있는데 여자에 한이 맺혀 대주에게로 들어왔소이다. 그래서인지 대주는 젊은 여자를 좋아하고, 여자만 보면 사족을 못 쓰고, 닥치는 대로 취하려는 욕심이 그득합니다. 이것을 풀어주지 않으면 큰 낭패를 당하게 되니 풀어주도록 하시오."

뚱딴지 같은 소리였다.

"박수 양반! 어째서 그런 흉측한 말을 함부로 하시오? 나의 사주팔자에 그런 것이 있습니까?"

나는 어이없었으나 다음 말이 궁금하여 조용히 되물었다.

"그다지 어렵지는 않소. 120만 원을 가지고 산꼭대기에 가서 풀면 되니까 어렵게 생각하지 마시오."

하는 꼬라지가 궁금해서 은근히 골탕을 먹이고 싶어졌다.

"박수 양반, 당신 사주나 한 번 봅시다. 내가 봐 주리다."

싱긋 웃으며 그에게로 다가가자 깜짝 놀라는 것이었다.

"진작 역학하시는 분이라고 말씀을 하시지, 왜 사람을 놀리십니까?"

그는 나에게 핀잔을 주려는 투로 말했다. 그리고는 얼른 그에게서 보이는 사주를 몇 가지 짚어줬더니 깜짝 놀라는 것이었다.

"선생님 같은 실력이면 하남시에서 꽉 잡고, 서울의 돈 많고 권력 있는 사람들 돈을 마음대로 우려 먹을 수 있습니다. 저와 동업하시면 사람들은 제가 불러 모을 테니, 선생님께서…… 그렇게만 되면 돈방석에 앉을 겁니다."

무슨 큰 끈이나 잡은 듯 애걸하다시피 매달렸다. 상당히 불쾌한 생각이 들었다. 기분 같아서는 귀싸대기를 한 대 때려주고 싶었다.

"당신 같은 양반이 어떻게 영업을 하시우? 나는 공부하는 사람입니다."

무의미한 대화는 기분만 더 상할 것 같아 자리를 박차고 나와 버렸다. 눈치없는 박수는 곧 뒤따라 나오면서 명함 한 장을 내밀면서 많은 지도를 부탁했다.

나는 사촌동생에게 무지한 박수가 오직 눈치로만 아는 체할 뿐, 아무 근거도 없는 이상한 얘기뿐이라고 했다.

"형님께서 하남시에 오셔서 철학관을 개업하시지요. 여기는 주로 서울 사람들이 들락거리기 때문에 조금만 소문이 나면 손님이 무척 많을 텐데요."

"공부를 더 정리하고 난 후 자신이 있어야 되고, 유능한 분에게 지도를 제대로 받고 난 후에 남의 운명을 감정해야 하는 거야. 엉터리라는 소리는 듣지 말아야지.”

경험과 실험의 결과를 토대로 확실한 운세 판단을 하기 전에는 사무실을 열지 않을 작정이었다.

그날로 부산에 내려갔다.

부산에 유명한 도사道士가 있다는 소문을 듣고 운명 감정을 어떻게 하는지 알아보기 위해서였다. 서너 시간을 헤매다가 겨우 박모 도사라는 사람을 찾아냈다. 허술한 집에 간판의 문을 두드리니 여자 손님이 두 명, 중절모를 눌러 쓴 남자가 있었다. 순서를 기다리고 나서 그에게로 가까이 가서 말했다.

“도사님, 운세 감정을 받을까 하고 찾아왔습니다.”

힐끗 한 번 쳐다보고는 딴전을 피우는 듯하더니, 보던 책을 덮고는 똑바로 쳐다보며 물었다.

“무엇이 궁금한가요? 무엇을 봐 드릴까요?”

“전부 다 봐 주십시오. 내가 알고 싶어하는 모두를요.”

대답이 좀 이상했던지 빤히 쳐다보며 가만히 있는 거였다. 그도 조금 이상하다고 느끼는 것 같았다.

이 세상에 도사가 어디 있겠는가. 한 수 배워서 나의 학문을 정리할 생각이었다.

“큰 일을 하려고 하는데, 일이 잘 될 것 같은지 봐 주시겠어요?”

“그럼요, 되고 말고요! 손님은 국회의원도 되고, 장관도 될 분입니다. 척 보면 알 수 있지요. 손님의 운세에는 별이 서네 개가 주렁주렁 달렸어요. 걱정 말고 출마하십시오.”

그는 무슨 큰 인물을 만난 것처럼 들떠 있었다.

“손님의 운은 너무 좋습니다. 관직 운이 대단히 좋습니다. 이번에는 반드시 큰 일을 하실 것 같습니다!"

부산의 족집게 도사라고 소문 난 이 사람도 역시 그렇다고 생각하니 기가 막힐 지경이었다. 나는 속으로만 끙끙거렸다.

이 가짜도 역시 괘씸하여 골탕을 먹이고 싶어졌다. 제 놈의 사주를 내가 봐주어야겠다고 생각하고 궁리를 시작했다.

길 건너편 여관에 여장을 풀었다. 그리고 그날 오후 5시경 그에게 전화를 걸었다.

"여보시오. 오전에 들렀던 사람이외다. 건너편 평화여관인데 한 번 만나고 싶소. 단 둘이서 조용히 얘기하고 싶은데 좀 나올 수 없을까요? 큰 일을 하려고 하니 궁금한 게 많습니다. 몇 가지 더 여쭤볼 일이 있어서 그렇습니다."

"선생님이 어떤 분이신데 제가 안 가겠습니까! 곧 찾아 뵙겠습니다."

그는 망설임 없이 시원스럽게 대답했다. 큰 봉을 잡은 것 같은 생각을 했는지 모를 일이었다.

"내 좀 기다리지요. 내가 좀 바빠서 그러니 될 수 있는 대로 빨리 와 주시면 감사하겠습니다."

"곧 가겠습니다."

무슨 생각에서였는지 음료수며 먹을 것을 잔뜩 싸 들고 부리나케 달려왔다. 위스키도 한 병 가지고 와서는 술을 권하면서 최대의 예의를 갖추는 것이었다.

"이렇게 만나는 것도 인연입니다. 옷깃만 스쳐도 인연이라는 불가(佛家)의 인연설이 있잖습니까? 영광입니다. 의원님을 이런 곳에서 뵙게 되다니요. 하늘의 계시인 듯합니다."

엉터리 박수는 더욱 아첨하는 것이었다. 고관대작들, 그리고 재벌들,

큰 기업가들처럼 돈과 권력이 있는 사람에게 대하는 그들의 술수인 것이다.

"무슨 말을 들으시겠습니까? 무엇이든 말씀해 보시지요?"

"다름이 아니라 사무실에서 국회의원이 된다고 했는데, 그게 확실한 건지 궁금해서요. 다시 한 번 자세히 감정해 주시지요."

나는 그 사람이 확신을 가지고 운명 판단을 해주길 바랐다.

"틀림없습니다. 지금까지 빗나간 적이 없었어요. 여기 부산에서 뿐 아니라 수많은 의원님들이 날 찾아와 확인한 분은 한 사람도 당선되지 않은 사람이 없습니다."

"그래서 말인데요. 사무실에서는 다른 손님도 있고 해서 재차 묻기도 그렇고 해서 나왔는데, 아까 한 말만으로는 믿기지가 않아 상세히 알고 싶소. 제 사주를 다시 한 번 봐 주시지요."

"틀림없습니다. 한눈에 알아봤습니다. 분명코 확신합니다. 제 말이 맞지 않으면 그날로 간판을 내립니다."

확신에 찬 목소리에 그가 불쌍해 보이기도 했다. 서글프고 실망스러웠다. 대명천지에 이런 사람들이 활개치고 있다는 것이 몹시도 언짢았다.

이대로 넘어가면 선량한 사람들을 현혹시킬 것이 뻔해서 그냥 넘겨버리기에는 부글부글 끓어올랐다.

"그런 식으로 감정을 하다가 제대로 임자 만나면 살아 남질 못해요. 그러기 전에 공부를 더 하시오."

느닷없는 말에 어리둥절하던 그는 안면이 파르르 떨면서 어쩔 줄을 몰라 했다.

"그게 무슨 말씀입니까, 제가 뭐 잘못했습니까?"

"이 사람 보게! 나를 의원님이라고 하네. 나는 국회의원이 아니라 크게 사업하다가 수백 억 원을 부도 낸 사람이야! 알겠는가? 너무나 어이없는 소리를 해 대니까 그러는 거요! 이런 나를 국회의원에 당선된다구? 어찌 기가 찰 노릇이 아니요, 나도 명리학을 공부하고 있소. 주역을 공부한 지가 오래되었는데 그래도 운명감정을 확실히 하려고 왔단 말이오. 당신이 부산에서 용하다는 소문이기에 대단한 도사인가 싶어서 찾아온 것이오. 미리 예약을 하지 않으면 운수감정을 하지 않는다는 소문입디다? 나의 운수를 제대로 알기 위해 내려온 것이오. 직접 와 보니 실망이요. 답답하니 내가 당신의 사주를 봐 주겠소. 나를 알면 당신 생각이 많이 달라질 것이오.”

얼떨떨해 하다가 마음을 가다듬고, 자기의 생년월일시^{生年月日時}를 내놓았다.

정해년^{丁亥年} 정미월^{丁未月} 무오일^{戊午日} 정사시^{丁巳時}였다.

“이런 사주는 유아독존적이고, 친구가 없으며 부부관계가 삭막하고 생리사별^{生離死別}할 사주요. 자녀관계도 형편없이 나쁘고, 부모는 물론 주변의 덕^德도 얻을 수 없으며, 형제관계의 덕도 없어서 그들을 돌봐야 할 팔자요. 재물관계도 욕심을 내면 바다에 침몰할 운세며, 부채가 많아 허울 좋고 빚 좋은 개살구 형세로군요. 호객 방문하면서 자칭 도사라 소문 내어 몰리는 서민들에게 맞으면 다행이고 맞지 않으면 그만이라는 관념으로 운수감정을 하고 있단 말입니다. 내 감정이 맞나, 안 맞나 확인해 보시오.”

내 말이 끝나자 그는 벌떡 일어나더니 큰절을 하며 감격해 했다.

“몰라 뵈서 죄송합니다, 도와주십시오. 선생님.”

“내 스스로를 내가 판단하고 있어요. 나는 갑신년^{甲申年} 신미월^{辛未月} 무자일^{戊子日} 계해시^{癸亥時} 미월생^{未月生}으로 식신^{食神}이 용^用이고 관^官이 체^體이

면서 재財가 또한 용用입니다. 한강 물이 말랐으면 말랐지 내 주머니의 돈은 마르지 않는다는 사주팔자를 타고났어요. 관이 체인데 관은 쓰지 못합니다. 사업가입니다. 사주에 상관이 있고 식생재食生財하니 두뇌를 잘 쓰면서 활달하게 사업을 할 사주입니다. 한때는 법인업체의 대표이사를 지냈습니다. 자그마치 직원이 450여 명이나 되었고, 부동산만도 수천억 원대를 갖고 있었어요. 잘 믿기지 않을지 모르지만 이것은 추호도 거짓 없는 사실입니다. 나의 사주에 그대로 나타나 있듯이 재財만 생기면 관官이 짝짝 빨아 먹으면서 날 괴롭히지요. 1986년 9월에 부도처리하고 나서 대충의 정리와 수습을 한 뒤 주역과 육임, 자미두수, 기문둔갑, 월령도 등을 두루두루 연구를 했어요."

도사는 한마디도 놓치지 않고 듣고 나서 한 수 가르쳐 달라고 애걸하다시피 했다. 다음에 기회가 되면 가르쳐 주겠다며 상경해 버렸다.

제천 향교로 다시 들어갔다. 거기서 15일 동안 생각을 가다듬고 어지러운 관념들을 정리했다.

작은 것부터, 내 힘이 닿을 수 있는 것부터 고쳐나가야겠다는 생각을 하게 되어, 신미년辛未年 8월 11일 제천시 명동 명과 뒤의 조그마한 창고방을 임대하여 사무실을 열었다.

어떻게 소문이 퍼졌는지 첫날 많은 사람들이 몰려와 줄을 서서 한참 동안 기다려야 했다. 그날 하루에 150만 원의 감정비를 올렸다.

그 창고방에서 3개월 정도 감정을 했다. 생각 외로 많은 사람들이 몰려와 더 이상 그곳에서는 영업을 할 수 없을 정도였다. 제천 법원 앞에 여남은 평에 감정실, 대기실도 마련하고 제법 규모 있게 확장하여 정식으로 운세 감정이라는 간판을 내걸고 영업을 시작하였다.

소문은 꼬리를 물고 퍼져나갔다. 짧은 기간에 제천 일대에 소문이 퍼저 갑자기 유명인이 되었다. 당시 하루 평균 20여 명씩이나 감정을 했다. 물론 같은 사람이 두세 번씩 다녀가기도 했지만 그런 수치는 상상을 초월하는 예였다.

그때는 운세 감정을 하면서 돈을 벌겠다는 생각은 추호도 없었다. 오로지 내가 공부한 것을 주변의 어려운 사람들에게 가르쳐 주는 것이 목적이었다. 자칭 국내 최고라는 사람 72명을 만났으나 역시 그들도 나의 생각과 달랐다. 많은 역술인과 박수들까지 대부분 나의 학문과는 차이가 있다는 것을 알았기 때문에 나는 무척 근심이 되었다. 그들 스스로가 감정료라며 내놓고 가는 사람이 대부분이었다. 어렵게 사는 사람에게는 한 푼도 받지 않고 감정해 줬다. 지금도 마찬가지다. 그런 사람들에게는 돈을 받지 않았을 뿐 아니라 돈을 주어 보내기도 했다.

운명학이란 핵심이 가장 중요하다. 그동안 공부한 것과 실험에서 보고 느낀 것을 종합하여 그들이 원하는 핵심을 정확하게 파악하여 사실대로 얘기해 주어야 된다고 믿기 때문에 나쁘면 나쁜 대로, 좋으면 좋은 대로 얘기해 주어야 했다. 그래서 중요한 핵심을 파고 들어, 현재의 위치와 대비하여 감정을 해줬다. 그리고 앞으로가 중요하기 때문에 방향을 확실하게 알려주는 것이다. 설사 운세가 나쁘게 나타나더라도 속시원하다는 반응을 보였던 것이다.

이 무렵부터 특별히 공부하고 연구했던 것이 숫자와 우리 인간관계였다. 사람의 운명에 따라 각자에게 부여되는 숫자가 대단한 영향을 미친다는 것을 발견한 것이다. 은행 비밀번호에 대해서도 심도 있게 연구, 분석하였다. 그리고 그에 따라 필요한 인장印章에 대해서도 함께 연구했다.

그와 함께 주민등록번호, 차량번호, 주소에 나타나는 번지의 숫자, 아파트의 동棟 및 층·호 등과 열쇠번호 등 사람과 관련된 모든 숫자를 실험을 곁들여 연구했다.

우리가 살아가는 모든 일상에는 반드시 숫자와 밀접한 관계가 있음을 파악한 것이다. 일상생활과 수치의 불가분의 관계는 앞으로도 영원히 활용될 것이기 때문에 나를 찾아오는 대부분의 사람들에 대한 신상 파악을 10년이고 20년이고 계속하여 임상을 한다는 개념으로 기록하고 실험을 했던 것이다.

이렇듯 특별한 감정법을 터득하고 실험에 옮겨 최대의 정확도를 발휘하도록 운세 감정을 하니, 손님은 계속 늘어나 좀 더 큰 장소가 필요했다. 제천전화국 앞에 장소를 물색하여 '효원철학원'이란 입간판을 내걸었다. 그리고 효원결혼상담소도 곁들여 간판을 붙였다. 수입 중 일부를 사회 환원 차원으로 지출하기 시작한 것도 그때부터였다. 제천영아원에 기부금을 내기 시작하면서 불우이웃돕기에도 적극 참여하였다. 물론 익명으로 쾌척快擲한 것이다.

서울로 진출해야겠다고 마음먹은 것은 보다 많은 사람들에게 확실한 운명 감정을 해줘야겠다는 생각 때문이었다. 서울에서 자리를 잡고, 내가 처음 시작한 제천에도 그대로 감정소를 두기로 한 것이다. 서울 진출의 꿈은 오직 더 많은 불행한 사람들을 위한 내 신조에서 비롯된 것이었다.

서울 강남에 10여 평 되는 자그마한 사무실로 임시 운영을 하다가 두 달 뒤에 서울 중구 신당동 3층에 간판을 걸고 영업을 시작했다. 얼마간의 시간이 지나면서 서울에서도 차츰 소문이 퍼져 찾아오는 손님이 늘어났다. 서울에서는 5일간, 이틀은 처음 터전을 잡았던 제천으로 가서 활동했다.

제천 사람들과는 아주 순수하게 만나게 되었고, 또한 허물없이 지낼 수 있는 곳이기도 했다. 그들의 하소연을 내가 들어주어야 했고 그들과 인연 지어진 대로 살아야 한다는 사명감이 있었던 것이다.

어느 금요일 밤에 제천으로 향했다. 그러니까 토요일 새벽 2시경이었다. 막 잠에 취해 있는데 전화벨이 울렸다.

"여보세요, 효원……."

상대편에서는 허둥대는 투로 무언가를 얘기하고 있었다. 무슨 말인지 도저히 알아들을 수가 없었다.

"아니, 밤중에 무슨 전화를 그렇게 합니까? 누구십……?"

"불이 났어요! 불이 났단 말이오!"

서울 신당동의 사무실 건물 주인의 다급한 목소리였다.

"뭐라구요, 불이 났다구요? 그래 어느 정도요?"

청천벽력이었다. 밤중에 불이 났다는 긴급연락을 받고 번뜩 떠오른 것은 사람이었다. 그 사무실에 사람이 자고 있을 것이기 때문이었다.

겁이 덜컹 났다. 온몸이 그제서야 부들부들 떨리기 시작했다. 그 안에서 잠자고 있을 사람이 큰 문제였다.

"여보시오! 불이 얼마나 크게 났소? 그 안에 사람이 있는데, 어떻게 되었는지 확인해 주시오! 그 사람 다치면 안 된다구요!"

그러나 다행이었다. 그런 와중에도 그 사람은 별로 다치지 않았다는 전갈이었다. 마음이 놓이면서 맥이 탁 풀렸다. 사람이 다치지 않았다는 것만으로도 모든 액땜을 했다고 생각하기로 했다. 인간에게 행운幸運과 훌륭한 지각知覺이 한꺼번에 오는 경우는 드물다고 했다. 겨울이 있으면 봄도 있게 마련이고, 오르막이 있으면 내리막길도 나타나기 마련인 것이다. 그래서 우리들의 운명은 뜻이 있는 자를 안내하고 뜻이 없는 자를 질질 끌고 다니게 되는 것이다. 모든 일을 긍정적으로 받아들이고 순리에 따라 행해진다는 사실이다. 모든 운명은 인내함으로써 극복해야 하는 것이다.

운명은 슬기로운 사람을 훼방하지 않는다. 최고의 관심사는 이성理性에 의하여 인도되기 때문이다. 불운不運 속에서 용감해지는 것은 성인成人으로서의 가치 있는 것이며, 불운 속에서 현명해지는 것은 운명을 스스로 정복征服하는 것이다. 자기가 무엇을 해야 하나를 많이 생각하기보다는, 자기가 무엇이 되어야 하나를 생각해야 한다. 우리의 업적은 우리를 고상하게 해주지는 못하지만, 우리는 우리의 업적을 고상하게 만들어야 하는 것이다. 그러면서 자기를 계발하고 진전시키며, 사회에 봉사하는 마음을 가져야 하는 것이다.

한참 동안 명상에 잠겨 있을 때 다시 머리를 세차게 때려오는 것은 신당동의 불이었다. 신유승辛侑承 그 불구덩이에서 살아 남았다. 불바다 속에서 용케 살아난 것은 하늘이 도왔기 때문이라고 생각한다. 많은 분들의 기氣로 구원을 얻은 것이라고 생각했다.

화재사건 이후에 나는 새로운 계시를 받게 되었다. 인간에는 기氣가 있다는 것을 계시받으면서 실험을 했다. 새로운 사실을 확인하게 된 것이다.

40여 년을 내용이 비슷한 꿈을 꾸었다. 그 꿈의 내용은 한결같이 '너는 할 일이 따로 있다. 더 큰 일을 해야 한다'는 것이었다.

나는 꿈에 대해서 깊이 생각했다. 어릴 때부터 꿈에 나타나던 그 일을 예사롭게 여기지 않고 숙고하기 시작한 것이다. 심취하고 연구한 끝에 결국 찾아낼 수 있었던 것이 '인간에게는 기가 있다'는 계시였다.

우리가 살고 있는 이 지구상에는 60억 명의 인간이 생존한다. 태어나고 죽고 또 태어난다. 2020년에는 이 지구상의 인구가 80억이나 될 거라는 예측기사가 나오기도 한다. 그런데 그토록 급증하는 인간에 대한 연구소가 없다는 것이다. 인간 삶에 대한 종합연구소가 없다는 것이다. 물론 의학연구소, 인간복제연구소 등도 인간에 대한 연구소라 할 수는 있지만 종합적이고 복합적인 인간연구소가 없는 것이다.

우주만물이 생성되는 데는 많은 변화가 주어지고, 그에 따라 많은 재앙이 나타나기도 한다. 그것은 곧바로 우리들 인간에게 미치는 영향이 지대한 것이다. 언제 어디서 무엇 때문에 어떤 사고가 발생하는지, 또는 그 사고들이 발생할 시기가 언제이며 어떤 곳에서 나타났을 때 미리 막을 수 있는 방법이 있는지 없는지를 연구하는 기관이 없었다는 것이다. 이것은 개인적인 차원이 아니라 범국가적, 범인류적 기관이 있어야 한다는 것이다. 그러한 기관도, 학자도 없는 것이다. 있다면 다만 역학자나 무속신앙이 가지고 있는 일부 사람들의 어불성설일 뿐이다. 그래서 나는 나에게 주어진 계시라는 것이 바로 이 인간의 기를 불러일으키는 것으로 받아들여 지금도 끊임없이 연구에 연구를 거듭하고 있는 것이다.

신당동 화재시 인재가 발생하지 않은 것은 천우신조라고 밖에 달리 표현할 말이 없다. 그 당시 불이 난 사무실 출입구에 걸려 있던 칠성부(북두칠성에서 기(氣)를 발사하는 부적)라는 부적 덕택에 사람은 죽거나 다치지 않은 것이 아닌가 하고 생각한다.

불길이 치솟아 액자에도 불이 붙었는데 액자 겉면이 좀 타기는 했지만 그림은 전혀 손상되지 않은 희귀한 일이 발생한 것이다. 그래서 이렇게 효험이 좋은 칠성부를 독자 모든 분들에게 행운이 가길 바라는 마음에 이 책에 수록하였다.

수시로 보고 이 부적을 향해 기도를 하면 좋을 것이다.

제2장

운명을 개척한 사람들

나는 운명을 바꿨다

※여기에 소개되신 분들은 책을 읽고 필자와 인연을 맺으신 분들로 실제 이야기를
  토대로 작성을 한 것이나 이름은 가명을 사용하였음을 밝힙니다.

60여 년의 필자 인생을 돌이켜보았을 때 온갖 수모와 멸시, 핍박을 받아
오면서도 엄청난 고통의 소용돌이를 이겨낼 수 있었던 것은 여러 직업과
많은 사람들을 겪고 보게 됨으로써 희망을 잃지 않고 좌절의 질곡을 넘어
다시 용기를 냈기 때문이라고 생각한다.

필자의 책에는 그동안 겪어온 직업의 종류가 다 소개되지 않았지만, 실
제 경험한 직업은 헤아리기조차 어려울 정도로 다양하고 많은 직업을 가
졌었다.

그러다보니 다양한 직업을 가진 사람들이 찾아와 상담을 해도 그에 대
한 해박한 지식과 경험을 토대로 진심을 담아 전해드리기 때문에 많은 공
감대를 형성해온 것이 사실이다.

더군다나 필자의 운명적 자전 소설을 읽으신 분들은 다음에 밝힌 분들
의 사례에서도 느낄 수 있듯이 가슴 깊이 느끼는 동질감과 안타까움 등이
더해 오랜 세월 알아온 분들 같은 친밀함을 느끼는 경우가 많았다. 그리
고 필자보다 더 드라마틱한 삶을 살아오시다 성공하신 분들이 많다보니
더 다양하고 폭넓은 인생 경험과 상담을 할 수 있었던 좋은 시간들이었음
을 밝히면서 몇 분만 정리하여 상담 사례를 전하고자 한다.

사채시장의 큰손 김천식 회장

2006년 6월 3일 필자가 잘 아는 거물급 정치인이 "김천식 회장은 수조 원이 있는 큰손인데 수천억 원을 투자하려고 합니다. 김천식 회장이 갈 테니 투자 시기와 상대와의 관계를 잘 좀 봐 주십시오"라고 전화를 했다.

필자는 김천식 회장에게 투자하는 상대방의 생년월일시를 가르쳐 달 라고 말했다.

"열 길 물속은 알아도 한 길 사람 속은 모른다고 했습니다. 하물며 1조 원이 넘는 큰 돈을 쏟아 붓는데 거듭 신중하게 많은 조사를 거치는 것쯤 이야 말할 나위가 없겠죠. 확실하다고 해도 매우 중요한 것은 상대와 장 소 그리고 나와 합습이 되어야 합니다. 김천식 회장님께서는 사채 시장에 서 큰손인 것을 압니다만, 대개 많은 사람들이 제대로 확인하지 않고 계 약을 하여 한 방에 쓰러지는 경우를 많이 보았습니다. 투자할 장소가 안 맞으면 건강이 잘못되는 경우도 종종 있지요. 그리고 계약할 상대 분이 어떤 마음을 가지고 있는지 잘 파악해야 합니다. 그 사람의 생년월일시 와 주민등록번호를 가르쳐 주세요."

김천식 회장은 1시간 만에 내가 요청한 것을 알려 주었다.

"안 맞습니다. 알아서 하십시오. 김천식 회장님과 상대방의 사주를 맞 추어 본 결과, 상극이고 또한 투자할 주소의 번지(28수)수가 실패로 나옵 니다."

필자는 자신 있게 말씀드렸다.

김천식 회장은 김길동 씨에게 전화를 하였다.

"정재원 씨가 투자하면 안 된다고 하네. 어떡하지? 투자자 쪽에서는 100% 믿고 있는데 큰일 났네. 투자해야 하는데, 참 난감하네."

"김천식 회장, 정재원 씨의 말을 믿어도 되네. 그 사람은 믿을 만한 사람이네. 보통 사람의 경지를 초월한 사람이고, 내가 많은 정재계 사람들을 소개해줬는데 실수한 적이 없었네."

"그럼 어떻게 하지? 그쪽에서는 난리가 날 텐데…… 자네가 알아서 하게."

김천식 회장은 그 사업에서 포기하기로 결심한 듯 필자에게 말하였다.

"앞으로 내가 열흘 후 다시 올 테니 약소하지만 조금 놓고 가겠습니다. 거부하지 말고 받아주세요."

그의 비서가 급히 내려가서 조그만 가방을 가져와 내게 주었다. 회장님이 가신 후 가방을 열어 보니 큰손답게 엄청난 금액이 들어 있었다.

열흘 후 김천식 회장에게 전화가 왔다.

"명동 롯데호텔 ○○○호로 오실 수 있습니까?"

"네, 지금은 못 가고 저녁 8시경에 가겠습니다" 하고 전화를 끊었다.

상담을 끝내고 8시 10분경 롯데호텔에 도착했다. 안내해 준 방으로 가니 이렇게 큰 방도 호텔에 있나 싶었다. 약 100여 평 이상 되는 것 같아 놀랐다.

"회장님은 산청·함양사건 희생자 유족회 회장이라고 들었습니다. 매우 훌륭하신 분입니다. 나는 까마득하게 모르고 있었어요. 국군 11사단 9연대 3대대 그놈들 사람을, 아니 순진무구한 양민을 잔인하게 학살했더군요. 앞으로 도움이 필요하면 언제든 말씀하세요. 기꺼이 도와드리겠습니다. 그리고 열흘 전 상담한 것 모두가 맞았습니다. 거기다 투자했으면 모두 날릴 뻔 했어요. 상대방의 어음이 모두 부도처리 되었어요. 만약에 정재원 회장님을 만나지 않았으면 그쪽에 100% 투자했을 겁니다. 그래서 제가 그 비용의 10%을 드리고 싶습니다."

"아닙니다. 저는 그런 대가로 돈을 받지는 않습니다. 지난번에 주신 감정비도 너무 많았습니다. 그걸로 만족합니다."

"그래도 도와드리고 싶습니다."

필자는 지금 생각해도 꿈을 꾼 것만 같다. 현재까지도 수시로 김천식 회장님이 도와주고 계신다. 필자도 크게 도와줄 날이 또 있을 것이다.

노점 상인이 부자된 사연

2007년 9월 부산에서 50대 부부가 찾아왔다.

"저는 노점상을 평생토록 하면서 집 하나 마련하지 못하고 있습니다. 달동네에 손바닥만한 방 한 칸에서 우리 여석 식구가 월세 20만 원에 보증금 없이 살고 있습니다. 우연한 기회에 신문에 난 광고를 보고 ≪신운명≫ 책을 사서 다섯 번이나 읽어 봤습니다. 제 도장은 깨져 있었고 은행계좌 비밀번호와 전화번호 등 모든 것이 맞는 게 없었어요. 노점상을 하면서 30만 원을 주고 산 자동차번호도 흉한 번호였고, 휴대폰은 5545(19수), 자동차번호 2828(20수), 집 전화번호 8480(20수), 은행계좌 비밀번호 2288(20수), 주민등록 앞번호 19수, 뒷번호 30수인데, 어쩌면 이렇게도 맞는 것이 하나도 없는지…… 기가 막히더군요.

책을 읽고 또 읽고 무려 다섯 번이나 읽었습니다. 무엇을 바라고 온 것은 아니지만 저희에게 모든 것을 운명에 맞게끔 해주세요. 선생님을 만나고 싶어서 며칠째 잠을 못 잤어요. 하늘이 도와주는 것 같습니다. 회장님을 만나 뵈니 이제야 살 거 같아요. 어찌 그렇게 저에게 맞는 것이 하나도 없을까요? 귀신이 곡할 노릇이네요."

그 부부는 한숨을 푹푹 쉬면서 속내를 털어 놓았다. 이내 신세 한탄조로 얘기를 쏟아 부었다.

"주변에 제가 아는 사람들은 모두 형편이 나쁜 사람들뿐이고 끼니도 제대로 못 먹고 사는 사람들이 많습니다. 조금씩 모아서 전셋집이라도 장만할라치면 주변에서 그냥 놔두질 않았어요. 수단과 방법을 가리지 않고 빌려 달라고 막무가내로 떼를 쓰곤 해요. 아닌 거 알면서도 마음이 약해져서 또 빌려주고 못 받고 그런 식으로 평생을 살았어요. 그래서 지금 이 모양 이 꼴로 살고 있습니다. 모든 것이 숫자가 안 맞아서 그런 것 같다는 생각이 듭니다. 선생님, 우리 여섯 식구 모두 맞는 숫자로 저희들 좀 구제해 주세요."

간곡히 부탁하는 모습이 처연해서 마음이 쓰라렸다.

"네, 알겠습니다. 사주팔자와 운명, 즉 이름과 숫자, 삼합인장 등은 계절에 맞추어 사용하는 방법을 알아야 합니다. 약 30일 정도, 한 달이 걸립니다. 명상을 해야 합니다. 자子시에서 인寅시, 하루 5시간씩 30일, 150시간을 명상해주세요. 그렇게 한다고 해서 당장 무슨 개벽이 일어나는 것은 아닙니다. 차츰차츰 더는 불행은 없을 것이라고 마음을 다잡으면서 명상을 하세요. 이것은 내 삶 속에 서서히 스며들 듯이 평생을 보고 하는 것입니다. 우선 긍정적인 사고와 완벽한 정신으로 임하면 큰 도움이 됩니다"라고 말해 주며 여섯 식구의 운명을 감정해 드렸다.

요즘 그 부부는 미안할 정도로 마치 홍보하는 사람처럼 고객을 직접 차로 모시고 온다.

"생각이 완전 바뀌어서 살 만합니다. 꼭 큰 부자가 된 것 같아요. 걱정 없습니다. 이제 큰 부자도 부럽지 않아요. 자식들도 만족해하고 있고요. 요즘은 선생님이 쓰신 20여 종의 책을 모두 사서 읽고 있습니다. 참 그리고 10여 년 전에 1,500만 원을 빌려갔던 처남이 느닷없이 돈을 가지고 왔

습니다. 제겐 1,500만 원이 다른 사람 1억 5,000만 원보다 큰돈입니다. 처
남은 이제야 하는 일이 잘 된다고 하면서 늦게 갚게 되어 미안하다고 했
습니다. 그리고 처남이 조경회사에 취직하여 열심히 일을 했더니 이사로
승진을 했다고 합니다. 그 조경회사는 우리나라에서 가장 크고 알아주는
회사로 보유한 자산이 엄청나며 외국에도 투자하고 각종 기업체도 20개
를 가지고 있는 큰 기업이라고 했습니다. 그리고 도와주고 싶다고 하더
군요. 하지만 전 노점이 잘 되고 있고 여기저기서 배달요청이 끊이질 않
고 요즘은 백화점에 납품까지 결정되어 있어서 지금 생활에 아주 만족한
다고 처남에게 생각해줘서 고맙다고 말했습니다. 정재원 회장님을 만나
고 난 후 처갓집도 주위 사람들도 걱정이 없어졌습니다. 선생님, 평생 이
은혜 잊지 않겠습니다"라며 고마워했다.

지금도 그 부부와의 인연은 계속되고 있으며, 현재까지 그 부부가 내게
소개해준 고객만도 100여 명이나 된다.

강남 큰 부자 80대 노인

2007년 11월 어느 날 80세 노령의 여자분이 필자를 찾아왔다.

우연한 기회에 신문에 난 광고를 보고 산청·함양사건에 대한 만행
이 언급되어 있기에 당장 ≪운명≫ 책을 구입하여 읽어 보았다고 했다.

"밤이 새도록 한숨도 자지 않고 몇 번이나 읽었어요. 그 죽일 놈들이 어
찌 사람들을 그렇게 무자비하게 죽였단 말인가요. 일일이 말로 다 표현
을 못하겠습니다. 처음 읽을 때는 울기만 하고 두 번째 읽을 때는 화가 나
고 세 번째 읽을 땐 입에서 욕이 저절로 나왔습니다. 선생님께선 그 험난
한 역경 속에서도 의지와 인내로 크게 성공하셨네요. 아무나 못하는 영

225

령들 추모사업하시는 것, 국회를 통과시켜 성역회 사업도 마쳤고, 이제 개별 보상만 남아 있네요. 잘될 겁니다. 총회 거부는 왜 거부인가요? 형평성에 맞지 않아요. 잘될 겁니다. 나쁜 사람들 같으니라구. 유족들을 두 번 죽인 거나 마찬가지입니다. 용기를 내시고 힘내세요. 제 80평생 살아오면서 선생님의 책을 보고 너무 많은 것을 느꼈어요.

우리 자식들 7남매 중 내 나이 45살에 난 막내 늦둥이가 K대학을 수석으로 졸업해서 지금 집에서 놀고 있어요. 아무리 재산이 많아도 직업은 가져야 하지 않나요? 그래서 아무데나 취직을 시키려고 해도 시험만 보면 낙방입니다. 위로 형, 누나들은 승승장구합니다. 경제적으로는 집에서 놀아도 되지만 직업이 없어 할 수 없이 놀고 있으니 우울증도 생기는 것 같아 큰 걱정입니다. 그래서 녀석의 이름을 풀어보니 14수로 《운명》 책에 단명한다고 되어 있어 깜짝 놀라 선생님을 찾아온 겁니다. 이 녀석은 죽어버리겠다는 소리를 늘 입에 달고 다닙니다. 선생님, 이 녀석 삼합인 장과 숫자와 이름 등 모두 해주세요. 주민번호 또한 20, 22, 28, 도장은 학교에서 선물을 받았는데 깨져 있더군요. 그래서 그런지 이상하게도 이놈만 잘 안 풀립니다. 이 녀석의 장래를 위해서라도 해주는 것이 어미의 도리인 것 같습니다."

"사모님, 우선 윗물이 맑아야 아랫물도 맑다는 속담을 들어보셨지요? 음양의 순리가 있듯 먼저 순서가 있어요. 부모형제 모두 다 해야 하고 100수 이상 되는 집안 어른이 계시면 우선 먼저 해드리고 다음에 하는 것이 순리입니다. 사모님께서 잘 판단하세요."

"네, 맞습니다. 그렇게 하지요. 식구 모두 32명입니다. 외손자, 사돈까지 모두 다 최고 좋은 것으로 해주세요."

필자는 팔순 노인의 간곡한 부탁으로 전 식구를 개명하고 칠성부적, 백사대통부적, 오복부적 등을 해주었다.

개명한 막내 김유성은 책을 수십 차례 읽어보고 필자를 찾아왔다.

"선생님은 사람이 아니라 신적인 존재로 표현하고 싶습니다. 저는 부모덕으로 세상 물정을 너무 모르고 어리광만 부리면서 호의호식했습니다. 선생님 뵙는 것도 부끄럽습니다. 저는 명문 K대학에서 학생회장까지 했는데, 지금까지 돈이면 다 된다는 생각으로 살았습니다. 거의 폐인까지 될 뻔 했을 때 선생님 책을 보고 정말 많은 걸 깨달았습니다. 다시 태어나 새로운 인생을 사는 느낌이 듭니다. 감사합니다"라며 인사를 하였다.

80세 노인한테 지금도 전화가 자주 온다.

"제가 선생님을 도와드리고 싶은데 무엇을 어떻게 도와드려야 할까요?"

"충분히 도와주셨습니다. 제일 큰 부적도 하시고 32명의 삼합인장과 각종 숫자를 다 하지 않으셨습니까?"

"저희 막내가 정신을 차려서 제대로 된 생활을 하는 것을 제일 감사하게 생각합니다. 갖고 있는 재산 일부를 기부할 테니 장학회 등을 설립하셔서 어려운 아이들을 도와주시면 좋겠습니다. 장학회는 정재원 선생님과 상의해서 하고 싶습니다. 오히려 정재원 선생님께서 더욱 건강하시고 많은 고객 관리 차원에서 오래오래 사셔야 합니다."

팔순 노인의 간곡한 부탁은 필자에게 진심으로 다가왔다.

필자는 팔순 노인의 뜻을 운명적으로 받들어 어렵고 힘든 가정의 아이들을 돕는 데 최선을 다할 것이다.

이 노인은 우리나라에서 이름만 대면 알 수 있는 대재벌가 분이시다.

부친 묘 이장으로 집안이 융성하고 큰 기업을 일으킨 박원우朴原佑 씨

필자의 선배가 연구실로 한 중년 남자를 대동하고 나타나 공직에 몸담고 있을 때부터 알고 지내는 절친한 후배라고 소개했다. 그의 본명은 박원배朴元培(50세)였는데 추후 박원우朴原佑로 개명했다.

그는 동대문 근처 이스턴 호텔 옆에서 '명문본가 왕족발'이라는 상호로 영업을 하고 있었는데 그 유명세가 널리 퍼져 한때는 청와대까지 배달이 될 정도로 성황을 이루었다고 한다.

그런데 당시 1년여 전부터 장사는 잘되고 남들 보기에는 고객이 문전성시를 이루는데도 왠지 모르게 자꾸만 집안에 우환이 생기고 가정사에 잡다한 일들로 인해 손해가 잦아지며, 주변의 동류同類 업주들로부터 시기猜忌에 따른 구설 시비가 난무할 뿐만 아니라 온갖 음해성 루머들이 나돌면서, 심지어는 영업을 못하게 하겠다며 공갈 협박까지 해오는 사람들도 있어서 힘들다고 했다.

그는 슬하에 3형제를 두었는데 자식들이 모두 성장하여 직장생활을 하고 있다고 했다. 그래서 그의 요청으로 부부와 자녀들까지 다섯 가족 모두를 검토해보니 대부분 이름과 사주가 상극으로 나타났다. 특히 가장家長인 그의 이름에 대한 오행이 너무 맞지 않아 걸핏하면 중상모략을 당하거나 시비가 잦아 구설에 오르게 되므로 장사는 잘되더라도 엉뚱한 일로 경제적 출혈이 많이 생기게 된다고 알려주었다. 또한 관재수도 있으므로 매사에 조심하라고 일렀다. 그러나 그는 믿기지 않는다는 듯이 말했다.

"작년까지는 장사가 엄청 잘되고 주변의 구설 시비도 없었거든요, 소문을 듣고 해외 교포들이 서울에 와서 동대문시장에 들르면 꼭 우리 음식점을 찾아와 맛있게 먹고 갔는데 이젠 그런 손님도 거의 없어요. 그런데 내 사주와 이름의 오행이 맞지 않는다면 계속 그런 일이 있었어야 하지 않습니까?"

그의 논리로 보면 그러할 것이다. 그러나 사람의 사주와 운명은 시기에 따라 자주 변하게 되므로 설명이 필요하다고 여겨, 오행의 변화와 길흉吉凶이 전개되는 과정과 시기, 그리고 자신의 사주와 오행, 인장, 수리에 관한 것까지 상세히 알려 주었다.

그래서 그날 박원배朴元培의 본명을 박원우朴原佑로 개명하고 삼합인장, 행운의 번호 등 수리오행數理五行까지 모두 갖추어 해주었다. 그리고 태백산太白山 천제단天祭壇에 세 번 올라 기氣를 받으라고 일러주었는데 그해 그대로 실행했다고 한다.

3개월이 지난 후 그가 밝은 모습으로 찾아와 고맙다는 인사를 하면서 예전 같지는 않으나 많이 누그러진 것 같다며 좋아했다. 그런 후 1년쯤 지났을 때 그가 심각한 모습으로 찾아와 말을 꺼냈다.

"형님, 장사는 예나 마찬가지로 잘 됩니다만 자꾸 좋지 못한 일이 생깁니다. 애들도 그러하고 또 음식점에서도 잦은 사고가 발생합니다. 식구들에게도 매사에 조심할 것을 당부합니다만 우연한 일이 사고로 이어지고 사소한 일이 크게 번지곤 합니다. 요즘은 장사보다도 그런 문제로 근심이 더 많습니다."

"무슨 일인지 구체적으로 설명을 해보게. 어떤 사고가 어떻다는 겐가?"

"한 달 전에는 작은 놈이 오토바이 사고를 냈어요. 그날은 작은 접촉 사고쯤으로 알았는데 그 피해자 쪽에서 크게 다쳤다면서 고소를 했거든요. 그래서 말썽이 빚어지는 것이 싫어서 그들이 요구하는 대로 많은 돈을 주고 합의를 했어요. 그런데 며칠 전에는 큰 애가 자동차 사고를 냈지 뭡니까? 이번에는 인사사고까지 겹쳤습니다. 게다가 큰애가 술을 마시지도 않았는데 음주운전이라고 꾸며져 있습니다. 그래서 지금 경찰서에 들어가 있습니다. 아마 그 조서대로라면 실형을 살아야 한다지 않습니까? 그리고 또 며칠 전에는 식당에 손님으로 들어온 사람들이 자기들끼리 심하게 싸워서 제가 경찰서까지 불려가기도 했어요.

또 이런 일도 있었어요. 우리 집에서 3년을 넘게 일해 온 사람으로 평소에 무척 착하고 성실했는데. 어느 날 그날 수금된 돈을 몽땅 가지고 도망가 버렸어요. 그 사람은 내 식구처럼 믿어왔고, 또 그만큼 근면성실 했는지라 도무지 믿어지지 않은 행동을 한 것이지요. 들리는 말에 의하면 주변 누군가의 꼬임으로 노름을 했나 봐요. 나중에 알게 된 일이지만 개가 도망가기 얼마 전에 집안사정 때문이라면서 석 달 분의 월급을 가불해 갔더라구요. 그 외에도 자질구레한 일들이 자주 일어나니 도대체 이게 무슨 징조인지 알 수가 없습니다. 장사만 잘되면 아무 걱정 없으리라 생각했는데, 요즘은 영 기운이 빠져요. 그리고 저도 몸이 자꾸만 나른해지고 피곤이 자주 나타나서 병원에 가봤더니 별 이상은 없다고 하는데 처妻가 갑자기 몸이 나빠졌어요. 위胃도 좋지 않다고 하고 몸이 쇠약해지고, 좌우지간 근래에 들어와 잡다하게 좋지 못한 일들이 계속 일어납니다."

필자는 그날 그를 돌려보내고 다음날 아침 일찍 그에 대한 명상에 들어갔다. 시간이 지나자 떠오르는 게 있었다. 그 사람 조상의 묘에 많은 물이 괴어 있고 그 물이 가끔씩 좌우로 일렁이는 모습이 나타난 것이다. 그 묘는 물이 잠긴 시신이 먹구름에 감싸인 듯 검게 변해 있었고 그냥 보기에도 엉망진창으로 뭔가에 엉켜 있었다. 그 시신은 그 사람의 부친父親이었다.

그래서 그를 불러 이러이러한 상태일 것이니 빨리 옮기는 것이 좋겠다고 했다. 그러나 그는 얼른 결정을 내리지 못했다. 며칠을 곰곰이 생각한 그는 고향에 내려가 형제, 자매들 그리고 가까운 친척들과 의논해 보았으나 자신의 말을 믿으려 하는 사람은 아무도 없었다고 한다.

며칠을 두고 다시 의논하기로 했는데 이번에는 그의 누님이 어느 무속인과 유명하다는 지관에게 물었더니 절대 옮기지 말라고 하더라며 강력히 반대했다는 것이다.

가족, 친척들의 반대가 너무 심하다 보니 그동안 다른 것에는 모두 필자를 믿고 신뢰를 하던 그도 이번 일에는 도무지 믿기지 않는다는 반응이었다. 그러면서 필자더러 함께 가보자며 채근하였다.

그곳은 경북 고령군 덕곡면 본리 인곡마을이었다. 필자는 그곳에 도착하여 그 묘를 먼저 본 것이 아니라 우선 어느 위치에 명당자리가 있는지부터 살펴보았다. 필자의 명상은 정확했으므로 아무리 그들이 우긴다 해도 결론은 뻔한 일인 것이다. 그러려면 이장移葬될 장소가 먼저 물색되어야 하는 것이다. 그래서 2~3시간 정도 그곳 일대의 임야를 살펴보았으나 마땅한 터가 없었다. 그가 자신의 밭을 안내하여 살펴봤더니 그곳 안쪽에 좋은 자리가 있었다.

그런데 그곳은 마을 바로 뒤편으로 인근 주택과 10여 미터밖에 떨어져 있지 않아 그것도 문제로 대두되었다. 그러나 필자는 그곳밖에 없으니 어쩔 도리가 없다고 일침을 하였다. 그 터는 영웅호걸, 재사才士의 명당이라고 결론을 내렸다.

그 후 오랜 논쟁 끝에 그들은 장남인 박원우의 의사에 따라 30년 전에 돌아가신 부친의 묘를 옮기기로 결정했다. 필자는 이미 명상으로 나타난 것이므로 단단히 준비를 시켰다. 엉망이 되어 있는 시신을 깨끗이 해야 하기 때문에 소독물 두 말, 큰 통 2개, 깨끗한 헝겊 등을 준비하고 특히 반대를 많이 했던 사람들은 모두 와서 사실 확인을 하라고 했다.

이장하는 날 오전에는 비가 내릴 듯 하늘은 잔뜩 흐렸고, 기상대의 일기예보에도 비가 올 것이라고 했으니 걱정이 아닐 수 없었다. 그런데 비는커녕 한나절이 되어 묘의 봉분을 헐어낼 무렵에는 구름 한 점 없는 쾌청한 날씨로 변했다.

드디어 관이 보일 때쯤에 이미 물기가 보였고 관의 뚜껑을 열자 모두들 눈이 휘둥그레지며 깜짝 놀라는 것이었다.

관 속에 가득 찬 물이 왔다갔다 일렁거렸고 시신은 까맣게 변해 있었다. 30년이 된 시신은 방충망 같은 것으로 친친 감겨 있었다.

가위로 방충망 같은 것을 잘라보았다. 그 순간 그들은 또다시 놀라지 않을 수 없었다. 그것은 방충망이 아니라 나무의 잔뿌리들이 파고 들어가 시신을 빈틈없이 감싸고 있었던 것이다. 흡사 방충망을 두 겹 세 겹으로 싼 듯이 엉켜 있었다. 그날 그곳에 참석한 모든 사람들은 그 기막힌 현상을 두 눈으로 똑똑히 보았다. 그래서 그 상태를 사진을 찍어서 보관하고 있다.

그 묘는 당시 부자들이나 사용하던 석관石棺으로 만들어져 있었다. 그런데 어떻게 이런 일이 일어났는가? 나무 뿌리들이 어떻게 그곳을 파고 들어갔는지 의문은 도무지 풀리지 않았다. 게다가 그 묘 가까운 곳에는 큰나무도 전혀 없었다.

그 광경을 본 주변의 지관地官 몇 사람도 놀라 어찌할 바를 몰라 했다. 그들은 그곳이 명당이므로 절대 묘를 옮기면 안 된다고 했던 사람들이다. 그들은 30여 년 동안 시신을 만졌고 이장한 일도 수없이 많지만 이런 현상은 처음이라며 혀를 내둘렀고, 한동안 모든 사람들의 눈이 필자를 향하면서 움직이지를 않았다.

장례를 마치고 내려오다가 묘지 조금 아래 미나리 논^畓에 그의 가까운 인척들이 자갈을 잔뜩 싣고 와서 물속에 잠기도록 던져 놓으면서 정돈을 하고 있는 것을 보았다. 왜 그러냐고 물었더니 이후 산소에 오면 깨끗한 물로 산소 주변 청소도 하고 도구나 그릇들을 씻을 수 있도록 깨끗한 물을 만들기 위해 작은 연못을 만드는 중이라고 했다.

그래서 필자는 그곳은 곧 물이 말라 없어질 거라고 하면서 공연한 수고를 하고 있다며 핀잔을 주었다. 그 말을 그들은 믿지 않았고, 되레 수십 년 동안 여기서 솟아나는 물 때문에 미나리 논으로 활용하였는데 어찌 여기 물이 마른다는 헛소리를 하느냐는 듯 곧이들으려고 하지 않았다.

오히려 주변 인척들은 '그 어른을 물구덩이에다 묻었으니 앞으로 어찌할 것이냐, 집안이 망할 징조가 아니냐'는 등 뒷말이 많았다. 그러나 필자는 그에 대한 아무런 대꾸나 변명도, 설명도 하지 않았다. 그들에게 얘기해 봤자 당시는 소용없는 일인 것이다. 그들에게 당장의 그 상태를 본 생각으로는 그럴 수밖에 없으리라 여기고 묵묵부답으로 내려오면서 얼마간의 시간이 지나면 필시 그들도 알게 될 것이라 여겼다.

그 이장례를 치르고 두 달쯤 지났을 때 박원우는 사촌형 박성배(現 고령군 게이트볼협회 회장) 씨가 미나리 논에 물이 완전히 없어졌다는 전화를 하여 자신이 직접 고향에 내려가 확인을 하고 왔다고 말했다.

"형님, 정말 그 미나리 논에 물이 바짝 말라버렸어요. 요상합니다. 이게 귀신이 곡할 노릇이 아니고 뭡니까?"

"장례를 치르던 날, 내가 산소 쪽으로 수맥을 차단하고 물길을 돌려 놓았단 말이야. 그랬기 때문에 미나리 논에 자갈을 넣고 물구덩이에 묘를 썼다고 말들이 많았어도 내가 아무 대꾸도 안하지 않던가!"

"그게 정말입니까?"

"정말이 아니면? 자네가 오늘 확인하고 왔다면서! 믿을 사람의 말을 안 믿는 그것이 화를 자초하는 것이야!"

그는 부친의 묘를 이장한 후 하루하루가 다르게 집안이 안정되어 갔고, 뭔지 모르게 좋지 않던 몸의 상태도 아무런 이상이 없어졌다고 한다. 처의 증세도 언제부터인지 모르지만 좋지 않았던 증세들이 싹 없어졌다고 했다. 그리고 여러 가지 좋지 못했던 일들도 모두 쉽게 해결되었고 사업도 날로 번창했다. 동대문 옆 영업장소는 큰아들에게 물려주고 본인은 신규사업을 시작했다.

'성보21세기주식회사'를 법인으로 설립하고 '명문본가 왕족발'을 기본 품목으로 새롭게 제품화하여 군납, A급 호텔 등에도 납품하는 경영전환으로 승승장구했다.

서울 및 지방에도 수십 개의 체인점을 개설했으며 일본 오사카, 중국 등에도 여러 개의 체인점이 개설되었는데. 그 중 진공포장 품목은 멀리 미주지역까지 수출되고 있으므로 머지않아 동남아는 물론 유럽 쪽에도 수출의 길을 넓혀갈 예정이라고 한다. 2년 전에는 우연한 계기를 맞아 수유리에 1천여 평 대지를 구입, 5층 건물을 지어 공장을 확장했으며 이런 대길운은 계속 이어지고 있다.

추가로 그의 삼형제 중 막내가 비견에 진용신이 있어 인인성사와 성귀와 성부하는 사주이니 대표이사로 하고 두 형제는 이사로 할 것이며 박원우, 부는 회장으로 하라고 하였더니 그대로 시행하였다.

2012년 필자를 중국 위해의 큰 도시에 초청하여 400개의 대형마트 사장과 납품계약을 맺었으며 공장 개업식을 한다기에 반가운 마음으로 30여 명과 같이 다녀왔다. 2012년 음성에 3,000여 평을 매입하여 해썹^{HACCP} 식품가공 공장을 완공했다. 앞으로 상장기업으로 성장할 단계에 이르고 있으며, 항공회사에도 불고기 등의 도시락을 납품하고 있다. 현재 매출액이 수백억 원을 호가하는 중견기업으로 성장해가고 있다.

85세 김흥식(가명) 씨 1,000억 원 또는 700억 원을 기증하겠다는 자산가

2005년 8월 5일 수요일 2시경 서울 효자동에서 85세의 건장한 노인이 필자의 사무실을 찾아왔다. 상담시간을 1시간으로 정하였는데 노인은 3시간만 달라고 간청했다. 필자는 노인에게 그렇게 하자고 정중히 예의를 갖추어 말하였다.

필자가 말하기 전에 노인은 먼저 말을 꺼내기 시작했다.

"며칠 전에 조선일보를 보고 당장 ≪운명≫이란 책을 구입하여 5번이나 읽어 보았지요. 저는 평생 책을 잘 보지 않는 사람인데 운명 책을 읽어보니 내가 살아온 것과 똑같더군요. 한 치도 틀리지 않더군요. 틀리다면 총 3발 맞은 것만 틀립니다. 산청·함양사건과 거창사건은 내가 잘 압니다."

이 정도 이야기를 듣고는 필자가 노인에게 운명 감정을 하자고 했더니 노인은 운명 감정을 하러 온 사람이 아니니 계속해서 이야기를 들어 달라는 것이었다.

"세상에 이런 일이 있었어요. 내 재산이 천억 대가 되어 자식들에게 절반을 주었는데 이놈들이 모두 다 넘겨달라고 하기에 화가 나서 30%만 주고 사회에 기증할 작정으로 Y대학에 가서 총장 면담 좀 하자니까 비서가 내 아래위를 훑어보더니 총장님은 바빠서 못 만난다는 것입니다. 면담을 거절당한 뒤 K대학교로 갔는데 똑같이 총장 면담을 거절당했어요. 세상에 내 재산 천억 원을 기증하겠다고 하는 데도 총장 면담을 거부하더란 말에요.”

노인은 필자에게 계속해 말했다.

“내가 학교에 천억 원 상당의 부동산, 현금 등을 기증하면 학생들에게 장학금으로 줄 것이 아닌가 하는 생각을 하면서 갔는데 문전 박대를 당했어요. 나는 한 달간 곰곰이 생각하다가 정재원 저자에게 기증하겠다고 결심을 하였어요. 선생님, 제가 평생 살아오면서 모은 재산이 천억 원 가량 됩니다. 자식들에게 현금 등 300억 원 이상을 주었더니 자식들이 별짓을 다해 눈꼴이 사나워 소송을 걸어 모두 빼앗았어요. 법적으로도 그렇게 되더군요. 자식에게 주었다가 하는 짓을 보아하니 도저히 안 되겠다 싶어 변호사를 찾아가 상의했더니 되돌려 올 수 있다고 하여 소송을 했지요. 그러니 정재원 선생님께서 좋은 일에 써달라고 간청을 하는 것이에요.”

필자는 노인의 사주팔자를 풀어보니 보통 사람이 아니라 산전수전 다 겪고 세상만사 믿을 만한 사람 하나 없어 고민하고 있는 사람이었다. 필자는 노인에게 “어르신 이렇게 많은 재산을 제게 어떤 식으로 기증을 하시겠습니까?” 했더니 노인은 “좋은 곳에 써주십시면 됩니다” 하였다.

필자는 노인의 재산 목록을 보았다. 거제도에 땅 30만 평으로 이것은 대지와 금싸라기 땅 5만 평, 남대문에 빌딩 10층짜리 1개, 대지가 200평 건평이 15,000평인 성남시 완전 노른자 땅 1,000평, 기타 지역 땅과 현금 등 대충 짐작으로도 1,000억 원 정도 되었다.

필자가 혹시나 만일을 대비해 노인의 자식들에 대해 알아보았더니 만만한 아들들이 아니었다. 그래서 노인에게 법적인 문제에 대해 몇 마디 하였다. 노인은 변호사를 통해 확실한 답을 받고 결심을 하였다고 했다. 필자는 6개월간 고민을 하고 설계를 해보았다. 김홍식 재단법인을 만들어 불우청소년을 돕는데, 장학생을 배출하는데, 기념관을 짓는 데 등등에 쓰면 되겠다고 했더니 노인은 쾌히 승낙을 하였다.

필자는 큰일이나 어려운 일이 있을 때는 필자의 처에게 항상 상의하고 있다. 필자의 처가 하지 말라고 했다.

"노인이 보통 사람이 아니고 자식들이 3형제나 있어요. 그의 자식들이 어떻게 그냥 놓아둘 리가 있겠어요? 그리고 당신은 지금 유족회 일이 산적해 있어요. 절대 그 노인의 재산을 맡아 관리하는 일이 쉽지 않아요. 남의 돈을 관리하다 잘못하면 형사문제에 휘말릴 수도 있고요. 당신이 돈 욕심으로 하는 일이 아닌 것은 알지만 그냥 두는 것이 백 번 옳아요. 노인에게 즉시 연락하세요" 하는 것이었다.

필자는 10일간 숙고 끝에 "박서현 당신 말이 맞아" 하고 김홍식 노인에게 전화로 정중히 사과했다.

"저는 거액의 재산을 기증받아 관리할 능력이 안 됩니다. 그동안 제게 신뢰를 보내주신 데 대해 깊이 감사드립니다. 아마도 대학에 다시 찾아가서 진정성을 보이시면 이를 가납해 주리라 믿습니다."

그 후 몇 년 뒤 노인께서 돌아가셨다는 소식을 노인을 보좌했던 사람으로부터 직접 전해 들었다.

그러나 필자는 사후의 유산 관리가 어떻게 되고 있는지는 알 수가 없다. 좋은 방향에서 노인의 뜻이 잘 실현될 수 있기를 바라는 마음만 간절하다. 분명한 것은 재산도 운명에 따라 성장 소멸한다는 것이다. 운명이 어디로 스쳐 지나가는 것일까? 필자는 그에 대해 고민하는 사람들 곁에 늘 있을 것이다.

숫자를 진작 보았으면 이런 흉악한 일은 당하지 않았을 어느 자산가

2012년 어느 날 지인이 소개한 분이 전화로 만나자는 연락을 해왔다. 평소에 잘 알려진 재벌가는 아니고 알부자인 분이다. 현금을 1,000억 원 대 이상 보유한 분이다.

"정회장님이 알아서 시키는 대로 하겠어요. 후배에게 배신을 당했어요. 평소에 잘 도와주었고 절친하여 허물없이 지내는 사람인데 믿고 2억 원을 주고 국회의원 당선만 되게 힘써 달라고 했는데, 이 사람이 잠시 눈이 어두웠는지 그만 고발 사건에 연루되어 옥살이를 하다가 ≪운명≫ 책을 보았습니다. 책을 보고 분석해보니 현재 쓰고 있는 각종 번호 등 인감도장과 은행도장이 깨져 있어요. 이름은 관재를 당하는 이름이고 불용문자가 있더군요. 늦게 책을 보았지만 책이 100% 맞습니다. 은행번호가 14번이고 전화는 27번, 집 전화는 20번이 되더군요. 나 잘났다고 평생 절에 가본 적도 없고 교회에 가본 적도 없고 무속이나 철학관에 가본 적도 없습니다. 구치소 안에서 정회장님 책을 3일 만에 3번 읽고 출소하면서 바로 정 회장님을 만나러 왔어요. 진작 책을 보았으면 조심하고 감옥에는 가지 않았을 터인데 당하고 보니 알겠습니다."

필자는 "그럼 식구는 몇 명입니까?"고 물었다.

"직원은 150명이고 직계가족은 7명입니다. 7명의 모든 것을 다 해주세요. 150명 직원 것도 다 해주세요. 돈은 알아서 드리겠습니다. 정 회장님이 좋은 일 하시는데 또 산청·함양사건을 끌고 가시는데 돈이 많이 필요하실 겁니다. 제 나이 66세이고 사업으로는 크게 성공했습니다. 그놈의 국회의원을 출마하여 잘해 보려고 했는데 팔자가 안 되나 봅니다."

필자는 "정치는 아무나 돈이 있다고 하는 것이 아닙니다. 사회에 봉사하시면서 당신을 모함한 사람은 용서하시고 마음을 비우시고 하시는 일만 그대로 하시면 좋은 결과가 나오겠습니다."

"정 회장님 신문광고 많이 하시던데 일 년에 비용이 얼마나 되는지요?"

"묻시 마세요. 신문광고비는 부담해 주는 사람이 있습니다."

"그럼 지금 내는 사람은 언제까지 냅니까?"

"그것은 몰라요. 사업이 되는 날까지 내주신다고 합니다. 비서에게 지시만 한 상태로 그렇게 알고 있습니다."

"참 별 사람 다 있네요. 내가 정 회장님께서 우리 가족 평생 운세와 삼합인장 등 모든 것을 잘되게 해주시는데 그까짓 돈 몇 푼 주면 안 되지요. 내가 성의껏 드리겠습니다. 얼마 드리면 되겠습니까?"

필자는 "신문광고비를 내주신다고 했는데 얼마라고 말씀 드릴 수는 있지만 회장님께서 생각대로 주십시오"라고 하자, "그럼 장학재단 설립자금으로나 쓰세요. 통장 1개와 인장, 비밀번호를 적어 두었습니다."

요즘 그분과는 매일 전화 통화를 하고 한 달에 한 번씩 만나 우정을 돈독히 쌓아가는 사이가 되었다.

장학회 자금은 사회의 어두운 곳에서 헐벗는 불우아이 등을 돕는 데 사용할 것이다.

별명 용팔이 전과 7범 쌍칼 김만식金萬植

2009년 어느 날 "정재원 선생님 계십니까? 저는 동아일보를 보고 책을 사서 읽었어요. 책을 3번 읽은 사람에게 상담해 주신다는 이야기를 듣고 왔습니다."

	생년월일시 : 1967년 5월 8일 자시생子時生
김金	사주팔자
만萬	年 月 日 時
식植	丁 丙 庚 丙
	未 午 戌 子

이 사주팔자는 정미년 병오월 경술일 병자시로 관 3개가 있어 토끼가 호랑이굴에 들어가 싸우자고 덤비는 격인 무모한 사주이다. 은행번호는 9981, 전화번호도 9972로 합이 27로서 공파허실망이다. 무슨 일을 하여도 악운을 피할 수 없고 깨지고 허망하게 사기당하고 허물어져 1원도 못 찾고 망하여 남에게 잘해주고도 원망만 당하는 운명이다. 관재구설, 시기질투, 암흑천지에서 헤매다가 감옥이나 가는 평생 고통과 멸망의 운이 된다.

이름 金(8) 萬(15) 植(12)은 불용문자이고 27 숫자는 흉악한 병약으로 환난이 잦으며 파괴와 고통, 자멸로 이어지는 흉중의 흉한 운명이다.

김만식 씨는 필자에게 "선생님 제가 이야기 좀 하겠습니다. 들어주시면 영광이겠습니다. 저는 조직의 한 대원입니다. 우리 조직은 전국 대규모업체로 손 안 닿는 데가 없습니다. 대기업 등 국가 공권력에도 들어가 있어요. 국회에도 있습니다. 심지어 큰 사건이 일어나면 대장이 지시를 합니다. 저희 대원들은 대장이 지시만 하면 서로 행동하려고 경쟁이 치열하지요. 대장의 지시대로 하면 진급이 되고 가족 생계비와 평생을 책임져 줍니다. 저에게는 가족이 없으니 저만 책임지고 감옥에서 7년쯤 살고 나오면 부장급 연봉으로 3, 4억 원을 준다고 했습니다. 그래서 서로 앞다퉈 대장 지시를 따르려고 합니다. 대장의 말 한마디면 죽음을 각오하고 행동에 이릅니다. 저도 그런 식으로 부장까지 진급이 되었어요. 지금 출소해서 놀고 있어도 월급은 부장급 대우를 받습니다.

그동안 7년이나 감옥살이를 하고 사회에서 못된 짓은 다한 사람입니다. 저 같은 사람은 사회에서 아무 쓸모없는 인간이라는 것을 잘 알고 있습니다. 사회에는 어떻게든 돈만 가지고 별짓을 다해도 떵떵거리며 사는 사람이 많잖아요? 그러나 저의 대장은 워낙 거물급입니다. 이들 이름을 죽음 앞에서도 말하지 않는 것이 조직사회인 것입니다. 만약 이름을 대면 쥐도 새도 모르게 없애 버립니다. 나도 그때 옆에서 보았으니까요. 저한테 한 번 실험해 보세요. 혹시나 살다가 감정이 있다든가 억울한 일을 당했다던가 하는 일이 있으면 말해 보세요."

그의 말에 필자는 "그런 것이 제게는 없어요. 평생을 살다가 억울한 일이 있으면 내가 잘못했구나, 하고 반성을 하지요"라고 답했다.

김만식 씨는 "저는 감옥 갔다 오면 한 밑천 단단히 만지고 결혼하여 살고 싶지만 그것이 맘대로 안돼요. 저는 강원랜드가 저의 안방입니다. VIP 손님으로 대접이 대단해요. 몇억 원은 며칠이면 탕진하고 가불까지 하면서 여기에다 돈을 더 끌어 쓰다보니 신용불량자까지 되었습니다. 저의 삶이 이러하니 내내 인간 구실도 못하고 세상을 사는 것 같습니다. 돈 떨어지면 대장에게 가서 큰절을 하면서 큰 것 한 건 달라고 사정을 합니다. 그러나 이제 나이가 많다보니 은퇴할 나이라고 핀잔만 듣습니다.

저는 착실히 그 돈을 모았으면 수십억 원이 되고도 남았을 거액을 받았습니다. 저와 같은 동류 친구(황윤식 가명)는 큰일을 한 번하고 10년 감옥살이하고 받은 돈 15억 원으로 강남에 아파트를 구입하여 결혼까지 하고 2남매를 두고 잘 살고 있습니다. 20년 전 구입한 15억 원 아파트는 지금 어림잡아 백억 원대가 될 것입니다. 그 친구가 저에게 하는 말이 이제

다 털어버리고 갈길 가라고 하면서 5천만 원을 주었습니다. 당시 나보다 못했던 놈이 이리 잘 되어 있을 줄 누가 알았겠어요?" 하는 것이었다.

그러면서 그때 그 김만식 씨의 친구는 정재원 회장님을 찾았고 정회장님이 시키는 대로 하여 오늘을 이룬 것이라 고백했다.

필자는 김만식 씨의 손금을 보고 다음과 같이 일러 주었다.

1) 자신을 돌이켜 생각해 보자.

2) 무엇이든지 긍정적으로 받아들이자.

3) 어떤 일을 하여도 주인의식을 갖고 최선을 다하자.

4) 솔선수범하고 항상 남을 배려하자.

5) 맡은 바 임무는 안전하게 처리하라.

그러면 힘차게 솟아오르는 아침 해처럼 용약하며 발전할 것이다. 이름을 개명하고 삼합인장을 해주었다. 현재 강남에서 대형음식점을 하며 바쁘게 살아가고 있다. 앞으로 필자가 원하는 것은 무엇이든 도와주겠다는 약속을 하였다.

외환위기 때 은행원으로 거부가 된 임만춘

외환위기가 휘몰아 쳤다.

우리나라 금융위기 때 은행원의 명예퇴직이 제일 많을 때였다. 평생을 몸담아 있던 직장을 퇴직하면 무엇을 할까하고 40대 말에서 50대 초로 보이는 5명이 필자를 찾아왔다. 임만춘林萬春 씨 등 5명은 명예퇴직금 등 5억 원 정도로 무엇을 하면 좋을지 문의하였다. 그래서 우선 이름을 바꾸고 삼합인장과 숫자 정비 등을 완전하게 해놓고 일을 시작해야 된다고 했다. 임만춘 씨는 임주성林周成으로 이름을 바꾸고 식구와 4인 가족 모두 바꾸었다.

임주성林周成 씨에게는 "판교 근처 그린벨트 지역에 30만 평 정도 되는 땅이 있는데 1평당 3만 원으로, 90억 원 정도 됩니다. 이것을 사면 5년~10년 후에는 아파트 단지가 될 예정이라 막대한 금액이 될 터이니 5억 원을 투자하십시오"라고 하였더니 5억 원을 내놓으며 "정재원 선생님께서 책임지고 해주세요. 사기단에 휘말리면 저는 평생을 근무해서 받은 퇴직금을 날리고 알거지가 됩니다" 하였다.

5명 중 1명은 필자의 말을 따랐고 다른 4명은 주식을 몽땅 매입하였다. 그린벨트 땅을 상속받은 자가 필자에게 처분해 달라고 왔던 확실한 땅이었다.

땅 주인의 부모는 9남매에게 상속할 때 다른 형제는 건물 등 돈이 잘되는 것을 주고 막내는 미움을 샀는지 당시 평당 10원도 안 되는 집안 대대로 상속되어 내려오는 땅을 주었다.

땅 주인은 60대 김영자 씨로 삼남매를 두고 남편은 질병으로 사망하여 살기가 곤궁하여 호소 겸 어떻게 살아가야 하는가를 물으러 왔었다.

생년월일시 : 1954년 10월 21일
사주팔자

年	月	日	時
甲	乙	丙	癸
午	亥	子	巳

김영자金英子 씨의 사주를 보고 필자는 우선 개명할 것과 삼합인장을 식구 모두가 하면 좋은 일이 있을 것이라고 이야기하고 김영자 씨에게 주민등록증을 가지고 국세청에 가서 조회를 해보라고 하였다.

"김영자 씨 사주에 진용신이 있고 대운이 60세 이후 대길로 나옵니다."

"선생님 무슨 소리 하십니까? 제 나이 몇 살인데요."

"어디에 숨어 있는 땅이 있는 것 같습니다."

"땅요, 나는 9남매의 막내딸이기 때문에 우리 아버지가 갖다 버렸데요. 그런데 죽지 않고 지금까지 살아 있는 거에요."

혹시나 해서 국세청에 조회를 하니 국세청 직원이 "고수부지에 시가도 없는 땅 30만 평이 김영자 씨 소유로 되어 있습니다" 하였다.

김영자 씨는 깜짝 놀라면서 "아닐 겁니다. 이름이 같은 사람이 있겠지요."

"주민번호는 541021 - ○○○○○○○ 김영자金英子, 현주소와 동일합니다. 이사는 평생 38번이나 하셨네요. 현재는 별 가치가 없습니다만, 앞으로 괜찮겠네요."

"그린벨트인 고수부지는 비만 오면 물이 잠겨 아무 쓸모없는 땅이잖아요? 개도 안 물고 가는 아무 가치가 없는 땅이네요. 팔려고 해도 쳐다보지 않는 사람이 많겠네요. 100년 200년이 가도 별 볼일 없는 땅인 것 같습니다."

필자를 100% 믿고 있는 그 아주머니는 필자에게 "정재원 회장님 알아서 처리해 주세요" 하였다.

필자는 "아주머니 현재는 팔려고 해도 팔 수 없을 것입니다. 그러나 앞으로 넉넉잡고 5년에서 10년이면 틀림없이 아파트촌 형성이 명상에 나옵니다. 아파트촌이 되면 큰돈이 될 것 같은데요."

김영자 씨는 그동안 밥도 한 번 제대로 먹지도 못하고 굶고 살았다면서 지금 당장 팔아달라고 하였다.

필자는 "아주머니 10년 후에 전액 지불하기로 하고 우선 5억 원을 드리겠습니다" 했다.

그래서 은행에 가서 임주성 지점장에게 5억 원을 내놓고 5~10년을 기다릴 수 있는지 먼저 설득을 해보았다. 전체 금액 90억 원 중 필자가 우선 5억 원을 지불하고 잔금을 10년 후 지불하겠다는 변호사 공증까지 해주었다.

이후 사기꾼들이 몰려들기 시작했고 그 중에서 한 사람은 자기에게 넘기면 당장 100억 원을 주겠다고 했다.

"그 땅 내 땅 아니요. 김영자 씨와 임주성 씨 간에 계약이 이미 체결 되었어요. 귀찮게 하지 마시오" 하였다.

그럭저럭 5년이 지나 KBS 9시 뉴스에 신도시가 확정되었다기에 알아보니 230만 평 모두 그 안에 포함되어 있었다. 필자는 소개만 해주고 아무런 대가는 바라지 않았으며 오히려 앞으로 잘못되어 손해를 보게 되면 모든 것을 책임을 진다는 약속까지 했었다.

결국 그린벨트가 해제되고 아파트 단지로 확정되면서 주택공사에서 평당 10만 원으로 전체를 수용하기로 되어 300억 원의 이득을 보게 되었다. 그 중 세금을 빼고도 200억 원이 남는 장사로 지점장은 5억 원을 투자하여 3년 만에 20배의 이익을 남기게 된 것이다. 김영자 씨에게도 1원도 요구하지 않았다. 김영자 씨는 선생님 명상에서 아파트 단지가 생긴다더니 딱 맞아 떨어졌다면서 감사의 표시로 노후 자금으로 쓰라고 쇼핑백에 사례금을 놓고 갔다. 나중에그 쇼핑백을 열어보니 생각지도 않은 큰돈이 들어 있었고 그 인연으로 오늘까지 그녀와는 잘 지내고 있다.

그 외 은행원 4명은 주식 실패로 결국 신용불량자까지 되었다. 반면 필자를 믿고 5억 원을 투자하여 100억 이상 큰돈을 거머쥔 임주성 씨에게는 아무것도 하지 말고 그 돈만 잘 지키라고 하였다. 그는 지금도 필자에게 자문을 요청해 오고 있다. 여행이나 다니고 건강이나 잘 유지하면서 어려운 사람이나 도와주라고 하였다.

사람이 자신을 알고 사는 사람이 얼마나 될까?

자신을 잘 아는 사람은 절대로 실패하지 않는다.

국경을 초월한 운명

필자의 책을 열세 번 읽은 재일교포 사업가 박일환 씨

한 재일교포 사업가는 우연히 보게 된 신문광고에서 엄청난 사건과 함께 소개된 신묘한 숫자의 얘기 그리고 행운의 인장에 관한 내용을 접하고는 곧바로 책을 의뢰하여 읽어보았다고 한다. 그는 그 책을 열세 번이나 읽은 후 도저히 이대로 있을 수가 없다며 급히 비행기에 올랐다는 것이다. 그가 필자의 사무실에 도착한 것이 2002년 3월 3일 오전 11시경이었다.

재일교포 사업가 박일환 씨였다. 일본에 가서 그 어떤 고난이나 역경 속에서도 울지 않았던 자신이, 그리고 지금까지 70 평생을 살아오면서 단 한번도 흘리지 않았던 눈물을 이 책을 보면서 한꺼번에 쏟아낸 것 같다고 한다.

그는 해방 후 열여섯 살 때 일본에 건너가 오사카에서 60여 년을 살면서 안해 본 일이 없을 정도로 엄청난 고생을 했다고 한다. 돈이 되는 일이라면 온갖 잡다한 일까지 무엇이든 마다하지 않았는데, 실패도 수없이 반복하면서 오직 돈을 모으는 일에만 최선을 다하여 몸이 으스러지도록 일을 했다면서 자신의 지나온 과거에 대해 두 시간이 넘도록 이야기했다. 그러면서 자신이 현재 하는 일에 대해서도 추호의 거짓도 없이 다 털어놓는다며 이야기를 시작했다.

"저는 게임랜드 회사를 비롯하여 부동산컨설팅 회사, 자동차정비 회사, 대규모의 아파트, 오사카에서 가장 크고 호화롭다고 소문난 레스토랑 등 열일곱 개의 계열사를 운영하고 있습니다. 회사의 직원만 해도 5,000명, 일용직까지 하면 6,000~7,000명이 됩니다. 나는 결혼을 세 번이나 했으며 그들 사이에서 태어난 자식이 8남매입니다. 자식들은 모두 출가를 했고 그 사이에서 태어난 친손자손녀가 17명, 외손자손녀가 12명, 증손자손녀도 벌써 7명이나 태어났으니 직계만 해도 52명이나 됩니다. 내가 소유하고 있는 회사를 돈으로 환산한다면 아마도 1조 억엔 정도는 될 것으로 짐작합니다. 그러나 지나온 60여 년의 세월 동안 내가 겪어야 했던 엄청난 질곡의 삶은 무엇으로도 다 표현할 수가 없습니다. 결혼을 세 번이나 했다는 것, 자손이 50여 명이나 된다는 것만 봐도 짐작이 될 것입니다.

그동안 내가 이룩한 일들도 많지만 그로 인해 다른 사람들에게 원망과 질타를 받았던 일들도 많이 있었습니다. 이제 내 나이 여든이 훨씬 넘었으므로 앞으로 살 날이 얼마나 되겠습니까. 저지른 일이 많다 보니 거둬들이고 정리해야 할 일도 많습니다. 우리 속담에 '가지 많은 나무 바람 잘 날 없다'고 지금 내 처지가 그렇습니다. 일본에서는 기업이 내 것이라도 내 마음대로 할 수가 없습니다. 자손에 대한 상속 문제 뿐만 아니라 그동안 나를 믿고 평생을 함께 해온 많은 직원들까지도 보상이 되도록 일을 처리해야 합니다. 이럴 즈음 선생님의 책을 접하게 되었고, 그 내용을 꼼꼼히 살펴보았더니 그 안에 해답이 있을 거라는 확신이 들었습니다. 특히 숫자에 대한 함수관계와 삼합인장에 대해 많은 관심이 가게 되어 이렇게 직접 찾아뵙게 된 것입니다.

그리고 산청·함양 양민 학살사건에 대해서도 제법 소상히 알고 있었다. 한국전쟁에 대한 책을 많이 읽었다고 한다. 6·25전쟁에 대해서는 한

국보다 일본에 더 상세하게 소개된 책들이 많다고 한다. 특히 그는 한국 전쟁에 대해 관심이 많았기 때문에 일본에서 발행된 한국전쟁사에 관한 책은 다 구해 읽었다며 산청·함양사건에 얽힌 필자의 어린 시절과 더불어 지나온 온갖 시련에 대해 연민의 정을 느낀다고 했다. 그렇기에 이 책을 읽으면서 눈물을 많이 흘렸다는 것이다.

그는 모든 것을 필자가 알아서 해주고 50여 명의 가족 모두의 삼합인장 등 필요한 것을 부탁한다는 말을 남기고 홀연히 가버렸다. 당시 나는 어리둥절하기도 하고 다소 황당한 느낌도 들어서 인사만 받고 그냥 돌려보낼 수밖에 없었다.

그가 다녀가고 난 3일 후 잘생긴 젊은이와 빼어난 미모의 젊은 여자가 찾아와서 3일 전 그의 얘기를 꺼내며 밀봉된 봉투를 건네주고 정중하게 인사를 하고 자리를 떠났다. 나는 그것을 서랍에 넣고 2~3일이 지난 후 개봉했더니 자신과 자신 가족의 삼합인장과 필요한 모두를 부탁한다는 간단한 설명과 함께 거액의 수표가 들어 있었다. 그 후 전화가 자주 오면서 "정재원 선생님 산청·함양사건 사업과 후속 사업을 한다고 하는데 시작하면 힘껏 도와드릴 것을 약속합니다" 하며 언제 사업을 하실거냐고 독촉을 한다.

불운한 과정을 딛고 크게 성공하여 재벌이 된 장혜진 씨

2004년 3월 1일 전화가 울려댔다.

"정재원 회장님, 저에요."

"누구십니까?"

"저, 장혜진張今賑이에요."

"1991년 5월(23년 전)에 제천에서 효원철학원을 하셨지요?"

"네, 그런데요?"

"선생님께서 저보고 큰사람이 될 인물인데 유흥업소에 있어서 안타깝다고 하시면서 이름이 상극하니 상생의 이름과 행운숫자와 부적을 해주셨어요. 그것도 외상으로…… 성공하면 갚으라고 하시면서요. 돈으로 따지면 큰돈이라고 금액도 안 가르쳐주셨어요. 그때 제 나이가 21살이었는데 선생님께서 저의 키와 혈액형, 몸무게를 물으셨어요. 저는 그때 철학원에서 이런 걸 왜 묻는지 이상하게 생각했지만 다른 생각은 없으신 것 같아서 알려드렸지요."

필자는 그때 당시의 기억을 떠올리며 잠자코 듣고 있었다.

"나이는 21세, 키 170cm, 몸무게 48kg, 혈액형 A형, K대학 휴학 중이고 학비 때문에 서울에서 1,000만 원을 받고 이곳 제천으로 아르바이트를 왔지요. 1,000만 원을 갚으면 다시 학교에 갈 것입니다."

그녀는 그때 했던 말을 재차 상기시켜 주려는 듯 계속해서 말을 이어나갔다.

"선생님께서는 다 듣고 나신 후에 지금 사용하고 있는 이름을 쓰라고 알려 주셨습니다. 그날 이후 제주도 관광호텔 유흥업소로 근무지를 옮기게 되었습니다. 어느 날 저녁시간쯤 호텔에서 음악을 들으며 커피 한 잔을 마시고 있는데 50세쯤 되어 보이는 어떤 신사분이 저를 힐끗힐끗 쳐다보며 내 앞으로 오더니 조심스럽게 의자에 앉아도 되겠냐며 물었어요. 저는 유흥업소에서 일하면서 그런 사람을 자주 보아왔기에 그러시라고 대답했어요. 그때 저는 짧은 미니스커트와 흰 보랏빛이 나는 윗옷을 입었고 머리는 긴 생머리를 하고 있었어요."

그녀는 상념에 젖은 듯 예전 일을 간단하게 설명해주었다.

"그 신사분은 일본에서 온 어느 회장님을 모시는 수행 비서였고 저를 보자 마음에 들어 이것저것 상세히 물어보셨습니다. 그리고 나서 자신을 일본인 회장님께 소개해주었고 그 회장님은 자신이 진 빚 천만 원에 그들이 요구한 4천만 원을 더한 5천만 원을 그늘에게 건네면서 자신을 자유롭게 해주었습니다.

거기다 자신에게 일본으로 함께 가 살자는 솔깃한 제안까지 하였습니다. 저는 여기에서 이렇게 살 바에는 차라리 낫겠다 싶어 흔쾌히 응하면서 집에 보내줄 얼마간의 돈을 요구하였더니 한 시간도 안되어 자신의 통장에 15억 원이라는 거금을 입금해 주었습니다.

저는 그런 거액을 바란 것이 아니었으므로 조용히 그 돈을 돌려드렸습니다. 오히려 그 부분이 더 좋은 인상을 주어 저는 회장님을 따라 일본으로 건너가 함께 살게 되었습니다.

그 분은 상처를 하신 분이었고 슬하에 아들 3명과 딸 2명이 모두 출가하여 살고 있었고 저와 정식 혼인신고까지 해주며 잘 대해주셨습니다. 더군다나 장성한 자식들도 자신을 정식 어머니로 인정해주었고 깍듯이 대해주었습니다.

그러나 이미 그 분은 중병을 앓고 계신 상태로 자신과 남은 여생을 함께 하고자 데리고 오신 것이었습니다.

회장님은 돌아가시기 직전에 제주도에 호텔을 하나 지어주셨고, 자신의 유산을 전부 물려주시고 가셨습니다. 자식들도 이미 유산을 상속받은 상태라면서 저의 유산에 대해 일절 관여를 하지 않았습니다."

끝으로 "자신은 일본에 어마어마한 재산이 있는데 한국에 함부로 가지고 올 수 없다고 하면서 자신이 일본에 가기 전 처음으로 회장님께 받은 15억 원을 23년 전에 빚을 대신 갚는다고 하면서 필자에게 돌려드리고 싶다"고 하였다.

필자는 감사한 마음과 함께 장혜진 씨에게 복을 기원해 주었다. 그리고 최근에 와서는 "정재원 선생님 무슨 일을 하실 때 자금이 필요하시면 꼭 연락을 달라"고 하였다. 박물관을 세울 계획이라고 했더니 "얼마가 들어도 필요한 금액을 말씀해주시면 기꺼이 참여하겠습니다"라고 했다.

수년 치의 광고비용을 부담해주시는 회장 사모님

2000년 2월 3일 필자는 동대문 사무실에서 손님과 상담 중에 있었다. 그때 일본 도쿄라고 하면서 한 여인의 전화가 걸려왔다. 그녀는 일본에 사는데 신문광고에서 ≪운명≫이라는 책을 보고 당장 주문하여 하루 만에 탐독하였다고 한다. 그녀는 책을 읽고 나니 가슴속까지 감동이 밀려와 눈물을 멈출 수 없었다고 하면서 한국으로 갈 테니 시간을 내어달라고 부탁하였다.

그로부터 세 달 뒤인 6월 3일 오후 4시에 사무실에 찾아온 그녀는 그동안 뜬눈으로 지새우며 필자를 만나기 위해 이날만을 기다렸다고 하였다. 그녀는 필자를 보자마자 마치 친정아버지를 만난 것처럼 반가워하며 말을 하였다.

"≪운명≫ 책을 쓰신 선생님 맞습니까? 죽기 전에 한 번이라도 만났으면 하는 것이 소원이었는데 이렇게 만날 수 있게 되다니…… 수십 년 만에 친정아버지를 만난 것보다 더 반갑습니다. 선생님 소설을 무려 10번을 읽었습니다. 어찌 그리 못된 인간들이 많은지, 국군들이 어떻게 무자비하게 사람을 마구잡이로 죽일 수 있단 말입니까."

그녀는 말문을 잇지 못하고 통곡을 하면서 10분간 구슬 같은 눈물을 뚝뚝 흘리더니 필자의 손을 꼭 잡고 놓지 않으며 울먹이면서 말문을 열었다.

그녀는 40년 전에 일본으로 건너가 필자만큼은 아니지만 그에 버금가는 고생을 하면서 일본인을 만나 5남매를 두었고 이제는 자녀들도 성장하고 사회에 진출하여 열심히 살고 있다고 하였다. 그녀의 남편은 큰 회사의 회장이고 필자에게 일부분이라도 도움을 주려고 한국에 왔다고 하였다.

필자는 그녀의 따뜻한 말 한마디만으로도 감사하고 고맙다고 하였다. 그녀는 연신 흐느끼며 말을 이어갔다.

"저의 운세에 관해 말씀 안해주셔도 됩니다. 선생님이 저술하신 책을 보니 저에 관해 모든 것을 꿰뚫고 마치 현미경으로 제 속을 확대하여 보는 것처럼 정확하고 선명하게 모든 것이 맞아떨어졌습니다. 저는 돈도 있을 만큼 있으니 더 이상 재물 따위는 필요 없습니다. 단지 우리 가족의 건강과 행복을 바랄 뿐입니다. 그러니 우리 식구의 삼합인장, 숫자 등을 모두 해주세요. 그리고 건강하게 여생을 마치게 해주세요."

그녀는 사무실 문을 나서면서 필자의 손을 다시 한번 따뜻하게 잡아주었다.

"선생님, 오래도록 건강하게 목적 달성을 위해 나아가세요. 그래서 선생님과 죽은 사람들의 영혼이 편안할 수 있도록 해주세요."

그녀와 그렇게 1시간 동안 상담하고 아쉽게 헤어졌다. 그런데 3일 후에 낯선 사람이 사무실에 찾아왔다.

그는 느닷없이 "3일 전에 일본에서 회장님의 사모님이 다녀가셨지요. 이 봉투를 정 선생님께 드리라고 했습니다" 하고는 필자에게 봉투를 건네주었다.

필자는 봉투를 여는 순간 깜짝 놀라고 말았다. 봉투 안에는 다년간 광고비용을 지출할 수 있는 어마어마한 돈이 들어 있었다.

그리고 앞으로 정재원 선생님이 사업을 그만두는 날까지 광고비용을 전액 부담한다고 하였다.

실타래처럼 얽혀 있는 운명이 해결된 김지후 씨

2007년 6월 3일 일본에서 60대 여인이 예약 없이 찾아왔다.

"선생님 저는 일본에서 온 교포 김길자金吉子입니다. 일본에서 한국 신문을 보고 책을 신청하여 읽어 보았더니, 제 이름이 불용문자이고 은행계좌번호, 전화번호, 자동차번호와 도장 등을 맞춰 보았더니 좋은 것이 아무것도 없더군요. 저희 전화번호는 20번, 집 주소는 14번, 은행통장 비밀번호는 19번, 자동차번호 28번, 주민등록번호는 30, 12, 20 모두 안 좋아요. 이름도 14, 4, 19 어쩌면 모두가 그렇게 안 좋은지 60 평생 살아오면서 교회와 불교, 일본 천도교, 철학관, 무속인 등 수없이 다녀도 하나같이 말도 안 되는 말만 하고…… 교회는 십일조만 잘 내면 된다기에 집을 판 돈 일부를 내놓아도 헛것이었고 절에 가서 불사하면 잘된다고 하였으나 그것도 마찬가지였어요. 무속인이 빙의가 들었다고 해서 여러 차례 굿도 해 보았지만 그것도 믿을 것이 못 되더군요. 나중에 알고 보니 위의 각종 숫자와 인장 도장은 깡통이라고 나오더라고요. 100% 맞아요. 저는 부모님 유산을 많이 받았지만 모두 탕진하고 남편 사망 후 남편의 재산까지도 모두 탕진하게 되어 이제 죽어야 한다는 생각을 할 때쯤 우연한 기회에 선생님의 책을 읽게 되었어요. 읽어보니 눈이 번쩍 떠지면서 이제는 살았구나 하는 생각이 들더군요. 그래서 선생님을 찾게 되었어요. 선생님, 살려주세요."

그녀는 다급하고 애절한 목소리로 하소연했다.

"우선 사모님 손금과 모든 것을 감정해야 합니다. 조상님으로부터 받은 유산을 탕진한 것은 우연이 아닌 운명적인 것입니다. 모든 숫자를 바꾸어 쓰면 문제가 해결될 것입니다. 사주팔자와 숫자(운명), 즉 이름이 상생으로 합이 되어야겠지요. 우리나라의 반만년 역사를 보면 이름은 운명이라는 것이지요. 이름과 숫자와 삼합인장을 상생의 원리로 갖추어야 일생을 잘살 수 있는 겁니다. 김길자 씨는 여름 태생입니다. 춘하추동春夏秋冬이라고 한다면 이름은 반드시 사주팔자와 맞아야 합니다. 먼저 춘春하면 싹이 나고 하夏하면 성장, 추秋하면 수확, 동冬하면 저장하고 갈무리하듯이 이런 방식으로 운명, 즉 이름을 짓는 방법입니다.

대개 우리나라 역학자들은 사주팔자를 써놓고 계절을 구분하여 원칙을 정하지 않고 발음 오행으로 짓는 경우가 가장 많습니다.

예를 들면 木은 ㄱ, ㅋ이고, 火는 ㄴ, ㄷ, ㄹ, ㅌ이고 土는 ㅇ, ㅎ이고, 金은 ㅅ, ㅈ, ㅊ이고 水는 ㅁ, ㅂ, ㅍ이라는 것이지요. 이렇게 각 한글 자음들은 목木, 화火, 금金, 수水의 오행 중 어느 하나에 해당되므로 그 오행들이 상생되는지, 상극되는지에 따라 이름자 풀이의 길흉吉凶을 추론하는 것입니다. 이런 식은 맞지 않습니다. 또한 한글 이름을 불렀을 때 소리나는 대로 운명이 결정지어진다는 주장도 많지만 잘못된 것입니다. 물론 전혀 맞지 않다는 건 아닙니다."

김길자 씨의 이름을 풀이하자면,

김金 8		수水
	─14	
길吉 6		화火
	─9	
자子 3		수水
계 17		

생년월일시 : 1947년 6월 24일 사시생巳時生

사주팔자

年	月	日	時
丁	丙	戊	丁
亥	午	午	巳

金은 8획이다. 하지만 1을 더하면 수水로 변한다.

필자는 김지후金知厚로 개명해 주었다.

김金	8	16	수水	천격天格
지知	8		화火	인격人格
후厚	9	17	수水	지격地格

손금을 잘 관찰하여 사주팔자와 운명, 즉 이름을 감정한다. 그리고 이름을 지을 때 가족 모두의 사주팔자와 운명을 같이 보아야 한다. 상극이 되면 안 되고 오행이 맞아야 한다. 즉, 음양 홀수와 짝수를 봐야 하며 각종 숫자가 사주와 맞는 것을 사용하는가를 판별해야 한다.

어느 일간지 신문에서 우연히 박朴(수水)과 이李(토土)는 서로 상극이니 대단히 좋지 않다고 하는 광고를 본 일이 있다. 이것은 헛웃음만 나오는 말장난이다. 이런 식의 이름은 맞지 않다. 간혹 맞을 수도 있겠지만 비중이 약하다.

이 아주머니는 한국에 와서 전국 곳곳을 다니면서 영험하다고 소문난 곳이면 가리지 않고 다녔다고 한다. 한글 이름, 소리 이름 등 할 수 있는 건 다 해보았지만 소용이 없어서 포기하였다. 그러던 중 필자가 쓴 ≪운명≫ 책을 무려 11번 읽었는데, 읽을 때마다 눈물을 흘렸다고 했다.

"저의 아버지께서 제 몫으로 주시기로 한 땅이 있는데, 또 누구한테 사기를 당하지 않을까 싶어 아버지가 아직 주시지 않고 있어요. 김포의 3,000평은 대략 시가로 30억 이상 된대요. 그 땅이 언제쯤 제게로 올 수 있을까요? 빠른 시일에 받게 되면 선생님께 투자하겠습니다. 부탁합니다."

"그것은 아주머니의 재산이니 받게 되면 아주머니의 안정과 노후를 준비하는 데 잘 활용하십시오. 저는 그런 대가성은 바라지 않습니다. 아주머니의 바람은 곧 이루어질 것입니다. 여하튼 이름은 사주와 잘 맞으니 법적으로 개명하는 것은 나중에 하시고 우선 각종 번호와 신정삼합인장을 작성해 드릴 것이니 잘 간직하고 계십시오. 이것은 사용하는 방법이 가장 중요합니다. 방향이 상생하여야 하는데, 즉 용신이 되는 오행 날짜와 시간을 가르쳐 드릴 테니 은행 첫 거래 시 2,900원을 은행 인장으로 사용하세요."

"100% 믿고 사용하겠습니다. 감사합니다. 이 은혜 꼭 갚겠습니다."

그녀는 거듭 감사하다는 인사를 하며 자리를 떠났다.

한국에서 고관대작을 지낸 아흔을 넘긴 초로의 큰손

2001년 1월 1일 필자가 동대문 사무실에서 숙박을 할 때였다. 새벽 4시경 전화벨이 요란스럽게 울렸다. 잠에 취해 무시하려고 했지만 요란한 벨소리는 그칠 줄 모르고 울려댔다. 거우 수화기를 집어 들었더니, "여보시오. 왜 그렇게 전화를 늦게 받소"라며 오히려 전화를 건 쪽에서 다짜고짜 화를 내는 것이었다.

잠결에 전화를 받았다가 고함소리에 정신이 번쩍 들었다.

"지금 새벽 4시입니다. 전화를 안 받으면 끊으시면 될 것을 받을 때까지 들고 있는 선생님은 누구십니까?"

상대방의 목소리는 대략 70~80세 노인으로 추측되었다.

"제가 무슨 잘못을 했습니까? 좌우지간에 전화를 늦게 받아 죄송합니다. 지금은 새벽 4시이니 아침 9시쯤 다시 전화를 걸어 주십시오" 하고 정중히 말하였으나 노인은 끊지 않고 말을 이어갔다.

"내 말을 좀 들어봐요."

"나는 미국에 온 지 30년이 넘었소이다. 한국에서는 고관대작을 지냈고 현재는 사채업을 하는 큰손이요. 한국에 있는 정·재계 사람들 중 내 돈을 안쓴 사람이 없을 정도라오. 미국에서도 금융업 등 국제시장에서 내 이름을 대면 모두가 알 정도이오. 내 나이 90이 넘었고 내 손으로 직접 전화를 건 것은 처음일 정도라오. 나는 조선일보 구독자로 신문에서 당신의 ≪운명≫이란 책 광고를 보고 호기심에 책을 구입하여 읽어 보았소. 이 책을 보면서 한 열 번은 넘게 운 것 같소. 살아 평생 수만 권이 넘는 책을 보았지만 이렇게 볼 때마다 눈물이 나온 책은 처음이오. 책에 나온 산청·함양 사건에 대해 익히 알고는 있었소만 이렇게 소상히 정리된 책은 처음 보는 것 같소. 6·25 한국전쟁에 관련된 책도 수없이 보았소만 이렇게 산청·함양 사건이 끔찍한 사건인지는 정말 몰랐소."

노인은 천인공로할 만행을 저지른 한국 국군에 대해 가슴을 치며 원망했다고 한다. 아무 죄도 없는 순진무구한 우리나라 백성을 이렇게 잔인하게 죽이고도 정부에서 아무런 배상도 하지 않고 최고 책임자 그 누구도 아직까지 진정한 사과 한마디 없었다는 현실에 우리나라 정부를 원망하는 이야기로 두 시간이 넘게 이야기를 나누었다. 노인은 조만간 한국에 갈 터이니 가기 전에 연락하고 꼭 만나자고 하였다.

그 후 1개월이 지나서 노인은 필자 사무실을 방문하였다.

노인은 마치 50년 만에 이산가족을 찾은 것인 양 마냥 반가워하며 눈물을 펑펑 흘리셨다.

노인은 필자를 보고 하늘이 내려준 분이라고 칭찬을 아끼지 않으셨다.

아흔이 넘은 연세에 보좌관 겸 경호원을 12명이나 대동하면서 정정하게 여행을 다닌다며 자신의 건강함도 과시하였다.

자식도 많고 부인도 여럿이라고 하였고, 자산은 상상을 초월할 정도라고 하셨다. 노인은 세계적으로 정평이 나 있는 자산가이며 사업가셨다.

필자가 운영하는 운영비를 생명이 붙어 있는 한 무기한 다 대주시겠다고 하시면서 돌아가셨다. 필자는 그 분께 129살까지 건강하게 사신다고 했더니 "내가 그것밖에 못 사나"하시면서 껄껄 웃으셨다. 그리고는 "정재원 선생 큰 부자 되게 해줄까" 하는 농담까지 하시고 가셨다. 지금도 전화가 자주 오가며 인연을 이어가고 있다.

삼합인장으로 목숨을 건진 K씨

2001년 9월 23일 뉴욕에서 전화가 왔다. 그는 전화를 통해 자신의 이야기를 털어 놓았다.

K씨는 한국에서 사업을 하다가 부도를 내고 미국으로 도피생활을 한지 30년이 되었으며, 이제는 안정을 찾아 신앙생활 지도자를 하고 있었다.

K씨는 필자의 저서에 기록된 이름과 숫자, 삼합인장 내용들이 자신의 과거를 훤하게 꿰뚫어 보는 듯해서 소름이 돋았다고 하였다. 그리고 한치의 오차도 없이 다 맞아 떨어져 책을 여덟 번이나 탐독하였다고 한다.

그리고 2개월 후에 동대문 사무실에서 K씨를 만났다.

그는 필자를 보자마자 대뜸 "선생님을 하늘님이라고 칭해도 되겠습니까" 하였다.

필자는 어안이 벙벙하여 그에게 되물었다.

"무슨 말씀입니까? 저는 평범한 사람입니다. 저를 그렇게 존귀한 사람으로 칭하시면 안 됩니다."

하지만 K씨는 확신에 찬 듯이 말을 이어나갔다.

"선생님은 돌아가신 후에도 세계만방에 그 훌륭한 이름과 업적이 넓고 높이 퍼지게 될 것입니다. 확신합니다. 선생님 저에게 모든 것을 만들어 주세요. 비용은 요구하는 대로 드리겠습니다."

그리고 15일 후에 K씨는 다시 필자에게 왔다. 대구가 고향이라 한국에 온 김에 그 곳에 가서 봉사활동을 하였더니 상상도 못한 큰돈이 들어 왔다고 하였다.

K씨는 그 돈을 필자에게 다 주겠다고 하였다. 선생님의 도움으로 생각

도 못한 돈이 들어왔으니 그 돈은 자신의 돈이 아니라고 하였다. 필자는 극구 사양하며 그 돈은 K씨의 노력에 의해 번 돈이니 받을 수 없다고 하면서 받지 않았다.

K씨는 아쉬운 듯 다시 미국 땅으로 돌아갔다. 미국으로 다시 돌아가는 그에게 희망의 말을 해주고 싶었다.

"안녕히 가십시오. 한국인이라는 자부심으로 외국에서 열심히 살기 바랍니다. 오래오래 건강하시고 목적하시는 바를 반드시 이루게 될 것입니다."

그리고 6개월 후에 K씨로부터 다시 전화가 왔다. 슈퍼에서 무장강도에 의한 총기사고가 났는데 7명이 현장에서 사망하고 10여 명이 부상 당했다고 하였다. K씨 역시 그 현장에서 총격 사건을 당했다고 한다.

"선생님 총알이 제 왼쪽 가슴으로 날아들었습니다. 그런데 저는 아무런 상처 없이 이렇게 살아 있습니다. 다 선생님 덕분입니다. 선생님은 제 생명의 은인이십니다. 선생님이 새겨주신 삼합인장을 호주머니에 넣고 다녔는데 총알이 그곳으로 날아왔습니다. 도장만 깨지고 전 무사할 수 있었습니다."

K씨는 삼합인장에 의해 목숨을 건졌고, 그 소문이 퍼지기 시작하여 도장을 쓰지 않는 미국인들도 삼합인장을 가지면 좋다는 소문이 퍼져 한때 미국에서 주문이 쇄도하기도 하였다.

큰 기업가로 변신한 런던의 정지원 씨

그는 런던에서도 이름난 기업가로 알려진 경상도 사나이였다.

"거기가 ≪운명≫ 저자 사무실인가요? 정재원 선생님 좀 바꿔 주이소."

크고 우렁찬 그의 음성은 악센트로 보아 경상도 출신임이 틀림없었다.

전화를 받자, 그는 대뜸 "나도 산청 출신인데, 아홉 살에 6·25를 겪어서 산청·함양 사건을 대충은 알고 있다카이. 내가 오늘 이 책을 읽고 가슴이 벌렁거려서 견딜 수가 없다 아이가. 자세한 것은 나중에 이야기하기로 하고 얼른 날짜나 잡으소. 내랑 만날 수 있는 날짜와 시간을 퍼뜩 말하이소. 내 빨리 갈라고 한다카이."

그렇게 약속을 잡고 통화 후 12일이 지나서 그는 한국에 왔고 필자의 사무실을 방문하자마자 이산가족을 만난 듯 필자를 붙잡고 엉엉 소리를 내며 울기부터 하는 것이었다.

"아니, 무슨 사연이길래 들어오자마자 이렇게 울기부터 하십니까? 멀리서 오시느라 피곤하실 텐데 그만 앉아서 좀 쉬시지요."

"이 사람아, 내가 정지원이 아이가. 나도 산청 구덕에서 태어나 양민 학살 사건 때 거기 살았다 아이가. 가만히 있어보자. 내 모르것제? 나도 니 모르겠다. 와서 만나보면 알 것 같았는데…… 그래, 아무튼 너무 반가워서 그랬다 아이가."

"정신 가다듬고 차근차근 이야기하세요. 오늘은 정회장님을 위해 시간을 좀 넉넉하게 비워놓았습니다."

"그라입시다. 실례했습니다. 너무 반가워서 그만, 용서하이소."

이성을 잃은 듯하던 그는 이내 정신을 가다듬고 자신의 이야기를 간략하게 하였다.

그는 산청·함양 양민 학살 사건 때 아홉 살이었고, 그가 살았던 동네에는 국군이 밀어닥쳤으나 방곡·서주·가현 등지처럼은 하지 않았다고 한다. 방곡이나 가현, 서주 등지에서 벌어지고 있는 사건을 미리 알았기 때문에 마을 사람 거의가 도망을 갔거나 깊이 숨어버려서 엄청나게 끔찍한 사건은 벌어지지 않았다고 했다. 그러나 그곳에서도 살아남았다는 사실은 요행이었고 극적인 것이나 진배없는 시절이었다.

그는 성장하면서 한국이 싫어져 부산으로 가서 공부를 하다가 우연한 기회에 영국으로 건너가서 공부를 계속하게 되었다고 한다. 그리고 주변의 도움이 큰 밑천이 되어 일찍이 사업에 눈을 뜨게 되었단다. 물론 초기에 많은 시행착오를 일으켜 실패도 거듭했지만 그럴 때마다 주변에서 주는 용기와 도움으로 오뚝이처럼 다시 일어나곤 했단다.

지금은 영국뿐만 아니라 해외 현지공장도 설립하여 10여만 명이 넘는 직원을 거느린 대기업 회장이 되어 있었다. 그리고 가족사항 등 개인적인 일까지 다 이야기 한 후 자신의 가족 뿐만 아니라 모든 사람들이 건강하고 행복하게 살 수 있는 사회가 지속되기를 바란다는 소원을 피력하였다.

그해 65세였던 그는 영국에 정착한 지가 45년이 되었다고 했으니 20살에 건너가 줄곧 그곳에서 생활해온 셈이다. 그 사이에 국제 무역뿐만 아니라 크고 작은 41개의 계열사를 거느리게 되었다고 한다.

그는 특히 산청·함양 양민 학살 사건에 대해서 관심이 많았다. 책을 읽으면서 산전수전 다 겪으며, 이렇게 살아남은 필자를 존경한다면서 산청·함양 사건의 진상을 밝히는 일에 적극 협력하겠다고 다짐했다.

그는 그동안 서울에 있는 여러 감정원을 다니면서 감정을 하는 사람을 많이 만나봤는데, 한 사람도 자신의 마음에 드는 사람이 없었다고 한다.

그런데 필자를 만나보니 신뢰가 가고 동질감도 더해져 믿고 투자를 할 결심을 굳혔다고 했다.

그는 장담하듯 몇 번이고 다짐하여 기약을 하고 영국으로 돌아갔다. 그 후로 자주 전화를 걸어와 사업의 구상에 대해 묻곤 한다. 그리고 필자에게도 여의치 않으면 영국으로 오라고 하였다. 그럴 때마다 필자는 내가 해야 할 일에 대한 계획을 그에게 전했다.

"나는 아직 여기서 할 일이 많이 남아 있습니다. 여기서 더 큰 일을 해야만 합니다. 지금까지 한 일은 계획의 시작일 뿐입니다. 아마도 앞으로 3년 정도 지나면 큰 계획을 실행에 옮길 것입니다. 그때는 확실하게 도와주십시오. 국가적 차원에서 사업을 해야 하지만 국가가 하지 않으니 개인적으로라도 기필코 해야 하는 일입니다.

산청·함양 사건에 대한 큰 사업을 할 것입니다. 서울 한복판에 기념관을 세우고 기념탑도 건립하여 세계인을 상대로 공개하고 후세들에게까지 산 교육장이 되도록 만들 것입니다. 아마도 지금 계획으로는 약 3,000억 원이 들 것으로 추산됩니다. 이 사건에 대해 정부나 관계기관에서는 반성이 없습니다.

몇 년 전 국회에서 여야 합의로 통과된 보상법을 당시 대통령 권한 대행으로 있던 고건 국무총리가 거부권을 행사했습니다. 함께 통과된 광주사건 등의 문건은 그대로 실행하면서 유독 이 사건만 거부를 하다니요. 말도 안 되는 처사가 아니고 무엇입니까? 결국 유족들을 두 번 죽인 꼴이 되었고 구천을 헤매는 1,500여 영령들은 아직도 영면하지 못하고 있습니다."

기필코 이 일을 이루겠다는 필자에게 그는 큰 용기를 주었다. 빨리 실행에 옮기라고 하면서 그때는 반드시 협력하겠다고 했다.

호주에서 사업에 성공한 김동길 씨

2003년 9월 19일 금요일 느닷없이 호주에서 왔다는 김동길 씨가 사무실을 찾아왔다.

두어 시간 전에 호주라면서 전화가 왔었다기에 비서가 미리 예약을 하고 그 날짜에 맞춰 방문하시라고 하였더니 알았다고 하면서 전화를 끊더라는 것이다. 그런데 그는 이미 서울에 도착해 있었고 예약이고 뭐고 필요없이 무조건 사무실로 찾아온 것이다. 그는 들어서자마자 큰절을 올리겠다면서 넙죽 엎드려 절을 하는 바람에 필자도 같이 반절을 하였다.

그는 자리에 앉자마자 자신의 이야기를 숨가쁘게 털어놓기 시작했다. 필자가 태안물산(주)을 경영할 때 주요 품목이 수산물이었듯이 그도 노량진 수산시장과 중부시장에서 각종 수산물을 제공하고 수산물 가공업까지 곁들인 제법 큰 회사를 운영하다가 1970년도에 300억 원의 부도를 맞아 도산하고 뉴질랜드로 피신하게 되었다는 것, 그 후 여러 나라를 왕래하며 피신 겸 새로운 사업의 기틀을 마련하려고 온갖 수모와 고통을 받은 일, 그 와중에 가족 일부가 교통사고를 당해 죽음에 이르고 이를 견디지 못한 아내는 자살을 해버린 일, 결국 자신의 사업실패가 원인이 되어 모든 가족을 잃어버리고 혈혈단신이 된 자신의 처지를 비관하여 자살을 시도하였으나 자신은 살아남은 일, 결국 호주로 다시 돌아와 여러 직업을 전전하다가 우연한 기회로 축산물 가공업을 하시는 교포 어른을 만나게 되었고 제2의 인생을 시작했다는 이야기를 늘어놓았다.

그리고 그는 20세 연하의 교포 여성을 만나 재혼을 하게 되었는데, 그 교포 어른의 따님이었다. 그러다 보니 장인 어른의 많은 지원을 전폭적으로 받으면서 하는 일마다 승승장구하게 되어 오늘에 이르렀다고 한다.

그 후 30여 년을 열심히 일하면서 '최선을 다한다. 최고가 된다'라는 좌우명으로 한순간도 허튼 일을 하지 않고 오직 앞만 보며 오다보니 지금은 목축농장과 축산물 가공업, 축산물 수출회사 등 열두 개의 계열사를 경영하는 제법 성공한 기업가라고 뿌듯해했다. 자신의 잘못으로 본래 가족을 모두 잃고 실의에 빠져 마음을 다잡지 못하고 있었을 때 이해와 사랑으로 자신을 대해준 지금의 아내가 항상 고맙기 그지없다는 말도 덧붙였다.

그는 필자의 ≪운명≫을 열다섯 번이나 정독했고 수산물 가공납품 등으로 부도를 내고 도피한 자신과 태안물산을 부도내고 잠시 도피한 필자의 삶이 유사한 데가 많다고 느껴 처음 만난 사람이지만 더욱 친밀감을 가지게 되고 친형제를 만난듯한 반가움이 들었다고 한다.

또한 이제 제법 많은 재산을 모은 자산가가 되었고 이만하면 더 큰 욕심이 없으므로 그동안 노력하여 모은 재산을 일부 환원하는 차원에서 자신의 모국인 한국에 투자를 하려고 생각한다는 것이다.

그래서 필자를 찾아온 목적은 한국에 투자하는 방식으로 고국에 환원하는 방식에 대해 의논하기 위함이며 꼭 필자를 통해 답을 얻고 싶기 때문이라고 하였다. 그것은 부도를 내고 홀연히 떠나버린 고국에 대한 자신의 죗값을 일부나마 갚는 계기도 마련하고 노후에 자신의 명예도 회복하고 싶은 소망도 담겨 있다고 했다.

그의 말은 끝이 없이 계속 이루어져 밤새워 꼬박 해도 시간이 부족할 것 같았다.

그쯤에서 말을 끊고 필자는 그에게 다음과 같이 말하였다.

"해외투자란 함부로 할 수 있는 것이 아니므로 신중에 신중을 더하여 결정을 하셔야 할 것이고, 절차도 제대로 밟아야 하는 것임은 잘 아실 것입니다. 우선 김선생님께서 어떤 부류에 투자를 하고 싶어하시는지 알려주시면 제가 잘 알아보겠습니다. 그래서 김선생님의 운세에 맞춰서 업종을 선정하도록 하겠습니다. 우선 호주로 돌아가서 투자에 대한 마음을 신중하게 다시 검토하시고 확신이 서면 다시 연락을 주십시오. 김선생님께 잘 맞는 각종 번호들을 산출하고 또 삼합인장, 82령 부적 등 여기서 할 수 있는 모든 조치를 취하여 한 달 이내에 특수우편물로 우송해 드리겠습니다."

그는 그러겠다고 하면서 한 가지 더 부탁을 하였다.

"지금은 내 건강이 양호한 편이라고 하지만 과연 내가 언제까지 건강하게 사업을 할 수 있는지, 앞으로 어떻게 하면 좀 더 건강하게 오래 사업을 할 수 있는지도 아울러 의견을 주시기 바랍니다. 오래 살고 싶다는 욕심보다는 건강하게 오래 일해서 사회봉사 차원에서 열심히 투자를 늘려가고 싶어서 그럽니다."

"알겠습니다. 그 부분도 상세히 산출하여 이해하기 쉽도록 풀이하여 보내드리겠습니다. 아마도 백수 이상 오래 장수하실 것 같습니다. 그러면 좋으시겠지요?"

하면서 긴장을 풀어주기 위해 웃으면서 덕담을 했더니 그도 기분좋게 따라 웃으면서 희망찬 설계를 부탁한다며 기분좋게 헤어졌다.

지금도 그는 일주일에 두 번 이상 전화를 해서 투자를 빨리 할 수 있도록 해달라고 종용하고 있다.

필자에게 운명을 맡기고 떠난 여성 CEO

어느 날 50세 가량의 아름답고 초롱초롱한 눈망울을 가진 당찬 기운의 여성이 북경에서 서울에 도착하자마자 필자의 사무실로 찾아왔다.

동대문에서 섬유 수출입을 하는 이 여사장은 세계 각지에서 매출 100억 달러를 벌어들이는 아주 큰 사업가였다. 북경에서 필자의 책을 읽고 나니 필자를 만나지 않으면 안 되겠다는 생각으로 무작정 찾아왔다는 것이다.

"선생님의 책을 5번이나 읽어보고 또 읽어보았습니다. 구구절절 옳으신 말씀과 산전수전 다 겪으신 선생님의 삶에 잠을 이룰 수가 없었습니다. 선생님 절 받으세요."

그녀는 무작정 필자에게 절을 하려고 하였다.

"아이구, 절은요. 악수나 합시다."

필자는 그녀를 만류해야만 하였다. 그녀는 중국이 세계에서 숫자를 가장 중시하는 민족인데 그런 중국인들보다 더 훌륭한 사상체계를 발견한 데 대해 감탄을 금할 수 없었다고 하였다.

"선생님 좁은 한국 땅을 벗어나 중국에도 오셔서 감정을 부탁드립니다. 그리고 선생님의 저서를 중국 번역판으로 출판하세요. 아마 중국인들도 감탄을 금치 못할 것입니다."

그녀는 필자를 신처럼 표현하며 존경을 표하기에 그저 송구스러워 몸 둘 바를 몰랐다. 그녀는 인장과 이름, 숫자로 자신의 과거를 돌이켜 본 결과 한 치의 오차도 없이 맞아 떨어져 이렇게 먼 곳까지 한달음에 달려 왔던 것이다.

"선생님께 저의 운명을 맡기고 갈 테니까 선생님이 알아서 해주세요. 제 운명에 관한 설명은 해주시지 않아도 됩니다. 이미 제 이름과 은행번호, 전화번호 등 각종 번호를 책에 나온 것에 대입해 보니 너무도 정확해 선생님을 귀찮게 할 필요가 없을 것 같네요."

이렇게 한달음에 달려왔는데 금방 헤어지는 것이 아쉽다 하여 식사를 한 후 그녀는 인장을 100여 벌 부탁하고 떠났다.

그 후로도 그녀와 수시로 연락을 하고 있으며 삼합인장과 각종 숫자 때문에 사업이 더욱 번창한다는 소식을 전하고 있다.

그럴 때마다 필자 역시 기분이 흐뭇하며 여성의 몸으로 낯선 타국에서 고생하는 그녀가 안쓰러워 그녀의 길흉화복을 위해 더욱 열심히 정진하고 있다.

그후로도 필자에게 큰 사업을 하실 때면 투자하겠다고 종용을 하였다.

싱가포르에서 대기업을 일으킨 고아출신 사업가 여경봉 씨

싱가포르에서 무역업을 하여 큰 성공을 일으킨 여경봉 씨가 필자의 사무실로 찾아온 것은 2003년 10월 20일이었다. 예약 이후 필자와 만남을 갖기까지 제대로 잠을 이룰 수 없을 정도로 가슴이 설레었고 또 이렇게 유사한 운명을 짊어지고 태어난 사람이 있다는 것에도 큰 관심이 생겼다고 한다.

필자의 책을 읽은 후 그는 매일 바쁜 일정 중에도 한시도 필자를 잊은 적이 없을 정도였기 때문에 오래 전부터 잘 알고 지내왔던 친분이 두터운 사람으로 착각이 들 정도라서 필자를 만나자마자 대뜸 큰절을 하는 것이었다. 다소 겸연쩍기도 하고 민망스럽기도 하여 얼떨결에 같이 맞절을 하는 시늉을 했지만 의외의 행동에 처음에는 당황스러웠다.

그는 현재 싱가포르에서 1만여 명의 직원을 거느리고 있는 교포 사업가로 필자의 저서 ≪운명≫을 신문광고를 보고 알게 되었다고 한다.

그는 한국과의 무역을 위해 서울에 오는 경우가 많아 싱가포르에서도 한국 신문 5~6가지는 항상 구독을 하고 있다고 했다.

처음 몇 번은 흔히 있는 책광고이겠거니 하고 관심을 두지 않았는데, 지속적으로 광고가 나오고 필자의 프로필에 '산청·함양 양민 학살사건 유족회 회장'이라는 타이틀을 보면서 관심이 쏠렸다고 한다.

"그래서 이 책을 꼭 읽어보아야겠다고 생각하고 책을 구입하여 서울 출장에서 돌아가는 기내에서부터 당장 읽기 시작했습니다. 선생님의 인생살이가 저와 너무 유사한 점이 많아 책을 놓을 수가 없었으며 책을 읽어 나갈수록 자신보다 더 기구한 운명에 처했던 사람도 있었구나 싶어 애잔한 마음과 함께 감복이 되었습니다.

원래 아버지 고향이 경남 산청이시고 저는 마산에서 태어났습니다. 그런데 초등학교 4학년 때 부모님을 한꺼번에 여의고 혈혈단신 고아로 살게 되었습니다. 가까운 친척도 없었고 부모님도 뺑소니 교통사고로 돌아가셔서 아무런 피해보상도 받지 못했으며, 원체 집이 가난했기 때문에 부모님이 남겨주신 재산이라고는 아무것도 없었습니다. 그렇게 부모님이 돌아가시고 난 뒤로는 학교는커녕 하루하루를 구걸하다시피 하면서 연명하였고, 넝마주이들과 어울려다니면서 나쁜 놈들한테 걸려 흠씬 두들겨 맞기를 예사로 여기면서 살았습니다. 그러다보니 이 책을 읽으면서 흡사 저 자신이 살아온 내용이 아닌가 싶을 정도로 기구한 운명적인 삶에 동질감이 느껴졌습니다.

그래서 이 책을 읽을 때마다 자신도 모르게 전율을 느꼈고 때로는 제 자신이 당하는 듯한 분함에 분노가 치밀어 올라와 온몸을 사시나무 떨듯 부들부들 떨기도 했습니다. 6·25전쟁 당시 총을 맞은 것만 빼고는 저의 인생과 선생님의 기구한 인생이 흡사 같다고 생각합니다.

저는 창원 진전이라는 곳에서 6·25를 겪었습니다. 그때 인민위원장이니 뭐니 하는 사람들에 의해 봉변을 당한 사람들이 많았습니다. 그들에게 조금만 잘못하거나 동조하지 않으면 그 자리에서 죽창에 찔려 죽었습니다. 개죽음을 당하는 것이지요. 어릴 때 기억인데 아마도 즉결심판인가 하는 것을 행했던 것 같습니다."

엄청난 고통 속에서 겨우 살아오다가 우연한 기회에 호주에서 제법 성공한 좋은 분을 만나 그를 따라 호주로 건너가서 제2의 새 인생을 시작했다고 한다. 천성이 착했던 그는 그곳에서의 생활에 빠르게 적응해 목동으로, 때로는 축산업에 필요한 잔심부름뿐만 아니라 닥치는 대로 맡겨진 일을 열심히 해나갔고, 그에 따른 정당한 보수를 받아 저축도 열심히 하였다.

특히 자신을 데려간 사업가의 따뜻한 배려로 각종 기술도 터득하였다고 한다. 그곳에서 20년 가까운 세월을 살아오면서 모은 돈과 지식을 토대로 사업가로서의 변신을 꾀하는데 성공하였다. 처음에는 조그마한 무역을 시작으로 호주와 싱가포르를 내왕하다가 훌륭한 축산업자의 도움으로 싱가포르 지사장 겸 현지 사장을 역임했는가 하면 결국 독립하여 막대한 재산을 축적하게 되었다고 한다.

슬하에 3남매를 두었으나 모두 출가를 하여 분가를 시켰기 때문에 자신에게는 아무런 걸림돌이 없으며, 10여 개의 기업체에 1만여 명의 직원을 거느린 연간 10억 달러 이상의 매출을 올리는 탄탄한 기업가로 자리매김하고 있다고 했다.

그가 필자를 찾아온 것은 인장이나 행운의 숫자를 갖기 위해서가 아니라 그동안 자신이 모은 재산 중에서 500억 원 정도를 고국인 한국에 투자를 하기 위해서 자문을 구하고자 온 것이라고 한다. 자신이 잘 아는 사람도 없고 믿을 수 있는 사람도 없어서 고민하던 차에 이 책을 접하게 되었고 필자가 도와주면 안심할 수 있을 것 같다고 했다.

그래서 필자는 그의 진솔한 마음을 전해듣고 국가기관의 잘 아는 사람에게 알아봤더니, 국가가 보증을 서고 투자할 경우는 1,000억 원 이상이라고 하기에 그에게 전달하여 그 후 구체적인 합의가 이루어져 곧 부가가치가 높은 업종에 투자하기로 결정되었다.

일이 잘 진행되면 싱가포르의 기업은 그대로 두고 한국에서의 투자를 차츰 늘려 자신도 한국에서 남은 인생을 살고 싶다는 뜻도 전해왔다. 그래서인지 측근들에게 선물하기 위해 삼합인장과 각종 행운의 번호를 많이 만들어갔다. 아직은 싱가포르에 머물고 있지만 적어도 이틀에 한 번 꼴로 전화를 걸어와 안부를 물으며 투자에 대한 여러 가지 상담을 하고 있다.

그 모든 분들의 이야기를 일일이 책으로 엮으면 500쪽의 분량도 모자랄 것 같기에 우선 몇 가지만 정리해 보았다. 필자에게 편지로 온 사연과 운명에 관한 상담이 5만 여 통이나 된다. 모두 다 읽고 답장을 드려야 하지만 시간이 허락하지 않아 일일이 소식을 전해주지 못하는 것이 안타깝기만 하다. 이 자리를 빌어서 독자님들께 사과드리며 아울러 이 책을 읽어주신 모든 분들께 고마움을 전하고 싶다.

제3장

산청 · 함양사건의 전말

산청 · 함양 사건 후 살아남은 자들의 숙원

1951년 음력 정월

　1951년 2월 7일(음력 1월 2일) 10시경, 국군은 지리산 공비토벌 명목으로 경남 산청군 금서면 방곡리 외 두 개 마을 주민에게 좋은 소식을 전해주겠다고 어린이 노약자 할 것 없이 한 사람도 빠지지 말고 모이도록 했다. 군은 이들을 동리 논바닥에 꿇어앉히고 눈을 감도록 한 후 뒤돌아보게 하였다. 그리고 곧바로 총기를 무차별 난사하여 집단 학살하였다.

　모두 죽었을 거라 여기고 아랫마을로 내려가는 군인들을 보고 50대 아주머니가 '이 악독한 놈들아 사람을 어찌 이렇게 죽일 수가 있느냐'고 욕설을 퍼부으며 통곡하자 이를 듣고 군인들이 다시 올라와 시쳇더미에 기름을 끼얹고 불을 지른 다음 확인사살까지 했다. 그리고 함양군 휴천면 동강리 점촌, 유림면 서주리 서주마을 주민을 같은 방법으로 살해하여 도합 705명을 사살했다. 그들은 2월 9일~11일까지 3일간에 걸쳐 거창에 가서도 그와 같은 방법으로 719명을 사살하였다. 하지만 그 와중에 하늘의 보살핌인지 총탄을 몇 발씩 맞고도 구사일생으로 살아남은 사람도 있었다.

> "시체 위에다 나뭇가지를 덮어 불을 지르고…… 다음날 피해를 당한 친지
> 와 가족들은 시체를 분간할 수 없어 입은 옷의 바느질 형태 등으로 자기
> 가족의 시체를 확인해야 했어요."
>
> — 금서면 양미개(여, 80세) 씨의 증언

　당시만 해도 그곳에는 병원이 없어 진주에 있는 병원까지 생존자를 옮

겨야 했다. 병원이라고 해봐야 마취제도 없어서 의식이 있는 상태에서 살
에 박힌 총탄을 빼내기 위해 살을 도려내야 했다.

피로 물들인 사건

정월 초이틀, 지리산 일대에 살던 사람들은 전쟁이 발발하고 처음으로
맞이하는 새해를 부족하나마 가족들이 함께 있다는 행복감만으로도 풍
요롭게 맞이하고 있었을 것이다. 하지만 단 몇 시간 만에 일어난 이 천지
개벽할 사건은 평생 지울 수 없는 아픔으로 남게 되었다. 지리산 일대를
둘러싼 마을에서 일어난 사건을 정리하면 다음과 같다.

산청군 금서면 가현마을

1951년 2월 7일 새벽 5시경 11사단 9연대 3대대의 2개 중대가 경남 산
청군 금서면 수철리를 출발하여 그 중 1개 중대가 7시경 40여 가구가 사
는 가현마을에 도착하여 주민 전원을 모이게 한 후 산제당 골짜기로 끌고
가 학살하였다. 희생당한 가현마을 주민은 어린이, 노인, 부녀자를 포함
한 123명이었고 시쳇더미에서 살아난 사람은 8명 정도였다.

산청군 금서면 방곡마을

같은 날 오전 10시경 방곡마을에 진주한 11사단 9연대 3대대의 또 다
른 1개 중대는 좋은 소식을 전해 주겠다며 주민들을 집에서 내몰았다. 주
민들을 논바닥으로 내몬 군인들은 남녀를 구분하여 남자들은 아래 논으
로 내려가게 했다.

중대장인 듯한 군인이 주민을 향해 도망간 젊은 놈들의 행방을 물었다.

이후 주민들이 대답이 없자 아래 논의 남자들을 향해 눈을 감게 한 후 무자비한 기관총 난사가 시작되었다.

군인들은 다시 위 논으로 올라왔다. 비명소리와 죽은 가족의 이름을 부르는 순간에 이번에는 노인과 아녀자들, 어린이, 젖먹이들에게까지 사격을 가했다. 논밭에서 212명을 학살한 뒤 100여 호의 가옥을 모두 불태웠다.

함양군 휴천면 점촌마을

오후 1시 30분경 가현마을에서 학살을 저지른 1개 중대병력이 함양군 점촌마을에 도착했다. 군인들은 가현, 방곡리에서처럼 귀중한 물건과 가축들을 뺏은 다음 주민들을 동네 우물가로 모이게 한 후 20여 호의 집을 다 태워버렸다. 그리고 이유불문하고 60여 명의 주민들을 학살했다. 대충 학살을 완료했다고 생각한 군인들이 서둘러 자혜리 쪽으로 가고 있는데 시쳇더미에서 의식을 찾은 중년 여인이 "하늘이 무심치 않을 것이다. 이놈들아 죄가 있으면 대봐라. 이놈들, 백정놈들"하고 고함을 지르며 울부짖었다. 이 소리를 들은 군인들이 되돌아와 여인을 쏘고 시체를 뒤져 확인사살을 가했다. 희생당한 점촌마을 주민은 60명이었다.

함양군 유림면 서주마을

1951년 2월 7일 아침에 산청군 금서면 화계, 화산, 주상, 자혜마을과 함양군 유림면의 지곡, 손곡 등의 마을에 경찰, 향토방위대원, 군인 등이 조를 짠 듯이 나타나서 모든 주민들에게 강 건너 서주리로 모일 것을 통지했다.

오전 11시경 5개 마을 1,000여 명 주민들이 서주 강변 둔치에 모이자 군인들은 남자와 여자를 먼저 구별해 앉혔으며 이어 각각 노인과 청장년, 어린이 3개조로 구별하여 앉혔다. 나뉜 주민들을 상대로 군경 2인이 한 조가 되어 군경 가족인가 아닌가로 다시 선별하였다.

오후 4시경 가현, 방곡, 점촌, 묵은터에서 주민들을 학살한 3대대 군인들이 서주리에 도착하여 선별되지 않은 주민들에게 유림지서 쪽으로 가라는 명령을 내렸고 선별된 주민들은 군인들에게 둘러싸였다. 3대대 군인들은 젊은 장정 10여 명을 미리 끌고나와 서주리 엄천강 둔덕에 자기들의 무덤이 될 교실만한 구덩이를 파게 했다.

그 후 주민 300여 명을 구덩이에 몰아넣었고 이어 수류탄을 던지고 기관총을 난사해 310여 명을 처참하게 학살하였으며, 박격포를 수직으로 발사하는 등 온갖 잔인한 방법을 다 동원하였다. 학살을 마친 11사단 9연대 3대대 병력은 2월 8일 밤 숙영지로 산청군 생초면에 있는 생초초등학교를 택했다. 그리고 학살한 마을에서 끌고온 가축을 잡아 작전 축하 잔치를 벌였다.

거창군 신원면 청연골

1951년 2월 8일 새벽 6시 '작명 제6호'에 따라 생초를 출발하여 오전리에 당도한 3대대는 2월 9일 거창군 신원면 덕산리 청연골에서 가옥에 방화하고 전 주민들을 눈이 쌓인 논으로 끌어내어 기관총 및 각종 총기로 무차별 학살했다. 주민 84명이 목숨을 잃었다.

거창군 신원면 탄량골

1951년 2월 9일 거창군 신원면 대현리 탄량골에서 주민 100명이 학살되었으며 탄량골로 연행 중 도로변에서 2명이 학살당했다. 청연마을 주민들을 학살한 3대대는 내동에서 소를 잡아먹고 날이 새자 병력을 중유리, 대현리, 와룡리로 이동시켰다. 3대대는 이동하면서 전 마을 가구에 불을 질렀으며 주민들을 끌어내어 신원초등학교로 몰아오던 중 와룡리, 대현리 주민 일부 노약자가 기력이 빠져 뒤에 처지자 길가 탄량골 골짜기로 끌고 가 무차별 학살했다.

거창군 과정리 박산골

신원초등학교까지 끌려온 중유리, 대현리, 와룡리 등 3개리 주민 800여 명은 공포와 굶주림, 추위 등으로 실신상태에서 24시간 감금되었는데 군경가족을 불러낼 때 젊은 층이 나오다 출구에서 지서 주임, 면장, 군경의 총대에 맞아 그 자리에서 실신하는 주민이 많았다. 학살 현장으로 가는 도중에도 군이 계속 총기를 난사해 도로변에서 16명이 학살당했으며 2월 11일 과정리 박산골에서 517명의 주민이 학살당했다.

제4대 국회 제 35회 임시회의 '산청 · 함양 · 거창사건 진상보고서, 박상길 외 2인'에 따르면 산청, 함양, 거창에서 총 1,818명이 학살된 것으로 드러났다. 거창사건특별조치법에 따라 '국무총리 소속 명예회복 심의위원회'에서 결정한 유족의 수는 사망자 386명(산청 292명, 함양 94명)이지만 유족회에서는 705명이 학살당한 것으로 증언하고 있다. 산청 · 함양 사건은 '산청 · 함양 · 거창사건'이라 부르는 것이 정확하다. 이미 널리 알려진 '거창사건(거창 신원면 학살사건)'은 산청 · 함양사건의 마지막 날에 발생한 사건이기 때문이다.

누가, 무엇 때문에 이 일을 저질렀는가?

산청, 함양, 거창지역에서 1,500여 명에 달하는 마을 주민들을 죽음으로 몰고 간 11사단은 누구인가? 화랑부대라고도 불렀던 국군 11사단은 1950년 8월 27일 경북 영천에서 공비토벌을 목적으로 창설된 군대였다. 이들은 한 달에 걸쳐 9연대, 13연대, 20연대의 3개 연대로 구성되었으며 9연대는 지리산지구, 13연대는 전북지구, 20연대는 전남지구를 담당하였다.

사단장은 만주군출신 최덕신(후에 월북함)이었고 공비토벌작전은 일본군의 만주항일군 토벌작전이었던 '견벽청야' 작전으로 저항세력의 인적·물적 근거지를 없애는 것을 목적으로 하였다.

국군 11사단에 의한 학살사건이 확인된 곳은 경남 산청, 함양, 거창 외에 20연대대가 저지른 전남 나주, 함평, 화순 등이 있으며 13연대의 작전지역 내 수백 명의 희생이 있었다고 알려져 있으나 아직 정확히 밝혀지지 않고 있다. 대략 3만 명의 양민이 희생당했다는 설이 있다.

11사단에 의해 토벌된 공비에 대한 공식통계는 1950년 10월 7일부터 1953년 6월 30일까지 사살 24,228명, 생포 3,690명이며 이 수치에는 산청, 함양, 거창을 포함한 작전지역 내 각 지역의 무고한 주민들이 포함되어 있다.

천인공노할 만행을 저지른 사단장, 연대장 등은 양민을 학살하고도 공비를 소탕하였다고, 거창사건은 719명인데 154명이라고 축소, 산청·함양 양민학살 705명을 완전 은폐하여 허위 보고를 올렸다. 하지만 생존자들의 노력으로 여론이 쇄도하자 그해 7월 대구 고등군법 회의에서 9연대장 오익경 대령 사형, 3대대장 한동석 소령 사형, 정보장교 이종대 소위

징역 10년, 경남 계엄사부장 김종원 대령 징역 7년을 구형하게 되었다.

 그러나 당시 신성모 총리 겸 국방장관이 관여하여 오익경 무기징역, 한동석 징역 10년, 이종대 무죄, 김종원 징역 3년으로 형량을 낮춰 언도하고 1년 이내에 사면 복권시킨 다음 복직시키기까지 하였다. 거기서 그치지 않고 그들은 승진 영전의 혜택을 누렸다. 그뿐 아니라 이승만 정권 당시 이 사건을 거론하는 자는 체포령을 내렸고, 언론보도가 통제되어 유족들은 공포와 기근에 숨을 죽이고 살아야 했다.

산청 함양 사건 오늘에 이르기까지
'거창사건 등 산청 · 함양사건'

1950. 6. 25 전쟁 발발

1951. 2. 5 지리산 공비토벌작전 실시. 작전명령 5호 '견벽청야' 작전부대는 대한민국 국군 11사단(사단장 최덕신) 9연대(연대장 오익경) 3대대(대대장 한동석) 지휘체계였다.

1951. 2. 7 오전 8시경 · 가현 · 방곡 · 점촌 등에서 주민 705명을 무단 학살했다.

1953. 4 사건 2년 후 방곡지구 유족들이 동심계를 조직하여 유족의 아픔과 학살된 영혼을 위로하는 제를 올렸다. 그때 동네 사람들은 무슨 죄인처럼 말도 못하고 숨죽여 살아왔다. 그 시절 동네 사람이 장기 출타하면 이장에게 동향을 상부에 보고하라는 지시까지 내려졌다.

1960. 5. 22 제4대 국회 본회의에서 함양출신 자유당 박상길 의원 제안으로 산청 · 함양 · 거창사건 진상조사 결의안이 채택되었다.

1960. 10 경남도 의회 민치재 도의원은 의회 발언에서 양민학살이 분명하므로 위령탑 설치 등 후속조치를 촉구하였다. 5 · 16 군사정부는 동 사건에 대하여 일체 거론 금지령을 내렸다. 민치재 의원은 강력히 11사단 학살행위를 거론하다가 구금이 되는 상황까지 이르렀다.

1988. 4 부산일보와 신경남일보에서 산청 · 함양사건을 대하실록으로 특집 보도했고 이후 동 사건이 세상 천지에 알려지게 되었다.

1989. 9. 23 경상남도 국정감사 시 강정희, 전상균(작고), 김성곤 3인이 증언을 하였다.

1991. 5. 9   유족 및 주민 130여 명이 버스 편으로 상경하여 산청 출신 국회의원 6명에게 자료 제공 및 명예회복 건으로 청원을 하였다. 이때 사건 당시 피해마을 지역에서 국군이 공비토벌 작전을 전개한 사실이 있음을 확인하는 국방부의 회신을 받았다.

1993. 10. 7   김종필 민자당 대표는 강재섭 대변인을 통해 산청·함양 사건을 김영삼 대통령에게 보고했다.

1993. 10. 18   유족들과 지역유지 강정희, 곽덕경 등 130여 명이 서울로 가 민자당사와 KBS, MBC 방송국을 방문하여 모의합동장례식을 거행하였는데 당시 9시 뉴스에서 전국적으로 방영이 되어 사회적으로 큰 반향을 일으켰다. 유족과 지역민들은 비용이 모자라는 경우 농산물을 가지고 와 여비를 충당했다. 여러 차례 모의상여를 메고 청와대 앞과 서울 시내를 맴돌기도 하였다.

1993. 11. 1   특별 법안이 여당인 민자당 당무회의를 통과하였다. 청와대와 국무총리실 등 관계 요로에 민원 청원서를 올렸다.

1995. 12. 13   유족 지역주민 등 130여 명이 상경하여 특별법을 통과시켜 달라는 건의를 하는 등 시위를 여러 차례 하였다.

1995. 12. 18   거창사건등관련자명예회복에관한특별조치법(이강두 의원 외 20명 발의)이 제14대 국회 177차 정기회에서 44년 만에 통과하였다.

1996. 1. 5   법률 제5148호 거창사건등명예회복에관한특별조치법 시행령을 대통령이 공포 제14970호로 채택되었다.

1996. 6. 18~7. 9   유족 등록 접수(사망자 705명 중 확인 386명, 멸몰 등으로 319명 유족이 미확인)를 끝내고 진상조사를 마쳤다.

산청·함양 용역설계비로 2억 원의 국비 확보, 거창 유족에게도 용역

설계비 2억 원이 배당되어 모두 4억 원이 배당되었는데, 예산이 부족하여 2억 원만 먼저 거창 유족회 쪽에 처리했다. 산청·함양 유족회는 산청·함양사건이 먼저 일어났으므로 우선 배당을 요청했으나 거절당했다. 1년이 지나면 2억 원을 배상해 준다는 것을 믿을 수가 없으니 지원단장에게 각서라도 써달라고 하는 가운데 거창 유족과 분열이 일어나기 시작했다. 서로가 서로를 마주치지 않으려 했다. 당시 민은식(작고) 도의원(산청 소속)은 박모 단장에게 항의하였고 산청·함양유족회는 80여 명을 차에 태우고 연탄과 쌀 등을 확보하여 일이 이뤄질 때까지 결사적으로 대항하려 했다. 필자는 유족들을 설득하여 40년이 넘도록 기다렸으니 1년만 더 기다려 보자고 하면서 농성을 끝내도록 했다.

사업비 2천 482억 원의 국비는 확보하였으나 기획예산처에서는 예산이 없다는 이유로 계속 지연작전으로 몰아갔다. 국회에서도 거창 등에 약 5백억 원을 국비로 책정 통과시켰다.

기획예산처가 있는 강남 반포동을 수차례 방문하였다. 심지어 입구에서부터 형사가 필자를 따라다니며 방해하였다. '기획예산처 장관 나와라, 국회 통과된 국비가 없어서 배당을 지연하는 것은 온당치 못하다'고 래고래 고함을 지르고 큰 소리를 쳐도 결정자는 만나 주지 않았다.

담당관 곽모 과장에게 항의한 결과, 어제는 거창 ○○이 왔다가 애를 먹이더니 산청·함양 유족도 그러냐면서 기다려라, 그냥 기다려 달라, 40년이나 기다렸는데 조금만 더 기다려 달라 하니 왜 그렇게 말썽을 부리느냐는 말 같지 않은 소리만 3개월씩이나 되풀이 하였다. 매일같이 담당 국장이 결정권자이므로 변모 국장을 만나게 해달라고 요청하였으나 만날 수가 없었다. 그리하여 묘안으로 일주일간 수소문하여 변모 국장집을 찾아갔더니 귀가하지 않아 집 앞에 돗자리를 펴놓고 3일을 기다렸다.

당시 밤 12시경 중년신사가 깜짝 놀라면서 "이 야밤중에 집 앞에서 돗자리를 펴고 며칠을 기다리다니요." 필자도 깜짝 놀라 "네, 죄송합니다. 저는 산청·함양사건 유족회 회장입니다" 하면서 큰절을 하였다. "국장님을 만나기가 매우 힘들고 국장님께서 예산 결정자이므로 수십 차례 사무실에 찾아갔지만 거절만 당하고 형사까지 동원하여 못 만나게 하여 할 수 없이 국장님댁 앞에서 기다렸습니다. 큰 죄가 있다면 달게 받겠습니다."

국장은 겸손히 말을 받아 "정재원 회장님 잘 알고 있습니다. 집에 노모가 계시어 차라도 한 잔 대접해 드려야 할 텐데 죄송합니다. 내일 꼭 사무실로 오세요" 하면서 명함에 사인을 해주면서 "사무실 입구에서 전화하세요. 그러면 제가 직접 나가겠습니다" 하는 것이었다.

다음날 만나긴 했지만 예산은 요지부동이었다. 다른 지역에도 같은 사건들이 있으니 조금 기다려 달라는 말만 되풀이했다. 하는 수없이 사투에 들어갔다.

시골의 유족들은 80세 이상까지도 합세하여 상경했다. 기획예산처에는 바리케이드가 처지고 밀고 들어가려 하니 접수된 공문이 없다고 버티었다. 필자는 기사에게 모든 것은 정재원이 책임진다고 무조건 부수고 들어가라고 하였다. 바리케이드는 부서지고 앞마당이 보였다. 그때 비가 쏟아졌지만 플래카드를 버스와 버스에 걸고 80세 노인들도 같이 합세하여 농성을 벌였다.

"기획예산처 장관 나오시오. 국비 통과된 유족회 추모탑 건립 '거창 등' 5백억 원 확보한 재원을 집행하라 하시오" 하고 외쳤다.

서초경찰서장과 전경 등 5백여 명이 출동하여 포위를 했고 서초경찰서장이 산청에서 같이 동승한 산청경찰서 소속 민모 형사를 다짜고짜 뺨을 때리고 발로 차면서 "이 불순분자들을 신고도 하지 않고 여기가 어딘데 얼굴을 내밀게 하는가. 모두 경찰서로 연행하라" 지시하였다.

필자는 경찰서장에게 오늘 여기까지 온 결과를 상세히 이야기 하였으나 받아들이지 아니하고 "일단 연행해서 조사하여 법대로 처리하겠다"는 말만 했다. 그때 필자는 "서장님, 여기 상황은 유족회장인 제가 단독으로 일으킨 것입니다. 저 혼자만 연행하십시오. 유족들은 아무것도 모릅니다" 서장은 들은 척도 하지 않았다. 80이 넘은 노인들은 경찰을 향해 "국군이 우리가족 몰살시켰어요. 우리 회장 잡아가지 말고 우리를 잡아 가시오." 40여 명이 한 목소리로 소리치고 있을 때 서장은 무슨 전화를 받으면서 고개를 끄덕끄덕하더니 갑자기 "유족 여러분! 죄송합니다. 오늘 오신 것을 환영합니다. 식사를 대접하겠습니다" 하는 것이었다. 이 무슨 코미디인가.

경찰 5백여 명은 철수하고 백차 두 대가 오더니 호위까지 하며 배웅하였다. 그때 서장이 필자에게 "이런 일을 하시려면 사정기관에 신고하면 됩니다." 필자는 "우리 유족들은 악만 남아 있습니다. 신고 같은 것 할 겨를이 없습니다"고 받았다. 그 후로 예산처 담당관들은 한풀 누그러졌다. 필자의 아내인 박서현이 사진기자처럼 사진기를 메고 다니면서 계속 촬영을 하자 담당관이 "왜 그렇게 사진을 많이 찍고 있소?" 하며 난색을 표하기도 했다.

민은식 도의원은 "당신들 직무유기하고 있어요. 본분을 다 못하고 있다 그 말입니다. 유족들은 한이 맺혀 있는 분들이니 통과된 예산이 빨리 집행되도록 협조하시오" 하고 으름장을 놓았다. 담당관은 그제서야 "긍정적으로 적극 검토하겠습니다" 하고 대답했다.

그렇게 자금이 확보되고 난 다음 부지 매입 장소를 고민하지 않으면 안

되었다. 지원단에서는 거창과 함께 한 자리에 건립하는 것이 좋겠다고 안을 제기하였다. 그러나 유족들은 반대 입장을 제시하여 거창 따로 산청·함양 따로 건립하는 것이 당연한 것이라 주장했다. 일은 진척되어 부지가 현 위치에 결정되고 용역회사 선정(1999. 4.19~11.11)에서는 대한엔지니어링(주)으로 가닥이 잡혔다. 사업시행을 위한 기본계획 및 실시 설계 용역을 이어 결정하였다.

2000. 9. 2000년 특별법 개정 건의를 위해 국회의원 김용균, 이강두 의원 및 한나라당과 민주당 등 총 11회를 방문하여 우리 입장을 전달하였다. 인터넷, 청와대 신문고 및 국무총리실에 특별법 개정 건의를 위한 민원 신청을 하였다. 당시 조형물 작품 구상 현상공모 공고를 하고 공사 입찰적격 심사대상 11개 업체가 들어와 시공업체가 최종적으로 남해종합개발, 흥한건설, 신흥토건이 확정되었다.

2001. 12. 13 공사입찰을 통한 업체를 선정하여 드디어 45년 만에 위령사업 공사를 착공하였다. 참석자 김용균 산청 합천 국회의원, 이강두 의원 부인, 군철현 산청군수를 비롯한 각계각층 인사 5백여 명이 한 자리에 모여서 착공식 첫 삽을 떠올렸다. 위령사업은 2백억 원의 확보로 결정되었다. 필자는 억울하게 희생당한 705위의 위령사업을 위해 최선을 다할 것을 다짐하는 한편 그 외 유족들을 위하여 개별 보상을 해야 한다는 개정 법률안을 내는 데 박차를 가했다.

거창유족회 당시 김운섭 사무총장과 뜻을 같이하여 국회에 법률안을 제출하여 2004년 3월 2일 제16대 245회 임시회 본회의(제16대 마지막 날)는 거창사건등관련자명예회복및보상에관한특별법을 사건 발생 53년 만에 특별법 제정 9년 만에 국회 본회의를 역사적으로 통과시켰다(찬성 210, 반대 4, 기권 4). 거창 유족과 산청·함양 유족에게는 국가가 서광이 비치는 기쁨을 확인하는 계기가 되었다.

그런데 그것도 잠시뿐이었다. 특별법 개정안에 대해 당시 고건 대통령 권한대행이 거부권을 행사하였다. 거부권 행사 요지는 우선 타 지역 문제와 국민적 공감대 미형성 등이 이유였다. 유족들이 분연히 일어나 정부종합청사를 방문하여 고건 총리 면담 요청을 하였다. 유족들은 울분을 참지 못하여 트럭에다가 라면과 가스레인지 등을 싣고 80세 이상 된 노인들까지 합승하여 정부청사로 갔다. 그때 전경 수백 명이 에워싸고 꼼짝달싹 못하게 했다.

지원 단장은 필자와 유족 이사 등 몇 명과 같이 총리실로 갔다. 총리는 해외출장 중이고 담당관만 있어서 나중에 총리께서 돌아오시면 유족회의 입장을 전달하겠다고 하면서 지금은 그냥 돌아가 달라고 사정하였다. 그때 지나치게 버티어 보면 결국 유족만 손해가 아니겠는가 하는 생각으로 양보하고 말았다. 현재 위령사업이 진행 중이고 다음 기회가 있겠지 하고 일보 후퇴하였다.

거창유족회는 서울대학교에서 국민적 공감대 형성에 필요하다는 생각으로 공청회를 6번 열었다.

산청 · 함양 유족회에서도 2004년 8월 3일 제1회 산청 · 함양사건 학술회의를 개최했다. 경상대학교 남명학관에서 산청 · 함양사건 재조명이라는 제목으로 열띤 토론을 했는데 국회의원 2명이 참석하고 양군 군수 등 각 기관단체 등 6백여 명이 참석하였다. 당시 17대 국회에서 2004년 9월 17일 산청 · 함양사건 특별법을 이강두 의원 외 35명 의원 연명으로 다시 발의하였다.

거창유족은 엉뚱하게도 전남 구례 · 광양 출신 열린우리당 우윤근 의원으로 하여금 거창 단독 국가배상법을 발의하게 했다. 그러나 산청 · 함양 유족들은 "안 된다. 단독 배상은 원칙에 어긋날 뿐만 아니라 위험한 소지가 있다. 같은 사건을 어떻게 단독으로 발의하느냐"고 우윤근 의원을 항의 방문하였다. 우의원은 "거창사건은 1951년 12월에 대구 고등법원에서 재판을 받은 사건이지만 산청·함양은 제외되었다. 당시 오익경 사형, 한동석 무기징역 등으로 유죄판결을 받은 거창사건은 법리적으로 해석해 보면 단독 배상이 맞다"고 주장했다.

필자는 "우윤근 의원님 단순하게 생각하십니다. 그것이 아닙니다. 당시 1951년 2월 7일 산청과 함양에서 705명을 학살하고 2일 후 2월 9일 거창 신원으로 가서 719명을 학살 했습니다. 이 내용을 모르고 재판을 받았다는 것은 설득력이 없습니다. 당시 재판 기록을 보면 거창사건에 150여 명을 학살했다고 되어 있어요. 당시 군부가 719명(거창)인데 축소했고 산청·함양사건은 은폐시켰습니다. 이 재판부터 잘못된 것이에요. 그래서 국회에서 특별조치법으로 거창·산청·함양사건을 동일사건으로 보고 통과시킨 것이지요" 하고 설명을 한 결과 우윤근 의원은 그제서야 보좌관을 불러 국무총리실에 연락하여 정 회장의 말이 맞는가를 확인했고 확인 후 아무 말이 없었다.

필자는 산청군수와 함양군수에게 도움을 요청하였다. 그때 산청군 의회 김민환 의장, 함양군 의회 박성서 의장 그리고 유족회 간부와 경상대학교 국문과 강희근 교수 등이 상경하여 당시 박계동 국회 사무총장, 산청출신 국회의원 등을 만났다. 거창 단독 배상법 발의의 부당함을 말하기 위해 국회 행자위 소속 전문위원을 방문하여 역사적 진실을 설명하고 자료를 전달하였다. 그해 우윤근 의원이 거창사건 단독으로 기습 통과시켜 행자위를 거쳐 법사위만 통과하면 본회의는 자동으로 통과되는 절차만 남아있었다. 그날 국회에서 전달이 왔다. 필자는 지방 출장이 많아서 지방에 있었는데 "정재원 회장님 저는 국회 ○○○입니다. 거창사건만 기습으로 통과하여 내일 법사위 통과만 남았습니다. 제1소위에서 산청·함양도 병합 처리하면 되는데 아쉽습니다" 그래서 급히 상경하여 법사위 선병렬 의원을 찾아가 민원을 제기하였다.

2008.5.20 제273차 법제소위원회 1차 속기록에 의하면 김동철 의원, 소위원장 이주영, 행정안전부 2차관 정남준, 박세환 위원 등이 열띤 논쟁으로 심의했다. "거창·산청·함양사건을 놓고 산청·함양사건은 뒤로 미루고 거창사건만 통과하는 것은 국회법에 어긋나고 형평성에도 맞지 않습니다."(선병렬 의원 주장) "실질적으로 거창과 산청·함양에서는 함께 지원단을 만들었다고 하였어요. 지원단이 만들어져서 그 명예회복 이후에 똑같이 행사도 하고 추모대회도 하고 같은 지원도 받았는데 거창사건만 보상해 준다는 것은 형평성에 맞지 않습니다." 선병렬 의원이 이 문제를 강력하게 제기하자 이주영 소위원장이 "그럼 거창사건만 단독 심의하는 것은 보류시켜 놓고 다음에 논의하도록 하겠습니다"고 끝을 맺었다.

2008

2009

2010

2011

2012년 위와 같은 일로 국회를 수백 번 드나들어야 했다. 국회의원 회관을 안방 드나들듯 했다. 피가 거꾸로 흐를 정도의 절박한 심정으로 사투를 벌여가면서 헤매고 다녔다. 어느 날 의원 회관을 헤매고 다니다가 거창사건 이철수 회장을 만나게 되었다. 이철수 회장은 "너희들 지금 무엇하는 짓거리들이야. 왜 방해만 하면서 남의 발목을 잡고 놓아주지 않고 그러는 거야!" 하면서 폭언을 서슴지 않았다. 그때 전덕선(작고) 전직 경찰서장님께서 우리 유족을 돕겠다는 마음으로 같이 행동을 하고 다녔다. 전경만 이사, 민관식 고문, 민병탁 이사 등 5, 6명과 거창 유족 7, 8명 사이에 혈투가 벌어졌다. 피투성이가 되고 의원회관은 바야흐로 난동으로 난장판이 되었다.

그때 국회 경찰들이 와서 진정시키면서 모두 연행하여 소란죄로 입건하겠다고 겁박하였다. 그 와중에 여러 의원들이 말리는 가운데 경찰관들은 가고 유족끼리 따로 헤어져 갔다. 그런데 그 후로 국회 출입 금지령이 떨어졌다. 그래도 꼭 출입을 해야 될 일이 있기에 경비 책임자에게 소동을 부리지 않겠다는 각서까지 제출했다. 그해 18대 국회 우윤근 의원을 만나 동일사건이고 동일로 처리돼야 하는 것 아니냐고 계속 독촉을 하였다.

그러나 2012년 12월 27일 긴급한 전화벨이 요란하게 울려 왔다. "우윤근 의원이 발의한 거창사건만 법사위 소위를 통과하고 전체회의까지 통과되어 본회의 145번에 확정되어 이제 끝난 법안입니다. 이제 산청·함양은 지켜만 보게 되었어요."

필자는 하늘이 와르르 무너지는 소리가 쨍하고 울리면서 잠시 정신을 차리지 못하고 전화기만 들고 아무 대꾸도 못한 채 넋이 나간 사람처럼 있었다. 전화를 건 인사는 "정 회장님 왜 아무 대답이 없습니까?" 필자는 "그럼 어떻게 되는 것이지요? 무슨 방법이 없습니까?" 계속 물으니 "수정 동의안을 12월 30일 10시까지만 제출하면 됩니다" 하는 것이었다. "수정동의안을 어떻게 하면 됩니까?" "국회의원 30인 이상 사인과 인감도장을 찍어서 의안과에 제출하면 됩니다."

하늘이 두 번 무너지는 것 같았다. 12월 30일이면 이틀 후 본회의가 예정된 것인데 30명 의원들 설득을 어떻게 하면서 누가 인감도장을 받느냐가 관건이었다. 지역구 의원을 만나 "수정동의안을 부탁합니다" 하니 "지금 어떻게 수정동의안을 나보고 하란 말입니까. 안됩니다. 하루밖에 남지 않았습니다. 어떻게 30명 이상 국회의원을 설득하여 인감도장을 받느냐 말입니다. 안됩니다."

필자는 학연이 있고 평소에 국가관이 투철하고 청렴하며 국민의 편에 서서 국사에 임하는 의원을 소개 받아서 찾아갔다. 당시 민주당 비례대표 5선 의원 김충조 의원을 찾아가 위 내용을 한 시간 정도 설명하였다. 김 의원은 "거창사건 등이라 함은 산청과 함양사건 동일사건입니다. 내가 15대 국회 내무위 소속 국회의원 때 다루던 사건인데, 이강두 의원 내가 잘 알죠, 정재원 회장 이 사건은 설명할 필요가 없어요. 내가 너무나 잘 아는 사건이니 이것은 지역구 국회의원이 수정안을 내면 됩니다" 했다.

"의원님 수정안은 지역구 의원님이 하는 것이 맞는 줄 압니다. 그분의 입장이 있습니다"라고 설명을 했더니 바로 눈치를 채시면서 "알았어요! 대표 발의자가 내가 되어 협조를 해주겠어요. 30명에게 급히 부탁하여 수정안에 인감도장을 받아 오세요" 또 하늘이 무너지는 것 같았다.

고려대학교에서 명망이 두터운 권용식 교수님과 의논을 하였다. "진작 말해주지. 이제 왔나" 하면서 김소남 의원을 소개해 주었다. 김 의원은 한나라당 비례대표 초선의원이자 고려대학교 경영대학원 교우회 2대 회장을 한 사람으로 김충조 의원과도 친분이 있고 국회의원 300명과 모두 친분이 깊어 형제간처럼 잘 지내는 분이기 때문에 하루만에 30명 이상 인감도장을 받는 것은 가능할 것이라고 설명했다.

필자는 천리마를 탄 것처럼 기쁜 마음으로 김소남 의원을 만났다. "수정안 대표 발의는 김충조 의원님이 해 주신다니 김소남 의원님께서는 30명 이상 대표발의에 동의하는 인감도장만 받게 해주셔서 내일 오전 10시까지만 제출하면 됩니다. 시간이 급하니 여러 가지 설명은 나중에 하기로 하고 실행에 옮겨주십시오."

필자는 유족회원 중에서 동원 가능한 회원을 소집하고 비상사태로 임했다. 그리하여 30명 이상 국회의원 수정안 인감도장 받기 작전이 전개되었다. 민관식 고문과 긴급히 연락을 하여 국회 회관에 모이게 하여 불과 3시간만에 처리해야 할 긴박한 작전이었다.

김소남 의원께서 필자에게 귀띔을 했다. "29일 본회의가 오후 6시에 끝나고 의원들이 본회의장을 나올 때 내가 지시하는 대로 보좌관 모두 출동하여 본회의장 출구에서 의원 맨투맨으로 사인과 인감도장 받기 작전에 돌입합시다." 일면식도 없는 의원도 있고 친분이 두터운 의원도 있었다.

김소남 의원이 "의원님들 저 김소남입니다. 거창사건 수정안입니다. 이유는 나중에 말씀 드리겠습니다. 우선 서명하시고 인감도장을 찍어 주세요" 하니 의원들은 김소남 의원만 믿고 40여 명이 일사천리로 사인을 해주었다. 그리하여 1시간 만에 40여 명 수정안 사인과 도장을 다 받아낸 것이었다.

유족들은 김충조, 김소남 의원의 능력과 인간관계가 얼마나 크고 진실성이 있었던 것인가를 확인하고 고맙게 여겼다.

12. 31 국회 본회의 144번에 거창사건 수정 동의안이 접수되었기 때문에 거창 단독은 처리되지 않았다. 거창유족회는 김충조 의원에게 항의와 폭언을 가했다. 김 의원은 "계속 소동을 벌이면 국회법으로 입건합니다. 산청과 함양·거창은 모두 내가 잘 아는 사건입니다. 단독은 형평성에 어긋납니다. 서로 도와가면서 하셔야지 단독으로 처리하면 국회법상 위배됩니다. 앞으로 보세요. 단독으로는 절대로 안 될 겁니다. 수정안에 40명이나 그것도 1시간 만에 동의하지 않았습니까? 그것을 보더라도 단독처

리가 되겠습니까? 거창 유족님들 앞으로 산청·함양과 같이 가세요. 나는 정재원 회장이 민원을 제기하여 검토한 결과 내가 나서서 정당하게 도와주겠다고 결심했습니다" 하고 끝을 맺었다.

필자는 거창유족들에게 앞으로 같이 가는 것을 제안했다. 그들은 일말의 가치도 없다고 하며 거절했다. "물론 감정이 깊었겠지만 개인감정을 저버리고 전체를 생각하셔서 양보하고 앞으로 거창사건 등으로 갑시다" 재차 강조했으나 그들은 소귀에 경 읽기 식으로 일관했다.

다시 전남 우윤근 의원 발의로 거창단독 배상법은 또 발의되었다. 필자는 지역구 의원을 만나 발의해 달라고 했더니 "개인 입장을 생각해 주세요" 하여 난색을 표했다. 이때 필자는 어찌 우리 산청·함양은 국회의원 지역구 복이 이리도 없는지 하면서 눈시울을 붉혔다.

강희근 경상대 명예교수에게 부탁을 하여 진주지역 새누리당 김재경 의원의 힘을 빌리기로 했다. 김재경 의원은 산청 단성중학을 나오고 진주고교를 다닌 지역구 관련 국회의원이다. 그는 대학 다닐 때 문학회에 들어 시를 쓴 시인이고 수필가이기도 하여 늘 이성과 감성의 깊이를 고루 갖추고 있었다. 김재경 의원은 "그럼 지역구 의원님과 상의하여 발의해 드리겠습니다" 하였다.

19대 국회에서 거창사건등관련자의배상등에대한특별조치법 안은 발의되었다. 발의자는 김재경, 신경림, 김태흠, 문대서, 유성엽, 김장식, 이만우, 문병호, 김용태, 유승우, 유재중, 김환표 의원 등 12명이 발의 찬성을 해주었다. 현재 필자는 청와대 신문고 게시판을 비롯하여 각 국부위원 등 50여 군데에 우리의 입장이란 글을 올려 쉬지 않고 민원을 제기하고 있다.

19대 2014. 4 법사위 1소위에 상정되어 심의한다는 내용, 우윤근 의원 발의와 김재경 의원 발의가 병합하여 병행 심의하기로 한다고 전달받아 국회회관 본관에 있었더니 거창쪽 유족회장 김운섭, 이철수 전 회장 등 20여 명이 결과를 보기 위하여 법사위 1소위 위원장실 앞에서 서성거리고 있다가 우리와 마주쳤다. 병합처리가 결정되었다는 것이라서 어쩔 수 없이 같이 안 간다는 것이 같이 가야만 되는 법안이 상정된 것이다.

10년간 말도 안하고 지내왔고 원수처럼 지내다가 그날 만나 서로가 서로를 위하고 같이 가야 된다는 것을 국회가 자연스런 일로 만들어 준 셈이었다. 그날 점심을 대접받았다. 저녁은 필자가 부담하기로 하고 회포를 완전히 풀고 좋은 관계로 헤어졌다. 현재는 국회 마비 상태로 움직이지 않고 있다.

거창사건 단독배상법안 상정과 관련한
산청 · 함양사건 유족회의 입장

수년간 혈투로서 진정서를 수백 수천 차례 올린 것이다

존경하는 국회 법사위원회 소속 국회의원 여러분 그리고 전체 국회의원 여러분께 삼가 산청 · 함양사건 희생자 유족회의 뜻을 전달해 올리고자 합니다. 급한 민원이므로 우선하여 읽어주시길 바랍니다.

지금 행자위원장이 제안자로 법사위원회로 회부된 거창사건관련자보상등에관한특별조치법 안은 절대 논의 불가한 법안이므로 일단 의안처리를 중단하고 저희 유족회의 주장에 귀를 기울여 주실 것을 간곡히 당부 드립니다.

우선 기막히는 말부터 하기로 하겠습니다. 이강두 의원 등이 발의한 거창사건등관련자의명예회복에관한특별조치법 개정법률안이 2004년 9월 17일 먼저 제안되었고 그 후 기습으로 우윤근 의원 등이 발의한 거창사건관련자의배상등에관한특별법안이 2005년 1월 31일에 제안되었습니다. 후자의 법안은 따로 논의될 성질이 아닌데도 하나의 포괄사건을 거창사건만으로 좁혀 놓은 것이므로 6 · 25 전시 중의 정권 군부가 은폐 · 축소 · 왜곡했던 책략에 근거한 좁히기 논리에 따른 법안이라 할 수 있습니다. 이것은 당시의 부도덕한 학살행위를 일정 부분 덮어주는 결과를 가져오는 이상한 법안이라고 하겠습니다. 그런 까닭에 우리 산청 · 함양사건 유족회는 다음과 같은 이유로 2004년 9월 17일 이강두 의원 등이 발의한 법안을 선택하거나 선후 제안된 법안을 하나로 묶어서 논의하는 것이 절차상으로 보아 합당하다고 보면서 이를 관철하기 위해 모든 방법을 동원할 것임을 천명합니다.

① 산청·함양사건과 거창사건은 1951년 2월 7일, 9일~11일 국군 11사단 9연대 3대대가 일으킨 동일사건이다. 동일부대에 의해 동일 작전명으로 이루어진 두 사건을 어느 한 쪽으로 범위를 좁혀 다룬다는 것은 법정신에도 어긋나고 사회정의에도 어긋나고 과거사 정리 정신에도 어긋나는 일이다.

② 거창사건이라는 것은 애초에 이승만 정권과 그 군부가 산청·함양·거창 순으로 자행된 학살사건을 자의적으로 은폐·축소시킨 부당한 이름에 불과하다. 그러므로 거창사건만 다루는 것은 당시의 천인공로할 정권과 군부의 은폐책략에 동조하는 무책임한 일에 속하게 될 터이다.

③ 그 정권과 군부의 책략을 간파했던 국회는 거창사건등희생자명예회복에관한특별조치법(1996.1.5 공포)을 통과시킴으로써 산청과 함양사건도 포함하는 거창사건 등으로 바로잡고 두 사건 희생자의 명예회복을 동시에 실현시키는 쾌거를 국민 앞에 보여준 바 있다.

④ 명예회복법이 통과된 이후 거창과 산청·함양의 두 유족회의 노력으로 우리 국회는 2004년 3월 2일 본회의에서 거창사건 등에 관련한 희생자명예회복에관한특별조치법(보상법)을 압도적 다수로 통과시켰다(148명 중 찬성 140, 반대 4, 기권 4).

그리고 탄핵정국에서 대통령 권한대행 고건 총리가 이 천금 같은 법안을 거부함으로써 두 유족회 회원들의 가슴에 통한의 못을 박았다. 유족들을 두 번 죽인 셈이 되었다. 고건 총리가 거부한 3가지 이유는 합당하지 않은 내용임을 조목조목 따져 그 부당함을 유족회에서는 내외에 천명한 바 있다. 그 국회가 압도적 다수로 가결했던 그때의 법안을 뒤집어 엎고 거창만의 단독 법안으로 밀어붙이는 것은 그 당시의 입법 정신을 짓밟는 행위가 된다.

이러한 이유로 우리 산청·함양사건 유족회는 목숨을 걸고 2004년 9월 17일 이강두 의원이 대표 발의한 개정 법률안 통과를 위해 투쟁하지 않을 수 없음을 거듭 밝히는 바이다. 법을 만드는 헌법기관이나 그 법을 시행하는 정부가 그 법이 만들어지는 정신을 망각하면 만고의 국가 재앙을 불러들인다는 점을 경계하면서 대한민국 국회 법사위원회 관련 국회의원과 전체 국회의원 여러분들의 현명하신 검토와 합당한 판단에 기대를 걸고자 한다.

① 거창사건과 산청·함양사건은 하나의 사건이다.

② 거창만 좁혀서 법안을 다루는 것은 당시의 정권과 군부가 바라는 것과 다를 바 없다.

③ 국회는 두 번이나 산청·함양사건과 거창사건을 동일한 사건으로 해석하여 각기 의안을 통과시켰다.

국회는 어디로 가야 하는가. 은폐·축소의 불의 편에 설 것인가, 영원한 인권과 정의 편에 설 것인가. 산청·함양의 유족들은 정의를 바로잡을 때까지 죽음을 각오하고 승리할 때까지 쉬지 않고 투쟁할 것이다.

국회는 오늘도 내일도 싸움만 하는 국회의원들, 제발 억울하게 학살당한 국민을 조금이라도 생각하여 완전 명예회복을 시켜 주기 바란다. 이제 60년이 지난 오늘 세계인이 한국을 보고 있을 것이다.

독일 대통령은 지금도 과거 잘못을 사죄하고 위령비에 눈물을 흘리고 있다. 우리 국회는 일본의 부도덕 정권에 대해 질타할 수 있는 자격이 있다고 생각하는가. 하루 바삐 우리의 보상법 통과를 강력히 요청하는 바이다.

너는 네가 할 일이 따로 있다
너는 아직 죽을 때가 안 되었다
3,000억 원 박물관을 건립하라
너는 할 수 있느니라

필자는 7세 때 총을 세 발 맞고 죽지 않았다.

공주 유구리에서 참나무에 목매어 자살하려고 20미터 높이에서 뛰어내렸는데 참나무가 뚝 끊어져 별로 다치지 않고 살아남았다.

내 나이 현재 1944년생 71세, 지금도 꿈만 꾸면 유족회 배상 등에 관한 것이고 이 사건이 마무리되면 진짜 해야 할 일이 있다.

그럼 무엇일까? 혼잣말을 해본다.

정체도 없는 백발의 신선이 뇌리를 탁 치면서 '이놈아 너는 할 수 있다. 꼭 하여라' 하는 꿈에 대해 생각을 많이 해본다.

500년 대한민국사.

억울하게 희생당한 영령들 위령제 등 박물관을 건립할 작정이다.

10년 전부터 준비 중에 있다.

《운명》 독자 한 분이 필자가 박물관을 건립하겠다고 하여 돈이 얼마나 드는지 모르지만 부족한 돈은 내가 다 낼 터이니 연락을 달라하여 그분의 인적사항을 모 기관에 문의하였다. 모 기관의 담당자가 그분이라면 200% 확실한 사람이라는 통보를 받았다.

부지는 1) 서울 근교 2) 산청군 3) 휴전선 근방

부지는 약 5만 평

10만 평 규모 민자금 3,000억 원

관계기관 공무원에게 이런 이야기를 하고 기부하겠다는 사람의 명단을 주었더니 3일 후에 연락이 왔다.

담당관과 의논하였더니 한 관계 담당관은 서울의 그린벨트 앞에 이만한 땅이 있다며 의회에 통과만 되면 된다는 것이었다.

단, 땅을 제공하고 건립은 정부가 하고 민간자금은 기부금으로 하되 운영권은 정부가 해야 하며 기부체납을 하여야 되는 방식이다. 법률상 개인이 그린벨트 안에 3천억 원짜리 박물관은 불가하기 때문이다.

개인은 운영은 못하지만 부지 확보는 가능하며 건립 기간은 10년이다.

- 기부체납한다는 계약서를 작성한다.   - 자금을 100% 확보해야 한다.
- 기부금 모금은 민간이 주도한다.   - 10년 안에 준공을 한다.
- 박물관 이름은 ○○○박물관이라 한다.   - 기부금은 세제 혜택을 준다.
- 정부 차원에서 감사를 받는다.

필자의 《운명》 책을 본 독자님들,

세계 여러 곳에서 열심히 사업을 하면서 항시 연락을 주면서 스스로 도와야 할 일이 있는가? 자주 문의해 온다. 필자는 그동안 '한 번 도움을 주신 분들'에게 부담을 주면 안 되겠다는 생각을 해왔다. 그래서 큰 사업을 시작하여 어려운 일이 있으면 부탁하려고 일절 말하지 않고 있다. 3,000억짜리 박물관을 건립할 목적이지만 아직 계획대로 추진만 하고 확정은 안 되었다. 확정되면 지상에 알리는 일이 우선적으로 될 것이다.

건립 심사와 용역은 정부가 할 것이다. 시행 및 시공도 정부가 할 것이다. 다만, 관리는 필자가 한다. 말하자면 기부금은 세금과 같은 맥락이다.

법적으로 검토하는 중이다.

산청 · 함양사건, 거창사건
제주 4 · 3사건, 노근리사건 등

우리나라 역사로 볼 때 수백 군데가 넘는 사건들이 아직도 해결되지 않고 있다. 동학사건, 4 · 19. 5 · 16 등 3,867건의 사건이 있고 500년사로 보면 35만 건의 사건들이 있다. 박물관에 35만 건의 사건을 정리하자면 예산이 1조 원이 들 것이란 설이 있다. 35만 건의 역사를 찾으려면 사학자 선정 등 빨라야 10년이 경과된다고 한다.

10년, 20년이 경과되어도 누군가가 꼭 해야 하는 것이다. 이 사업만 되면 세계 기네스북에 오를 것이고 세계가 깜짝 놀랄 것이다.

약 35만 건의 역사 자료와 부수적인 역대 왕들의 기록들, 고려시대 등 900건 이상되는 외침을 당하고 우리가 오늘의 대한민국을 세계적 위상의 나라로 우뚝 세우는 일이 될 것이다.

6 · 25 기준 폐허가 오늘의 한국으로 성장한 것은 물질 성장만으로도 5,000배에 이르고 있다는 하바드대학의 발표가 있다. 역사 자료 35만 곱하기 100 = 3,500만 쪽의 물량이 되고 500쪽 짜리 책을 기준하면 7만 권의 책이 된다. 팔만대장경보다 더 많은 양이 될 것이다.

'너는 네 할 일이 따로 있느니라.

나는 할 일이 이것이다'라고 말하겠다.

죽을 때까지 꼭 하고야 말 것이다 .

그로 인해 거대 사업을 꿈꾸고 실현에 옮길 날이 밝아오고 있다.

대한민국은 세계 제일 부자가 된다
본 보서에 기록되어 있다
남북통일이 되어 세계에 우뚝 설 날
지하개발
3경원×2＝6경원을 찾아보자

북한 금강산 어딘가에 금이 5만 톤 정도 매장되어 있다. 발굴한다면 천문학적 돈이 되고 지하나 동해 등 가스와 석유 매장이 돈으로 따지면 3경원이나 된다. 필자는 명상으로 나타나는 것임을 강조한다. 오해 없으시기 바란다.

가스선이 러시아로 뻗어가는 맥이 있다. 그 맥을 찾으면 세계에서 가장 많은 양을 찾을 수가 있다. 석유는 중국으로 뻗어지는 맥을 찾아서 발굴한다면 세계 최대 에너지 국가가 된다. 현재 세계에서 사용량으로 보아 500년 쓸 수 있는 양이 매장되어 있다. 세계지도를 보면 대한민국은 그 중심에 서 있다. 계란 노른자로 보면 된다. 발굴을 못해 찾지 못하고 있을 뿐이다.

남한에 다이아몬드 등 보물이 200만 톤 가량이 매장되어 있다. 위성에서 제일 먼저 러시아 과학자들이 감지하고 우리나라에서 비밀리에 작업하고 있다. 정부도 알면서도 보도하지 않고 있다.

필자는 2시가 되면 명상에 들어간다.
세계가 명상 속에 나타난다.
숫자만 보면 확실하게 나타난다.
지금 북한에는 명상에 나타난 북한의 모습은 2016년 5월이면 무슨 변화가 있다는 메시지가 나타난다.

2016년 병신년 9의 숫자이고 5월 계사월 9+5＝14가 된다.

북한 주민이 배가 고파서 죽을 지경으로 이왕이면 죽기를 각오한다.

형제자매가 뿔뿔이 흩어지니 천지가 암흑으로 변하는 해가 될 것이다.

세계에서 가장 빈곤하고 혹독한 독재국가가 된다.

고위층에서는 우선 자기 가족 챙기기만 할 것이고, 장사꾼들은 모든 것을 끌어 모아 창고에 가득 쌓아두면서 폭리를 취할 것이다. 사회가 암흑 지경으로 도래할 것이다.

제2부

팔십일(81) 운수법

제1장

작명 시 사용해서는 안되는 한자

作명 시 사용해서는 안되는 한자

江 ^강	풍파가 많으며, 고독하고 불화로 인해 부부이별하고 쓸쓸한 삶을 살게 되며 불치병에 걸릴 수가 있다.
介 ^개	성격이 과격하여 부부이별을 하거나 질병, 사고 등으로 인해 고통과 고생이 심하고 조난 등 좋지 않은 일이 빈번하다.
卿 ^경	사업파산 등 풍파가 심하다. 부부이별하여 고독하며, 건강이 좋지 않아 단명한다.
庚 ^경	부모형제의 덕이 없고 고독하며, 실패가 잦다. 질병, 사고 등으로 고통을 받는다. 과부, 홀아비 신세가 많다.
桂 ^계	부부운이 크게 좋지 않아 생리사별하며, 고독하고 인덕이 없다.
坤 ^곤	실패와 불운이 잇따르며 질병과 사고, 단명 등 고통이 항시 따른다.
光 ^광	성격이 포악하고 주색으로 신세를 망친다. 단명하거나 불치병에 걸릴 수가 있다. 특히 시력이 심하게 약해지며, 몸에 큰 상처를 입는다.
九 ^구	고독, 질병이 따르는 운수이며 단명하고 황액과 조난을 당하기 쉽다.
菊琴錦 ^{국금금}	부부운이 박하고 질병, 사고 등으로 많은 고통이 따른다.
國 ^국	관재 구설이 많으며, 교통사고 등 횡액이 빈번하여 일생이 불행하고 단명한다.
貴 ^귀	만사불통이며, 가정불화가 끊이지 않아 과부나 홀아비가 되기 쉽다. 교통사고를 심하게 당할 수가 있다.
極 ^극	부모형제의 덕이 없고, 병약하여 고통을 받는다. 부부 생리사별과 관재수가 있다.

根 ^근	단명하고 불치병에 걸리거나 건강을 해치며 부모형제와 자녀의 덕이 박하다.
今 ^금	하는 일마다 실패가 많고, 이사와 직장의 이동이 많으며 부부와 자녀운이 박하다. 불치병 등이 걸릴 수 있다.
吉 ^길	풍파가 많으며, 인덕이 없고 주색으로 인해 망신을 당한다. 교통사고와 관재수가 있다.
南 ^남	질병으로 고통이 심하며, 특히 여성에겐 부모형제의 인덕이 없고 불행하다. 대체로 과부, 홀아비가 많다. 장애자가 될 불길한 운이 있다.
男 ^남	미천한 상으로 인덕이 없고 부부이별 등 고통이 심하다. 특히 여성에겐 더욱 좋지 않다. 관재, 모함, 시기, 질투가 끊이지 않는다.
女 ^녀	매사에 고통이 심하며 고독하고 인덕이 없다. 무당, 과부, 화류계에 종사하는 여성이 많으며 파산운이 있다.
乭 ^돌	의리는 있으나 고난과 고통이 따르며, 재산이 모이지 않고 흩어진다. 독신운과 파산운이 있다.
童 ^동	비천하고 실패가 잦으며, 어리석은 사람이 많다. 관재 구설, 시기 등이 끊이지 않는다.
東 ^동	고집이 세고 하는 일마다 실패하기 쉬우며 고독하다. 교통사고 등이 잦고 질병이 많다.
蘭 ^란	부부 생리사별이 있고, 질병과 고통이 많아 단명한다. 쇠퇴하는 형국이다.
蓮連 ^련	과부, 무당, 화류계에 종사하는 여성이 많다. 가정운도 불길하여 고독하다. 이기심이 많고 파멸운이 있다.
禮 ^례	사고를 잘 당하며 자만심이 강해 실패가 잦다. 과부, 무당, 화류계에 종사하는 여자가 많다. 부도가 나거나 교통사고를 당한다.
魯 ^로	우둔하고 질병, 재난이 잦으며 주색에 쉽게 빠진다. 시기, 질투로 인행 평생 마음이 고달프다.

了 료	모든 것이 끝나는 형상으로 피하는 것이 좋다. 단명한다.
龍 룡	허망한 꿈을 꾸며, 주색에 빠지기 쉽고, 관재 구설을 잘 당한다. 불치병이 유발되고 고독하다.
馬 마	천박, 빈천하고 실패가 잦으며 고통이 수시로 따른다.
滿 만	부부인연이 박하고 인덕이 없으며, 흉이 많고 단명운이 있다.
萬 만	인덕이 없고 고난과 고통이 많으며, 자녀운도 박하다. 시기, 질투 등이 심해 마음고생이 심하다.
末 말	부부인연이 박하고 인덕도 없으며, 빈천하게 산다.
梅 매	고독하고 부부이별하며, 파괴, 재난이 많다. 무당, 과부, 화류계에 종사하는 여성이 많다.
命 명	사업실패 등의 흉한 일이 잦고 신체허약하여 단명하며, 자녀운도 나쁘다.
武 무	부부운이 박하며 가정운도 좋지 않지만, 사주가 왕성하면 무관하게 된다.
默 묵	삶의 기복이 심하고 고통이 따른다. 허약한 체질이 많고 단명운이 있다.
炳柄丙秉 병	고난과 고통이 많으며, 교통사고 등 불의의 재난을 잘 당한다. 단명운이 있다.
寶 보	부부이별수가 있으며, 애정으로 인한 번뇌가 심하다. 파산, 시기, 질투가 항상 심하다.
福 복	신체허약하고 욕심이 많은 상이다. 파괴, 실의 등의 불운이 따른다.
奉 봉	고난, 고독, 고통이 많이 따르고 단명한다. 과부나 중이 많다.
鳳 봉	고집이 세고 고독하며 과부, 화류계 여성이 많다. 파산, 재앙이 끊이지 않는다.
富 부	고집과 욕심이 많고 천박하다. 실패가 많고 단명한다.

分 粉 ^분	부부 생리사별하기 쉽고 질병으로 고통을 받으며 고독하거나 과부가 많다. 하는 사업마다 실패하는 경우가 많다.
四 ^사	조난, 단명, 고독한 수리다. 파산 등의 대흉이다.
山 ^산	파산, 재앙, 고독, 질병으로 심한 고통이 따르고 과부나 중이 많다.
三 ^삼	분열이 심하고 구설수가 많다. 이별, 질투, 단명 등의 흉이 있다.
生 ^생	고독, 질병, 고통이 따르며 부부운도 좋지 않다. 교통사고 등으로 몸에 상처가 생긴다.
石 ^석	고집이 세고 하는 일마다 실패가 많다. 부부운이 대단히 불길하다. 빈번한 이적과 시기, 질투가 심하다.
星 ^성	박복하고 사업 실패와 고통이 심하며, 과부, 홀아비가 되기 쉽다.
壽 ^수	단명하고 고통, 질병이 많으며 천박하게 산다. 실패운이 많다.
洙 ^수	질병이 많고 좌절과 고통이 많이 따른다. 관재수가 있고 질투, 시기가 많으며 교통사고를 당할 수가 있다.
淑 ^숙	조숙하여 이성관계가 복합하며 고독, 고통, 지변이 많다.
順 ^순	남편과 이별하거나 불화하며, 과부, 화류계에 종사하는 여성이 많다. 고난과 고통이 따르며 단명하는 수다.
錫 ^석	부부불화가 심하고 재물의 낭비가 많으며 질병과 사고 등이 잦다. 이기적인 경우가 많아 시기, 질투가 끊이지 않는다.
時 ^시	매사에 실패가 많다. 파괴, 흉상, 고독, 질병, 사고가 잦다.
植 ^식	패배와 망신을 반복하는 등 성공과 실패의 기복이 심하며 항시 고독하고 질병 등이 많다.
實 ^실	질병으로 고통이 심하며, 인덕이 없고 자식, 부모운이 박하다. 횡액을 잘 당하며 파산 등 큰 재앙이 많다.
心 ^심	신체가 허약하며 질병도 잦다. 고독하고 과부, 화류계에 종사하는 여성이 많다.

岩 ^암	불치병에 걸려 단명한다. 평생 고난과 실패가 많고 부부간의 불화도 있다.
愛 ^애	부부이별하며, 과부나 화류계 여성이 많다. 시기, 질투 등이 심하다.
烈 ^{열/렬}	부모덕이 없고 고독하며 삶이 고통스럽다. 허약하여 단명한다.
英 ^영	고집이 세고 부부간의 불화 등으로 고통이 많으며, 특히 여성에게 심하다. 교통사고 등 불의의 사고가 잦다.
泳 ^영	실패와 좌절이 많고 인덕이 없다. 시기, 질투 등 고난이 많고 교통사고 등 단명하는 수가 있다.
五 ^오	주위에 적이 많아 고독하다. 실패가 많아 고통스럽다.
沃 ^옥	파산을 당하는 등 재운이 없으며 질병으로 인해 고통을 당하거나 고독하다.
玉任 ^{옥임}	두뇌회전은 빠르나 부부간의 갈등이 심하고 단명한다.
外 ^외	인덕이 없고 하는 일마다 실패가 많다. 재물의 낭비가 대단히 심하다.
雨 ^우	구설수가 많으며 평생 고난, 고통이 따른다. 단명수가 있다.
雲 ^운	불치병이 유발되거나 단명한다. 매사가 힘들며 실패가 많고 중이나 무당이 될 확률이 많다.
遠 ^원	평생 고난과 고통이 따르며 고독하다. 관재 구설이 많다.
月 ^월	파산하며 부부운이 특히 나쁘다. 과부, 무당, 화류계 여성이 많다.
銀 ^은	고통, 고난이 많으며 질병과 교통사고, 파산 등이 일어난다.
二伊 ^이	부모형제 덕이 없다. 허약하여 질병이 많고 사고수가 있다.
日 ^일	인덕이 없고 가정불화나 이별, 파산 등으로 인해 고통이 심하다.

子 ^자	병약하고 부부운이 불길하며, 고통이 많다. 단명한다.
宰 ^재	신체가 허약하여 고통이 심하고 파산하거나 시기, 질투가 심하고 관재수가 많다.
載栽哉 ^재	신체허약하며 파산, 고난, 고통이 많고, 이직 등 변동이 잦다.
在 ^재	신체허약하고 부부간의 갈등이 심하다. 관재수가 많고 실패가 잦으며 파산 등 고통이 많다.
占 ^점	부부갈등이 심하고 자녀운이 나쁘며, 건강을 해친다. 천박한 성품을 지닌 사람이 많다.
點 ^점	부모자녀의 덕이 없으며 고독하고 고통이 많다. 시기, 질투 등으로 망신을 당한다.
珠 ^주	신체의 질병으로 고통이 심하고 애정으로 인한 번뇌가 심하다. 과부, 홀아비가 많다.
仲中 ^중	중도 좌절하거나 실패가 많으며, 부부운도 불길하지만 사주가 왕성하면 무관하다.
鎭 ^진	인덕이 없고 하는 일마다 실패가 많다. 관재수가 있고 단명한다.
昌 ^창	부부운이 불길하며 고독과 구설수가 있고 색정으로 인해 번뇌가 많다. 파산수가 있다.
天 ^천	부모덕이 없고 부부간의 인연도 박하며 단명한다.
春秋 ^{춘추}	부부운이 불길하며 주색으로 고통이 많다. 중상모략 등 우여곡절을 겪고 실패한다.
七 ^칠	성격이 거칠고 고독하다. 구설수가 많으며 단명한다.
兌 ^태	고독과 고난이 많으며 부부이별 등 고통이 따른다. 교통사고 등 대형사고를 당한다.
八 ^팔	사업 실패가 잦고, 부부갈등으로 이혼하거나 별거하기 쉽다.
夏 ^하	주색을 좋아하고 과부, 무당, 화류계에 종사하는 여성이 많다.

海 ^해	고통이 심하고 하는 일마다 실패가 많다. 고독, 고통이 많이 따른다. 단명수가 있다.
幸 ^행	고통이 많고 실패가 많으며, 주색으로 건강을 해친다. 불치병으로 고통을 받는다.
香紅 ^{향홍}	이혼 등 부부운이 나쁘며, 고독하거나 고통이 많다.
好 ^호	부모형제의 덕이 없고 고독하며 고통이 많다. 색정 등으로 번뇌를 하게 되고 실패한다.
虎 ^호	성격이 급하고 사업 실패가 많으며 부부운이 불길하다.
鎬 ^호	인덕이 없고 주색 등으로 부부간의 갈등이 심하다. 교통사고 등으로 재산을 탕진하여 실패한다.
華 ^화	부부, 자녀운이 없으며, 고독하다. 과부, 화류계 여성이 많다. 실패수가 있고 외국으로 가게 된다.
花 ^화	고독하고 고통스러우며, 부부간의 갈등이 심하다. 과부, 화류계 여성이 많다.
勳 ^훈	하는 일에 실패와 고통이 많으며 부부운이 불길하다. 색정 등으로 심한 고난을 겪고 단명한다.
熙 ^희	인덕이 없고 부부이별하여 고통을 겪거나 단명하며 관재수가 많다.
嬉熹僖 ^희	인덕이 없으며 질병으로 고생하고 단명한다.

一 ^일 甲 ^갑 孟 ^맹 昆 ^곤 元 ^원 宗 ^종 先 ^선 胤 ^윤 大 ^대 泰 ^태 太 ^태 弘 ^홍 德 ^덕 碩 ^석 奭 ^석 甫 ^보

모두 첫째·맏이·으뜸·크다는 뜻으로 장남이나 장녀에게 사용한다. 만일 차남이나 차녀 이하의 사람이 쓰게 되면 하극상이 일어날 수가 있는 나쁜 수리다. 부부간의 이별이나 고독, 고통 등이 올 수 있다. 특히 교통사고와 사업 파산, 불치병에 걸릴 확률이 많다.

제2장

이름으로 풀어보는 운명

청와대 이름을 바꾸거나 옮기는 것이 좋다

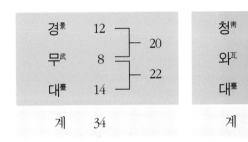

경景	12	┐			청靑	8	┐	
		├ 20					├ 13	
무武	8	┤			와瓦	5	┤	
		├ 22					├ 19	
대臺	14	┘			대臺	14	┘	
계	34				계	27		

경무대는 오행상 34획으로 불(火)에 속한다. 34획은 불길한 숫자로서 27획인 청와대 금金을 난도질하는 격이다. 금金은 흉한 오행에 속하기 때문에 그동안 역대 대통령들이 수난을 당한 것이다. 특히 청와대는 흉금[凶]金에 속한다. 역대 대통령 중 윤, 최씨 성을 가진 경우를 제외하고 모두 청와대의 금金과 동격인 금金에 해당된다. 역학 용어로 비견은 체體인 흉신이며 한 울타리 안에 두 얼굴의 주인이 자리다툼을 하는 형국이다.

한국은 동방목東方木에 속한다. 27획 흉금은 목木을 집어삼킨다. 그래서 횡액과 재난, 돌발사태가 자주 일어난다.

청와대 이름을 하루라도 빨리 바꾸어야 나라가 흥하게 될 것이다.

현재 청와대가 위치한 자리는 고려 제15대왕 숙종 때인 1104년에 완공된 남경南京으로서 이궁태자궁·세자궁이 있던 터였다. 그런데 조선조에 들어와 1426년 세종 8년 경복궁이 창건되면서 궁궐의 후원으로 삼아 이곳에 연무장(무예를 단련하는 곳), 융무당(무예가 융성한 곳), 경농재(각 도 연사의 풍흉을 보는 집), 과거장이 마련되었으며, 왕의 친경지(왕이 직접 농사를 짓던 땅)로도 사용되었다.

그 후 1927년 일제시대 조선총독부가 경복궁 안에 청사를 지으면서 총독 관저를 이곳에 지었다. 지금의 청와대 본관이 그때 건축한 것이다.

1945년 광복과 더불어 미 군정이 시작되자 이곳은 군정장관의 관저로 사용되었다. 1948년 8월 대한민국 대통령 관저로 사용되면서 이승만 전 대통령이 경무대라는 이름으로 사용하기 시작했다.

경무대라는 이름은 경복궁의 경景자와 당시 경복궁 북문 신무문의 무武자를 따온 것이다. 그리고 1960년 4 · 19혁명 후 민주당 정권이 들어서면서 윤보선 대통령이 '청와대'로 개칭하여 현재에 이르고 있다.

서울은 한반도의 명당이다. 그중에서도 경복궁은 명당의 기본조건인 장풍득수藏風得水(바람을 막고 물을 얻음)를 갖춘 최고의 터로 알려져 있다. 바람을 막기 위해 산이 사방으로 병풍처럼 감싸야 하고, 물을 얻기 위해서는 앞에 강이나 냇물이, 그것도 안팎으로 두 겹 이상이어야 더더욱 좋은데 이런 곳이 바로 서울이다.

서울의 장풍득수를 보면 바깥쪽 병풍 역할을 하는 것이 북쪽의 북한산, 동쪽의 아차산, 서쪽의 덕양산(행주산성), 남쪽의 관악산이다. 그리고 안쪽으로는 북쪽의 북악산, 동쪽의 낙산, 서쪽의 인왕산, 남쪽의 남산이다. 그중에서도 경복궁을 내려다보는 북악산을 가장 중요한 '주산主山'으로 본다. 이 주산을 끼고 동에서 서로 흐르는 바깥의 큰물이 한강이며 안쪽의 작은 물이 청계천이다.

이런 여러 가지 풍수지리학적인 측면에서 명당의 조건을 갖춘 곳이 서울이고, 그중에서도 경복궁은 주산을 등지고 물을 마주하는 배산임수背山臨水로 명당 중 명당이다. 그런데 청와대 터가 좋지 않다고 하는 것은 그곳이 원래 경복궁의 후원으로 풍수지리학적으로 볼 때 인간의 손발이 닿아서는 안 되는 신의 자리이기 때문이다. 명당이기는 하나 후원의 터였기에 좋지 않다는 것이다.

이런 경무대와 청와대를 거친 역대 대통령들은 한결같이 성공하지 못했다. 세 명은 임기를 채우지 못했고, 한 명은 암살을 당했으며, 둘은 퇴임 후 구속 수감되었다. 또한 문민정부와 국민의 정부를 이끌었던 대통령은 아들들로 인해 곤욕을 치렀으며 한 명은 자살로 생을 마감했다.

현 청와대 자리의 주인은 수水나 화火의 성 씨가 들어가야만 정상적으로 국운을 상승시키고, 국가발전은 물론 개인의 영광을 얻을 수 있다.

이승만 초대 대통령

이李	7 ┐		금金	생년월일시 : 1875년 3월 26일 인시寅時	
		┌15		사주팔자	대 운
승承	8 ┤		토土		
		└19		年 月 日 時	99 89 79 69 59 49 39 29 19 9
만晩	11 ┘		수水	乙 庚 癸 甲	庚 辛 壬 癸 甲 乙 丙 丁 戊 己
	계 26			亥 辰 亥 寅	午 未 申 酉 戌 亥 子 丑 寅 卯

이승만 초대 대통령의 이름은 사주와 상극이 된다. 진월생으로 금金이 용신用神이고 토土는 반용신으로 이름에 용신이 없으므로 상극을 나

타낸다. 26수는 영웅격이지만 파란이 중첩되고 변칙을 하지 않을 수 없는 기이한 운명을 타고난 불행한 영웅의 운세이다.

수리 19가 가로막고 있어서 재능이 있고 활동적이긴 하지만 노후가 처참하게 되는 수리다.

성품이 지혜롭고 두뇌가 영특할 뿐만 아니라 기개와 의협심이 강하지만 변화와 변동이 무상하고 종잡을 수가 없는 수리로 풍파가 그치질 않는다.

그래서 그는 12년간을 독재자로 군림했으며, 전쟁을 막지 못했다.

윤보선 전 대통령

윤尹 4 ┐ 토土	생년월일시 : 1897년 8월 26일 묘시卯時	
┌20	사주팔자	대 운
보潽 16 ┤ 수水		
┌28	年 月 日 時	95 85 75 65 55 45 35 25 15 5
선善 12 ┘ 금金	丁 己 癸 乙	己 庚 辛 壬 癸 甲 乙 丙 丁 戊
계 32	酉 酉 未 卯	亥 子 丑 寅 卯 辰 巳 午 未 申

윤보선 전 대통령의 수리와 사주를 보면 의지가 강한 것 같으면서도 인내력이 부족하고 시심猜心하여 실패하게 되는 이름이다. 거기에다 이름의 수리 32와 청와대의 수리 27은 상극이고, 합수 59 역시 공허, 좌절, 파란을 나타낸다. 경자년庚子年인 1960년 8월 13일부터 1962년 3월 22일까지 대통령 자리에 있었다. 사주에 관성官星이 기忌가 되어 오래는 지배하지 못하는 관이다. 윤보선의 이름 수리와 청와대의 수리는 서로 상극으로 감당할 수 없는 상황이 전개되고, 관성이 억눌리고 쫓기

는 운명으로 토끼가 호랑이를 만난 격이다. 모든 사람이 생명과 재산을 위협하고 박해하는 가해자로 둔갑하는데도 법과 관의 보호를 전혀 받을 수 없는 무방비 상태에 놓인 격으로 첩첩산중에서 산적을 만나 생명까지 위협을 받는 상황에 이른다. 사주에 천하일색으로 초중년은 모母를 비롯하여 양아養我하고 양육하며, 교육하는 사부, 학문, 지성, 덕성, 교화, 그리고 위로부터 받는 사랑과 은혜, 상속, 신임, 생기, 득의, 지덕을 겸비한 인도자가 되어 소망을 이루었다. 집터는 하늘이 내리고 대통령은 집터가 내린다는 말이 있다. 그 말의 표본이 바로 윤보선 전 대통령의 생가다. 그 집은 가히 대통령을 낼만한 명당이다. 하지만 권력에는 언제나 영욕이 따르듯 훌륭한 집안에서 태어나 권좌에까지 올랐던 그는 격랑의 10개월을 끝으로 하야해야 했다.

박정희 전 대통령

			생년월일시 : 1917년 9월 30일 인시寅時		
박朴 6		금金	사주팔자	대 운	
	—11				
정正 5		목木	年 月 日 時	72 62 52 42 32 22 12 2	
	—18		丁 辛 庚 戊	癸 甲 乙 丙 丁 戊 己 庚	
희熙 13		금金	巳 亥 申 寅	卯 辰 巳 午 未 申 酉 戌	
계 24					

박정희 전 대통령의 이름자는 금목금金木金으로 입신양명을 하지만 단명할 수리다. 천지상극으로 돌발적 사태가 일어나 목숨을 잃게 된다. 이름과 운명이 상극이 되어 재앙이 발생하는 수리라 청와대와는 맞지 않는 오행이다.

그의 사주와 이름은 해월생亥月生으로 화火가 용신用神이다. 사주의 정화丁火는 경일庚日의 관이며 용신으로 관은 백성을 안전하게 보호하는 벼슬을 상징한다. 그래서 그의 관은 입신양명으로 출세 중에서도 최고의 권좌, 즉 집권을 의미한다.

일반적으로 관이라 하면 과거에 급제하고 권력의 상층부를 향하며, 청운의 뜻을 세워 고지에 오르는 야망을 나타낸다. 그래서 관용신을 가지면 백성을 보살피고 다스리는 군자로서 선정을 베풀면서 순탄한 출세길을 내달리게 된다.

박정희 전 대통령 사주의 정화丁火는 부父와 군왕과 유정하여 평생 왕업을 도모하는 것이 꿈이었다. 정화丁火는 월지月支 해亥에 태胎다. 비록 용신이지만 허약을 나타낸다. 부와 조상은 유정하여 나를 북돋우는 힘이 부족하다.

따라서 스스로 자립하고 자수성가해야 한다. 남방화대운南方火大運에서는 관이 왕旺하니 관운이 욱일승천했다. 그래서 그는 정미운丁未運부터 병오운丙午運에 대권을 장악하여 을사운乙巳運까지 18년간 집권했다. 하지만 월상겁재月相劫財인 신금辛金은 겁탈의 별이다. 관운은 왕旺하지만 역부족을 타고났다. 그래서 고집과 독선, 독재로 장기집권을 하다가 비명사한 것이다.

최규하 전 대통령

최崔 11 ┐ 목木	생년월일시 : 1919년 6월 19일 오시午時	
├17	사주팔자	대 운
규圭 6 ┐ 금金	年 月 日 時	63 53 43 33 23 13 3
├16	己 辛 己 庚	甲 乙 丙 丁 戊 己 庚
하夏 10 ┘ 토土	未 未 巳 午	子 丑 寅 卯 辰 巳 午
계 27		

　최규하 전 대통령의 목금토木金土는 운명상 상극하고 27수리는 조난에 해당한다. 청와대의 동방목과 극으로 흉한 조직을 일으키게 되어 분란을 조장하는 수리로 운명적 상극을 나타내는데, 과대한 욕망은 끝을 보지 못하고 불운을 겪게 될 결과를 초래한다.

　미월생未月生으로 수水가 왕旺하니 수水가 있어야 하는데 용신이 수水가 전혀 없으니 기토일간己土日干 비견은 강자에게 순종할 수밖에 없다. 시간時干에 경금庚金 반용신은 화火체로 역시 수가 용신인데 없으므로 전혀 힘이 없으나 토생금土生金 식상食傷으로 두뇌회전이 빠르며 자신의 재능을 발휘하는 능력이 왕성하여 큰 소득을 얻게 된다.

　식상은 꽃이요, 재財는 열매다. 재의 건실한 수단과 기회 또한 식상이다. 그래서 식상이 관을 난타하니 최 전 대통령의 이름은 상극이지만 운명상 엄동설한에 떨고 있는 중생이 태양을 얻는 한곡회춘旱穀回春하는 격이다. 그래서 식상이 기토己土하여 소원 성취하는 기운을 가졌다. 본명은 혹한에 떨고 있는 만백성을 태양 같은 밝은 빛으로 구제한다. 하지만 호랑이 같은 폭군의 학정에 신음하는 백성을 위해 목숨을 던지더라도 보호해야 하나 역부족이다.

　그의 이름 수리 27과 청와대 27은 동격으로 천지동天地同한다. 이름 수리 27은 주인과 똑같은 가짜 주인이 나타나서 서로 대립하고 싸우는 천외한 사태가 발생하는 형국을 나타낸다. 오월吳越이 동주同舟하는 격이요, 외나무다리에서 원수를 만나는 격이다. 무엇을 하든 호사다마로 경쟁자와 장애가 나타난다. 부딪치고 싸우는 형국으로 나중에는 이빨 빠지고 기진맥진해진 늙은 호랑이 격으로 변할 수밖에 없다. 이는 그의 이름과 청와대 수리 27이 동격이기 때문에 나타나는 형상이다.

전두환 전 대통령

전金 6 ┐ 　　　├10 두斗 4 ┘ 　　　├17 환煥 13 ┘ 계 23	금金 　 수水 　 금金	생년월일시 : 1932년 12월 23일 술시戌時	
		사주팔자	대 운
		年 月 日 時 壬 癸 甲 甲 申 丑 申 戌	86 76 66 56 46 36 26 16 6 壬 辛 庚 己 戊 丁 丙 乙 甲 戌 酉 申 未 午 巳 辰 卯 寅

　전두환 전 대통령은 축월생丑月生으로 수체水體이다. 화火가 용신이요, 수水는 기신이다. 대운이 사오미巳午未 용신으로 대권을 장악할 수 있다. 그러나 이름자 중 전金은 금金으로 청와대와는 상극이 된다. 10획의 수리는 단명운과 악운의 이름이다.

　두뇌가 명석하고 친화력이 특출한 장점을 지녀 주변에 많은 사람들이 모이기도 했으나 세상만사가 자신의 뜻대로 움직여지는 것은 아니다. 시대가 사람을 만든다고 하지만 그 시대 흐름을 이유로 자신이 직접 개입하지 않을 수 없는 상황에 놓였다 할지라도 좀 더 현명한 판단을 하여 역사에 빛으로 남게 될 수 있었음에도 오욕으로 점철되었다.

그의 이름 수리와 사주는 중년에서부터 순탄하고 대운의 명제를 의미하고 있다. 그러나 권좌에 오르는 과정이 그의 폭군적 행위와 맞물려 패망하거나 나락으로 떨어지게 됨이 암시된다. 더구나 이름의 수리와 사주, 대운에 청와대의 수리와 지리적 상관관계가 대입되어 빚어지는 불협화음은 결국 영광과 권좌에서 오욕과 나락으로 굴러 떨어지게 되는 파란을 의미한다. 영광은 끝났으나 점철된 오욕의 굴레가 아직도 끝이 보이지 않는 이유이다.

노태우 전 대통령

노盧 16 ─┐		금金	생년월일시 : 1932년 7월 16일 유시酉時	
├─25			사주팔자	대 운
태泰 9 ─┤		토土		
├─22			年 月 日 時	77 67 57 47 37 27 17 7
우愚 13 ─┘		목木	壬 戊 庚 乙	丙 乙 甲 癸 壬 辛 庚 己
계 38			申 申 戌 酉	辰 卯 寅 丑 子 亥 戌 酉

노태우 전 대통령 이름 역시 38로 금金이며 수리도 22로 중절격中折格이다. 노盧 16은 금金으로 청와대와는 상극을 이룬다. 잔재는 있지만 소극적이고 무기력하며 어떤 일에도 매듭이 잘 지어지지 않는 이름으로 가을 초목이 된서리를 맞게 되는 형국이다.

사주는 신월생申月生으로 금체金體이다. 목木이 용신이요, 수水는 반용신이다. 경庚 일간日干으로 신월생은 건록격으로 다소 화는 미치나 그런대로 좋은 사주다. 시간時干의 을목乙木은 재財의 용신으로 호재에 해당된다. 이 재의 용신은 내가 소유하고 지배하며 부양하는 종속물이다. 사유하는 재산과 지배하고 관리하는 기업과 부하를 아끼고 사랑하는 투철한 정신이 배어 있다. 또한 성실과 신용을 바탕으로 인력관리와 부양에 대한 책임감이 강하고 수단과 방법, 요령을 발휘한다. 그에 따라 재가 용신으로 나를 철저히 관리해 줄 인력이 있으며, 스스로 보좌하는 데 심혈을 기울이지만 뒤가 무르다.

뛰어난 재능과 성실, 근면, 검소할 뿐 아니라 정의롭게 인력을 지배하고 부양하려는 선한 심성을 지녔고 주변을 부양하려는 능력이 왕성한 장정壯丁의 주인이다. 그러나 그 이름 수리만으로는 청와대 수리를 감당하지 못하는 약함을 나타낸다. 부족함과 무능이 덧씌워져 재를 감당하지 못하며 오히려 재에 시달리고 쫓겨 큰 화근을 입게 된다. 재는 부富와 더불어 귀貴를 만든다. 천하의 재를 가진 자는 천하의 주인이며 일인자로 만인 위에 군림하고 다스리며 최고의 부귀영화를 누릴 수 있다. 그와 같이 노 전 대통령의 수리는 만인을 다스리는 권리와 벼슬, 그리고 귀를 겸하고 있다.

김영삼 전 대통령

김金 8	수水	생년월일시 : 1928년 12월 4일 사시巳時	
┐17		사주팔자	대 운
영泳 9	금金		
┘12		年 月 日 時	87 77 67 57 47 37 27 17 7
삼三 3	목木	戊 乙 己 己	甲 癸 壬 辛 庚 己 戊 丁 丙
계 20		辰 丑 未 巳	戌 酉 申 未 午 巳 辰 卯 寅

김영삼 전 대통령의 이름은 수금목^{水金木}이고 12의 수리와 20의 수리는 박약^{薄弱}과 공허를 나타낸다. 특히 이름의 수리가 청와대와는 상극을 이룬다. 누구나 마찬가지지만 한 나라의 책임자는 국운과 밀접한 관계가 있으므로 기본적인 운명이 장소와 위치에 따라 다변하는데 상극관계로 그 자리(청와대)에 앉으면 기의 안정이 흐트러진다. 그렇기 때문에 상극관계로 그 자리에 앉게 될 경우는 변화를 주어야 한다. 집무실이나 숙식장소를 사주와 맞는 위치로 잡아 새로운 기를 증폭시켜 직무에 임하면 상극을 피할 수 있다.

김 전 대통령의 이름 수리는 박약과 공허를 나타내지만 사주와 대운의 흐름은 하늘이 내린 대세 운이다. 축월생^{丑月生}으로 수체^{水體}다. 화^{火}가 용신으로 미일^{未日}, 지장간 화^{火}가 용신이다. 기토일간^{己土日干}의 상하 전부가 대^{大}로 이루어진 것을 편고한 사주라 한다. 이 사주는 대운의 초년부터 용신으로 구성되어 있다. 삼차원적 견해에서 보면 상승하는 인물, 지고한 인물이 많다.

그의 인묘진^{寅卯辰} 사오미^{巳午未} 대운은 사주와 조화를 잘 이뤄 초년 때부터 부유한 환경에서 아쉬울 것 없이 정치생활을 할 수 있었다. 그러나 호사다마라고 이름의 수리가 청와대와 상극으로 불행한 권좌에서 말년을 맞게 된다. 하마터면 국가적 파산과 파멸의 상태를 맞게 될 뻔한 치욕의 위기를 맞았던 것이다.

김대중 전 대통령

김金 8 ┐	수水	생년월일시 : 1923년 12월 3일 사시巳時	
	┌11	사주팔자	대 운
대大 3 ┤	목木		
	┌7	年 月 日 時	101 91 81 71 61 51 41 31 21 11 1
중中 4 ┘	금金	癸 乙 丙 癸	甲 乙 丙 丁 戊 己 庚 辛 壬 癸 甲
계 15		亥 丑 戌 巳	寅 卯 辰 巳 午 未 申 酉 戌 亥 子

　김대중 전 대통령은 대운이 72세부터 들어오니 병자丙子 · 정축년丁丑年
에 대선이 있으므로 선거일이 12월 18일 오전 7시라 하여 100년만에
오는 최고의 대운이라 당선이 확실하다고 우리나라 최초로 필자가 예
언했었다.

　위 사주는 축월생丑月生으로서 일간日干은 병화일丙火日이다. 중요한 것
은 진용眞用인데, 사주에 절대적으로 필요한 것이 바로 진용이다. 다시
말하면 비견이 진용이다. 비견 진용은 같은 인간이요 인력이며, 인구
요, 동포다. 만인을 다스리고 부양하는 생업이요, 보호하는 벼슬아치
다. 축월생丑月生 화火는 진용으로 만인을 다스리는 최고의 관직이요, 관
리자다. 큰 기업과 나라를 다스리려면 막대한 인력이 필요하고 만백
성을 다스리는 벼슬과 임무를 다하려면 유능한 인재가 많이 필요하
다.

　축월생 월간月干인 을목乙木이 있는데, 계수癸水가 수생목水生木하고 목
생화木生火하니 일간日干인 병화丙火가 세력이 대단히 강하다. 그러나 대
운이 해자축亥子丑 수운水運은 체흉이 되어서 크나큰 고생을 한다.

　신유술辛酉戌 금운金運 대운은 재운이기는 하지만 체흉이기 때문에 경
신庚申 대운 41세에서 51세까지는 연간年干과 시간時干의 계수癸水와 월

327

간^{月干} 을목^{乙木}은 부목^{浮木}으로서 썩은 고철인 경신금^{庚申金}과 바다에 침몰하는 운수다. 일간^{日干}은 병화^{丙火} 덕분에 위기는 면하였다. 하마터면 목숨까지 잃는 신유술^{申酉戌} 금^{金}대운은 꽁꽁 언 한랭한 금^{金}이니, 금^{金}이면 흉사의 사고무친으로 태산 같은 재화를 빈욕^{貧慾}한 나머지 잉어 잡는 낚시로 고래를 낚으려다가 도리어 고래에게 끌려 들어가서 물에 빠져 살기 힘든 형국이다.

또 신유술^{申酉戌} 금^{金}대운은 재처운^{再處運}이고, 체는 흉이니 처의 자리가 변하게 되고 이후로는 생재^{生財}나 득재가 오히려 이처 또는 이재로 재앙을 부를 것은 불문가지다. 그런데 백호대살이 진용길^{眞用吉}이어서 대권에 세 차례나 도전했지만 번번이 패배하는 운수이다. 이유인즉 무토^{戊土}가 월지^{月支}인 비견 같은 오행은 체흉이 되기 때문이다.

그러나 71세 때부터 정사^{丁巳}대운 용화^{用火} 생일인 병술^{丙戌}이 백호가 되어 동서남북 온 세상을 호령하는 운수가 된다. 즉 관 일간^{日干}인 병화^{丙火}가 계수^{癸水}와 상극한다. 두 개인 연간^{年干}과 시간^{時干}은 원래 흉체이지만 강한 화용길^{火用吉}에 굴복하고 동일화되어서 진용으로 둔갑한다.

관은 본래 국가와 백성의 생명과 재산을 지키고 보호하는 것이 큰 임무이다. 그러므로 대관 대통령은 모든 백성의 생명과 재산을 보호하고 의식주를 마련해서 부양하는 것이 으뜸 임무이다. 또 대관은 동시에 나를 보살피기도 하기 때문에 정축^{丁丑} 1997년은 다시 대권에 도전해서 권세를 장악할 수 있었다.

그러나 김 전 대통령은 이름 수리와 청와대가 상극이므로 국운이 맞지 않았다. 그래서 필자는 당선됐을 때부터 재임기간에 청와대 이름을 바꾸고 재임 5년의 국운을 품어 대통령에게 전하겠다고 수십 차례 강조하고 측근을 통해 전달까지 했으나 결과로 이어지지 못했다.

노무현 전 대통령

노盧 16 ┐	금金	생년월일시 : 1946년 8월 6일 묘시卯時	
┌24		사주팔자	대 운
무武 8	화火		
┌21		年 月 日 時	82 72 62 52 42 32 22 12 2
현鉉 13 ┘	목木	丙 丙 戊 乙	乙 甲 癸 壬 辛 庚 己 戊 丁
계 37		戌 申 寅 卯	巳 辰 卯 寅 丑 子 亥 戌 酉

　서민으로 출생하여 부단한 노력으로 과거에 급제, 벼슬할 수 있는 자격을 획득했다. 급제하여 벼슬길에 올라 오랫동안 경험을 쌓아 세상 물정에 통달하여 능수능란하다. 그 무르익은 인생으로 오기까지 산전수전을 다 겪은지라 세상만사에 능통하다. 만능의 소유자로 자신이 만만하되 과신하지 않으며 사람을 부리되 돈보다 능률을 따진다. 남이 100원으로 50원의 이득을 본다면 1,000원으로 2,000원의 이득을 얻는 길을 선택한다. 통이 크고 배짱이 두둑하면서 미련을 떨지 않고 지혜롭고 민첩하며 돈이나 벼슬보다 정의롭고 건전한 사고방식으로 매사를 운영한다. 이것이 최초 그가 타고난 사주였다.

　이와 같이 흥망성쇠의 파란 속에서도 왕업王業을 이룩하려는 대업의 소유자였는데 지나친 좌편향 의식과 아집 그리고 좌경화된 참모들 때문에 좌파 네트워크가 형성되어 오만과 독선의 날을 세우며 '남의 탓'으로 일관한 책임의식 실종 등이 국민의 미움을 샀고 실패한 대통령이란 오명을 쓰고 말았다.

　왕도는 천하를 다스리기에 앞서 천하를 세워야 하고 그러기 위해서는 천하의 민심을 얻어야 한다. 노무현 전 대통령이 국가의 대업을 이루기 위해서는 만인을 받아들일 수 있는 하늘 같은 도량과 태산 같은 배포가 있어야 하고, 쓰고 단 것을 함께 삼킬 수 있는 아량과 더불어 만인을 울리고 웃길 수 있는 비범한 재간을 한층 발휘했어야 했다.

많지 않은 국민의 지지로 제왕에 당선되었다. 비록 겉으론 친절하고 겸손하지만 속내는 확고부동하고 중심이 정립되어 뼈대 없는 일은 하지 않는다. 치사하거나 불의는 질색이며, 가장 괴로운 것은 남에게 신세지는 것이다. 대통령 임기 중에 굶주릴지언정 구걸하거나 의지하지 않았다.

노무현 전 대통령의 이름에는 큰 정치적 운기運氣가 서려 있으며 강한 결단력으로 대업을 이뤄내는 격이다. 신망과 신뢰가 두텁고 매사에 진취적이고 독립심이 강해 스스로 힘든 일을 실행하여 성공을 이루게 되는 훌륭한 수리를 가졌다.

이름의 24 수리와 21 수리는 재능과 지혜를 겸비했으며 근면, 검소하면서 큰 업적을 세우게 되는 것으로 나타났다. 사주는 40%, 이름이 60%의 호운인데 37, 21, 24의 수리는 금상첨화다. 특히 사주팔자는 신월생申月生으로 금체 목관木官 용신으로 시간을목時干乙木은 벼슬을 상징하는 관진용신으로 명진사해名振四海하는 사주다.

관은 백성을 보호하고 보살피는 것이 근본으로 만백성의 생명과 재산을 보호하고 지키는 임무에 철두철미하다. 강인한 정신력과 투철한 사명감을 겸비했으므로 어려운 일에도 흔들리지 않고 굳건한 의지를 발휘하여 국가 발전과 국민의 안위에 소홀함이 없는 사주를 타고났으나 지나친 자기중심적 사고와 함께 좌의식 이념으로 뭉쳐진 수족들을 대거 등용시킨 것이 대한민국 경영에는 큰 패착이었다.

노무현 전 대통령은 역대 이래 가장 깨끗하고 훌륭한 대통령으로 국민에게 추앙받는 재왕으로 남게 되기를 간절히 바랐건만 결국 자신의 한계에 부딪쳤고, 그 한계를 보완해 줄 참모들을 잘못 선별하는 우혹遇惑을 자초하고 말았다. 결국 청와대 이름과 좌향坐向 등을 심각하게 재고할 필요가 있다.

이명박 전 대통령

이李	7		금金
		―15	
명明	8		토土
		―20	
박博	12		수水
계	27		금金

생년월일시 : 1941년 12월 19일(양) 신시申時

	사주팔자			대 운										
年	月	日	時	94	84	74	64	54	44	34	24	14	4
辛	庚	辛	丙	庚	辛	壬	癸	甲	乙	丙	丁	戊	己
巳	子	丑	申	寅	卯	辰	巳	午	未	申	酉	戌	亥

결혼일 : 1970년(양) 12월 19일

	年	月	日
·	경庚	무戊	계癸
·	술戌	자子	유酉

대통령선거일 : 2007년(양) 12월 19일 7시

年	月	日	時
정丁	임壬	정丁	갑甲
해亥	자子	해亥	진辰

* 생년월일은 청와대 홈페이지에 기록되어 있는 것으로 時는 필자가 추정하였다.

이름의 상생상극 작용은 사주팔자에 따라 변할 수 있는 작용으로 부족한 부분은 진용신眞用神으로 보완한다.

이명박 전 대통령의 이름 수리 15, 20, 27의 금토수金土水는 운명의 상극이다. 사주팔자와 운명을 관찰하면 사주팔자는 대운 진용신으로서 44세~74세까지 강한 작용으로 승승장구한다.

사주팔자는 자월생子月生으로 동冬 수체水體다. 화火가 진용신이요, 목생화木生火 목木은 진용신을 상생하는 반용신으로 병화丙火 진용신이 있어 급제하면 큰 벼슬에 오를 수 있는 용력을 가지고 있으므로 자신이 하고자 하는 일에 거침이 없다. 거기에다가 산전수전 다 겪으며 쌓아 온 경험으로 만사 능소능대能小能大할 뿐만 아니라 어떤 난제에 부딪쳐도 능히 처결한다.

이명박 대통령은 타고난 사주나 운명이 전 대통령들과 비교해 대단히 특출한 것은 아니다. 다만 이런 사주는 행운이 접목된 사주로 보게 되는데 그 행운은 그저 들어오는 것이 아니라 스스로가 불러들이는 비범한 저력이 있기에 가능했다. 그의 근면, 성실함과 창의성은 월등히 돋보이며 뚝심과 과단성은 대담하다.

무에서 유를 창조하는데 둘째 가라면 서러워할 사람이다. 그의 말처럼 신화는 없다. 그에게 신화는 자신의 노력으로 만드는 것이다. 성공으로의 길이 보이면 목표를 설정하고, 그 목표를 향해 끊임없는 노력을 기울인다. 그 목표를 향하는데는 밤낮이 없고 아침, 저녁이 따로 없는 스타일이다. 최고의 물건을 만들어 최상의 효용가치를 창출하는 것에 만능을 발휘하며, 어떤 일에도 자신감이 넘치지만 절대 만용을 부리지 않고, 인재 활용에도 돈이나 연성보다 능률을 우선시한다. 그러나 가끔 연緣으로 인한 화禍가 도사리고 있으므로 잘 다스려야 한다.

제왕의 자리에 앉으면 천리안으로 만리를 내다보는 안목을 가져야 한다. 그의 민첩성과 창의력은 진취적 사고, 두둑한 배포와 더불어 능히 더 넓고 큰 곳을 지켜보게 되고, 진정한 왕도의 대업을 필히 이룰 것이다. 근명·성실·민첩의 자세가 타고난 운명, 주어진 사주와 함께 조화를 이루는 결과가 곧 성공의 비결이다.

다만 앞에 표기된 것처럼 이름 수리의 금토수金土水는 운명의 상극을 이루므로 주변 참모들을 잘 두어야 한다. 그동안은 참모로서의 역할을 충실히, 그리고 최선의 방법을 강구하여 어려움을 딛고 용좌에 오를 수 있도록 했으나 거기까지가 한계다. 그들 중 몇몇은 엄청난 화근을 안고 있다는 것을 간과해서는 안 된다. 만용에 도취된 과욕이 만사를 그르치게 만들 수 있다. 미꾸라지 두세 마리가 큰 웅덩이를 흐리게 하듯 99%의 효율이 단 1%의 실행 때문에 대업을 망치고 국민의 기대가 또다시 허망스럽게 나락으로 떨어지는 일은 절대 없어야 한다.

왕은 천하를 다스리기에 앞서 천하를 세워야 하고 그러기 위해선 천하의 민심을 바르게 보고 선정을 펼쳐야 한다. 만인을 받아들일 수 있는 바다 같은 도량과 하늘 같은 너그러움, 태산 같은 배포가 있어야 하고, 쓰고 단 것을 함께 삼킬 수 있는 아량과 더불어 만인을 울리고 웃길 수 있는 비범한 재력이 있어야 한다.

사주팔자 천간신년 경월간天干辛年 庚月干은 추상 같은 서리에 의해서 무르익은 성숙한 오곡백과를 상징하는 것으로 신辛과 경금庚金은 익히고 거두는 숙기熟氣요, 수기收氣이듯이, 신辛은 완전히 성숙하고 거두는 물체로서 숙물熟物이요, 수물收物인 사주이다. 신경辛庚의 서릿발 같은 냉혹한 심판과 성숙 작용에 당당히 적응하고 승리한 성공의 작품이다. 사주는 만물을 성장시키는 태양처럼 화火의 용신用神이 특출하다. 사주 병화丙火는 성장하고 변화하는 과정과 생물이 성장할 수 있는 왕성한 기운의 상징으로서, 천지만물이 성장하고 변화할 수 있는 절대적 에너지는 바로 병화丙火가 있기 때문이다.

2007년 12월 19일 대통령 선거일은 이명박 대통령에게 천지가 내려진 날이다. 선거일인 정해년丁亥年 12월 19일은 정해일丁亥日이고, 결혼일인 경술년庚戌年 12월 19일의 12월은 무자월戊子月이며, 출생일인 신사년辛巳年 12월 19일은 신축일辛丑日이다. 그래서 정해丁亥, 무자戊子, 신축辛丑은 화생토^{火生土} 토생금^{土生金}의 상생으로 천지조화의 격이다.

전^{前} 대통령들도 대통령에 당선될 때까지는 한결같이 훌륭한 사주를 타고 났다. 그러나 직무를 수행해 나가는 과정에서 조화롭지 못한 사고와 과욕, 그리고 측근들의 무가치한 국가관으로 인해 온갖 수난을 겪었으며, 퇴임 후에도 수많은 국민들로부터 지탄을 받은 것이다. 참으로 가슴 아픈 일이 아닐 수 없다. 다시는 이런 불행을 겪지 않기를 간절한 심정으로 기원하는 바이다.

이명박 대통령은 특별한 예지를 가졌으므로 모든 이에 예비하는 능력이 탁월하다. 그가 가진 강한 통찰력과 명료한 혜안은 악재의 싹을 틔우기 전에 차단하는 과단성을 보여주었다. 그리고 그의 대명사로 일컬어지는 경제력 확충은 만사 구축의 절대 요소이므로 목적하는 바 크게 성장 발전했다. 그에 따라 많은 부분을 약자의 편에서 보호하고 배려하는 슬기를 발휘, 평등에 따른 진취적 사회를 건설한 것임에 의심치 않는다.

그러나 참모진들의 사리사욕에 이명박 대통령이 실추되고 말았다. 최측근들에 의해 명예가 바닥에 떨어졌다.

박근혜 현 대통령

박朴	6		금金
		┐21	
근槿	15		목木
		┘27	
혜惠	12		금金
계	33		화火

생년월일시 : 1952년(양) 2월 2일 병진시丙辰時

사주팔자

年	月	日	時
辛	辛	戊	丙
卯	丑	寅	辰

대 운

91	81	71	61	51	41	31	21	11	01	
辛	庚	己	戊	丁	丙	乙	甲	癸	壬	大
亥	戌	酉	申	未	午	巳	辰	卯	寅	運

출생지 : 대구광역시 중구 삼덕동 5-2

출생한 곳은 7의 수리로 독립심과 의지력으로 리더십을 발휘하여 뜻한 바를 필경 이루는 곳에서 출생하였다. 필자는 박근혜 대통령의 프로필에 표기된 1952년 양력 2월 2일을 토대로 풀이를 하고자 한다. 시는 병진시丙辰時로 보는 것이 타당하다.

부모父母를 떠나보내고 우뚝 선 느티나무와 같다.

독립심이 강하여 홀로 행하기를 좋아하며 권위와 위엄을 갖춘 형상으로 준엄한 태도를 지녔다. 다만 독단적인 권위와 힘으로 고집도 겸하고 있어서 동화력과 친화력이 다소 모자라는 것이 단점이기도 하다. 그러나 의지가 강해 추진력과 박력이 있기 때문에 많은 사람들에게 인기를 얻으므로 추종 세력이 많다. 최초의 여성 대통령으로 국가와 국민을 위하여 큰 몫을 할 것이다.

사주 시간時刊 병화丙火는 진용신으로 천재의 관을 쓰며 인인성사 성부성재한다. 제왕의 벼슬로서 산전수전을 겪고 사회물정에 통달하여 처세가 능소능대한 것이 제왕이다. 일생일대의 전성시대요 천하의 왕으로 군림하는 왕업을 잇는 것이 필연적이다. 수완과 역량이 비범하고 백절불굴이며 어떠한 간섭이나 지배도 받지 않고 자력으로 대규모의 과업을 일으킨다. 원칙과 정의에 맞서서 한 치의 양보도 없다.

　시간 병화丙火 인성이 용신으로서 지혜롭고 총명하며 덕망과 인성을 상징한다. 의식주가 부유하고 빈틈이 없어 자기중심으로 사물을 파악하려 한다. 학문의 기질을 타고나 어떤 분야든지 착실히 하여 반드시 성취한다.

　시간 병화丙火 인성 용신은 인덕이 있어 생활이 윤택해지고, 반면 머리 회전이 빠르지만 즉흥적으로 처리하면 실패한다. 아랫사람을 선택할 때 심사숙고해야 5년의 왕업이 원만하며 대한민국을 세계 제일가는 국가로 만들 것이다.

　박근혜 대통령은 국가와 결혼했다는 인터뷰를 본 적이 있다. 오로지 국가와 국민을 위하여 한 몸 아끼지 않고 헌신하는 운명이다. 뚝심과 과단성은 가히 놀랄 만큼 위대하다.

　박근혜 대통령은 목표를 정해 놓고 그 목표를 향하여 끊임없는 노력을 기울인다. 그에게 가족은 국민이고, 국민에 대한 열정은 24시간 조석朝石이 따로 있을 리가 없다. 세계 최고의 나라를 만드는데 전념한다. 최상의 효용가치를 창출하는 것에 천재적인 소질이 있다.

　필자가 부탁드릴 말씀은 인재활용에 보다 전문성과 도덕성, 능률을 우선시하면 좋겠다. 왕업의 자리는 천리만리로 내다보는 안목을 가져야 100년이 지난 후에도 업적이 평가될 것이다.

　필자는 명상을 통하여 박근혜 대통령의 평생 운세를 분석하였다.

　대운을 살펴보면 대운으로 아我신 무인戊寅 일주는 갑진甲辰 을사乙巳 대운에 역학용어상 귀鬼귀신 투쌍관으로 호랑이 2마리가 나타나 어머니와 아버지가 흉탄에 맞아 서거를 하게 된다.

　갑진甲辰 을사乙巳 대운에 학업을 쌓고 미래설계를 하며 병오丙午 정미丁未

대운 용신운에 국회의원 보궐선거에서 당선되었다. 속이 꽉 차고 빈틈이 없는 벼이삭처럼 무게가 있고 침착하여 자주 독립할 수 있는 능력이 완전하다.

부모 슬하를 떠나서 자기 나라를 세우고 독립하는 과정으로 남의 지배와 간섭을 거부하고 주도면밀하며 자신만만하다. 인력이 없이 자수성가하며 고도의 지성으로 기획과 설계에 능하다. 박근혜 대통령의 운기는 100세 장수의 길운으로 국민으로부터 존경을 받는다.

성명	획수		삼원	오행	성명	획수		삼원	오행
박朴	6		천격天格	금金	박朴	6		천격天格	금金
근槿	15	21 27	인격人格	목木	정正	5	11 18	인격人格	목木
혜惠	12		지격地格	금金	희熙	13		지격地格	금金
	33		총격總格	화火		24		총격總格	화火

박정희 대통령과 박근혜 대통령의 이름 모두 금목금金木金 수리이다.
27수는 비탄의 숫자이며 금목금金木金수리는 양쪽의 금金이 가운데 목木을 사정없이 난타하는 격으로 일신상의 문제가 많은 수리이다.
박근혜 대통령은 2006년 신촌 유세장서 50대 남자에게 문구용 커터칼에 휘둘려 얼굴에 11cm 가량 상처를 입고 병원에서 치료를 받은 적이 있다.
필자가 부탁드릴 말씀은 반드시 청와대 경호실은 인원과 장비를 대폭 보강해 대통령 경호 업무에 만전을 기해주길 바란다.

박근혜 대통령에게 바란다

음양오행陰陽五行에 따른 특수 영재교육을 반드시 실시해야 한다.

영재英才란 탁월卓越한 재능과 소질을 가진 사람을 일컫는데, 영재교육英才敎育은 선천적으로 우수한 소질과 재능을 타고난 아동이나 청소년을 조기무制에 판별判別하여 그들이 가진 우수한 능력과 잠재력이 최대한 계발될 수 있도록 돕고 가르치는 특수화된 교육의 영역을 말한다.

지금 세계인들에게는 이 영재교육뿐만 아니라 인성교육人城敎育과 더불어 전인교육全人敎育도 절대 필요하다 하겠다. 이 인성교육과 전인교육의 경우는 사회성과 밀접하게 연결되는데, 요즘처럼 사회 범죄가 난무하는 상태에서는 더더욱 인성 · 전인교육이 필요하다.

그런데 여기서 피력하고자 하는 것은 범세계적으로 영재교육의 필요성이 절실한 시점에서 세계 경쟁에서 이기기 위해 또는 뒤떨어지지 않기 위해서는 한국에서도 유일한 선택이 될 것이기 때문이다.

농아, 맹아나 지체부자유아, 정신박약아 등의 특수교육에서와 마찬가지로 이 영재교육도 정상아와는 다른 특수한 방법으로 교육을 실시함으로써 효율적인 육성이 가능하다는 의미에서 그 필요성이 강조되고 있다.

그리고 최근에 들어서는 출중하게 우수한 재능을 가진 영재들을 모아 특수한 학교나 학급을 편성하고 특별교육 프로그램을 따로 마련하여 그들의 재능을 최대한 발휘할 수 있도록 교육함으로써 미래의 국가사회 발전에 기여한다는 확실한 의미를 담고 있다.

미국이나 이스라엘 등 세계 선진국일수록 과학이나 예능뿐만 아니라 다방면의 영재들을 모아 특수교육을 장려하고 있는데, 우리나라의 영재교육은 한층 미흡한 데가 많으므로 국가 백년대계와 미래 지향적인 경쟁에서 우위를 점하기 위해서는 보다 차원 높은 교육프로그램이 절대 필요하다.

일반적으로 영재로 규정하는 척도로서 지능이 유일한 기준일 수는 없지만 대개 같은 연령층에서 상위 2퍼센트 내에 속하는 부류를 영재라 한다. 그래서 영재들은 보통

학생보다 학습 속도가 빠르고 지적 수준이 높으며 흥미영역이 매우 다양하고 독자적으로 학습해 나가려는 특성을 지니고 있다. 특히 이들은 다양한 분야에서 기본적인 수준을 훨씬 웃돌기 때문에 인성이나 전인교육 관련의 범주는 자연히 습득, 체질화되어 있음이 대부분이라고 보면 된다.

따라서 이러한 영재교육에서는 그들에게 빼어난 특성과 요구에 맞도록 수준 높고 다양한 교육내용이 제공되어야 하고, 능력에 따른 빠른 학습 진도가 허용되어야 한다. 그들 중에서도 현저히 차별되는 경우는 개인지도나 특별지도를 병행하여 성장속도를 수준에 맞추어 끌어올려야 한다.

지금 우리나라에서도 특수 영재교육기관과 제도적 장치가 되어 있지 않은 것은 아니지만, 그동안의 보편화·대중화·평준화 등 다양한 교육시스템이 영재들에게는 질적 향상을 이루는데 오히려 장애요인 또는 부정적 작용의 요인으로 대두된 경우도 많았다. 이제라도 세계적 수준에 버금가게 한다거나 추월하기 위해서는 초기부터 수준 높은 영재 선발 및 교육 프로그램에 안목을 높여야 할 것이다.

영재적 재능이 유치기에 나타나는 경우도 있을 테고, 청소년기에 발휘되는 경우도 있으므로 잠재된 탁월한 능력의 다양성을 안목 높게 발굴해 내야 한다. 그리고 범국가적 차원에서 각 분야의 전문가에 의한 특수교육을 실현해야 하고 모든 재원은 국비로 충당, 교육자나 교육생 모두가 생활이 안정되도록 해야 하는 것이다.

그와 아울러 이 특수 영재교육이 얼핏 일류주의나 출세주의에 편향되는 것처럼 보이거나 왜곡되어 사회적 비난이나 물의를 빚는다든지 인간적 우열비교(優劣比較)가 이루어져서도 안 된다. 또한 서로 간에 심리적 갈등을 유발한다거나 사회적 비리에 휩싸이지 않도록 제도화 하는 것에도 특별히 유의해야 할 것이다.

이렇듯 필자는 여러 가지 부정적 요인을 사전에 차단하기 위해서는 이 영재교육에도 인성교육이 수반되어야 함을 강조하고자 한다. 따라서 영재의 선별에 있어서 음양오행에 따른 체질도 함께 대입시켜야 한다. 체질에 맞는 과목을 선택해야 하고, 그에 따른 교육 분야를 집중 육성 발전시키는데 역점을 두어야 한다.

탁월한 재능과 소질이 나타날 때 오행의 체질로 분류하여 그에 가장 잘 조화될 분야를 집중 교육시켜야 한다는 것이다. 교육이나 연구과정에서 이 체질과 전문분야가 맞지 않을 때는 재능은 있으나 제대로 활용되지 않아 중도에서 좌절하거나 그 분야에 싫증을 느껴 도태하는 경우가 생길 수 있기 때문이다.

이 오행적 체질에 대한 상세한 내용은 필자의 독창적 발견이므로 여기서 기술하지 않지만 국가적 차원에서 전문기관을 통해 의뢰해 온다면 국가 백년대계를 위해 기꺼이 참여하도록 하겠다.

이 오행에 따른 영재 선별은 1차 400명으로 하는데, 목木 체질 100명, 화火 체질 100명, 금金 체질 100명, 수水 체질 100명 등 400명으로 하고 토土 체질은 화합적 중간이므로 선별하지 않는다.

이렇게 선별된 영재들은 국가관이 투철하도록 교육시켜야 하므로 부모의 동의와 서약이 있어야 한다. 국가로부터 평생토록 모든 보장과 보상을 받게 되므로 오직 국가와 민족을 위해 헌신하도록 한다는 것이다. 교육이 끝나고 연구 과정에 들어가면 그 성과에 대한 인센티브도 함께 주어야 한다.

연구과정에서는 세계 명문대학이나 관련 단체에 유학하고 각 분야의 재능을 한층 더 업그레이드할 수 있도록 국가는 최선의 방법을 강구해야 한다.

1차 400명, 2차 2천 명, 3차 3만 명으로 늘리고, 10년 내에 영재교육 및 연구 인력을 20만 명 수준으로 늘려, 결원이나 낙오·도태하는 경우 보충하고 그 후에도 계속하여 오행의 체질에 맞는 영재를 선별해 교육시켜야 한다. 이렇게 했을 때 2050년이 되면 세계 초강대국인 미국을 앞서게 되고, 2061년에는 세계를 통치할 세계의 대통령이 우리 대한민국에서 나오게 된다.

이와 같이 1차 선별된 영재교육이 완성단계에 이르면 자연스럽게 체질별로 분류해 모든 분야에서 맡은 바 임무를 차질 없이 수행하게 될 것이다. 목木과 금金의 체질은 모든 일에 대해 기초과학의 설계에서부터 완성까지 한 치의 오차도 없는 기획을 세워나갈 것이고 화火와 수水의 체질은 정치·경제·사회·문화 등 모든 분야를 관장하는 인재 풀이 가동될 것이다.

이렇게 되었을 때 대한민국은 세계 일등국가가 될 것이고 세계의 중심 국가로 그 위상을 떨치게 된다. 그리고 2096년에는 대한민국 출신의 세계적 과학자들이 우주를 정복하게 되고, 지구와 우주가 합병될 것이다. 그 시기는 굉장히 오랜 세월이 걸려야 하는데 서기 3000~3001년이 될 것으로 보인다.

그리고 이 영재를 선별함에 있어서 부모의 체질도 분석해야 한다. 음양陰陽의 대기에 의해 부모의 사주팔자四柱八字를 풀어서 영재의 체질과 비교·분석하여 합치시켜야 할 것이다. 씨앗도 좋아야 하고 기름진 옥토여야만 훌륭하게 자랄 수 있다는 의미이다.

그래서 부모의 사주팔자와 평생 사주팔자를 면밀히 분석하여 금金 체질과 수水 체질은 음, 목木 체질과 화火 체질은 양, 즉 음양조화가 정확하게 합치되었을 때 영재적 두뇌를 가진 아이가 태어나고 그 영재는 훌륭하게 성장하게 된다. 또 건강도 국가적 차원에서 보살피게 되므로 100세 이상 건강하게 연구와 실천에 이바지하게 될 것이다.

영재의 선별은 남녀 누구나 가능하다. 사회적 · 문화적 분야는 오히려 여성이 유리할 것으로 보이는데, 남성보다 더 섬세하고 주도면밀한 체질을 지녔기 때문이다.

이렇게 영재교육을 받고 성장한 젊은이들은 될 수 있는 대로 영재들끼리 결혼할 수 있도록 주선하고 배려하는 것도 중요하다. 천재적 유전인자를 받도록 하자는 의미이다. 이러한 경우는 될 수 있는대로 자녀도 여러 명을 가질 수 있도록 장려해야 한다.

그리고 그들에게 거주의 자유를 절대 보장해야 한다. 다만 세계 어느 곳에 거주하든 대한민국의 국위선양이 삶의 제1모토가 될 수 있도록 투철한 사명의식을 가져야 한다.

이웃 나라 중국이 실시하고 있는 영재교육생은 대략 50만 명으로 공개되었다. 중국 인구가 13억 명이라고 하지만 실제 미호적이나 인구조사에 누락된 수를 합치면 대략 17억 명 이상일 것이라고 추측하는 전문가도 있다.

이 50만 명에 달하는 중국의 영재교육 방법은 극비리에 진행 중이다. 현재 우리들에게 알려져 있는 방법이나 내용은 대외홍보용일 뿐 실제의 특별교육 방법은 베일에 가려 있다고 보아야 한다. 물론 우리나라의 영재교육 방법과는 많은 차이가 있을 것이라 추측한다.

이 50만 명 인구를 중국 17억 명의 비율로 분석해 봤을 때는 많은 인원이 아님을 알 수 있다. 그리고 그 선별 과정이나 방법에도 우리와 차이가 있다.

필자가 계획하는 방법은 대상자와 부모에 대한 대운과 세운까지도 면밀히 분석하기 때문에 중국 영재들과는 성장속도 등 모든 면에서 비교될 수 없다. 주도면밀하게 선별된 대한민국의 영재 1명이 중국 영재 1,000명의 두뇌 수준이 될 것이다.

그러므로 중국 영재 50만 명이 특수교육을 받는다 하더라도 우리나라 영재 250명과 맞먹게 된다는 의미로 해석된다.

개명으로 개운된 사례

필자가 개운開運과 개명開名에 대해 감정했던 명사 및 몇 명의 사주 변화를 본명은 밝히지 않은 채 원문 그대로 수록하고자 한다.

▶▶ 현재 좋은 이름

이름 : 정○○	생년월일시 : 1945년 8월 1일 오시午時								
사 주 팔 자	대　　운								
年 月 日 時	100	90	80	70	60	50	40	30	20	10
乙 甲 戊 戊	甲	乙	丙	丁	戊	己	庚	辛	壬	癸
酉 申 寅 午	戌	亥	子	丑	寅	卯	辰	巳	午	未

정모 장관은 금상첨화의 사주를 타고났다.

대운이 40세부터 100세까지 계속되는 개운으로 백수百壽의 장명長命이다. 연상年上 월상月上 투관으로 백성을 보호하는 것이 임무다. 관은 법으로써 백성을 보호하며 재산과 생명을 지키고 보살피며, 의식주를 마련해서 부양하고 보호하는 것이 명맥이다. 위 사주는 만인을 다스리는 대운이 40세부터 60년간 이어진다.

일간日干 무토戊土요, 월月 · 연간年干 관이 극剋으로서 생生으로 변하니 마을 성곽에 나타난 황호의 형국이다. 기골이 장대하고 위인풍이 서려 있으나 마음은 소심하다. 따라서 겉으로는 둔한 듯하지만 신경이 과민한 편으로 명예를 중히 여기는 사주다. 오행상으로 무인戊寅은 월상月上 연상年上 갑을목甲乙木이며, 목극토木剋土다. 천하天下 무토戊土가 지지 인목寅木으로 충을 당하는 관계이므로 항상 마음속으로 우열의 싸움이 그치지 않아 마음에 갈등을 일으켜 안정되지 않을 때도 간혹 있다. 그리고 반항심을 불러일으켜 중용의 도를 잃고 쟁론이 있을 때도 많다. 살아가면서 타인과 화합하기 어려울 때도 있어 결국에는 배신을 당하고 따돌림을 당하는 경우도 생긴다.

일간^{日干} 무토^{戊土}는 관 용신으로 천지가 뒤바뀌어 대망의 결실이 있는 사주다. 정치적으로 대성하는 격이니 2004년부터 대관의 운으로 변한다. 권위와 명예를 상징하고, 신용, 자비, 덕용, 품위, 재지, 발전 등이 따른다. 50세 이후 30년간 대성관으로서 큰 벼슬을 하고 녹을 먹으며, 산전수전을 다 겪는다. 그러나 동고동락한 동지는 잊어버리지 않고 항상 마음속에 간직하며, 처세가 능소능대하여 제왕의 자리에 앉는 운으로 변한다. 2004년부터는 일생일대의 전성기요, 천하의 왕자로 군림하며, 대업을 꿈꾸는 사주가 필연적이다. 수완과 역량이 뛰어나고 백절불굴의 의지로 어떠한 간섭이나 지배도 받지 않고 자력으로 대사를 벌여 성취하게 되는 사주다.

▶▶ 삼합인장과 개명으로 개운이 된 경우

정동진^{鄭東鎭}을 정동진^{鄭同軫}으로 개명하니 유광명지의^{有光明之喜}하며 천심월광^{天心月光}하고 정조만리^{正照萬里}하는 운세로 1947년 1월 17일 진시생^{辰時生}이다. 상서로운 일이 연속적으로 일어나니 하늘의 뜻과 달빛이 고루 만리에 비친다.

삼합인장은 기를 증폭시켜 뜻하는 일이 대통하며 소원을 성취한다. 선빈후부^{先貧後富}하고 심광체비^{心廣體肥}라 처음에는 힘겨울 수도 있으나 나중에는 풍요로우니 마음이 넓어지고 몸은 살찌리라. 기회를 잘 포착하여 움직이니 그 공로가 갑절이요, 마음이 넓어지고 몸은 살찌리라. 또 귀인이 와서 도와주니 재물을 크게 얻는다. 이름과 인장이 안성맞춤으로 운세를 상승시키고, 운수가 더욱 대길하니 바른 마음 바른 자세로 가다듬으면 뜻밖의 공명을 얻으며, 그 이름을 사방팔방에 떨치게 된다.

삼합인장과 고친 이름은 인인성사^{因人成事}하고 만인유정^{萬人有情}이라 세상 사람이 모두 형제요, 귀인이로다. 친구와 더불어 높은 자리에 오르게 되니 칭송이 자자하다. 하는 일마다 뜻대로 이루어지니 신수가 대길하다. 가산이 넉넉해지고 신록이 무성하여 원만한 가운데 복락이 깃드니 어찌 기쁘지 않겠는가.

지난 6년간은 하락한 운세지만 금년 5월부터는 운이 상승한다. 사업가는 약하고 녹봉은 대길하다. 삼합인장은 막혔던 길이 확 풀리는 형상이다.

은행비밀번호는 고기와 용이 물을 만난 듯 의기양양이다. 일신이 안락하게 되고 모든 일이 순조롭게 진행되므로 천만금을 얻는다. 재물이 풍만하니 사업이나 일이 잘 이루어지고 순풍에 돛을 단 듯 천리를 행한다. 액운이 전혀 없으므로 모든 일이 순조롭게 번창하리라.

교통정리하는 음양대가의 조언을 받으면 산야에 풍년이 들고 만인이 스스로 도우리라. 계속 대길하므로 말년이 부귀영달하여 79세까지 계속 이어진다.

▶▶ 개명과 상호변경으로 개운이 된 경우

1942년 4월 8일	김金 성聲 재材
1947년 5월 15일	이李 채茶 연姸

상호는 서흥瑞興이다. 유광명지의有光明之義하며 천심월광天心月光 정조만리正照萬里라. 상서로운 일이 연속적으로 일어나 하늘의 뜻과 달빛이 만리를 비춘다. 운수 대통하는 상호로 경영하는 일이 뜻대로 잘 이루어질 것이다.

평상시에 늘 덕을 쌓아라. 그리하면 많은 일이 성취될 것이다. 선빈후부先貧後富하고 심광체비心廣體肥니 처음에는 힘에 겨울 수도 있으나 나중에는 풍요로우며, 마음이 넓어지고 몸도 살찔 것이다. 기회를 잘 포착하여 움직이니 그 공로가 갑절이다. 귀인이 와서 도와주니 재물을 크게 얻는다.

가끔 상호와 운세가 상승하여 기가 증폭하기도 하므로 운수가 더욱 대길하다. 바른 마음, 바른 자세로 가다듬으면 뜻밖의 공명을 얻게 되고 이름을 사방에 떨치게 된다.

김성재金聲材, 이채연李茶姸으로 개명하니 인인성사因人成事하고 만인유정萬人有情이라. 세상 사람이 모두 형제요, 귀인이로다. 친구와 더불어 높은 자리에 오르게 되니 칭송이 자자하다. 하는 일마다 뜻대로 이루어지고 신수가 대길하여 가산이 넉넉해지고 신록이 무성하니 원만한 가운데 복락이 깃든다.

제3장

운수법

수數의 운명학

≪명심보감明心寶鑑≫ 〈성심편聖心篇〉에 나온 말이다.

'아무리 신묘한 약일지라도 원한의 병은 고치지 못하고, 뜻밖에 생기는 재물이라도 운수가 궁한 사람을 부자되게 하지 못한다. 일이 생겨나게 하여 일이 생기는 것을 그대로 원망하지 말고, 남을 해치고서 남이 해치는 것을 그대는 분해하지 말라. 천지간天地間 모든 일엔 자연히 다 과보果報가 있는 법, 멀게는 자손에게 있고 가까이는 제 몸에 있다.'

내가 남에게 잘하면 남도 나에게 잘하게 되고, 남을 도울 줄 알면 남도 나를 도울 때가 있는 법이다. 자기 잘못은 모르고 남 탓만 하는 것은 이기적인 생각에서 비롯된 것이다. 제 아무리 욕심에 눈멀이 버둥거려 봐야 우리는 자연의 순리와 인생의 섭리에서 벗어날 수 없다. 엄청난 재물을 물려받았다 하더라도 자신의 운수가 나쁘면 결국 탕진하기 마련이다. 그처럼 모든 것은 순리에 의해 움직인다. 산은 금을 지니고 있기에 파헤쳐지고, 나무는 양분이 있어 벌레에게 파 먹히듯 사람은 자신이 저지른 일로 다치고 곤란을 겪지 않는가.

고통이 따르지 않고는 아무것도 이룩할 수 없다. 사람은 다른 이의 고통 속에서 태어났고, 또 그렇게 죽어가기 때문이다. 그렇기 때문에 더불어 사는 것을 피해서는 안 된다. 또한 인생은 투쟁의 연속으로, 투쟁은 항상 고통을 동반한다. 그것은 신이 우리에게 준 숙명적인 선물에 속한다.

행복의 문은 한쪽이 닫히면 다른 쪽이 열리게 되어 있다. 하지만 우리는 닫힌 곳만 응시한 채 쉽게 좌절하고 만다. 과감한 결단력으로 새로운 길을 찾아야 한다. 행복의 문은 우리의 노력 여하에 따라 또 다른 길을 열어주기 때문이다.

나는 새롭게 원대한 꿈을 다시 펼쳐나가고자 개명하는데 주저하지 않았다. 뜻을 품고 계획을 세워 과감하게 밀고 나간다면 원하는 대로 이뤄진다는 재再를 써서 개명한 이후 명상을 하면 줄곧 떠오르는 말이 있었다.

'너 재원再原이로구나, 진작 그렇게 고칠 것이지 왜 이제야 고쳤느냐! 만시지탄이나마 지금부터라도 열심히 하면 좋은 결과를 얻을 것이다.'

그동안 고생하며 아픔을 겪은 것이 안타까운 양 내 귓전을 맴돌았다. 늦은 감이 있으나 그나마 다행스럽다는 생각이 온 뇌리를 휘감았다.

재再를 내 인생의 새로운 출발점으로 여기고 우선 각종 인쇄물에 먼저 사용했다. 그리고 은행통장의 사인으로도 사용했다. 그 이름을 사용하면서 재물이 모였다 흩어지는 경험을 하였다. 나는 의문이 들었다.

'왜 사람에게는 그리도 풍파가 많은가? 왜 사는 모습이 천양지차로 차이가 나는가? 왜 누구는 풍요롭고 누구는 빈한해야 하는가? 같은 조건임에도 불구하고 왜 차이가 발생하는가?' 지속적인 명상을 통해 새로운 몇 가지 사실을 알 수 있었다.

우선 동·식물에게 필요한 빛과 기는 태양이다. 식물의 경우 제대로 빛을 공급받아야 잘 성장할 수 있다. 마찬가지로 인간은 운수에 맞는

빛, 즉 기를 정확하게 받아야 성공하는 것이다. 그런데 이 기라는 것의 좋고 나쁨을 어떻게 판단하느냐가 중요한 문제였다. 나는 40여 년에 걸친 다양한 경험과 실험을 통해 이를 밝혀 내기에 이르렀다.

운명과 수리의 관계

우리 인간의 일상생활과 가장 밀접한 것은 수리이다. 수리와 인간 개개인이 갖고 있는 고유한 운수를 파악하여 대비시킨다면 인생을 성공적으로 영위할 수 있게 된다. 이것은 사람마다 자기 운수와 맞는 일생의 숫자가 있는데, 홀수와 짝수처럼 서로 조화를 이루어야 한다. 사주팔자에 양이 많은 사람은 음의 숫자를 써야 하고, 그 반대도 그렇다. 숫자가 인간의 생명을 다룬다고 해도 과언이 아닐 정도로 중요하다.

좋은 숫자를 갖고 있는 사람은 건강과 행복, 그리고 장수를 누린다. 어디를 가도 먹고사는 일에 얽매이지 않고 모든 이에게 환영을 받는다. 반면 나쁜 숫자를 지닌 사람은 일이 잘 풀리지 않고 건강도 약해지며, 심지어 단명할 수도 있고, 삼재를 잘 만난다.

삼재란 인재人災, 풍재風災, 수재水災를 말한다. 인재는 어떤 사람과 맺는 악연을 말하고, 풍재는 망망대해에서 풍랑을 만나 침몰하는 격이며, 수재는 한 세기에 있을까 말까 하는 수난水難을 당하는 것을 의미한다. 하지만 이런 운수의 사람이라도 숫자를 잘 맞추어 쓰면 피할 수 있다. 시들어 가는 화초에 물을 주어 생기를 되찾게 하는 것과 같은 이치다.

사람은 누구나 이름을 갖는다. 그러나 아무렇게나 이름을 지어서는 안 된다. 물론 사람들은 각자 나름대로 신중하게 이름을 선택하여 짓는다. 그럼에도 이름처럼 살지는 못한다. 그것은 이름이 숫자와 운수의 조화가 맞지 않기에 벌어지는 일이다. 우리 이름의 숫자에는 분명히 살아서 움직이는 수리가 있기 때문에 타고난 사주와 잘 맞추어 이름을 지어야 하는 것이다.

인간은 태어나면서 용用과 체體를 타고난다. 즉, 희신喜神과 기신忌神이 있다는 말이다. 용을 제대로 갖고 태어난 사람은 어머니 뱃속에서 나온 날부터 부모가 상승하고 번창하게 되지만 기신을 갖고 태어나면 출생시부터 부모가 쇠퇴하는 것이다.

숫자에는 방향이 있다. 주역은 38번이 동쪽(목木, 파랑), 49는 서쪽(금金, 하양), 27은 남쪽(화火, 빨강), 16은 북쪽(수水, 검정), 50은 중앙(토土, 노랑)으로 규정하고 있다. 이러한 위치를 따져보면 우리에겐 맞는 숫자와 맞지 않는 숫자가 존재한다는 걸 알 수 있다. 그런데 문제는 어떤 사람에게 어떤 숫자를 써야 하는가이다. 물론 주민번호가 좋으면 평생 좋을 테지만 그 반대라면 불행할 것이다. 싫든 좋든 주민번호 또한 그 사람의 운수와 직결된다고 봐야 하기 때문이다.

주민번호는 인위적으로 바꿀 수 없는 숫자 배열이다. 그렇다면 사주와 맞지 않는 주민번호일 경우는 어떻게 할까, 방법은 간단하다. 이를 대체하면 된다. 아무리 나쁜 숫자라 할지라도 좋은 운수로 작용할 수 있는 숫자를 넣어 서로 상승작용할 수 있도록 하는 것이다. 가령 이름의 수리를 바꾸는 것이다. 금융기관의 비밀번호를 운수에 맞게 쓰는 것도 좋은 방법이다. 또한 인장印章 속에 숨겨진 비밀을 찾아 부족한 오행을 사용하면 된다. 이렇게 하면 불운을 피할 수 있다.

생기生氣란 상생相生을 말한다. 나라에는 군왕이 있고 그 밑에 신하가 있다. 하지만 충신이 있어야 한다. 그들이 있어야만 군왕이 나라를 잘 다스릴 수 있다. 충신이 군왕을 잘 모실 때 백성들이 편안해진다. 그렇게 군왕과 신하의 조화로움이 중요하듯 행운의 숫자 역시 중요하게 작용하는 것이다.

　사람은 누구나 행운의 숫자를 지니고 있다. 그러나 그것을 찾지 못하고 헤매는 이가 많다. 주어진 행운의 숫자를 빨리 찾아야 행운도 그만큼 빨리 오기 마련이다.

　봄 태생은 목木의 운세를 받기 때문에 목생금木生金이라 한다. 목木은 양陽이고, 금金은 음陰이다. 음양이 서로 상생하므로 금金에 대한 숫자를 주며 사용한다는 것이다. 여름 태생은 화火다. 화火는 양이므로 음의 수인 수水를 주어 화생수火生水가 되는 것이다. 그래서 여름에 태어난 사람은 목木에 대한 숫자를 가져야 한다. 가을 태생은 금金이다. 금金은 음이므로 양의 수인 목木을 주어 금생목金生木이 된다.

　주역은 목극토木剋土, 토극수土剋水, 수극화水剋火, 화극금火剋金, 금극목金剋木, 목생화木生火, 화생토火生土, 토생금土生金이지만, 체질의 음양 원리는 금생목金生木, 수생화水生火, 화생수火生水가 바로 오행의 상생원리라고 말한다. 그래서 화火의 사주는 수水의 숫자가 되고, 수水의 사주는 화火의 숫자, 금金의 사주는 목木의 숫자가 된다. 그리고 목木의 사주는 금金의 수數가 행운의 숫자인 것이다.

　행운의 숫자는 반드시 네 자리로 이어져 있다. 우리나라 국민들은 대다수가 전화번호나 주민번호를 적당히 조합하여 비밀번호로 사용한다. 혹은 외우기 편한 숫자를 임의대로 사용하기도 한다. 이것이야말로 불행을 초래하는 가장 위험한 착상이다.

은행의 비밀번호는 대개 네 자리를 쓴다. 하지만 잘못된 숫자를 사용하면 수치들이 공허하여 항상 불안에 떨게 되어 공로를 찾을 수 없으며, 안정되지 못한 형상으로 몸을 손상시키며 재물을 깨트려 모든 일이 흉악스럽게 흐르는 수리가 되는 것이다. 1+1+1+1= 4, 이렇게 되는 4의 수는 요절하고 방탕하다. 평생 고독하게 지내며 재난과 앙화가 끊이지 않는다. 아무리 저축을 해도 불지 않고 어딘가로 빠져나간다. 노력을 해도 이뤄지지 않는다.

또 네 자리 수의 합이 9일 경우도 좋지 않다. 아홉수는 파멸, 불행, 파산의 운수를 지니기 때문이다.

그래서 북한은 2016년 9수에 망(亡)한다. 2016년 그 수의 합을 보면 2+0+1+6=9이다. 김일성은 9라는 숫자를 가장 좋은 숫자라고 사용해 왔으나, 파멸과 불행의 운수를 지닌 아홉수를 피하지는 못할 것이다.

특히, 자동차번호의 네 자리 수의 합이 9가 되면 큰 사고를 생각해야 할 정도로 위험한 수가 된다. 10이라는 수리도 마찬가지다. 합이 10이면 공허와 몰락, 암흑천지를 헤매는 형상이 된다. 9와 10은 비슷한 운수의 숫자로 종말을 고하는 마지막 의미를 갖기 때문이다.

자신의 주민번호 앞의 여섯 자리 수나 뒤의 일곱 자리 수의 합이 9나 10이 되면 소원을 이룰 수 없고, 모든 일이 진행과정에서 중단되기 쉽다. 건강에도 문제가 생겨 단명할 수도 있다. 저녁 해가 서산으로 넘어가 사방이 캄캄해지면서 갈 길이 아득한 형세다. 어둠 속에서 귀신이 소리 내어 울부짖는 형상이고 만사에 자신과 기력을 잃어 의욕상실증에 걸린다. 그러다 어두운 구렁텅이에 빠져서 의욕은 물론 모든 걸 잃게 되는 형상이다. 그뿐이 아니라 일은 많으나 대가가 적고, 구설시비가 많다. 뜻밖의 재화를 당하거나 관재수가 발생한다. 이름에도 9나 10의 수리가 나오면 황천의 장부에 편입되는 것과 같다. 즉 일찍 죽을 운수가 된다.

12의 숫자도 크게 실패할 수다. 매사에 욕심을 부리게 되고, 결국 욕심이 화를 부른다. 그로 인해 의지가 박약해지고 무력함을 다스리지 못해 얼토당토 않은 일을 기도하다가 실패하게 되는 형상이다. 실패는 가족에게도 영향을 주어 가족에게서 소외될 수 있다. 외롭고 쓸쓸하게 헤매다 조난을 당하거나 역경에 휘말리게 되고 병약해진다. 특히 신장과 방광에 이상이 생긴다.

그리고 가난 때문에 건강을 잃고 가족과 이별하는 수도 생긴다. 열심히 노력해도 대가가 적어 항상 불만스럽고 의욕을 잃는다. 대가가 적다는 것은 공로가 적다는 말로 아무리 노력해도 안 되는 쪽으로 기운다. 결국 늙어 괴롭고 외로움을 당하는 불운한 운명으로 떨어지게 되는 것이다. 이름의 수리가 12로 나올 때 뜻밖의 실패가 발생한다. 심한 경우에는 천수를 누리지 못하는 경우도 생긴다.

14의 숫자는 빈곤과 파괴를 당하는 수리다. 가령 은행비밀번호가 '1238'이면 합이 14가 된다. 이런 번호로 거래를 하면 돈이 모이지 않는다. 통장에 돈이 있으면 일이 생겨 빠져나가게 되듯이 하는 일마나 파괴와 몰락이 따라다녀 가난을 벗어나지 못한다.

가족관계도 몹시 나쁘게 형성되는데, 특히 혈육이 일찍 사망하는 등 불행이 뒤따른다. 천륜天倫을 누리기 어렵고 이별, 사별, 별거 등으로 가족이 뿔뿔이 흩어진다. 차량번호도 마찬가지다. 접촉사고가 잦고 대형사고도 피하지 못할 수 있다. 접촉사고가 많으면 엔진에 이상이 생겨 화재사고로 이어질 수 있으니 조심해야 한다. 이런 사람은 거주하는 곳에서 남쪽 방향에 주의를 기울여야 한다.

'0000'도 불운하고 파괴와 재난을 당하는 수리다. 또한 합이 19가 되면 항상 공을 치고 망하게 된다는 통계다. 이런 숫자를 금융기관의 암호로 사용하는 것은 절대 금물이다. 항상 검은 그림자가 도사리고 있으며, 아무리 노력해도 재물이 쌓이지 않는다. 차량번호에 이 수리가 나오면 도난사고가 발생한다. 또한 과속으로 인해 큰 사고를 당하니 조심해야 한다. 물론 언급한 숫자들이 타고난 사주와 용(用)이 되면 안심해도 된다.

19와 20은 1, 2, 3, 10, 11, 12월생에게는 흉한 숫자다. 특히 20 수리를 가진 사람은 주위 사물이 모두 파괴되는 형상이요, 단명할 소지가 있다. 이는 한마디로 흉한 숫자로서 오랜 세월 평안을 얻지 못하고 재난이 겹겹이 쌓인다. 흉악스런 재화가 자주 닥치고 비참할 정도로 역경에 빠져 엄청난 시련을 겪게 되어 만사가 뜻과는 반대로 이뤄진다. 폐질로 인해 일가족이 함께 흉한 고초를 겪는 경우도 있다. 배우자와 생리사별하거나 별거하는 경우도 많고, 어떤 일로 형벌을 받는 등의 괴로움도 당한다. 게다가 관재수를 달고 다니는 꼴이다.

간혹 어릴 때 부모 중 한 분 또는 모두와 생리사별하거나 병고로 인해 가세가 기울어 곤궁하게 살게 된다. 그리고 자녀가 불행을 당하여 한탄하거나 배우자를 잃게 된다.

22는 병약하고 고독해지며 모든 일이 실패의 연속이다. 특히 1, 2, 3, 10, 11, 12월생에게 더욱 나쁘다. 모든 일이 뜻과 같지 않고 하는 일마다 실패하여 언제나 곤란과 고통 속에서 헤매는 형국이 된다.

너무 많은 어려움으로 인해 동가식서가숙하거나 여기저기 부초처럼 떠돌아 다니게 된다. 곤란과 고통으로 병약해지고 무기력, 고독, 역경, 불우, 불평, 불만 등에 시달리며 악운에 몸부림쳐야 한다. 또한 신경통, 관절통, 위장병, 간경변 등의 병을 얻어 우울증, 정신불안, 심장병을 앓게 되는 경우가 많다.

이런 경우는 봄이나 여름에 출생한 사람에게 더욱 많다. 봄, 여름 태생이 이 숫자의 차량번호를 가졌다면 대관령 비탈길에서 추락하는 형세의 사고를 겪게 된다. 또 금융기관의 비밀번호를 가졌다면 소매치기나 강도 등을 잘 당한다. 늘 검은 현무가 그림자를 밟고 따라다니는 형국으로 은밀히 기회를 노리고 있으니 매사에 신중하고 조심하지 않으면 안 된다.

27과 28의 숫자는 풍파와 좌절을 연속으로 겪는다. 7, 8, 9, 10, 11, 12월 생에게 더욱 좋지 않다. 자의식이 지나치게 강해서 충분한 능력이 있다 해도 불합리한 대우를 받거나 비난, 공격을 많이 받아 마침내 실패자가 될 운수로 변한다. 소위 비난운수라고 하여 대개 중도에서 좌절하고 실패를 거듭하는 형상이다.

이런 사람들은 대부분 지모를 함께 갖고 있으므로 한때 널리 명리名利를 얻을지라도 서른에서 마흔 무렵만 되면 그 형세가 하락하고 안팎으로 불화가 발생하여 시간이 갈수록 악화일로를 걷는다. 그리고 자신이 비록 철두철미해도 결과적으로 시비가 분분하고 자주 비난을 받으며, 뜻하지 않은 구설수를 면할 수 없는 형세가 되는데, 이는 다른 사람에게 미움을 사서 배척당하게 되는 것이다. 그에 따라 재액과 곤란이 덮쳐 몸을 크게 다치거나 수술을 하게 될 정도로 큰 사고를 당하게 된다.

또한 어떤 일에 자신도 모르게 연루되어 형벌을 받는 관재수를 당하거나 배우자와 생리사별 혹은 자손이 상하는 불운을 겪는다. 인덕이 없고 큰 재난과 환난을 당하기 일쑤이다. 일생 의식주가 결핍되어 행복과 풍요로움을 누릴 수 없게 된다. 부녀자일 경우 대부분 고독해지는 수리로 이혼녀가 많고 과부가 되는 형세다. 남자의 경우도 홀아비로 살아야 하는 형세다.

특히 28을 사용하는 경우 토끼가 호랑이 굴에 들어간 격이다. 그래서 조난을 당해도 불길에 휩싸이는 형세가 된다. 아무리 기개가 훌륭하다 해도 대부분 역경과 고통으로 파란에 휩쓸려 좌절하게 되는 불운한 수리다. 그럼 이들을 어떻게 피할까? 행운의 번호를 만들어 사용하면 된다.

자동차번호와 운수

1996년 제천에서 있었던 일이다. 800억 원의 자본금으로 수십 명의 직원을 거느리고 건설업을 한다는 사람과 친분을 맺게 되었는데, 어느 날 그의 자동차번호가 6464인 것을 발견했다.

"형님, 차 번호를 바꾸셔야 합니다. 이대로 운전하다간 큰 변을 당할 수 있습니다."

하지만 그는 내 말을 흘려들었다.

"이봐, 아우님. 이 차는 대한민국에서 가장 좋은 차일세. 웬만한 사고에는 끄떡없어. 그런 염려는 붙들어 매라구."

몇 번을 말해도 그는 염려하지 말라고만 했다.

"형님의 생년월일시가 병자년 신묘월 신묘일 무술시입니다. 형님이 800억 원 자본금으로 건설업을 하신다고 하는데 이것은 유치원생에게 말장난하는 겁니다. 이러한 사주는 유두무미 격으로 벌여만 놓았지 제대로 되는 일이 없습니다. 내년이 끝장나는 해이니 허풍은 그만 떠시고 자동차도 팔아 치우고 정리하세요. 내 말 한 번 들으시는 게 좋을 겁니다."

하지만 요지부동이었다.

"허참, 이놈아, 두고 봐라, 내가 하는 사업이 얼마나 큰 줄 알기나 하냐? 지금 계약이 끝나고 설계까지 끝낸 상태란 말이야. 그리고 지금 장비가 이미 들어가 땅을 파고 있다고."

나는 그가 허풍을 떨고 있다고 생각하고 현장을 확인했다. 그의 말대로 공사는 진행 중이었지만 확인을 하니 그의 공사가 아니라 엉뚱한 사람의 것이었다. 나는 다시 그를 설득했다.

"형님이 말하는 게 전부 거짓이란 거 다 압니다. 그러면서 왜 그런 비싼 차를 타십니까? 그리고 나에게 허풍 떨 이유가 뭡니까? 이제 그만 자중하세요. 이러다 큰 코 다칩니다."

나는 그에게 몇 마디를 덧붙여 충고했다. 그가 누군가에게 큰 피해를 입힐 것 같은 예감이 강하게 들었다. 심지어 애걸하다시피 무조건 중단하라고 말렸다.

그 일이 있은 지 일주일이 지나서였다. 손님과 상담을 하던 도중 갑자기 정신이 혼미해졌다. 갑작스런 변화에 나는 즉시 명상에 들어갔다. 그러자 허풍을 떨던 그에게 무슨 일이 일어나고 있음을 느꼈다. 그리고 반시간 가량 지난 후 어떤 사람이 내게 방송에서 그의 사고 소식을 들었다고 알려 왔다. 그가 중앙선을 침범하는 사고를 냈는데, 세 명이 현장에서 즉사하고 그는 중상을 입었다는 것이었다.

나는 다시 그에 대한 일진을 풀어봤다. 그날은 천지충 날인 동시에 을유일乙酉日이었다. 그날은 그에게 최악의 날이었던 것이다.

행운의 번호 만드는 법

　숫자 1, 2, 3, 4, 5, 6, 7, 8, 9, 10과 목화토금수木火土金水의 용用의 숫자는 그 태생의 계절에 따라 많은 변화를 가져다 준다. 즉, 봄에 출생한 사람 [춘생春生;음력 1~3월생月生]은 오행상 목월木月인데 목木은 양陽 위치이니 음陰의 숫자가 필요하다. 따라서 음의 숫자는 바로 금金이다.

　다음 여름에 태어난 사람 [하생夏生;음력 4~6월생]은 화火이므로 양이다. 화火의 행운번호는 음의 숫자이다.

　그 다음, 가을에 태어난 사람 [추생秋生 : 음력 7~9월생]은 금金이고, 금金은 음이다. 금金의 용 숫자는 양인 목木이다. 음이 약한 위치에는 반드시 양이 있어야 한다. 금극목金剋木이 아니고 금생목金生木이라는 뜻이다.

　그리고 겨울에 태어난 사람 [동생冬生 : 음력 10~12월생]은 역시 음의 성질을 가지게 되어 있다. 동수冬水는 꽁꽁 얼어 한랭한 얼음 덩어리이며, 겨울에는 태양太陽도 별로 뜨겁지 않기 때문에 수水의 용은 화火이다. 화火의 숫자를 표출하여 네 자리 숫자를 만드는 위치와 순서를 계시받은 것이다.

　가령, 봄에 태어났다고 하면 정월 초하루가 봄으로 시작되는 것이 아니라 입춘立春을 지나야만 봄인 것이다. 즉, 입춘부터 청명淸明까지의 1~3월생을 봄 태생이라고 한다.

수리오행의 분류

1 · 2획은 木, 3 · 4획은 火, 5 · 6획은 土, 7 · 8획은 金, 9 · 10획은 水

- 양의 수 : 1 3 5 7 9
- 음의 수 : 2 4 6 8 10

그럼 여기서 봄 태생에 대한 행운의 숫자를 만들어 보기로 하자.

1, 2, 3, 4, 5, 6, 7, 8, 9, 10 중 금金의 숫자를 만들면, 먼저 2+3=5, 3+5=8, 5+8=13, 그래서 2+3+5+8=18이다. 이 2, 3, 5, 8을 합치면 18의 숫자가 나오고, 앞의 1을 떼어 버리면 8이 남게 되는데, 8은 오행상 금金에 속한다. 그래서 봄 태생의 행운의 번호가 2, 3, 5, 8 금金으로 용用의 숫자를 쓰면 누구나 길복吉福이 찾아든다는 이치이다.

이런 방법으로 여름 태생도 역시 1, 2, 3, 4, 5, 6, 7, 8, 9, 10 중 용의 숫자는 7+4=11이고, 4+9=13이며, 9+9=18이므로 총 7499=29라는 수치가 나온다. 29에서 앞의 2를 떼어버리면 9가 남는다. 그래서 29는 수水, 여름 태생 용의 숫자는 29, 수水가 용이란 이치이다.

가을 태생은 입추立秋 후부터 입동立冬 전까지 태어난 사람을 말한다.

가을 태생은 음陰이니 행운의 숫자가 1, 2, 3, 4, 5, 6, 7, 8, 9 중 2+3=5이고 3+5=8이며 5+1=6이다. 그래서 2, 3, 5, 1=11 목木의 숫자가 용이 되는 것이다.

다음 겨울 태생의 용의 숫자는 겨울이라 동冬하니 화기火氣가 없어 화火가 필요하다. 그래서 입동立冬 이후부터 소한小寒까지가 겨울 태생

인 것이다. 겨울 태생의 행운의 숫자는 1, 2, 3, 4, 5, 6, 7, 8, 9 중 2+3=5
이고, 3+5=8이며 5+3=8이 된다. 그래서 3, 2, 5, 3의 합은 13, 화火가
용의 숫자가 된다. 이러한 이치로 삼라만상의 모든 인간에게 주어지
는 행운의 숫자가 구성되는 것이다.

　나는 행운의 숫자에 대한 확신을 얻었고, 인류 모든 이에게 전파를
해야 할 사명감을 부여받았다고 생각한다. 그래서 어떻게 하면 더 많
은 사람들에게 전파를 할 수 있을까 늘 연구 중이다. 각자의 사주에 맞
는 행운의 번호를 원하는 모든 사람에게 암시해 주라는 게시가 있어
서 앞으로는 그렇게 할 예정이다. 아울러 뒤편에는 1에서 81의 숫자를
풀이하여 길흉판단을 수록하였다. 이 81획의 운수법運數法으로 신중히
행운의 번호를 만들기 바란다.

　내가 생각하는 이치와 학설을 부정적으로 생각하는 사람도 있을 것
이다. 하지만 나는 자신있게 말할 수 있다. 그것은 바로 음양의 이치
이기에 거짓이나 상술로 사용할 수는 없는 법이다. 오묘한 음양은 바
로 하늘과 땅인 것이다. 그 점을 이해한다면 결코 부정적으로 볼 수는
없을 것이다.

　137억만 년 전에 지구가 탄생했다고 미국 나사에서는 발표했다.

　수분의 생태계로 인간의 존엄 하에 위대한 동물로서 137억만 년이
란 긴 세월 하에 위대한 인간이 탄생하여 우주를 향해 연구에 몰두하
고 있다. 지금 현실적으로 따져 보았을 때 137억만 년이라는 숫자는
어디에서 나온 것일까? 오행, 계절, 방위 등 필자가 세계최초로 발견한
것이다. 지금까지 수백만 년이 지난 오늘날까지 전해져 온 학설을 어
디에서도 찾아볼 수가 없다.

　독자 여러분께서 책을 탐독하면서 양쪽 손을 펴고 오른쪽부터 열 개

의 손가락 1 2 3 4 5 6 7 8 9 10, 甲 乙 丙 丁 戊 己 庚 辛 壬 癸 10간, 子 丑 寅 卯 辰 巳 午 未 申 酉 戌 亥 12지가 된다.

숫자에도 상생, 상극이 발생한다. 음과 양의 숫자가 있는데 이런 오묘한 숫자로 사주팔자를 분석하는 것이다. 사람에게 누구나 진용신을 표출하여 분석하고 진용신이 없는 사람은 숫자를 진용신으로 표출하는 것이다. 추가로 진용신으로 삼합인장을 만들어 사용한다. 삼합인장은 유럽에서 지금으로부터 4000년 전에 사용했다고 전해지는데, 실질적으로 유럽에서 부자들은 삼합인장을 소장하는데 만족했다는 설이 있다고 한다. 숫자는 계절에 맞추는 목춘木春, 화하火夏, 금추金秋, 수동水冬으로 각종 숫자나 이름, 삼합인장을 계절에 맞추어 사용해야 되는 것이다. 아무렇게나 사용하면 오히려 재앙이 오므로 심사숙고하기 바란다.

숫자를 보는 법

자동차번호가 운세에 맞지 않는 경우에는 인장과 행운의 비밀번호로 보완한다. 흉한 것은 ×, 좋은 것은 O표이다. ×가 많은 자동차는 항상 위험하다.

또한 주민등록번호가 운세와 맞지 않는 사람은 단명하고 파산, 부부 생리사별하며, 자손운이 없고, 여자는 과부, 화류계, 남자는 홀아비가 된다.

보는 법은 춘하추동에 따라 변동된다. 길한 것이 흉이 될 수 있고, 흉한 것이 길로 변할 수도 있다. 앞자리와 뒷자리, 또는 총 합한 것으로 보는데, 좋으면 O, 보통이면 △, 나쁘면 ×를 수리 풀이 앞에 표시했다. 필자의 성명학에서는 원칙적으로 이름의 수리에는 남녀구별을 두지 않으나 주민등록번호에는 특징과 구별이 있다.

한 가지 당부의 말을 전하자면 만약 이 천수天數가 즉, 숫자를 만들어 남에게 돈을 받고 판매행위 등으로 악용하는 자는 일생에 구제되지 못할 영령계의 가장 무서운 천생의 중살을 받게 됨을 알기 바란다. 확실히 알지도 못하는 자들이 자기 마음대로 만들어 상商행위를 하는 자는 본인이 죗값을 치르지 않는다 하더라도 후세에라도 반드시 이 죗값의 소용돌이 속에서 벗어날 수가 없음을 재차 경고하는 바이다. 단, 본인이 만들어 사용하는 것과 가족, 친지 등을 위하여 사용하는 것은 무관하다.

비밀번호, 휴대전화번호 등

1 1 1 1	2(×) 2(×) 2(×)	1 2 3 4	3(○) 5(○) 7(○)	2 2 2 2	4(×) 4(×) 4(×)	2 3 5 8	5(○) 8(○) 13(○)
계	4(×)	계	10(×)	계	8(○)	계	18(○)
2 8 1 0	10(×) 9(×) 1(○)	1 9 9 7	10(×) 18(○) 16(○)	9 1 9 1	10(×) 10(×) 10(×)	4 4 7 8	8(○) 11(○) 15(○)
계	11(○)	계	26(△)	계	20(×)	계	23(○)

대형사고 난 자동차

4 6 4 6	10 (×) 10 (×) 10 (×)	1 9 1 9	10 (×) 10 (×) 10 (×)	1 1 9 1	2 (×) 10 (×) 10 (×)	7 3 9 1	10 (×) 12 (×) 10 (×)
	계 20 (×)		계 20 (×)		계 12 (×)		계 20 (×)

부자 사주의 주민등록번호

앞자리 숫자	4 4 0 7 2 4	계 21 (○)
뒷자리 숫자	2 0 0 6 7 1 2	계 18 (○)
앞뒤 합수	21 (○) 18 (○)	계 39 (○)

거지 사주의 주민등록번호

앞자리 숫자	4 6 0 9 1 0	계 20 (×)
뒷자리 숫자	1 0 0 7 6 2 4	계 20 (×)
앞뒤 합수	20 (×) 20 (×)	계 40 (×)

거부 사주의 주민등록번호

앞자리 숫자	4 4 0 7 2 4	계 21 (○)
뒷자리 숫자	1 0 0 6 7 2 1	계 17 (○)
앞뒤 합수	21 (○) 17 (○)	계 38 (○)

81획으로 보는 운수법

81획 운수법은 이름의 수리와 주민등록번호, 은행비밀번호, 자동차번호, 전화번호, 각종 입찰번호 등을 판단하는 데 있어서 가장 중요한 기초가 되므로 스스로가 판단할 수 있도록 자세하게 설명하였다. 그러므로 주운主運, 총운總運, 부운富運, 자력운自力運(이름이 지어지기 전의 운세)의 판단에 많은 도움을 줄 것이다.

숫자 다음에 표시된 기호記號 중 ◎은 대길大吉을, ○는 보통의 길함을, △는 흉함 중에서도 조금 나음을, ×는 흉한 숫자의 표시임을 참고하기 바란다.

01 강한 의지력으로 영달과 개척을 뜻하는 수리

아침 해가 솟아오르는 것처럼 만물이 처음으로 시작되는 형상이다. 그래서 만사가 뜻대로 잘 이뤄질 뿐만 아니라 매사가 순풍에 돛단 듯하다. 충만된 행복을 누릴 수 있으며, 항상 번영하는 암시력이 강해 죽을 때까지 복록을 누릴 수 있는 대단히 좋은 운수이다.

영달과 개척

02 의지가 박약해 항상 동요가 심하여 혼란과 혼돈 속에서 제자리를 찾지 못하는 수리

동요動搖와 혼돈

매사에 헛수고요, 공로를 인정받지 못하며 불안하고 안정되지 못한 형상이다. 의지가 박약하고 결단력이 없어 항상 마음이 안정되지 못하고 흔들리게 되어 재물을 얻지 못한다. 결국 어떤 일도 성취하기 어려우며 나쁜 쪽으로 유도되는 수리이다.

03 활동적이며 천혜의 복을 누리는 길한 수리

대단히 활동적이며 대업을 이루는데 주저함이 없다. 또한 다복하고 장수하며 가문을 번창하게 만드는 수리로서 명성과 재를 함께 획득하는 진취적인 기상이 특출하다. 매우 길하고 상서로우며 복록이 넘칠 정도로 큰 뜻을 품고 큰 일을 도모하여대업을 성취할 것이

희망과 증진

다. 이 수리가 여자라면 현모양처로서의 품위를 한층 발휘하게 된다.

O4

낭비와 방탕으로 불안에 떨며 요절하고 재난과
앙화가 꼬리를 물고 다니는 수리

요절과 불안

급변하는 형상으로서 일평생 고독하
거나 재난과 앙화가 많고 동분서주하
며 모든 일에 노고가 많아도 아무런 이
득이 없다. 결국 불안에서 헤어나지 못
해 불행하고 파멸로 들어서는 흉한 운수
로 요절하게 될 대흉의 수리이다.

O5

변화가 많으면서도 좋은 일에 기여, 성공하는 수리

천지만물이 음양으로 조화로우며 화
합하여 모든 일을 완벽하게 처리하는
형상이다. 정신력과 자생력이 민첩하고
활달할 뿐만 아니라 신체 또한 건강하
고 건전하다. 복록이 있고 장수할 운세
로 부귀하고 번영하여 하는 일마다 성
공을 거두니 능히 큰 공을 세울 수가 있

수복과 장수

다. 그리고 대성할 인물이 될 수 있으며, 사물을 중흥시키는 능력을 발
휘할 것이다.

06 선조의 음덕을 받아 일생을 평안하게 지내는 좋은
수리

하늘의 큰 덕과 땅의 큰 행복을 함께
누릴 수 있으며, 복록과 경사가 매우 풍
부하다. 가문의 명성이 널리 퍼지고, 부
유한 집안으로서 천성이 맑고 깨끗하
다. 가문은 대단히 왕성하여 온갖 재물
과 보화가 집안으로 모여드는 경이로움
이 있는 운수이다.

천덕天德과 온건

07 독립심과 의지력이 강해 리더십을 발휘하는 수리

독립심이 강하여 홀로 행하기를 좋아
하며 권위와 위엄을 갖춘 형상이다. 준
엄한 태도, 독단적인 권위와 힘, 그리고
고집도 겸하고 있어서 동화력과 친화력
이 모자라는 단점이 있다. 그러나 의지
가 강해 추진력과 박력이 있기 때문에
추종 세력이 많다. 또 여성의 경우 가정
과 사회에 한 몫을 할 좋은 운수이다.

독립과 강건

08 ◎

의지가 견고하고 진취적인 기상이 뛰어나 뜻하는 바
목적을 이루는 수리

근기와 야심

의지가 흡사 철석鐵石과 같이 견고하고
진취적인 기상이 특출하여 온갖 난관을
극복하고 마침내 목적을 관철시킨다.

명성과 실리를 함께 얻으며, 인내하고
극기하여 끝내는 큰 공적을 이룬다. 나
아감과 물러감을 자유자재로 할 수 있
고, 또한 명예가 있으면서도 예의와 겸
손함을 안다. 필경 뜻하는 바를 모두 이룰 운수이다.

09 ×

재화가 흩어지고 공로가 헛되이 되어 불행, 파산,
파멸을 초래하는 수리

흥성함이 다하여 패망으로 전락하는
수리로 병약하여 요절한다. 여자는 과
부가 될 수리이며 크게 실패하여 망하
게 된다.

재물은 없어지고 공로는 헛되이 되어
빈천하게 되며 역경과 가난에서 헤어나

역경과 흉악

지를 못하는 흉악함이 막대하여 파멸하게 될 운수이다.

10 공허와 몰락, 그리고 암흑천지에서 헤매는 고독한 수리

모든 일이 뜻과 같지 않고 일생동안 온갖 고초와 괴로움을 당하는 흉한 수리이다. 하는 일마다 헛수고요, 공로가 없으며 말년엔 더욱 괴로운 수리로 모든 것이 암흑으로 변해 허공을 헤매듯 끝이 보이지 않는 형국이 된다.

몰락과 실패

특히 여자는 애정으로 인한 번뇌가 끊이지 않으며 비참함과 괴로움으로 불행하게 지낼 운수이다.

11 천지조화의 복록으로 부귀영화를 얻을 최고의 수리

천지간에 만물이 다시 새로워지는 형상으로 하늘이 내린 금복을 크게 누리는데, 이것을 곧 하늘이 준 복록이라고 한다.

매사를 도모하면 원하는 대로 얻을 수 있고, 만사가 순리대로 계속 발전한다.

항상 온건하고 착실할 뿐만 아니라 점차로 부귀영화를 얻게 된다. 쇠퇴하는 가문이라 할지라도 다시 크게 일어나는 최고의 운수이다.

봉춘과 영달

12 연속된 실패로 타고난 수명을 제대로 누릴 수 없는 비극적 수리

의지가 박약하고 환상과 헛된 꿈이 많으며, 항상 불평과 불만에 싸여 자기의 본분과 분수를 지킬 줄 모른다. 실패의 연속은 언제나 재난의 발단을 지니고 있으므로 결국에는 고독, 병약, 역경에 빠져 괴로워하게 된다. 특히 이 수리를 가진 여인은 간음하여 모욕을 당하거나 과

좌절과 실패

부가 되며, 뜻밖의 재난과 횡액을 초래하게 되는 운수이다.

13 학문과 예술적 재능이 풍부하고 지모와 책략이 뛰어난 수리

학문과 예술적 재능이 특출할 뿐만 아니라 지모와 책략이 뛰어나 모두를 압도한다. 문무를 겸비하였고, 용기와 지략이 범인을 능가한다. 참을성을 갖춰 온유함을 바탕으로 큰 일을 도모하고 감당해 내는 탁월한 지략을 발휘한다. 아무리 어려운 일일지라도 끝내는 해결하여 결국 부富를 취득한다.

인기와 희망

어떤 어려운 경우에도 교묘하게 잘 대처하여 큰 공을 세우므로 부귀와 행복을 누리는데 별 하자가 없으며 반드시 크나큰 행운과 명예를 얻게 되고 일신과 가문이 크게 융성하여 번창할 운수이다.

14 비오는 밤길을 걷는 형국으로 빈곤과 파괴를 당하는 수리

어렵게 벌어서 모을라치면 일이 생겨 한 푼도 남기지 않고 빠져 나가는, 밑 빠진 독에 물 붓기와 같은 형상이다. 몰락하여 완전히 실패하며 망가지는 수리로서 가난하기가 이루 말할 수 없고 형제자매가 뿔뿔

파괴와 산적

이 흩어지니 천륜의 즐거움을 얻기 어렵다. 만사가 뜻과 같지 않아 아무리 도모해본들 되는 일이라곤 없다. 더군다나 삼재배치가 맞지 않을 경우에는 신체도 병약하여 단명하거나 크나큰 형벌을 받게 되는 운수이다.

15 뛰어난 수완으로 민첩하게 큰 공을 세우는 수리

사방팔방으로 명성과 존엄이 자자할 뿐만 아니라 도모하는 여러 가지 사업이나 일이 대체로 잘 이뤄지는 형세이다. 또 매사에 수완이 뛰어나고, 민첩성을 발휘하여 크나큰 공을 세우기도 한다.

덕망과 행복

인품이 훌륭할 뿐만 아니라 복록과 장수를 누리므로 모든 것을 원만하게 이룰 수 있는 형상이다. 많은 사람들과 더불어 순리에 따른 덕을 베풂으로써 화평을 이룬다. 온화하고 선량하며 아량이 넓은 대길 운수이다.

16 지위와 덕망이 높아 평안과 부귀·존경과 영예를 공유하는 수리

설사 나쁜 일이 있더라도 오히려 좋은 일로 바뀌는 형상이며, 우두머리로서 좋은 윗자리를 차지하게 된다. 평안하고 부귀할 뿐만 아니라 존경과 영예 또한 크다. 스스로 또는 귀인의 도움으로 큰 업적을 이루며 아량이 넓고 인품이 중후하여 명성과 신망이 일신에 모인

중망과 통솔

다. 능히 수많은 사람들을 감복시키고 큰 업적을 일으키는 운수이다.

17 강인·강직한 성격으로 어려운 일도 능히 돌파, 성사시키는 수리

권위를 중히 여기는 강직한 성격이라 불화를 초래하는 경우가 있지만 지나치게 강직한 성격만 고쳐나가면 크게 성공, 발전한다. 의지가 견고하고 확실하여 어떤 두려움이나 난관이 있더라도 능히 돌파하고 모든 일을 성사시키는 운수이다.

권위와 창달

18 매사를 강력하게 추진하여 크게 발전하고 성공하는 수리

강기와 발전

강한 심장과 의지로 매사를 강력하게 추진하여 크게 발달하고 성공하는 운수로서 지혜와 용기도 겸비했다. 권력과 지모를 갖추고 있고, 뜻하고 바라면 금방 일어설 뿐만 아니라 어떤 어려움이 일어날지라도 반드시 돌파하여 명성과 이익을 모두 얻는다.

그러나 자아가 너무 강하면 포용력이 결핍될 수 있기 때문에 온화하고 부드러운 마음가짐을 기르도록 해야 할 것이다. 그러면 뜻한 바 염원이 모두 성취될 수 있는 운수이다.

19 재능있고 활동력은 있으나 하는 일마다 공치는 허망한 수리

재능이 많고 활동적이긴 하지만 하는 일마다 제대로 이뤄지는 것이 없다. 재주가 있고 유능하지만 운이 따라 주지 않으니 하는 일마다 공치는 형상이다.

아무리 노력해도 재물이 축적되지 않으니 중도에서 그나마 있는 재

물도 깨뜨리게 되어 정신적 이상을 일
으킨다. 부부 생리사별하고 관재와 모
함을 받기도 한다. 병약하여 고통을 겪
게 되며 일생이 불행한 운수이다.

재난과 역경

쇠퇴하여 파멸하게 되고 결국 패망하는 지독히
나쁜 수리

파멸과 공허

아무리 노력해도 뜻하는 바가 이뤄지
지 않는 수리이다. 파멸하고 쇠퇴하여
패망하며 하는 일마다 안 되는 쪽으로
유도된다. 이것은 좌절의 원인이 되며
일평생 신체까지 허약하고 병고에 시달
려 만사 이뤄지는 것이 없다. 평안할 때
가 없는 운격으로 재난이 자주 들이닥치
고 역경에 빠져서 모든 것이 뜻과 같지 않으며 온전치 못하다.
　심신이 고초를 겪다가 단명하게 되는 운수이다.

21

독립적이고 권위가 있어 많은 사람을 지도하는 수령의 수리

풍광이 수려하고 하늘에는 구름 한 점 없이 밝은 달이 환하게 비치는 형상으로서, 만물이 왕성하여 그 형태를 잘 이루는 확립된 기세다. 독립적이고 권위를 자랑할 수 있을 뿐만 아니라 능히 많은 사람을 지도하는 수령의 위치에 선다. 사람됨이 중후하고 능력이 뛰어나므로

두령과 권위

모든 사람들에게 존경과 신뢰를 크게 얻으니 자연적으로 부귀와 영예를 한껏 누릴 수가 있는 운수이다.

22

병약하고 고독해지며 모든 일이 실패의 연속으로 치닫는 수리

파란과 고독

무릇, 모든 일이 뜻과 같지 않고 심신의 장애가 있으며, 손실이 크고 항상 좌절을 겪는다. 만사가 헛수고요, 공로가 없으며 병약하고 가정불화와 심신의 과로로 질병에 걸릴 위험이 크며 일평생

평안함을 얻지 못한다.

특히 여자일 경우 재혼, 3혼자가 많으며 자녀운도 불길하고 교통사고도 자주 생기며 관재 구설, 모함을 잘 당하고 재물 손실이 매우 크게 될 운수이다.

맹호가 날개를 다는 형상으로서 권세와 권위가 매우 왕성한 수리

두령과 승천

위대하고 웅장하게 융성하고 번창하는 운수로서 권위 또한 하늘을 찌를 듯한 형상이다. 비록 미천한 출신이라 하더라도 점점 성장하고 발전하여 마침내 수령의 지위에 오르게 될 것이다.

흡사 개선장군과도 같이 위세가 당당하며 주위로부터 많은 신뢰와 존경을 받는다. 맹호에게 날개를 달아준 형상으로 권세와 권위가 매우 왕성하여 사물을 능히 제압하며 어떤 난관도 헤쳐나가고 모두를 이길 수 있는 수리이다.

24 지혜와 지략, 지모가 뛰어나 적수공권으로도 일가를 번창시키는 수리

지능과 지혜를 겸비하였으므로 항상 근면하고 검소하여 큰 업적을 세울 수가 있다. 맨손으로도 능히 크게 성공하여 부귀를 누릴 뿐만 아니라 말년에는 몇 배나 번창하고 융성하여 자손들까지도 부귀와 영화를 누릴 수가 있다. 가문은 화기애애하여 항상 즐거움이 가득하

흥산과 개화

다. 인생을 사는 동안 도전하는 일에서 큰 일과 큰 업적을 이룩하자면 다소 고통과 어려움이 있을 수도 있으나 재주와 지략, 지모가 출중하여 적수공권으로도 일가를 크게 일으키고 번창시키는 운수이다.

25 매우 총명한 성품으로 높은 지위를 얻으며 부귀를 누릴 수 있는 수리

지략과 성정이 영민하고 매우 총명하여 권위와 부귀를 누릴 수 있는 운수이다. 특히 언행이 일치하며 한 번 뱉은 말은 마치 확인을 찍어 놓은 문서와 같이 정확하고 신용이 있다. 다만 완벽을 추구하다 보면 날카로운 비평과 다소의 불평을 들을 수 있으나 큰 결점은 아니다.

영민과 안전

남다르게 뛰어난 재능과 실력이 있지만 너무 한 곳으로 치우쳐서 몰두하는 경향도 있다. 사람을 대할 때 부드러운 덕성을 함양함이 좋은데, 지나친 주장과 아집은 자칫 사회생활에서 충돌을 야기한다. 그러나 그 충돌을 의식하고 한 발 물러서는 여유를 가지면 좋은 쪽으로 변할 수 있는 운수이다.

26

파란이 중첩되고 변화무쌍하지만, 기이한 운명을 타고난 영웅적 기질을 타고난 수리

타고난 성품이 지혜롭고 영특할 뿐만 아니라 기개와 의협심이 강하다. 이 운명수運命數의 사람은 온갖 어려움을 당하더라도 능히 돌파하고 사선을 넘어서 큰 공로를 이루는 사람도 있다. 다만 힘과 투지가 부족할 경우에는 세상의 온갖 풍랑에 이리저리 휩쓸리게 되고 좌절을 자

파란, 변칙, 영웅

주 겪으며 재산이 크게 흩어지고 가문이 망하는 사람도 있다. 만일 이름의 조건이 사주와 행운의 숫자 등을 보완해 주지 못할 경우에는 방탕과 안일에 빠지거나 대부분의 일생이 역경에 처하게 되는 불행한 운

수가 되기 쉽다. 오히려 장사, 위인, 예술가, 스포츠맨, 군인, 경찰, 법관 등에서 이러한 운수가 나타나는 경우가 많다.

27 풍파와 좌절을 연속적으로 겪게 되는 비탄의 수리

옛 것을 보내고 새 것을 맞이하는 운수인 것 같으나 결국 실패하여 좌절과 고통에 빠진다.

자아가 점점 자라면서 일찍 성공하였다가 실패하는 운격이며, 남에게 비방과 공격을 많이 받는다. 특히 자아가 지나치게 강하기 때문에 까다롭고 엉뚱한

중단과 좌절

면이 많아 자연적으로 고독하다. 누구로부터 어떤 도움도 받을 수 없게 되고, 중도에 좌절, 실패하기 쉽고 말년엔 더욱 심하다. 이 수리를 가진 사람은 정신 이상이나 괴상망측한 성격으로 변하며 여자는 남편 운이 지극히 없는 운수이다.

28 토끼가 호랑이 굴에 들어간 형상으로 조난을 당해 불길에 휩싸이는 수리

좌절과 조난

일평생 고생이 끊이지 않으며 악운을 피할 수 없는 조난운을 가졌다. 행동에 거리낌이 없어서 엉뚱하고 까다롭다. 배척, 재액, 곤란을 초래하고 재난과 앙화가 꼬리를 물고 따라다닌다. 일평생 행복하기가 매우 어렵고 여자는 대부분 고독하고 과부가 될 수 있다. 의협적이고 호걸풍의 기개를 가진 사람이라 하더라도 대부분 역경과 고통으로 인해 좌절하게 되고 결국은 불행하게 된다. 성격이 지나치게 강직하여 고지식할 뿐만 아니라 쓸데없이 까다롭게 굴어 타인으로부터 비방과 비난의 대상이 되는 수리를 가진 운수이다.

29 명성과 실리를 널리 취하여 성공을 거둠으로써 만사 대길할 최고의 수리

책략과 지모가 풍부하고 성공을 거둠에 비할 바가 없을 정도로 좋은 운수이다. 흡사 용이 바람과 구름을 얻은 형상으로서 뜻한 바를 자유자재로 이룰 수가 있다. 지모를 겸비하여 원대한 포부와 희망이 있

으므로 능히 큰 업적을 관철시킬 수가
있다. 또한 명성과 실리를 널리 취하여
크게 대성하게 된다. 이로 인해 엄청난
명성과 복록을 얻게 되는 최고의 운수
이다.

지모와 성공

30 역경과 비운에 시달리다가 결국 매사가 허사로
끝나는 허망한 수리

고난과 역경에 부딪치는 일이 헤아릴
수가 없고, 늘 불안정하여 선악^{善惡}조차
도 구분 못해 좌충우돌하게 된다. 시작
은 있으나 끝이 없는 용두사미격이다.
매사 완결되는 것이 없고, 지혜와 재
능이 있다 할지라도 시작부터가 복잡하

역경과 무용

게 되며, 동서남북 사방팔방을 분주히 떠돌아 다녀도 맺어짐이 없다.
객지에서 고독에 휩싸이게 되고 모든 일을 열심히 하여도 실패만 거
듭된다. 일을 해도 진척이 없고 고통과 근심만 쌓여가고 부부간에도
생리사별하게 되어 큰 재난을 당하는 형국으로 박명하며 결국 비참하
게 피살당하는 대불길한 운수이다.

31

백절불굴의 의지와 용기로 모든 난관을 극복하여
대망을 쟁취하는 수령의 수리

두령과 용기

명예와 부귀를 함께 누릴 수 있는 좋은 운수로서 지혜와 용기, 그리고 인의를 겸비한 백절불굴의 운수이다. 특히 강철같이 견고한 의지를 갖추고 있어서 꺾일줄 모르는 우두머리형이다. 그러므로 능히 어떠한 난관과 어려움이 있을지라도 돌파할 수 있으며 명성과 명예, 그리고 위대한 사업으로 큰 업적을 이룰 수 있다. 게다가 수령이나 지도자가 될 만한 덕망과 인품, 능력을 갖추었고, 부귀하고 번영하며 많은 이들에게 존경과 신망 또한 매우 두텁다.

명성과 재(財)에 대한 실리를 두루 얻을 뿐만 아니라 항상 행복하고 부귀하며, 많은 사람들의 명망을 한몸에 받는다. 또한 스스로의 의지로 사업과 가문을 크게 일으키는 중흥의 시조로서 번영하게 되는 영화로우며 상서로운 운수이다.

32 뛰어난 수완을 발휘하여 큰 희망을 찬연히 꽃 피울
수 있는 아름다운 수리

요행과 희망, 그리고 보람이 특히 많
은 운수로서 때가 되면 반드시 좋은
운運이 오고, 일이나 사업은 뜻과 같이
잘 된다. 비록 중도에 약간의 곤란이 있
더라도 태어날 때부터 재주와 능력이 뛰
어나고 특출한 수완을 지녔기 때문에 능
히 난관을 돌파할 수 있다. 또한 이런 난

요행僥倖과 번영

관의 극복이 전화위복의 계기가 될 대길의 운수이다.

33 아침 해가 힘차게 솟아오르듯 기세가 등등하여
전도가 쾌청한 수리

아침 해가 동녘 바다를 뚫고 높이 솟
아오른 형상으로, 그 기세가 대단히 등
등하여 크게 발전하는데 거침이 없다.

가문이 융성하고 번창하며 명문대가
를 이룰 운수이다. 재주와 덕망을 겸비
하여 용감하고 결단력이 있음은 물론이

두령과 대업

요, 책임감과 사명감이 투철한 정신력의 소유자이다. 따라서 어떠한 난관과 고충도 능히 돌파하고 타개하여 마침내 큰 뜻을 이루어내고야 만다. 견고한 의지와 정신력으로 큰 일과 큰 업적을 성취하여 명성과 실리를 널리 얻음은 물론이요, 그 위세가 온 세상에 진동하게 되는 운수이다.

34 병약하고 재난이 잦으며 파괴와 위기, 망신살이 끊이지 않는 수리

파괴와 위기

가정적으로도 불우하며 이별이 있는 불운한 수리로 아무리 노력하여 잘 이루어 놓아도 보람도 없이 곧 파괴되고 마는 수리이다.

모든 일이 파괴로 인해 불행하게 되며 조실부모하고 고독하며 적막하게 살아야 한다.

갑자기 성공하는 경우도 있으나 곧 파산하는 운수이다. 조금 이루어 놓았더라도 이내 산산조각으로 변하는 매우 나쁜 경우가 자주 나타나며 일평생 행복한 시간이 없다. 또 흉악한 기운이 겹겹으로 에워싸고 있어서 환난과 재앙이 꼬리를 물고 일어난다. 참담하고 비참하기 그지없으며 아무리 뼈가 으스러지도록 노력해도 모두가 헛수고로, 아무런 노력의 대가도 인정받지 못한다.

언제나 고통과 곤란, 안팎의 불화로 몹시 시끄러우며 만사가 일그러
지기만 하여 도대체가 제대로 이루어지는 것이 없다. 쇠퇴하고 몰락
하여 패망으로 이어지니 비통하기 그지없고, 항상 망신살이 뻗쳐서 참
담하다. 관재 구설수도 자주 발생할 뿐만 아니라 목숨과 건강의 위험
이 언제나 따라 다니는 불길한 운수이다.

온화하고 선량한 인품을 지녀 화합하고 순리로 이끄는 매우 좋은 운수를 지닌 수리

능력과 재주가 특출할 뿐만 아니라 지
모와 계책도 원대하고 심오하다. 특히
문학과 예술, 스포츠 등 예술면에서 탁
월한 재능을 발휘하며 기필코 발전하고
성공하는 등 앞길이 창창하다. 만약에
큰 뜻을 품고 큰 일을 일으키고자 한다
면 과감하게 밀고 나가면서 돌진하기만

기예와 부귀

하면 원하는 대로 이루어짐을 보게 되는 훌륭한 운세이다.

능력과 기회가 있음에도 불구하고 너무 지나치게 앞뒤를 잰다든가,
우물쭈물 망설이다가는 모처럼 찾아온 절호의 기회를 놓칠 우려가 있
으니, 이 점을 염두에 두고 조심하면 대길할 운수이다.

36 시비와 고난, 파란이 끊이지 않는 형세로 역경을 겪은 후 조금 나아지는 수리

파란과 시비

앞길이 험난하고 파란이 중첩되며 항상 화근의 발단이 있고 고난이 매우 많다. 비록 의협적인 기질이 있고 남을 위해 어려운 일 하기를 좋아하나 자신은 곤고하며 오히려 타개할 방법이 없다.

행운의 수로는 마지막 숫자이다. 뛰어난 두뇌와 지혜, 계획성이 뛰어나 바라는 것을 달성하여도 안정적인 운세가 없어 실패를 거듭하며 고생하고 성공을 해도 또다시 실패의 연속이 닥치니 방탕한 생활을 하게 된다. 기쁨과 슬픔이 계속되고 성공했을 때 매사를 조심하면 다소 평안하고 태평하게 지낼 수 있으나 그렇지 않고 잠깐이라도 방심하면 금방 어려움이 생긴다.

그러므로 일상생활을 영위해 가는데 있어서 만사를 조심해야 하며, 작은 일에도 방심하지 말고 철저한 계획과 점검을 토대로 일 처리를 해야 한다.

36은 나쁜 운수의 수리이지만 철저히 자기 분석을 하고 또한 잘 갈무리하면 이룬 성공을 잃지 않을 수도 있다. 또한 어려움을 겪을 때에도 의기소침하지 않고 최선을 다해 정확한 판단력을 발휘한다면 성공의 길로 들어설 수 있다.

37 하늘이 내린 천운과 천복을 타고 났으니 위엄과
존경을 동시에 받게 되는 대단히 좋은 수리

천운天運을 타고 난 사람을 흔히 제왕
의 운수라고 말한다. 이 수리는 하늘이
내린 복을 타고 났으므로 위엄이 있을
뿐 아니라 존경과 신망, 신뢰 또한 매우
두터울 수밖에 없다.

매사에 진취적이고 독립심이 강하여
스스로도 능히 힘든 일을 실행하여 성

권세와 출세

공에 이른다. 특히 자기 분야에선 권위가 대단하고 매우 충실하여 큰
성공을 거두는 형상으로서 그 무엇에 비할 바가 없는 좋은 운수이다.

38 뛰어난 재주와 총명한 두뇌로 예능계에서 특출함을
발휘하는 수리

재능과 예술

총명한 두뇌를 지니고 있어 박력과 추
진력은 좀 모자란 듯하지만 심혈을 기
울여 노력하면 반드시 성공을 획득할 수
있다. 재주가 뛰어나고 매우 총명하며,
특히 문학 및 예능에 탁월한 재능을 발

휘한다. 인품이 매우 온화하고 성실할 뿐만 아니라 수명과 복록은 하늘이 내린 형상이다. 지혜롭고 행복하며 재물과 명예를 크게 누림은 물론이요, 자손과 가정도 융성하여 크게 번창하게 될 대길의 운수이다.

39 지혜와 장수, 권위와 권세를 겸비하여 부귀영화를 누리게 될 수리

권위와 부귀

하늘에 구름이 걷히고 휘영청 밝은 달이 비치는 형상으로 부귀영화는 물론, 지혜와 장수, 권위와 권세를 두루 겸비한 탁월한 운수이다.

나아감과 물러감은 말할 것도 없으며 취하고 버리는 것도 자유자재요, 무소불통, 무소불능이다. 처음에는 약간의 어려움이 있을지라도 능히 난관을 뚫고 돌파할 능력과 기개가 있으므로 어떠한 근심이나 고민도 할 필요가 없다. 소신껏 열심히 밀고 나가며 노력하기만 하면 된다. 집안도 자손도 대대로 번창하게 되니 지극히 귀중하고 좋은 운수이다.

40

지략, 재능, 담력은 풍부하나 덕망이 결핍되어
파란만장한 곡절을 겪게 될 수리

지략과 재능이 풍부하며, 담력은 보통 사람을 능가하고 용감하나 덕망이 결핍되어 비방이나 공격을 받는 운수이다. 모험심과 투기심을 갖추고 의욕적으로 활동하면서도 겸허하게 처신하며 물러나서 분수를 지키는 것이 평안함을 보전할 수 있는 최상책이다.

파란과 쇠퇴

이 수리는 재물이 파괴되고 부부궁이 산란하여 도처에 처첩^{妻妾}이 난무하며 부부 풍파를 일으켜 가산을 탕진하게 된다. 이 숫자가 여자의 운명이라면 초혼에 실패하고 10년 이상 독수공방한 이후에 재혼을 하기는 하나 이것도 원만하지 않은 불운의 연속이 된다.

모험과 투기를 좋아하여 실패와 좌절을 거듭 겪게 되므로 언제나 좌불안석일 수밖에 없다. 좌충우돌하는 성격으로 타인으로부터 비난과 욕설을 듣게 된다. 매사에 부침이 심하고 덕망이 결핍되어 하는 일마다 실패의 연속이어서 불안정하기 때문에 다른 사람들에게 경원시 당하고, 심지어는 원수^{怨讐}처럼 외면을 당하게 되는 운수이다.

41 부귀와 복록이 무궁무진하게 집안으로 몰려드는 전도양양한 수리

실력과 명성

덕망이 높고 명예가 사방에 진동하며 재주와 지모도 탁월하여 재물이 끊임없이 들어온다.

부귀와 영화, 복록이 무궁무진하게 집안으로 몰려오므로 전도가 크게 양양하게 된다. 인품은 충실하고 진실될 뿐만 아니라 담력과 경륜도 매우 뛰어나서 뭇사람의 존경과 신뢰를 한몸에 받는다. 뜻하고 도모하는 일과 그 업적은 일사천리로 대단히 순조로우며, 또한 크게 발전하고 융성한다. 용기, 지혜, 덕망을 모두 겸비했으므로 천하에 명성을 떨치게 되며, 수명 장수하고 부귀영화를 맘껏 누리면서 가문이 날로 번창하고 흥성한다.

무슨 일이든 마음만 먹으면 안 되는 일이나 이루지 못할 업적이 없을 정도다. 진실로 하늘이 내린 크나큰 복을 마음껏 누리는 운수이다.

42

총명하고 박학다식하여 예술과 기예에 탁월한 수리

총명하고 박학다식하며 재주가 뛰어
난데, 특히 문학, 예술, 발명, 기예면에
서 특출하다. 다만 한 가지 아쉬운 점은
전심전력하지 않으므로 성공을 눈앞에
두고도 결실을 맺지 못하는 수가 많다
는 것이다. 분발하고 열심히 노력하면
반드시 목적하는 바에 도달할 수가 있
는 좋은 운수이다.

다예와 재능

43

산재와 무존으로 외화내빈하는 좋지 않은 수리

외화와 내빈

특출한 성격과 예의, 지혜와 그 기품
은 세상 일을 통달하여 자기 뜻대로 이
루며, 자기 마음대로 뒤흔들 것 같이 생
각하나 성사成事가 전혀 없어 일생을 파
란과 고통으로 지내게 되는 수리이다.
또한 일이 실패한 후에 정신적 압박으
로 인해 정신착란증을 일으키기 쉬우며
악운까지 겹치는 불길한 운수이다.

44

파괴와 병고가 한꺼번에 밀려오는 참담하고 암담한
수리

비업과 패전, 빈천

사람이 죽거나 재산이 몽땅 탕진되어 가정이 박살나게 된다. 지극히 흉악한 조짐으로 참담하고 슬픈 비운의 수리이다. 파괴와 난리를 겪게 될 운수로서 만사 되는 것이 없고, 역경, 번민, 우환, 병고, 신음, 조난 등으로 가족과 부부간에 생리사별하게 되며, 폐질과 빈천이 속출하니 지극한 불행을 겪게 되는 흉험한 운수이다.

45

순풍에 돛을 단듯 만사가 뜻대로 잘되며 순조로운
수리

모든 일상사가 순조로우며 의지대로 잘 이뤄진다. 더욱이 덕망이 높고 지모가 출중하여 세상의 큰 업을 이룩하고, 능숙하게 처리하는 경륜도 겸비했다. 큰 뜻과 큰 업적을 성취할 수 있음은 물론이요, 설령 어떤 어려움이 닥칠지라도

순풍과 순리

반드시 이루고야 만다.

부귀영화를 누리며 지극히 행복하고 명성과 권위를 천지사방에 떨치기도 하는 대길 운수이다.

46 금은보화를 실었으나 풍랑을 만나 좌초하고 파선하는 흉한 수리

일평생 곤고困苦함이 몸을 떠날 줄 모르는 대단히 흉한 운수로서, 의지 또한 박약하여 쉽게 기로나 미로에 빠진다. 아무리 부유한 가정에서 태어났어도 가난과 실패로 헤매다가 인생을 마감하게 되는 운수이다. 특히 부부 생리사별의 쓰라림을 맞게 될 운수다.

파선과 난파

47 천지에 꽃이 만발하여 아름다운 향기를 뿜으며 알찬 결실을 맺는 수리

꽃이 만발하여 천지간에 벌과 나비가 모여들고, 아름답고 알찬 결실을 맺는 형상으로서 의식주는 매우 풍족하다. 만사는 뜻과 같아서 발

개화와 성취

전이 무궁하니 명성과 권위도 대단하여 천부의 복록을 누린다. 자손도 크게 번창하고 가문은 융성하여 화목함은 물론이고, 경사와 여유가 항상 내재한다. 또 사람들과 더불어 큰 일을 도모하여 성취를 이루며, 매사가 나아갈수록 취할 수 있어 모든 일이 자유자재이니 막힘이 없다. 오래도록 행복을 누리다가 후손에게 물려줄 수도 있으며 덕망과 아량도 풍부하여 많은 사람들의 존경을 받는다.

48 재능과 경륜이 탁월하며 덕망 또한 높으니 존경과 신뢰를 받을 수리

지혜와 지모가 출중하고 덕망 또한 높으니 만인의 존경과 신뢰를 한몸에 받으며 스승의 표본으로 살아갈 형상이다. 큰 업적과 경륜이 탁월할 뿐만 아니라 하늘이 내린 재물과 부귀를 얻을 수도 있다. 위엄과 명망이 양양하여 온 세상에 떨치게 되고 영예와 권위도 높아진다. 또한 온유하고 아량과 덕성이 풍부하여 자손과 만인의 귀감이 될 수 있기 때문에 만인의 스승이 될 운수이다.

신뢰와 존경

49 자기 관리 소홀로 크게 실패하게 되어 불운이 겹치는 수리

비상한 재주와 지혜가 있어 자수성가 하나, 성공이 좌절로 변해 필경에는 실패를 거듭하므로 곤혹을 치르게 된다. 잘 운영하면 그나마 반평생은 그런대로 안락하게 지낼 수도 있는 운수다.

변전과 초고

그러나 순간적인 불운도 따르고 매사가 헛수고로 끝나며 되는 일이 없어 끝내 억울하고 불평등한 대우만 받게 된다. 부부 사이에도 생리사별수가 있고, 고독, 빈천, 허약, 병고, 신음, 형벌을 받게 되는 운수이다.

50 시작과 끝이 달라서 낭패를 당하게 되고 결국 타락할 수리

성쇠와 파멸

시작은 좋으나 끝이 안 좋고, 한 번은 성공하나 자칫 잘못하면 다시 일어서기 어려워 말년에는 곤혹스럽고 적막하게 될 운수이다. 게다가 만사를 즉흥적으로 처리하려는 경향이 있어서 매사가 꾸준하게 지속되는 경우는 매우 드물다.

말년에도 집안과 자녀 일로 마음 편할 날이 없으며, 갈수록 형편이 엄청나게 나빠지는 좋지 않은 운수이다.

51 파란과 변동이 심하고 말년이 비참해지는 수리

파란과 부침

파란과 변동이 심하고, 흥망성쇠의 기복을 벗어나지 못하며 흉한 일이 자주 찾아들어 편안하기 어렵다. 초년과 중년에는 잠깐 동안 성공을 했다가도 말년이 되면 비참하게 되는 경우가 많다. 게다가 성격상 모든 일을 즉흥적으로 처리하는 경향이 있어서 매사가 꾸준하게 지속되는 경우가 드문 좋지 않은 운수이다.

52 대기만성형으로 처음엔 다소 힘들더라도 나중엔 즐겁고 태평해질 수리

초년은 괴롭고 힘들지만 나중은 크게 즐겁고 태평하며 일약 큰 뜻을 얻어서 대성공을 획득하는 형상이다. 특히 선견지명이 있을 뿐 아니

라 통찰력도 있어 더욱 사물에 대한 달
관의 경지에까지 이르게 된다. 재능과
능력은 발군의 기량이며 정통하고 해박
하지 않은 것이 없을 정도이다. 의지의
견고함이 마치 철석같아서 금강석에 비
유할 만하고 큰 목표와 뜻을 반드시 관
철하여 이룩한다.

공리와 달관

　능히 세상의 추이를 잘 살필 수가 있고 모험과 투기심이 있어도 뛰
어난 지모와 계책이 함께 있으므로 반드시 성공하는 편이다.

　다른 사람들은 매우 힘들고 어려워서 곧잘 실패하지만 이 수리의 사
람은 무적불패를 자랑하고 어려움이나 실패가 거의 없다. 대인관계도
원만하고, 하는 일마다 순풍에 돛단격으로 매우 순조롭게 성취하며 부
귀와 명성과 권위를 온 세상에 널리 펼친다. 지극히 행복하고 평화로
우며 통찰력과 심미안 등 선견지명을 지니고 있고 의지 또한 대단히
굳고 강건한 운수이다.

53 표리부동 내우 허영으로 변파를 일으키는 수리

　겉으로 보기에는 부유해 보이고 인격자로 보이나 내심으로는 빈곤
하고 허사만 쌓인다.

　모든 일에 성사가 없고 실패하여 속으로는 근심과 걱정만 가득 차서
어떠한 작은 즐거움도 없는 형상이다. 집안의 운수가 이미 기울어지

기 시작하여 남은 재산이 거의 없게 되었을 뿐만 아니라 사람까지 죽어나가기 시작하는 운수라서 지극히 불운의 연속으로 이어지는 흉한 운수이다.

내우와 허영

54 열심히 노력해도 실패만 거듭되는 성공운이 없는 흉험한 수리

고향을 떠나 타향에서 분주히 노력하는데도 성공운이 없고 매사에 실패만 거듭한다. 하는 일마다 장애가 발생하여 사람들과의 불화가 자주 빚어지고 다툼도 생긴다. 어리석고 완고하여 매사 다사다난한 일이 많은 크게 나쁜 운수로서 언제 어디서 비명사할지도 모르는 수리

파란과 다난횡사

다. 한평생 노고는 많으나 보람은 없고 비참하고 괴로움이 그치질 않는다. 끝내는 크게 실패하여 진퇴양난이 되고, 우울과 번민, 형벌, 생리사별, 단명까지 하게 되는 대단히 좋지 않은 운수이다.

55

기회를 잘 포착하여 성실하게 일을 추진하면 크게 성공할 수 있는 수리

대길수^{大吉數}인 5와 대흉수^{大凶數}인 50이 합친 운수이다. 견고한 신념과 끈기, 그리고 성실한 자세로 일을 추진한다면 반드시 큰 일과 큰 업적을 이루어 부귀와 명예를 획득할 수 있다. 오히려 실패에 대한 지나친 염려가 대의를 망칠 수도 있으므로 주의해야 하는 운수이다.

기회와 성실

56

부부궁이 불길하고 손재와 관재 구설 등 재앙으로 인해 불길한 수리

손재와 구설

덕화가 있고 재록이 융성한데 부부궁이 불길하여 초혼에는 실패하고, 이성으로 인하여 손재와 관재 구설 등의 재앙이 따른다. 항상 일생을 우물쭈물 망설이기만 하다가 어떠한 도전이나 결단을 한번도 못 내려보고 일생을 마감하게 된다.

따라서 죽기 살기로 분투 노력하지 않으면 설상가상으로 지독한 불운이 찾아와 일생을 끝내야 하는 수리이다. 언제 어디서나 앞을 알 수 없을 정도로 절망과 암흑 뿐이고 엎친데 덮친 격으로 신체부상이나 불구가 될 운수로 심지어는 비명사로 단명하기도 할 운수이다.

57 재주와 지능을 바탕으로 열심히 하면 영광과 부귀의 천혜를 얻을 수리

천혜와 영광

성격이 강인하여 어려운 일에도 흔들리지 않으며, 재주와 지능을 겸비했으므로 크게 발전하여 부귀영화를 누리며 행복하게 된다. 그러나 수리가 오행상 맞지 않으면 고난과 고통이 따르고 만사가 뜻대로 되지 않을 수도 있다. 그러므로 절대 의기소침하거나 실망할 필요가 없다.

반드시 전화위복이 되어 천부의 복을 맘껏 누릴 수가 있으며 최후의 승자가 되어서 크게 웃을 수가 있다. 힘껏 밀고 나가라. 그러면 반드시 모든 영광과 부귀와 천혜天惠를 얻을 운수이다.

58 재복이 융성하고 재화가 많아 말년이 더욱 좋은 수리

인덕과 지혜로움이 만연하고 사람들과의 신뢰가 두터워 굳은 의지가 널리 펼치게 된다.

의지가 강하고 재복이 융성해 많은 재화를 얻음으로써 부귀복록을 누리게 되는 대운의 운수다.

재화와 발력

59 의지가 강한 것 같으면서도 인내력이 부족하고 소심하여 실패하는 수리

실패와 소심

두뇌가 총명하고 명철한 성품은 능히 영웅적인 대지^{大志}를 달성할 수 있는데도 실패의 재앙이 사방에서 밀려드니 중도에서 관직을 비롯한 모든 일이 파괴되는 형상이다. 수액^{水厄}을 주의하고 가문내^{家門內}의 많은 고통을 혼신을 다해 다스리고 사회에 봉사를 많이 해야만 조금이라도 액운을 면할 수 있다. 한 가지 일에도 끈기 있는 인내력을 키우는 것이 급선무인 운수이다.

60 먹구름이 항상 따라 다녀 하는 일마다 크게 패하는 수리

불행과 고통

　유두무미격으로 머리만 있고 꼬리가 없으므로 경영하는 일마다 시작만 있고 결과가 없는 꼴이다. 활동하는 데도 항상 불안이 따르고 처세에도 언제나 패하는 형상이다. 아무리 동서남북을 분주히 돌아다녀도 성사되는 것보다 실패하는 것이 많다.

　고통과 고난에 묻혀 극악한 운을 만나게 되어 결국 불행을 얻게 되는 운수이다.

61 명예와 실리를 함께 얻을 수 있고 운기가 서려 있어 부귀할 수리

　뜻한 바를 이루려는 의지가 강하므로 매사에 결단성이 있고 목적을 쉽게 달성함으로써 부귀영화를 누릴 수가 있다. 또한 사회의 신망이 두터워 만인으로부터 존경을 받는다. 이성이나 가정

부귀와 영화

운도 좋아서 부부 자녀간에 화합하여 부족함이 없는 복된 생활을 하
게 될 운수이다.

복록이 없고 화합하지도 못해 불행의 늪에서 헤어나지 못하는 수리

서로 화합하지도 못하고 신용까지 잃
어 점점 불행이 겹치게 되며 뜻한 바가
중도에서 꽉 막히는 형세다. 병약하고
불화가 잦으며 실의에 빠지기가 쉽다.
그로 인해 항상 재난을 짊어지고 다녀
큰 고통을 받게 되고 결국 파산하는 운
수이다.

낙화와 무력

오랜 가뭄 끝에 단비를 만나듯 융성하고 발전하는 수리

오랜 가뭄이 끝나고 단비를 만나게 되니 활기차고 기풍이 당당해
지며 크게 발전한다. 있었던 방해물도 저절로 사라진다. 또한 장래가
창창하게 열리는 운수로, 자기도 모르게 대성하게 되는 호운을 만나

게 된다.

부귀영화를 누리고 크게 성공하는 운수여서 가정도 화목하고 자손도 발전, 번창하여 일평생 평안하게 지내게 되는 운수이다.

번영과 평안

64 일이 뜻대로 되지 않아 인재나 재앙이 득실거리는 수리

뜻하지 않은 재앙이 많이 발생하며 가정이 파산되고 가족이 뿔뿔이 흩어져 사업에도 큰 차질이 생긴다. 또한 재난과 질병으로 횡사하는 등 불행이 거듭되는 운수로 일생동안 안정을 찾을 수 없는 형세다.

침체와 파재

65

다복장수하고 부귀영화를 한껏 누리는 천혜의 수리

다복장수하여 부귀영화를 한몸에 누리는 수리이다. 명성이 온 천지에 드높아 일생이 평안하고 가내가 화평하다. 부귀영화가 당대에서만 그치는 것이 아니라 자손에게까지 최상의 행운을 가져다주는 운수이다.

복록과 형통

66

과욕이 실패를 부르게 되고 신용이 추락하여 결국 패가망신하는 수리

궁박과 파가

행복은 아주 짧고 궁박(窮迫)이 밀려와 모든 것을 잃으며 패가망신하게 되어 진퇴양난에 빠진다. 과욕은 금물이듯 다욕으로 크게 파재, 파산하며 횡사하는 수리이다. 가족이 뿔뿔이 흩어지고 관재구설, 시비가 자주 생기고 사통팔방이 꽉 막혀 움직일 수 없는 비참한 운수이다.

67 뜻하는 바를 마음껏 이룰 수 있어 천혜를 누리는 대길의 수리

달성과 천혜

맨손으로 창업하여 성공하는 자수성가형으로 입지전적 수리를 타고 났다.

근면하고 성실하며 하는 일마다 여의如意하고 목적하는 바가 쉽게 달성되어 부귀영화를 누리는 수리이다. 다만 과욕은 부리지 않는 것이 좋다. 자칫 큰 패운이 있을 수 있으니 경계해야 할 운수이다.

68 의지력이 강하고 계획이 견실해 성공을 이루는 수리

다재다능하여 무너진 가정도 다시 굳건히 일으켜 세우는 운세이다. 책략이 치밀하고 근면 성실하며 온갖 난관을 극복해 나가는 투지를 지닌 수리이다. 발명과 창조의 재능이 뛰어나 주변의 신망이 두터우며 크게 성공을 이룰 운수이다.

견실과 지력

69 복록이 없고 불안, 동요가 심해 궁박해지는 대단히 불길한 수리

동요와 불안

가난과 병액이 겹쳐 무력하니 앞날이 암담할 뿐이다. 불안과 동요가 그칠 날이 없으며 죽음의 고비를 수없이 넘기는 수리이다. 정신력이 박하여 활로를 찾을 수가 없어 방황하는 흉한 수리를 지녔다. 특히 이비인후과에 속하는 병액이 그치질 않는 운수이다.

70 근심걱정이 떠날 날이 없어 일생동안 빛을 볼 수 없는 수리

공허와 암울함 속에서 근심 걱정에 사로잡혀 고독하고 적막하게 지내는 수리이다. 오랫동안 허망한 세월을 보내며 이별과 궁핍에 고통받고 형벌, 살상의 재화가 끊일 날이 없다. 처가에까지 액운이 미치니 큰 재앙을 지닌 운수이다.

적막과 쇠퇴

71

용기와 기백이 약해 전력을 쏟아도 크게 전진하지
못하는 수리

호운을 만나도 힘이 부족하고, 생각이
모자라 횡재를 놓치게 되니 그저 하늘
의 뜻에 맡겨 편안할 때나 기다려야 하
는 운수이다. 욕심을 부리지 말고 항상
일보 양보를 해야 될 것이며 명산에 가
서 기도를 많이 드려야 자기 명대로 살
수 있는 운수이다.

잠룡과 도통

72

먹구름이 밝은 달을 가리므로 항상 불안정한 수리

번민과 길흉

휘영청 밝은 달밤이었다가 갑자기 먹
구름이 뒤덮어버린 후 다시는 걷히질
않는 운수이다. 겉으로는 행복하게 보
여도 속은 고민이 태산같다. 처음에는
번성하고 영화로운 것 같으나 끝이 보
잘 것 없으며 길흉이 중복되는 흉한 수
리이다.

73 자연의 혜택을 크게 받아 일평생 안정과 복록을 누릴 수리

천여와 소성

덕망으로 일평생 편안하고 후회 없는 인생을 보낼 수 있으며 행복을 누린다. 또한 어진 부인의 내조가 특출하여 가정이 화평하고 모든 일에 충실하므로 말년에는 더더욱 행복하고 안정된 생활을 하게 될 운수이다.

74 미로를 헤매다가 출구를 찾지 못해 어둠 속에서 보내는 수리

활동력도 없고 능력도 없으니 무위도식하는 격이다. 밤낮 쓸데 없는 공상에 빠져 허황된 꿈만 꾸며 뜬구름 잡는 꼴이니 남들에게 비웃음만 사는 수리다. 가도가도 창해요, 절벽강산이라 동서남북이 꽉 막혀 움직일 수 없는 처참한 신세가 되고 결국에는 인생을 포기하고 마는 운수이다.

미로와 수액

75 ○

대복은 없지만 분수를 잘 지키면 일생을 평안하게 보내는 수리

신중과 평길

얼토당토않은 욕심을 부리지 않고 자신에게 주어진 환경에서 순리대로 대처하면 무난히 한평생을 안온하게 보낼 수 있는 수리이다. 만약 과욕을 부리면 불의의 재난을 당하게 되니 조심해야 한다. 기회가 오면 놓치지 말아야 크게 발복할 운수이다.

76 ×

병약하여 단명하는 불운의 수리로 배우자와의 관계도 돈독하지 못한 수리

가족 인연이 박하고 병약하며 항시 골골하여 가산이 쇠퇴한다.

명예와 지위는 추락할 대로 추락한 수리이다. 일가족이 횡액과 상해, 이별 등 흉한 운수를 가졌다. 고난이 극심하여 결국에는 산산조각이 나서 인생을 마감하는 운수이다.

고독과 병약

77
흉중에도 길운이 있어 인생 전반에는 흉하나
후반기는 길운이 있는 수리

꽃은 피나 열매를 맺지 못한다. 흉중에도 길한 운이 잠재되어 있는 길흉상반 형세다.

어려운 듯하면 윗사람의 도움으로 극복하게 된다. 일생 중 전반기에는 행복하나 후반기에는 몰락하여 비운을 맞는 불행을 맞게 된다. 전반이 불행한 사람

장춘과 비탄

은 후반기에 행복해지는 수리이다. 기회가 오면 놓치지 말라. 좋은 일이 일어날 수도 있는 운수를 지녔다.

78
길흉이 반반인 평범한 수리이자 말년이 불운한 수리

이것 또한 길흉이 서로 엇비슷한 수리로 흉수가 좀 많은 편이다. 하늘이 준 재능을 발휘하지 못하고 고생한 보람도 없이 잠깐 빛을 보다가 말년에 불운이 내리는 운수이다.

타력과 용두사미

411

79 역경에 처해 헤어나지 못하며 아무리 발버둥쳐도 활로를 찾지 못하는 수리

신체는 건전하나 정신력이 약해 부진에서 벗어나지를 못한다. 그러므로 무절제하고 무도덕, 무신용으로 남들로부터 심한 비난을 받게 된다. 처자 인연도 없어서 가족간에도 생이별의 수가 겹치는 운수이다.

역경과 무모

80 냉음한 곳에서 공허와 고독, 실의에 빠지는 생활을 해야 하는 수리

허공과 은거

운수에 기복이 있으며, 고생이 비길데 없이 심하다. 재난이 끊일 날이 없고 병고와 고독에 시달리다가 형벌을 받거나 비명사하는 등 흉수 중의 흉수이다. 스스로 자중해야 한다. 자중하여 조용히 살면 큰 재난을 면하고 다소 평탄하게 살 수도 있는 운수이다.

81 뜻한 바 소원이 성취되며, 명예를 되찾고 부귀와 영화가 찾아드는 수리

80이 지나면 다시 새로운 운이 된다. 양기가 다시 돌아와 메마른 초목에 춘풍春風이 일어 다시 슬슬 풀리기 시작하고 신용이 회복되어 뜻한 바 소원이 성취되므로 명예를 찾고 부귀와 영화가 찾아들어 그 이름을 사해에 떨치는 대길운이 열리는 것이다.

천혜의 복록

이 수리는 인생에 있어서 가장 크게 작용하는 대운大運의 운수로 천혜의 복을 받아 평생 부귀영화를 누리게 될 운수이다.

인장으로 풀어보는 운명

인장의 역사 속으로…

인장印章의 역사는 기원전 4000년경에 이르러 이미 사용된 흔적으로 보이는 인장이 인류 최고의 도시문명을 일으켰던 메소포타미아Mesotamia에서 발견되었을 정도로 오래됐다.

고대의 인장은 신성한 영물이었다.

고대 이집트에는 기원전 2000년경부터 황금충 형상을 본 딴 스카라브Scarab라는 석인石印이 있었다. 그것에는 회문자, 왕명, 인명, 제신이나 성수의 모습을 음각했다. 이집트에서는 황금충을 '케베리'라고 호칭하여 창조의 신 태양의 신으로 숭배했던 것이므로 스카라브는 귀신을 쫓는 호부로서 인체에 간직되었고, 인재로는 주로 활석질을 사용하였으며, 금金, 은銀으로 된 것은 흉장이나 지환으로도 사용하는 풍습이 그리스나 로마시대에 이르기까지 계속되었다.

중세 유럽에서도 인장은 널리 사용되어 11~14세기에는 작은 토지를 가진 일반인들도 금속인장을 사용했으며, 14세기 영국에서는 사람들의 가문과 신분을 입증하는 증표가 되었다. 영국에는 군주와 왕실의 기장을 새긴 국새가 11세기에 처음으로 쓰였으며 옥새상서玉璽尚書를 보관하는 옥새가 첨가되었고, 작은 인장들도 제작되어서 왕들도 개인적인 서신 왕래에는 공표되지 않은 인장을 사용하였다고 한다. 1500년 전 영국 극장에서 일하는 한 소년이 도장 사용하는 것을 국가로부터 허가를 받고 사업을 시작하였는데, 도장의 위력으로 유럽의 거부가 되었다는 사례가 있다.

우리나라의 인장 역사는 일찍이 환인이 그 아들 환웅에게 천하를 다스리고 인간 세상을 구하게 함에 있어 천부인 세 개를 주어 보냈다는 고려시대 일연의 저서 ≪삼국유사≫의 단군고사에 나타나는 천부인삼방이 최초이며 ≪삼국사기≫에는 국왕이 바뀔 때마다 왕이 명당에 앉아 국새를 손수 전했다는 기록으로 보아 국새가 왕권의 상징이었다는 것을 알 수 있다. 이것으로 미루어 신라시대에 이미 국새를 사용하였고, 당대에는 개인들도 인장을 사용하였을 뿐 아니라, 이를 극히 숭상하였다. 즉, 개인의 인장에도 용 · 봉황을 새긴다든가, 청자를 구워 인형을 만들었다든가 하는 것은 인장에 대한 예술적인 감정만을 의미하는 것이 아니라, 인장이 인간에게 주는 영적 감정의 표현이었다. 조선시대 왕실에는 보인소라는 고관대작을 두어 이를 관장케 하였고, 현존하는 국새와 보인이 1,000개가 넘는 것을 볼 때, 이는 인장이라는 것이 단순한 필요성 이상의 기원적인 존재였음을 시사한다.

인장을 조각하는 데 길인吉印과 흉인凶印을 구분하여 중요하게 생각하는 것은 동양에서 오랜 전통으로 내려 온 문화였다. 문서에 찍은 인장은 주인의 권위와 품격뿐만 아니라 당사자임을 입증함과 동시에 모든 책임을 감수한다는 의미가 있고, 인장이 찍힌 문서로 인해 계약이 잘 진행되기를 바라는 마음이 간절하였던 것이다. 글 자체와 인문배치로 인한 길인과 흉인뿐 아니라 인장에 벽사동물을 조각하여 주인의 권위를 나타내고 벽사를 염원하던 인장들도 있었다. 예를 들어 인장에 조각된 용은 권위를, 거북은 장수를 상징하지만 인장에 조각된 귀숙인 사자는 권위와 벽사를 상징하는 인장이었던 것이다.

인장으로 풀어보는 운명

　행운이 따르는 인장印章은 신정인당을 창업한 필자의 참뜻이다. 사주에 따라 인장을 조각하는데, 사주팔자의 진용을 표출하여 동서남북의 방위를 진용인가 가용인가 분석해야 한다. 즉, 동북, 서북, 동남 간방에 한 치의 오차도 없어야 한다. 사주에 따라 이름을 지어서 행운의 번호, 즉 금융기관 비밀번호를 진용으로 표출해 인장과 이름, 행운의 번호를 만들면 여덟 가지의 행운이 따른다.

- 행운이 따르는 인장은 성명, 사주와 일치해야 한다.
- 행운이 따르는 인장은 자신의 분신체요, 제2의 생명체다.
- 행운이 따르는 인장을 갖는 것은 좋은 집을 갖는 것과 같다.

　밝은 미래를 위해서 최소한 행운이 따르는 인장, 즉 사주와 맞는 것을 가져야 한다. 인생의 중대사에서 최후의 마무리는 행운이 따르는 이름과 행운의 번호, 그리고 인장이다. 인장은 원형을 써야 하고 글자가 선명해야 한다. 크기는 조그마한 것이지만 음양을 잘 표출하여 각인하면 행복을 가져오기도 한다. 그렇지 않은 인장은 불행을 부르기도 하는 희귀한 귀중품에 불과하다. 행운이 따르는 인장은 자신의 신명이며, 제2의 생명이라고 할 수 있다.

행운이 따르는 명예운 인장

사주팔자를 보니 남쪽에 명예운이 있고 행운이 따르는 신정수호인을 가지면 나타나는 현상에 대해 살펴보자.

첫째, 세상을 인정받는 좋은 이름과 사랑, 광명을 얻는다.

둘째, 직위나 직명, 권위를 얻어 대학 교수나 자연과학자가 된다. 즉, 목적하는 바 이름을 빛내고 만인의 축복을 받는다. 특히, 사람의 지혜로는 생각할 수 없는 참된 용기와 신과 같이 거룩한 신용神容이 특출하다. 머리가 맑고 깨끗하며 눈이 맑아지고 심장이 강해지며 비위가 좋아진다.

행운이 따르는 참뜻의 진용 인장은 명예와 성공, 신용을 얻으며 두혈, 목, 심장 등이 수정처럼 맑고 깨끗해진다.

서남 행운이 따르는 애정운 인장

애정운이 없는 사람은 행운이 따르는 진용의 신정수호인으로 행운의 숫자와 행운의 이름에 맞추어 진용인감, 은행인장, 실무인장을 가지면 최상으로 변한다.

행운이 따르는 진용 인장을 가지면 눈앞에 좋은 일이 생기고, 괴롭고 어려운 일이 있다 하더라도 오히려 좋은 일로 변한다. 또한 스스로 길흉화복을 만들고 피해 가는 길을 신이 알려주며, 신이 복을 만들어주어 큰 행복을 얻는다.

복이 어디서 왔든지 방자한 태도를 보이지 않으면 틀림없이 큰 행운이 온다. 운은 신이 인간에게 잠시 맡긴 것이기 때문에 언제나 몸과 마음을 닦으며, 참고 견디는 사람에게 따른다. 그래서 사주팔자를 뽑아놓고 진용을 표출하여 행운이 따르는 애정 인장을 가지면 결혼운과 직업운이 대길하다. 복부, 골, 소화 기능이 대길한데, 복부는 서남간에 위치한 간방이다. 뼈가 약한 부위가 튼튼해지며, 소화가 불량한 사람은 소화기능이 좋아진다.

서방 사교운 인장

사주에 진용이 없는 사람은 사교와 이성, 복분福分과 교분交分, 패균과 성기의 약함을 행운이 따르는 인장으로 극복한다. 사회적 신망이 두터워지며, 이성교제가 부족한 사람은 행운이 따르는 이성에 눈이 뜨이면서 이성관계가 원활해진다. 복분을 누리며 정분이 두터워진다. 생식기가 약한 사람은 음양의 이치에 따라 행운의 인장을 한 세트 갖추면 좋은 현상이 나타난다. 그래서 행운의 인장을 씨앗이라고 한다.

착한 일을 하는 사람은 복을 많이 받고 악한 일을 하는 사람은 화를 입는다. 진용의 인장은 나쁜 것을 좋게 하는 음양의 수리로서 완화작용을 한다. 결국 좋지 않은 행동을 하는 사람이 한때 잘 사는 것처럼 보이는 것은 한순간일 뿐이다.

행운이 따르는 축재운 인장

사주팔자에 음양이 중화자가 아니고 편고나 잡화상인 사람은 축재나 권위, 재산, 건강, 기력, 폐의 기능이 마비되는 현상이 빚어진다.

축재는 전혀 불가능하고 권위는 허망하며, 재산은 사기를 당하여 빼앗기고 목숨마저 위험하다. 건강은 평생 좋지 않고 기력은 전무한 상태로 이러한 사주를 가진 자는 밥솥에 쌀을 넣고 아무리 기도를 해도 그것이 밥이 되지 않는다. 불을 붙이지 않는 한 소용이 없다.

행운이 따르는 인장을 한 세트 갖춘다면 축재운은 나날이 좋아지고 성장하며, 상처 난 골이 다시 새로워지고, 폐 또한 대단히 좋아진다. 기력이 나날이 좋아져 힘을 과시할 정도가 된다.

행운이 따르는 주거운 인장

사주팔자는 진용이 있어야 중화된 사주라 할 수 있다. 즉, 주거라면 부동산, 덕심, 부하, 요기, 귀, 신장 등을 말한다.

북北에 위치하면서도 진용이 없는 사람은 평생 집을 한번도 갖지 못한다. 특히 덕심과 인심을 발휘하지 못하고 건강상 좋지 못한 현상이 일어난다. 심지어 들리지 않을 정도로 귀가 좋지 않고 콩팥이 제 역할을 하지 못해 평생 고생하며 단명할 수 있다.

행운의 인장을 갖는다면 주거는 자연히 생기고 모든 사람이 형제요,

동포로 가깝고 귀, 콩팥 등을 비롯한 모든 작용이 자연스레 좋아진다. 천지사방에서 나를 도우니 뜻대로 안 되는 일이 없다.

행운이 따르는 가족운 인장

동북東北 간방艮方에 위치하는 사주팔자는 사오미巳午未 생월의 사주팔자로 반드시 수水가 진용이기는 하나 목木이 희신이라고 할 수 있다. 화火나 목木이 없으면 진용이 없다는 뜻이다.

가족 인연이 뿔뿔이 흩어지고, 자식, 애정, 형제운이 희박하다. 세상 모든 게 적이요, 마음대로 안 되어 화를 내거나 투정을 하고 한탄을 한다. 사람들에게 자신의 소신을 밝혀도 받아주지 않으니 살맛이 나지 않는다. 지극히 나쁜 운수로 평화와 행복을 얻을 수 없는 팔자다.

그러나 행운이 따르는 인장을 갖는다면 헤어졌던 가족을 다시 만나고, 친자, 친애, 형제, 배, 관정, 중장, 코 등의 마비되었던 현상들이 정상적으로 움직이게 된다.

하늘을 찌를 듯한 장송도 자그마한 씨앗으로 시작해서 성장한 것이다. 자신의 마음 속에 씨앗이 싹트면 하늘과 땅을 꿰뚫는 무한한 힘을 발휘한다. 자신을 작은 테두리 안에 가두지 말고 참모습을 보려고 노력한다면 이 세상에 위대한 존재로 남을 것이다.

행운이 따르는 희망운 인장

 희망운에는 발전, 실천, 행동, 수족, 신경, 폐, 인후 등이 속한다. 편고자와 잡화상 사주는 위의 조건이 맞지 않아 희망과 발전을 이루지 못하고 하는 일마다 제동이 걸리며 만인의 모함과 시비를 받는다. 건강상 수족의 마비 현상이 자주 일어나고 신경이 쇠약하며, 간장이 불치될 우려가 많다. 목구멍과 목에 큰 이상이 생긴다. 이러한 체질을 타고난 사람은 단명하고 경제 능력이 전혀 없다.

행운이 따르는 재능운 인장

 화극금火剋金 토극수土剋水 충冲의 사람은 재능이 부족하고 인기가 없으며, 통솔력이 부족하여 연애를 잘 하지 못한다. 만인이 무정하고 천상천하 유아독존으로 굉장히 이기적이다. 무엇이든 좋지 않은 일은 쉽게 배우고 즉각 행동으로 옮긴다. 좋지 못한 것을 취미로 하고 좋은 것은 내팽개치기도 한다.
 매우 드문 사주팔자이지만 행운이 따르는 인장을 갖는다면 개선장군처럼 만인의 존경을 받으며 인인성사人人成事, 성귀成貴, 성부成富 한다. 만인이 꿀벌이요, 황금이며 귀인이 된다. 인력에 의지하는 재와 관왕이 인간마다 은인으로서 다정하게 후대하니 만인이 따르고 상부상조한다. 인덕이 태산 같고 만인의 사랑과 존경을 받으니 글자 그대로 인중왕人中王이요, 최고 호명好命으로 행운아의 사주팔자로 탈바꿈한다.

인印 · 장章 · 신信의 진가眞價

인印장章신信을 분석 연구한 진가眞價에 대해 알려주고자 한다. 먼저 오행을 진용振用 · 가용假用으로 분석해서 인장 내에 넣어 사용하면 좋다.

금金이 식상食傷이면서 진용이면 자기 노력을 발휘할 기회와 수단, 그리고 능력이 왕성하며 최고의 진용이다. 호기가 많이 발생하고 생산적인 투자활동 능력으로 소득도 많이 발생하고 재다財多하며, 기회가 많아 돈을 버니 자금과 물고기를 많이 잡는 고깃배요, 황금 알을 낳는 생산수단과 좋은 기회 등은 대표적인 진용이다. 평생을 통해 호의호식하는 운세작용이 진용의 뜻이다. 그러나 가용은 이와 정반대다.

목비겁木比劫이면서 진용이면 만인이 유정하고 인인성사人人成事하며, 누구에게나 즐거움과 도움을 주고 필요하며 유익하고 아쉬운 존재가 된다. 만인이 나에게 다정하고 인심이 후하며 베풀기를 아끼지 않는다. 인덕이 후하고 만인의 사랑을 받으며 인인성부人人成富 성귀成貴 하니 인생 최고의 행운이다. 가용은 반대로 된다.

화재성진용火財星眞用은 타고나면서부터 행운아다. 재능이 뛰어나고 성실하며, 진용이 있으면 검소하고 진실하다. 재가 생산을 하고 인력을 지배하며, 남을 부양하는 왕성한 장정이며 대인이요, 사주가 재성인 진용이다. 가용은 반대다.

관성이 토진용土眞用인 경우 백성을 보호하는 진용관성眞用官星이다. 생명과 재산을 보살피는 진관성眞官星이며, 벼슬을 상징하고 동시에 나를 부양하고 보살피며 지켜주는 보호자다. 중국 사주는 관을 극아자剋我者로 판단하고 통용한다. 나를 치고 지배하며 다스리고 빼앗는 무서운 호랑이 관상이라는 것이다. 생부와 부군과 생자가 자식과 아내와 부를 치고 지배하며, 억압하고 빼앗는 것은 짐승이다. 짐승은 약육강식이 철칙이지만 인간은 사랑과 인정과 논리와 도덕으로써 상부상조한다. 우리나라를 대표하는 고관대작이나 정치가, 역대 대통령에 진관상이 많다. 가관성假官星은 반대다.

　진인성수眞印星水의 경우 나를 먹이고 입히고 길러주는 생어머니이니 나를 가르치고 인도하며 덕성과 인성을 함양시켜 주는 스승의 별이다. 생기와 윤기와 화기와 덕망을 상징한다. 인성진용印星眞用은 의식주가 부유함으로써 정신력이 활발하다. 부모의 양육과 스승의 교육을 제대로 받음으로써 심신이 원숙하고 부족함이 없다. 반대로 가용이면 무無이다. 수우 인장을 써서 이름을 지어 반드시 행운의 번호와 예금통장을 만들어주어야 한다.

　예금 금액도 운세에 따라 각자 다르다. 육신상 식상 · 비겁 · 재성 · 인성 · 관성을 타고난 유아의 사주와 맞추어 예금하면 반드시 힘과 권위를 상징하고, 오래 사용할수록 인주를 빨아들여 연륜과 권위를 나타낸다. 힘을 100% 발휘하며, 어려서부터 생기와 윤기와 화기를 받아 아무 장애 없이 잘 자란다. 또한 갈수록 의식주가 풍부해지고 정신이 총명하여 죽을 때까지 부귀영화를 누린다.

　시중에는 성명학 관련 서적이 많지만 사주와 맞추어 출간된 책은 전무하다시피 하다. 이름, 수리오행만 가지고 길흉을 판단해서는 안 된다. 반드시 사주와 맞추어 진용을 표출하여 판단해야 한다. 이름은 출생하면서 바로 사주와 정확하게 용체用體를 표출시켜 작명해야 한다. 아이가 태어나면 반드시 갖추어 주어야 하는 것이 있다. 이름, 행운의 번호, 인장, 예금통장은 물론이고 평생 아무 장애 없이 무럭무럭 자랄 수 있는 비법을 준비해주어야 한다.

신정인당新正印堂의 인장印章의 가치와 특징

한국의 인장印章은 고려高麗 충렬왕忠烈王 때 한국 최초의 국존인 일연一然(1206~89) 대사가 신라 · 고구려 · 백제 3국의 유사遺事를 모아서 지은 역사서인 삼국유사三國遺事의 내용 중, 환인이 인간 세상을 다스리라고 천부인天符印 세 개를 환웅桓雄에게 주었다는 단군신화의 고사에 나타난 것이 최초의 설이다.

신라시대부터 왕권의 상징인 국새國璽를 사용하였고, 고려사의 백관지百官誌의 기록을 보면 관직官職인 인부랑印符郞을 두어 궁정에서 사용해 온 모든 인장印章을 관리하였으며, 개인들도 인장을 즐겨 사용하였고, 조선시대까지 국새國璽와 보인寶印이 1,000개를 넘는 것을 볼 때에 인장의 예술적 가치와 효용성을 일찍이 인정하여 활용하였음을 역사서를 통해 알 수 있다.

인장의 원형은 우주공간에서 바라본 지구의 둥그런 모습을 상징하므로 지구로 보며 인장의 원형안은 자신의 보금자리인 집을 의미하는 것이다.

또한 인장 안에 각인된 자신의 성명은 제2의 생명이요, 분신으로서 인장과 함께 영원히 사는 길이며 이름을 날리는 길이다. 사람의 수명은 100년을 넘기기 힘들지만 인장의 수명은 일부러 소각하거나 파괴하지 않는 한 각인된 이름과 함께 만대萬代에 영원히 남는 불로영생不老永生의 소장품인 것이다.

우주 대자연의 섭리와 음양오행의 원리를 통달한 고금의 성현들이 말씀하신 바와 같이 인간의 이름을 개개인의 운명과 직 · 간접으로 연결된 고리가 있음을 간파하였다. 어느 나라 어느 누구에게든 이름과 사주는 있게 마련으로 필자는 한평생을 살아오는 동안 인장의 중요성을 누구보다도 뼈저리게 체험한 사람 가운데 하나다. 그리하여 이름을 사주에 맞지 않게 쓰거나 인장이 운세와 맞지 않으면 비극과 절망, 좌절과 불행이 잇따라 발생하게 된다는 진리를 터득하였다.

인장의 진리를 발견한 인생은 천명天命, 즉 사주를 한눈에 관찰함으로써 운명을 지배하고 개척할 수가 있다. 인생의 중대사에는 꼭 인印을 찍어서 최후의 매듭을 짓게 되며, 크기는 자그마한 것이지만 인간을 행복하게 하고 불행하게도 하는 엄청난 힘을 가지고 있다.

인장은 크기가 작아서 자칫 소홀하기 쉬우나 지극히 귀중한 것으로 원형의 수우水牛(물소뿔)

에다 저자가 세계 최초로 개발한 움직이는 오행인 진용眞用(사람이 행복한 삶을 영위하기 위해 꼭 필요한 생명수生命水와 같은 의미이며, 또한 행운을 가져다 주고 불운에서 지켜주는 수호신守護神의 역할을 하는 간지干支로 자신이 타고난 사주팔자의 핵심이 되는 음양오행)을 투입하여 64방위 중 진용이 지켜야 할 정확한 지점에 삽입시켜 예술적 특성을 최상으로 발휘시켜 격조를 더욱 높이고 조화롭게 조각하여 지님으로써 증폭되는 행운의 기氣로 좋은 운세를 유도한다. 그리하여 당사자가 천운의 혜택을 누리게 하는 것이 신정인당新正印堂만이 가진 독특한 전통과 한 차원 높은 독자적인 인장의 세계임을 자랑한다.

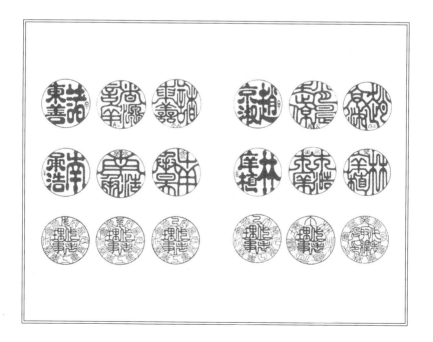

천지인天地人 · 근화실根花實의 원리를 배경으로 인감 · 은행 · 실무인의 삼합인장이 삼위일체三位一體의 주체가 된다. 필자의 독창적이고 혼과 신을 다해 쓰는 정성이 깃들어 합해지면서 창안한 신필력의 힘이 발휘되어 정교한 미美로 작품화된 최고의 예술 인장품으로 각광을 받고 있다. 초 우주적인 기氣를 발산하는 삼합三合이 형성되어 있으므로 만약 이를 도용하는 자나 악용하는 자는 일생에 구제되지 못할 영령계의 가장 무서운 천생天生의 중살中殺을 받게 됨을 경고하는 바이다. 무슨 일이든 선을 악용하는 자는 설사 본인이 죗값을 치르지 않는다 하더라도 핏줄 누군가는, 설사 아직 태어나지 않은 후손도 결코 이 죗값의 소용돌이 속에서 벗어날 수 없음을 재차 경고하는 바이다.

당장은 눈에 효력이 보이지 않는다 해도 삼합인장三合印章을 소장한 사람뿐만 아니라 자자손손 대대로 천혜의 무한정한 행운의 효험을 틀림없이 받을 수 있다.

▶ 인감인印鑑印은 발생과 동시에 몸 전체를 돌보고 재산을 지키는 도장이다.
▶ 은행인銀行印은 재산의 성쇠 · 증감을 좌우하며 재산을 축적하는 도장이다.
▶ 실무인實務印의 사용은 일상생활에서 좋은 운기를 작용시켜 재산을 보호한다.

신정인당의 삼합인장본三合印章本

행운의 번호와 신정인당^{新正印堂}의 행운인^{幸運印}으로 개운^{開運}이 된다

행운의 번호와 신정인당新正印堂의 행운인幸運印으로 개운開運이 된다

인감인印鑑印

부귀장수富貴長壽

인감 가운데서도 가장 중요한 인감인은 토지와 가옥 등의 등기와 매매 또는 주식이나 유가증권 등 재산의 운영·관리에 사용된다. 시, 동, 읍, 면사무소에 등록해 놓고 필요할 때 인감증명을 발급받는다. 그런데 사회적으로나 법률적으로 반드시 의무와 책임이 있는 것이기 때문에 꼭 사주와 맞는 인장을 사용해야만 운수가 좋아진다. 또 인감인은 인감증명 사용시에만 사용해야 한다.

인감인은 재산을 지키는 도장이다.

은행인銀行印

재록상승財祿上昇

예기치 않은 사고를 방지하기 위해서는 반드시 은행인만을 따로 쓰고 인감인을 은행인으로 같이 쓰지 말아야 한다. 더욱이 은행은 재물인의 성쇠·증감과 매우 밀접한 관계를 가지기 때문에 중요한 의미를 가지므로 인감인과 구별해서 사용해야 한다. 아울러 필히 은행의 비밀번호를 행운의 번호로 써야만 하고 또 행운의 번호는 본인의 사주와 꼭 맞아야만 행운이 찾아온다.

은행인의 재산을 증대시키는 도장이다.

실무인實務印

수호신장守護身章

막도장이라고도 한다. 사무용에서 가정용까지 일상생활에서 가장 빈번하게 사용하는 것이 실무인인 막도장이다. 그런 만큼 사람의 눈에 띄는 기회도 많고 또 좋든 나쁘든 기氣가 주어지기 때문에 이왕이면 좋은 기가 작용하도록 수우水牛로 사용하면 더욱 좋다.

막도장이라 하더라도 아무렇게나 사용하고 취급을 소홀히 하면 좋지 않은 영향을 받게 된다.

우주 대자연의 섭리와 음양오행의 원리로 창안, 신필력을 일으키도록 작품화된 최고의 인장품

법인인감 法人印鑑

명성권위 名聲權威

주식회사 대표이사의 법인인감은 사장의 운세에 맞추어 사용해야 사업이 발전하고 사방에서 고객이 구름처럼 모일 것이다. 순풍에 돛을 올린 형상으로서 만사가 뜻과 같이 잘 되며 일이 순조롭고 덕망이 크고 출장하여 큰 업적을 이룩하고 능숙하게 처리해 준다. 반드시 대표이사 인감은 대표이사 사주와 음양의 법칙에 맞게 움직이는 오행을 표출시켜 인장 내에 넣어 사용해야만 큰 업적을 성취할 수 있다. 법인인감은 회사를 대표하는 도장이다.

법인은행인감 法人銀行印鑑

재록상승 財祿上昇

주식회사 대표이사의 은행인감은 금융관련 문제만을 처리하는 데 쓰는 인감으로 재무상 금전의 원활한 융통과 축재의 의미를 지니고 있다. 반드시 은행비밀번호는 행운번호와 함께 사용하여야 하며, 신용으로 재財를 생산하고 재능과 수완으로 인력을 지배하며 사업상 발생하는 모든 일이 호기好機가 발생하여 생산적인 투자활동의 능력을 왕성하게 발휘하므로 재다財多하고 기회가 득다得多하여 돈을 무더기로 벌어들이는 황금알을 낳는 자금형성의 대표적인 인장이다.
법인은행인감은 재정을 튼튼하게 쌓게 되는 중요한 인장이다.

법인사용인감 法人使用印鑑

성공발전 成功發展

주식회사 대표이사의 사용인감은 반드시 사장의 운세에 진용眞用을 표출하여 인장 내에 넣어 사용해야 할 것이며, 특히 비밀번호(행운의 번호)를 운세에 맞추어 사용해야만 막혔던 길이 열리고 일이 잘 풀리며 기대했던 기회가 주어진다. 축적된 능력을 발휘하여 소원을 성취하고 만사가 형통한다. 법인사용인감은 회사의 발전을 도모하는 인장이다.

외국인들도 감동한 세계 속의 신정인당新正印堂

▶ 삼합인장의 인감인은 생명체와 분신체를 상징하기에 집안에 잘 보관한다.
▶ 은행인은 재물과 돈을 상징하기에 금고 안에 잘 보관한다.
▶ 실무인은 몸을 지켜주는 호신용으로 지니고 다닌다.

신이 사람에게 준 수명

봄 태생은 118살, 여름 태생은 129살, 가을 태생은 121살, 겨울 태생은 124살을 살도록 조물주가 인간에게 수명을 주었으나 제대로 그 생을 살지 못하고 대부분 인생을 마감한다. 첨단 과학시대에 살고 있는 현실이라 하더라도 아직 밝혀내지 못한 많은 물질과 요소들이 인간의 신상을 위협하는 존재로 다가온다. 지금까지 6만여 이상을 임상한 결과 핵가족 형태로 구성되는 가족구성원의 이상적인 인원은 5인 가정이다. 오행을 형성해 사는 5인 가정은 별 무리없이 잘 사는 가장 이상적인 가족형태라고 하겠다. 이러한 5인 가정이 삼합인장을 지니면 어떠한 어려움이 닥쳐도 잘 극복하여 서로에게 도움이 되는 구조로 격상되어 만복萬福이 깃드는 가정으로 잘 살게 된다.

명물名物로 구전되어 퍼져나간 신정인당의 삼합인장

본 신정인당의 삼합인장을 가지고 있으면 만사萬事에 몸을 보호하는 수호역할을 하는 것이다. 동양의 인고한 역사와 전통이 담겨있는 한자세계漢子世界의 인장방위구성진법의 오묘한 조화와 인장원형 안에 혼과 신을 다해 각인되어 들어서 있는 구성서체와 필력에서 나오는 기氣는 흡사 82령부의 영사부적에서 나오는 강력한 삼위일체의 힘(파장)으로 합치되어 파워가 발산된다. 그것이 저자만이 가지고 있는 오대산의 정기이자 독창적인 신통력인 것이다. 이러한 파워가 삼합인장을 가지고 있는 사람의 영기영역활동으로 작용해 여러 가지 위험요소와 각종 위기에서 불운을 물리쳐 나갈 수 있게 해주기에 바로 내 몸을 지키는 수호신 역할을 한다.

신정인당 인장을 세계인이 많이 찾는다

도장을 찍는 데 쓰는 경우도 있지만, 호신용으로 가지고 다니면 생명의 위협으로부터 안전을 지켜준다는 소문이 퍼지면서 외국인들도 삼합인장을 주문한다. 원형에 새겨진 자신의 개명된 한자이름을 보면서 신기해하며 인장을 가지고 싶어한다. 또한 자신을 지키는 행운의 마스코트라고 여기는 경우가 많아 해마다 삼합인장이 관광상품으로 각광을 받고 있다.

행운을 가져다 준다고 믿어 늘 몸에 간직하거나 가까이 두어야 행운을 받는다고 여기는 경우가 많다. 또한 삼합인장을 가지고 있으면 위기에서 불운이 비켜나가는 경우를 종종 볼 수 있다. 실제 LA에 사는 교포 K씨가 실무인 인장을 와이셔츠 왼쪽 주머니에 넣고 다니다가 강도의 총에 맞아 기절했는데 깨어나 보니 자신은 다치지 않고 인장만 산산조각으로 깨어져 있어 인장 덕분에 목숨을 구했다고 다시 실무인 도장을 만들어 달라고 한 적도 있다. 이제 신정인당新正印堂의 인장은 수호인장守護印章이라는 소문이 퍼지면서 일본은 물론 중국·대만·싱가포르·미국·영국·호주·러시아 등 해외동포뿐만 아니라 외국인까지 한국에 들어오면 꼭 해서 지니고 싶어하는 희망사항이 되었다.

서울시 종로구 종로 6가에 소재한 대한민국 보물 1호로 조선시대의 성문인 동대문(원래의 이름은 흥인지문興仁之門)과 함께 신정인당(흥인지문 바로 옆에 소재)이 동대문의 명소名所로, 그리고 삼합인장은 명물名物로 입과 입을 통해 세계인의 귀로 퍼지고 있어 그 인기가 엄청나게 상승기류를 타고 있다.

숫자는 세계 어느 나라에서나 쓰고 있다

근간에 매스컴에서 화제가 되었던 휴대전화번호가 기사화된 적이 있는데 베이징(북경)에선 13333333333번호가 2억 5천만 원에, 13911118888은 38만 위안(약 7,053만 원), 13911119999는 28만 위안(약 5,200만 원)으로 중국에서 휴대전화번호가 경매된 적이 있다. 또한 태국의 수리야 중룽르엉킷 교통장관이 특별 경매를 통해 구입한 자동차번호판이 1억 2천만 원이라고 했다.

그러나 숫자란 부르기 쉽고 외우기 쉽다고 해서 중요한 것은 결코 아니다. 물론 각 나라마다 수數에 대해 제각기 뜻과 의미가 주어져 있으나 그 수는 사용자의 사주팔자四柱八字와 맞아야 행운의 번호가 되는 것이지, 사주와 맞지 않는 번호라면 그건 그냥 부르기 쉬운 수일 뿐 결코 행운幸運을 부르는 숫자라고 말할 수 없다.

인감인印鑑人	은행인銀行人	실무인實務人
	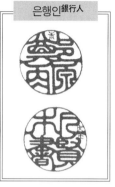	

인장은 바로 자신의 얼굴이다. 정교한 아름다움으로 작품화된 최고의 예술품으로 각광을 받고 있다. 음양陰陽의 오체五體를 동시에 사용하여 움직이는 기氣의 인印을 가지는 순간부터 운이 상승한다.

▶ 인생人生은 일대一代요, 성명姓名과 사주四柱는 만대萬代다.
▶ 사주팔자와 맞는 인장을 갖는 것은 좋은 집을 갖는 것과 같다.
▶ 인장은 자기의 분신체요, 제2의 생명체이다.
▶ 도장 계界 역시 연然의 이理를 따라 온고溫故와 지신知新을 거듭한다.
▶ 순리의 조화와 방촌의 세계를 누비며 그 속에 무궁무진한 대우주大宇宙가 스며 있음을 깨우치고 이를 정확히 구사한 신정인당新正印堂의 삼합용신인장三合用神印章을 사용하면 살아서 생동감이 넘치는 신필력神筆力의 신통한 비秘의 힘을 체험할 수 있다.

신정인당의 삼합인장은 사주팔자와 맞는 성명 감정을 통하여 음양의 근화실론槿花實論의 용신 삼합인장用神三合印章을 인지하지 못한 새로움을 창출하는 온고지신溫故知新의 신기神氣로, 입혼入魂함에 곧게 작성한 신필력으로 신정삼합인新正三合印을 사용하면 사업발전과 건강, 가정이 평안하고 만사형통萬事亨通한다.

깨진 인장을 지니는 것은 불행을 자초하는 일이다

▶ 인생^{人生}은 일대^{一代}요, 성명^{姓名}과 사주^{四柱}는 만대^{萬代}다
▶ 인^印은 자기의 분신체요, 제2의 생명이다
▶ 사주에 맞는 인장을 갖는 것은 좋은 집을 갖는 것과 같다

新正守護印^{신정수호신}

자동차번호 주민등록번호 吉凶 사상최초발견

辛運番號 吉凶世界最初發見

밝은 미래를 위해서 최소한 이것만은 준비합시다!

인생^{人生}의 중대사^{重大事} 최후^{最後}의 마무리는 '인'입니다.
크기는 작지만 행복을 가져오기도 하고, 불행을 막아주기도 하는 귀중품입니다.
인은 당신의 분신^{身分}이며 제이^{第二}의 생명^{生命}입니다.
좋은 '인'(신정수호인)을 소유하면 좋은 운세를 얻을 수 있습니다.

자기 사주와 맞지 않는 이름은 신정인으로 보완한다.

제3부

운명을 바꾸는
좋은 이름 짓는 법

제1장

사주를 통한
성명학 입문

신생아의 사주팔자와 맞는 출생신고

신생아新生兒 출생신고는 사주팔자와 맞는 좋은 날 신고하면 좋다.

동서양을 막론하고 과학의 발전은 인류공동의 관심사이며, 이 모든 발전적 경향은 비단 과학의 발전에만 국한되는 것이 아니다. 제반 영역에 걸쳐 인간의 영향이 미치는 한, 이것은 한 사람의 힘으로만 되는 것도 아니고 수천 년을 거쳐오는 동안 선인들이 쌓아 놓은 업적에 현대를 살아가는 우리가 연구를 가하여 나아가야만 더욱 큰 발전이 있을 것이다.

인류의 역사는 수만 년 이어져 오고 있다.

지금도 이 지구상에 모든 인간은 자기 스스로 할 수 있는 일을 각 분야에서 끊임없이 연구를 하고 있을 것이다.

그렇기 때문에 어떤 분야에서는 새로운 발전을 이루고 어떤 분야에서는 새로운 면을 개척하기도 한다.

≪운명을 바꾸는 좋은 이름 짓는 법≫의 특징

신생아 부모 형제의 상생만을 간추려 작명을 하는 것이 특징이고 자신의 사주팔자와 진용신만으로 이름을 지어서 용신일用神日 용신시用神時에 출생신고를 하여야 한다.

2000년 음력 5월 1일 오전 6시

사	주	팔	자
年	月	日	時
庚	辛	辛	辛
辰	巳	卯	卯

경진년 신사월 신묘일 신묘시^{庚辰年 辛巳月 辛卯日 辛卯時}라 했다.

음력으로 5월 1일이지만 절기상 망종이 지나지 않았기 때문에 4월로 보아야 하므로 신사월^{辛巳月}에 해당한다.

4, 5, 6월은 여름^夏으로 위의 신생아는 수^水가 진용신이다.

신생아의 사주팔자와 맞는 이름을 지어서 사주팔자와 맞는 날에 출생신고를 하면 다음과 같다.

		+1	금金
박朴	6		
		16	토土
	10		
		23	화火
	13		
	29	총계	수水

천간天干

갑甲 을乙 병丙 정丁 무戊 기己 경庚 신辛 임壬 계癸

지지地支

자子 축丑 인寅 묘卯 진辰 사巳 오午 미未 신申 유酉 술戌 해亥

- 천간은 하늘이요, 지지는 땅이다.
- 하늘은 움직이는 형상이고 땅은 움직이지 않는다.
- 하늘은 양이요, 땅은 음이다.
- 양은 움직이며 음은 움직이지 않는다.

사주팔자의 일진 길흉을 택할 때에는 반드시 천간을 택해야 한다.
지지는 참고사항이지만 무시하면 안 된다.

신생아의 출생신고 대길大吉날은 사주팔자 일주에 천지충天地冲, 천지
동天地同, 천지합天地合은 피해야 된다.

위 신생아의 사주팔자는 경진년庚辰年 신사월辛巳月 진용신이 수水이므
로 출생 신고일은 천간 계일癸日 오후 3시 경신시庚申時가 된다.

음력 2001년 2월 1일 자시子時
봄春 태생 1, 2, 3월생月生
　　인寅 묘卯 진辰

사 주 팔 자
辛 庚 丁 庚
巳 寅 巳 子

신생아는 목월^{木月}로(2월 1일) 진용신은 금^金이므로 출생 신고일은 천간 경일^{庚日} 사시^{巳時} 신사시^{辛巳時}가 된다.

음력 2002년 8월 5일 진시^{辰時}
가을^{〔秋〕} 태생 7, 8, 9월생^{月生}
　　신^申 유^酉 술^戌

사 주 팔 자
壬 己 壬 甲
午 酉 午 辰

위 신생아는 8월 5일, 진용신은 목^木이다. 반용신은 수^水로 천간 을일^{乙日} 신시^{申時} 갑신시^{甲申時}가 된다.

음력 2003년 12월 7일 신시^{申時}
겨울^{〔冬〕} 태생 10, 11, 12월생^{月生}
　　해^亥 자^子 축^丑

사 주 팔 자
癸 甲 丙 丙
未 子 子 申

12월 7일 겨울 수^水하니 진용신이 화^火이다.
천간으로 정일^{丁日} 오시^{午時}가 되니 병오시^{丙午時}가 된다.

사주학적 성명학의 이해

사주팔자란 태어나면서 갖게 되는 연월일시 네 기둥 여덟 자를 일컫는 말이다. 성명학은 용신用神 사주팔자와 상생이 되는 이름을 작명하여야 좋다.

우리는 우주의 섭리인 해와 달의 움직임에 따라 무궁한 변천을 거듭하며 삶을 영위하고 있다. 이것이 바로 천지자연의 이치인데도 불구하고 숙명과 운명이라는 것을 한낱 미신으로 생각하는 사람들도 있다.

그러나 철학은 기묘하면서도 오묘한 학문이기 때문에 꾸준히 연구한다면 모든 사람들이 살아가는데 많은 도움이 되는 학문임에 틀림없다. 더군다나 미래를 예견하고 대비한다면 더할나위 없이 평안한 삶을 영위할 수 있을 것이다.

그래서 필자는 많은 사람들에게 사주학과 성명학의 좋은 점을 철학적인 관점에서 전파해 주고자 한다.

동서양을 막론하고 고도화·첨단화되는 과학의 발전은 인류공동의 관심사이며, 이 모든 발전적 경향은 비단 과학의 발전에만 국한되는 것이 아니고 제반 모든 영역에 걸쳐 그러할 것이다.

이것은 한 사람의 힘으로만 되는 것이 아니라 수천 년을 내려오는 동안 선인들이 쌓아놓은 업적을 토대로 연구를 거듭하여야만 성명학에 더욱 큰 발전이 있을 것이다.

70억의 인구 중에 똑같은 인생으로 살아가는 사람, 외모가 완전히 똑같이 생긴 사람은 없다.

사주팔자가 똑같은 연월일시에 태어나는 사람은 지구상에 수십만 명이 되겠지만, 식물도 같은 종자를 뿌려도 토질에 따라 자라남이 다르듯이 사람도 한 부모에서 태어난 자손일지라도 각각 다르게 살아가는 것이다.

그러므로 쌍둥이나 사주팔자가 편고하게 태어났다 하더라도 용신이 들어간 이름자에 따라 인생이 다르게 변할 수 있다.

뒷부분에 용신에 대한 설명이 있지만 사람의 이름뿐만 아니라 상호나 상품명 등을 지을 때도 다음과 같은 원칙에 입각하여 지어야 한다.

- 부모의 사주팔자와 상극되는 것은 피한다.
- 사주팔자를 풀어놓고 용신을 표출하여 오행의 상생소리음을 관찰한다.
- 천인지 숫자의 길흉을 판단하여 용신의 이름을 짓는다.

사람이 살아가면서 좋은 해와 나쁜 해가 있다. 사주의 대운을 분석하면 대체적으로 10년을 주기로, 6년은 나쁘고 4년은 좋게 나타난다.

사주팔자를 잘 태어난 사람은 호의호식하고 부모의 유산도 많이 상속받게 된다. 반대로 사주팔자가 나쁘게 태어난 사람은 사주나 이름에 용신이 전혀 없고 기신들 뿐이며 상극이기 때문에 무슨 일을 하더라도 제대로 되는 일이 없고 헛수고만 하는 꼴이 된다. 하는 일마다 실패하고 남을 위해서 봉사만 하는 결과가 되는 것이다.

그러므로 삼라만상의 모든 물체는 음양오행설에서 말하는 상생상극의 이치를 그대로 따른 좋은 이름을 작명하여야 된다.

호랑이는 죽어서 가죽을 남기고 사람은 죽어서 이름을 남긴다는 옛 속담처럼 좋은 이름은 백 년이 가고 천 년이 흘러도 세상 사람들에게 기억될 것이다.

사람들이 살아가면서 느끼는 환경적인 요소를 그 사람의 사주팔자와 맞는 용신으로 작명하고 성명의 특성인 음(소리)을 사주와 맞게 용신으로 지어주는 것이 바로 사주학적 성명학이다.

사주팔자와 맞는 용신의 이름을 지어야 좋지만 성자에 따라 용신 이름을 사용할 수 없는 경우도 많다. 그럴때에는 소리 용신을 택한다.

가령 수水가 용신인 사람이 사주에도 없고 이름에도 수水가 나오지 않을 때에는 소리음으로 수水가 나오게 한다.

용신이 들어간 이름은 하늘의 큰 뜻과 덕과 땅의 모든 행복을 함께 누리면서 평생토록 부귀영화를 누리게 된다.

성명학 학설에는 여러 가지가 있다.

수리오행, 원형이정, 발음오행, 자원오행, 한글획수 맞춤법 등 무수히 많으나 그 모든 조건을 만족시킬 수 있는 이름은 많지 않으며 그럴 경우 사주에 맞는 이름을 짓는 것이 아니라 학설에 맞추는 이름이 나올 수도 있음을 알아야 한다.

필자의 천인지법은 원형이정과 기본원리는 같으나 성씨와 끝자를 보는 이격에서는 약간의 차이가 있다.

천인지天人地 - 하늘과 자신과 땅과의 관계를 가장 중요시하며 간혹 사주의 구성에 따라 이격을 상극이 되게 하는 경우가 있는데 오행상에 비록 상극이라도 사주에 필요한 진용과 소용이거나 사주에 없는 오행을 사용하면 사주의 결점을 보완해주고 좋은 점을 더욱 상승시키는 훌륭한 이름이 된다.

좋은 이름이란 사주와 맞아야 한다

이름자가 분파分派되지 않아야 한다

성씨를 포함하여 이름자가 모두 쪼개어지고 흩어지는 것을 말한다.

木 : 卜_박　木 : 目_상　氵: 可_하

삼분오열三分五裂 : 사방으로 흩어지니 모든 것이 결실을 맺지 못하고 사방으로 흩어지는 형국이 된다.

삼재배치가 맞아야 한다, 사주와 진용,
즉 수호신守護神이 맞아야 한다

매우 중요하며 아무리 좋은 뜻을 지녔을지라도 삼재가 맞지 않으면 좋은 뜻과 진용이 거의 일어나지 않는다.

좋은 삼재수리와 진용이 되어야 한다

가능한 한 수리가 좋아야 하며, 부득이하게 다른 요소는 전부 좋은데 약간 나쁜 수리가 지격과 총격에만 있을 경우에는 괜찮을 수 있다. 다만 지독하게 나쁜 수리는 다른 요소가 아무리 좋더라도 매우 위험하다.

발음이 쉽고 부드러워야 하며, 별명으로 부를 수 있는
이름은 피한다

아무리 좋은 이름이라도 부르기가 어려우면 무조건 실격이고 또한 불러서 이상한 뜻이 되거나 나쁜 연상이 된다면 평생토록 놀림감이 되어 마음 고생한다.

'손병신 고장란 임신중 이사철 조진배 고민중 고리라 김치상 소주병 손병자 주정혜 성병균 주전자 주길년 나죽자 피칠갑 고수덕 오난희(오나니) 노라니 (울고 넘는)박달재 노가다 백정해 손수건 김치국 정말로 여인숙 차라리 문어라 문동휘 정신병 나가라' 등과 같이 조심하지 않으면 실수를 저지르기 쉬운 이름은 피하는 것이 좋다.

음양배치가 맞아야 한다

대부분 홀수 양陽과 짝수 음陰이 서로 혼합되는 것이 좋지만 때로는 사주 때문에 전부를 음 또는 양으로 할 때도 있다. 음사주는 양으로, 양사주는 음으로 한다.

좋은 뜻을 지닌 글자를 사용한다

부귀와 재물에 대한 노골적인 글자는 천박한 느낌을 주고 오히려 나쁜 반발작용을 일으키니 조심해야 한다. 또 글자 구성요소를 생각하여 불용문자를 쓰지 않아야 하며 균형과 짜임새가 좋아야 한다.

사주와 맞추어 진용, 즉 수호신으로 만들어야 한다

사주와 맞지 않으면 마치 대형트럭에다 소형차의 엔진을 장착한 것과 같아서 크게 힘을 발휘하지 못한다.

가능한 한 이름이 사주에서 나아갈 진로와 적성에 맞으면 좋으나 설령 맞지 않더라도 규칙을 지켜 지었다면 얼마든지 평범하게는 살아갈 수 있다.

그러나 누가 보더라도 가당치 않으며, 어마어마하고 거창한 이름을 겁없이 쓸 때는 종종 불행한 사태가 일어난다. 이것은 바로 뱁새가 황새를 따라가려다 가랑이가 찢어지는 격이다.

항렬에 너무 치우치지 않아야 한다

예로부터 이름을 항렬에 맞추어 많이 지었다. 그러나 현대에 이르러서는 자칫 항렬에 맞추어 이름을 짓다 보면 본인의 사주와 맞지 않는 이름이 나올 수 있기 때문에 사주와 맞는 이름을 지어야 좋다.

선천운(사주팔자)과 후천운(이름과 숫자)이 좋아야 한다

타고난 선천운이 좋고 후천운까지 좋다면 금상첨화로 큰 뜻을 이루고 그 위세가 온 세상에 진동하게 된다.

그러나 선천운이 좋으나 후천운이 나쁘다면 매사 발전과 향상이 있는 듯하나 파란과 변동이 많아 일시적인 성공도 물거품이 되는 경우가 많다.

〈선천운과 후천운을 좋게 만드는 신정삼합인장〉

사주와 이름에는 반드시 진용이 있어야만 하고 또 건전해야만 한다.
사주와 이름에 진용이 없거나 있더라도 깨트려져서 무력하면 일평생
고달프고 괴롭게만 살게 된다.
신정삼합인장은 사주에 맞는 이름을 짓고 부족한 사주를 보완하게끔
진용眞用을 표출하여 인장을 조각하게 된다. 그리하여 용用이 생기고 그
사람은 한평생을 행복하게 살 수 있다.
즉 건강, 재물, 배우자, 자녀, 학업, 직업, 장수를 누릴 수가 있으며 소
원대로 잘살게 된다.

제2장

음양오행론

음양오행론이란

  우주나 인간의 모든 현상을 음^陰과 양^陽 두 원리의 소장^{消長}(사라짐과 자라남, 쇠함과 성함)으로 설명하는 음양설과 이 영향을 받아 우주만물의 생성소멸^{生成消滅}을 목^木, 화^火, 토^土, 금^金, 수^水의 변전으로 설명하는 오행^{五行}을 음양오행설^{陰陽五行說}이라 한다.

팔괘도

팔괘도

팔괘도八卦圖는 복희씨가 하늘의 이치를 터득한 후 팔괘를 그어 위치를 정하여 각 방위에 배열한 것이다.

용마하도

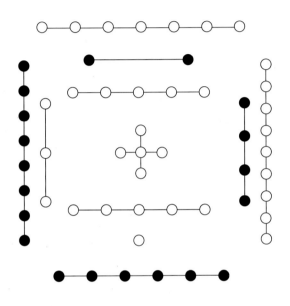

용마하도

용마하도^{龍馬河圖}는 5천여 년 전 복희씨가 다스리던 중국의 황하 강가에서 상체는 용의 모양이고 하체는 말의 모양을 한 용마^{龍馬}의 등에 55개의 무늬가 씌어 있었다고 전해 내려오고 있다.

위의 그림에서 보듯이 10개의 부호가 그려져 있다.

○표는 홀수로서 1, 3, 5, 7, 9이고 천수^{天數}라고도 하며 합^合이 25이다.

●는 짝수로서 2, 4, 6, 8, 10이며 땅의 수로서 지수^{地數}라고도 하며 합^合이 30이다.

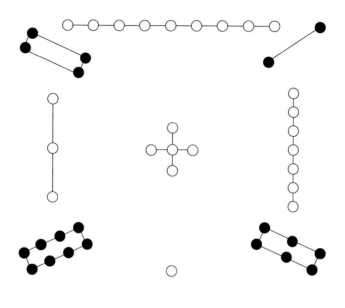

신구낙서

낙서는 1, 2, 3, 4, 5, 6, 7, 8, 9로서 구궁수九宮數라 한다.

위의 낙서수는 모두 합하면 45가 되는데, 4와 5를 합한 수 역시 9가 되며, 구구단도 구궁에서 비롯되었다는 것을 알 수 있다.

낙서는 후천시대後天時代가 열린 것으로 보고 용用으로서 풀이하며, 하도가 정靜의 상태라면 낙서는 동動을 위주로 한다.

천간^{天干}은 하늘을 상징하는 동시에 양에 속하고, 지지^{地支}는 땅을 나타내는 것으로 음에 속한다.

天干의 양	갑^甲	병^丙	무^戊	경^庚	임^壬
天干의 음	을^乙	정^丁	기^己	신^辛	계^癸

地支의 양	자^子	인^寅	진^辰	오^午	신^申	술^戌
地支의 음	축^丑	묘^卯	사^巳	미^未	유^酉	해^亥

음양의 배치

   우주의 삼라만상은 모두 음양陰陽의 이치로 형성되며 사람의 이름자를 구성하는데 음양의 배치를 중요시하는 것이다.

   이름에서 음과 양의 배합은 이름자字의 글자 획수를 세어 기수 홀수를 양의 수로 보고, 우수 짝수는 음의 수로 본다. 단 10단위의 숫자일 때는 10을 빼고 남은 수를 보면 된다.

양의 수	1	3	5	7	9
음의 수	2	4	6	8	10

   우주만물은 음양의 배합으로 형성되는 것이므로 음의 숫자끼리만 배치하거나 양의 숫자끼리 배치하는 것은 매우 잘못된 것이다. 음과 양의 조화가 잘 이뤄지도록 배합을 해야 한다.

   좋은 이름은 좋은 기氣를 항상 끌고 다니며, 나쁜 이름은 흉한 작용의 기를 몰고 다니기 때문이다.

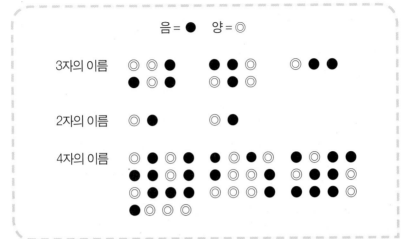

음양의 작용

음양은 우주만물을 창조한 조물주로 음양의 조화로 인하여 만물이 생성되는 것이다. 음은 땅이고 양은 하늘이다. 낮과 밤, 남자와 여자, 높은 곳과 낮은 곳, 여름과 겨울 등이 해당된다.

물 수水는 음을 상징하고, 불 화火는 양을 상징하며 불은 위로 치솟고 물은 아래로 흐른다. 태양은 불의 상징으로 동쪽 목木에서 떠오르고 남쪽 화火에서 충천하며 서쪽 서水에서 거두어지고 북쪽 수水에서 갈무리 된다.

밤은 물 수水의 상징으로 해가 지는 서쪽에서 시작해서 북쪽 수水에서 무르익고 아침 해가 뜨는 동쪽 목木에서 끝이 난다. 이와 같이 우주는 음양의 이치로 움직이는 것이다.

이름도 역시 음양의 조화에 따라야 좋으므로 특히 작명作名 시에는 음양의 원리에 따라 지어야 본인에게 맞는 훌륭한 이름이 지어진다. 더군다나 사주와 이름이 삼합인장三合印章과 행운의 번호에 일치하면 모든 일이 순조롭게 이루어지며, 건강·지위·명예와 부를 얻어 가정이 화목해지고 사회적인 기반이 탄탄해진다.

그러나 음양이 부조화가 될 때에는 중대 수난, 병고, 파산, 신상 변화 등이 일어난다.

오행의 작용

오행五行이란 목木, 화火, 토土, 금金, 수水를 말한다.

음양에서 만물이 탄생하여 성장하고 성숙해 가면서 거두고 갈무리하는 진행과 변화되는 모든 과정의 원리를 오행이라 한다.

오행은 상생相生의 원리와 상극相剋의 원리가 있다. 음과 양이 서로 화합하여 부부가 되어서 서로 사랑하고 의지하며 상부상조하고 자식을 낳아 살아가는 것이 상생의 원리이다.

한편 부부간으로 이루어질 수 없으며 함께 살아서는 안되는 관계로 서로 대립, 반목하는 적대적 관계를 상극이라고 한다.

상생 · 상극

	생生		생生		생生		생生		생生	
목木	→	화火	화火	→	토土	토土	→	금金	금金	→	수水

수水 → 목木

	극剋		극剋		극剋		극剋		극剋	
목木	→	토土	토土	→	수水	수水	→	화火	화火	→	금金

금金 → 목木

음양오행의 발원

오행

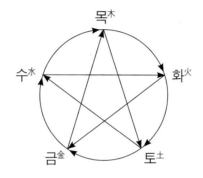

오행의 상생·상극도

오행이라는 말은 ≪상서尙書·書經≫의 〈홍범구주편弘範九疇篇〉에 처음 나오는 것으로, 일상생활의 이용후생을 위하여 성질과 효용을 나타낸 것이다.

오행설을 정식으로 주창한 것은 전국시대戰國時代(BC 453~221), 추연鄒衍(중국 전국시대의 사상가)이 오행의 덕德을 제왕조帝王朝에 배당시켜 우虞는 토덕土德, 하夏는 목덕木德, 은殷은 금덕金德, 주周는 화덕火德으로 왕이 되었다는 설을 내세웠다.

그 후 한대에 이르러 음양오행설이 성행하면서 오행을 우주조화의 축으로 해석하였다. 또 이것을 일상의 인사에 응용하면서 일체 만물은 오행의 힘으로 생성된 것이라 하여 여러 가지 사물에 배당시켰다.

곧 목木은 육성育成의 덕을 맡는다 하여 방위는 동쪽이고 계절은 봄, 화火는 변화變化의 덕으로 방위는 남쪽이고 계절은 여름, 토土는 생출生出의 덕으로 방위는 중앙이고 4계절의 주主가 되며, 金은 형금刑禁의 덕으로 방위는 서쪽이고 계절은 가을, 수水는 임양任養의 덕으로 방위는 북쪽이고 계절은 겨울에 해당한다.

오행五行	목木	화火	토土	금金	수水
오시五時	춘春	하夏	토용土用	추秋	동冬
오방五方	동東	남南	중앙中央	서西	북北
오색五色	청青	적赤	황黃	백白	흑黑
오성五聲	각角	징徵	궁宮	상商	우羽
오상五相	인仁	예禮	신信	의義	지智
오수五數	팔八	칠七	오五	구九	육六
오미五味	산酸	고苦	감甘	신辛	함咸
오제五帝	청제青帝	적제赤帝	황제黃帝	백제百濟	흑제黑帝

음양의 이름 원리 내력

인간에게 지어지는 이름의 내력과 근원은 현공대괘玄空大卦에 있으며, 이것은 곧 우주만물과 온갖 형상의 자연계, 인간관계의 길흉화복을 알 수 있는 이론적인 학문으로 그 원칙은 하도河圖와 낙서洛書, 주역팔괘周易八卦에 있다.

이 현공대괘의 이치와 기운은 삼엄하면서도 심오하고 법도와 질서가 있으며, 웅대하고 장쾌하며 지극히 깊고 오묘하여 관계가 밀접하므로 서로를 분리하여 생각할 수 없는 것이다. 이를 ≪격암유록≫에서는 하도낙서 속에 하느님이 있으니 학자들은 깊이 연구하라고 강조하였다.

우리 속담에 '호랑이는 죽어 가죽을 남기고 사람은 죽어 이름을 남긴다'는 말이 있다. 사람의 일생은 길어야 백 년이지만 이름은 천 년만 년 길이 남아 후세에 전하는 것이니, 작명은 그만큼 심사숙고 해야 한다. 한 사람의 이름이 운명을 절대적으로 좌우한다고는 볼 수 없으나 좋은 이름은 그 사람에게 좋은 작용을 일으켜 행운을 얻게 하고, 나쁜 이름은 나쁜 작용을 일으켜 운을 막을 뿐만 아니라 여러 가지 해를 부르게 된다.

이렇듯 이름으로 인해 나타나는 오묘함이나 쓰임은 대단히 많다.

나쁜 이름과 좋은 이름의 작용에 대해 완전히 통달한 학자라면, 처세와 치국은 물론이요, 천하를 편안히 하는데 기여 또는 간여할 수 있고, 상당한 경지에 이른 학자라면 남을 위해 봉사할 수 있는 모든 도량을 갖추면서 사회와 이웃들을 이익되게 할 수 있을 것이다. 어느 정도 개안이 되는 경우의 사람이라면 최소한 한 가정의 경사와 행복을 끌어들일 수 있을 것이다.

사람의 이름이 운명을 절대적으로 좌우한다고는 볼 수 없으나 좋고 나쁜 이름이 좋고 나쁜 작용을 일으킨다는 사실은 부인할 수 없다는 것을 잊어서는 안 될 것이다. 또한 이름은 그 사람을 대신하는 상징이므로, 서로 만나기 전에 이름만으로도 벌써 그 사람의 인상이나 이미지가 떠오르게 되며 성격이나 인품까지도 미루어 짐작할 수 있음은 주지된 사실이다.

오행과 계절

오행의 상생과 상극

상생相生이란, 목생화木生火, 화생토火生土, 토생금土生金, 금생수金生水, 수생목水生木이며, 상극相剋은 목극토木剋土, 토극수土剋水, 수극화水剋火, 화극금火剋金, 금극목金剋木을 말한다.

성명학에서는 오행설을 글자의 획수에 의한 것과 음音에 의한 것으로 분류한다.

이름이나 상호의 획수에 의한 오행을 수리오행數理五行이라 하며 다음과 같이 분리하여 설명한다. 주의할 점은 사주팔자의 용신用神을 표출하여 작명을 하되 상생상극의 원리를 잘 분석하여 조합하여야 된다는 것이다.

봄 춘春은 목木으로 발생, 여름 하夏은 화火로 성장, 가을 추秋는 금金으로 수렴, 겨울 동冬은 수水로 갈무리이다. 그래서 목생금木生金, 금생목金生木, 화생수火生水, 수생화水生火가 상생의 원리가 된다.

목화木火는 양이며, 금수金水는 음으로, 목화木火는 총각, 금수金水는 처녀를 뜻한다.

만물은 목木에서 발생하여 화火에서 성장하고 토土에서 결혼한다. 거기에서 창조된 새로운 생명은 금金에서 성숙하며 수水에서 늙고 병들어 죽게 된다.

봄의 목木이 가면 여름의 화火가 오고, 여름이 가면 장하長夏의 토土가

오며, 장하가 가면 가을인 금^金이 오고, 가을이 가면 겨울인 수^水가 온다. 그리고 그 겨울이 가면 다시 봄이 오는 것이다. 이 네 계절을 춘하추동^{春夏秋冬}이라고 한다.

수^水에서 봄인 목^木이 나타나는 현상은 수^水라는 모체^{母體}에서 목^木이라는 자식이 태어남과 같다. 이와 같이 수^水에서 목^木이, 목^木에서 화^火가, 화^火에서 토^土가, 토^土에서 금^金이, 금^金에서 수^水가 나타나는 것을 상생이라고 한다.

글자대로 해석하면 모자간을 의미하지만 춘하추동이 오행의 율법에 따라 규칙적으로 가고 오는 운행의 순서와 차례를 말하는 것이다.

수생목^{水生木}이란 수^水에서 목^木이 태어나는 게 아니고 겨울인 수^水가 물러가면 봄이라는 목^木이 나타난다는 의미이다. 상생은 항상 전진하고 운행하는 오행의 순환과 그 과정을 나타낸다. 오행은 한시도 쉬지 않고 전진하고 운행함으로써 상생은 계속해서 반복된다.

그래서 목생화^{木生火}, 화생토^{火生土}, 토생금^{土生金}, 금생수^{金生水}, 수생목^{水生木}은 세세년년^{世世年年} 변함없이 계속되고 반복되는 것이다.

이를 상생불식^{相生不息}이라고 한다.

수리오행의 분류

1 · 2획은 목^木, 3 · 4획은 화^火, 5 · 6획은 토^土, 7 · 8획은 금^金, 9 · 10획은 수^水

수리오행 작성 시 특히 주의해야 할 점은 어떤 수를 오행으로 계산해야 하는가를 정확히 판별하여 작명을 해야 한다는 점이다.

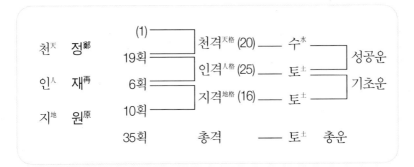

한 자 성, 두 자 이름인 경우

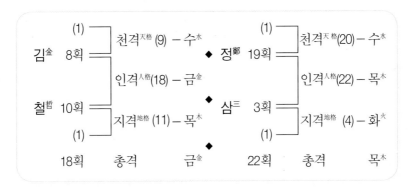

한 자 성, 한 자 이름인 경우

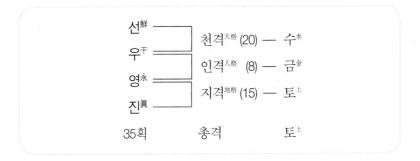

두 자 성, 두 자 이름인 경우

음으로 분류한 오행과 건강

음으로 분류한 오행과 건강

오행은 음(소리)에 의한 분류를 한다. 음에 의한 오행을 따질 때는 우리말 발음이므로 국문國文이 중심이 된다. 이름의 소리에도 분명히 기가 흐른다는 것을 알아야 한다.

목화토금수木火土金水의 용用이 될 때에는 건전한 사고력을 지녔으며, 신체의 건강 또한 매우 좋다.

그러나 체體가 될 때에는 사고력도 건전하지 못하고 건강도 매우 나쁘다.

목木(양) ㄱ ㅋ, 어금니 소리 아음[牙音]

간, 쓸개, 늑골과 관절, 머리, 혈관, 간장, 왼쪽 배, 팔다리, 맥박이 해당한다.

목木(음)

성품이 온화하고 진실되며 덕이 있다. 매사에 열성적이고 침착하며 치밀한 계획과 노력으로 대성한다. 의학, 공학계가 좋다.

쓸개, 늑골, 목덜미, 호흡기, 내장, 왼쪽 어깨, 팔다리, 혈관, 손가락이 해당한다.

화^火(양) ㄴ ㄷ ㄹ ㅌ, 혓소리 설음^[舌音]

소장, 어깨, 목구멍, 얼굴, 큰골, 치아, 임파선, 신경 등이 해당한다.

화^火(음)

명랑하고 활달하며 재치가 있고 남자는 결단성도 있다. 그러나 가끔 경솔한 면이 있어 그것이 흠이라면 흠일 수 있다.

심장, 가슴, 눈, 작은골, 혀, 혈액, 머리 등이 해당한다. 작가, 방송인, 공무원, 연예인 계통으로 진출하면 유망하다.

토^土(양) ㅇ ㅎ, 목구멍 소리 후음^[喉音]

비, 위, 허리, 겨드랑이, 가슴, 명치, 다리, 손바닥, 피부, 입술 등이 해당한다.

토^土(음)

비, 지라, 위장, 소장, 팔, 가슴, 양발, 입술, 오른손, 늑골, 근육, 자궁 등이 해당한다.

금^金(양) ㅅ ㅈ ㅊ, 잇소리 치음^[齒音]

대장, 배꼽 주위, 폐, 골격, 큰골, 치질, 늑막염, 피부 등이 해당한다.

금^金(음)

강인한 실천력으로 어떤 고난도 극복하고 성공한다. 냉정한 편이지만 용감하다. 군인, 법조인, 사업가 계통으로 가면 성공한다.

폐, 다리, 코, 입, 작은골, 머리, 눈, 정액, 혈액 등이 해당한다.

수水(양) ㅁ ㅂ ㅍ, 입술소리[脣音]

신장, 방광, 정강이, 치질 등이 해당한다.

수水(음)

사물을 대하는 임기응변이 능하며 지혜롭지만 남을 의심하는 습성이 다소 있다. 정치가, 건축업 등의 자유 직업이 좋다.

콩팥, 다리, 음부, 요도, 자궁, 귀 등이 해당한다.

이름에 따른 건강과 행복

사주팔자[四柱八字]는 타고난 것이다. 그러나 이름은 부모님이 주시는 것이다. 이름이 사주팔자와 맞아야 건강하고 행복하게 살 수 있다.

좋은 이름을 지니면 다음의 사항들이 좋다.

① 명예를 높여 주고 성공 시기가 빠르다.

② 애정운이 순탄하고 결혼과 직업운이 평생 좋다.

③ 사교와 이성 관계가 순탄하다.

④ 건강하며 재산이 날로 증폭된다. 부동산을 통한 축재운이나 주거운이 매우 좋다.

⑤ 덕이 많아 부하 직원과의 관계가 원활하다.

⑥ 가족운이 좋고 평생 형제간의 우애가 좋다.

⑦ 목적과 희망하는 바가 항상 이루어지고 대인관계가 매우 원만하다.

⑧ 재능이 천재적인 소질이 되고 인기와 통솔력이 강하며 만인이 우러러보는 사람이 된다.

사주팔자가 좋아도 이름과 맞지 않으면 건강을 해친다.

체질별로 살펴보기로 하자.

봄 태생은 이름에 금토^{金土}가 길^吉하다.

여름 태생은 수금^{水金}이 길^吉하다.

가을 태생은 목수^{木水}가 길^吉하다.

겨울 태생은 화목^{火木}이 길^吉하다.

木 간담, 늑골, 관절, 머리, 혈관, 간장, 왼쪽 배, 팔다리, 양손, 맥박, 뒤통수, 쓸개, 내장, 왼쪽 어깨에 속하며 여기에 따른 질병이 발생하기 쉽다.

火 심장, 소장, 어깨, 목구멍, 가슴, 눈, 얼굴, 큰골, 이, 임파선, 신경, 혀, 혈액, 머리, 작은골에 속하고 그에 따른 질병이 자주 발생한다.

土 위, 지라, 허파, 위장, 겨드랑이, 창자, 팔, 가슴, 명치, 손바닥, 피부, 입술, 오른손, 늑골과 근육, 자궁 등의 질환이 자주 발생한다.

金 대장, 폐, 배꼽 주위 골격, 큰골, 치질, 늑막, 코, 입, 머리, 눈, 정액, 피부에 속하고 그에 따른 질환이 발생하기가 매우 쉽다.

水 방광, 콩팥, 정강이, 치질, 음부, 요도, 자궁, 귀에 속하는 질환이 자주 발생한다.

사주와 이름과 질병

이완근^{李完根}

<table>
<tr><td colspan="3">사 주 팔 자</td><td>이^李</td><td>7</td><td rowspan="2">14</td><td>금^金</td><td>천^天</td></tr>
<tr><td>年</td><td>月</td><td>日 時</td><td>완^完</td><td>7</td><td>화^火</td><td>인^人</td></tr>
<tr><td>壬</td><td>癸</td><td>丙 丁</td><td>근^根</td><td>10</td><td rowspan="2">17</td><td>금^金</td><td>자^地</td></tr>
<tr><td>辰</td><td>卯</td><td>辰 酉</td><td colspan="2" align="center">24</td></tr>
</table>

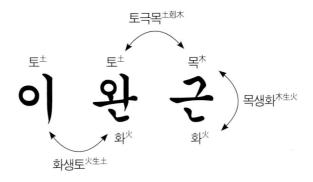

임진년^{壬辰年} 계묘월^{癸卯月} 병진일^{丙辰日} 정유시^{丁酉時} 생이다. 목월^{木月} 격으로 이름이 서로 상극이 되어 있다. 12살 때부터 임파선과 신경변화, 혈액순환이 원활치 못하고 머리부분에 장애가 있다. 갖은 고통을 겪으며 세상을 떠돌아다녀 집안이 엉망진창이 되었다. 오르막길에는 전혀 올라갈 수가 없고, 신경변화로 장애자가 되어서 위탁생활을 하고 있다.

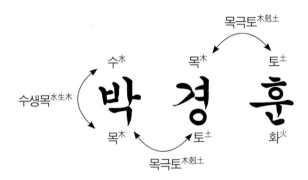

목극토^{木剋土} 사주월간 토극수^{土剋水}로 천지간 상극이다. 태어나면서부터 신체에 결함이 있는데 다리 골격, 코, 입이 비정상적이다. 사주에 용신이 전혀 없으며, 이름 역시 용신이 없다. 목^木과 토^土는 상극으로 육신을 짓뭉개어 장애자로 재활원에서 평생 위탁자로 생활할 처지이니 어찌 이름과 운명을 부정하겠는가?

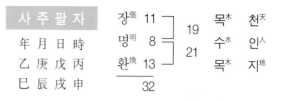

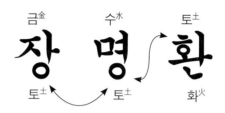

진월토辰月土이나 목木으로 본다.

태어나면서 소장이 대장을 극하니 뇌가 나쁘고 눈도 비정상적이다.

ㅎ(土±), ㅁ(수水) 토극수土剋水로서 수분이 모자라 정상 생활을 할 수가 없다. 목木체로서 체가 대운에 체를 만드니 군왕끼리 자리를 차지하려고 서로 다툼이 일어나서 결국에는 나라가 엉망진창이 된다.

정상인을 만들려고 방방곡곡을 찾아 헤매지만, 명인을 찾지 못하고 결국에는 자식을 포기하고 재활원에 맡기게 된다.

박연성朴蓮星

사 주 팔 자				박朴 6	⎤ 23		금金	천天
年	月	日	時	연蓮 17	⎦ 26		화火	인人
丁	丁	戊	壬	성星 9	⎤		토土	지地
亥	未	午	戌	32			목木	

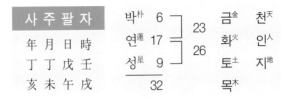

수水　목극토木尅土　토土　화극금火尅金　금金

박 연 성

목木　　화火　　토土

미월未月격으로 일오日干 무토戊土로서 기신忌神이 궁宮이다. 41세 천지 충天地冲으로 이혼을 쉽게 하고 잡기에 능한 자로서 세상 사람들의 비난을 받고 있다. ㄱ 목木 ㅇ 토土 목극토木尅土로 천天을 극尅하니 그 누구도 막을 수가 없다.

노경호盧慶鎬

사 주 팔 자				노盧 16	⎤ 31		금金	천天
年	月	日	時	경慶 15	⎦ 33		목木	인人
甲	丁	癸	壬	호鎬 18	⎤		화火	지地
辰	卯	酉	戌	49				

목극토木尅土

노 경 호

화火　　목木　　토土

토土

목극토木尅土

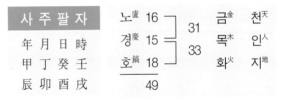
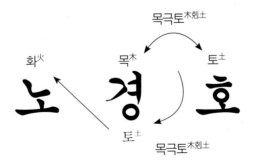

묘월생^{卯月生}으로 금^金이 용신이다. 천간 정계^{丁癸} 지지유묘^{地支酉卯} 상충^{相沖}이고 또한 이름 금극목^{金剋木} 충^沖으로 태어나면서부터 정신박약아가 되었다. 이름이 사주의 체가 되어 36세인 지금까지 가슴과 머리의 혈액순환이 비정상적이다.

1+1=2도 모르며 헛소리만 하고 재활원에서 감시를 받으며 생활한다.

여자

정관순^{鄭官淳}

	사 주 팔 자							
	年	月	日	時	정^鄭	19		수^水 천^天
	丁	乙	乙	丙	관^官	8	27	금^金 인^人
	亥	巳	巳	戌	순^淳	12	20	수^水 지^地
						39		

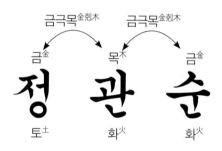

이 사주는 화월생^{火月生}이다. 이름에 수^水가 있어야 되는데, 수^水는 찾아볼 수가 없다. 단 20 수^水는 오염된 물이다. 있으나마나 하는 20 수^水는 ㄴ 화^火 ㄴ 화^火 극^剋을 받아서 육신이 파멸된다.

간암 4기로 죽음을 기다리는 인생이다.

특히 사주상 월간^{月干} 일간^{日干} 목목^{木木}으로 간, 관절, 쓸개 등 합병증세까지 겹쳐 소생 불가로 단명한다.

음양오행과 수리오행 상생 · 상극표

일천인지법—天人地法—으로 2원형(◎)은 길吉, ×는 흉凶

음양오행	수리오행 상생상극표
목목목木木木 ◎	7, 8, 9월생은 더욱 길하며 성공운이 좋아서 모든 일이 순조롭고 뜻한 바를 쉽게 이룬다. 부귀공명하는 수리이며 모든 일이 뜻한 바와 같이 순조로운 수리로서 성공발전한다. 도처에 재물이 널려 있어 우뚝 솟은 소나무와 같다.
목목화木木火 ◎	아침 해가 떠오르는 것과 같이 만물이 처음으로 시작되는 형상이다. 만사가 뜻대로 이뤄지고 활기 넘치며 항상 행복한 수리로서, 가는 곳, 하는 일마다 도와주는 사람이 많으므로 마음먹은 것이 뜻대로 이뤄진다. 백호白虎가 양 날개를 달고 달리는 형국이다.
목목토木木土 ◎	상극이 있기는 하지만 오히려 좋은 배치가 된 형상인데, 이는 천지자연의 섭리처럼 순조롭기 때문이다. 특히 7, 8, 9월생으로 사주팔자에 용用이 많은 사람은 금상첨화이다. 의지가 굳고 건고하며 인내력도 강하고 타고난 천성이 총명하므로 어떠한 어려움도 굳건히 헤쳐 나간다.
목목금木木金 ×	범의 꼬리를 밟은 것 같은 위험 속에 있는 상태이다. 또한 남으로부터 핍박과 오해가 많고 항상 심신이 불안하고 초조하며 떠돌이 인생으로 살게 된다. 간질환으로 크게 고생하는 사람이 많다. 도로 한가운데 위험하게 서 있는 느티나무와 같은 형국이다.

목목수 木木水 ◎	두 개의 오행이 다른 오행과 어울리는 좋은 배치이다. 아무리 어려운 악운에 부딪쳐도 매사가 순조롭게 이루어지고 부귀영화와 장수를 누리게 된다. 백설白雪 위에 매화꽃이 피는 형상이다.
목화목 木火木 ◎	심장이 튼튼하고 의지력도 강하다. 자손이 번창하고 모든 일이 순조롭게 풀려 안락한 생활을 하게 된다. 하늘의 음덕과 땅의 상서로움을 갖춘 형상으로서 지략과 용맹을 고루 갖춰 가문이 흥하게 된다. 큰 업적을 이룸으로써 많은 사람들로부터 존경과 신뢰를 얻으며 마침내 하늘이 내려주는 천덕天德으로 행복을 누린다. 큰 바다를 마음대로 헤엄쳐 다니는 고래와 같은 형상이다. 평생 부귀하고 장수하는 수리이다.
목화화 木火火 ◎	두 개의 오행이 다른 오행과 상생한 좋은 배치이다. 모든 것이 결실을 잘 맺고 뜻하는 바 소원이 이루어지는 좋은 수리이다.
목화토 木火土 ◎	천인지天人地의 삼합三合이 용用으로 이르니 윗사람의 덕으로 크게 성공한다. 건강도 좋고 마음도 평안하며 온갖 복을 받고 장수할 수리이다. 세상만사의 재물을 다 획득하듯 부귀영화를 누리는 형상이고 남녀 모두 가내가 화평하여 복록있는 특별히 좋은 운수이다.
목화금 木火金 ×	대장, 폐, 골격, 치질, 코, 머리, 눈, 늑막이 굉장히 나쁘다. 잠시 길운吉運을 만나지만 점차적으로 불행이 오기 시작하여 정신분열현상 및 불구자가 되는 수리이다. 또 부부간에 생이별한다.
목화수 木火水 ×	심장, 소장, 치아, 임파선, 혈관, 손가락, 어깨, 목구멍 등에 변고가 일어난다. 한때나마 잠시 성공을 하는듯 하지만 급변하는 재앙을 만나 급사하는 수가 있다. 특히 교통사고나 낙상할 수가 매우 많으니 주의해야 한다. 4, 5, 6월 태생은 더욱 나쁘다.

목토목木土木 ×	양兩 목木을 가운데 토土가 갈라 놓아 추풍낙엽의 형세가 되므로 모든 일이 쪼개지는 분산의 수이다. 신체적으로도 무척 나쁜데, 특히 위장, 비장, 허파, 손바닥, 피부, 늑골 등이 아주 나쁘다. 여자는 자궁이 약하고 남자는 정력이 감퇴된다.
목토화木土火 ◎	천인天人으로 목극토木헌土의 상극이 있으나 오히려 천지자연의 형상이기 때문에 좋은 작용이 일어난다. 맨손으로 일을 도모하여 자수성가하고 부귀공명하여 대업을 이룬다.
목토토木土土 ×	양兩 토土를 일목一木이 제거하여 적의適宜하니 급히 서두르면 크게 실패하고 침착하게 서서히 처리하면 일이 순조로울 수가 있다. 그러나 1, 2, 3월생에게만 해당된다. 수리가 좋지 않은 오행으로 위험한 수리이다. 비장이 나쁘니 위장까지 좋지 않다.
목토금木土金 ◎	목극토木헌土로 상극이 되었으나 오히려 좋은 배치인 이유는 천지자연天地自然의 형상이기 때문이다. 두뇌가 명석하고 지략과 성품이 쾌활·명랑하며 사회적 신망이 두터워 점진적인 발전을 가져온다. 매사 순풍에 돛을 달고 잔잔한 물결 위를 가는 배와 같이 순탄하여 부귀공명한다.
목토수木土水 ×	상극이 겹쳐 타고난 운이 실패하는 수리로 모든 일이 용두사미龍頭蛇尾 격이다. 시작은 원만하지만 끝에 가서는 언제나 좋은 결과를 얻지 못하고 실패만 하는 액운의 수리이다.
목금목木金木 ×	가을에 된서리를 맞는 격이다. 매사에 막힘이 많고 관재구설 시비가 자주 발생하며 간질환자가 많다. 갑작스럽게 교통사고를 당하거나 높은 곳에서 떨어져 추락사하는 수가 매우 많다. 어떤 분야에서든 열심히 하여도 되는 일이 없고 평생동안 온갖 고초와 괴로움을 당하니 앞길이 암담하고 공로功勞가 전혀 없다. 그러므로 나이들어서는 더욱 괴롭고 외로운 신세가 되어 말년이 고달프다.

목금화木金火 ×	대장, 폐장의 질환으로 단명하고 나아가 간, 담의 질환이 중첩되어 회복하기가 매우 어렵게 된다. 특히 가정운이 좋지 않고 정신분열증세를 일으켜 발광할 우려가 있으며 자살하는 수가 매우 높다. 무슨 일을 하여도 실패를 거듭하게 되어 몰락을 가져와 모든 일을 망치는 수리이다. 매우 가난하고 형제·자매가 뿔뿔이 흩어져서 천륜의 즐거움을 얻기는커녕 하루도 편한 날이 없다. 만사가 뜻과 같지 않고 단명하거나 큰 형벌을 받는다.
목금토木金土 ×	머리나 목을 무거운 돌로 내리치는 형세라 뇌성마비 질환자가 매우 많다. 성공운이 희박하고 모든 일에 장애가 심하게 따른다. 흥성함이 다하여 패망으로 전락하는 수리로서 병약하며 부부간에 생리사별과 요절, 또는 일평생 좋은 기회가 오지 않는다. 좌절하고 쓰러지는 운세로 유도되도록 암시하는 작용이 있으며 말년에 더욱더 괴로운 고통을 받는 대단히 슬픈 인생으로 마감하게 되는 불행한 수리이다.
목금금木金金 ×	범의 꼬리를 밟는 형국이다. 간, 담, 늑골, 관절 등에 불치의 질환이 걸리기 쉽다. 특히 가정적으로 걱정이 많고 파산할 수가 있으며 관재구설을 주의해야 한다. 주색에 빠져 헤어나지 못하는 경우가 많아 항상 여자로 인한 번민과 고통이 따른다. 처궁에 산액과 질액이 항시 따르고 음주가 과한 사람이라면 과음하여 정신을 못 차리고 술로 미치는 사람이 되니 처가 도망가야 할 입장이 되고 만다.
목금수木金水 ×	중풍, 고혈압 질환의 환자가 많이 생기고, 머리, 혈관, 간장, 왼쪽 배, 팔다리, 늑골, 목덜미, 손가락 질환으로 고생하는 경우가 매우 많다. 가정풍파로 인하여 가족과의 인연이 끊긴다. 항상 과다한 욕망으로 실패를 자초한다. 큰 것만 쫓다가 결국에는 봉도 새도 모두 놓쳐버리는 격이 되고 만다. 남자는 공직에 실패하고 난경에서 고독과 번민의 재앙이 항시 따른다. 평생 남에게 이용만 당한다.

목수목木水木 ◎	수*가 가운데에서 양 목*으로 상생한 좋은 배치이다. 품성이 온후하고 인자하며 부덕하여 여러 사람의 신망을 얻는다. 모든 일이 순조롭게 이루어져 수복강령을 누리는 운세이다. 성공운이 순조롭고 만사가 뜻대로 이루어진다. 또한 만물이 다시 새로워지는 형상으로 마치 초목이 봄볕을 받고 땅으로부터 영양분을 흡수하여 무럭무럭 자라나는 것과 같다. 온건하고 착실하게 살아가면 부귀영화를 누릴 수 있다.
목수화木水火 ×	심장, 어깨, 소장의 질환으로 크게 고통을 당하는 사람이 많다. 잠시나마 성공을 하지만 자주 급변을 만나게 되므로 항상 위험수가 따라다닌다. 풍전등화라 바람에 휩쓸리고 매우 위급한 자리에 놓여 있는 형국으로 모든 것이 결실을 제대로 맺지 못하고 사방으로 흩어지는 형상이다. 색정에 빠지기가 쉽고 재산운이 희박하며 부부연도 박하고 자식을 잃는다든지 병약한 신세가 된다.
목수토木水土 ×	신장, 방광, 치질, 음부, 요도, 자궁, 귀의 질환이 대단히 심해 치명적일 수도 있다. 불치병으로 단명하는 경우가 매우 많다. 잠깐 태평한 듯하나 뜻밖의 재난으로 난파당하고 실패하게 된다. 모든 일이 뜻과 같지 않고 일생동안 온갖 고초와 괴로움을 당하므로 앞길이 암담하다. 하는 일마다 모두가 헛수고로 공로가 없으며, 나이가 먹어갈수록 더욱 괴로워지는 슬픈 수리로 변하고 단명하게 된다.
목수금木水金 ◎	가는 곳마다 사방팔방에서 도와주는 순조로운 운으로 순풍에 돛단 듯이 모든 일이 잘 풀린다. 부귀하고 영광을 누리며 가정이 화목하고 순탄하여 번성하는 수리이다. 도덕심이 강하고 자선을 행하며 베풀기를 좋아한다. 아울러 덕망과 복록이 있는 형상으로 건강하고 장수하며 온화하고 지혜롭고 재능과 슬기로움이 많아 자식을 훌륭하게 가르친다.

목수수 木水水 ◎	4, 5, 6월생은 가는 곳마다 공이 있어 대성하는 운세이다. 하늘이 준 좋은 시기와 땅의 이로움을 얻어서 크게 성공하고 발전하는 운격이다. 다만 사람들과의 일에 있어서 기분 내키는 대로 일을 처리하여 잘될 일을 그르칠 우려만 주의하고 삼가면 대단히 좋은 운수가 된다. 또한 어질고 성품이 총명하며 민첩하고 부드러움을 지녔으면서도 기백과 투지가 있어서 크게 성공을 하는 운수이다.
화목목 火木木 ◎	두 개의 오행이 다른 오행과 상생한 좋은 배치이고 자기의 희망을 이루고 탈없이 오래도록 평안할 운수이다. 의지가 확실하여 운명의 장애를 분쇄하는 건강한 좋은 운運을 가졌다. 근면하고 성실하며 진취력이 탁월하고 인내력이 강하여 대업을 성취할 수 있다. 선조의 유산이 풍부한데다 귀인마저 도와주니 가문이 창성한다. 인품이 수려하고 영명·투철하여 지덕을 겸비한 천품은 영도의 기질이 갖추어져 있어 대업을 이룬다.
화목화 火木火 ◎	목木이 가운데에서 양 옆 화火로 상생한 좋은 배치이다. 성공운이 순조롭고 주위에서 도와주는 귀인이 아주 많다. 또한 천관록이 수신한 호화찬란한 운명이 되고 부귀공명하여 영진榮進 출세한다. 사방팔방에서 나를 감싸고 도우니 천덕지상天德地祥이다. 선조의 유산이 풍부하고 위아래 사람의 도움을 받아 일찍 성공하는 형국으로 용龍이 때를 만나 하늘로 승천하는 형상이다.
화목토 火木土 ◎	화목토火木土는 비록 상극이지만 오히려 좋은 배치로 천지자연의 형상을 띤다. 그래서 의지가 강하고 어떠한 어려움도 헤쳐나감으로써 큰 뜻을 세운다. 공직자에게 더욱 좋은 배치이다.

화목금火木金 ✕	간,담 관련 질환자가 많다. 또한 두통, 호흡기, 쓸개, 왼쪽 어깨와 팔다리, 열 손가락 마디가 쑤시고 아프다. 특히 뇌 관련 질병과 심장병이 잘 걸린다. 일평생 노고가 끊이지 않으며 악운을 피할 수 없는 운이다. 행동이 자유분방하여 엉뚱한 짓을 잘한다. 재액이 꼬리를 물고 다녀 일평생 행복하기가 무척 어렵다. 부부인연이 없고 자손과도 뿔뿔이 흩어지며 재산의 몰락으로 인하여 파경에 허우적대다가 단명한다.
화목수火木水 ◎	아래의 배치는 천인지 총격의 수리가 모두 좋아야 쓸 수가 있다. 그 이유는 수*의 주역적인 특이성 때문이다. 아랫사람에게 존경을 받고 나아가 사회에 대한 봉사 정신이 투철하다. 또 지혜와 덕을 겸비하여 큰 복록을 함께 누린다. 복록이 매우 풍부하고 가문의 명성이 널리 알려지며 부유한 집안으로서 천성이 맑고 깨끗하다. 가문의 운수는 대단히 왕성하여 온갖 재물이 집안으로 끝없이 모여 든다.
화화목火火木 ◎	두 개의 오행이 다른 오행과 상생하는 좋은 배치이다. 어딜 가든 도와주는 사람이 많으며 건강하고 복록을 누리고 성실하니 백수 이상 장수한다. 천지간에 만물이 다시 새로워지는 형상으로 하늘이 내린 금복을 크게 누리는데 이것은 곧 하늘이 내려준 복이라고 할 수 있다. 매사를 도모하면 원하는 대로 얻을 수 있고 언제나 좋은 징조의 운무가 도처에 깔려 있으니 만사가 순조롭고 태평을 누릴 수리이다.
화화화火火火 ◎	일반적으로 성격이 급한 사람에게 '성질이 불같다'고들 한다. 이 수리는 정열적인 성격으로 의리가 있고 성급하며 불의에 굽히지 않는 열정을 가지고 있다. 그러나 영웅이 아니면 역적이 되는 극의 수리이니 피하는 것이 좋다. 단 겨울 태생만 길하다.

화화토火火土 ◎	위대하고 웅장하며 융성하고 번창하는 운수로서 권위 또한 하늘을 찌를 듯한 형상이다. 비록 미천한 출신이라 하더라도 나날이 성장하고 발전하여 마침내 수령의 지위에 오르게 될 대길운의 수리이다. 흡사 대전大戰에서 승리하여 개선하는 장군과도 같이 위세가 당당하며 주위로부터 많은 신뢰와 존경을 받는다. 맹호에게 날개를 달아준 형상으로 권위가 매우 왕성하여 사물을 능히 제압하며 융성과 번창함이 이를 데가 없다. 설사 어떤 난관이 있을지라도 기꺼이 헤쳐 나가고 모두를 승리로 이끌 수 있는 수리다.
화화금火火金 ×	폐, 대장, 호흡기, 근골, 사지로 인한 질환이 발생하기 쉽다. 만사에 일시적인 진전이 있을지라도 마음은 늘 불안·초조하고 특히 의처증이나 의부증으로 인하여 가정에 파탄이 나기 쉽다. 무슨 일을 하더라도 되는 일이 없고 중도에서 실패한다. 가족과의 인연도 없어 부부간에 생리사별과 자녀의 상실 등이 따르니, 결국 병약하고 비운이 겹쳐 불구, 횡액, 변사 등의 불운을 면하기가 어렵다.
화화수火火水 ×	수분이 부족하여 신장, 요도, 무릎, 방광의 질환이 매우 높으며 자살 등 예고없이 생긴 재앙으로 죽게 되거나 가산家産이 몰락하는 수가 매우 많다. 뇌출혈, 심장마비 등의 급병이 생겨날 무서운 홍수의 작용이 심하다. 조상과 친지 등 모든 이들에게 큰 피해를 입힌다. 비오는데 우산없이 마중을 나가는 격이다. 또한 부부간에 생리사별까지 겹치고 파산과 몰락으로 말년에는 더욱 괴로운 신세가 된다.
화토목火土木 ×	위장, 지라, 양발, 늑골, 근육, 자궁, 허리, 가슴, 명치 부분에 질환이 자주 발생하며 선조의 유산 덕으로 잠시 평안한 듯하다가도 바로 다 잃게 되고 관재 구설, 시비, 모함 등으로 옥고를 치르게 된다.

	무엇을 하여도 대가성이 없고 안 되는 쪽으로 유도된다. 남녀 모두 다 생리사별을 하고 자녀와도 뿔뿔이 흩어져 파산으로 인해 절망과 암흑 뿐이고 엎친데 덮친 격으로 신체마저 불구가 되어 비명횡사하는 운수이다.
화토화 火土火 ◎	좌우에서 서로 상생한 좋은 배치이다. 천지 만물이 음양으로 서로 사귀어 감응하며 화합하여 모든 일을 완벽하게 처리하는 형상이다. 가끔 위대하게 성공할 운수를 감추고 있는 것이 다소의 흠이라 하겠지만 정신력과 자생력이 민첩하고 투철하여 활달할 뿐만 아니라 신체 또한 건강하고 온전하다. 복록이 있고 장수할 운세이다. 또한 부귀하고 번영하여 큰 공을 세울 수가 있다. 나이가 먹을수록 부귀한다.
화토토 火土土 ◎	두 개의 오행과 다른 오행이 상생한 좋은 배치이다. 의지가 확고하며 덕망과 지모를 고루 갖춘 두령의 운수이고 항상 발전한다. 노력을 계속한다면 전도가 양양하여 순풍에 돛단 듯이 크게 성공하며 부귀영화를 누린다. 주역의 건위천乾爲天이라 용이 승천하기까지 각 단계별 비룡이 재천되는 형상이며 남을 믿고 사소한 일이라도 열심히 노력한다면, 용이 하늘로 치솟아 오르는 형상이 일어난다.
화토금 火土金 ◎	좌에서 우로 상생한 좋은 배치이다. 초록강변, 욱욱청청이라 풀이 강변에 푸르르다. 명예와 이익이 날로 번성하니 한 집안이 화기애애하다. 가정이 화평하고 반드시 많은 경사가 있어 기쁜 일이 계속하여 생긴다. 봄 태생은 더욱 성공을 얻게 되고 여름철에 태어난 사람도 뜻밖에 성공을 얻게 되며 마치 마른 땅에서 용이 물을 얻어 마시는 격이니 어찌 기쁜 일이 일어나지 않겠는가. 그리고 횡재수가 많다.
화토수 火土水 ×	방광, 신장, 치질, 무릎, 다리, 음부, 요도, 자궁, 귀의 질환이 많이 생긴다.

연목구어緣木求魚, 사사다체事事多滯라 나무 위에서 물고기를 구하고자 하니 하는 일마다 막혀서 이루지 못함과 같다. 무슨 일을 하려고 움직이려다가도 도중에서 머물고 사람들이 모였다가도 금새 헤어지고 흩어지는 형세이다. 마음이 정한 바가 없으니 행하는 것이 뜬구름과 같다. 그러므로 부부 간에 생리사별하고 자녀와도 흩어져 괴롭고 외로운 생활을 하게 된다.

화금목火金木 ×

대장, 폐, 배꼽, 늑막, 피부, 눈, 치질, 다리, 간, 담, 머리의 질환자가 매우 많다.

뜻밖에 재난을 당하는 일이 자주 일어난다. 교통사고를 당하고 엎친데 덮친 격으로 사기사건에 휘말려 낭패를 당한다. 파멸과 횡액이 겹치는 최악의 운수이다. 가족과의 인연이 박하여 파멸, 단명, 병고, 불구, 부부와의 생리사별 등 온갖 재난이 끊이질 않고 고통과 불행이 연속된다. 관재 구설로 억울한 옥고를 치른다.

화금화火金火 ×

폐, 대장, 치질의 질환으로 고생하며 각종 암으로 인한 불치병에 걸리기 쉽다.

초목봉상草木逢霜, 하망생계何望生計라 초목이 서리를 만났으니 어찌 살기를 바라겠는가. 분수를 지키지 못하고 동분서주하니 도리어 괴상한 일만 잇달아 일어나기 쉽다.

육친의 덕이 없으니 은혜가 도리어 원수가 된 격이다. 재물이 파산되고 패가 들어오니 농사를 짓고 누에를 쳐봐도 헛수고요, 손재가 계속 따른다. 육친과 생리사별한다.

화금토火金土 ×

대장, 배꼽 주위, 폐, 치질, 늑막, 다리, 코, 입, 눈, 정액과 혈액 등의 질환이 많다.

야우행인夜雨行人, 진퇴고고進退苦苦라 신운身運이 불리하니 구하여 꾀해도 얻지 못한다. 사소한 일로 한번쯤 눈물을 흘린다. 신상에 괴로움이 많으니 매사에 성공하기가 무척 어렵다. 그래서 가족과도 뿔뿔이 헤어져 파산하고 몰락한다.

화금금火金金 ×	대장, 폐, 뇌, 눈, 늑막질환의 환자가 많다. 성공하기가 무척 힘들고 불구가 되어 처나 남편, 자식 등에게 모두 큰 손해를 입힌다. 부부궁이 산란散亂하여 주색으로 패가망신하며 인덕이 전혀 없다. 형제나 친지로 인하여 큰 손재수를 당한다. 초년부터 말년까지 대화란大禍亂이 계속 따른다. 관재 구설, 시비, 모함 등으로 옥고를 치르고 단명한다.
화금수火金水 ×	폐, 대장, 치질, 코, 입, 눈, 머리의 질환이 발생하고 심장마비 또는 자살 등의 급변사로 인한 참화가 닥치기 쉽고 특히 당뇨, 고혈압 질환이 자주 발생한다. 또한 부모궁父母宮이 불길하여 편친슬하에서 성장할 운명이다. 편모슬하에서 성장한 자는 양호하나 편부슬하에서 성장한 자는 단명수가 따른다. 가족과도 파산으로 인해 뿔뿔이 흩어진다.
화수목火水木 ×	재난과 불상사不祥事가 끊이지 않고 닥쳐 어려운 고비를 수없이 넘기다가 단명하는 운수이다. 더욱이 이성과의 파란이 중중重重하고 형액刑厄, 화재火災, 손재損財 등의 재앙이 빈번하게 따른다. 남자는 여색女色을 피하고 여자는 남자를 경계해야 한다. 옆눈을 잠시 팔다가 그물 안에 든 고기도 다 놓치고 만다. 형액, 관재 구설, 모함 등으로 옥고를 치르기도 한다.
화수화火水火 ×	심장, 소장, 얼굴, 임파선, 신경쇠약, 눈, 혀, 혈액의 질환이 많이 생긴다. 그래서 길흉화복이 불안정하고 운기로써 갑자기 큰 병을 얻어 죽을 염려가 있다. 또한 파란이 많은 가정사에 발광하여 자살하기가 매우 쉽다. 또한 불운이 자주 일어나며 파멸과 곤궁, 고통 등 불행으로 진퇴양난에 빠지는 파행을 암시하는 운수이고 모든 일이 순조롭지 못하며, 일확천금을 꿈꾸다 만사를 엉망으로 만들어 언제나 고통을 받게 된다.

화수토火水土 ×	신장, 방광, 심장, 소장의 질환이 발생한다. 병이 떠날 날이 없으며 가정까지 불행한 흉운이다. 평지풍파平地風波, 경인손재驚人損財라 평지에 풍파가 일어 사람들을 놀라게 하고 재산 피해를 크게 입게 된다. 만리를 해하게 될 먹구름이 무심코 산등성이를 넘어 나타나는 격이니 갑작스레 벼락을 맞는 수가 된다. 어린아이를 강가에 앉혀 놓은 격이니 위험하고 방심하면 낭패를 당한다.
화수금火水金 ×	일이 뜻대로 이뤄지지 않아 어렵고 가정에 파란이 일어난다. 심장, 소장이 나빠 불치병으로 죽거나 갑작스런 사고로 죽음을 당하게 되는 흉한 수리이다. 재화가 깨지고 공로가 헛되어 파산과 파멸을 초래하는 격이며 흉성함이 다하여 무슨 일을 하여도 안되는 쪽으로 유도된다. 병약하여 요절하고 부부간 생리사별하여 재물을 모두 날리고 헛되이 되어 빈천하고 흉악함을 면치 못하다가 결국에는 급변사하는 운세이다.
화수수火水水 ×	어깨, 소장, 후두, 치아, 심장, 가슴, 눈 등의 질환이 발생한다. 화급동량火急棟梁, 연작하지燕雀何知라 불길이 대들보까지 미치고 있으니 집을 짓고 사는 제비와 참새들이 어찌 그 위급함을 알겠는가. 하는 일마다 막히고 헛되이 세월만 보내는 처량한 신세가 된다. 어미가 먹이를 구하러 간다더니 오히려 표주박을 보게 되었으니 더욱 안타까운 일이다. 부부간에도 생리사별한다.
토목목土木木 ×	쌍목이 합세하여 파탄을 일으키는 나쁜 수리이다. 위장, 허파, 겨드랑이, 명치, 가슴, 손바닥, 자궁 등의 질환이 많다. 겉으로는 좋은 것 같지만 고난이 많고 만사가 순조롭지 못하다. 기억력이 상실되며 코에서 피가 자주 나오고 어깨 통증이 매우 심하다.

	가족과의 인연이 희박하니 부부 생리사별하고 자녀와도 이별한다. 재산도 파산되고 관재 구설, 시비, 모함을 잘 당하며 옥고를 치르게 된다. 나이들어 더욱 쓰라린 고통을 안고 사는 신세가 된다.
토목화土木火 ×	위, 귀^脾, 지라, 창자, 양발과 관련된 질환이 많다. 반길반흉으로 성공이 쉽게 성취되지 않아 고생 끝에 발전 향상하는 평길수다. 처궁^{妻宮}이 산란^{散亂}하여 주색으로 패가망신수가 따르고 인덕^{人德}이 없어서 형제나 친지로 인하여 손재수를 당한다. 자신을 알고 분수를 지키면 큰 낭패는 면할 수 있을 것이다. 중운^{中運}의 운세이다.
토목토土木土 ×	목극토^{木剋土}하니 위장, 비장, 명치, 손, 늑골, 근육, 자궁질환이 발생한다. 서로 싸우니 만사가 잘 풀리지 않는다. 변동이 심하고 의지가 박약하여 환상과 헛된 꿈에 사로잡히길 잘하며 항상 불평과 불만이 가득하다. 자신의 본분과 분수를 지킬 줄 몰라 실패를 연속한다. 결국에는 고독하고 병약하며 역경에 빠져 괴로워하게 되고 부부 생리사별하며 재산의 파탄이 일어난다.
토목금土木金 ×	간, 담이 허하고 위장이나 비장이 약하다. 갑작스런 온갖 재난과 고난을 당하는 불행을 겪으며 하는 일마다 실패하는 흉한 수리이다. 특히 신장 신염의 질병이 자주 찾아온다. 그래서 매사가 헛수고요, 공로가 없으며 혼란을 자초하고 안정을 찾지 못하는 형상으로 의지 또한 박약하다. 마음이 안정되지 못하고 흔들리게 되니 몸을 손상시키고 재물을 파괴하며 독립적인 기백이 전혀 없다. 어떤 일도 흉악하게 유도되는 흉 중의 흉한 수리이다.
토목수土木水 ×	수생목^{水生木}으로 목^木을 강하여 토^土를 강타하니 위비^{胃脾}, 가슴, 명치, 팔, 자궁 등의 질환이 많이 생긴다. 인생살이에 불안전한 수리이다.

재앙으로 인한 해가 무척 심하고 신경쇠약과 호흡기 병으로 크게 고생을 하며 우울증 등이 자주 나타나 자포자기하는 형상이고, 평생 쇠약하여 골골거리게 된다. 부부 생리사별을 하고 자녀와도 뿔뿔이 흩어져 살게 되며 횡액과 관재구설, 시비, 모함을 당한다.

토화목土火木 ◎	밑에서 위로 상생한 좋은 배치이다. 유변화지의有變化之意 격이다. 동풍해동東風解凍, 고목봉춘枯木逢春으로 동풍에 얼음이 풀리고 마른 나무가 봄을 만났으니 이제야 좋은 운이 돌아왔다 할 수 있다. 재물이 왕성하고 무슨 일을 경영하여도 대성한다. 소왕대래小往大來 적소성대積小成大라 작게 가고 크게 오니 작은 것을 쌓아도 크게 성취한다. 재앙이 사라지고 복이 오니 마음이 편안하고 천지가 밝고 환하다.
토화화土火火 ◎	두 개의 오행이 다른 오행과 상생한 좋은 배치이다. 그래서 천지광명지의天地光明之意 격이다. 앵상유지鶯上柳枝 편편황금片片黃金이라 꾀꼬리가 버들가지에 깃드니 조각이 황금으로 변한다. 상유천上有天하고 하유택下有澤하니 하늘과 땅에 광명이 비칠 운이다. 상서로운 용이 돌아오니 귀인이 도와줄 수다. 만일 재물이 생기지 않는다면 슬하에 영화로움이 있을 것이다. 돌을 쪼아 구슬을 만드니 이보다 더 기쁜 일이 있겠는가.
토화토土火土 ◎	가운데에서 좌우로 상생하는 좋은 배치이다. 희망과 목적을 뜻대로 이루니 장수하고 행복을 누리는 수이다. 위기소일圍碁消日하고 낙자정정落子丁丁이라 한가로이 바둑을 두며 소일을 하니 바둑알 놓는 소리가 쟁쟁하다. 우물 안에서 놀던 고기가 드디어 바다로 향해 나가는데 어찌 의기가 양양하지 않겠는가. 집안 사람들이 날로 화합하여 집안이 화평하기 그지없다. 귀인이 나타나 도와주니 안될 일이 없다.

토화금 ±火金 ×	대장, 폐, 치질 등의 질환이 생겨 불치병으로 변한다. 화호 불성 반위구자畵虎不成 反爲狗子라 호랑이를 그리다가 이루지 못하고 도리어 개犬 그림이 되고 말았으니 이를 어찌할 것인가. 사유재화事有災禍니 하는 일마다 재앙과 화가 생긴다. 외화내 빈 격으로 겉은 화려한 듯하나 실속이 전혀 없다. 그나마 재 주는 있어 겉으로는 행복해 보이나 잔꾀에 능하여 결국은 재물이 흩어지고 불의의 재난이 닥쳐 파경에 이르게 된다.
토화수 ±火水 ×	심장, 소장, 어깨, 중풍, 고혈압, 가슴, 눈의 질환이 발생한다. 초목봉상 하망생계草木逢霜 何望生計라 초목이 서리를 만났으니 어찌 살기를 바라겠는가. 분수를 지키지 못하고 동분서주하니 도리어 괴사할 일만 잇달아 일어나기 쉽다. 재물은 봄에 왕성하나 뜻밖에 손해가 크다. 육친의 덕이 없으니 은혜가 도리어 원수가 될 것이다. 관재구설, 시비, 모함 등으로 옥고를 치르고 단명하는 수가 생긴다.
토토목 ±±木 ×	위장, 비장이 극심하게 나빠지고 피부, 허리, 겨드랑이의 질환이 많이 발생한다. 청천백일 음우몽몽靑天白日 陰雨夢夢이라, 대낮에 푸른 하늘에서 궂은 비가 주룩주룩 쏟아짐과 같다. 사방팔방이 꽉꽉 막혀 흉함이 계속 이어진다. 재물을 얻을 수가 없고 일을 열심히 해도 성과가 전혀 없으며, 도리어 뜻밖의 화가 몰려와 신상에 근심이 쌓이면서 정신분열증을 일으킨다. 결국 가출까지 하여 떠돌이 신세로 전락하다가 단명하게 된다. 육친과의 생리사별수가 있다.
토토화 ±±火 ◎	뜻밖에 성공 발전하여 이름을 사방팔방에 떨치고 부귀장수할 운이다. 백인작지 연록장구百人作之 年綠長久라 백사람이 함께 농사를 지으니 올해의 녹祿이 장구하다. 10년간이나 가물다가 단비를 만났으니 이보다 더 기쁜 일이 있겠는가? 무슨 일을 하여도 길함이 있으니 반드시 부귀공명을 얻게 된다. 어떤 분야의 일을 하더라도 조상의 음덕으로 막힘이 없이 일취월장한다.

토토토^{±±±} △	성공은 할 수 있으나 천지수리^{天地數理}가 나쁘면 불평하게 될 우려가 있다. 대운^{大運}에 용^用이 오면 대길하게 된다. 기회는 항시 있는 것이 아니므로 놓치지 말아야 된다. 일지화조 일지화개 ^{一枝花凋 一枝花開}로 한 가지엔 꽃이 메마르고 또 한 가지엔 꽃이 피는 격이다. 봄철을 만났다고 허욕을 탐했다가는 길한 가운데서 흉함을 만나게 될 것이다. 이신에 괴로움이 있으니 손재를 당할 염려도 있다. 재물을 얻었으나 관리의 잘못으로 낭패를 당하게 되는 수리이다.
토토금^{±±金} ◎	두 개의 오행이 다른 오행과 상생한 좋은 배치이다. 초록강변 욱욱청청^{草綠江邊 郁郁靑靑}격이니 명예와 이익이 날로 일어나니 집안이 화기애애하여 가정이 화평하고 경사가 있어 기쁜 일이 중중하겠다. 특히 재관^{財官}이 양호하여 부귀겸전^{富貴兼全}하는 길명^{吉命}이다. 사방에 재물이요, 도처에 덕화^{德華}와 송덕^{頌德}의 명성이 높으며 일취월장할 운수이다.
토토수^{±±水} ✕	신장, 방광, 치질, 요도, 자궁, 귀, 음부에 심한 질환이 발생한다. 양도가 수를 억압하니 신수^{腎水}가 느려 방광에 큰 병이 생겨 고생을 한다. 야봉산군 진퇴양난^{夜逢山君 進退兩難}이라, 한밤중에 호랑이를 만났으니 나아가고 물러감이 없다. 일을 하고자 해도 막힘이 많으니 한낱 심력^{心力}만 허비하며 반드시 실패하게 된다. 형액을 만나게 되며 부부 자녀간에 이별을 하게 된다.
토금목^{±金木} ✕	간, 담에 질환이 잦고, 머리, 관절, 왼쪽 배, 왼쪽 어깨, 호흡기 질환이 자주 발생한다. 초년에는 잘 풀리는 듯하다가 결국은 실패를 하게 된다. 남녀 공히 평생 주색에 빠져 허우적대다가 패가망신을 하고 송사로 옥고를 치르기도 한다. 간사한 성품을 가지고 자기의 위신을 세우려고 허세를 부리다가 좌절한다. 부부궁이 혼잡^{混雜}하여 도처에 춘풍^{春風}이 일어나는 격이니, 사방에 처첩이요, 패가망신으로 옥고를 치르게 된다.

토금화^{土金火} ×	대장, 폐장, 코, 입, 다리, 늑막, 치질, 눈의 질환으로 평생 고생을 한다. 처음에는 좋은 듯하나 갈수록 흉한 변화수이다. 일이 잘 풀릴 때는 한없이 잘 풀리고 막힐 때에는 단 한 번에 폭삭 망하며, 가정에 불행까지 겹치면서 부모 형제 자손까지 망하고 뿔뿔이 헤어지게 된다. 그로 인하여 관재구설까지 겹쳐서 평생 노고가 끊이지 않으며 악운을 피할 수 없는 조난운이다. 재난과 앙화^{殃禍}가 꼬리를 물고 다니며 괴롭힌다.
토금토^{土金土} ◎	좌우에서 상생한 좋은 배치이다. 유화유덕지의 춘우비비 일지매화^{有華有德之意 春雨秘霏 一枝梅花}라 봄비가 촉촉하게 내리는데 한 가지 매화로 남보다 먼저 성공하니 대단히 좋다. 여러 사람이 많이 도와줌이 매화가지에 봄비를 뿌림과 같으니 어찌 소망을 성취하지 못하겠는가. 운수가 대길하니 도처에 봄바람이 훈훈하게 이르는 것과 같다. 많은 재물을 얻어 겹겹이 쌓는 것은 강남 강죽에 풀빛이 푸르듯 매사 성취함에 기쁜 일만 가득하다.
토금금^{土金金} ◎	사주와 맞았을 때에는 엄청난 대길수가 생긴다. 수시유길지의 잠용득주 변화무궁^{隨時有吉之意 潛龍得珠 變化無窮}이라, 깊은 물에 잠긴 용이 여의주를 얻으니 어찌 변화가 무궁하지 않으랴. 더불어 귀인을 만나서 공명을 날리게 되는 수리이다. 혹 관재수가 따르더라도 오히려 좋은 일로 변하는 길수이다. 재물이 홍왕하니 백 가지 일이 모두 다 이루어진다. 귀인이 항시 도와주는데 무엇이 부족하겠는가?
토금수^{土金水} ◎	항상 도와주는 귀인이 많으므로 무슨 일을 하여도 크게 성공하는 좋은 운수이다. 모든 사람들이 서로 도와주니 그가 바로 귀인인 것이다. 아침 해가 솟아오르는 것처럼 만물이 처음으로 시작되는 형상이다. 그래서 만사가 뜻대로 잘 이뤄질 뿐만 아니라 매사가 순풍에 돛을 단 듯하다. 건전한 행복을 누릴 수 있으며 항상 번영하는 암시력이 강해 죽을 때까지 복록을 누린다.

토수목土水木 ×	침착하지 못하고 활동력이 부족하며 심신 장애가 생겨 억압을 당한다. 무슨 일을 시작하여도 목적을 달성하지 못한다. 부모형제 덕이 없고 부부 생리사별한다.
토수화土水火 ×	신장, 방광, 심장, 소장, 어깨, 혈액, 머리 등의 질환이 생겨 불치병으로 큰 고생을 한다. 뜻밖의 재난과 병액病厄이 연이어 생기므로 평생 고생하게 된다. 선흉후길지의 일지화조일지화개先凶後吉之意 一枝花凋一枝花開라. 한 가지엔 꽃이 메마르고 또 한 가지엔 꽃이 핀 격이다. 봄철을 만났다고 허욕을 탐하면 길할 것 같은 운세가 오히려 흉함을 만나게 되어 일신에 괴로움을 받는다. 악재를 당하여 재산이 파산되고 가족이 뿔뿔이 흩어지게 된다.
토수토土水土 ×	신장, 방광의 질환으로 매우 고생을 하고 끝에 가서는 암으로 변하는 불상사가 발생한다. 특히 당뇨와 화류병에 걸려 망신살이 뻗친다. 진퇴양난지의 야봉산군進退兩難之意 夜逢山君이라. 한밤중에 호랑이를 만났으니 나아가고 물러감이 어렵게 되는 형상이다. 무슨 일을 하고자 하여도 되는 일이 전혀 없고 막힘이 많아 한낱 심력만 허비하기 쉽다. 허욕을 탐하게 되니 곤고함을 당하게 되고 만령이 동하니 실패하게 된다. 관재구설, 시비로 옥고를 치른다.
토수금土水金 ×	콩팥, 방광, 다리, 음부, 요도, 자궁, 치질의 질환이 발생한다. 가족과 생리사별하고 재액과 위험이 연이어 생기는 흉한 수이다. 특히 큰 화재를 당해 모든 것을 잃어버리게 된다. 재화가 깨지고 공로가 헛되어 불행과 파산 파멸을 초래한다. 어렵게 벌어서 모으려고 하면 어떤 일이 생겨 한 푼도 남기지 않고 빠져 나가는, 밑빠진 독에 물붓기와 같은 현상이 일어난다. 천륜의 즐거움이란 어느 곳에서도 찾아볼 수 없고 단명하는 운세이다.

토수수土水水 ×	콩팥, 방광, 무릎, 치질, 다리, 음부, 자궁, 귀가 만신창이가 된다. 온갖 난관에 재난형액災難刑厄까지 겹치게 되니 흉 중의 흉으로 좋지 않다. 특히 간장이 나빠 황달이 찾아오므로 미리 대비하지 않으면 단명하게 된다. 공을 들이기로는 남보다 못할 바가 아닌데도 일을 꾀하면 막힘이 많으니 무슨 변고인고, 기막힐 형상이다. 재물이 들어오면 바로 흩어지니 만사가 불성不成이다. 파괴되고 파멸된 인생으로 죽을 때까지 고통을 받는다.
금목목金木木 ×	팔다리가 정상이 못 되고 손가락마저 제대로 쓸 수 없는 상태로 고통을 받는다. 게다가 성공운이 희박하며 가정파탄까지 겹치고 심하면 불구자가 될 수 있다. 평생동안 우환이 끊이질 않고 모함, 구설, 형액을 잘 당한다. 배척, 재액, 곤란을 초래하고 재앙과 앙화殃禍가 꼬리를 물고 따라다닌다. 남녀 모두 애정이 깨지고 갈팡질팡하게 되며, 대부분 홀아비나 과부운에 빠지는 신세로 전락하고 말년에 쓰라린 고통에 빠지고 만다.
금목화金木火 ×	폐나 간, 담이 나쁘다. 뇌 관련 질병이 두렵고 심하면 단명하거나 더러 정신질환자도 생긴다. 무릇 모든 일이 뜻과 같지 않고 심신의 장애가 있으며 손실이 크고 항상 좌절을 겪는다. 만사가 헛수고요, 공로가 없으며 병액으로 가정불화와 심신의 과로로 질병에 걸릴 위험이 크며 일평생 평안함을 얻지 못한다. 가족과도 뿔뿔이 흩어져 결국에는 홀로 독신생활을 하다가 단명한다.
금목토金木土 ×	위, 비脾가 나쁘고 피부병으로 평생 고생을 한다. 봉래구선반사허망蓬來求仙 反似虛妄이라, 봉래산에 올라가서 신선을 만나고자 했으나 도리어 허망하게 돌아옴과 같다. 만일 남의 도움을 만나게 된다면 횡재할 수가 있다. 그러나 부단한 허욕을 부리다가 크게 실패하게 된다. 남의 말을 잘 믿다가 손재하게 되고 항상 구설수가 따라다닌다. 허황된 일을 고집하다가 실패를 자초하고 가족과의 인연이 없어 독신생활을 한다.

금목금金木金 ×	간, 담의 질환으로 만신창이가 되고, 뒤통수, 관절, 머리 혈관, 호흡기 등 불치의 질환으로 평생 고생한다. 석양귀객 보보망망夕陽歸客 步步忙忙이라, 뉘엿뉘엿 석양이 지는데 돌아가는 나그네의 발걸음이 빠르다. 10년이나 경영하던 일을 눈앞에 두고도 이루지 못하는 답답한 운세로 사방팔방이 꽉 막혀 있다. 아무리 노력을 하여도 결코 얻지 못하니 소득이 있겠는가. 관재구설로 옥고를 치른다.
금목수金木水 ×	뜻밖의 재액을 자주 만난다. 그러나 가끔 좋은 결과가 있는 수리가 되기도 한다. 초혼으로는 힘들고 재혼을 하는 것이 길하다. 뜻은 있으나 이루어지지 않으니 공연히 마음만 상하고 심란하게 된다. 사람을 잘못 사귀게 되면 자연히 해로움이 있으니 가리어 사귀는 것이 좋다. 집안에 우환이 있어 큰 불운을 당하지 않으면 자손이 액운을 면치 못한다. 집안이 화목하지 못하고 평지풍파가 일어난다.
금화목金火木 ×	대장, 배꼽주위, 폐, 골격, 늑막, 치질 관련 질환이 많다. 또한 공허와 고독으로 실의에 빠지는 극한 상황까지 돌발한다. 운수에 기복이 심해 고생이 비길 데 없이 심하다. 재난이 끊일 날이 없고, 병고와 고독에 시달리다가 형벌을 받거나 비명횡사하는 등 흉한 수 중의 흉수이다. 부부간의 인연이 없어 생리사별하고 자녀간에도 뿔뿔이 흩어지는 처량한 신세가 된다.
금화화金火火 ×	강력한 힘의 극으로서 대장, 폐, 배꼽, 늑막, 피부, 양다리, 머리, 코, 눈이 만신창이가 되는 불치의 병으로 발광하거나 죽음을 당할 수도 있다. 달이 검은 구름 속으로 들어가 그 빛을 보지 못하게 되었으니 암담할 뿐이다. 여러 사람과 어울려 일을 꾀해도 도무지 성공하는 일이 없다. 일의 시작은 좋으나 끝이 항상 보이지 않으며 모함, 시비로 인하여 옥고를 치르게 된다.

금화토金火土 ×	화火가 토土의 힘을 얻어 금金을 난타하니 폐나 대장이 온전할 리가 없다. 실수를 자주하니 재액이 계속 일어나고 불행이 닥친다. 조직생활에는 항시 불화가 오게 되므로 실의에 빠져 파산을 당하게 된다. 가족과의 인연도 없고 항시 곤궁하며 가산의 쇠퇴는 물론 명예와 지위마저도 하루아침에 나락으로 떨어지고 만다. 말년에 이별이라는 쓰라린 고통을 당하는 처량한 신세가 된다.
금화금金火金 ×	양 금金이 가운데 화火의 힘을 빼니 대장과 폐의 질환으로 위험천만하다. 처자에게 큰 손해를 입히게 되고 하는 일마다 구설수요, 천지를 진동하니 누가 막겠는가. 그래서 미로를 헤매다가 출구를 찾지 못하고 어둠 속으로 빠져 죽게 될 수도 있다. 활동력이 전혀 없고 능력도 없으니 무위도식하는 격이다. 밤낮 쓸데없는 공상에 빠져 되지 않는 일만 꿈꾸며 뜬구름만 잡게 되고 가족과 인연도 없다. 모함, 구설수로 옥고를 치르는 신세가 된다.
금화수金火水 ×	극함이 너무 심하다. 심장, 소장, 어깨, 치아, 임파선, 가슴, 폐, 혈액, 그리고 대장과 폐장이 심하게 손상되고 치질, 늑막염 등 불치의 질환으로 평생 행복이라곤 없다. 그러니 먹구름이 밝은 달을 가리는 형국으로 항상 불안정한 운수이다. 휘영청 밝은 달밤이었다가 갑자기 먹구름이 뒤덮여 버린 후다시는 걷히질 않는 운수이다. 겉으로는 행복하게 보이지만 속으로는 태산과 같은 고민이 산적해 있다. 부부가 생리사별한다.
금토목金土木 ×	위를 강타하니 온전한 데가 없다. 가슴, 명치, 피부, 지라, 양발, 근육통이 생겨 고생한다. 청풍명월 독좌고분淸風明月 獨坐叩盆이라. 맑은 바람 밝은 달빛 아래 홀로 앉아 물동이를 두들기는 장자와 같다.

	매사가 이루어지지 않고 오히려 질병이 따라 곤고하니 어찌 한탄하지 않으랴. 음양이 상극·상생하니 처음에는 힘이 들지만 말년에는 다소간에 기쁜 일이 있을 수도 있다. 반길반흉半吉半凶이다.
금토화金土火 ◎	음양이 화합하니 대길수이다. 크게 성공하여 이름이 온 세상에 드높으니 왕성할 운이다. 권세가 만방에 펼쳐지고 만인이 유정하고 인인성사因人成事한다. 세상살이에 막힘이 없고 모든 사람들이 서로 앞을 다투며 도와주는 운세이다. 일평생 편안하고 후회없는 인생을 보낼 수 있고, 행복을 크게 누릴 수 있다. 남녀 모두 가정이 화평하게 되고 모든 일이 충실하므로 말년에 더욱 행복한 생활을 누린다.
금토토金土土 ◎	타고난 건강체질이라 누구에게 비할 바가 없이 튼튼하다. 사방에 그 이름을 떨치는 유인조력有人助力격이다. 인유구연우래조력人有舊緣 偶來助力이라. 사람이 인연이 있어서 우연히 다가와 돕는 운수이다. 용이 천문을 열으니 구름이 걷히고 비가 내리는 운이로다. 특히 음력 1, 2, 3월생인 사람은 서쪽에서 귀인이 나타나 도울 것이며 바라던 뜻을 이룰 수 있다. 재물운이나 명예운이 모두 다 합쳐 좋은 결과가 항시 따른다.
금토금金土金 ◎	사방팔방에서 돕는 운세로 의외의 재물을 크게 얻게 되고 100세 장수로 편안한 생활을 누리게 될 길운이다. 후손에게도 대길하고 명장의 운세를 지녔다. 유사필중有事必中격으로 왕조우연금린일지往釣于淵金麟日至라. 못에서 고기를 낚으니 금비늘이 날로 이르게 된다. 이름에 상생이 되므로 고목이 봄을 만난 것처럼 마침내 뜻을 이루게 되고 경사로 인해 큰 기쁨이 있다. 또한 재물이 뜻밖에 들어오니 웃음이 떠나지 않는다.
금토수金土水 ×	특히 방광, 신장이 많이 나쁘니 주의해야 한다. 무릎, 치질, 코, 입, 수분, 음부, 자궁, 귀의 질환이 따른다. 그러나 매사에 향상과 발전이 있으므로 뜻대로 순조롭게 이룰 수는 있으나 잘못하면 용두사미의 운수가 되기 쉬우니 조심해야 된다.

	용기와 기백이 약해 전력을 쏟아도 크게 전진하지는 못한다. 호운을 만나도 힘이 부족하고 생각이 모자라 횡재를 놓치게 되니 그저 하늘만 보고 있는 꼴이 된다.
금금목金金木 ×	양 금金이 목木을 난타하니 간, 쓸개, 머리, 목덜미, 호흡기, 손가락, 관절 등의 질환이 발생한다. 교통사고를 항시 조심하고 특히 1, 2, 3월생은 동쪽 여행은 삼가야 한다. 금극목金剋木으로 양 금金이 약한 목木을 제압하니 브레이크 없는 자동차로 내리막길을 달리는 형상으로 극한 상황이 발생하여 죽음까지 온다. 부부가 생리사별하고 자녀와 육친 간에도 인연이 희박하여 독수공방으로 지내는 형세라 인생 말로에는 쓰라린 신세가 된다.
금금화金金火 ×	화火가 양 금金을 강타하니 폐, 대장, 눈병, 배꼽 주위, 늑막, 피부, 다리, 입, 코 등의 질환이 발생한다. 늘 가슴이 답답한 증세가 가라앉질 않으며 재난이 연이어 오므로 패가망신하고 자손에게 불운이 계속 이어진다. 꿈속에서 재물을 얻는 일장춘몽의 상이다. 뜬구름 잡듯 일확천금을 꿈꾸지만 실현성이 전혀 없고 탁상공론식으로 끝난다. 재액이 항시 따라다니고 심신이 불안정하므로 배우자와의 생리사별하는 신세가 된다.
금금토金金土 ◎	위장, 폐장이 건실하고 육신 전체가 건강하다. 의지가 굳고 근면하며 순조롭게 성공한다. 심신이 건강하며 하늘이 내리는 덕과 땅의 복록을 함께 누릴 수 있으며 경사가 겹치므로 매우 풍부하고 안온하다. 명성이 널리 진동하고 부유한 집안으로서 천성이 밝고 깨끗하다. 가문의 운수도 대단히 왕성하여 온갖 재물과 보화가 집안으로 모여드는 경사가 따른다. 말년에 더욱 명성을 얻어서 부귀공명한다.
금금금金金金 ×	삼三 금金이라 지나친 고집으로 인해 뜻밖의 재난을 만나게 되고, 덤으로 옆에 있는 사람까지 피해를 주는 운세이다. 부부 사이에 생리사별하고 3궁까지 이어지니 어찌 순탄하겠는가?

	모함, 시비, 관재를 당하고 파산까지 하여 비명사를 당한다. 그렇지 않을 때에는 대형사고를 일으켜 수십 명의 목숨을 한꺼번에 잃는 어처구니 없는 형세로 돌변한다. 말년에 인생의 쓰라린 파장을 일으켜 처량한 신세가 된다.
금금수金金水 ◎	신장과 방광이 특히 건실하다. 금金 수水 상생相生으로 서로 도우니 모든 일이 잘 풀리고 하는 일마다 발전하고 부귀영화를 얻는 운세이므로 착실하게 노력하면 큰 업을 성취한다. 덕망과 능력을 사방팔방에 떨치는 길한 수이다. 재주와 덕망을 겸비하여 사회적 지위와 명성을 얻고 어떠한 난관도 돌파하여 큰 뜻을 이루어낸다. 부부운이 대길하고 자녀운도 대길하여 크게 성공을 이루는 운수이다.
금수목金水木 ◎	상생격이므로 신장과 간이 건실하다. 조상의 음덕으로 만사가 잘 이루어지고 태평할 수이다. 감정이 예민하고 기초가 튼튼하며 심신이 건강하다. 인덕이 있어 만인의 도움으로 순조롭게 발전하여 크게 성공한다. 부귀하여 행복하고 편안하게 100수를 누리며 일도 번창한다. 애정운이 좋고 자손의 운도 좋다. 부족한 것이 전혀 없고 무슨 일을 하여도 최고의 운세로 자손을 크게 출세시켜 고관대작이 될 수 있다.
금수화金水火 ×	심장, 소장, 어깨, 목구멍, 임파선, 눈, 머리, 혈액의 질환이 발생한다. 길흉화복이 불안정하니 불치병으로 단명할 수가 있다. 주위가 불안정하여 아무 계획없이 무슨 일을 결정하여 처리하니 실패의 파장으로 전락한다. 일시적인 성공은 있으나 대체적으로 불안하다. 고독과 고통을 면하기가 매우 어렵다. 일확천금을 꿈꾸지만 모두 허사가 되고 만다. 육친과 생리사별하고 자녀와도 이별을 하게 된다.
금수토金水土 ×	콩팥, 다리, 음부, 요도, 자궁, 귀, 치질, 무릎의 질환이 발생한다. 처음에는 좋은 듯하다가 나중에는 흉한 일이 발생한다. 큰 재액은 없으나 그저 평길한 운이다.

	의협심이 강하고 파란이 중첩되며 실패의 조짐이 일어난다. 지모와 담력이 있어 일시적으로는 대성하는 듯하나 운기가 공허하고 변화무쌍하다. 덕망이 부족하여 남으로부터 비난을 받고 투기심이 강하여 실패하는 수가 매우 많다.
금수금金水金 ◎	방광과 폐의 기능이 좋다. 평생 다복하니 육친과 자손이 번창하고 부귀와 즐거움을 누리게 된다. 유년 시절에 목木운이 올 때에는 부모 형제간에 우환이 올 수 있으니 조심해야 된다. 그러나 지혜와 사람됨이 뛰어나고 모든 면에서 능숙하고 왕성한 활동력과 큰 투지로 큰 일을 이루며 부귀장수하는 대길수이다. 사회적으로도 존경과 신망이 두텁다. 아쉬운 것은 부부운이 불길한 것인데, 방어하려는 노력을 계속하면 좋아질 수 있다.
금수수金水水 ◎	신장, 방광이 튼튼하며 각종 질환이 거의 없다. 순풍에 돛을 달고 행하는 격으로 만사가 형통할 운수이다. 그러나 가끔 남녀간에 색욕의 유혹이 손을 뻗치니 조심하지 않으면 안 된다. 지모가 출중하여 활동적이고 탁월한 수완을 발휘한다. 사회적으로 신망과 명성을 얻어 크게 복록을 누릴 수리이다. 특히 재운이 넉넉하고 사업에도 성공을 거둘 수 있다. 그러나 야망과 욕망에 사로잡혀 지나치게 사업을 확장하여 추진하면 실패를 초래할 수도 있다. 조금만 양보하면 큰 명예와 부를 얻는다.
수목목水木木 ◎	간이 튼튼하고 두뇌가 명석하며 신체적으로는 별 문제가 없다. 성공운成功運이 강하여 마음먹은 대로 이루어지니 크게 상서로운 운이다. 신申년이나 유酉년에 사업확장이나 이사를 하면 큰 행운이 온다. 재주와 덕망을 겸비하여 사회적 지위와 명성을 얻고 어떤 난관도 돌파하여 큰 뜻을 이루어낸다. 성격이 강직하고 일을 독단적으로 처리하므로 실패할 수도 있다. 남에게 공히 온화한 마음가짐을 가지면 평생 행복할 수리이다.

수목화水木火 ×	간, 담, 심장이 튼튼하다. 비록 상생이 되어 있으나 나무에 불이 붙어서 한창 일어나는 판에 소나기가 쏟아져 꺼버리는 형상이기 때문에 좋지 않는 수리로 돌변한다. 그래서 파란만장한 운명을 타고난 영웅의 운수이다. 성품이 강직하고 어려움을 잘 극복하나 변화가 많아 풍파가 그치질 않는다. 그러나 이 운수를 가진 사람 중에 크게 출세하는 사람도 간혹 있다.
수목토水木土 ◎	비록 상극이 있으나 오히려 좋은 배치인 이유는 천지자연의 형상이기 때문이다. 풍광이 수려하고 하늘에는 구름 한 점 없이 밝은 달이 환하게 비치는 형상으로 만물이 왕성하여 그 형태를 잘 이루는 확립된 기세이다. 독립적이고 권위를 자랑할 수 있을 뿐만 아니라 능히 많은 사람을 지도하는 수령의 위치에 설 수 있다. 인품이 중후하여 존경과 신뢰를 크게 얻으니 부귀영화를 누릴 수리이다.
수목금水木金 ×	금金이 목木을 난도질하니 간, 늑골, 관절, 쓸개, 내장, 손가락, 목덜미 등의 질환이 발생한다. 그래서 파란과 변동이 많은 조난운으로 일시적인 성공도 물거품이 되는 형세이다. 또한 조실부모로 형액, 좌절, 상해, 비난, 불구, 변사, 단명의 조짐이 따른다. 부부간에 생리사별 등으로 흉운이 초래되고 독신, 과부, 홀아비 운으로 전락한다. 일확천금을 꿈꾸지만 매사 헛수고만 하고 봉사만 하는 신세가 되며 말년에는 더욱 고통을 받는다.
수목수水木水 ◎	이 배치는 여름 태생과 가을 태생만 쓰는 수리이다. 다른 달에 태어난 사람이 쓰면 흉한 작용이 일어나므로 절대 금해야 한다.

여름과 가을 태생은 획기적인 기회가 오고 만사 대길하는 수이다. 그래서 맹호가 날개를 더한 형상으로서 권세와 권위가 매우 왕성한 운수이다. 봄바람에 만물이 회생하는 것처럼 하루가 다르게 발전하는 길운이다. 하늘을 찌를 듯한 융성의 형상이 일어난다. 부귀와 권세를 잡는다.

수화목水火木 ×	심장, 소장, 안질, 중풍, 냉증, 신경통, 관절, 천식, 뇌출혈 등의 질환이 자주 발생한다. 그래서 강풍 앞에 촛불이라, 변동이 심한 운이니 이리저리 전전하며 떠돌다가 끝내 병란病難을 피하지 못하게 된다. 더구나 욕심을 부리면 뜻밖의 변란을 당하고 질병으로 급사함을 조심하여야 한다. 무슨 일을 하여도 장애가 생기며 손실이 크고 항상 좌절을 겪는다. 부부간에 생리사별의 운이며 자녀와도 인연이 없다.
수화화水火火 ×	소장, 어깨, 목구멍, 얼굴, 치아, 임파선, 신경, 심장, 가슴, 눈 등의 질환으로 평생 고생한다. 심하면 불치의 병고로 죽음까지 당한다. 성격이 포악하고 급하며, 뜻을 펴보지도 못하고 이루어지지도 않는 것은 물론 온갖 재앙이 침입하여 고통을 크게 받고 가정파탄까지 겹친다. 여자는 제비족에게 쫓겨다니게 되고 남자는 꽃뱀에게 물려 헤어나지를 못하는 꼴이다. 모함, 구설, 시비, 관재 등으로 옥고를 치른다.
수화토水火土 ×	심장, 소장, 중풍, 안질, 뇌출혈, 관절염, 신경통, 혈압 등으로 불치의 질환자가 되는 경우가 매우 많다. 갑작스레 재앙을 불러 들이는 위험한 배치이다. 병약하고 재난이 잦으며 파괴와 위기, 망신살이 끊이질 않는다. 특히 가정이 파괴되고 아무리 노력을 하여도 보람을 얻지 못한다. 언제나 고통과 곤란을 당하고 안팎으로 불화가 그치질 않는다. 만사가 되는 일이 없고 관재구설수로 옥고를 치뤄야 하는 운세이다.

수화금^{水火金} ×	상극하므로 심장파열, 소장, 어깨, 눈, 머리의 질환이 유난히 많고, 대장, 폐장, 입, 정액, 늑막, 피부 등의 질환이 심하다. 가정 파탄이 생기고 급변액운^{急變厄運}이 연이어 도래하니 평생 풍파를 면하기 어렵다. 쇠퇴하여 파멸하게 되고 결국에는 패망하는 지독한 나쁜 일이 돌출한다. 무엇을 하여도 안 되는 쪽으로 유도된다. 그래서 좌절의 늪에서 헤어나질 못하고 신체도 허약해지며 결국 병마에 시달리다가 단명하는 운수가 되고 만다.
수화수^{水火水} ×	심장, 소장 및 각종 질병이 떠나질 않는다. 양쪽에서 극을 받으니 가장 흉한 수로 실명하거나 발광, 변사하게 된다. 그래서 모든 것이 결실을 맺지 못하고 사방팔방으로 흩어지는 상이다. 소극적으로 모든 일에 번민하는 형으로 일의 결과가 전혀 없다. 주색에 빠지기를 잘하고 부부 인연이 박하며 자녀운 또한 굉장히 나쁘다. 관재시비, 구설로 인하여 옥고를 치르다가 불구자가 되어 평생 고통과 고난을 받게 되며 결국에는 처참한 신세로 죽고 만다.
수토목^{水土木} ×	위장병에 걸려 몹시 고생을 하며 부부사이에는 생리사별 운이 있다. 재물은 모으기가 어렵다. 급변하는 파장으로서 낭떠러지로 추락하는 형세이다. 천길만길 높이에서 떨어져 박살이 나고 흔적조차 찾을 수 없이 되고 만다. 설령 그렇지 않더라도 의지가 약하고 실행 능력이 부족하여 모든 일이 실패하는 생이 된다. 인내와 역량이 부족하고 정력이 약하므로 모든 일이 쇠퇴하여 망한다.
수토화^{水土火} ◎	비록 상극이었으나 오히려 좋은 배치인 이유는 천지자연의 형상이기 때문이다. 사주팔자에 용신^{用神}이 많은 사람이 쓰면 지혜와 재능을 갖추어 관운, 재운 모두 좋다. 순풍에 돛단듯이 많은 사람들로부터 존경을 받는다.

수토토水土土 ◎	상극수^{上剋水}라 하더라도 천지자연의 형상이기 때문에 더욱 좋은 수이다. 천지간에 만물이 다시 새로워지는 형상으로 하늘이 내린 복을 크게 누린다. 전진통달 만리장공 일월명랑_{前進通達 萬里長空 日月明朗}하는 수이다. 재물이 쌓여 가산이 풍부해지니 대단히 안락하다.
수토금水土金 ◎	상극이 되나 오히려 좋은 배치인 이유는 천지자연의 형상이기 때문에 매우 좋다. 자연의 혜택을 크게 받아 일평생 안정과 복록을 누릴 수리이다. 그래서 큰 덕망으로 일평생 편안하고 후회 없는 인생을 보낼 수 있으며 행복을 누린다. 또한 어진 부인의 내조가 특출하여 가정이 화평하고 모든 일이 충실하므로 말년에 더욱 행복한 인생살이에 돌입하여 부귀와 영화를 누리며 존경을 받는다.
수토수水土水 ×	양쪽으로 상극을 받으니 신장, 방광, 다리, 음부, 자궁, 귀의 질환이 많다. 그래서 무엇이든지 하는 일마다 잘 풀리지 않고 한꺼번에 몰락하며 흉한 재앙이 연속 일어나 불행이 자주 찾아온다. 인생에 장애가 밀어닥쳐 큰 고생을 한다. 모든 일이 뜻과 같지 않고 일생동안 온갖 고초와 괴로움을 당하므로 암담하기 그지없다. 말년엔 더욱 괴로운데 굉장히 슬픈 일이 일어난다. 부부, 자녀와 인연이 없다.
수금목水金木 ×	간, 담의 질환이 발생한다. 또한 풍파와 좌절을 연속적으로 겪게 되는 흉한 수리이다. 일찍 성공하는 듯지만 일찍 실패하는 운격이다. 남에게 비방 공격을 많이 받는다. 지나치게 강하기 때문에 오히려 까다롭고 엉뚱한 데가 많다. 그러므로 자연적으로 고독하며 괴로운 운수이다. 어떤 도움도 받을 수가 없게 되며 중도에 좌절 실패하고 만다. 정신분열증을 일으키거나 괴상망측한 일이 발생하여 실의에 빠지게 된다.

수금화水金火 ×	대장, 치질, 늑막, 피부, 폐, 다리, 코, 입, 작은 골의 질환이 매우 많다. 그래서 난치병으로 몹시 고통을 받다가 결국에는 단명하게 된다. 가정운이 나빠 부부, 자녀, 형제 모두 다 잃게 된다. 특히 폐결핵을 조심해야 하며 관재구설, 시비로 인한 옥고의 신세로 처량한 몰골이 되며 말년에는 더욱 처참한 형상이 된다.
수금토水金土 ◎	계속 상생하는 좋은 배치이다. 하는 일마다 순조로워 만사가 형통하니 복록을 크게 누린다. 재치가 있고 두뇌가 명석하며 노력가이고 실천적이다. 생산직에 힘쓰면 크게 발전하여 재산이 축적되고 큰 도시의 유명한 재벌가가 된다. 특히 만인이 유정으로 가정이 화평하고 자녀 등 육친관계도 화목하다. 말년에 더욱 행복한 생활을 누리며 만인의 존경과 신망을 받으며 부귀영화한다.
수금금水金金 ◎	반드시 1, 2, 3월 목춘木春으로 봄 태생만 쓸 수가 있다. 다른 달에는 별로 좋지 않은 수가 있다. 금은보화가 가득차고, 자손이 크게 번성하며 만사가 대길하는 운이다. 재능이 뛰어나고 부귀와 영화가 쌍전이다. 다른 달에 태어난 사람은 외유내강으로 자존심이 강해 실패하는 경우가 많다. 쉬지 않고 노력을 하지만 실패가 자주 발생한다. 그러나 완전히 망하지는 않을 수리이다.
수금수水金水 ◎	이 배치는 4, 5, 6월의 화하火夏로 여름 태생만 쓰는 배치이다. 여름 태생은 크게 성공하고 크게 발전하니 무한한 복록이 따른다. 일찍 고향을 떠나서 자수성가하여 금의환향한다. 하늘이 내린 복을 타고 났으며 위엄과 존경을 받는 대단히 좋은 수리이다. 매사에 진취적이고 독립심이 강하여 스스로도 능히 힘든 일을 실행하여 성공을 이룬다. 특히 자기 분야에선 권위가 대단하고 만인의 존경을 받는다.

수수목水水木 ◎	4, 5, 6월의 화하*夏로 여름 태생은 무척 좋으나 다른 달에 태어난 사람에게는 좋지 않다. 고목이 봄을 만나는 격으로 하루가 다르게 크게 발전하여 번성해지니 대부대귀*富*貴할 좋은 운세이다. 다른 달에 태어난 사람이 이 수리를 쓰면 자존심이 너무 강하여 주위로부터 비난을 받는다. 성공하는 듯하지만 불의의 재난을 당하고 실패하는 경우가 매우 많다. 허황된 꿈으로 크게 실패하니 주의하여 침착하게 일을 도모하면 성공할 수 있다.
수수화水水火 ×	심장이 심하게 상하고 목구멍, 큰골, 얼굴, 치아, 눈, 심장, 머리에 질환이 자주 발생하여 무엇을 하여도 실패하는 불상사가 생긴다. 특히 독립심이 너무 강하여 지나치게 자기를 과신하며 허영심으로 패가망신을 당한다. 끈기가 없어서 하는 일마다 실패하고 일상생활에 파란 곡절이 매우 많다. 부부운과 자녀운도 없으며 관재구설, 시비, 재산의 파괴로 평생 고통을 받는다.
수수토水水土 ×	신장질환자가 많다. 방광, 치질, 수분, 다리, 음부, 요도, 자궁, 귀 등이 심하게 나쁘다. 그로 인해 가정의 파탄이나 불행, 또는 난치병이 많이 생기고 재액이 끊이질 않으며 만사가 뜻대로 이루어지지 않는다. 한때 성공하는 듯하다가 어느덧 실패하여 낭떠러지로 추락하듯 폭삭 망한다. 불의의 재난이 겹치는 상으로 황폐화되듯 사라진다. 가족과도 화목하지 못하며 부부간의 생리사별로 고독한 독신으로 인생을 마감한다.
수수금水水金 ×	태평양에 띄워 놓은 고철선이라 풍랑을 만나 암초에 걸려 침몰한다. 운세가 오르는 것 같으나 돌발사고로 몰락한다. 그와 같이 먹구름이 항상 따라 다녀 하는 일마다 크게 실패하는 수리이다. 무슨 일을 하여도 안되는 쪽으로 유도된다.

유두무미^{有頭無尾}격으로 머리만 있고 꼬리가 없으므로 시작은 좋으나 끝이 없다. 활동하는데 장애가 많아서 고통을 당하며 가정파괴와 파산으로 쓰라린 인생살이의 신세가 된다.

수수수^{水水水} ×	폭풍설한^{暴風雪寒}이라, 한랭한 물이 지나치게 거세므로 오히려 재액이 되어 병약·단명하게 된다. 남자는 신체 불구가 되고 여자는 무당이 될 운수로 변한다. 사이비 종교가로 중생을 괴롭히며 과대망상증에 걸려 실패하고 만다. 정신분열증을 일으켜 가정이 흩어지고 불안과 고통 속에 지내다가 결국에는 사람을 인질로 잡아 공갈, 협박으로 금품을 갈취하다 옥고를 치른다.

음과 양, 이름의 오행

나무는 수분을 먹고 자란다. 자동차는 휘발유로 달리며, 물고기는 물을 먹고 산다. 이렇듯 만물은 땅의 수분과 더불어 그 생존을 이어 간다.

물이 없으면 싹이 자랄 수도 없고 성장할 수도 없는 것이 우주 만물에 대한 자연의 섭리이다. 현대과학에서는 모든 물질의 구성과 생성을 아흔여덟 종의 원소로 풀이하지만, 동양역학에서는 음양과 오행에 의해서 풀이하고 있다.

오행이란 목木, 화火, 토土, 금金, 수水의 다섯 가지를 말한다. 이 오행이 상생相生과 상극相剋을 이루면서 삼라만상의 모든 생성변화生成變化를 설명한다.

이 오행에서의 상생은 서로 도우며 살리는 관계이며, 상극은 서로 해치고 돕지 않는 상비相比관계로 형성되어 작용을 하는데, 이것은 동성同性으로 형제자매와 같다고 할 수 있다.

음양의 정精인 수화水火는 하늘과 땅에서 마치 요정처럼 온갖 조화를 부린다.

화火는 기氣로써 지상에 기의 천하인 기체氣體를 형성하듯이 수혈水血로 지하地下 혈血의 천하인 수체水體를 형성하게 된다.

기의 수水는 지평선을 중심축으로 하여 이끌고 잡아 당기면서 자기 편에 동화시키고자 온갖 정성과 심혈을 기울여 갖가지 감언이설로 유혹을 하기도 하고 은근히 압력을 행사하며 힘을 겨루기도 한다.

이럴 때 기가 강하면 수水는 이에 이끌려 기의 품에서 기와 동화하게 된다. 이것을 기화氣化라고 한다. 기가 지상에 나타남으로써 수水가 기에 동화하면 지상에 그 모습을 나타나게 되는데 이를 형체라고 한다.

모든 형체는 하나같이 수水의 기화작용氣化作用에 의해서 만들어지며 그에 따라 나타나는 수水의 형상을 기의 화상으로서 반드시 기가 있고, 수水가 있다는 것을 의미한다.

기는 살아 있으니 생기요, 수水는 살아 있는 물物이니 생물인 것이다. 그래서 이 생기와 생물이 결합하면 생명이 발생한다. 생명은 수水에서 움트고 기의 동화작용인 기화氣化에 의해서 형체화하고 물상화物象化하여 발생하고 완성되는 것이다.

수水가 없으면 기가 접근하지도 작용하지도 않으므로 기화현상이 나타날 수 없다.

그러므로 생명이 발생할 수도 생물이 살아갈 수도 없는 것이다.

기화는 다정다감하고 따스하며 아기자기하게 진행되면서 그 형상을 이루어 나간다. 어느 한쪽이 상대방을 강제하거나 무리하게 잡아당겨서 억지로 동화시키는 것이 아니고 매우 자연스러운 현상으로 이루어진다.

이는 수화水火가 만물을 창조하고 발생시키는 시작으로서, 수화에서 형성되는 운기運氣의 시동始動이자 첫 단계, 첫 과정, 첫 형태인 것이다.

제3장

사주용신표출법

진용이란 무엇인가

진용과 가용

　진용眞用이란 사람이 태어나면서부터 죽을 때까지 한평생을 살면서 쓸用 수 있는 보물이며, 행복의 씨앗이라고 할 수 있다.

　사주, 이름, 도장, 숫자에는 반드시 진용이 있어야 하고 또 건전해야만 한다. 진용이 없거나 깨트려져서 무력하면 일생을 힘들고 괴롭게 살게 된다. 용用이 있고 또 유력하면 한평생을 행복하게 살 수 있다. 즉 건강, 재물, 배우자, 자녀, 학업, 직업, 장수를 누릴 수가 있으면서 잘 살게 된다. 진용의 반대는 가용假用으로 재앙을 뜻하며, 불행의 씨앗이 된다.

　사주 속에는 진용과 가용이 섞여 있으므로 작명할 때는 진용을 가려내어 사용하되 가용은 절대로 피해야 한다. 진용이 있으면 만사형통하고 가용이 많으면 만사불성이 된다.

사주 속에 소진용 찾는 법

월지月支 위주로 찾는다. 사주에 따라 월月 변화가 있다.

십이지	인寅	묘卯	진辰	사巳	오午	미未	신申	유酉	술戌	해亥	자子	축丑
월	1	2	3	4	5	6	7	8	9	10	11	12
소진용	토土	금金		금金	수水		수水	목木		목木	화火	

사주 속에 가용 찾는 법

십이지	인寅	묘卯	진辰	사巳	오午	미未	신申	유酉	술戌	해亥	자子	축丑
월	1	2	3	4	5	6	7	8	9	10	11	12
가용	목木	화火	수水	화火	목木	토土	금金	화火	토土	수水	토土	금金

사주와 이름의 관계

사주와 이름, 삼합인장, 행운번호는 불가분의 관계를 가지고 있다. 사주는 선천운先天運이며, 이름, 인장, 행운번호는 후천운後天運에 속한다. 선천운에 따른 작명을 하여야 선천운과 후천운이 같이 살아난다.

사주에서 부족한 부분을 이름과 인장, 행운번호로 보완하면 건강, 명예, 지위, 부귀를 얻어 안정된 인생을 살아갈 수가 있다.

성명학에서는 수리오행數理五行과 음령오행音靈五行으로 나누어 사용한다. 그러나 이러한 방법도 사주와 맞지 않으면 소용이 없으며 오히려 나쁜 작용을 한다. 지금까지의 작명가들은 수리오행과 음령오행에만 집착한 작명을 함으로써 본인의 사주와 동떨어진 이름이 되어 운을 떨어 뜨리게 하고 평생 멍에를 씌운 결과를 초래했다.

저자는 수십 년간 사주와 이름, 인장, 행운번호의 관계를 연구하고 임상실험도 해본 결과 사주는 잘 태어났으나 작명을 잘못하여 운을 끌어내리는 사례, 그리고 사주를 잘못 갖고 태어난 사람에게 더욱 나쁘게 작용한 작명 사례 등을 많이 보아 왔다.

우리 국민의 20%는 좋은 사주를 갖고 태어나지만 80%는 그렇지 않은 경우가 많다. 사주에 맞는 작명과 인장, 행운번호를 만들기 위해서는 사주와 이름의 오행이 철저하게 조화가 이루어져야 한다.

이 책에서는 누구나 사주를 알고 작명을 할 수 있도록 알기 쉽게 풀이하고자 하였다. 특히 신생아는 사주팔자와 용이 있는 용신 이름을 지어서 용신일用神日, 용신시用神時에 출생신고를 하면 더더욱 좋은 운이 된다.

사주용신 표출법

사주와 맞는 용신 작명법

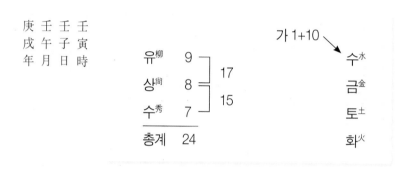

庚 壬 壬 壬
戌 午 子 寅
年 月 日 時

유^柳　9
상^尙　8　⎤17
수^秀　7　⎦15

총계　24

가 1+10 →
수^水
금^金
토^土
화^火

　이 사주는 월지^{月支} 화오월^{火午月}생으로 화왕^{火旺}체이다. 천간^{天干}에 3임수^{壬水} 1금경^{金庚}은 3수^水인 임^壬을 도와주는 작용으로 금^金(경^庚)은 반^小 용신으로 화^火는 양, 월인 수^水는 용신이 된다. 임수를 돕는 경금^{庚金}이 금생수^{金生水}하니 반용신이 되며, 이름과 사주, 용신의 음양 조화가 잘 이루어진 경우다. 화왕체로 수^水와 금^金이 용신인데 이를 천인지법^{天人地法}으로 본다면 유^柳 9획은 수^水, 상^尙 8획(9 + 8 = 17)은 금^金으로 역시 반용신에 해당된다. 이름에서는 총획이 가장 중요하지만 사주와 이름 천인지에 따라 총획수가 상관이 없을 수도 있다.

　천격은 초년운이면서 뿌리^根, 인격은 중년운이면서 화^花, 지격은 말년운, 총격은 노년운에 해당된다. 수^秀(7획 + 8획 = 15획)토^土, 유^柳(9) + 상^尙(8) + 수^秀(7) = 24 화^火는 이 사주와 아무 상관이 없다. 이미 용신으로

잘 이루어진 상태로 사주팔자와 이름(작명), 용신이 제대로 구성되어 있다. 이 사주는 화왕체로서 수水가 용신으로 체를 생生해주는 목木은 반체, 용을 도와주는 금金 [庚]은 반용신이 된다. 토土는 용인 수水를 잡아 먹으니 적의 관계로 매우 좋지 않다. 그러나 금金이 있으니 토생금土生金 금생수金生水해서 용신이 임수壬水를 도와주는 동시에 왕체 화火를 설기함으로써 일석이조가 되지만 이름에 금수金水, 사주에 금金이 없으면 토土는 화왕체와 작당해서 용신인 수水를 짓밟는 격이 되어 피해가 매우 심하다. 이 사주는 천간에 3임수 1경금이 금생수하니 경금 임수 모두가 용신이며 지지地支에 금신중경임金辛中庚壬 용신이 천간의 3임壬 1경庚을 생부生扶하고 지탱한다.

화왕은 각광받는 상품으로 월지오화月支午火하고 일지日支 시지인時支寅 반합하니 상품을 생산하는 공장과 원자재 창고의 주변으로 풍요가 가득하고 활기가 넘친다.

용인 수水는 고객으로 사주四柱 천간天干에 수금水金이 있는 것은 상품을 소비하는 사람(고객)과 시장이 천지에 즐비한 격으로 모든 사람이 진용신인 고객이 된다. 그래서 모든 상품이 잘 팔리면서 억만장자 거부가 된다.

인인성사因人成事 성부하니 성귀한다. 이 사주의 용신인 수水는 음이고 물질이며 재물財物에 해당된다. 용신인 수水가 사방팔방에서 물이 모여 강을 이루고 다시 바다로 총집합하는 것처럼 돈을 무더기로 벌어 들이면서 큰 부자가 된다. 이 사주는 임수 3개가 천간에 떠 있어 만인이 도와주는 격으로 동업을 해도 크게 성공하고 사회에 봉사도 하게 된다.

기신忌神 나쁜 작명법

사주팔자와 이름의 구성 자체가 잘못되어 있는 경우이다.

천간天干 3수水 1화火 이다. 월지月支 자수子水 왕체로 왕한 체 3개가 쌍출해서 시간時干(토土) 병화丙火를 쟁탈하기에 혈투극이 벌어진다. 이 사주는 이름 역시 19 + 8 = 27 금흉金凶으로 쌓여졌으며 8 + 13 목木 금극목金剋木이 되었다.

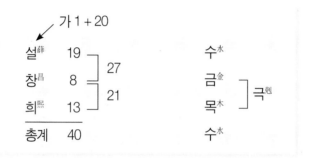

더군다나 27은 흉수에 해당된다.

창昌과 희熙는 불용문자로 설薛 19 + 창昌 8 + 희熙 13 = 40 수水로 총수 40은 '파란곡절' 격에 해당된다.

이 사주는 수왕水旺체로 천간에 왕수旺水체, 이름 왕수旺水 40 성 왕수旺水 모두 왕수체로 한 가정에 혈투극을 띤 형상이다. 사회와 국가라고 한다면 작은 나라에서 왕王자리를 서로 차지하려고 암투가 계속 일어나는 형상이다. 이런 사주와 이름을 가진 사람은 본능적으로 물욕과 색욕이 강한 탐욕자, 호색자가 된다. 그러나 사주가 수왕체로 이루어졌다고 하더라도 이름을 화용신火用神으로 구성을 한다면 중화로 변하면서 진용신으로 바뀌는 사주가 될 수 있다.

이 사주와 이름을 가진 사람은 공돈을 벌 수 있는 특권적인 직업을 가진 자라야 적격하다. 궁官에 진출해서 공갈과 갈취를 능사로 하여 축재를 할 수 있는 자라야 한다. 그러나 궁을 떠나면 탈재가 불가능하고, 동시에 겁탈자들이 무자비하게 빼앗는 꼴이 되어 어느 누구도 막을 수가 없으니 산재와 파재가 불가피하다.

수왕체는 시간에 용신이 한 개 뿐이다. 목木이 한 개만 있어도 목생화木生火하여 화火용신을 도와서 세력을 넓혀 주니 힘이 커져서 수왕水旺 임계수壬癸水를 제거할 능력이 되는데 이 사주는 그렇지 않다.

이름과 사주가 왕으로서 왕성한 자라 다툼으로 기진맥진하게 된다. 수왕이 화火용신을 통채로 낚아 삼키니 막을 수도 감당할 수도 없다. 또 투기나 기업, 주식 등에 투자하면 남 좋은 일만 시킨다.

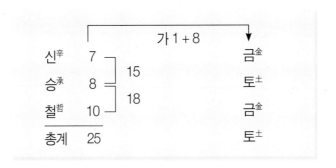

이 사주는 천하일색으로 월지月支 인목寅木 목왕木旺체이다. 이름 신辛 7 + 승承 8 + 철哲10 = 25로서 목왕으로 천간에 연간年干 시간時干 모두 음인 금金이 진용신이고 월간月干 일간日干 무토戊土로서 금金을 토생금土生金으로 상생相生을 하니 천하일색으로서 금金이 진용신이 된다. 토土는 금金을 돕는 격으로 반용신에 해당된다.

연간^{年干}에 용신인 경금^{庚金}이 있고 시간^{時干}에 역시 금^金용신이 있으니 쉴 새 없이 움직이면서 일을 한다.

연간에 용신이 있으면 부^父의 덕과 조상의 은덕이 넘친다.

월지^{月支}는 군왕이니 군왕과 신하의 관계로 한 나라에 덕을 크게 쌓게 된다.

이 사주는 수단과 능력이 대단히 탁월한데, 이름이 진용신으로 구성되어 있고 사주 역시 진용신으로 구성이 잘 짜여져 있기 때문이다. 이런 사주와 이름을 천하일색이라고 한다. 그래서 수단과 능력이 천재와 같이 뛰어나고 부모의 상속을 많이 받아서 초년부터 사업에 진출하여 일취월장 성공함으로써 일생을 통해 많은 일을 이룩해 가면서 마침내 거부로 탄생한다.

용신 표출법 비법 공개

이 책의 특징은 격국^{格局}은 쓰지 않는다는 점이다. 고대부터 내려오는 중국의 역학 사주는 격국 용신^{用神} 신살^{神殺} 위주 뿐이다. 가장 중요한 음양오행은 도외시하고 주로 귀신타령 위주이다. 격국과 용신 신살을 제대로 공부하기 위해서는 수년이 걸린다. 격국과 살타령은 장님이 코끼리 뒷다리 만지는 형국으로 우리나라를 비롯하여 동양 사람 중에 격국 용신을 제대로 파악하는 사람(명리)이 몇 명이나 있을까 하는 의문이 들 정도로 난해하다.

파격^{破格} 내격^{內格}을 분간하는 것은 십인십색^{十人十色}이라 용신을 분간하는 것은 더욱 각양각색이다. 명리학자들이 주장하고 공감하는 것은 신살 등 120살이 넘는 귀신타령 뿐이다. 격국은 외격으로 최고로 친다. 오행상 화극금火剋金 수극화水剋火 목극토木剋土 등을 상극으로 치는데, 목木 화火는 양, 금金 수水는 음이다.

초년운은 양, 노년운은 음이다.

용신 표출법

사주를 간지로 세우고 사주팔자四柱八字 네 기둥 여덟 자를 분석한다.

가령 1980년 1월 2일 묘시인 경우

사 주 팔 자			
年	月	日	時
庚	戊	庚	己
申	寅	申	卯

경신년庚申年 무인월戊寅月 경신일庚申日 기묘시己卯時이다.

용신은 월주月柱 기준으로 잡는다. 일간을 기준으로 충신과 신하를 분석한다.

월지月支 1, 2, 3월생月生 인묘진寅卯辰 월생月生이라면, 금金이 진용이며 토土는 진용신을 돕는 반용신이다. 4, 5, 6월생 사오미巳午未 월생은 월지화月支火를 군왕으로 수水가 진용신이고 수水를 보호하는 금金이 반용신이다. 7, 8, 9월생 신유술申酉戌 월생은 목木이 진용신이고 목木을 돕는 수水가 반용신이다. 10, 11, 12월생 해자축亥子丑 월생은 화火가 진용신이고 화火를 돕는 목木이 반용신이다.

사주팔자는 용신과 기신 두 가지로 되어 있는데, 진용신과 반용신이 있어야 최고의 사주팔자라고 할 수 있다.

◯ 진용신

❶ 어떤 분야에서든지 일인자가 되며 존경과 신망을 받는다.

❷ 존귀한 신분으로 만인의 칭송을 받고 애정운과 자녀운도 매우 좋다.

❸ 재물이 풍부하고 평생 건강하면서 부귀영화를 누릴 수 있다.

❹ 큰 명예와 권력을 잡으며 뜻하는 대로 일이 이루어진다.

❺ 비룡재천격으로서 전혀 막힘이 없다.

❻ 명예운, 애정운, 사교운, 축재운, 주거운, 가족운, 희망운, 재능운 등 모든 운이 대길하다.

◯ 가용신

❶ 무슨 일을 하더라도 제대로 되는 일이 없으며 매일같이 헛수고만 하고 실패만 한다.

❷ 비천한 신분으로 매일 남을 위해서 봉사만 하는 꼴이다. 애정운이 없어 자녀운도 나쁘고 비천하게 살면서 결혼이 성립되지 않는다. 설령 결혼이 이루어진다 하더라도 평생 풍파와 생리사별을 한다.

❸ 언제나 이성과 재물로 인한 고통이 많으면서 하는 일마다 헛수고만 한다. 빈곤하면서 건강도 허약하여 병고에 시달리다가 단명을 하는 수가 많다.

❹ 모함을 잘 당하여 억울한 누명을 잘 쓰며 관재수를 항시 달고 다니면서 불행하게 살게 된다.

❺ 큰 재물을 모았다고 하더라도 일시에 잃게 된다. 타살을 당하거나 스스로 자살하는 자가 매우 많다. 주색잡기에 능하며 모험을

즐기고 무엇이든지 비판적이며 시시비비를 잘 따진다.

❺ 명예운과 애정운, 사교운, 축재운, 주거운, 가족운, 희망운, 재능운이 불길하다.

○ 용신

진용신과 가용신은 하늘과 땅의 차이다. 여기에 또한 중요한 것은 월지에 진술축미^{辰戌丑未}는 토^土라 하였는데 월지에 있을 때에는 토^土라고 보면 안 된다. 토^土는 사계절 끝에 있기 때문에 계절에 따라 변한다.

그래서 1, 2, 3월은 봄이 오니 춘래^{春來} 인묘진^{寅卯辰}으로 진^辰은 목^木에 해당된다(목왕체). 4, 5, 6월은 여름이 오니 하래^{夏來} 사오미^{巳午未}로 미^未는 화^火에 해당된다(화왕체). 7, 8, 9월은 가을 추왕^{秋旺}체 술^金은 금^金이 되고, 10, 11, 12월은 겨울 동수^{冬水} 해자축^{亥子丑} 수왕체 축수^{丑水}가 된다. 그래서 봄 진목왕^{辰木旺}, 여름 미화왕^{未火旺}, 가을 술금왕^{戌金旺}, 겨울 축수왕^{丑水旺}이라 한다.

봄 태생	월지목왕^{月支木旺}체는 양^陽이니 음^陰 금^金이 진용신이고 금^金을 생^生하는 토^土는 반용신이다.
여름 태생	월지화왕^{月支火旺}체는 양이니 음 수^水가 진용신이고 수^水를 생하는 금^金이 반용신이다.
가을 태생	월지금왕^{月支金旺}체는 음이니 양 목^木이 진용신이고 목^木을 생하는 수^水가 반용신이다.
겨울 태생	월지수왕^{月支水旺}체는 음이니 양 화^火가 진용신이고 화^火를 생하는 목^木이 반용신이다.

이것은 초보자를 위하여 쉽고 간단 명료하게 용신표출법을 정리한 것이다.

용신이 기신으로 변하고 기신이 용신으로 바뀌는 원리가 있다. 사주 팔자 천간에 용신이 많다 하더라도 지지에 없으면 도리어 나쁠 수 있다. 지장간 역시 용신이 있어야 좋은 사주라고 할 수 있다.

천간은 백화점 상품, 지지는 생산공장, 지장간은 원자재 창고로 비유할 수 있다.

태어난 계절과 사주 구성을 보고 용신을 찾아 이름에 용신을 표출한다. 다만 이름 성씨에 따라 용신이 나오지 않는 경우가 허다하므로 그럴 때에는 행운의 숫자와 삼합인장을 만들어 함께 사용하면 좋다.

運命 사주의 기초지식

사주는 인간이 출생한 생년월일시를 음양오행인 천간^{天干}과 지지^{地支}로 표시한 것이다.

천간은 십간^{十干}, 지지는 십이지^{十二支}로 표현한다.

십간과 음양오행

오행	목木	화火	토土	금金	수水
양	갑甲	병丙	무戊	경庚	임壬
음	을乙	정丁	기己	신辛	계癸
수	1, 2	3, 4	5, 6	7, 8	9, 10

계절과 방향

십 간	갑을甲乙	병정丙丁	무기戊己	경신庚辛	임계壬癸
방 향	동東	남南	중앙中央	서西	북北
계 절	춘春	하夏	사계四季	추秋	동冬

십이지와 음양

양	자子(수水)	인寅(목木)	진辰(토土)	오午(화火)	신申(금金)	술戌(토土)
음	축丑(토土)	묘卯(목木)	사巳(화火)	미未(토土)	유酉(금金)	해亥(수水)

십이지와 월

십이지	자子	축丑	인寅	묘卯	진辰	사巳
월	11	12	1	2	3	4
십이지	오午	미未	신申	유酉	술戌	해亥
월	5	6	7	8	9	10

십이지와 계절

월	인묘진寅卯辰	사오미巳午未	신유술申酉戌	해자축亥子丑
방향	동東	남南	서西	북北
계절	춘목春木	하화夏火	추금秋金	동수冬水

십이지와 시

십이지	자子	축丑	인寅	묘卯	진辰	사巳
시	23~1	1~3	3~5	5~7	7~9	9~11
십이지	오午	미未	신申	유酉	술戌	해亥
시	11~13	13~15	15~17	17~19	19~21	21~23

상생相生 · 상극相剋

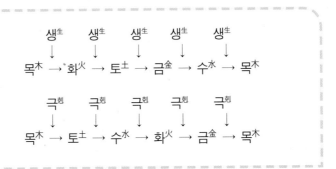

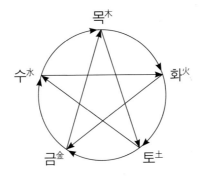

오행의 상생 · 상극도

간합干合

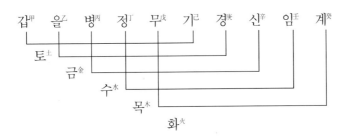

십이운성

   사람이 잉태되면서부터 출생하는 과정, 성장한 과정, 노쇠하여 죽어서 무덤에 묻히기까지의 반복되는 과정을 세밀히 분석하고 질서 있게 체계화한 인생의 이정표와 같이 천간의 탄생과 소명을 십이운성十二運星이라고 한다.

   사주명리학에서는 이를 하찮은 것으로 여기고 그 해석 또한 지극히 피상적이고 추상적이어서 배우는 학도들도 도외시하였지만, 십이운성이야말로 인간의 오장육부에 해당되며, 가장 소중하고 신비한 운명의 열두 줄 가야금에 해당된다.

   가야금이 열두 줄로 온갖 소리를 내고 사람을 울렸다 웃겼다 하듯이 십이운성을 통해 인생의 성격과 직업을 비롯해서 부모, 형제, 처자의 인연과 그 후박厚薄을 자세히 알 수 있고, 소년시대와 청년시대, 그리고 장년과 말년의 운명을 관찰할 수 있다. 사람 팔자는 십이운성의 곡조에 맞추어서 읊는 노랫가락이라는 것이 가장 적절한 표현일 만큼 십이운성은 상상할 수 없는 무궁무진한 신비를 간직하고 있다. 이 금단의 수수께끼는 다음의 십이운성론에서 구체적으로 밝히기로 하고 여기서는 개념만 살펴보자.

◯ 장생

   사람이 태어나서 어머니의 젖을 먹고 있는 동안을 장생長生이라고 한다. 인생의 첫 출발이자 모정을 듬뿍 누릴 수 있는 가장 천진난만하고 행복한 시절이다. 성격이 원만하고 호인 기질이 있으며 모방력이 뛰어나고 예능에 소질이 있다.

◯ 목욕

목욕(沐浴)은 어머니의 품을 떠나서 혼자 마음대로 행동하는 시기로 성년이 되기 이전의 미성년 시대를 말한다.

세상물정을 모르고 육체 또한 미완성 단계에서 무엇이든 기분과 감정에 따라서 천방지축 경거망동하니 실패와 변동이 무상할 수밖에 없다. 다정다감하지만 갈팡질팡하며 감정적으로 행동하니 어찌 꼴불견이 아니겠는가? 인생에서 가장 성패의 기복이 심한 시기이다. 또한 풍류를 좋아하고 멋에 살며, 시작은 있으나 끝이 없다.

◯ 관대

나이를 먹고 육체적으로 성숙하였으니 결혼을 시키고, 살림을 분가시키는 자주 독립하는 첫 과정이다. 비록 육신은 성숙되었으나 정신적인 면은 미완성 단계이므로 반 성인이라고 할 수 있다.

마치 벼이삭이 처음 열리는 상태와 같이 겉은 완성되었으나 속은 빈 쭉정이 같다. 그래서 익지 않는 벼이삭은 고개를 바짝 쳐들고 수그릴 줄을 모르듯이 관대(冠帶)는 자기 잘난 맛에 누구에게나 어른 노릇만 하려 들고, 겸손할 줄을 모른다.

어른 공경하고 섬기는 법을 모르며, 안하무인으로 천상천하 유아독존으로 행동하기 때문에 적이 많으며 좌충우돌한다. 경험없이 닥치는 대로 덤비기 때문에 실패가 거듭되고, 고집과 우월감 때문에 고생을 사서 한다. 백전백패하면서도 백전 불굴의 패기와 투지가 있어서 결국은 성공을 하지만, 아량과 관용이 없어서 고립을 자초한다.

　장생과 목욕, 관대는 부모 슬하의 시절이므로 이 세 가지 별은 모두 부모궁에 있다. 부모는 나를 생生해 주는 것이니 목木은 수생목水生木하여 수水가 부모가 되고, 화火는 목생화木生火하니 목이 부모가 되며, 토土는 화생토火生土하니 화火가 부모이고, 금金은 토생금土生金하니 토土가 부모이며, 수水는 금생수金生水하니 금金이 부모가 된다.

　그러므로 갑甲일생은 해자축亥子丑 북방 수水가 부모궁이고, 병丙일생은 인묘진寅卯辰 동방 목木이 되며, 무戊 일생은 중앙 토土로서 방위가 없고 토궁土宮이 따로 없으므로 병화丙火에 같이 묶어 놓는다. 병화는 하늘이며, 무토戊土는 땅인데 하늘과 땅은 하나로, 땅이 소속할 곳은 하늘 뿐이라 병화에 종속시킨 것이다. 그래서 무토는 병화와 같이 인묘진 동방 목을 부모궁으로 삼는다.

　목木은 토土를 극剋 한다고 했는데 극하는 것이 어찌 부모가 될 수 있느냐고 반문하겠지만, 오행 상극란에서 말했듯이 금수목화金水木火의 사상四象은 극을 만나면 크게 상해를 당해 두려워하지만 토土만은 목木이 쟁기나 호미로서 목木이 극하면 도리어 생기를 얻고 기운이 생긴다.

　부모궁은 생기와 기운을 얻는 곳이니 토土가 목木을 부모궁으로 삼는 것은 당연하다.

　그렇다고 토土를 화火와 동일체로 삼는 것이 전적으로 옳은 것은 아니다.

　왜냐하면 하늘은 양이요, 땅은 음으로 음양이 유별한데 음이 양으로 둔갑할 수는 없다. 땅은 어디까지나 음이지 양이 될 수는 없다. 그래서 중국 명리계에서는 토土를 수水와 결부시켜 십이운성을 논한다.

토±는 육지고 수水는 바다로서 육지가 바다와 한 몸이 되는 것은 자연의 섭리라는 것이다. 음양으로 따지면 토±가 음, 수水가 양, 토±가 땅, 수水가 바다이니 토±가 수水와 합치는 것은 당연하다.

그러나 토±와 수水는 엄연히 상극된 오행으로서 상극이 하나로 뭉친다는 것은 있을 수 없는 이변이다. 문제는 토±가 어디에 속하느냐 하는 것인데, 토±는 종속물이 아닌 만큼 어디에도 속하지 않는다.

다만, 십이운성상 병화에 잠시 업혀가는 것뿐인데, 사실 토±는 금수목화金水木火처럼 죽고 살고 흥하고 망하는 생사의 왕쇠가 없으므로 생사왕쇠를 분별하는 십이운성을 그대로 적용하기에는 여러 가지 어려운 문제가 있다. 차후 구체적인 설명이 있겠지만 이 점을 헤아려 십이운성을 관찰해야 할 것이다.

이러한 난점은 금金의 십이운성에서도 발견할 수 있다. 금金은 토±가 부모궁인데 바위상 토±궁이 없다. 그래서 부득이 여기서도 토±는 화火와 공동체라는 견지에서 사오미화巳午未火궁을 경庚의 부모궁으로 삼게 되었다.

임수壬水는 신유술申酉戌 서방 금金이 부모궁이니 오행은 저마다 부모궁을 가지고 있다. 같은 부모궁이라 해도 순서에 따라서 장생, 목욕, 관대로 분류된다. 갑목甲木은 해자축이 부모궁이니 순서대로 따져서 해亥는 장생이 되고, 자子는 목욕이 되며, 축丑은 관대가 된다.

◐ 건록

정신적인 미완성을 완성시킴으로써 정신과 육체 양면으로 성숙하여 완성된 인간이 건록建祿이다.

속이 꽉 차고 빈틈이 없는 벼이삭처럼 무게가 있고 침착하며, 자주 독립할 수 있는 능력이 완전하다. 옛날엔 벼슬을 하고 녹을 먹는 것이 자립하는 첫 과정이었다. 그래서 건록이라 하고 임관臨官이라고도 한다.

부모의 슬하를 완전히 떠나서 독립하는 과정이므로 남의 지배와 간섭을 거부하고 주도 면밀하며 매사에 자신만만하다. 인덕이 없어 힘겹게 자수성가하며, 뛰어난 두뇌로 인해 기획과 설계에 능하다.

건록은 육신과 정신은 완성되었으나 실제 경험은 부족하므로 수완은 부족하다. 그러므로 융통성이 없고 처세가 원활하지 못한 것이 흠이다.

제왕

벼슬해서 녹을 먹고 산전수전을 겪으면서 사회물정에 통달하여 처세가 능소능대해지는 것이 제왕帝旺이다.

일생일대의 전성시대로 정상으로서 천하의 왕으로 군림하는 왕업을 꿈꾸는 것은 필연적이다.

수완과 역량이 비범하고 백전 불굴이며, 어떠한 간섭이나 지배도 받지 않고 자력으로 대규모 사업을 일으킨다. 남에게 지지 않으려는 패기는 관대와 비슷하지만, 관대는 용기는 있으나 무모한데 반해 제왕은 용기도 있고 책략도 있다는 점에서 다르다.

쇠

장년시대가 지나고 초로에 들면 정신은 멀쩡하나 몸이 노쇠衰 한다. 아직 독립할 능력은 있으나 천하를 다스리는 무거운 짐은 감당할 수 없다. 노련한 경험을 살려 부분적인 직분을 만족으로 삼는 마지막

활동기다.

패기가 없는 대신 온순하고 침착하며, 소극적이고 헌신적이다. 봉직 생활로는 가장 적합한 시기요, 마지막 봉사의 기회다. 건록과 제왕, 쇠는 자기 고장으로서 형제들이 살고 있는 형제궁이며, 자수성가 하는 독립궁이다. 갑목^{甲木}은 인묘진^{寅卯辰} 동방 목^木궁에 해당하고, 병화^{丙火}는 사오미^{巳午未} 남방 화^火궁에 해당하며, 경금^{庚金}은 신유술^{申酉戌} 서방 금^金궁이, 임수^{壬水}는 해자축^{亥子丑} 북방 목^水궁이 각각 형제궁이며, 독립궁이다.

◑ 병

초로를 지나면 몸이 쇠약하여 병^病이 든다. 병들면 만사가 정상적이 아니며 감상적이고 비관적이 된다. 병들면 자식에게 의지하게 되므로 이때부터 인생은 자식궁으로 옮겨 산다. 병들면 입원하고, 입원하면 가장 기다려지는 것이 병문안이다. 서로 대화를 나누며 염려하듯이 그 자신이 남을 간호하고 보살피는 것을 즐겨한다. 몽상과 잔소리가 많은 것이 특징이다.

◑ 사

사람이 죽음^死에 임박하면 물욕이 없어지고 너그러워지며 취미를 살리고, 종교와 철학 등 인생을 연구하며 학문을 닦는데 주력한다. 몸이 노쇠하니 육체 활동은 어렵고, 정신적이며 기술적인 제휴 업무로써 생계를 유지한다.

◯ 묘

인생은 무덤[墓]에 들어가면 모든 것이 끝장이다. 아직 무덤에 들어간 것은 아니지만 무덤에 갇힌 것처럼 수족이 움직이지 않고 앉아서 살아간다.

남과 같이 활동하고 벌기가 어려우니 있는 것을 절약하고 아껴 쓸 수밖에 없다.

한 푼이라도 더 불려서 살려고 저축하며, 사치를 모르고 실리만을 따지는 구두쇠이다. 안정된 직업과 고정된 수입을 원한다.

병·사·묘는 자식궁에 있으므로 갑[甲]일생은 목생화[木生火]하니 사오미[巳午未] 남방 화[火]궁이, 병무일[丙戊日]생은 신유술[申酉戌] 서방 금[金]궁이, 경금[庚金]은 해자축[亥子丑] 북방 수[水]궁이, 임수[壬水]는 인묘진[寅卯辰] 동방 목[木]궁이 각각 자식궁에 해당한다. 병화[丙火]는 토[土]가 자식이나 토[土]궁이 없으므로 화[火]궁 다음의 금[金]궁을 자녀 집으로 삼은 것이다.

◯ 절

사람은 묻히면 흙으로 돌아간다. 이미 죽어 묻힌 몸이 되살아날 수는 없다. 예수는 무덤에서 부활했지만 음양오행학으로는 전혀 생각조차 할 수 없는 일이다. 육신은 세포활동이 멈추면 썩고, 썩은 시체는 물과 한줌의 흙으로 돌아갈 뿐 되살아날 수는 없기 때문이다.

그러나 땅에 묻히고 썩는 것은 몸에 속하는 육신일 뿐 양에 속하는 기는 아니다.

만물은 기와 체의 결합으로써 생명이 발하고 존재하는데, 기와 체가 분리되면 생명과 존재는 몰락한다.

육신이 땅에 묻히면 기는 하늘로 승천하니 육신과 영혼[靈]이 서로 분리되고 단절된 상황을 절絕이라고 한다. 절은 기가 있을 뿐 육신이 없음으로써 가장 허약하고 불안한 상태이며, 새로운 육신을 찾아서 대기 속에 떠돌고 있는 과정으로 마음이 동하고 새로운 변화를 찾는 변동기를 의미한다. 어차피 죽은 몸과는 살 수 없으니 새로운 몸을 찾을 수밖에 없다. 그것은 갑甲은 갑이되 죽은 A갑이 아니고 전혀 새로운 B갑을 찾고 있는 것이다.

A갑에서 B갑으로 몸을 옮기듯이, 절은 옛날은 가고 새 날을 맞이하는 새 출발의 별이다. 이미 끊어진 육신을 떠나 새 육신을 구하고 만나는 것을 절처봉생絕處逢生이라고 한다. 절은 언제나 새로움과 변화를 즐기고, 무엇이든 시종 일관하지 못하며, 마음이 단순하고 결백하여 속는 일이 많다. 몸이 없는 영혼 뿐으로서 아무리 붙잡으려 해도 잡을 수가 없듯이 사랑할 때는 뜨거워도 헤어질 때는 걷잡지 못한다.

◑ 태

육신을 찾아 헤매던 영혼이 새로운 육신을 찾아서 생명으로 재생, 잉태한 것이 태胎다.

비록 잉태는 하였으나 아직 아들 딸의 성별이 분별되지 못하고 또 만삭이 되지 않았으므로 장차 어떻게 될 것인지 불안하고 초조하기 그지없다. 뱃속에서 놀고 있기 때문에 마냥 즐기면서 놀기를 좋아하며, 순진하고 여성적인 반면에 변화를 즐긴다. 낙태를 가장 두려워하며 폭력을 가장 싫어하고, 이성에 대한 분별력은 운명을 좌우할 정도의 중대사로 같은 동성에 대해서는 호의적이지만 이성에 대해서는 심각할 정도로 비호의적이다.

남의 청탁을 너무 쉽게 받아들이고 실천하지는 못해서 사서 고생하면서 신용을 잃을 수 있다.

○ 양

잉태한 태아가 완전히 성숙해 만삭이 된 것을 양養이라고 한다. 아직 출생은 하지 않았지만 인간으로서의 형상이 완성되었기 때문에 불안과 근심이 없다. 여유 있고 안정된 상태에서 원만하고 자신이 있으며, 여유롭고 팔방미인격이다.

절, 태, 양은 생명의 형체(육신)가 바뀌고 새로운 생명이 형성되는 과정으로서 상극이며 가장 허약한 별이다.

십이운성 조견표 十二運星 早見表

십이 운성 천간	장생 長生	목욕 沐浴	관대 官帶	건록 建祿	제왕 帝旺	쇠 衰	병 病	사 死	묘 墓	절 絶	태 胎	양 養
갑甲	해亥	자子	축丑	인寅	묘卯	진辰	사巳	오午	미未	신申	유酉	술戌
을乙	오午	사巳	진辰	묘卯	인寅	축丑	자子	해亥	술戌	유酉	신申	미未
병丙	인寅	묘卯	진辰	사巳	오午	미未	신申	유酉	술戌	해亥	자子	축丑
정丁	유酉	신申	미未	오午	巳사	진辰	묘卯	인寅	축丑	자子	해亥	술戌
무戊	인寅	묘卯	진辰	사巳	오午	미未	신申	酉유	술戌	해亥	자子	축丑
기己	유酉	신申	미未	오午	사巳	진辰	묘卯	인寅	축丑	자子	해亥	술戌
경庚	사巳	오午	미未	신申	유酉	술戌	해亥	자子	축丑	인寅	묘卯	진辰
신辛	자子	해亥	술戌	유酉	신申	미未	오午	사巳	진辰	묘卯	인寅	축丑
임壬	신申	酉유	술戌	해亥	자子	축丑	인寅	묘卯	진辰	사巳	오午	미未
계癸	묘卯	인寅	축丑	자子	해亥	술戌	유酉	신申	미未	오午	사巳	진辰

이름과 용신 사주와의 관계

용신 이름은 운을 좋게 하고 성격까지 바뀌게 한다.

이름이 ㄱ ㅋ ㄲ은 목^木, ㅅ ㅈ ㅊ은 금^金, ㄴ ㄷ ㄹ ㅌ은 화^火, ㅇ ㅎ은 토^土, ㅁ ㅂ ㅍ은 수^{水}가 된다.

이름은 반드시 사주와 용신이 되어야 건강하고 원하는 바를 이룰 수 있다. 또 성격도 좌우가 된다.

태세를 보면서 태어난 해가 육십갑자의 간지로 신생아의 이름 첫자를 극^{剋}한다면 어떠한가? 이름을 부를 때 발음 소리가 나는 기^{氣}운의 첫자가 높고 강하게 느껴질 때 재운이나 명예, 대관$^大官$의 운이 발생하게 된다. 이런 사람은 재능이나 관운, 모든 분야에서 우두머리가 되기 때문에 하위직에서 근무하기보다는 개인 사업이나 높은 관직생활을 하는 것이 좋다. 간섭받는 일을 하지 못하며, 창의력이나 추진력, 리더십이 뛰어나다.

1988년생 아기 사주의 간지는 무진$^戊辰$이 된다. 무진년$^戊辰年$의 간지는 토^{土}가 되니 수^{水}를 극^{剋}한다. 그래서 의지가 강하니 남의 간섭을 싫어하고 독창적인 일을 좋아한다.

1983년생은 계해년이다. 계해$^癸亥$는 수^{水}의 간지가 된다. 수^{水}는 화^{火}를 극하니 극의 화^{火}는 피해야 한다. 1980년생은 경신금이$^庚申金$니 극인 목^{木}을 피해야 된다. 1977년생은 정사$^丁巳$ 간지$^干支$가 화^{火}이니 수^{水}는 피한다.

1974년생은 갑인목$^甲寅木$이 되니 토^{土}의 이름을 피한다. 태세의 간지로 볼 때 자극성이 생겨 극이 되면 건강이 나빠지기 때문이다.

　그러나 이 책의 특징은 사주와 이름, 용신을 표출하여 작명을 하면 아무 상관이 없다는 점이다. 어떤 학설을 보면 간지와 상극이 되면 안 된다고 하였는데 어불성설이다.

제4장

육신의 기질

천간육신조견표 天干六神早見表

천간 \ 일간	갑甲	을乙	병丙	정丁	무戊	기己	경庚	신辛	임壬	계癸
갑甲	비比견肩	겁劫재財	편偏인印	정正인印	편偏관官	정正관官	편偏재財	정正재財	식食신神	상傷관官
을乙	겁劫재財	비比견肩	정正인印	편偏인印	정正관官	편偏관官	정正재財	편偏재財	상傷관官	식食신神
병丙	식食신神	상傷관官	비比견肩	겁劫재財	편偏인印	정正인印	편偏관官	정正관官	편偏재財	정正재財
정丁	상傷관官	식食신神	겁劫재財	비比견肩	정正인印	편偏인印	정正관官	편偏관官	정正재財	편偏재財
무戊	편偏재財	정正재財	식食신神	상傷관官	비比견肩	겁劫재財	편偏인印	정正인印	편偏관官	정正관官
기己	정正재財	편偏재財	상傷관官	식食신神	겁劫재財	비比견肩	정正인印	편偏인印	정正관官	편偏관官
경庚	편偏관官	정正관官	편偏재財	정正재財	식食신神	상傷관官	비比견肩	겁劫재財	편偏인印	정正인印
신辛	정正관官	편偏관官	정正재財	편偏재財	상傷관官	식食신神	겁劫재財	비比견肩	정正인印	편偏인印
임壬	편偏인印	정正인印	편偏관官	정正관官	편偏재財	정正재財	식食신神	상傷관官	비比견肩	겁劫재財
계癸	정正인印	편偏인印	정正관官	편偏관官	정正재財	편偏재財	상傷관官	식食신神	겁劫재財	비比견肩

지지육신조견표 地支六神早見表

일간 지지	갑甲	을乙	병丙	정丁	무戊	기己	경庚	신辛	임壬	계癸
자子	정인正印	편인偏印	정관正官	편관偏官	정재正財	편재偏財	상관傷官	식신食神	겁재劫財	비견比肩
축丑	정재正財	편재偏財	상관傷官	식신食神	겁재劫財	비견比肩	정인正印	편인偏印	정관正官	편관偏官
인寅	비견比肩	겁재劫財	편인偏印	정인正印	편관偏官	정관正官	편재偏財	정재正財	식신食神	상관傷官
묘卯	겁재劫財	비견比肩	정인正印	편인偏印	정관正官	편관偏官	정재正財	편재偏財	상관傷官	식신食神
진辰	편재偏財	정재正財	식신食神	상관傷官	비견比肩	겁재劫財	편인偏印	정인正印	편관偏官	정관正官
사巳	식신食神	상관傷官	비견比肩	겁재劫財	편인偏印	정인正印	편관偏官	정관正官	편재偏財	정재正財
오午	상관傷官	식신食神	겁재劫財	비견比肩	정인正印	편인偏印	정관正官	편관偏官	정재正財	편재偏財
미未	정재正財	편재偏財	상관傷官	식신食神	겁재劫財	비견比肩	정인正印	편인偏印	정관正官	편관偏官
신申	편관偏官	정관正官	편재偏財	정재正財	식신食神	상관傷官	비견比肩	겁재劫財	편인偏印	정인正印
유酉	정관正官	편관偏官	정재正財	편재偏財	상관傷官	식신食神	겁재劫財	비견比肩	정인正印	편인偏印
술戌	편재偏財	정재正財	식신食神	상관傷官	비견比肩	겁재劫財	편인偏印	정인正印	편관偏官	정관正官
해亥	편인偏印	정인正印	편관偏官	정관正官	편재偏財	정재正財	식신食神	상관傷官	비견比肩	겁재劫財

육신의 상생 · 상극법

육신六神은 음양의 배합이며 정正과 편偏으로 구별한다. 일주日主와 서로 견주어 육신이 음과 양으로 배합되면 정이라 하고, 음과 음이거나 양과 양이 되면 편중되었다 하여 편이라 한다.

일간日干과 같은 육신을 비견比肩이라 하고, 일간과 오행五行은 같으나 성性이 다르면 겁재劫財, 일간에서 생生하는 것으로 일간과 동성同性인 육신을 식신食神, 일간에서 생하나 일간과 다른 성인 육신은 상관傷官, 일간과 극剋하되 음양이 배합되는 육신은 정재正財, 일간이 극하되 음양이 편중되는 육신은 편재偏財, 일간을 극하되 음양이 서로 배합되는 육신은 정관正官, 일간을 극하되 음양이 편중되는 육신은 편관偏官, 일간을 생해주며 음양이 배합된 육신은 정인正印, 일간을 생하나 음양이 편중되는 육신은 편인偏印이라고 한다.

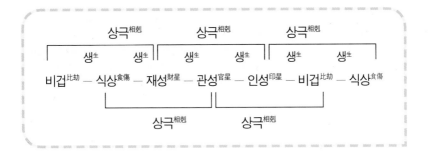

육신

● 비견

비견比肩은 형제·자매·친구·동생과 같은 가까운 사이로 자존심과 고집이 세고, 승부욕이 강하여 남에게 의존하는 것을 싫어한다. 지나치게 자기 주장을 내세워 다른 사람과 불화가 심하고 고립에 빠진다. 비견이 호신好神으로 작용할 때는 만인이 덕을 베풀고 다정하며 사랑을 준다. 그러나 흉신凶神으로 작용할 때는 만인이 나에게 해만 끼치고 이익은 주지 않는다. 인덕이 없으며 낭비와 투기 등으로 재산을 날리고 횡액이 발생한다.

● 겁재

겁재劫財도 비견과 같으나 성격이 교만하고 불손하며, 사람들과 잘 다툰다. 겉으로는 얌전해 보여도 본심은 고집이 대단하다. 강한 자에게는 약하나 약한 자에게는 인정사정이 없다. 남에게 지기 싫어하는 강한 승부욕과 욕심이 많아 실패와 곤경에 처하기도 한다. 동업이나 협동하는 일은 부적격하다. 호신이나 흉신일 때는 비견과 같은 원리이다.

● 식신

식신食神은 투자·기회·순조로움·원만함 등에 해당하며 의식주가 풍만함을 나타낸다. 남자에게는 장인, 장모를 뜻하며, 여자에게는 자식을 의미한다. 식신은 자기 능력을 최대한 발휘하여 재산을 모을 수 있다. 포용력이 대단하여 여러 사람들과 교제가 빈번하며 이해심도 넓다. 식신이 호신으로 작용하면 재財를 생산하는 기반을 갖춘다. 소득이나 재물운이 좋고 호의호식한다. 그러나 흉신으로 작용 시에는 자식복이 없고 여자는 과부나 첩이 될 수도 있다.

◯ 상관

상관傷官도 식신과 같은 이치이나 경쟁, 소송, 교만하거나 하극상을 나타내며, 여자에게는 자식, 남자에게는 첩을 뜻한다. 신경이 예민하고 자존심이 강해 속박을 당하는 것을 거부한다. 두뇌 회전이 빠르며, 날카로운 말투로 상대의 기를 꺾는다. 상관이 호신일 때는 재주가 있고 예술적 자질이 뛰어나며, 종교인, 예술가, 음악가로 성공한다. 그러나 흉신일 때는 부모 형제 덕도 없고 시비, 송사를 당하며 독신 생활을 한다. 만사가 되는 일이 없다.

◯ 정재

정재正財는 재산, 성실, 경영, 직장, 번영 등을 나타내며 자기가 소유하고 관리하는 능력을 말한다. 남자에게는 처를 말하며 여자에게는 시어머니를 의미한다. 일에 있어서는 정확하고 꼼꼼하며 빈틈이 없고 정의감과 신용이 자산이 된다. 뛰어난 재능을 발휘하며 부지런하고 신용이 좋다. 정재가 호신이면 기업체를 거느려 종업원을 많이 두며 만인의 존경을 받고 부귀영화를 누린다. 정재가 흉신일 때는 재산을 모을 수가 없으며 처덕도 없다. 가난하고 병들어 일생을 고통 속에서 살아야 한다.

○ 편재

편재偏財는 정재와 같은 이치나 권력, 투기, 도박, 완력, 일확천금, 무관武官의 기질이 있으며 남자에게는 정부를, 여자에게는 아버지와 시어머니를 뜻한다. 성격은 한 가지 일에 집착하거나 연연해 하지 않는다. 일 처리는 수완이 좋아 잘 처리하며 헌신적으로 남의 일을 도와준다.

신용이 좋아 재물을 모으는데 탁월한 능력을 발휘한다. 호신으로 작용하면 타향에서 대성공을 하며 몸도 건강하고 처덕도 있다. 반면 흉신이면 투기욕이 강하여 재산을 날리며, 축첩 등 향락에 빠져 탕진한다. 가정불화 등으로 패가망신한다.

○ 정관

정관正官은 명예, 직업, 출세 등을 나타내며 남자에게는 자식을, 여자에게는 남편을 뜻한다. 품행이 단정하고 재주와 지혜가 많으며, 만인을 보호한다. 자존심이 강하여 자신을 굽히는 것을 싫어하며 의지와 자립심이 강하다. 정관이 호신이면 높은 관직을 얻어 출세하고 남편과 자식 복이 있으며 명성을 크게 떨친다. 그러나 흉신일 경우에는 재산과 생명을 보호받지 못하여 여자는 과부가 되거나 화류계에 종사하게 된다.

○ 편관

편관偏官은 부자, 무관, 권위, 두목, 후사 등을 뜻한다. 남자에게는 자식, 여자에게는 남편을 뜻하며, 성격이 급하여 좋고 싫음이 뚜렷하다. 남을 이해하고 타협하는 기질이 약하다. 보스의 기질이 강하여 윗자리를 차지하려 한다. 호신이면 어려운 고비도 대담하게 돌파하여 일을 성취하며 존경의 대상이 된다. 흉신이면 재산이 흩어지고 건강도 해친다. 여자는 남편 운이 박하여 개가를 하든지 바람을 피운다.

◯ 정인

정인正印은 생모, 학문, 종교, 의식주, 후견인 등을 뜻하며 남녀 공통으로 어머니를 의미한다. 지혜롭고 총명하며, 덕망과 인성을 상징한다. 의식주가 부유해지고 외모상으로 빈틈이 없어 보이며, 자기 중심으로 사물을 파악하려 한다. 학문의 기질을 타고나 어떤 분야든지 착실히 하기만 하면 반드시 성취한다. 정인이 호신일 때는 인덕이 있어 생활이 윤택해지고 심신이 충만하여 존경의 대상이 된다. 반면 흉신일 때는 지성과 덕성이 부족하여 모든 것이 불행해진다. 의지력이 약하고 독립심이 없다.

◯ 편인

편인偏印은 계모, 박덕, 이별, 고독, 의식주 등이 부족한 것을 의미한다. 편인은 모두 계모나 유모를 의미한다. 머리 회전이 빠르고 어려운 상황도 즉흥적으로 잘 처리한다. 변덕이 많아 친구를 잘 사귀고 자주 헤어진다. 편인이 호신일 때에는 교육과 양육을 잘 받아 의사, 학자, 예술가, 미용업에 종사하는 사람이 많다. 흉신일 때에는 게으르고 어리석으며 무능하고 자녀 인연이 박하며 의타심이 심하고 불로소득을 바란다. 두뇌회전이 느리고 박복하게 생활한다.

지장간의 해설

지지^{地支}는 땅이며 지장간^{支藏干}은 땅 속에 있는 보물이다.

여기^{餘氣} - 전달의 정기 여분이 이월하여 초기에 가장 약하다.
중기^{中氣} - 새로 태어나는 생기^{生氣}로써 십이운성^{十二運星}의 장생^{長生}인 반면 저
　　　장되는 사행^{四行}의 묘지^{墓地}다.
정기^{正氣} - 최대의 왕기^{旺氣}이자 주기^{主氣}로써 월령^{月令}을 형성하여 여분은 다
　　　음 달 금기^{金氣}가 된다.

지장간

	인묘진^{寅卯辰}	사오미^{巳午未}	신유술^{申酉戌}	해자축^{亥子丑}
여기^{餘氣} 중기^{中氣} 정기^{正氣}	무갑을^{戊甲乙} 병　계^{丙癸} 갑을무^{甲乙戊}	무병정^{戊丙丁} 경기을^{庚己乙} 병정기^{丙丁己}	무경신^{戊庚辛} 임　정^{壬丁} 경신무^{庚辛戊}	무임계^{戊壬癸} 갑　신^{甲辛} 임계기^{壬癸己}
방국^{方局}	인 묘 진^{寅卯辰} 갑갑을을^{甲甲乙乙}	사 오 미^{巳午未} 병병정정^{丙丙丁丁}	신 유 술^{申酉戌} 경경신신^{庚庚辛辛}	해 자 축^{亥子丑} 임임계계^{壬壬癸癸}
삼합^{三合}	해 묘 미^{亥卯未} 갑갑을을^{甲甲乙乙}	인 오 술^{寅午戌} 병병정정^{丙丙丁丁}	사 유 축^{巳酉丑} 경경신신^{庚庚辛辛}	신 자 진^{申子辰} 임임계계^{壬壬癸癸}

제 5 장

사주와 맞는
작명 비법

한자의 획수 계산법

이름의 음양, 홀짝 계산법

성명학에서는 이름자의 획수를 홀수와 짝수로 구분한다. 1, 3, 5, 7, 9는 홀수로 오행상 양陽이므로 원형 하나(○)로 표시하고, 2, 4, 6, 8, 10은 짝수로 오행상 음陰이므로, 원형 두 개(◎)로 표시한다.

한자의 획수 계산법

한자의 획수는 붓글씨를 쓸 때 붓을 들고 한 번 그은 숫자를 1획으로 부르게 되었다. 일一과 같은 점 하나도 1획이고 을乙과 같이 이어쓰는 글자로 한 글자로 완성되었을 때까지의 숫자가 획수로 계산된다.

> **예** 일一 을乙은 각각 1획, 정丁 내乃 복卜은 각각 2획이 되며, 천川 대大 간干 등은 3획이 된다. 단 획수 계산 시 다음 사항에 유의해야 한다.

부수(변)는 본 자의 획수로 계산한다

예를 들어 구슬옥玉 변은 왕玉으로 쓰지만 구슬옥변이라고 한다. 또 심방변(忄)은 본 자가 심心이고, 물수변(氵)은 본 자가 수水이므로 각각 획수를 달리 한다.

한자의 획수 계산에서 이렇게 부수로 인하여 바뀌는 획수가 있고 또 숫자의 성격에 의하여 획수가 변하는 경우가 있다.

숫자의 성격에 의하여 변하는 획수

모든 숫자에는 그 숫자에 대한 수리가 있다. 즉 한 일一은 1이며 두 이二는 2인 것처럼 육六은 4획으로 되어 있지만 6획으로 계산해야 한다.

획수 계산 시 변하는 부수

부수(변)는 본자의 획수대로 계산한다. 예를 들어 삼수(氵)변은 본 자인 수水를 줄여서 쓴 것이므로 4획으로 계산하고, 왕玉변은 본 자인 옥玉을 줄여서 만든 부수이므로 5획으로 계산한다.

부수별 변화획수

변	부수이름	원자	획수	예시 글자	변화된 획수
卄 ++	초두밑변	초艸	6	영英	9 → 11
忄	심방변	심心	4	쾌快	7 → 8
扌	재방변	수手	4	봉捧	11 → 12
氵	삼수변	수水	4	수洙	9 → 10
犭	개사슴록변	견犬	4	독獨	16 → 17
王	임금왕변	옥玉	5	민珉	9 → 10
月	달월변	육肉	6	간肝	7 → 9
阝	좌부방면	부阜	8	양陽	12 → 17
阝	우부방변	읍邑	7	정鄭	15 → 19

위와 같이 부수를 본 자로 계산하는 이유는 글 자체를 줄여서 부수로 사용하였기 때문에 본래의 획수대로 계산하는 것이 정확하다.

사주팔자 정리하는 법

사주팔자四柱八字는 출생한 연월일시의 네 기둥과 여덟자 간지干支로 구성된다.

가령 1999년 1월 1일 술시戌時에 출생한 경우, 기묘년己卯年 병인월丙寅月 기해일己亥日 갑술시甲戌時에 출생한 것이므로 기묘己卯는 연주年柱이고 병인丙寅은 월주月柱이며 기해己亥는 일주日柱라 하며, 갑술甲戌은 시주時柱가 되는 것으로 사주팔자가 구성이 된다.

간지로 천간天干과 지지地支를 살펴보자. 기己는 연간年干이 되고 병丙은 월간月干이 되며 기己는 일간日干이요 갑甲은 시간時干이 되듯이 지지는 묘卯가 연지年支요 인寅은 월지月支가 되고 해亥는 일지日支이며 술戌은 시지時支가 된다.

> ### 사 주 팔 자
>
> 己 丙 己 甲
> 卯 寅 亥 戌
> 年 月 日 時

이해를 돕기 위하여 다시 한번 사주팔자를 정리해 보자.

1999년 2월 10일 오전 4시 출생자라면 다음과 같다.

만세력을 찾아보면 1999년은 기묘년己卯年이니 출생년은 기묘년己卯年이 되고 2월은 정묘월丁卯月, 10일은 무인일戊寅日로 되어 있으며, 시는 오전 4시로 인시寅時에 해당된다.

자^子시　전일 오후 11시 ~ 당일 오전　0시 59분
축^丑시　당일 오전　1시 ~ 당일 오전　2시 59분
인^寅시　당일 오전　3시 ~ 당일 오전　4시 59분
묘^卯시　당일 오전　5시 ~ 당일 오전　6시 59분
진^辰시　당일 오전　7시 ~ 당일 오전　8시 59분
사^巳시　당일 오전　9시 ~ 당일 오전 10시 59분
오^午시　당일 오전 11시 ~ 당일 오전 12시 59분
미^未시　당일 오전　1시 ~ 당일 오전　2시 59분
신^申시　당일 오전　3시 ~ 당일 오전　4시 59분
유^酉시　당일 오전　5시 ~ 당일 오전　6시 59분
술^戌시　당일 오전　7시 ~ 당일 오전　8시 59분
해^亥시　당일 오전　9시 ~ 당일 오전 10시 59분

무인^{戊寅} 일생의 시주는 시두법^{時頭法}에 의해 갑인^{甲寅}이 된다.

시두법이란 일간이 무^戊 또는 계^癸일 경우에는 임자^{壬子}로 시작하여 임자^{壬子}, 계축^{癸丑}, 갑인^{甲寅}, 을묘^{乙卯}, 병진^{丙辰}, 정사^{丁巳}, 무오^{戊午}, 기미^{己未}, 경신^{庚申}, 신유^{辛酉}, 임술^{壬戌}, 계해^{癸亥}, 갑자^{甲子}가 되는 바 모든 시는 다음의 표와 같다.

월 건月建	시 건時建
갑기甲己(토土)년 병인두丙寅頭(화생토火生土) 병신丙辛(수水)년 경인월庚寅月(금생수金生水) 무계戊癸(화火)년 갑인두甲寅頭(목생수木生火)	을경乙庚(금金)년 무인戊寅월(토생금土生金) 정임丁壬(목木)년 임인壬寅월(수생목水生木) 월月은 모성母星, 모성母星은 인성印星

갑기甲己년

병丙정丁무戊기己경庚신辛임壬계癸갑甲을乙
인寅묘卯진辰사巳오午미未신申유酉술戌해亥

병신丙辛년

경庚신辛임壬계癸갑甲을乙병丙정丁무戊기己
인寅묘卯진辰사巳오午미未신申유酉술戌해亥

무계戊癸년

갑甲을乙병丙정丁무戊기己경庚신辛임壬계癸
인寅묘卯진辰사巳오午미未신申유酉술戌해亥

을경乙庚년

무戊기己경庚신辛임壬계癸갑甲을乙병丙정丁무戊기己
인寅묘卯진辰사巳오午미未신申유酉술戌해亥자子축丑

정임丁壬년

임壬계癸갑甲을乙병丙정丁무戊기己경庚신辛임壬계癸
인寅묘卯진辰사巳오午미未신申유酉술戌해亥자子축丑

시건법(시주 세우는 법)

갑기甲己(토土)일	갑甲 을乙 병丙 정丁 무戊 기己 경庚 신辛 임壬 계癸 갑甲 을乙 자子 축丑 인寅 묘卯 진辰 사巳 오午 미未 신申 유酉 술戌 해亥
을경乙庚(금金)일	병丙 정丁 무戊 기己 경庚 신辛 임壬 계癸 갑甲 을乙 병丙 정丁 자子 축丑 인寅 묘卯 진辰 사巳 오午 미未 신申 유酉 술戌 해亥
병신丙辛(수水)일	무戊 기己 경庚 신辛 임壬 계癸 갑甲 을乙 병丙 정丁 무戊 기己 자子 축丑 인寅 묘卯 진辰 사巳 오午 미未 신申 유酉 술戌 해亥
정임丁壬(목木)일	경庚 신辛 임壬 계癸 갑甲 을乙 병丙 정丁 무戊 기己 경庚 신辛 자子 축丑 인寅 묘卯 진辰 사巳 오午 미未 신申 유酉 술戌 해亥
무계戊癸(화火)일	임壬 계癸 갑甲 을乙 병丙 정丁 무戊 기己 경庚 신辛 임壬 계癸 자子 축丑 인寅 묘卯 진辰 사巳 오午 미未 신申 유酉 술戌 해亥

결국 1999년 2월 10일 4시 출생자는 다음과 같다.

사 주 팔 자

年 月 日 時
己 丁 戊 甲
卯 卯 寅 寅

다음으로 12절을 만세력에서 찾는다.

연주^{年柱}는 그해 태세 간지로 세우되 입춘을 기준으로 한다. 입춘 전은 겨울로 북방수^{北方水} 동수^{東水}로서 부와 조상을 상징한다.

사주팔자의 시작이면서 뿌리^(根) 라 한다. 정월 1일 초하루라 할지라도 입춘을 기준으로 하여 가령 입춘이 전년 12월 20일이면 12월 21일 생은 태세가 금년으로 바뀌는 것이다.

월주^{月柱}를 세우는 데도 절기 위주로 하되 봄^(春) 목^木 동방^{東方} 청색^{靑色}으로서 출생하는 어머니의 모성을 상징한다. 그래서 월지^{月支}는 어머니의 자리가 되는 것이다.

월간^{月干}은 형제이자 묘로서 싹이 트는 것과 같다.

월주는 일진(생일 간지)을 세우고 자^子시를 기준으로 하며 여름 남방화^{南方火}로서 사주의 중심인 꽃에 해당된다.

일간^{日干}은 사주팔자를 경영하는 주인이며 충신이며 재상에 해당된다. 일주^{日柱}의 일지^{日支}는 배우자를 나타낸다. 시주^{時柱}(생시간지)는 시각을 기준으로 하고 가을^(秋) 금^金 유방^{酉方} 백색^{白色}으로 사주의 열매^(實) 라 한다. 자손을 상징하고 사회, 직업을 나타내는 별이다.

사주사행의 분석은 월지^{月支} 위주로 왕쇠강약의 분석을 하고 월령(월지의 정기)의 주기로 잡는 것이 특징이다.

월지는 군왕의 자리가 된다. 군왕이고 주체로서 체體라 하며 사주팔자 전체의 70%를 차지하는 것이 특징이다. 연주와 일주 및 시주는 사주의 10으로서 모두 30의 비중이 있을 뿐이다. 요즈음 신생아는 시분까지 정확하지만 옛날에는 시를 확실히 모르는 사람이 훨씬 많았다.

사주팔자 중 일간은 재상이 되고 나머지는 장관과 신하가 된다. 또한 사주팔자는 용과 체로 짝을 이루고 합과 상극, 상충의 작용이 일어남으로써 목木, 금金, 화火, 수水, 용과 체로 중화가 되는 사주팔자는 금상첨화로 행운아가 될 것이고, 편고한 사주팔자는 한평생 불행하다.

대운 사주팔자의 항로

사람의 이름이나 상호, 물건, 어느 것이던 그 사람의 사주팔자를 먼저 뽑아 놓고 용신과 기신, 강한 사주인가 약한 사주인가를 먼저 분석하고 대운을 세운다.

① 남자 연주가 양陽년생이면 순행順行이다.
② 여자는 그와 반대로 여자 양陽년생은 역행, 여자 음陰년생은 순행이다.

남자 순행의 대운을 세워나가는 것은 월주 중심으로 순리적으로 전진하는데 병자丙子 월생月生이면 정축丁丑, 무인戊寅, 기묘己卯, 경진庚辰, 신사辛巳 순행이 되고 양년남陽年男과 음년녀陰年女는 같다.

역행의 대운은 월주를 기준으로 역행으로 후진한다. 즉 을해乙亥, 갑술甲戌, 계유癸酉, 임신壬申, 신미辛未, 경오庚午 순(음년남과 양년녀는 같음)이

다. 대운수 계산법은 순행인 남자 양년생과 여자 음년생은 출생일 시
각부터 다음 절기 입절일 시각사이 날짜와 시간의 수를 3으로 나누어
얻은 수를 기산수로 한다. 역행(양년생 여자) 음년생 남자는 출생일 시
각과 2달 절기일 시각사이 날짜와 시간의 수를 3으로 나누어 얻은 수
를 기산수로 한다. 3월 22일 오전 9시 23분 사이는 만 12일 6시간 13
분, 12일간을 3으로 나누면 4가 기산수 6시간을, 30일간 13분은 26시
간이 된다.

출생일로부터 만 4년 30일 26시간이 되면서부터 초대운 발기운에
들어가고 새로운 운명을 맞이하게 된다.

역운 3월 청명은 2월 21일 신초 3각 6분에 입절이라 2월은 큰달(30
일) 2월 21일 신시초^{申時初} 3각 6분(오후 3시 51분)에서 3월 10일 오전 3시
10분까지의 사이는 18일 11시 19분 사이가 된다. 18일을 3으로 나누면
6이 되고 이는 기산수가 된다. 11시간은 55시간이며 19분은 38시간이
되는 시각부터 신묘대운^{辛卯大運}이 시작된다. 세계적으로 보면 무역에
의해 운명이 변할 수 있다.

사주팔자가 중화자는 기회가 잘 오고 편고자는 거의 올 수가 없다.

대운은 10년마다 한 번씩 변한다.

작명의 순서

성명의 종합적 길흉판단은 ① 수(흉수, 길수) 판단, ② 오행의 상생 상극, ③ 음소리의 특징, ④ 사주와의 조화가 이루어졌는지를 판단 한다.

소리와 글자의 뜻을 찾아낸다

① 지나치게 저속하고 천박한 소리와 글자는 피하며 남자의 이름은 돈독하고 장중한 것이 좋으며, 여자의 이름은 맑고 명랑한 느낌 이 드는 게 좋다.

② 부르기 쉽고 듣기 좋으며 기억에 오래 남는 소리와 글자가 좋다.

③ 한글이름 작성 시에는 미사여구에 치우치거나 사람의 이름에 식 물이나 동물의 이름, 너무 긴 이름, 고장의 이름, 명산이나 고유 명사 등은 적당하지 않다.

글자의 뜻과 획수 산정

글자의 뜻은 훌륭해야 하며 약자는 반드시 본래 글자로 계산한다.

특히 요즈음 달라지는 세상이라 삼합인장三合印章과 행운의 번호, 이름, 사주와 견주어 지어야 한다.

돈이 아까워서 망설이다가 서툴게 흉내내어 지으면 그 아이는 평생 힘들게 살게 된다.

사주에 맞지 않는 항렬은 피해야 된다.

① 부모, 형제, 조상과 같은 사주의 상충과 이름자가 되어서는 안 된다.

② 아기 이름은 반드시 음양 전문가의 의견을 따라 짓는 것이 바람
직하다.

수리오행의 작용과 삼재 배치

오행이라 하면 특별한 말이 없는 한 수리오행을 가리키고, 오행의
작용중 상생은 대부분 좋은 작용을 나타내며 상극은 대부분 나쁜 작
용을 나타낸다.

오행五行	목木		화火		토土		금金		수水	
양陽	갑甲	1	병丙	3	무戊	5	경庚	7	임壬	9
음陰	을乙	2	정丁	4	기己	6	신辛	8	계癸	10

삼재三才란 천격天格, 인격人格, 지격地格을 말하고 총격總格은 이름의 기
둥이며 운세를 종합적으로 통괄한다. 사주의 월지月支 용用을 택하여
야 한다.

성 명	획 수	삼 원	오 행
김金	가수 1 ┐ 9	천격天格	수水
성成 이룰	8 ┤ 15	인격人格	토± 성공운
재再 다시	7 ┤ 13	지격地格	화火 기초운
	6 ┘ 21	총격總格	목木

성 명	획 수	삼 원	오 행
민閔	가수 1 ┐ 13	천격天格	화火
성聖 성인	12 ┤ 25	인격人格	토±
운云 이룰	13 ┤ 17	지격地格	금金
	4 ┘ 29	총격總格	수水

한자성, 두자이름

성 명	획 수	삼 원	오 행
사司	5 ┐ 13	천격天格	화火
공空	8 ┤ 20	인격人格	수水
필弼 도울	12 ┤ 13	지격地格	화火
	가수 1 ┘ 25	총격總格	토±

두자성, 한자이름

성 명	획 수	삼 원	오 행
선鮮	17	천격天格	수水
	20		
우宇	3	인격人格	화火
	14		
민敏 민첩할	11	지격地格	화火
	23		
정晶 수정	12	총격總格	화火
	43		

두 자 성, 두 자 이름

천격天格과 인격人格을 비교하여 성공운을 알 수 있으며, 인격과 지격地格을 비교하여 기초운을 알 수 있다.

삼재三才란 천격, 인격, 지격을 말하고, 총격總格은 다른 격과 비교하면 안 된다. 천격은 가수假數 1을 성에 더한 수리이고, 인격은 성과 이름의 가운데 글자와 합한 수리이며, 지격은 이름의 두 자를 합한 수리를 말한다. 총격은 가수 1을 제외하고 성과 이름을 합한 수리이다. 1을 총격 수리에 더하면 절대로 안 된다.

외자의 이름은 성에 가수 1을 합하여 천격, 성과 이름을 합하여 인격, 외자 이름과 가수 1을 합하여 지격을 만든다. 가수는 총격에 합산하지 않는다. 두 자 성, 외자 이름은 외자 이름에 가수 1을 더하여 지격을 만든다. 총격은 가수 1을 제외하고 계산한다. 두 자 성, 두 자 이름은 가수 1을 계산하지 아니한다.

수 1을 더하는 것은 1은 수數의 시작이며 만물의 시초로서 천인지삼재天人地三才를 맞추기 위한 것이다.

삼재배치의 주의할 점

　천격, 인격, 지격이 모두 똑같은 오행으로 될 때가 가끔 있는데 사주에 맞으면 좋으나 그렇지 않을 때는 매우 나쁘다. 삼재 수리오행이 상생相生이라고 해서 무조건 좋은 것도 아니며, 비록 상극相剋이라도 오히려 좋은 경우도 있으므로 선입관을 버리고 끝까지 확인할 필요가 있다.

　천격, 인격, 지격, 총격 중에서 인격이 중요하지만, 천격, 인격, 지격의 구성이 좋아도 총격이 사주와 맞지 않으면 소용이 없다.

아래에서 위로 상생한 좋은 배치

부모에게 효도하고 공손하며 항상 윗사람을 공경한다. 통솔력이 강하고 만인이 유정하다.

수水 금金 토土	금金 토土 화火	토土 화火 목木	화火 목木 수水	목木 수水 금金

위에서 아래로 상생한 좋은 배치

부모나 윗사람에게 총애를 받으며 귀인의 도움을 받는다.

목木 화火 토土	화火 토土 금金	금金 수水 목木	토土 금金 수水

위에서 아래로, 아래에서 위로 상생한 좋은 배치

모든 사람에게 신망과 존경을 받으며 평생 화목하다.

토土	화火	목木	금金	수水
금金	토土	화火	수水	목木
토土	화火	목木	금金	수水

가운데서 상하로 상생한 좋은 배치

목木	금金	토土	화火	수水
수水	토土	화火	목木	금金
목木	금金	토土	화火	수水

두 개의 오행이 다른 오행과 상생한 좋은 배치

명예와 덕망이 높아 지혜와 수완이 탁월하며 만인의 존경과 신망이 두텁다.

화火	수水	목木	목木	화火	토土	목木	화火	토土	금金	수水	토土	금金	토土
목木	목木	목木	목木	화火	화火	화火	토土	금金	금金	금金	토土	토土	토土
목木	목木	화火	수水	목木	화火	화火	토土	금金	토土	금金	화火	토土	금金

인격 · 지격 · 총격에서 사주와 용이 되는 것을 사용한 좋은 배치

만사형통하고 부귀한다.

월月	인寅 묘卯 진辰	사巳 오午 미未	신申 유酉 술戌	해亥 자子 축丑
일日	금金 토土	수水 금金	목木 수水	화火 목木

다음의 오행 배치는 특히 주의해야 한다

교통사고, 불의의 사고, 조난

금金	토土	금金	화火	금金	금金
화火	수水	목木	금金	수水	토土
수水	수水	수水	수水	화火	수水

신경장애, 정신병, 심신장애, 난치병

금金	금金	화火	목木
화火	목木	금金	토土
금金	금金	화火	목木

뇌출혈, 심장마비, 과로사, 재난을 당할 위험

수水	토土	토土	토土	수水	수水
토土	수水	수水	화火	화火	수水
수水	화火	토土	수水	수水	토土

인격, 지격, 총격에서 사주와 체가 되는 오행은 피할 것

빈천하며 평생 불행하다

월月	인寅 묘卯 진辰	사巳 오午 미未	신申 유酉 술戌	해亥 자子 축丑
일日	목木 수水	화火 목木	금金 토土	수水 금金

오행과 인체의 상관관계

목木	화火	토土	금金	수水
위상, 소화기	뇌, 혈압, 심장	근육, 하복부병	호흡기계, 눈, 신경계	신장, 부인병

소리의 오행五行

소리에도 상생, 상극의 작용이 있으니 특히 주의하여야 한다.

오 행			영 어
목木	아음牙音 - 어금니소리	가, 카	C, G, K, Q
화火	설음舌音 - 헛소리	나, 다, 라, 타	D, L, N, R, T
토土	후음喉音 - 목구멍소리	아, 하	A, E, H, F, I, O, U, W, X, Y
금金	치음齒音 - 잇소리	사, 자, 차	C, G, J, S, X, Z
수水	순음脣音 - 입술소리	마, 바, 파	B, F, M, P, V

삼재를 구하는 법

　삼진법에는 기본수만 보고 끝수로 음양오행을 정해 1을 더하는 것은 삼재를 계산할 때만 응용하고, 이름자 총합 수리에 합해서는 안 된다.

　발전운을 관찰하면서 천격^{天格}과 인격^{人格}을 견주어 보고, 기초운을 관찰할 때 인격과 지격^{地格}을 견주어보면 되는데, 인격의 음양오행을 중심으로 찾으면 쉽게 알 수 있다.

　이럴 때 총격^{總格}과 다른 격을 비교해서는 절대 안 된다.

(1)				
오^旿	7 획	천격^{天格} (8) - 금^金	발전성공운
경^京	8 획	인격^{人格} (15) - 토^土	통솔기초운
기^基	11 획	지격^{地格} (19) - 수^水	수렴운
	26획	총격^{總格} - 토^土	

　위의 경우를 분석해 보면 인격 수리 15획, 지격 수리 19획, 총격 수리 26획이다. 그런데 우리나라는 물론 중국, 일본에서도 수리오행에만 치중하고 사주팔자나 용신^{用神}, 진용^{眞用}, 소용^{小用} 등 다른 것은 살피지 않는 까닭에 외격이니 이격이니 하여 더하는데 그것은 쓸데없는 것이라는 것을 밝혀 두고자 한다.

다만, 천격 수리는 조상의 얼이고 뿌리이며 성씨^{姓氏}이므로 길흉을 따질 필요가 없으나 지격에서는 상극을 받으면 하극상을 하는 격이라 윗사람은 좋지 못한 일이 일어나게 된다.

예를 들면 여자는 관직을 가지게 되지만 남편인 남자는 부모 형제의 운도 없고 직장운도 좋지 않다.

인격은 나^(我)로서 주체운^{主體運}이라고 한다. 사주팔자에는 군왕^{君王}이 있고 충신과 신하가 있다.

충신의 용신이 진^眞이고 또한 신하도 진용이면 만인이 유정하고 유익하다. 말하자면 인격이 용신이면 무슨 일을 하더라도 만사가 형통하게 된다는 것이다.

일평생 살아가는데 나쁜 영향을 받지 않고 50세까지는 어떤 난관이나 난세에 휘말리지 않고 좋은 작용만 일어난다. 이것을 중운^{中運}이라고 한다.

지격은 초년 운수로서 1살에서 31살까지로 보며 사주팔자와 용신이 진^眞이 아니고 체^體가 되어 맞지 않을 경우에는 사상누각이라 무슨 일을 하더라도 남에게 이용만 당하는 격이 되어 무엇하나 제대로 되는 것이 없다.

비천한 신분이 되어 배우자, 자녀, 부모, 형제운이 전혀 없다. 특히 관재 구설, 시비를 당하고 갑작스런 사고로 불구가 되던가 단명하게 된다.

총격은 말년^{末年}운수로서, 천인지법이 맞지 않을 때에는 나쁜 영향을 받으며 평생 험난한 세상살이를 하게 된다.

다음에 나오는 이름은 사방팔방으로 쪼개져 있다. 원래 주역^{周易}에서 건위천^{乾爲天}은 삼라만상의 창조를 의미하며, 곤위지^{坤爲地}는 만물의 생육을 의미하므로 일천이지^{一天二地}이다. 그래서 땅은 얼음과 물처럼 둘로 분리, 분해하고 땅에 묻혀 죽는 것은 완전히 썩어 분해하여 땅위의 모든 생물의 영양소가 되어 먹여 살리는 것이다.

흩어져 있는 이름

木	卜	박	-	천격^{天格}	=	금^{金}
弓	長	장	-	인격^{人格}	=	금^{金}
木	才	재	-	지격^{地格}	=	금^{金}
	風			총격^{總格}	=	화^{火}

이와 같이 곤괘^{坤卦}처럼 둘로 분리되면서 풍^{風}, 공^{空}이 되어 사방팔방에 기^{氣}가 흩어져 습으로 변하게 된다.

이것을 풍기^{風氣} 또는 공기^{空氣}라고 한다.

이것이 움직이는 것이 곧 바람$^{(風)}$인 것이다. 즉, 공기란 우리가 살고 있는 지구를 둘러싸고 있는 대기^{大氣}의 하층 부분을 구성하고 있는 무색, 투명, 무취의 기체를 말하는데, 이것의 움직임이 바로 바람이다.

그와 같이 성명^{姓名}이 용이 되어도, 또한 사주팔자와 맞다고 하더라도 두 쪽으로 갈라지면 좋지 않은 현상이 나타나는 것이다.

① 동수^{多水}는 한랭한 바람이므로 부모와 일찍 떨어지고, 객지에서 바람처럼 살다가 잦은 실패로 모든 일이 뜻대로 되지 않고 결국 패망한다.

② 불운이 자주 일어나 파멸하게 되고 곤궁과 곤란, 고통으로 이어

져 진퇴양난에 빠지는 불운을 당한다.

③ 뇌졸중으로 중풍에 걸리기 쉽고 신장이 약화되어 큰 수술을 받아야 하며, 부부운도 나빠 생리사별하게 된다. 부모, 형제, 자녀, 모든 사람과 뜻이 맞지 않고 결국에는 단명하는 운을 맞는다.

④ 중년에 무거운 질병으로 풍파가 일어나고, 음탕한 체질로 변해 접대부나 창녀에게 현혹되어 패가 망신하게 된다.

⑤ 부모의 바람기로 양부모를 보게 되지만 형제 역시 천박한 바람기에 휘말리고, 결국 자신도 그 바람기를 이어받아 망신을 당할 뿐 아니라, 간통사건으로 감옥 신세를 지는 꼴이 된다.

⑥ 이리저리 바람처럼 살다가 결국에는 뜬 구름만 잡는 형색이 된다. 그러므로 주변 사람들을 망하게 하고는 멀리 이국異國으로 도망가는 꼴이다.

⑦ 홀아비, 과부, 화류계, 사이비 종교주, 사기꾼, 범죄자 등이 많으며, 결국에는 중풍에 걸려 단명하게 된다.

⑧ 어딜 가나 모함을 잘 당하고 관재 구설, 시비, 교통사고를 당하게 되고 갑작스런 홍수洪水를 만나 실종되는 수가 많다. 또한 우물(井)이나 웅덩이에 빠져 허우적거리다가 익사하는 신세가 된다.

삼재의 형상과 상징

삼재三災란, 불길한 운성運星의 하나로, 수재水災, 화재火災, 풍재風災를 말한다.

```
          (1)
정鄭  19  20    수水    천격天格(조부모, 부모, 형, 상사, 남편 등 윗사람)
          27    금金    인격人格(본인)
명明  8
          14    화火    지격地格(아내, 자녀, 동생, 부하 등 아랫사람)
박朴  6
```

① 천격天格 : 천격은 뿌리根로 길흉을 따지지 않으나 극剋을 받으면 질병이 생기거나 머리를 다치게 된다.

② 인격人格 : 인격은 자기 운運이라 일평생 운세에 50% 정도 영향을 미친다. 상극相剋을 받으면 단명한다.

③ 지격地格 : 지격은 초년 운세로 30% 정도 비중을 차지한다. 위 아래로 상극을 받으면 요절하고 단명한다.

④ 총격總格 : 총격은 20%의 비중을 차지한다. 소리의 사주팔자도 용신이 없으면 평생 불행하다.

삼재수리와 오행 상생·상극 비교

천격天格이 인격人格을 상생相生하면? 귀인의 도움을 받고 조상이나 부모, 형제 등 윗사람과 남에게 덕을 받는다.

인격이 천격을 상생하면? 신의와 의리를 중히 여기며 특히 윗사람에게 충성을 다하고 부모에게 효도한다.

인격이 지격地格을 상생하면? 아랫 사람을 잘 다스리며 아내와 자녀에게 두터운 신뢰를 받고 사랑을 베푼다.

지격이 인격을 상생하면? 대체적으로 부하로부터 신뢰와 존경을 받으며 자녀로부터도 효도를 받는다.

천격이 인격을 상극相剋하면? 상사로부터 억압을 당하고, 부모나 손윗사람으로부터 압박과 고달픔을 당하게 되어 매사에 보람이 없으며 모함을 잘 당한다.

지격이 인격을 상극하면? 제자로부터 힐난을 당하기 쉽고 자녀에게 불효를 받게 되며, 특히 아내에게 업신여김을 당한다.

인격이 지격을 상극하면? 일의 변동이 심하며 이사를 자주하게 되고 부하나 아내, 자녀에게 존경을 받지 못하고 박복하여 쓰라린 고통을 받는다.

인격이 천격을 상극하면? 부모나 형, 직장의 상사에게 매사에 반대를 함으로써 사사건건 마찰이 심해 좌충우돌을 일삼다가 결국에는 크게 실패를 하게 된다.

사주와 맞는 작명법

사람은 세상에 태어나면서 사주를 갖는데, 생년월일시의 숫자가 바로 사주이다. 이 숫자에서 사주의 좋고 나쁨이 판가름나는 것이다.

이름도 마찬가지이다. 성姓과 이름의 획수에서 서로 합하여 좋은 숫자를 가려 작명을 한다. 지금까지 작명가들은 수의 좋고 나쁨만 따져 이름을 지었다. 이런 방식으로 이름을 짓는 방법이 전부일 수는 없다. 그리고 오행五行의 상생상극相生相剋만 따져서 작명을 하는 것도 완전하다고 할 수는 없다.

단순히 수리와 오행만 따져 작명을 할 것이 아니라 성명姓名의 주체인 사주의 음양오행을 기초로 하여 지어야 한다. 사주와 동떨어진 이름의 오행이 좋은 작용을 할 수 없기 때문이다.

오행상에 비록 상극이라도 사주에서 필요한 진용眞用과 소용小用, 사주에 없는 오행을 사용하면, 사주의 결점을 보완해 주고 좋은 점을 더욱 상승시키는 훌륭한 작명이 될 것이다. 사주와 이름이 부합되지 않으면 평생 고통 속에서 모든 일이 성사가 되지 않음을 명심한다.

계절별 작명 방법

만세력에서 본인의 생년월일시 중에 태어난 달을 찾는다.

봄 태생(인寅묘卯진辰 1, 2, 3월)

천격天格을 제외하고 인격人格, 지격地格, 총격總格에 목木의 오행이 들어가면 안 된다. 성씨가 10획(홍洪, 고高, 조曹, 서徐, 손孫), 11획(양梁), 20획(라羅, 엄嚴, 선우鮮于), 21획(표驃)은 천격이 목木의 오행이기 때문에 상관없지만 인격, 지격, 총격에는 목木의 오행을 피하여야 한다.

위 외의 성씨도 천격, 인격, 지격, 총격에도 목木의 오행을 사용하지 않아야 한다. 목木의 오행이 두 개일 경우에 하나의 자리에 두 명이 서로 다투어 혈투를 벌이는 끝이 없는 싸움이 된다. 결국 사주에 나쁜 오행이 첨가되는 것으로 인생에 풍파가 많아져 장애가 생기고 방해하는 자가 많아진다.

봄 태생은 토土와 금金의 오행을 사용하여 작명하여야 한다. 단 총격이 제일 중요하므로 총격이 진용이 되어야 좋고, 그렇지 않을 경우에는 인격, 지격에 맞춘다.

1

사 주 팔 자	성 명	획 수	삼 원	오 행
年 月 日 時 癸 甲 乙 戊 丑 寅 未 寅	유劉	1 ┐ ├ 16 15 ┘	천격天格	토土
	수修 닦을	├ 25 10 ┐	인격人格	토土
	민旻 롯하늘	├ 18 8 ┘	지격地格	금金
		33	총격總格	화火

2

사 주 팔 자	성 명	획 수	삼 원	오 행
年 月 日 時 甲 丁 丙 庚 辰 卯 子 寅	서徐	1 ┐ ├ 11 10 ┘	천격天格	목木
	병秉 잡을	├ 18 8	인격人格	금金
	조祚 상스러울	├ 18 10 ┘	지격地格	금金
		28	총격總格	금金

3

사 주 팔 자	성 명	획 수	삼 원	오 행
年 月 日 時 甲 戊 癸 壬 午 辰 卯 子	장張	1 ┐ ├ 12 11 ┘	천격天格	목木
	성誠 정성	├ 25 14	인격人格	토土
	운耘 이룰	├ 18 4 ┘	지격地格	금金
		29	총격總格	수水

571

여름 태생(사巳오午미未 4, 5, 6월)

　음력으로 4, 5, 6월 출생자는 천격의 오행이 화火로 된 2획 성씨(정丁), 3획 성씨(천千), 12획 성씨(황黃, 경景, 민閔), 13획 성씨(양楊, 금琴, 경敬), 22획 성씨(권權, 변邊), 23획 성씨(린驎)는 인격, 지격, 총격에 화火의 오행이 들어가면 안 된다. 여름 태생의 가용假用은 화火 오행이기 때문에 가용이 두 개이므로 서로 시기, 질투하고 다투어 만사불성이 된다.

　그리고 이 외의 성씨도 천격, 인격, 지격, 총격에 화火의 오행이 들어가는 작명을 해서는 안 된다. 여름 태생은 화火로 이름의 화火와 가용이 두 개이기 때문에 서로 자리 다툼을 하면서 혈투를 벌인다. 이러한 이름은 건강과 재난으로 인한 고통을 받는다.

　수명이 단축되고 지반 파괴로 평생 불화하며 결혼이 성립되기가 어렵고 설령 같이 산다고 하더라도 평생 풍파가 심하다. 자녀의 덕이 매우 없고 희망이 없으므로 특히 이름은 부모형제와 상충이 되면 안 된다. 또 조상이나 부모와 같은 글자가 되면 하극상으로 매우 나쁘다.

사 주 팔 자	성 명	획 수	삼 원	오 행
年 月 日 時 辛 癸 己 乙 丑 巳 酉 丑		1 ─┐ 　　├ 7	천격天格	금金
	박朴	6 ─┘ ─┐ 　　├ 10	인격人格	수水
	재才 재주	4 ─┘ ─┐ 　　├ 13	지격地格	화火
	형炳 밝을	9 ─┘		
		19	총격總格	수水

사 주 팔 자	성 명	획 수		삼 원	오행
年 月 日 時 庚 壬 辛 癸 寅 午 巳 巳		1 19 6 10 35	┐20 ┘ ┐25 ┘ ┐16 ┘	천격天格	수水
	정鄭			인격人格	토土
	재再 다시			지격地格	토土
	민珉 구슬			총격總格	토土

사 주 팔 자	성 명	획 수		삼 원	오행
年 月 日 時 己 辛 丁 癸 酉 未 酉 卯		1 14 4 13 31	┐15 ┘ ┐18 ┘ ┐17 ┘	천격天格	토土
	배裵			인격人格	금金
	윤尤 진실로			지격地格	금金
	정靖 편안할			총격總格	목木

가을 태생(신申유酉술戌 7, 8, 9월)

음력으로 7, 8, 9월 출생자는 천격의 오행이 금金으로 6획 성씨(전全, 인印, 안安, 길吉, 박朴, 주朱, 임任), 7획 성씨(신申, 안宋, 이李, 오吳), 16획 성씨 (도道, 노盧, 육陸, 도都, 제諸), 17획 성씨(한韓, 장蔣, 국鞠)는 인격, 지격, 총격에 금金의 오행이 들어가면 안 된다. 한 나라에 왕이 두 명인 꼴로 서로가 왕이라고 주장하면 나라꼴이 어떻게 되겠는가? 인생길이 첩첩산중에

둘러싸인 듯이 밤중에 길을 가는 것과 같은 험난한 길이다.

이 외의 성씨도 천격, 인격, 지격, 총격에 금金의 오행을 피하여 수水와 목木의 오행을 사용한다.

또한 화火도 피해야 된다. 수리오행과 오행을 사주와 맞춘 삼합인장과 행운번호, 사주에 맞는 금액의 예금통장을 개설하면 사주가 용신이 약하더라도 강한 작용을 하면서 기를 증폭한다.

사 주 팔 자	성 명	획 수	삼 원	오행
年 月 日 時 甲 壬 辛 辛 子 申 卯 卯		1 ┐ 　┃ 12	천격天格	목木
	최崔	11 ┤ 　┃ 16	인격人格	토土
	민民 백성	5 ┤ 　┃ 13	지격地格	화火
	지知 알	8 ┘		
		24	총격總格	화火

사 주 팔 자	성 명	획 수	삼 원	오행
年 月 日 時 戊 辛 癸 丙 戌 酉 卯 辰		1 ┐ 　┃ 7	천격天格	금金
	전全	6 ┤ 　┃ 16	인격人格	토土
	수修 닦을	10 ┤ 　┃ 23	지격地格	화火
	휘輝 빛날	13 ┘		
		29	총격總格	수水

사 주 팔 자	성 명	획 수	삼 원	오행
年 月 日 時 丁 庚 庚 丙 酉 戌 申 戌	이李	1 ┐ ┃ 8 7 ┘	천격天格	금金
		16	인격人格	토土
	소昭 밝을	9 ┐ ┃ 25	지격地格	토土
	정整 정돈할	16 ┘ 32	총격總格	목木

겨울 태생(해亥자子축丑 10, 11, 12월)

음력으로 10, 11, 12월 출생자는 천격의 오행이 수水인 8획 성씨(김金, 임林, 구具, 심沈, 방房, 표表, 주송周松), 9획 성씨(남南, 강姜, 유兪, 유柳, 하河, 추秋), 19획 성씨(설薛, 소蘇, 정鄭, 남궁南宮)는 인격, 지격, 총격에 수水의 오행이 들어가면 안 된다. 우두머리가 두 명으로 서로의 다툼은 뻔한 일이다. 가정불화, 이혼을 비롯한 온갖 재난을 겪는다.

이 외의 성씨도 천격, 인격, 지격, 총격에 수水의 오행을 피하여야 한다.

목木, 화火를 사용하지 않고 오행을 사용하면 아무리 좋은 사주팔자라고 할지라도 흙으로 변한다. 99% 완성하고도 곧바로 파괴가 되고 명예, 건강, 모두 잃게 되며, 애정, 재물, 소망도 다 잃게 됨을 명심한다.

사 주 팔 자	성 명	획 수		삼 원	오행
年 月 日 時	유劉	1	16	천격天格	토±
丁 辛 庚 戊		15	25	인격人格	토±
未 亥 子 寅	수修 닦을	10	18	지격地格	금金
	민룟 하늘	8			
		33		총격總格	화火

사 주 팔 자	성 명	획 수		삼 원	오행
年 月 日 時	박차	1	7	천격天格	금金
丙 庚 辛 戊		6	15	인격人格	토±
辰 子 酉 戌	유宥 용서할	9	17	지격地格	금金
	경京 서울	8			
		23		총격總格	화火

사 주 팔 자	성 명	획 수		삼 원	오행
年 月 日 時	정丁	1	3	천격天格	화火
戊 乙 戊 癸		2	12	인격人格	목木
子 丑 戌 丑	민珉 옥돌	10	23	지격地格	화火
	정靖 편안할	13			
		25		총격總格	토±

제6장

작명 시 틀리기 쉬운
부수 및 한자

작명 시 틀리기 쉬운 부수 및 한자

작명에 쓰이는 한자 획수는 옥편玉篇에 나오는 한자의 부수보다 획수가 많거나 적은 경우가 있다. 다음에 서술하는 내용을 참조하여 혼돈을 일으키지 않도록 한다.

忄(心 마음 심) 4획

忖 헤아릴 촌	快 쾌할 쾌	性 성품 성	怡 기쁠 이	怪 괴이할 괴
7획	8획	9획	9획	9획
怜 영리할 영	恒 항상 항	恪 정성 각	恨 한 한	恃 믿을 시
9획	10획	10획	10획	10획
悅 기쁠 열	悟 깨달을 오	情 뜻 정	悰 즐거울 종	惶 두려울 황
11획	11획	12획	12획	13획
惺 깨달을 성	傀 부끄러울 괴	慢 거만할 만	憬 깨달을 경	憐 사랑할 련
13획	14획	15획	16획	16획
憤 분할 분	懷 품을 회			
16획	20획			

氵(水 물 수) 4획

氾 넘칠 범	汀 물가 정	江 물 강	汚 더러울 오	汗 땀 한
6획	6획	7획	7획	7획
況 하물며 황	汎 뜰 범	汝 너 여	池 못 지	決 깨끗할 결
7획	7획	7획	7획	8획
沈 잠길 침	法 법 법	沿 물따라내려갈 연	河 물 하	洛 서울 락
8획	9획	9획	9획	10획
洙 물가 수	洵 믿을 순	洲 섬 주	津 나루터 진	洪 넓을 홍
10획	10획	10획	10획	10획
浩 넓을 호	流 흐를 류	涓 물방울 연	浴 목욕 욕	浹 둘릴 협
11획	11획	11획	11획	11획
浚 취할 준	浮 뜰 부	淏 맑을 호	淵 못 연	淇 물이름 기
11획	11획	12획	12획	12획
淡 물맑을 담	漢 물맑을 영	滋 부를 자		
12획	13획	14획		

扌(手 손 수) 4획

打 칠 타	托 부탁할 탁	抉 도려낼 결	扶 도울 부	抒 풀 서
6획	7획	8획	8획	8획
拓 개척할 탁	抽 뺄 추	拍 칠 박	括 맺을 괄	挾 낄 협
9획	9획	9획	10획	11획
振 떨칠 진	捕 잡을 포	授 줄 수	採 뜰 채	排 밀 배
11획	11획	12획	12획	12획
揀 가릴 간	揭 들 개	揆 헤아릴 규	挿 꽂을 삽	描 그림 묘
13획	13획	13획	13획	13획
搖 흔들 요	携 끌 휴	損 덜 손	據 웅거할 거	擔 짐 담
14획	14획	14획	17획	17획

犭(犬 개 견) 4획

犯 범할 범	狗 개 구	獨 홀로 독	猶 오히려 유	獄 우리 옥
6획	9획	13획	13획	15획
獵 사냥할 렵	獲 얻을 획			
15획	18획			

王(玉 구슬 옥) 5획

王 임금 왕	玖 옥돌 구	玘 패옥 기	玟 옥돌 민	玧 옥빛 윤
4획	8획	8획	9획	9획
玳 대모 대	玹 옥돌 현	珏 한쌍의옥 각	玲 옥소리 령	珀 호박 박
10획	10획	10획	10획	10획
珊 산호 산	珍 보배 진	珞 구슬목걸이 락	珣 옥그릇 순	班 나눌 반
10획	10획	11획	11획	11획
珠 구슬 주	琅 낭간 랑	球 옥경쇠 구	琓 서옥 완	琇 옥돌 수
11획	12획	12획	12획	12획
球 구슬 구	理 이치 리	現 나타날 현	琴 거문고 금	琵 비파 비
12획	12획	12획	13획	13획
琮 서옥이름 종	琶 비파 파	琪 옥이름 기	瑞 상서로울 서	
13획	13획	13획	14획	

礻(示 보일 시) 5획

社 모일 사	祀 제사 사	祈 빌 기	祉 복 지	祜 복 호
8획	8획	9획	9획	10획
祗 공경 지	祐 도울 우	祥 상서로울 상	禎 상서 정	禍 재앙 화
10획	10획	11획	14획	14획
禪 전위할 선				
17획				

罒(网 그물 망) 6획

罪 허물 죄	置 둘 치	署 관청 서	罷 마칠 파	羅 벌일 라
14획	14획	15획	16획	20획

衤(衣 옷 의) 6획

表 겉 표	複 겹칠 복	袁 성 원	被 입을 피	裏 속 리
9획	9획	10획	11획	13획
補 도울 보	裕 넉넉할 유	襟 옷깃 금		
13획	13획	19획		

⧺(艸 풀 초) 6획

芳 꽃다울 방	芙 연꽃 부	芮 나라 예	芝 지초 지	花 꽃 화
10획	10획	10획	10획	10획
苦 고통 고	茉 말리꽃 말	苗 풀싹 줄	苗 싹 묘	苟 진실로 구
11획	11획	11획	11획	11획
茂 무성할 무	若 같을 약	英 꽃부리 영	苑 동산 원	茶 차 다
11획	11획	11획	11획	12획
荃 향풀 전	荀 풀이름 순	草 풀 초	莫 아닐 막	莞 빙그레할 완
12획	12획	12획	13획	13획
荷 꽃 하	莖 줄기 경	菓 과실 과	菊 국화 국	菜 나물 채
13획	13획	14획	14획	14획
華 빛날 화	萬 일만 만	葬 장사지낼 장	葉 잎사귀 엽	蓋 덮을 개
14획	15획	15획	15획	16획
蔚 고을이름 울	藤 덩쿨 등	藥 약 약	藝 재주 예	
17획	21획	21획	21획	

月(肉 고기 육) 6획

肝 간 간	肩 어깨 견	育 기를 육	肥 살찔 비	肯 즐길 긍
9획	10획	10획	10획	10획
胃 밥통 위	胤 씨 윤	胎 아이밸 태	胄 누구 주	能 능할 능
11획	11획	11획	11획	12획
脣 입술 순	脫 벗을 탈	腰 허리 요	腦 머리 뇌	腸 창자 장
13획	13획	15획	15획	15획
膠 아교 교	膝 무릎 슬	膽 쓸개 담		
17획	17획	19획		

阝(邑 고을 읍) 7획 : 우측에 붙을 경우

那 어찌 나	邦 나라 방	邱 언덕 구	邪 간사할 사	邵 높을 소
11획	11획	12획	12획	12획
郊 들 교	郡 고을 군			
13획	14획			

辶(辵 쉬엄쉬엄갈 착) 7획

迂 멀 우	近 가까울 근	迎 맞을 영	返 돌아올 반	述 지을 술
10획	11획	11획	11획	12획
送 보낼 송	追 따를 추	造 지을 조	連 이을 연	途 길 도
13획	13획	14획	14획	14획
通 통할 통	透 통할 투	逸 지을 조	週 주일 주	進 나아갈 진
14획	14획	14획	15획	15획
達 통달할 달	道 길 도	遁 피할 둔	遇 만날 우	運 운수 운
16획	16획	16획	16획	16획
遊 놀 유	暹 날빛오를 섬	遒 굳셀 주	遂 드디어 수	遠 멀 원
16획	16획	16획	16획	17획
遡 거느릴 소	遭 만날 조	遺 끼칠 유	選 가릴 선	避 피할 피
17획	18획	19획	19획	20획
還 돌아올 환	邊 가 변			
20획	22획			

ß (阜 언덕 부) 8획 : 좌측에 붙을 경우

防 막을 방	阮 성 완	附 붙일 부	阿 언덕 아	陞 오를 승
12획	12획	13획	13획	15획
院 집 원	陣 진칠 진	陶 질그릇 도	陸 뭍 륙	陵 언덕 릉
15획	15획	16획	16획	16획
陪 도울 배	陳 베풀 진	隋 나라 수	陽 볕 양	隆 높을 륭
16획	16획	17획	17획	17획
隙 틈 극	障 막힐 장	際 지음 제	隣 이웃 린	隨 좇을 수
18획	19획	19획	20획	21획
隱 숨을 은				
22획				

제7장

우리말 이름

어떤 이름이 좋은 이름인가

앞에도 언급했지만 요즈음은 한글 이름을 쓰는 부모들도 많다. 한글
도 오행이 있으니 사주와 진용^{眞用}을 맞추어 지어야 좋다.

우리말 이름

1 2 3월	ㄱ ㅋ	(목木)	1 2	적赤	동東
4 5 6월	ㄴ ㄷ ㅌ	(화火)	3 4	청靑	남南
7 8 9월	ㅅ ㅈ ㅊ	(금金)	7 8	백白	서西
10 11 12월	ㅂ ㅁ ㅍ	(수水)	9 10	흑黑	북北

예를 들면 가는 ㄱ으로 목木이요, 나는 ㄴ으로 화火요, ㅅ 은 금金에 해
당된다.

한글 획수와 기초

자음 : ㄱ ㄴ ㄷ ㄹ ㅁ ㅂ ㅅ ㅇ ㅈ ㅊ ㅋ ㅌ ㅍ ㅎ

모음 : ㅏ ㅑ ㅓ ㅕ ㅗ ㅛ ㅜ ㅠ ㅡ ㅣ

한글 이름에도 음양을 맞추어야 한다.

양의 글자 획수 : 1 3 5 7 9

음의 글자 획수 : 2 4 6 8 10

한글 이름이나 한문 이름 모두 음양을 맞추어야 좋다.

사주가 아무리 좋다 하더라도 이름이 전부 음이거나 전부 양이거나 하면 그 이름은 망치는 것이다.

양은 남자를 의미하고 강하며 쾌활하고 추진력이 강하다. 음은 여자를 의미하고 온순하며 고독을 상징한다. 음양 중에 한 가지만 있으면 만물이 성장할 수 없듯이 음만 있으면 여자는 자기 주장이 강하게 되고, 남자는 쇠약해지며 우울한 성격이 된다. 양만 있으면 남자의 기가 너무 세기 때문에 오히려 건강상으로 좋지 않아 질병이 많이 발생한다.

한글의 글자 획수

1획	― ㅣ (목木)

2획	ㄱ ㅋ 그 기 (목木)
	ㄴ ㄷ ㄹ 느 니 (화火)
	ㅇ ㅎ 으 이 (토土)

3획	ㄱ ㅋ 가 거 고 구 끄 극 근 궁 긱 긴 깅 크 키 (목木)
	ㄴ ㄷ ㄹ ㅌ 나 너 노 누 느 는 능 닉 닌 닝 드 디 (화火)
	ㅇ ㅎ 아 어 오 우 윽 은 웅 의 익 인 잉 (토土)
	ㅅ ㅈ ㅊ 스 시 (금金)

4획	ㄱ ㅋ 까 각 간 강 격 건 경 계 곡 곤 괴 국 군 귀 규 끅 끈 굿 깃 킥 극 큰 킁 킥 (목木)
	ㄴ ㄷ ㄹ ㅌ 낙 난 낭 내 넉 넌 넝 녀 녹 논 농 뇌 뇨 눈 뉴 다 더 도 두 득 든 등 르 리 트 티 (화火)
	ㅁ ㅂ ㅍ 므 미 (수水)
	ㅅ ㅈ ㅊ 사 서 수 소 슥 슨 승 식 싱 즈 지 (금金)
	ㅇ ㅎ 악 안 앙 애 억 엉 에 여 옥 온 옹 에 요 욱 운 외 위 유 웃 잇 흐 히 (토土)

5획	ㄱ ㅋ 깍 깐 객 갠 견 경 계 꼭 꼰 과 꾀 굉 꾹 꾼 꿍 균 글 금 길 김 칵 칸 캉 콕 콘 콩 (목木)
	ㄴ ㄷ ㄹ ㅌ 녁 년 네 닐 님 단 당 대 덕 독 돈 둔 라 로 루 륵 타 터 토 투 특 (화火)
	ㅁ ㅂ ㅍ 마 모 무 민 브 비 프 피 (수水)
	ㅅ ㅈ ㅊ 삭 산 상 새 석 선 성 세 셔 속 손 송 쇠 숙 순 숭 쉬 슈 쓰 씨 싯 자 저 조 주 증 직 징 츠 치 (금金)
	ㅇ ㅎ 액 앤 앵 약 양 애 음 하 허 호 후 혹 흔 희 힉 힌 (토土)

6획	ㄱ ㅋ 깎 갈 감 걸 검 골 곽 관 광 괘 굴 권 궤 금 급 낌 캇 객 컷 컨 큼 (목木)
	ㄴ ㄷ ㄹ ㅌ 남 넋 놀 눌 또 뚜 락 란 랑 래 려 록 론 룽 뢰 료 룩 룬 룽 류 탁 탕 태 톡 톤 통 퇴 (화火)

획		
6획	ㅁㅂㅍ	막 만 망 매 먀 먹 멍 며 목 몬 몽 묘 묵 문 뭉 뮤 바 버 부 븍 븐 빅 빙 파 퍼 포 푸 픈 픽 핑 (수木)
	ㅅㅈㅊ	색 샌 생 쉬 섞 솨 쑤 쓱 쓴 슬 슴 씩 실 심 작 잔 장 재 적 정 제 족 존 종 준 중 줏 짓 차 처 초 추 측 츤 충 칙 칭 (금金)
	ㅇㅎ	알 얼 암 엄 엮 완 왕 왜 울 원 읍 입 학 항 해 혁 헌 혀 혹 효 훈 휴 힛 (토土)
7획	ㄱㅋ	깔 껄 깜 갑 껌 겁 결 꽤 꿀 꿈 쾌 (목木)
	ㄴㄷㅌ	납 넙 달 담 땅 때 떡 떤 떵 똑 돌 똥 랙 랴 량 력 런 레 룡 류 륭 름 림 택 탱 (화火)
	ㅁㅂㅍ	맥 맨 멋 메 떡 면 명 못 밀 박 반 방 복 본 붕 봉 북 분 빗 판 퍽 편 평 폭 푹 폰 풍 표 퓨 (수木)
	ㅅㅈㅊ	싹 싼 썬 살 삼 쌍 썩 설 섬 성 쏙 쏜 솔 쏭 쇄 쐬 쑥 쑨 쑹 습 십 쟁 좌 즐 즘 찌 질 짐 찬 창 채 척 천 청 체 촉 촌 총 최 축 춘 충 취 (금金)
	ㅇㅎ	압 업 열 염 율 핵 핸 행 향 혁 형 혜 화 획 흉 흘 흠 힐 (토土)
8획	ㄱㅋ	깝 껍 괄 궐 캅 컵 콥 쿰 (목木)
	ㄴㄷㅌ	넙 날 답 딥 랄 람 립 탈 탐 (화火)
	ㅁㅂㅍ	말 맞 맡 멀 몰 물 뭍 백 벽 번 벽 빌 팽 팍 평 폐 필 (수木)
	ㅅㅈㅊ	삽 샐 샘 쌕 섭 쎈 쏟 짜 잘 잠 절 점 쪼 졸 쭈 줄 즙 쫑 찍 집 쩡 책 챙 좌 츰 칠 침 (금金)
	ㅇㅎ	엽 왈 월 함 헐 험 확 황 해 홀 흰 훼 흙 흡 (토土)
9획	ㄴㄷㅌ	딸 돐 렬 렴 률 탑 (화火)
	ㅁㅂㅍ	맑 맬 멸 묽 벌 볼 쁘 뻬 팔 품 핍 (수木)
	ㅅㅈㅊ	쌌 쌈 썰 쏠 짝 잔 잡 쨩 째 접 쪽 쭉 쭌 찰 차 철 첨 출 춢 췌 칩 (금金)
	ㅇㅎ	앎 없 읊 합 혈 험 휼 (토土)
10획	ㄴㄷㄹㅌ	렵 (화火)
	ㅁㅂㅍ	밝 별 뽀 뿌 삑 삔 삥 펌 (수木)
	ㅅㅈㅊ	섭 찜 잡 첩 춥 (금金)
	ㅇㅎ	협 활 (토土)

11획	ㅁ ㅂ ㅍ 빡 빤 빵 빼 삑 삥 뿍 뿐 뿡 뿍 뿐 뿡 (수水)
	ㅅ ㅈ ㅊ 짤 짬 쩔 쩜 쫄 쫄 촬 (금金)
	ㅇ ㅎ 핧 홀 (토土)
12획	ㄴ ㄷ ㅌ 뚧 (화火)
	ㅁ ㅂ ㅍ 뺙 삑 (수水)
	ㅅ ㅈ ㅊ 짭 (금金)
13획	ㅁ ㅂ ㅍ 빨 밟 (수水)

한글 이름 풀이를 예로 살펴보자.

(토土) 한   6   가성 1   금金 천격天格 = 성 + 1 = 7
              음
(토土) 아   3   9 수水 인격人格 = 성 + 이름 첫 번째자 = 9
              양
(화火) 름   7   10 수水 지격地格 = 이름 첫 번째 자 + 이름 두 번째 자
              양   = 10

이 이름은 음양의 조화가 잘 되어 있다.

(목木) 김   5   가성 1   토土 천격天格 = 성 + 1 = 6 토土
              양
(목木) 국   4   9 수水 인격人格 = 성 + 이름 첫 번째 자 = 9 = 수水
              음
(토土) 화   7   11 수水 지격地格 = 이름 첫 번째 자 + 이름 두 번째 자
              양   = 11 = 목木

우리나라 사람에게는 음력을 기준으로 생년월일시를 정확하게 사용해야 사주팔자가 제대로 나온다. 그렇기 때문에 굳이 한글 이름을 선호할 필요는 없다.

한글 이름 앞자리로 시작하여 한 번 불러 본다.

ㄱ	가 간 갈 감 강 갖 갠 갸 거 검 게 겹 고 곤 곱 곳 구 굳 귀 그 글 기 긴 길 깃 까 깨 꺽 꼬 꼭 꽃 꿈
ㄴ	나 너 넉 넋 널 넘 넉 네 노 놀 높 누 눈 늪
ㄷ	다 단 달 담 닷 대 댄 더 덩 도 돈 돌 동 되 두 둥 드 든 들 따 딸 또 똘 뜰 뜻
ㄹ	라 란 렁 로 루 리
ㅁ	마 만 말 맑 망 매 맵 머 먼 멀 메 모 뫼 무 물 뭉 미 밀
ㅂ	바 반 발 밝 방 버 번 벌 범 베 벼 별 볕 보 본 볼 봄 부 불 붓 비 빛 빠 뿌
ㅅ	사 산 상 새 샐 샘 샛 서 설 섬 성 세 소 속 손 솔 솜 솟 송 수 숲 쉬 스 슬 승 시 실 싱 씨
ㅇ	아 안 알 앞 애 야 얀 얄 어 얼 엄 에 여 열 영 예 오 온 올 옳 옹 와 외 요 우 운 울 움 운 위 으 은 음 이 인 일 있 잎
ㅈ	자 잔 재 제 조 종 주 줄 즐 지 진 집 짝 짱 찌
ㅊ	치 차 착 찬 찰 참 채 처 철 첫 청 초 치
ㅋ	카 캐 캔 쾌 쿠 크 큰 클 큼 키
ㅌ	타 터 텃 토 통 튼 틀
ㅍ	파 팡 퍼 펴 포 퐁 푸 품 풀 풋 피 핀
ㅎ	하 한 함 해 햇 헌 호 환 햇 후 훤 흙 희 힌 힘

각종 상호와 회사 이름 물품명

회사의 상호나 개인 사업자의 상호 등은 한글로 짓더라도 사주팔자와 용신을 표출하여 지어야 한다.

특히 한자를 맞추는 것이 더욱 좋다. 가나다 순으로 예를 들어 몇 가지만 나열해 보기로 한다.

ㄱ	가거라 삼팔선아, 가나다라, 가끔, 가고파, 가마솥, 갯마을, 거북이, 거울마당, 건널목, 검은그림자, 검은돌, 겨울나그네, 겨울동산, 고개마을, 고운집, 곤드레, 골목길, 곰돌이, 곰바이, 곱다, 공돌리기, 광나루, 팽이집, 괴짜 인생, 구름다리, 구슬치기, 굴렁쇠, 굿마당, 귀빈, 귤열매, 그곳, 그날, 글마당, 기다림, 기절초풍, 긴늪, 길, 깊은샘, 까치, 까치마을, 각두기집, 깐돌, 깔끔, 깜깜하다, 깜둥이집, 깜씨, 깜찍, 강냉이, 깡돌이, 개구리, 거꾸로 보기, 꺼벙이, 꽃까마, 꼭두각시, 꼴지집, 꽁보리밥, 꽃가마, 꽃나라, 꽃씨네, 꾀꼬리, 꾀돌이, 꾸밈터, 꿀꿀이, 꿈길, 끝집, 끼리끼리
ㄴ	나그네집, 나루터, 낙락장송, 낚시터, 날개, 날마다, 남남, 낮과 밤, 내너를, 매마을, 너구리, 넋두리, 넝쿨, 네모습, 노란셔츠, 노랑나비, 논두렁, 놀던집, 놀이터, 높은집, 누울, 눅거리, 눈내리는 뒷동산, 느낌, 느티나무집, 늘기쁨, 능금아가씨, 능수버들, 님
ㄷ	다락방, 다람쥐, 단골집, 단짝, 달구지, 달래네, 닭한마리, 담비, 대머리, 대추나무, 댕기, 더모아, 덩굴, 도깨비, 도야지, 독수리, 돌고래, 돌다리, 돌담집, 돌쇠네, 돗자리, 돌바위, 돌배나무, 동그라미, 돛단배, 돼지네, 되는집, 된장집, 두그루, 두꺼비, 둘이네, 둥우리, 뒤보기, 뒤죽박죽, 뒷골목, 드시리, 듣든, 들길, 듬뿍집, 디기디기, 딩동댕, 따로집, 딱따구리, 딸기집, 땅거미, 때때로, 떠오르는집, 또그집, 또만나, 똑소리, 똘똘이네집, 뚝배기, 뚱뚱보네, 띠띠빵빵
ㄹ	락카페, 라데, 라텍스, 라일락

ㅁ	마당골, 마당집, 마주보기, 막내집, 만들기, 말뚝집, 말씀의 집, 맑은샘, 맘에든, 맛나집, 맛자랑, 맞춤, 매미소리집, 맵시, 맷돌, 맹꽁이, 머릿돌, 먹거리, 먹새집, 멈춤, 멍석, 메뚜기, 모래, 모두랑, 목걸이, 목마름, 못난이, 몽실, 몽실통통, 무지개, 묵자, 물개, 물렁이집, 물레방아, 뭉게구름, 뭐드리, 미리온, 민들레, 믿고파, 밀물
ㅂ	바구니, 바닷가, 반가워, 반딧불, 밝은빛, 밤길, 밤안개, 방글방글, 배나무다리, 배움터, 뱃머리, 버드나무집, 버린돌, 벌떼, 범바우, 벗님네, 빙글빙글, 베틀, 베짱이, 볏단집, 별하늘, 병아리, 보글보글, 보라매, 보름달, 복실, 본대로, 봄내골, 봄솔, 봉우리, 부름, 분비네, 불꽃샘, 불나방, 붕붕뜬집, 비둘기, 비치나, 빈터, 빛나리, 빗방울, 빙글빙글, 빛고을, 빛깔, 빨간입술, 뽀뽀네, 뽕밭, 뿌리집
ㅅ	사또네, 사랑방, 사뿐이, 선듯, 삼태기, 삿갓, 삿갓집, 새갓바위, 샛길, 새들, 새아씨, 샘골, 샘터, 샛골, 생글생글, 생각나는집, 서까래, 서울집, 서울상회, 선돌, 섬마을, 성냥개비, 세미나, 세모집, 샘터, 소가리집, 소금집, 소나무, 속풀이, 손거울, 손님, 손모아, 손바닥, 손주리, 솔개, 솔나무, 솔밭, 솜다리, 솜씨, 솔고개, 소쿠리, 속닥속닥, 속풀이, 손님, 쓸개, 솔방울, 솜다리, 솟아나, 송아지집, 송이네, 수제집, 수제비집, 수풀, 순대집, 술래, 숨쉬는, 숯불, 숲머리, 숲속의 빈터, 쉬어가는집, 쉰터, 쉼터, 스리랑, 슬기, 슬이네, 시골집, 시네마, 신나라, 실과바늘, 심마니, 싱글벙글, 싸구려, 싸리골, 쌈지, 쌈밥집, 씩씩이, 써보다, 쑥고개, 쑥골, 쓰리랑, 쐬임, 씨암탉, 씽씽
ㅇ	아그네집, 아가씨, 아기곰, 아리랑, 안개, 안개마을, 안골, 알뜰, 알림, 암소집, 암소한마리, 어디로갈까나, 어머니, 어제그끕, 억새풀, 억새, 언덕길, 언제나, 언제나그자리에, 얼음골, 엄나무집, 엄마, 엄마손, 엄마부엌, 엉터리, 에밀레, 여울, 연못, 연자방아, 열린마을, 열매집, 염통집, 예그린, 에뻐요, 옛고을, 옛날, 옛날그림, 옛집, 오가네, 오늘, 오솔길, 옥샘, 온누리, 온달집, 오늘같은 날, 오뚜기, 오라오라, 오른손, 온누리, 올빼미, 올시롱, 감시롱, 옵소서, 옷샘, 옹기종기, 옹달샘, 와글와글집, 와보세요, 왔다네, 왕창집, 왜불러, 외나무다리, 용한, 우람하다, 우리, 울고넘는 박달재, 울타리, 웃는집, 이대로, 이슬비, 일터, 임자, 입술, 입선, 있잖아요, 잊지마, 잎파리

ㅈ	자갈치, 자기주장, 작은집, 작은아씨, 잔칫날, 잠꾸러기, 잣나무, 장난꾸러기, 저건너, 저녁노을, 젊은그대, 접시집, 제비, 조그만사랑이야기, 조랑말, 조약돌, 종달새, 좋은아침, 좋은날, 주고파, 즐거운생각, 지팡이, 진고개, 진달래, 질그릇, 징검다리, 짚신, 짝꿍, 짱구네집, 짱아네집, 쫄쫄이, 찔레꽃
ㅊ	차돌백이, 차돌네, 착한집, 참맛집, 참사랑, 참소리, 처음맞는그대, 철부지, 철새집, 첫사랑, 청둥오리, 초롱초롱, 촛불의집, 칡국수
ㅋ	칼국수집, 케케묵은집, 코끼리, 코뿔소, 코주부, 콩나물집, 콩쥐팥쥐, 쾅쾅소리나는집, 큰고개, 큰길, 큰뜻, 키다리
ㅌ	타박타박, 타발로, 탈춤, 탱자나무집, 티울림, 터줏대감, 털보네집, 텃골, 토기집, 통나무, 투가리, 튼튼이
ㅍ	파란돌, 파란언덕, 파랑새, 판치네, 팔구사오, 펄펄날리는집, 포근이집, 푸르나, 푸른길, 푸른뜰, 푸짐한집, 풀꽃들, 풀잎, 품바품바, 풋고추, 핑계있는날
ㅎ	하얀언덕, 하나님, 하느님, 하로방, 한가람, 한아름, 할매집, 함박집, 함지박, 핫바지, 해나라, 해돋는집, 해질무렵, 햇님, 햇볕, 허수아비, 헤어질 때와 만날 때, 호돌이, 호랑나비, 호롱불, 홀로서기, 홍두깨, 확트인, 활짝핀, 황소, 횃불, 흐름, 흐뭇한, 흙돌집, 흥부네집, 흰구름, 흰돌, 힘찬집, 힘센

제8장

대법원 선정
인명용 한자
(총획순)

대법원 선정 인명용 한자(총획순)

획수	이름에 사용할 수 있는 한자의 범위
1획	一일 乙을
2획	冂경 乃내 刀도 力력 了료 卜복 匕비 乂예 又우 二이 儿이 人인 儿인 入입 丁정 亡혜
3획	三삼 干간 巾건 乞걸 工공 口구 久구 弓궁 己기 女녀 大대 万만 亡망 凡범 巳사 士사 山산 上상 夕석 小소 尸시 也야 兀올 于우 孛울 已이 刃인 廿입 子자 勺작 丈장 才재 叉차 千천 川천 寸촌 土토 下하 孑혈 丸환
4획	四사 介개 犬견 公공 孔공 戈과 勾구 仇구 勻균 斤근 今금 及급 內내 丹단 斗두 屯둔 丹란 毛모 木목 毋무 文문 勿물 反반 方방 卞변 夫부 父부 不부 分분 不불 比비 少소 水수 手수 升승 氏씨 心심 什십 牙아 厄액 円엔 予여 刈예 午오 曰왈 夭요 冗용 牛우 友우 尤우 云운 元원 月월 尹윤 允윤 引인 仁인 日일 廿(卅)입 壬임 仍잉 切절 井정 爪조 弔조 中중 止지 之지 支지 什집 尺척 天천 切체 丑축 仄측 夬쾌 太태 巴파 片편 匹필 亢항 兮혜 戶호 互호 火화 化화 幻환 爻효 凶흉 欠흠
5획	五오 可가 加가 刊간 甘감 甲갑 去거 巨거 古고 叩고 尻고 功공 瓜과 巧교 句구 丘구 句귀 叫규 奴노 旦단

5획

代대 本도 冬동 仝동 令령 立립 末말 皿명 母모 矛모
目목 卯묘 戊무 未미 民민 半반 北배 白백 弁변 丙병
本본 付부 北북 弗불 丕비 庀비 氷빙 仕사 史사 司사
乍사 生생 石석 仙선 世세 召소 囚수 承승 市시 示시
矢시 申신 失실 央앙 永영 玉옥 瓦와 王왕 外외 凹요
用용 宂용 右우 由유 以이 孕잉 仔자 仗장 田전
占점 正정 左좌 主주 只지 叱질 且차 札찰 册책 斥척
仟천 凸철 出출 尤출 充충 他타 台태 叭팔 平평 布포
包포 皮피 必필 疋필 乏핍 玄현 穴혈 兄형 乎호 弘홍
禾화 卉훼

6획

六륙 各각 艮간 奸간 圿갈 价개 件건 曲곡 共공 光광
匡광 交교 臼구 机궤 圭규 劢근 劯글 伋급 亘긍 伎기
企기 吉길 年년 尼니 多다 宅댁 乞돌 同동 列렬 劣렬
老로 耒뢰 吏리 卍만 妄망 名명 牟모 刎문 米미 朴박
百백 伐벌 犯범 帆범 氾범 伏복 缶부 妃비 牝빈 死사
糸사 寺사 色색 西서 先선 亘선 舌설 守수 收수 戌수
夙숙 旬순 戌술 丞승 式식 臣신 安안 仰앙 羊양 如여
亦역 曳예 圪을 宇우 羽우 圩우 旭욱 危위 有유 肉육
戎융 衣의 圪을 耳이 而이 夷이 伊이 弛이 印인 因인
任임 自자 字자 匠장 庄장 在재 再재 吊적 全전 汀정
汁즙 朾정 兆조 早조 存존 朱주 舟주 州주 竹죽 仲중
打타 地지 至지 池지 旨지 劝지 次차 此차 舛천 尖첨
血혈 刑형 宅택 吐토 合합 优항 行항 亥해 行행 向향
匈흉 兇흉 屹흘 回회 灰회 后후 朽후 卉(卉)훼 休휴
吃흘

7획

七칠 伽가 角각 却각 杆간 忓간 坎감 匣갑 江강 杠강
改개 更갱 坑갱 車거 劫겁 見견 更경 囧경 冏경 坙경
坙경 系계 戒계 告고 谷곡 困곤 攻공 串곶 串관 宏굉

599

7획										
	求구	究구	灸구	局국	君군	糾규	均균	克극	妗금	忌기
	杞기	岐기	圻기	妓기	男남	佞녕	努노	尿뇨	但단	坍담
	旲대	禿독	彤동	豆두	杜두	卵란	冷랭	良량	呂려	伶령
	弄롱	牢뢰	里리	利리	李리	吝린	忙망	忘망	每매	免면
	牡모	妙묘	巫무	吻문	尾미	伴반	妨방	坊방	彷방	尨방
	貝배	佰백	汎범	机범	采변	別별	兵병	步보	甫보	否부
	孚부	吩분	佛불	庇비	低비	騁빙	私사	似사	伺사	些사
	刪산	汕산	杉삼	床(牀)상	序서	汐석	成성	忕세		卲소
	劭소	束속	宋송	秀수	汓수	巡순	豕시	身신	辛신	伸신
	辰신	我아	冶야	言언	余여	汝여	好여	役역	延연	均연
	吾오	吳오	汚오	完완	岏완	妧완	妖요	甬용	旴우	佑우
	扜우	会운	位위	攸유	酉유	聿율	听은	圻은	吟음	邑읍
	矣의	杝이	忍인	汈인	刧일	佚일	劮일	妊임	孜자	作작
	灼작	岑잠	杖장	壯장	材재	災재	低저	佇저	赤적	甸전
	佃전	廷정	訂정	町정	呈정	姃정	征정	弟제	助조	足족
	坐좌	佐좌	住주	走주	志지	池지	址지	厎지	吱지	坻지
	辰진	車차	初초	村촌	忖촌	吹취	妥타	托탁	吞탄	兌태
	判판	坂판	貝패	吠폐	佈포	杓표	佖필	何하	呀하	旱한
	汗한	扞한	含함	杏행	見현	夾협	形형	亨형	汞홍	孝효
	吼후	吸흡	希희							

8획										
	八팔	佳가	呵가	刻각	侃간	玕간	矸간	岬갑	岡강	羌강
	玒강	茫강	襁강	居거	杰걸	決결	抉결	京경	庚경	坰경
	冏경	季계	届계	考(攷)고		姑고	孤고	固고	呱고	杲고
	沺곤	昆곤	坤곤	空공	供공	果과	官관	刮괄	眂광	狂광
	侊광	卦괘	乖괴	佼교	具구	坵구	玖구	咎구	屈굴	穹궁
	卷권	券권	糾규	昑금	金금	汲급	扱급	其기	技기	奇기
	玘기	汽기	沂기	肌기	祁기	佶길	金김	奈나	柑남	奈내
	念념	弩노	杻뉴	炎담	沓답	坮대	到도	毒독	坮대	岱대

600 제3부 ▓ 운명을 바꾸는 좋은 이름 짓는 법

旽돈　沌돈　東동　枓두　來래　兩량　戾려　冽렬　妗령　囹령
岺령　呤령　例례　彔록　氓맹　侖륜　肋륵　林림　妹매　枚매
孟맹　盲맹　沔면　命명　明명　姆모　牧목　沐목　沒몰　歿몰
杳묘　武무　門문　汶문　炆문　拉랍　物물　湯탕　味미　侎미
采묘　忞민　旻민　旼민　攽반　房방　放방　昉방　枋방
杯(盃)배　扶부　府부　斧부　附부　皐부　奔분　汾분　宓복　曼만
奉봉　彿불　朋붕　非비　批비　卑비　枇비　使사　忿분　扮분
盼분　沙사　祀사　疝산　泧살　尙상　牀상　舍사　事사
社사　所소　松송　刷쇄　受수　垂수　岫수　抒서　昔석　析석
姓성　承승　昇승　丞승　始시　侍시　侁신　峀수　叔숙　帠적
垬술　兒아　亞아　枒아　契설　岳악　呻신　沈심　沁심
妸아　艾애　厓애　艾애　扼액　岸안　侒안　矸안　軋알
昂앙　沇연　炎염　咏영　夜야　伴반　於어　抑억　奄엄
易역　往왕　汪왕　旺왕　汭예　昨작　沃옥　臥와　宛완　杬완
抏완　委위　乳유　侑유　臾유　雨우　玕우　盂우　沄운　沅원
杬원　份일　姉(姊)자　刺자　昀윤　秄자　汨율　依의　宜의　易역
佴이　杵저　咀저　姐저　的적　炙자　狄적　狀상　長장　爭쟁
底저　店점　政정　定정　炙적　娗정　制제　典전　侏주　折절
岾점　妵주　周주　宙주　征정　知지　泜지　宗종　佺전　玔천
呪주　陕질　侂타　刹찰　枝지　昌창　采채　怟저　直직　刺척
侄질　帖첩　青청　抄초　炒초　岩초　妻처　坵척　刺척　訓훈
妾첩　炊취　侈치　沈침　枕침　岧초　竺축　冲충　坦탄　忠충
取취　汰태　投투　妬투　快쾌　卓탁　沖(冲)충　坼탁　帑탕
宕탕　咆포　坪평　彼피　杷파　坡파　爬파　板판　版판　佩패
沛패　幸행　享향　旳적　呹필　函함　抗항　沉침　杭항　哈합
劾핵　虎호　呼호　昄판　血혈　咋질　弦현　玹현　協협　冾협
俐형　弘홍　旺왕　昊호　忻흔　昐분　昤령　昬혼　忽홀　和화
画화　昫후　昂앙　欣흔　炘흔　昕흔

9획

九구	柯가	架가	枷가	珏각	看간	肝간	姦간	竿간	柬간
曷갈	柑감	玲감	姜강	舡강	皆개	疥개	珈개	客객	拒거
炬거	建건	㥘겁	契결	玦결	俓경	勁경	涇경	癸계	界계
計계	係계	契계	故고	枯고	沽고	科과	冠관	怪괴	拐괴
咬교	姣교	耇구	枸구	拘구	狗구	枢구	垢구	耇구	軍군
芎궁	軌궤	奎규	赳규	昀균	剋극	契글	急급	矜긍	紀기
祈기	祇기	姞길	拏나	奈나	南남	耐내	奈내	拈념	怒노
柅니	泥니	段단	象단	昍단	担단	沓답	待대	度도	突돌
峒동	剆라	剌랄	拉랍	亮량	俍량	侶려	怜령	昤령	泠령
柳류	律률	俐리	俚리	厘리	玲림	抹말	沫말	罔망	芒망
昧매	眄면	勉면	面면	明명	某모	冒모	侮모	妙묘	昂묘
拇무	美미	眉미	敃민	泯민	胅민	砇민	玟민	泊박	拍박
叛반	盼반	泮반	拌반	拔발	勃발	炦발	拜배	泛범	法법
便변	炦별	柄병	眪(昺)병	炳병	抦병	保보	俌비	封봉	
芃봉	負부	赴부	訃부	盆분	拂불	飛비	沸비	毗비	毘비
砒비	泌비	毖비	秕비	玭빈	思사	査사	泗사	砂사	俟사
柶사	削삭	衫삼	相상	庠상	峠상	省생	牲생	宣선	泄설
契설	性성	省성	星성	招소	昭소	沼소	炤소	徇순	俗속
帥솔	窣솔	首수	帥수	盾순	峋순	姰순	是시	施시	柴시
柿시	屎시	屍시	泩시	眠시	柹시	食식	信신	室실	甚심
俄아	斫아	姲안	押압	狎압	殃앙	快앙	哀애	耶야	約약
易양	彦언	疫역	沿연	衍연	妍연	兗연	咽열	染염	泳영
映영	盈영	林영	羿예	俉오	屋옥	瓮옹	玩완	歪왜	娃왜
畏외	姚요	要요	拗요	勇용	俑용	禹우	紆우	芋우	俁우
昱욱	怨원	垣원	爰원	威위	韋위	柚유	油유	俞유	柔유
宥유	幽유	囿유	姷유	玧윤	垠은	音음	泣읍	姼의	怡이
姨이	䣏이	姌이	姻인	咽인	姙임	姿자	者자	咨자	昨작
岝작	炸작	斫작	哉재	沮저	抵저	狙저	前전	畑전	㾗정
貞정	亭정	訂정	柾정	穽정	酊정	俧정	帝제	姼제	俎조
昭조	拙졸	柊종	姝주	注주	柱주	奏주	炷주	紂주	拄주

602 제3부 운명을 바꾸는 좋은 이름 짓는 법

9획

俊준 重중 卽즉 祉지 咫지 枳지 昣진 殄진 抮진 姪질
姹차 昶창 柵책 拓척 泉천 剔척 穿천 沾첨 剃체 招초
肖초 秒초 俏초 促촉 秋추 抽추 酋추 春춘 治치 峙치
則칙 勅칙 柒칠 侵침 咤타 拖타 拓탁 度탁 柝탁 度탁
炭탄 眈탐 泰태 怠태 殆태 垞택 兔(兎)토 波파 把파
便편 扁편 泙평 枰평 抱포 怖포 泡포 抛(拋)포 匍포
表표 品품 風풍 披피 泌필 河하 昰하 柯하 歌하 虐학
罕한 咸함 哈합 巷항 姮항 肛항 缸항 垓해 咳해 孩해
衸해 香향 奕혁 革혁 眩현 泫현 炫현 倪현 怰현 頁혈
俠협 型형 泂형 炯형 狐호 怙호 俒혼 紅홍 泓홍 虹홍
哄홍 奐환 宦환 紈환 皇황 況황 廻회 徊회 後후 厚후
侯후 屋후 厚후 芋후 痳휴 紇흘 姬희

10획

十십 家가 哥가 珂가 痂가 哿가 珈가 恪각 栞간 疳감
剛강 個(箇)개 芥개 豈개 倨거 祛거 虔건 桀걸 格격
肩견 缺결 兼겸 勍경 耕경 徑경 倞경 耿경 桂계 烓계
高고 庫고 股고 拷고 羔고 哭곡 衮곤 骨골 恭공 恐공
貢공 拱공 蚣공 括괄 恝괄 洸광 桄광 紘굉 肱굉 校교
狡교 俱구 矩구 珣구 宮궁 躬궁 拳권 倦권 鬼귀 根근
芹근 衾금 芩금 衿금 級급 肯긍 記기 起기 氣기 豈기
耆기 桔길 拮길 翀뉴 娜나 挐나 拿나 納납 衲납 娘낭
恬념 紐뉴 袒뉴 爹다 疸달 倓담 唐당 玳대 島도 徒도
倒도 挑도 桃도 洞동 桐동 凍동 烔동 疼동 芚둔 硞라
洛락 烙락 悢랑 凉량 倆량 旅려 烈렬 洌렬 玲령 料료
留류 倫륜 栗률 凌릉 唎리 砬립 馬마 娩만 㐀말 邙망
埋매 眠면 冥명 洺명 袂몌 芼모 耗모 畝묘 畝묘 紋문
蚊문 們문 紊문 洣미 娓미 珉민 珀박 剝박 般반 畔반
倣방 芳방 肪방 紡방 旁방 舫방 蚌방 倍배 配배 俳배
栢백 病병 竝병 倂병 洑보 峯봉 俸봉 芺부 釜부 俯부
剖부 紛분 粉분 芬분 肥비 祕(秘)비 匪비 秕비 俾비

10획

射사	師사	紗사	娑사	唆사	祠사	朔삭	索삭	珊산	祆산
芟삼	桑상	索색	書서	徐서	恕서	席석	秙석	珗선	扇선
洒선	洗선	洒세	洩설	屑설	剡섬	閃섬	城성	娀성	宬성
洗세	玿소	素소	笑소	宵소	栒순	恂순	孫손	衰쇠	釗쇠
袖수	修(脩)수	殊수	洙수	狩수	純순	殉순	洵순	拾습	
乘승	時시	恃시	翅시	豺시	息식	栻식	拭식	神신	迅신
訊신	娠신	宸신	芯심	拾아	芽아	娥아	峨아	哦아	案안
晏안	按안	秧앙	埃애	唉애	弱약	洋양	恙양	圄어	俺엄
娮연	宴연	娟연	芮예	倪예	秇예	烏오	娛오	昷온	翁옹
邕옹	垸완	倭왜	窈요	辱욕	容용	埇용	彧욱	祐우	迂우
邘우	彧욱	栯욱	耘운	芸운	員운	原원	員원	袁원	洹원
朊원	笂원	倇원	釉유	洧유	育육	垠은	恩은	殷은	圁은
浪은	倚의	珆이	益익	芒인	蚓인	氤인	恁임	芿잉	兹자
恣자	疵자	酌작	裝장	財재	栽재	宰재	疽저	展전	栓전
釘정	庭정	眐정	凋조	曹조	蚤조	祖조	租조	晁조	祚조
倧종	座좌	株주	洲주	酎주	隼준	埈준	峻준	准준	純준
俊준	烝증	拯증	症증	指지	紙지	持지	祗지	芝지	洔지
芷지	肢지	砥지	唇진	畛진	疹진	眞진	珍진	晉(晋)진	
津진	秦진	秩질	疾질	桎질	朕짐	借차	差차	窄착	站참
倉창	倡창	砦채	凄처	個척	剔척	隻척	哲철	哨초	芻추
祝축	畜축	珫충	衷충	臭취	值치	致치	恥치	梔치	痔치
針침	砧침	秤칭	倬탁	託탁	耽탐	珆태	娧태	討토	洞통
套투	特특	破파	派파	芭파	唄패	肺폐	砲포	哺포	疱포
圃포	豹표	俵표	疲피	珌필	夏하	恨한	邗한	恒항	航항
桁항	害해	奚해	晐해	核핵	倖행	鬲향	軒헌	眩현	峴현
玹현	娹현	峽협	祜호	芦호	芦(苄)호	瓡호	瓳호	笏홀	洪홍
烘홍	訌홍	花화	桓환	洹환	活활	晃황	晄황	恍황	恢회
效(効)효	哮효	肴효	庨효	洨효	虓효	然연	候후	欨후	
訓훈	休휴	恤휼	洶흉	訖흘	洽흡	恰흡			

假가 袈가 茄가 苛가 舸가 桿간 胛갑 勘감 紺감 康강
堈강 崗강 乾건 健건 偈게 堅견 牽견 涓결 訣결 竟경
頃경 梗경 涇경 絅경 烱경 械계 啓계 苦고 皐고 苽고
梏곡 斛곡 袞곤 梱곤 崑곤 珙공 貫관 梡관 珖광 教교
皎교 救구 區구 苟구 寇구 毬구 國국 堀굴 圈권 眷권
港권 晷귀 規규 珪규 硅규 近근 基기 旣기 寄기 飢기
埼기 崎기 那나 挪나 梛나 捏날 訥눌 匿닉 蛋단 袒단
聃담 啖담 埮담 堂당 帶대 袋대 豚돈 動동 兜두 得득
珞락 淋람 婪람 浪랑 朗랑 狼랑 烺랑 崍래 徠래 略략
梁량 聆령 翎령 羚령 答령 鹵로 鹿록 聊료 累루 婁루
流류 崙륜 圇륜 率률 勒륵 悧리 离리 梨리 浬리 狸리
犁리 浬리 笠립 粒립 麻마 晚만 曼만 挽만 茉말 望망
梅매 苺매 麥맥 覓멱 冕면 眄면 茅모 耗모 苗묘 務무
茂무 問문 梶미 㛃미 敏민 罠민 密밀 舶박 粕박 班반
返반 絆반 訪방 邦방 培배 背배 徘배 胚배 梵범 范범
釩범 屛병 珤보 匐복 烽봉 婦부 浮부 符부 副부 趺부
埠부 崩붕 婢비 斐비 貧빈 彬빈 邠빈 浜빈 赦사 蛇사
邪사 斜사 徙사 梭사 産산 殺살 參삼 爽상 常상 商상
祥상 黍서 捿서 犀서 絮서 叙(敍)서 庶서 偦서 念서
船선 旋선 雪설 設설 卨설 偰설 涉섭 晟성 細세 笹세
涗세 消소 紹소 巢소 疏소 梳소 飱손 率솔 訟송 悚송
殺쇄 羞수 宿수 宿숙 孰숙 珣순 術술 崇숭 崧숭 習습
匙시 偲시 絁시 埴식 晨신 紳신 悉실 訝아 啞아 婀아
婭아 啊아 堊악 眼안 婩안 庵암 唵암 崖애 焕애 野야
倻야 若야 若약 痒양 魚어 御어 唹어 焉언 偃언 域역
軟연 涓연 研연 挺연 捐연 涎연 悅열 苒염 英영 迎영
涅열 堄예 埶예 悟오 梧오 晤오 浯오 敖오 訛와 浣완
婠완 婉완 梡완 欲욕 浴욕 庸용 涌용 偶우 釪우 雩우
猛우 勖욱 婉원 苑원 冤(寃)원 鰲오 偉위 胃위 尉위

11획										
	唯유	悠유	媕유	勎유	帷유	堉육	胤윤	訢은	異이	移이
	珥이	痍이	苡이	翊익	翊익	寅인	絪인	話임	紫자	瓷자
	雀작	章장	張장	將장	帳장	梓재	捚재	苧저	紵저	笛적
	寂적	專전	剪전	悛전	晢절	浙절	粘점	涏정	頂정	停정
	桯정	偵정	挺정	彭정	埩정	旌정	胜정	梃정	第제	祭제
	悌제	梯제	偢제	晢제	粗조	眺조	鳥조	條조	組조	彫조
	窕조	釣조	曹조	族족	終종	從종	挫좌	晝주	冑주	珠주
	酒주	紬주	做주	珘주	絑주	浚준	晙준	焌준	埻준	茁줄
	趾지	舐지	袗진	眹진	俶진	振진	振진	窒질	執집	硨차
	捉착	紮찰	參참	斬참	唱창	窓창	娼창	彩채	埰채	寀채
	責채	釵채	婇채	責책	處처	戚척	阡천	釧천	惄철	甜첨
	涕체	玼체	梢초	茗초	釺초	邨촌	恖총	崔최	娶취	側측
	厠측	浸침	唾타	舵타	啄탁	貪탐	胎태	笞태	苔태	桶통
	堆퇴	偸투	婆파	販판	捌팔	敗패	淇패	悖패	狽패	烹팽
	偏편	閉폐	浦포	胞포	捕포	苞포	袍포	匏포	票표	彪표
	被피	畢필	芯필	悍한	唅함	盒합	海해	偕해	珦향	許허
	烆혁	絃현	晛현	舷현	衒현	豉현	浹협	挾협	狹협	邢형
	珩형	彗혜	詥혜	胡호	浩호	毫호	晧호	扈호	瓠호	梟효
	婚혼	貨화	晥환	患환	凰황	悔회	晦회	淆효	婋효	珝후
	焄훈	畦휴	痕흔	晞희	烯희					

12획										
	迦가	街가	訶가	軻가	跏가	殼각	間간	稈간	喝갈	敢감
	堪감	嵌감	邯감	強강	絳강	茳강	開개	凱개	喀객	距거
	据거	傑걸	鈐검	迲겁	結결	景경	硬경	卿경	痙경	悸계
	堺계	棨계	雇고	袴고	辜고	棍곤	控공	款관	棺관	涫관
	筐광	胱광	掛괘	傀괴	喬교	絞교	蛟교	球구	邱구	窘군
	掘굴	捲권	厥궐	貴귀	菫규	鈞균	筋근	給급	期기	幾기
	欺기	棄기	淇기	棋기	碁기	稘기	喫끽	旐나	喇나	胒나
	捼날	捻념	鈕뉴	能능	茶다	茤다	茶다	單단	短단	覃담

淡담 諶담 答답 棠당 貸대 盜도 堵도 棹도 稌도 淘도

悼도 屠도 掉도 敦돈 惇돈 焞돈 童동 棟동 胴동 阧두

痘두 鈍둔 等등 登등 喇라 絡락 嵐람 琅랑 掠략 涼량

量량 裂렬 勞로 虜로 淚루 硫류 琉류 淪륜 律률 理리

痢리 犁(犂)리 粦린 淋림 棽림 琳림 茫망 買매 媒매

寐매 脈맥 猛맹 棉면 茗명 棆명 帽모 無(无)무 貿무

斌무 雯문 媚미 幅미 閔민 悶민 迫박 博박 斑반 發발

跋발 防방 傍방 幇방 排배 焙배 番번 筏벌 勛별 棅병

報보 普보 堡보 晡보 復복 茯복 捧봉 棒봉 富부 傅부

復부 焚분 雰분 棚붕 悲비 扉비 備비 費비 棐비 斐비

斌빈 絲사 詞사 詐사 斯사 奢사 捨사 散산 傘산 森삼

鈒삽 喪상 翔상 象상 廂상 舒서 壻(婿)서 棲(栖)서

絮서 淅석 晳석 惜석 舃석 善선 琁선 卨설 盛성 城성

貹성 貰세 稅세 訴소 掃소 疎소 邵소 甦소 傃소 粟속

巽손 飧(飱)손 淞송 竦송 授수 須수 琇수 茱수 淑숙

順순 循순 淳순 筍순 荀순 舜순 淳순 述술 勝승 視시

媤시 猜시 弑시 媞시 植식 殖식 寔식 深심 尋심 雅아

猗아 娥아 硪아 椏아 惡악 幄악 涯애 液액 掖액 椋양

馭어 堰언 掩엄 淹엄 茹여 悆여 硯연 然연 堧연 焰염

詠영 晹영 猊예 琯오 惡오 蛙와 琓완 椀완 阮완 堯요

茸용 傛용 寓우 堣우 絨융 雲운 雄웅 媛원 阮원 越월

爲위 圍위 釉유 喩유 庾유 惟유 狖유 阭윤 閏윤 鈗윤

喬율 鳦을 淫음 椅의 猗의 貳이 黃이 嬰이 胹이 羡이

絪인 茵인 靷인 壹일 茌임 剩잉 茨자 焃작 棧잔 孱잔

殘잔 場장 粧장 掌장 裁재 貯저 邸저 詛저 珵정 迪적

荃전 奠전 筌전 絶절 接접 婷정 情정 淨정 程정 幀정

晶정 叚정 玶정 淀정 掟정 堤제 啼제 媞제 棗조 朝조

措조 詔조 尊존 猝졸 淙종 椶종 惊종 註주 蛛주 絑주

賍주 椆주 晭주 晭주 粥죽 竣준 晙준 晙준 敠준 衆중

12획									
曾증	脂지	智지	診진	軫진	迭질	跌질	蛭질	集집	茶차
着착	創창	敞창	猖창	淐창	唱창	淌창	採채	採채	策책
悽처	脊척	淺천	茜천	喘천	喆철	添첨	捷첩	貼첩	堞첩
淸청	晴청	替체	棣체	超초	焦초	草초	稍초	貂초	硝초
酢초	椒초	最최	推추	椎추	軸축	筑축	悴췌	就취	脆취
廁(厠)측		淄치	琛침	晫탁	探탐	邰태	跆태	鈦태	迨태
統통	痛통	筒통	跛파	阪판	鈑판	貶폄	牌패	彭팽	評평
幅폭	馮풍	筆필	弼필	粥필	賀하	閑한	寒한	閒한	割할
涵함	喊함	蛤합	項항	荇행	涬행	虛허	歇헐	焱혁	絢현
現현	睍현	琄현	橄현	嫌혐	脅협	脇협	惠혜	壺호	皓호
淏호	惑혹	惚홀	畫(畵)화		喚환	皖환	荒황	黃황	埠황
媓황	徨황	蛔회	淮회	茴회	淆효	傚효	寮효	喉후	帿후
堠후	喧훤	喙훼	胸흉	黑흑	欽흠	翕흡	喜희	稀희	

13획									
嫁가	暇가	賈가	脚각	幹간	揀간	渴갈	減감	感감	戡감
鉀갑	閘갑	畺강	塏개	粳갱	渠거	鉅거	楗건	愆건	湕건
建건	揭게	絹견	造결	鉗겸	嗛겸	經경	敬경	傾경	莖경
脛경	鼓고	痼고	賈고	琨곤	誇과	跨과	琯관	适괄	塊괴
郊교	較교	鳩구	鉤구	絿구	舅구	群군	裙군	窟굴	詭궤
揆규	邽규	湀규	煃규	筠균	極극	勤근	僅근	禁금	禽금
琴금	琪기	祺기	琦기	嗜기	崎기	碁기	詷기	暖난	煖난
楠남	湳남	寗녕	農농	惱뇌	亶단	湍단	端단	痰담	湛담
當당	塘당	褽대	跳도	逃도	渡도	塗도	裪도	督독	頓돈
荳두	酩락	亂란	廊랑	蜋랑	梁량	粮량	煉련	廉렴	鈴령
零령	路로	輅로	祿록	碌록	雷뢰	賂뢰	旒류	稜릉	楞릉
裏(裡)리		莉리	琳림	碄림	痲마	媽마	莫막	煤매	貊맥
盟맹	萌맹	酩명	募모	猫묘	渺묘	睦목	琳림	描묘	迷미
微미	渼미	媄미	湄미	楣미	媺미	媚미	愍민	暋민	鈱민
胎민	琝민	瑉민	鉑박	雹박	頒반	飯반	鉢발	渤발	湃배

煩번	颯범	琺법	辟벽	馝별	莂별	補보	㴩보	蜂봉	琫봉
附부	莩부	稃부	鳧부	賁분	硼붕	碑비	琵비	痺비	聘빙
嗣사	裟사	渣사	肆사	莎사	煞살	揷(挿)삽		想상	傷상
詳상	湘상	塞새	嗇색	塞색	惛서	暑서	筮서	鼠서	湑서
捎서	鉐석	渲선	愃선	羨선	詵선	跣선	僊설	楔설	渫설
聖성	惺성	筬성	歲세	勢세	塑소	送송	頌송	碎쇄	愁수
睡수	竪수	酬수	綏수	嫂수	琡숙	肅숙	詢순	楯순	馴순
脣순	銂술	嵩숭	塍승	試시	詩시	毸시	愢시	湜식	軾식
新신	莘신	蜃신	衙아	阿아	蛾아	莪아	愕악	握악	渥악
暗암	愛애	碍애	惹야	爺야	椰야	揶야	揚양	楊양	煬양
敭양	暘양	瘀어	業업	艅여	逆역	睗역	鉛연	煙(烟)연	
筵연	淵연	椽연	莚연	琰염	煐영	暎영	漢영	楧영	塋영
預예	詣예	裔예	嗚오	奧오	傲오	箅오	塢오	螁오	鈺옥
媼온	雍옹	渦와	莞완	琬완	碗완	頑완	脘완	矮왜	湧용
猥외	嵬외	傭우	愚우	虞우	惆우	煜욱	郁욱	暈운	園원
援원	圓원	嫄원	湲원	鉞월	暐위	渭위	愉유	猶유	裕유
愈유	楡유	猷유	渘유	揉유	瑈유	游유	楢유	揄유	聿율
颭율	飮음	愔음	揖읍	義의	意의	肄이	靷인	湮인	賃임
稔임	誑임	雌자	資자	煮자	盞잔	莊장	裝(庄)장		載재
溨재	楮저	猪저	渚저	雎저	賊적	跡적	荻적	勣적	迹적
雋전	電전	傳전	詮전	琠전	塡전	殿전	煎전	鈿전	淳정
湞정	楨정	鼎정	綎정	鉦정	靖정	睛정	碇정	艇정	提제
阻조	稠조	照조	琮종	椶종	湊주	誅주	倜주	鉒주	邾주
雋준	惷준	洶준	楫즙	鉁진	嗔진	稙직	塡진	靖진	嫉질
斟짐	楫집	嵯차	嗟차	粲찬	債채	瘁채	睬채	僉첨	詹첨
睫첩	牒첩	楚초	剿초	蜀촉	塚총	塚(冢)총		催최	楸추
追추	湫추	椿춘	測측	惻측	稚치	雉치	馳치	嗤치	痴치
琛침	惰타	楕타	陀타	馱타	琸탁	琢탁	脫탈	塔탑	湯탕
脫태	退퇴	琶파	稗패	愎퍅	脯포	剽표	稟품	楓풍	陂피

609

13획	荷하	廈(廈)하	問하	煆하	嚆학	港항	解해	該해	楷해
	鉉현	莢협	迥형	逈형	號호	湖호	琥호	混혼	渾혼	靴화
	話화	換환	渙환	煥환	煌황	惶황	湟황	幌황	楻황	會회
	匯회	賄회	逅후	嗅후	煦후	塤훈	暈훈	輝훈	暄훤	煊훤
	愃훤	毀훼	揮휘	彙휘	暉휘	煇휘	煒휘	歆흠	熙희	詰힐
14획	嘉가	歌가	嘏가	閣각	竭갈	碣갈	監감	降강	綱강	腔강
	蜂강	嫌강	搴건	慊겸	箝겸	愷개	愾개	覡격	甄견	潔결
	槏겸	輕경	境경	逕경	溪계	誡계	暠고	敲고	誥고	菰고
	槁고	睾고	膏고	滑과	寡과	菓과	廓곽	管관	菅관	罫괘
	愧괴	槐괴	魁괴	僑교	構구	溝구	嘔구	廐구	嶇구	逑구
	廏구	銶귀	菊국	郡군	閨규	嫢규	菌균	墐근	墐근	董근
	兢긍	旗기	綺기	箕기	暣기	橙기	緊긴	寧녕	瑙노	語노
	嫩눈	馜니	溺닉	端단	團단	對대	臺대	圖도	途도	搗도
	滔도	睹도	嶋도	萄도	蝀동	銅동	勭동	逗두	裸라	辢랄
	郎랑	棚랑	萊래	連련	領령	逞령	綠록	菉록	僚료	廖료
	屢루	陋루	嶁루	瑠류	溜류	榴류	綸륜	慄률	菻름	綾릉
	菱릉	粼린	幕막	寞막	輓만	靺말	網망	莽망	陌맥	綿면
	滅멸	鳴명	銘명	溟명	慏명	暝명	貌모	瑁모	夢몽	墓묘
	舞무	誣무	聞문	瑂미	頤민	閩민	碈민	蜜밀	箔박	駁박
	搬반	槃반	榜방	滂방	裵(裴)배	閥벌	碧벽	菩보	輔보
	福복	僕복	逢봉	鳳봉	溥부	腐부	孵부	腑부	鼻비	裨비
	緋비	榧비	翡비	脾비	蜚비	菲비	賓빈	飼사	獅사	搠삭
	算산	酸산	颯삽	嘗상	塽상	裳상	像상	瑞서	誓서	逝서
	墅서	稰서	碩석	嫙선	瑄선	銑선	煽선	說설	誠성	瑆성
	聖성	說세	韶소	搔소	逍소	溯소	愫소	速속	損손	誦송
	搜수	壽수	需수	銖수	粹수	嗽수	綏수	塾숙	菽숙	瑟슬
	僧승	滕승	禔시	節식	熄식	愼신	腎신	實실	斡알	菴암
	腋액	瘍양	語어	嫣언	與여	瑌연	燃연	說열	髯염	厭염

14획

爗엽　榮영　瑛영　嬕예　誤오　寤오　獄옥　溫온　榲온　窩와
窪와　腕완　僥요　搖요　暚요　墉용　榕용　溶용　踊용　慂용
熔용　霂우　瑀우　禑우　頊욱　熉운　殞운　菀울　熊웅　源원
瑗원　愿원　猿원　僞위　瑋위　萎위　維유　誘유　瑜유　瑈유
逌유　毓육　斎윤　芶윤　溵은　銀은　慇은　疑의　爾이　飴이
廙이　認인　僸인　溢일　馹일　滋자　慈자　雌자　綽작　奬장
臧장　滓재　溨재　箏쟁　菹저　這저　嫡적　翟적　銓전　箋전
塼전　截절　精정　禎정　艵정　製제　齊제　瑅제　禔제　造조
趙조　肇조　嶆조　綜종　種종　罪죄　嗾주　綢주　聣주　準준
逡준　傳준　誌지　蜘지　搘지　馺지　禔지　賑진　溱진　盡진
塵진　榛진　搢진　槇진　箚차　搾착　察찰　塹참　僭참　暢창
滄창　菖창　彰창　槍창　愴창　脹창　綵채　菜채　墌(坧)척
寨채　綴철　輒첩　菁청　銃총　総총　逐축　瑃춘　萃췌　翠취
聚취　置치　緇치　寢침　稱칭　誕탄　綻탄　嘆탄　奪탈　榻탑
態태　颱태　通통　槌퇴　透투　頗파　萍평　飽포　逋포　鉍필
祕필　嘏하　瑕하　碬하　限한　僩한　銜함　菡함　閤합　降항
嫦항　瑎해　噓허　赫혁　熒형　荊형　榮형　豪호　瑚호　犒호
嫭호　酷혹　熇혹　琿혼　魂혼　鉷홍　華화　禍화　廓확　猾활
滑활　熀황　滉황　榥황　慌황　慌황　誨회　劃획　熏훈　歊효
酵효　熇효　攜휴　僖희　熙희

15획

價가　稼가　駕가　愨(慤)각　葛갈　蝎갈　褐갈　慷강　慨개
槪개　漑개　踞거　腱건　漧건　儉검　劍(劒)검　慶경　儆경
頴경　磎계　稽계　稿고　穀곡　滾곤　鞏공　課과　郭곽　椰곽
慣관　寬관　輨관　廣광　嬌교　餃교　嶠교　銶구　駒구　歐구
毆구　窮궁　葵규　逵규　槻규　劇극　漌근　槿근　畿기　嶔기
駑노　腦뇌　鬧뇨　槏다　緞단　談담　幢당　踏답　德(悳)덕
稻도　墩돈　董동　嶝등　摞라　落락　樂락　濫람　瑯랑　諒량
樑량　輬량　慮려　黎려　閭려　練련　漣련　輦련　魯로　磊뢰

賚뢰 論론 寮료 樓루 漏루 慺루 嶁루 瘤류 劉류 戮륙
輪륜 瓅륵 稜륵 凜름 履리 摛리 摩마 碼마 瑪마 漠막
萬만 滿만 慢만 漫만 輞망 賣매 魅매 緬면 瞑명 暮모
模모 慕모 摸모 摹모 慎모 廟묘 墨묵 憫민 緡민 樒밀
盤반 磐반 瘢반 髮발 魃발 磅방 輩배 賠배 褙배 魄백
樊번 幡번 罰벌 範범 渼범 劈벽 僻벽 軿병 褓보 腹복
複복 鋒봉 熢봉 逢봉 部부 賦부 敷부 駙부 墳분 誹비
賜사 寫사 僿사 駟사 數삭 傪산 滲삼 賞상 箱상 樣상
慡상 緗상 署서 緖서 鋤서 奭석 線선 墡선 嬋선 腺선
揲설 陝섬 腥성 瑆성 葉섭 蛻세 銷소 瘙소 嘯소 霄소
誰수 數수 銹수 漱수 膵수 瘦수 豎(竪)수 熟숙 諄순
醇순 蝨슬 陞승 嘶시 蒒시 篒식 蝕식 審심 鴉아 樂악
鴈(雁)안 鞍안 賹애 葯약 漾양 養양 樣양 漁어 億억
演연 緣연 戭연 熱열 閱열 葉엽 影영 瑩영 穎영 膡잉
銳예 藝예 獒오 熬오 瑥온 瘟온 穩온 蝸와 緩완 甗완
豌완 腰요 瑤요 樂요 窯요 嶢요 樂요 慾욕 瑢용 槦용
憂우 郵우 慪우 稶욱 實운 院원 褑원 緯위 慰위 葦위
蝟위 禕위 黈유 牖유 潤윤 鋆윤 閏윤 憁은 儀의 誼의
毅의 熤익 戭인 逸일 磁자 暫잠 箴잠 葬장 腸장 漳장
樟장 暲장 獐장 漿장 諍쟁 著저 樗저 箸저 滴적 摘적
敵적 篆전 廛전 箭전 節절 漸점 蝶접 摺접 鋥정 鋌정
靚정 霆정 除제 槽조 漕조 嘲조 調조 慫종 腫종 踪종
週주 駐주 廚주 調주 儁준 葰준 陵준 葺즙 增증 摯지
銼지 漬지 稷직 禛진 進진 震진 陳진 瑨진 瑱진 瞋진
積진 質질 緝집 徵징 瑳차 磋차 慘참 慚(慙)참 廠창
漲창 瘡창 陟척 慽척 滌척 瘠척 慼척 賤천 踐천 徹철
輟철 諂첨 請청 締체 逮체 滯체 醋초 憁총 憁총 樞추
諏추 墜추 萩추 皺추 衝충 醉취 趣취 嘴취 層층 齒치
幟치 緻치 輜치 漆칠 墮타 駝타 踔탁 歎탄 彈탄 慟통

15획

慝특 篇편 編편 翩편 廢폐 弊폐 幣폐 陛폐 鋪포 葡포
褒포 暴포 暴폭 漂표 標표 慓표 瓢표 蝦하 漢한 嫻한
緘함 陜합 餉향 墟허 賢현 儇현 睍현 鋗현 鋏협 瑩형
憲헌 慧혜 憓혜 鞋혜 嘒혜 滸호 蝴호 葫호 皞호 糊호
熇호 嬅화 確(碻)확 篁황 蝗황 萱훤 麾휘 輝휘 皛효
興흥 嬉희

16획

諫간 墾간 澗간 橄감 鋼강 彊강 蓋(盖)개 鋸거 踺건
黔검 憩게 膈격 潔결 憬경 暻경 磬경 頸경 褧경 錮고
錕곤 過과 錧관 橋교 憍교 噭교 龜구 獗궐 潰궤 龜귀
窺규 龜균 親균 橘귤 瑾근 錦금 器기 機기 璂기 錤기
錡기 冀기 諾낙 撚년 撓뇨 憶니 艗 壇단 達달 潭담
曇담 錟담 撞당 糖당 道도 都도 陶도 導도 賭도 覩도
稻도 鋾도 篤독 暾돈 燉돈 潼동 憧동 曈동 瞳동 橦동
頭두 遁둔 燈등 橙등 蒞라 駱락 螂랑 歷력 曆력 憐련
璉련 隷례 盧로 撈로 潞로 澇로 錄록 賴뢰 燎료 潦료
龍룡 瘻루 陸륙 錀륜 廩름 陵릉 璃리 蔽리 潾란 摛리
燐린 獜린 橉린 霖림 磨마 瞞만 罵매 幂멱 螟명 蓂명
謀모 橅모 穆목 蒙몽 撫무 憮무 橆무 默묵 躾미 潤민
憫민 撲박 縛박 膊박 樸박 潘반 潑발 撥발 膀방 蒡방
陪배 燔번 壁벽 辨변 餠병 潽보 輻복 輹복 奮분 憤분
噴분 憊비 霏비 儐빈 頻빈 憑빙 簑사 篩사 撒살 澁삽
橡상 潒상 諝서 錫석 瀉석 蓆석 襫석 璇선 斁선 瑢선
醒성 燒소 篠소 穌소 衛소 璅소 蓀손 輸수 邃수 樹수
蒐수 蓚수 橚수 潚숙 錞순 橓순 璕슬 階습 諡시 蒔시
蓍시 諟시 諗시 諶심 餓아 鄂악 鴈안 閼알 謁알 鴨압
鴦앙 縊액 蒻약 禦어 諺언 嶪업 餘여 燕연 燃연 澈열
閻염 曄엽 燁엽 穎영 嬴영 預예 叡(睿)예 橤예 霓예
瘱예 燠오 縕온 甕옹 錂완 橈요 褥욕 縟욕 蓉용 遇우

16획										
	馘욱	檃운	賱운	運운	澐운	鴛원	鋺원	謂위	衛위	違위
	衛위	儒유	遊유	逾유	踰유	踾유	諭유	諛유	潤윤	橍윤
	燏율	潏율	馱율	融융	檃은	蒑은	蒽은	憖은	陰음	凝응
	頤이	齊이	璌인	諲인	諮자	褯자	潺잔	潛잠	墻장	璋장
	縡재	賊재	錚쟁	積적	戰전	錢전	鮎점	霑점	靜정	整정
	錠정	諪정	頲정	諸제	劑제	醍제	蹄제	儕제	雕조	潮조
	璁종	踵종	澍주	遒주	輳주	樽준	寯준	餕준	憎증	蒸증
	縝진	陳진	縉진	臻진	蓁진	儘진	潗집	輯집	澄징	錯착
	撰찬	餐찬	蒼창	艙창	澈철	撤철	諜첩	諦체	諟체	樵초
	憔초	撮촬	錐추	錘추	蓄축	築축	賰춘	熾치	親친	憚탄
	橢(楕)타		橐(槖)탁		曄탄	糖탕	鮐태	撑탱	頹퇴	腿퇴	
	褪퇴	播파	罷파	瓣판	澎팽	嬖폐	鮑포	蒲포	輻폭	遍편
	諷풍	逼핍	遐하	豭하	嗬하	學학	翰한	澖한	橌한	閑한
	陷함	諧해	駭해	骸해	憲헌	輱헌	縣현	嬛현	頰협	螢형
	衡형	澔호	蒿호	縞호	澕화	圜환	遑황	潢황	橫횡	曉효
	勳훈	諱휘	橲희	戲희	噫희	熺희	熹희	羲희	憘희	曦희
	戲희									

17획										
	懇간	癎간	磵간	艱간	癏간	瞰감	憾감	講강	橿강	糠강
	據거	鍵건	蹇건	檢검	橄검	擊격	激격	遣견	鍥결	謙겸
	璟경	擎경	橄경	縈경	憼경	瞔경	階계	谿계	鍋과	顆과
	館(舘)관	矯교	膠교	鮫교	部고	購구	颶구	鞠국	勤근	
	檎금	擒금	璣기	磯기	濃농	檀단	鍛단	澾달	撻달	澹담
	擔담	憺담	遝답	螳당	隊대	黛대	鍍도	蹈도	獨독	瞳동
	膽등	螺라	駺랑	勵려	鍊련	聯련	蓮련	濂렴	斂렴	殮렴
	嶺령	澪령	澧례	擄로	儡뢰	瞭료	療료	蓼료	蔞루	縷루
	褸루	糠루	隆륭	罹리	璘린	麐린	臨림	膜막	蔓만	蔑멸
	錨묘	懋무	繆무	彌(弥)미	謎미	濔미	謐밀	璞박	磻반	
	圕반	謗방	蔀배	繁번	磻번	擘벽	檗벽	瞥별	鰤별	餠병

17획

鍑복 葍복 蓬봉 縫봉 膚부 賻부 糞분 繃붕 馡비 嬪빈

圖빈 謝사 蔘삼 霜상 償상 賽새 嶼서 嶹서 鮮선 禪선

藝설 鼓설 燮섭 聲성 薨세 蔬소 遡소 謏소 遜손 衛술

憁송 雖수 隋수 穗수 濉수 燧수 豎(竪)수 濉(睢)수

瞬순 蓴순 膝슬 褶습 鍔악 嶽악 鮟암 癌암 闇암 壓압

曖애 孍영 陽양 憶억 檍억 輿여 繍연 營영 鍈영 嬰영

霙영 嶸영 濊예 蕊예 澳오 懊오 燠오 擁옹 遙요 謠요

絛요 聳용 優우 隅우 燠우 燠욱 鄖운 鍮유 嬬유 蔚울

遠원 轅원 礜은 嶾은 蔭음 應응 鴯이 謚익 膼인 蔗자

爵작 蔣장 檣장 齋재 績적 輾전 甎전 澱전 餞전 點점

檉정 頱정 糟조 燥조 操조 簇족 縱종 鍾종 駿준 蹲준

憔준 甑증 璡진 蓁진 膣질 蹉차 燦찬 澯찬 簒찬 蔡채

擅천 瞮철 遞체 礎초 燭촉 總총 聰총 蔥총 醜추 鄒추

趨추 縮축 黜출 稺치 鍼침 蟄칩 濁탁 澤택 擇택 瞟표

霞하 嚇하 壑학 謔학 韓한 澣한 犴안 轄할 懈해 瀣해

鄕향 蹊혜 嚇혁 壕호 鄗호 薧호 鴻홍 豁활 璜황 隍황

檜회 澮회 獪회 壎훈 徽휘 嚆효 戲휴 禧희 戲희 嬂희

18획

簡간 鞨갈 薑강 襁강 鎧개 擧거 瞼검 隔격 鵑견 鎌겸

璟경 鵠곡 壙광 蕎교 翹교 舊구 軀구 瞿구 謳구 鞠국

闕궐 蕨궐 櫃궤 歸귀 竅규 隙극 謹근 覲근 騎기 騏기

機기 懦나 獰녕 瀰니 膩니 斷단 簞단 蕁담 戴대 擡대

曙대 濤도 燾도 櫂도 遯둔 濫람 擥람 爁람 糧량 璐로

禮(礼)례 壘루 謬류 瀰미 蟊리 鯉리 蟛린 繗린 謨모 朦몽

鵡무 蕪무 頣민 瀰미 蟠반 蕃번 璧벽 癖벽 徹별 騈병

馥복 覆복 濱빈 鄙비 檳빈 殯빈 擯빈 觴상 雙쌍 穡색

曙서 甋석 膳선 繕선 蟬선 璿선 蕭소 簫소 鼥소 蕭소

鎖쇄 璲수 璹수 蕣순 瑟슬 濕습 燼신 鵝아 顎악 顔안

615

隘애 額액 歟여 濚영 穢예 甕옹 曜요 燿요 繞요 嶢요
鎔용 隕운 蕓운 簧(篔)운 魏위 蔿위 濡유 癒유 曘유
薷유 濦은 檼은 醫의 擬의 翼익 瀷인 鎰일 雜잡 簪잠
醬장 儲저 蹟적 適적 謫적 轉전 濟제 題제 璪조 遭조
蹤종 燽주 濬준 繒증 贄지 職직 織직 鎭진 遮차 璨찬
饌찬 竄찬 擦찰 蹠척 瞻첨 礎초 蕉초 叢총 雛추 鎚추
蹙축 蟲(虫)충 贅체 膪체 濯탁 擢탁 蕩탕 闖틈 膨팽
鞭편 蔽폐 斃폐 豐(豊)풍 檻함 闔합 爀혁 鎣형 蕙혜
濩호 濠호 鎬호 謼호 環환 濶활 闊활 簧황 獲획 燻훈

疆강 禣강 顙강 羹갱 繭견 鏡경 鯨경 鶊경 繫계 鯤곤
關관 曠광 壞괴 轎교 麴국 蹶궐 襟금 麒기 譏기 難난
膿농 鄲단 譚담 膽담 禱도 韜도 瀆독 犢독 牘독 臀둔
鄧등 覼라 瓅람 麗려 廬려 濾려 櫚려 曞려 簾렴 獵렵
嚧로 櫓로 蕗로 麓록 壟롱 遼료 鏤루 瀏류 類류 離리
贏리 鄰린 鏋만 鳴명 霧무 薇미 靡미 薄박 攀반 醱발
龐방 簿부 鵬붕 臂비 璸빈 贇빈 霦빈 穦빈 嚬빈 辭사
瀉사 爍삭 璽새 選선 璿선 譔선 薛설 蟾섬 暹섬 獸수
繡수 鷉수 璹숙 繩승 蠅승 識식 薪신 璶신 瀋심 饐안
礙(碍)애 瀁양 臆억 孼얼 璵여 繹역 嚥연 嬿연 瓀연
艶염 穩온 饐온 醞온 擾요 鏞용 韻운 顒운 願원 遺유
膺응 蟻의 艤의 薏의 鵲작 障장 薔장 鏑적 顚전 鄭정
際제 繰조 鏃족 疇주 遵준 櫛즐 證증 贈증 遲지 識지
懲징 贊찬 擲척 遷천 薦천 轍철 簽첨 鯖청 醮초 寵총
蹴축 癡치 攄터 擺파 辦판 騙편 霸패 爆폭 曝폭 瀑폭
遐하 蟹해 嚮향 瀅형 醯혜 譓혜 譁화 穫확 擴확 顚혼
繪회 膾회 薰훈 薨훙 譎휼 譆희

20획

覺각 釀양 鏹강 遽거 騫건 競경 警경 瓊경 繼계 藁고
勸권 饉근 糯나 獺달 黨당 竇두 騰등 羅라 懶라 藍람
襤람 籃람 礪려 瀝력 礫력 齡령 醴례 露로 爐로 瀘로
櫨로 瀧롱 朧롱 瀨뢰 隣린 鱗린 饅만 邁매 麵면 鶩목
礬반 寶(宝)보 譜보 鰒복 譬비 瀕빈 繽빈 霰산 薩살
孀상 薯서 藇서 邃수 釋석 鐥선 贍섬 騷소 瀟소 蓋신
鰐악 罌앵 孃양 壤양 嚴엄 釅염 譯역 曣연 瀛영 蠑영
顥오 耀요 邀요 融융 馨음 議의 藉자 藏장 躇저 齟저
籍적 癤절 瀞정 薺제 臍제 躁조 鐘종 籌주 鐏준 瓆질
鏶집 纂찬 闡천 觸촉 騶추 鰍추 鰌추 鬪투 飄표 避피
鰕하 瀚한 艦함 鹹함 邂해 瀣해 麛미 獻헌 櫶헌 憲헌
懸현 譞현 馨형 鏸혜 還환 懷회 鐄횡 敩효 薰훈 纁훈
曦희 犧희

21획

譴견 鷄계 顧고 轟굉 驅구 饋궤 夔기 饑기 儺나 鐺당
藤등 癩라 儸라 欄란 爛란 瀾란 覽람 欖람 臘랍 蠟랍
蠣려 藜려 儷려 瓐로 瓏롱 魔마 邈막 襪말 驀맥 藩번
飜(翻)번 鬪투 霹벽 辯변 麝사 饍선 齧설 殲섬 續속
屬속 隨수 隧수 邃수 籔수 璲수 櫻앵 鶯앵 藥약 躍약
攘양 轝여 瀯영 藝예 譽예 巍외 饒요 藕우 韡위 邇이
瀷익 嚼작 臟장 齋재 纏전 鐫전 躊주 蠢준 艖차 懺참
儧(儹)찬 鐵철 鐸탁 霸(覇)패 驃표 飇(飈)표 鶴학
險험 護호 顥호 鐶환 鰥환 犧희

22획

鑑(鑒)감 龕감 鰷강 龔공 藿곽 灌관 驕교 鷗구 懼구
權권 囊낭 讀독 讀두 瓓란 灠람 轢력 變련 蘆로 籠롱
聾롱 藺린 彎만 鰻만 䜌만 邊변 鑌빈 癬선 攝섭 蘇소
贖속 鬚수 襲습 禳양 穰양 齬어 儼엄 瓔영 懵영 鰲오
蘂(蕊)예 蘊온 饔옹 隱은 膽응 懿의 鑄주 欌장 藷저

22획	顚전 竊절 霽제 藻조 齪착 巑찬 孈찬 疊첩 聽청 饗향 響향 瀅형 譓혜 歡환 鑂훈 驍효 囍희
23획	驚경 蠱고 瓘관 鑛광 蘭란 欒란 戀련 攣련 鷺로 麟린 鱗린 徽미 藥미 蘗벽 變변 鷩별 鷩별 贇빈 鑠삭 蘇선 纖섬 灑쇄 髓수 讐수 巖(岩)암 蘖얼 驛역 醼연 纓영 癰옹 邍원 蘟은 攢찬 欑찬· 籤첨 讐초 鷲취 體체 灘탄 驗험 顯현 護호 鷸휼
24획	罐관 攪교 衢구 贏라 靂력 靈령 饎수 齷악 靄애 讓양 釀양 鹽염 鼇오 鷹응 蠶잠 臟장 癲전 齹차 瓚찬 讖참 讒참 韆천 囑촉 矗촉 驟취 攫확 鑫흠
25획	觀관 羈기 纛독 蘿라 攬람 籬리 蠻만 鱉별 纘찬 廳청 灝호
26획	邏라 驢려 灣만 讚찬
27획	驥기 鑼라 欒란 鑾란 纜람 鑽찬 躪린 灦현
28획	戇당 鑿착 驩환
29획	驪려 鸚앵 鬱울
30획	鸞란

618 제3부 운명을 바꾸는 좋은 이름 짓는 법

제9장

대법원 선정
인명용 한자
(한글순)

한글순	한 자						
가	加 5 더할	可 5 옳을	伽 7 절	呵 8 꾸짖을	佳 8 아름다울	柯 9 가지	架 9 시렁	枷 9 칼
	哥 10 노래할	珈 10 머리꾸미개	珂 10 옥이름	哿 10 옳을	家 10 집	痂 10 헌데딱지	袈 11 가사	茄 11 가지
	假 11 거짓	舸 11 배	苛 11 살필	街 12 거리	訶 12 꾸지람	軻 12 높을	迦 12 부처이름	跏 12 책상다리할
	賈 13 값	嫁 13 시집갈	暇 13 한가할	歌 14 노래	嘉 14 아름다울	鰕 14 클	價 15 값	駕 15 멍에
	稼 15 심을							
각	各 6 각각	却 7 물리칠	角 7 뿔	刻 8 새길	珏 10 쌍옥	恪 10 정성	殼 12 껍질	脚 13 다리
	閣 14 집	慤 15 성실할	(慤 14) 성실할	覺 20 깨달을				
간	干 3 방패	刊 5 새길	艮 6 간방	奸 6 간음할	忓 7 방해할	杆 7 방패	侃 8 굳셀	矸 8 산돌
	玕 8 예쁜돌	肝 9 간	姦 9 간사할	柬 9 가를	竿 9 대줄기	看 9 볼	栞 10 표목	桿 11 방패
	稈 12 볏집	間 12 사이	揀 13 가릴	幹 13 줄기	諫 16 간할	墾 16 개간할	澗 16 물이름	癇 17 간질
	磵 17 산골물	懇 17 정성	艱 17 어려울	簡 18 대쪽				

갈

圿 6 땅이름	曷 9 그칠	喝 12 꾸짖을	渴 13 목마를	竭 14 마를	碣 14 우뚝선돌	蝎 15 전갈	葛 15 칡
褐 15 털옷	鞨 18 말갈나라						

감

甘 5 달	坎 7 구덩이	柑 9 감자	玪 9 옥이름	疳 10 감질병	紺 11 보랏빛	勘 11 생각할	敢 12 감히
堪 12 견딜	嵌 12 깊은골	邯 12 땅이름	減 13 감할	感 13 느낄	戡 13 이길	監 14 볼	橄 16 감람나무
瞰 17 굽어볼	憾 17 섭섭할	龕 22 이길	鑑 22 거울 (鑒 22 거울)				

갑

甲 5 갑옷	匣 7 상자	岬 8 산허리	胛 11 어깨뼈	鉀 13 갑옷	閘 13 문빗장

강

江 7 물	杠 7 외나무다리	羌 8 말끝낼	玒 8 옥이름	岡 8 산등성이	舡 9 오나라배	姜 9 성	剛 11 굳셀
崗 11 산등성이	堈 11 언덕	康 11 편안할	強 12 강할	(强 11 강할)	絳 12 깊게붉을	茳 12 천궁모종	畺 13 굳셀
降 14 내릴	腔 14 노래곡조	綱 14 벼리	崍 14 우뚝설	嫌 14 편안할	慷 15 슬플	鋼 16 강철	彊 16 굳셀
講 17 강론할	糠 17 겨	橿 17 박달나무	薑 18 생강	疆 19 굳셀	顜 19 밝을	襁 19 포대기 (襁 18)	
鏹 20 돈	鱇 22 아귀						

개

介 4 클	价 6 착할	改 7 고칠	皆 9 모두	疥 9 옴	玠 9 큰서옥	芥 10 겨자	豈 10 승전악

개	開 12	凱 12	塏 13	箇 14	(個 10)	愷 14	愾 14	槪 15
	열	화할	시원한땅	낱개	낱	즐길	한숨쉴	대개
	漑 15	慨 15	蓋 16	(盖 11)	鎧 18			
	물댈	슬플	덮을	덮을	갑옷			
객	客 9	喀 12						
	손	기침할						
갱	更 7	坑 7	粳 13	羹 19				
	다시	묻을	메벼	국				
갹	醵 20							
	술추렴							
거	去 5	巨 5	車 7	居 8	拒 9	炬 9	倨 10	祛 10
	갈	클	수레	살	막을	횃불	거만할	물리칠
	距 12	据 12	渠 13	鉅 13	踞 15	鋸 16	據 17	擧 18
	떨어질	의지할	개천	클	걸터앉을	톱	웅거할	들
	遽 20							
	역말							
건	巾 3	件 6	建 9	虔 10	健 11	乾 11	楗 13	湕 13
	수건	사건	세울	공경할	건강할	하늘	문지방	물이름
	建 13	愆 13	搴 14	漧 15	腱 15	踺 16	鍵 17	蹇 17
	세울	죄	빼낼	하늘	힘줄	밟을	자물쇠	절름발이
	騫 20							
	말배앓을							
걸	乞 3	杰 8	桀 10	傑 12				
	구걸할	호걸	빼어날	호걸				

검	鈐 12 비녀	儉 15 검소할	劒 16 칼	(劍 16) 칼	黔 16 검을	檢 17 교정할	瞼 18 눈시울	
겁	劫 7 위협할	怯 9 무서워할	迲 12 갈					
게	偈 11 쉴	揭 13 높이들	憩 16 쉴					
격	格 10 격식	覡 14 박수무당	膈 16 명치	激 17 과격할	檄 17 격서	擊 17 칠	隔 18 막힐	
견	犬 4 개	見 7 볼	肩 10 어깨	堅 11 굳을	牽 11 이끌	絹 13 비단	甄 14 밝을	遣 17 보낼
	鵑 18 두견새	繭 19 비단	譴 21 꾸짖을					
결	決 8 결단할	抉 8 긁을	挈 9 맑을	玦 9 패옥	缺 10 이지러질	焆 11 불빛	訣 11 이별할	結 12 맺을
	趹 13 떨	潔 14 깨끗할	潔 16 맑을	鍥 17 새길				
겸	兼 10 겸할	嗛 13 겸손할	鉗 13 입다물	慊 14 맘에맞을	槏 14 문설주	箝 14 재갈	謙 17 겸손할	鎌 18 낫
경	冂 2 멀	更 7 고칠	巠 7 물줄기	囧 7 빛날	冏 7 빛날	坰 8 들	炅 8 빛날	京 8 서울
	庚 8 천간	俓 9 곧을	勁 9 굳셀	涇 9 찰	勍 10 강할	倞 10 굳셀	耕 10 밭갈	耿 10 빛날
	徑 10 지름길	梗 11 곧을	絅 11 낚을	竟 11 마침내	焑 11 불길	頃 11 이랑	涇 11 통할	硬 12 굳을

경							
卿 12 벼슬	景 12 볕	痙 12 중풍뜰	敬 13 공경할	經 13 글	傾 13 기울	脛 13 정강이	莖 13 줄기
輕 14 가벼울	逕 14 길	境 14 지경	儆 15 경계할	慶 15 경사	熲 15 빛날	憬 16 깨달을	磬 16 경쇠
頸 16 목	曔 16 밝을	暻 16 밝을	憼 17 공경할	檠 17 등잔대	橄 17 등잔대	暻 17 밝을	擎 17 받들
璟 17 옥빛	璥 18 경옥	鏡 19 거울	鯨 19 고래	鶊 19 꾀꼬리	警 20 경계할	競 20 다툴	瓊 20 붉은옥
驚 23 놀랄							

계							
戒 7 경계할	系 7 이을	季 8 계절	屆 8 이를	計 9 계산	契 9 맺을	癸 9 북방	係 9 이을
界 9 지경	桂 10 계수나무	烓 10 화덕	械 11 기계	啓 11 일깨울	悸 12 두근거릴	堺 12 지경	棨 12 창뜰
誡 14 경계할	溪 14 시내	磎 15 시내	稽 15 저축할	階 17 섬돌	谿 17 시내	繫 19 얽을	繼 20 이을
鷄 21 닭							

고							
尻 5 .꽁무니	叩 5 두드릴	古 5 옛	告 7 고할	固 8 굳을	考 8 생각할 (攷 6) 생각할		姑 8 시어머니
孤 8 외로울	呱 8 울	杲 8 해돋을	枯 9 마를	沽 9 물이름	故 9 옛	庫 10 곳집	高 10 높을
股 10 다리	拷 10 매때릴	羔 10 새끼양	苦 11 괴로울	苽 11 교미	皐 11 언덕	雇 12 더부살이	袴 12 바지

고	辜 12 허물	痼 13 고질	鼓 13 북칠	賈 13 장사	誥 14 고할	菰 14 교미	膏 14 기름진	敲 14 두드릴
	槁 14 마른나무	暠 14 밝은모양	睪 14 윤택할	稿 15 볏집	錮 16 땜질할	藁 20 짚	顧 21 돌아볼	蠱 21 뱃속벌레
곡	曲 6 굽을	谷 7 계곡	哭 10 울	梏 11 수갑	斛 11 열말들이	穀 15 곡식	鵠 18 고니	
곤	困 7 곤할	坤 8 땅	昆 8 맏	袞 11 곤룡포	梱 11 문지방	崑 11 산이름	棍 12 곤장	琨 13 구슬
	滾 15 물흐를	錕 16 붉은금	鯤 19 물고기알					
골	汨 8 통할	骨 10 뼈	滑 14 다스릴					
공	工 3 장인	孔 4 구멍	公 4 귀	功 5 공	共 6 한가지	攻 7 칠	空 8 빌	供 8 이바지할
	恭 10 공손할	恐 10 두려울	貢 10 바칠	拱 10 손잡을	蚣 10 지네	珙 11 둥근옥	控 12 끌	鞏 15 굳을
	龔 22 공손할							
곶	串 7 땅이름							
과	戈 4 창	瓜 5 외	果 8 실과	科 9 과거	跨 13 넘을	誇 13 자랑할	菓 14 과일	寡 14 적을
	課 15 차례	過 16 지날	鍋 17 노구	顆 17 머리				

625

곽	廓 14	槨 15	郭 15	藿 22			
	클	덧관	성	콩잎			
관	串 7	官 8	冠 9	貫 11	梡 11	涫 12	棺 12	款 12
	습관	벼슬	갓	꿰일	우나라제기	끓을	널	정성스러울
	琯 13	菅 14	管 14	寬 15	慣 15	輨 15	館 17 (舘 16)	
	옥저	왕골	주관할	너그러울	익숙할	줏대	객사	객사
	舘 16	關 19	灌 22	瓘 23	罐 24	觀 25		
	보습	통할	물댈	서옥	물동이	볼		
괄	刮 8	恝 10	括 10	适 13				
	깎을	걱정없을	헤아릴	빠를				
광	匡 6	光 6	狂 8	昿 8	侊 8	洸 10	桄 10	珖 11
	바로잡을	빛	미칠	밝을	클	물솟을	베틀	옥소리
	筐 12	胱 12	廣 15	壙 18	曠 19	鑛 23		
	광주리	오줌통	넓을	구덩이	빌	쇳덩이		
괘	卦 8	掛 12	罫 14					
	점	걸	줄					
괴	乖 8	怪 9	拐 9	傀 12	塊 13	槐 14	魁 14	愧 14
	어그러질	괴이할	유인할	클	땅덩이	느티나무	으뜸	부끄러울
	壞 19							
	무너뜨릴							
굉	宏 7	紘 10	肱 10	轟 21				
	클	넓을	팔뚝	울릴				
교	巧 5	交 6	佼 8	咬 9	姣 9	狡 10	校 10	敎 11
	공교로울	사귈	예쁠	새지저귈	아름다울	교활할	학교	가르칠

교							
皎 11 햇빛	絞 12 급할	蛟 12 도롱뇽	喬 12 큰나무	郊 13 들	較 13 비교할	僑 14 나그네	餃 15 경단
嶠 15 산길	嬌 15 아름다울	憍 16 교만할	橋 16 다리	噭 16 부르짖을	鄗 17 물이름	矯 17 바로잡을	鮫 17 상어
膠 17 아교	蕎 18 메밀	翹 18 빼어날	轎 19 가마	驕 22 교만할	攪 24 어지러울		

구							
久 3 오랠	口 3 입	勾 4 맡아볼	仇 4 짝	句 5 글귀	丘 5 언덕	臼 6 절구	灸 구울
求 7 구할	究 7 궁구할	具 8 갖출	玖 8 검은돌	坵 8 언덕	咎 8 허물	狗 9 개	枸 9 구기자
柩 9 널	耇 9 늙을	垢 9 때	九 9 아홉	拘 9 잡을	矩 10 법	珣 10 옥돌	俱 10 함께
區 11 감출	救 11 구원할	耉 11 늙을	寇 11 떼도둑	毬 11 제기	苟 11 진실로	邱 12 언덕	球 12 옥경쇠
鉤 13 갈고리	絿 13 급할	鳩 13 비둘기	舅 13 시아비	溝 14 개천	嘔 14 노래할	廏 14 마구간	嶇 14 산가파를
構 14 지을	逑 14 짝	銶 15 끌	駒 15 노래이름	歐 15 노래할	毆 15 쥐어박을	龜 16 땅이름	颶 17 구풍
購 17 살	瞿 18 눈휘둥거릴	謳 18 노래	軀 18 몸	舊 18 옛	驅 21 잘릴	鷗 22 갈매기	衢 22 네거리
懼 22 두려울							

국							
局 7 판	國 11 나라	菊 14 국화	鞠 17 구부릴	鞫 18 초사받을	麴 19 꽃이름		

627

군	君 7 임금	軍 9 군사	窘 12 군색할	群 13 무리	裙 13 치마	郡 14 고을		
굴	屈 8 굽을	堀 11 굴뚝	掘 12 우뚝할	窟 13 굴				
궁	弓 3 활	穹 8 높을	芎 9 궁궁이	躬 10 몸	宮 10 집	窮 15 다할		
권	券 8 문서	卷 8 책	倦 10 게으를	拳 10 주먹	眷 11 돌아볼	淃 11 물흐를	圈 11 짐승우리	捲 12 주먹쥘
	勸 20 권할	權 22 권세						
궐	厥 12 그	獗 16 도둑일어날	蕨 18 고사리	闕 18 대궐	蹶 19 쓰러질			
궤	机 6 궤나무	軌 9 굴대	詭 13 꾸짖을	潰 16 무너뜨릴	櫃 18 상자	饋 21 진지올릴		
귀	句 5 귀절	鬼 10 귀신	晷 11 해그림자	貴 12 귀할	鉇 14 가래	龜 16 거북	歸 18 돌아갈	
규	叫 5 부를	圭 6 홀	紏 7 거둘	糾 8 세겹노	赳 9 날랠	奎 9 별	硅 11 규소	規 11 법
	珪 11 서옥	菫 12 딸기	邽 13 고을이름	湀 13 물이솟아흐를	煃 13 불꽃	揆 13 헤아릴	夔 14 가는 허리	閨 14 계집
	槻 15 물나무	逵 15 큰길	葵 15 해바라기	窺 16 엿볼	竅 18 구멍			
균	勻 4 고를	均 7 고를	畇 9 밭개간할	鈞 12 설흔	筠 13 대나무	菌 14 버섯	龜 16 얼어터질	覠 16 크게 볼

굴	橘 16 귤						
극	克 7 이길	剋 9 이길	棘 12 가시나무	戟 12 창	極 13 가운데	劇 15 연극	隙 18 틈
근	斤 4 날	劤 6 강할	芹 10 미나리	根 10 뿌리	近 11 가까울	筋 12 힘줄	僅 13 겨우	勤 13 부지런할
	嫤 14 고울	菫 14 씀바귀	墐 14 진흙	漌 15 맑을	槿 15 무궁화	瑾 16 붉은옥	懃 17 친절할	覲 18 뵐
	謹 18 삼갈	饉 20 흉년들						
글	劼 6 뜻	契 9 나라이름						
금	今 4 이제	妗 7 외숙모	昑 8 밝을	金 8 쇠	芩 10 금풀	衿 10 옷깃	衾 10 이불	琴 13 거문고
	禁 13 금할	禽 13 새	錦 16 비단	檎 17 능금	擒 17 사로잡을	襟 19 옷깃		
급	及 4 미칠	伋 6 생각할	扱 8 미칠	汲 8 물길을	急 9 급할	級 10 등급	給 12 줄	
긍	亘 6 뻗칠	矜 9 교만할	肯 10 즐길	兢 14 조심할				
기	己 3 몸	企 6 바랄	伎 6 재주	杞 7 구기자	妓 7 기생	忌 7 꺼릴	岐 7 높을	圻 7 지경
	其 8 그	奇 8 기이할	汽 8 물끓는	沂 8 물이름	肌 8 살	祁 8 성할	技 8 재주	玘 8 패옥

기	紀 9 벼리	祈 9 빌	祇 9 편안할	記 10 기록	氣 10 기운	耆 10 늙을	豈 10 어찌	起 10 일어날
	埼 11 낭떠러지	寄 11 부탁할	崎 11 산험할	旣 11 이미	飢 11 주릴	基 11 터	幾 12 거의	期 12 기약할
	朞 12 두루할	淇 12 물이름	棄 12 버릴	棋 12 뿌리	祺 12 뿌리	欺 12 속일	旗 13 기	畸 13 기이할
	祺 13 길할	碁 13 바둑	琪 13 옥	琦 13 옥	嗜 13 즐길	暣 14 별기운	綺 14 비단	檟 14 오리나무
	箕 14 키	畿 15 경기	嶔 15 높을	器 16 그릇	璂 16 꼬깔	機 16 베틀	錡 16 세발가마	冀 16 하고자할
	鎒 16 호미	璣 17 구슬	磯 17 자갈	騎 18 말탈	耭 18 밭갈	騏 18 천리마	麒 19 기린	譏 19 나무랄
	夔 21 조심할	饑 21 흉년들	羈 25 말굴레	驥 27 천리마				
긴	緊 14 긴요할							
길	吉 6 길할	佶 8 바를	姞 9 성길	桔 10 도라지	拮 10 일할			
김	金 8 성							
끽	喫 12 마실							
나	奈 8 어찌	柰 9 벗	拏 9 잡을	拏 10 끄을	夠 10 많을	娜 10 아리따울	拿 10 잡을	梛 11 나무이름

나	那 11 어찌	挪 11 옮길	旇 12 깃발날릴	喇 12 나팔	胅 12 성길	謪 13 붙잡을	懦 18 부드러울	糯 20 찰벼
	儺 21 역귀쫓을							
낙	諾 16 허락할							
난	煖 13 더울	暖 13 따뜻할	難 19 어려울					
날	捏 11 찍을	捺 12 손누를						
남	男 7 사내	柑 8 매화나무	南 9 남녘	楠 13 녹나무	湳 13 물이름			
납	衲 10 기울	納 10 들일						
낭	娘 10 아가씨	囊 22 주머니						
내	乃 2 이에	內 4 안	奈 8 어찌	耐 9 견딜	奈 9 벗			
녀	女 3 계집							
년	年 6 해	撚 16 잡을						
념	念 8 생각할	拈 9 집을	恬 10 편안할	捻 12 비틀				

631

녕	佞 7 아첨할	寗 13 편안할	寧 14 편안할	獰 18 모질			
노	奴 5 종	努 7 힘쓸	弩 8 쇠뇌	怒 9 성낼	譆 14 기뻐할	瑙 14 옥돌	駑 15 둔할
농	農 13 농사	濃 17 두터울	膿 19 고름				
뇨	尿 7 오줌	鬧 15 시끄러울	撓 16 긁을				
눈	嫩 14 고울						
눌	訥 11 말더듬을						
뇌	惱 13 번뇌할	腦 15 머릿골					
뉴	杻 8 싸리	紐 10 맺을	鈕 12 인꼭지				
능	能 12 능할						
니	尼 5 화할	柅 9 수레고동목	泥 9 진흙	馜 14 진한향기	懝 16 마음좋을	膩 18 기름질	瀰 18 많을
닉	匿 11 숨을	溺 14 빠질					
다	多 6 많을	爹 10 아비	䆎 12 깊을	茤 12 마름	茶 12 차	橠 15 차나무	觰 16 뿔밑동

단	丹 4 붉을	旦 5 아침	但 7 다만	彖 9 결단할	担 9 떨칠	胆 9 밝을	段 9 조각	蛋 11 새알
	袒 11 웃벗을	短 12 짧을	單 12 홀로	亶 13 믿을	煓 13 불꽃성할	湍 13 여울	端 14 끝	團 14 둥글
	緞 15 비단	壇 16 단	鍛 17 단련할	檀 17 박달나무	斷 18 끊을	簞 18 소쿠리	鄲 19 나라이름	
달	疸 10 황달	達 16 결단할	澾 17 미끄러울	撻 17 빠를	獺 20 수달			
담	坍 7 무너질	炎 8 아름다울	倓 10 고요할	聃 11 귀바퀴없을	啖 11 씹을	埮 11 평평한땅	覃 12 깊을	嗿 12 넉넉할
	淡 12 물맑을	痰 13 가래	湛 13 즐거울	談 15 말씀	曇 16 구름낄	錟 16 긴창	潭 16 연못	澹 17 맑을
	擔 17 맡을	憺 17 편안할	蕁 18 마름	譚 19 말씀	膽 19 쓸개			
답	沓 8 거듭	畓 9 논	答 12 대답할	踏 15 밟을	遝 17 뒤섞일			
당	唐 10 나라	堂 11 집	棠 12 아가위	當 13 마땅	塘 13 못	幢 15 기	撞 16 두드릴	糖 16 엿
	螳 17 사마귀	黨 20 무리	鐺 21 쇠사슬	戇 28 어리석을				
대	大 3 큰	代 5 대신	昊 7 햇빛	坮 8 돈	岱 8 산이름	垈 8 집터	待 9 기다릴	玳 10 대모
	帶 11 띠	袋 11 자루	貸 12 빌릴	夎 13 해가돋을	對 14 대답할	臺 14 집	黛 17 눈썹그릴	隊 17 떼

대	戴 18 덤받을	擡 18 들	嶬 18 무성할				
댁	宅 6 집						
덕	德 15 큰	(悳 12) 큰					
도	刀 2 칼	李 5 나아갈	到 8 이를	度 9 법	挑 10 끌어낼	倒 10 넘어질	徒 10 무리	桃 10 복숭아
	島 10 섬	棹 12 노	堵 12 담	盜 12 도적	淘 12 물흐를	悼 12 슬퍼할	屠 12 죽일	稌 12 찰벼
	掉 12 흔들	渡 13 건널	逃 13 달아날	跳 13 뜀	裪 13 복	塗 13 진흙	圖 14 그림	途 14 길
	搗 14 다듬을	滔 14 물넘칠	睹 14 볼	嶋 14 섬	萄 14 포도	稻 15 벼	道 16 길	賭 16 내기
	都 16 도읍	覩 16 볼	鍍 16 쇳덩이	導 16 인도할	陶 16 질그릇	馣 16 향기로울	鍍 17 도금할	蹈 17 밟을
	櫂 18 노	燾 18 덮을	濤 18 큰물	禱 19 기도	韜 19 너그러울			
독	禿 7 모지라질	毒 8 독할	督 13 감독할	篤 16 도타울	獨 17 홀로	瀆 19 개천	犢 19 송아지	牘 19 편지
	讀 22 읽을	纛 25 둑기						
돈	旽 8 먼동틀	沌 8 물기운	豚 11 돼지	敦 12 도타울	焞 12 성할	惇 12 정성	頓 13 조아릴	墩 15 돈대

돈	暾 16 아침해	燉 16 빛날						
돌	乭 6 이름	突 9 우뚝할						
동	仝 5 같을	冬 5 겨울	同 6 한가지	彤 7 붉은칠할	東 8 동녘	垌 9 항아리	洞 10 고을	烔 10 더운기운
	疼 10 아플	凍 10 얼	桐 10 오동나무	動 11 움직일	棟 12 들보	童 12 아이	胴 12 큰창자	銅 14 구리
	蝀 14 무지개	勭 14 자랄	董 15 바로잡을	憧 16 그리워할	橦 16 나무이름	曈 16 날 밝으려할	朣 16 달 밝으려할	潼 16 물이름
	瞳 17 눈동자							
두	斗 4 말	豆 7 콩	杜 7 막을	枓 8 기둥머리	兜 11 투구	阧 12 가파를	痘 12 마마	荳 13 콩
	逗 14 머무를	頭 16 머리	竇 20 구멍	讀 22 구절				
둔	屯 4 모일	芚 10 나무싹	鈍 12 둔할	遁 16 피할	遯 18 숨을	臀 19 볼기		
득	得 11 얻을							
등	等 12 무리	登 12 오를	嶝 15 고개	燈 16 등불	橙 16 등상	謄 17 베낄	鄧 19 등나라	騰 20 오를
	藤 21 덩쿨							

라	剌 9 칠	砢 10 돌쌓일	喇 12 나팔	裸 14 벌거벗을	摞 15 정돈할	蓏 16 열매	螺 17 소라	覶 19 자세할
	懶 20 게으를	羅 20 벌릴	儸 21 간능있을	癩 21 옴	臝 24 벌거벗을	蘿 25 무	邏 26 순행할	鑼 27 징
락	洛 10 물	烙 10 지질	珞 11 목치장할	絡 12 연락할	酪 13 타락할	落 15 떨어질	樂 15 즐길	駱 16 낙타
란	丹 4 꽃이름	卵 7 알	亂 13 어지러울	欄 21 난간	爛 21 찬란할	瀾 21 큰물결	瓓 22 옥무늬	欒 23 나무이름
	蘭 23 난초	鑾 27 방울	鸞 30 난새					
랄	剌 9 어그러질	辣 14 몹시매울						
람	婪 11 고울	婪 11 탐할	嵐 12 아지랑이	漤 15 과실장아찌	擥 18 걷어잡을	濫 18 물넘칠	爁 18 불번질	璼 19 옥이름
	襤 20 옷헤질	藍 20 쪽	籃 20 큰등롱	欖 21 감람나무	覽 21 볼	灆 22 물맑을	攬 25 잡아다릴	纜 27 닻줄
랍	拉 9 꺾을	臘 21 납향제	蠟 21 밀랍					
랑	� 10 높을	浪 11 물결	朗 11 달밝을	烺 11 빛 밝을	� 11 이리	琅 12 옥이름	蛝 13 사마귀	廊 13 행랑
	榔 14 나무이름	郎 14 사내	瑯 15 고을이름	螂 16 버마제비	駺 17 꼬리흰말			
래	來 8 올	崍 11 산이름	徠 11 위로할	萊 14 쑥				

랭	冷 7 찰						
락	略 11 간략할	掠 12 노략질할					
량	良 7 어질	兩 8 둘	亮 9 밝을	俍 9 어질	倆 10 공교할	梁 11 들보	涼 12 서늘할 (涼 10 서늘할)
	量 12 헤아릴	粱 13 기장	粮 13 양식	樑 15 들보	諒 15 믿을	輛 15 백수레	糧 18 양식
려	呂 7 성	戾 8 어기어질	侶 9 짝	旅 10 나그네	黎 15 무리	慮 15 생각	閭 15 이문	勵 17 힘쓸
	麗 19 고울	廬 19 농막	濾 19 씻을	櫚 19 종려나무	曤 19 퍼질	礪 20 숫돌	蠣 21 굴	藜 21 명아주
	儷 21 아우를	驢 26 나귀	驪 29 가라말					
력	力 2 힘	歷 16 지낼	曆 16 책력	瀝 20 샐	礫 20 조약돌	轢 22 삐걱거릴	靂 24 벼락	
련	煉 13 쇠불릴	連 14 연할	漣 15 물놀이칠	輦 15 연	練 15 익힐	憐 16 사랑할	璉 16 호련	鍊 17 단련할
	蓮 17 연꽃	聯 17 이을	變 22 예쁠	戀 23 사모할	攣 23 사모할			
렬	列 6 베풀	劣 6 용렬할	冽 8 맵게추울	洌 10 맑을	烈 10 매울	裂 12 찢을		
렴	廉 13 청렴	斂 17 거둘	濂 17 엷을	殮 17 염할	簾 19 발			

렵	獵 19 사냥할						
령	令 5 하여금	伶 7 영리할	囹 8 감옥	岺 8 고개	吟 8 속삭일	姈 9 영리할	昤 9 밝을	泠 9 서늘할
	怜 9 영리할	玲 10 옥소리	聆 11 깨달을	翎 11 날개	羚 11 영양	笭 11 작은농	零 13 떨어질	鈴 13 방울
	領 14 거느릴	逞 14 군셀	嶺 17 고개	澪 17 깨우칠	齡 20 나이	靈 24 신령		
례	例 8 견줄	隷 16 종	澧 17 물이름	禮 18 예도	(礼 6) 예도	醴 20 단술		
로	老 6 늙을	鹵 11 염밭	虜 12 사로잡을	勞 12 수고로울	路 13 길	輅 13 큰수레	魯 15 노둔할	撈 16 건저낼
	潞 16 물이름	盧 16 성	澇 16 큰물결	擄 17 노략질할	璐 18 아름다운	蕗 19 감초	嚧 19 웃을	櫓 19 큰방패
	櫨 20 두공	瀘 20 물이름	露 20 이슬	爐 20 화로	瓐 21 비취옥	蘆 22 갈대	鷺 23 백로	
록	彔 8 나무깍을	鹿 11 사슴	碌 13 돌모양	祿 13 복	菉 14 녹두	綠 14 초록빛	錄 16 기록할	麓 19 산기슭
론	論 15 의논할							
롱	弄 7 희롱할	壟 19 무덤	朧 20 달빛비칠	瀧 20 적실	瓏 21 환할	聾 22 귀막힐	籠 22 얽을	
뢰	耒 6 가래	牢 7 우리	賂 13 선물	雷 13 우뢰	磊 15 돌무더기	賚 15 줄	賴 16 힘입을	儡 17 꼭두각시

| 뢰 | 瀨 20 여울 | | | | | | | |

료	了 2 마칠	料 10 헤아릴	聊 11 원할	僚 14 동관	廖 14 사람이름	寮 15 작은창	燎 16 밝을	潦 16 큰비
	瞭 17 눈밝을	療 17 병나을	蓼 17 여뀌	遼 19 멀				
롱	龍 16 용							
루	婁 11 끄을	累 11 더할	淚 12 눈물	嶁 14 봉우리	屢 14 여러	陋 14 추할	樓 15 다락	熡 15 불꽃
	漏 15 샐	慺 15 정성스러울	瘻 16 부스럼	蔞 17 물쑥	縷 17 실마디	褸 17 옷해질	耬 17 씨뿌리는 기구	壘 18 진
	鏤 19 새길							
류	柳 9 버들	留 10 머무를	流 11 흐를	琉 12 유리돌	硫 12 유황	旒 13 면류관술	溜 14 낙숫물	榴 14 석류
	瑠 14 유리	劉 15 성	瘤 15 혹	類 18 같을	謬 18 어그러질	瀏 19 명랑할		
륙	六 6 여섯	戮 15 죽일	陸 16 뭍					
륜	侖 8 뭉치	倫 10 차례	崙 11 산이름	圇 11 완전할	淪 12 거느릴	綸 14 벼리	輪 15 우렁찰	鑰 16 금
률	律 9 법	栗 10 밤	率 11 헤아릴	崒 12 가파를	慄 14 두려울	稞 15 벼쌓은 모양	瑮 15 옥무늬	

륭	隆 17 높을						
륵	肋 8 갈빗대	勒 11 정돈할					
름	菻 14 쑥	凜 15 찰	廩 16 쌀곳간				
릉	凌 10 능가할	楞 13 네모질	稜 13 위엄	綾 14 무늬비단	菱 14 마름	陵 16 능할	
리	吏 6 관리	里 7 마을	李 7 오얏	利 7 이로울	俐 9 영리할	厘 9 이	俚 9 힘입을	唎 10 가는소리
	悧 11 똑똑할	浬 11 물소리	离 11 밝을	狸 11 삵	犁 11 얼룩소	梨 11 참배	浬 11 추장이름	理 12 마을
	犂 12 밭갈	(犁 11) 밭갈	痢 12 이질	莉 13 꽃	履 15 가죽신	裏 13 속	(裡 12) 속	摛 15 퍼질
	釐 16 바늘	璃 16 유리	罹 17 만날	鰲 18 의리	鯉 18 잉어	離 19 떠날	贏 19 파리할	籬 25 울타리
린	吝 7 아낄	粦 12 도깨비불	隣 14 물맑을	摛 16 건장한	橉 16 나무이름	潾 16 물맑을	燐 16 반딧불	獜 16 튼튼할
	麐 17 기린	璘 17 옥무늬	蟒 18 반딧불	繗 18 이을	鄰 19 이웃	鏻 20 군셀	隣 20 이웃	藺 22 골풀
	麟 23 기린	鱗 23 비늘	躙 27 짓밟을					
림	林 8 수풀	玲 9 옥이름감	棽 12 무성할	淋 12 물뿌릴	琳 12 알고자할	砅 13 깊을	琳 13 예쁜옥	霖 16 장마

림	臨 17 임할						
립	立 5 설	砬 10 돌소리	笠 11 갓	粒 11 쌀알			
마	馬 10 말	麻 11 삼	媽 13 어머니	痲 13 홍역	摩 15 가까워질	瑪 15 옥돌	碼 15 옥돌	磨 16 갈
	魔 21 마귀						
막	莫 13 말	寞 14 쓸쓸할	幕 14 장막	漠 15 아득할	膜 17 꺼풀	邈 21 아득할		
만	万 3 일만	卍 6 만자	娩 10 해산할	晩 11 늦을	挽 11 당길	曼 11 멀	輓 14 수레끌	滿 15 가득할
	慢 15 방자할	萬 15 일만	漫 15 부질없을	瞞 16 속일	蔓 17 덩굴	鏋 19 금	饅 20 만두	彎 22 굽을
	鰻 22 뱀장어	巒 22 산봉우리	蠻 25 오랑캐	灣 26 물굽이				
말	末 5 끝	抹 9 바를	沫 9 침	靺 10 끝	茉 11 말리꽃	靺 14 붉은끈	襪 21 버선	
망	亡 3 망할	芒 9 싹	妄 6 망녕할	忙 7 바쁠	忘 7 잊을	罔 9 없을	邙 10 북망산	望 11 바랄
	茫 12 아득할	網 14 그물	莽 14 풀우거질	輞 15 덧바퀴				
매	每 7 매양	妹 8 아래누이	枚 8 줄기	昧 9 어두울	埋 10 묻을	苺 11 딸기	梅 11 매화	買 12 살

매	寐 12 잠잘	媒 12 중매	煤 13 그을음	魅 15 도깨비	賣 15 팔	罵 16 꾸짖을	邁 20 멀리갈
맥	麥 11 보리	脈 12 맥	貃 13 오랑캐	陌 14 밭두렁	驀 21 말탈		
맹	孟 8 맏	氓 8 백성	盲 8 어두울	猛 12 날랠	盟 13 맹세	萌 13 풀싹	
멱	覓 11 구할	冪 16 덮을					
면	免 7 면할	沔 8 물흐를	眄 9 곁눈질할	面 9 낯	勉 9 힘쓸	眠 10 졸음	冕 11 면류관	棉 12 목화나무
	綿 14 솜	緬 15 가는실	麵 20 밀가루					
멸	滅 14 멸할	蔑 17 없을					
명	皿 5 그릇	名 6 이름	命 8 목숨	明 8 밝을	明 9 밝을	洺 10 물이름	冥 10 어둘	榠 12 흠통
	酩 13 술취할	愍 14 마음너그러울	溟 14 바다	銘 14 새길	鳴 14 울	瞑 14 캄캄할	瞑 15 눈흐릴	螟 16 머루
	蓂 16 명협	鷏 19 초명새						
메	袂 10 소매						
모	毛 4 터럭	母 5 어미	矛 5 세모진창	牟 6 클	牡 7 모란	姆 8 여스승	冒 9 무릅쓸	某 9 아무

모	侮 9 업신여길	芼 10 나물	耗 10 덜	眸 11 눈동자	茅 11 띠	軞 12 병거	帽 12 모자	募 13 부를
	貌 14 모양	瑁 14 서옥	摹 15 규모	模 15 모범	摸 15 본뜰	慕 15 사모할	暮 15 저물	慔 15 힘쓸
	謀 16 꾀할	橅 16 법	謨 18 꾀					
목	木 4 나무	目 5 눈	牧 8 기를	沐 8 목욕할	睦 13 화목할	穆 16 화할	鶩 20 따오기	
몰	沒 8 빠질	歿 8 죽을						
몽	夢 14 꿈	蒙 16 어릴	朦 18 풍부할					
묘	卯 5 토끼	妙 7 묘할	杳 8 너그러울	玅 9 땅이름	昴 9 별자리	畂 10 밭이랑	苗 11 싹	猫 13 고양이
	描 13 그릴	渺 13 아득할	墓 14 무덤	廟 15 사당	錨 17 닻			
무	毋 4 말	戊 5 천간	巫 7 무당	武 8 굳셀	拇 9 엄지손가락	畂 10 밭이랑	茂 11 무성할	務 11 힘쓸
	貿 12 무역할	無 12 (无 4) 없을 없을		珷 12 옥돌	楙 13 모과나무	誣 14 속일	舞 14 춤출	橅 16 법
	撫 16 어루만질	憮 16 어루만질	繆 17 실천오리	懋 17 힘쓸	鵡 18 앵무새	蕪 18 황무지	霧 19 안개	
묵	墨 15 먹	默 16 잠잠할						

643

문	文 4 글월	刎 6 목자를	吻 7 입술	抆 8 닦을	汶 8 더럽힐	門 8 문	炆 8 연기날	蚊 10 모기
	紋 10 무늬	們 10 무리	紊 10 얽힐	問 11 물을	雯 12 구름문채	聞 14 들을		
물	勿 4 말	物 8 만물	沕 8 잠길					
미	未 5 아닐	米 6 쌀	尾 7 꼬리	味 8 맛	侎 8 어루만질	采 8 점점	美 9 아름다울	眉 9 눈썹
	洣 10 강이름	娓 10 장황할	宷 11 깊을	梶 11 나무끝	嵄 12 깊은산	媄 12 빛고을	媚 12 사랑할	嵋 12 산이름
	湄 13 물가	渼 13 물결무늬	迷 13 미혹할	煝 13 빛날	楣 13 인중방	微 13 작을	媺 13 착할	瑂 14 옥돌
	躾 16 행동할	彌 17 많을 (弥 8) 많을	謎 17 수수께끼	溦 17 이슬비	瀰 18 물가득할	靡 19 어여쁠	薇 19 장미꽃	
	黴 23 기미낄	蘪 23 천궁						
민	民 5 백성	旻 8 가을하늘	忞 8 강할	岷 8 산이름	旼 8 화할	敃 9 굳셀	泯 9 빠질	眂 9 볼
	砇 9 옥돌	玟 9 옥돌	珉 10 옥돌	罠 11 낚싯줄	敏 11 민첩할	悶 12 민망할	閔 12 불쌍히여길	暋 13 강할
	鈱 13 돈꿰미	脗 13 물결가없는모양	愍 13 불쌍할	琘 13 옥돌	瑉 13 옥돌	頣 14 강할	碈 14 옥다음가는돌	閩 14 종족이름
	緍 15 입힐	慜 15 총명할	潣 16 물흐름	憫 16 불쌍할	顒 18 강할			

밀	密 11 빽빽할	蜜 14 꿀	櫁 15 침향	謐 17 편안할				
박	朴 6 순박할	泊 9 쉴	拍 9 손뼉칠	剝 10 두드릴	珀 10 호박	粕 11 깻묵	舶 11 큰배	博 12 넓을
	迫 12 핍박할	鉑 13 박	雹 13 우박	箔 14 금박	駁 14 섞일	縛 16 묶을	撲 16 부딪칠	膊 16 어깨
	樸 16 순박할	璞 17 옥덩이	薄 19 엷을					
반	反 4 돌아올	半 5 절반	伴 7 짝	放 8 나눌	盼 9 돌아볼	泮 9 반수	叛 9 배반할	拌 9 버릴
	般 10 돌아올	畔 10 밭도랑	班 11 나눌	返 11 돌아올	絆 11 얽아맬	斑 12 아롱질	頒 13 반포할	飯 13 밥
	搬 14 옮길	槃 14 즐거울	磐 15 반석	盤 15 소반	瘢 15 흉터	潘 16 성	磻 17 반계	斒 17 얼룩
	蟠 18 서릴	攀 19 휘어잡을	礬 20 꽃이름					
발	拔 9 뺄	炦 9 불기운	勃 9 활발할	跋 12 밟을	發 12 필	渤 13 바다	鉢 13 바리때	魃 15 가물귀신
	髮 15 터럭	撥 16 다스릴	潑 16 활발할	醱 19 술괼				
방	方 4 모	坊 7 막을	彷 7 방황할	尨 7 클	妨 7 해로울	放 8 놓을	枋 8 박달	昉 8 밝을
	房 8 방	芳 10 꽃다울	肪 10 기름	紡 10 길쌈할	旁 10 넓을	倣 10 본받을	舫 10 쌍배	蚌 10 조개

방	邦 11 나라	訪 11 찾을	幫 12 곁들	防 12 막을	傍 12 의지할	榜 14 나무조각	滂 14 비퍼부울	磅 15 돌소리
	膀 16 오줌통	蒡 16 우엉	謗 17 헐뜯을	龐 19 성				
배	北 5 달아날	貝 7 조개패	盃 9 잔	(杯 8) 잔	拜 9 절	倍 10 갑절	俳 10 광대	配 10 짝
	背 11 등	徘 11 배회할	培 11 북돋을	胚 11 아이밸	排 12 밀	焙 12 불에쬘	湃 13 물소리	輩 15 무리
	裵 14 옷치렁할	(裴 14) 옷치렁할	賠 15 배상	褙 15 배자	陪 16 모실	蓓 17 꽃봉오리		
백	白 5 흰	百 6 일백	伯 7 맏	佰 8 백사람	帛 8 비단	栢 10 잣	(柏 9) 잣	魄 15 넋
번	番 12 차례	煩 13 번민할	樊 15 울타리	幡 15 표기	燔 16 사를	磻 17 강이름	繁 17 성할	蕃 18 번성할
	飜 21 뒤집을	(翻 18) 뒤집을	藩 21 울타리					
벌	伐 6 칠	筏 12 떼	閥 14 문벌	罰 15 벌줄				
범	凡 3 무릇	氾 6 뜰	帆 6 배돛	犯 6 범할	汎 7 띄울	机 7 나무이름	泛 9 넓을	釩 11 떨칠
	梵 11 범어	范 11 벌	滭 13 풍류소리	渢 15 뜰	範 15 모범			
법	法 9 법	琺 13 법랑						

벽	辟 13 임금	碧 14 푸를	劈 15 쪼갤	僻 15 후미질	壁 16 벽	擘 17 나눌	檗 17 회향목	璧 18 둥근옥
	癖 18 적병	霹 21 벼락	闢 21 열	蘗 23 회향목				
변	卞 4 법	弁 5 꼬깔	采 7 분별할	便 9 아담할	辨 16 분별할	辯 21 말잘할	邊 22 갓	變 23 변할
별	別 7 다를	勯 12 클	莂 13 모종낼	馝 13 향기날	瞥 17 눈깜짝할	馧 17 짙지않은향기	襒 18 떨칠	鷩 23 금계
	鼈 23 금계	鼈 25 자라						
병	丙 5 남녘	兵 7 군사	幷 8 아우를	秉 8 잡을	昞 9 빛날	(昺 9) 빛날	炳 9 빛날	柄 9 자루
	抦 9 잡을	倂 10 나란히할	病 10 병들	竝 10 아우를	(並 8) 아우를	屛 11 병풍	棅 12 자루	瓶 13 병
	軿 15 가벼운수레	鉼 16 판금	餠 17 밀가루떡	騈 18 고을이름				
보	步 7 걸음	甫 7 클	玨 8 옥그릇	備 9 도울	保 9 보전	洑 10 보막을	珤 11 보배	報 12 갚을
	普 12 넓을	堡 12 막을	睎 12 볼	補 13 도울	洑 13 보	輔 14 도울	菩 14 보리나무	褓 15 포대기
	潽 16 물	譜 19 족보	寶 20 보배	(宝 8) 보배				
복	卜 2 점	伏 6 엎드릴	服 8 입을	宓 8 편안할	匐 11 기어갈	復 12 돌아올	茯 12 복령	福 14 복

647

복	僕 14 시중꾼	腹 15 배	複 15 거듭	輻 16 바퀴살	輹 16 바퀴통	鍑 17 아구큰솥	蔔 17 치자꽃	覆 18 살필
	馥 18 향기	鰒 20 전복						
본	本 5 근본							
볼	乶 8 땅이름							
봉	奉 8 받들	芃 9 무성할	封 9 봉할	峯 10 (峰 10) 산봉우리 산봉우리	俸 10 녹	烽 11 봉화	捧 12 받들
	棒 12 몽둥이	蜂 13 벌	琫 13 칼집옥	逢 14 만날	鳳 14 새	滝 15 내이름	熢 15 불기운	鋒 15 칼날
	縫 17 꿰맬	蓬 17 쑥						
부	不 4 아닐	父 4 아비	夫 4 지아비	付 5 줄	缶 6 장군	孚 7 믿을	否 7 아니	斧 8 도끼
	扶 8 도울	府 8 마을	咐 8 분부할	阜 8 언덕	赴 9 다다를	訃 9 부고	負 9 짐질	釜 10 가마
	俯 10 구부릴	芙 10 연꽃	剖 10 쪼갤	浮 11 뜰	婦 11 며느리	趺 11 발등	副 11 버금	符 11 병
	埠 11 선창	復 12 다시	富 12 부자	傅 12 스승	莩 13 갈청	孵 13 거룻배	鳧 13 물오리	附 13 붙일
	腐 14 썩을	孵 14 알깔	腑 14 장부	溥 14 클	部 15 나눌	駙 15 빠를	敷 15 베풀	賦 15 줄

부	賻 17 부의	膚 17 피부	簿 19 문서				
북	北 5 북녘						
분	分 4 나눌	吩 7 분부할	汾 8 물결흐를	奔 8 분주할	忿 8 분할	扮 8 잡을	昐 8 햇빛	盆 9 둥이
	粉 10 가루	紛 10 어지러울	芬 10 향기	焚 12 불사를	雰 12 안개	賁 13 날랠	墳 15 무덤	奮 16 떨칠
	憤 16 분할	噴 16 뿜을	糞 17 똥					
불	不 4 아니	弗 5 아니	佛 7 부처	彿 8 비슷할	拂 9 떨어질			
붕	朋 8 벗	崩 11 산무너질	棚 12 사다리	硼 13 약이름	繃 17 묶을	鵬 19 붕새		
비	匕 2 숟가락	比 4 견줄	庀 5 다스릴	丕 5 으뜸	妃 6 왕비	庇 6 덮을	伾 7 힘셀	卑 8 낮을
	枇 8 비파	批 8 손으로칠	非 8 아닐	沸 9 끓을	飛 9 날	毗 9 밝을	毘 9 밝을	砒 9 비상
	泌 9 샘물흐를	毖 9 삼갈	秕 9 쭉정이	俾 10 더할	匪 10 빛날	肥 10 살찔	祕 10 숨길	(秘 10) 숨길
	粃 10 쭉정이	婢 11 계집종	奜 11 클	備 12 갖출	棐 12 도울	費 12 비용	扉 12 사립문	悲 12 슬플
	斐 12 이롱질	碑 13 비석	琵 13 비파	痺 13 세이름	裨 14 도울	緋 14 붉은빛	榧 14 비자나무	翡 14 비취

649

비	脾 14 지라	蚌 14 짐승이름	鼻 14 코	菲 14 향기	誹 15 헐뜯을	憊 16 고달플	霏 16 눈펄펄내릴	馡 17 향기로울
	鄙 18 더러울	臂 19 팔뚝	譬 20 비유할					
빈	份 6 빛날	牝 6 암컷	玭 9 소리진주	貧 11 가난할	邠 11 나라이름	浜 11 물가	彬 11 빛날	斌 12 빛날
	賓 14 손님	償 16 인도할	頻 16 자주	嬪 17 계집벼슬	豳 17 나라이름	濱 18 물가	擯 18 물리칠	檳 18 빈랑나무
	殯 18 염할	贇 19 예쁠	霦 19 옥광채	璸 19 진주이름	顰 19 찡그릴	馪 19 향기	瀕 20 물가	繽 20 성한모양
	鑌 22 강철	馪 23 향내물큰날						
빙	氷 5 얼음	騁 7 달릴	聘 13 청할	憑 16 의지할				
사	巳 3 뱀	士 3 선비	四 4 넷	司 5 맡을	仕 5 벼슬	史 5 사기	乍 5 잠깐	糸 6 가는실
	寺 6 절	死 6 죽을	似 7 같을	私 7 사사로울	伺 7 살필	些 7 적을	沙 8 모래	社 8 모일
	事 8 일	祀 8 제사	舍 8 집	使 8 하여금	俟 9 기다릴	泗 9 내이름	砂 9 모래	査 9 사실할
	思 9 생각	柶 9 숟가락	紗 10 깁	唆 10 부추길	祠 10 사당	射 10 쏠	師 10 스승	娑 10 춤출
	邪 11 간사할	蛇 11 뱀	梭 11 북	斜 11 비낄	徙 11 옮길	赦 11 죄사할	詐 12 거짓	詞 12 말씀

사	捨 12 버릴	奢 12 사치할	絲 12 실	斯 12 이	裟 13 가사	渣 13 물이름	嗣 13 이을	肆 13 방자할
	莎 13 향부자	僿 14 가늘	飼 14 먹일	駟 14 사마	獅 14 사자	寫 15 베낄	賜 15 줄	蓑 16 도롱이
	篩 16 왕대	謝 17 사례할	辭 19 말씀	瀉 19 쏟을	麝 21 사향노루			
삭	削 9 깎을	索 10 새끼	朔 10 초하루	搠 14 바를	數 15 자주	爍 19 빛날	鑠 23 녹일	
산	山 3 뫼	刪 7 깎을	汕 7 통발	疝 8 산증	珊 10 산호	祘 10 셈	産 11 낳을	傘 12 우산
	散 12 흩어질	算 14 셈할	酸 14 신맛	憪 15 온전한덕	蒜 16 마늘	霰 20 싸락눈		
살	乷 8 음역자	殺 11 죽일	煞 13 죽일	撒 16 흩어버릴	薩 20 보살			
삼	三 3 셋	杉 7 삼나무	衫 9 적삼	芟 10 풀벨	參 11 석	森 12 성할	滲 15 거를	蔘 17 인삼
삽	釤 12 새길	揷 13 꽂을	(挿 11) 꽂을	颯 14 바람소리	澁 16 떫을			
상	上 3 위	尙 8 오히려	牀 8 평상	(床 7) 평상	狀 8 평상	峠 9 고개	相 9 서로	庠 9 학교
	桑 10 뽕나무	祥 11 상서	爽 11 시원할	商 11 장사할	常 11 항상	翔 12 날을	喪 12 슬플	象 12 코끼리
	廂 12 행랑	湘 13 삶을	傷 13 상할	想 13 생각할	詳 13 자세할	塽 14 시원한땅	嘗 14 일찍	裳 14 치마

상	像 14 형상	樣 15 상수리	箱 15 상자	賞 15 상줄	懩 15 성품밝을	橡 16 상수리	潒 16 세찰	償 17 갚을
	霜 17 서리	觴 18 잔	孀 20 과부					
쌍	雙 18 쌍							
새	塞 13 변방	賽 17 굿할	璽 19 옥새					
색	色 6 빛	索 10 찾을	嗇 13 인색할	塞 13 찰	穡 18 거둘			
생	生 5 낳을	省 9 덜	牲 9 희생	笙 11 생황	甥 12 생질			
서	西 6 서쪽	序 7 차례	抒 8 풀	書 10 글	恕 10 용서할	徐 10 천천히	悆 11 느슨해질	庶 11 뭇
	胥 11 서로	偦 11 재주있을	敍 11 차례	(叙 9) 차례	黍 12 기장	捿 12 깃들일	犀 12 무소	哲 12 밝을
	壻 12 사위	(婿 12) 사위	絮 12 솜	棲 12 쉴	(栖 10) 쉴	舒 12 펼	湑 13 거를	揟 13 고기잡을
	暑 13 더울	筮 13 점	鼠 13 쥐	惰 13 지혜	稰 14 가을할	逝 14 갈	墅 14 농막	誓 14 맹세
	瑞 14 상서	署 15 관청	緖 15 실마리	鋤 15 호미	諝 16 슬기	嶼 17 섬	嵠 17 섬	曙 18 새벽
	薯 20 마	遾 20 미칠	薁 20 아름다운모양					

석	夕 3 저녁	石 5 돌	汐 7 썰물	析 8 나눌	昔 8 옛	祏 10 섬	席 10 자리	惜 12 가엾을
	晳 12 분석할	舄 12 신	淅 12 쌀일	鉐 13 놋쇠	碩 14 클	奭 15 클	潟 16 염밭	褯 16 자리
	錫 16 주석	蓆 16 클	鼫 18 석서	釋 20 놓을				
선	仙 5 신선	先 6 먼저	亘 6 베풀	宣 9 베풀	洗 10 깨끗할	扇 10 부채	洒 10 엄숙할	珗 11 옥돌
	旋 11 돌이킬	船 11 배	琁 12 옥돌	善 12 착할	羨 13 넘칠	詵 13 말전할	渲 13 물적실	跣 13 발벗을
	僊 13 춤출	愃 13 쾌할	銑 14 분쇠	嫙 14 예쁠	煽 14 성할	瑄 14 큰둥근옥	嬋 15 고울	腺 15 멍울
	墡 15 백토	線 15 줄	敾 16 다스릴	瞕 16 아름다울	璇 16 옥이름	鮮 17 빛날	禪 17 요할	蟬 18 매미
	膳 18 반찬	璠 18 아름다운옥	繕 18 울	譔 19 가르칠	選 19 가릴	璿 19 예쁜옥	鐥 20 복자	饍 21 차반
	癬 22 마른옴	蘚 23 이끼						
설	舌 6 혀	泄 9 샐	契 9 이름	洩 10 샐	屑 10 조촐할	卨 11 높을	雪 11 눈	偰 11 맑을
	設 11 베풀	卨 12 은나라이름	楔 13 문설주	渫 13 흩어질	說 14 말씀	揳 15 없앨	褻 17 친할	薛 17 향내날
	薛 19 나라이름	齧 21 씹을						

653

섬	剡 10 땅이름	閃 10 피할	陝 15 고을이름	蟾 19 도울	暹 19 햇살오를	瞻 20 넉넉할	殲 21 다할	纖 23 가늘
섭	涉 11 건널	葉 15 땅이름	爕 17 불꽃	攝 22 잡을				
성	成 7 이룰	姓 8 성	星 9 별	省 9 살필	性 9 성품	宬 10 서고	娍 10 아름다울	城 10 재
	晟 11 밝을	盛 12 성할	珹 12 옥	晠 12 재물	惺 13 깨달을	箵 13 바디	猩 13 성성이	聖 13 성인
	瑆 14 옥빛	誠 14 정성	睲 14 귀밝을	腥 15 비릴	醒 16 술깰	聲 17 소리		
세	世 5 인간	忕 7 익숙해질	洗 10 씻을	洒 10 씻을	笹 11 가는대	細 11 가늘	涗 11 잿물	稅 12 거둘
	貰 12 세낼	勢 13 권세	歲 13 해	說 14 달랠	銴 15 구리녹날	蔧 17 풀비		
소	小 3 작을	少 4 적을	召 5 부를	邵 7 높을	劭 7 힘쓸	所 8 바	沼 9 굽은못	柖 9 나무흔들
	昭 9 밝을	炤 9 밝을	宵 10 밤	玿 10 예쁜옥	笑 10 웃음	素 10 흴	消 11 꺼질	巢 11 새집
	梳 11 얼레빗	紹 11 이을	疏 11 트일	邵 12 높을	疎 12 상소	訴 12 소송	甦 12 쉴	掃 12 쓸
	傃 12 향할	塑 13 허수아비	搔 14 긁을	逍 14 노닐	韶 14 아름다울	溯 14 올라갈	愫 14 정성스러울	銷 15 녹을
	瘙 15 옴	霄 15 하늘	嘯 15 휘파람불	潚 16 깨끗할	篠 16 가는대	燒 16 불사를	穌 16 쉴	璅 16 옥돌

소	遡 17 거스를	蔬 17 나물	鹺 18 소금	蕭 18 쑥	簫 18 퉁소	霄 18 하늘	瀟 20 물맑을	騷 20 소동
	蘇 22 차조기							
속	束 7 묶을	俗 9 풍속	涑 11 물이름	粟 12 조	速 14 빠를	謖 17 일어날	屬 21 붙일	續 21 이을
	贖 22 무역할							
손	孫 10 자	巽 12 낮을	飧 12 저녁밥	(飡 11) 저녁밥	損 14 덜	蓀 16 난초	遜 17 겸손할	
솔	帥 9 거느릴	乺 9 솔	率 11 거느릴	衛 17 거느릴				
송	宋 7 송나라	松 8 솔	悚 11 두려울	訟 11 송사할	淞 12 강이름	竦 12 공경할	送 13 보낼	頌 13 칭송할
	誦 14 욀	憽 17 똑똑할						
쇄	刷 8 인쇄할	殺 11 내릴	碎 13 부술	鎖 18 사슬	鎖 18 자물쇠	灑 23 뿌릴		
쇠	衰 10 약할	釗 10 힘쓸						
수	水 4 물	手 4 손	囚 5 가둘	收 6 거둘	守 6 지킬	戍 6 지킬	秀 7 빼어날	汓 7 헤엄칠
	垂 8 드리울	岫 8 바위구멍	峀 8 바위구멍	受 8 받을	首 9 머리	帥 9 장수	殊 10 다를	修 10 닦을

수							
洙 10	袖 10	狩 10	脩 11	宿 11	羞 11	須 12	茱 12
물가	소매	순행할	길	별자리	부끄러울	모름지기	수유
琇 12	授 12	愁 13	酬 13	睡 13	綏 13	嫂 13	需 14
옥돌	줄	근심	술권할	졸음	편안할	형수	구할
嗽 14	壽 14	粹 14	綏 14	銖 14	搜 14	誰 15	銹 15
기침할	목숨	순수할	인끈	저울눈	찾을	누구	동록
數 15	漱 15	豎 15	(竪 13)	賥 15	瘦 15	蒐 16	樹 16
셈	양치질할	세울	세울	재물	파리할	꼭두서니	나무
蓚 16	輸 16	邃 16	濉 17	(睢 13)	燧 17	雖 17	隋 17
수산	실어낼	이룰	물이름	물이름	봉화	비록	수나라
穗 17	璲 18	瓍 18	鷫 19	繡 19	獸 19	瓗 21	隧 21
이삭	서옥	옥이름	솔개	수놓을	짐승	구슬	길
邃 21	隨 21	藪 21	鬚 22	髓 23	讎 23	讐 23	
깊숙할	쫓을	큰늪	턱수염	골	원수	짝	

숙							
夙 6	叔 8	孰 11	宿 11	淑 12	琡 13	肅 13	塾 14
공경할	아재비	누구	잘	맑을	옥이름	엄숙할	글방
菽 14	熟 15	橚 16	潚 16	璹 16			
콩	익을	깊고곧은	빠를	옥그릇			

순							
旬 6	巡 7	畇 8	峋 9	徇 9	盾 9	栒 10	姰 9
열흘	순례할	사귈	깊숙할	널리펼칠	방패	경쇠걸이	미칠
洵 10	純 10	殉 10	恂 10	珣 11	淳 12	順 12	舜 12
믿을	생사	죽을	진실할	옥그릇	맑을	순할	임금
循 12	筍 12	荀 12	詢 13	楯 13	脣 13	馴 13	諄 15
좇을	죽순	풀이름	꾀할	난간	입술	착할	도울

순	醇 15	橓 16	錞 16	蕣 17	瞬 17	蕣 18		
	전국술	무궁화나무	사발종	순나무	잠깐	무궁화		
술	戍 6	珬 8	術 11	述 12	鉥 13			
	개	높을	재주	지을	인도할			
숭	崇 11	崧 11	嵩 13					
	높을	우뚝솟을	높을					
슬	瑟 14	蝨 15	璱 16	膝 17	璱 18			
	비파	이	푸른구슬	무릎	푸른진주			
습	拾 10	習 11	褶 17	濕 18	襲 22			
	주을	익힐	슬갑	젖을	엄습할			
승	升 4	承 5	丞 6	昇 8	承 8	丞 8	乘 10	勝 12
	되	받을	도울	오를	이을	정승	탈	이길
	滕 13	縢 14	僧 14	陞 15	隥 16	繩 19	蠅 19	
	밭두둑	바디	중	오를	오를	노	파리	
시	尸 3	示 5	矢 5	市 5	豕 7	侍 8	始 8	柿 9
	주검	보일	살	저자	돼지	모실	비로소	감나무
	泲 9	柴 9	屎 9	施 9	眂 9	是 9	屍 9	翅 10
	내이름	땔나무	똥	베풀	볼	이	주검	날개
	時 10	豺 10	恃 10	絁 11	匙 11	偲 11	媞 12	視 12
	때	승냥이	의지할	깁	순가락	책망할	복	볼
	媤 12	猜 12	弑 12	翄 13	詩 13	試 13	偲 13	禔 14
	시집	의심낼	죽일	날개칠	시	시험할	책선할	복
	嘶 15	漦 15	諡 16	諰 16	蒔 16	蓍 16	諰 16	
	목쉴	흐를	다스릴	두려워할	모종낼	시초	이	

씨	氏 4 성						
식	式 6 법	食 9 밥	拭 10 다듬을	息 10 쉴	拭 10 점판	埴 11 진흙	殖 12 날	植 12 심을
	寔 12 진실로	湜 13 물맑을	軾 13 수레난간	熄 14 꺼질	飾 14 꾸밀	篒 15 대밥통	蝕 15 일식	識 19 알
신	申 5 납	臣 6 신하	辰 7 날	辛 7 매울	身 7 몸	伸 7 펼	侁 8 떼지어갈	呻 8 읊조릴
	信 9 믿을	訊 10 물을	迅 10 빠를	神 10 신령할	娠 10 아이밸	宸 10 집	晨 11 새벽	紳 11 큰띠
	莘 13 긴모양	新 13 새	蜃 13 큰조개	愼 14 삼갈	腎 14 콩팥	燼 18 깜부기불	薪 19 섶	璶 19 옥돌
	藎 20 나아갈							
실	失 5 잃을	室 9 집	悉 11 알	實 14 열매				
심	心 4 마음	沁 8 물적실	沈 8 잠길	甚 9 심할	芯 10 등심초	深 12 깊을	尋 12 찾을	審 15 살필
	諶 16 믿을	潯 19 즙낼						
십	什 4 열사람	十 10 열	拾 10 열					
아	牙 4 어금니	我 7 나	枒 8 가장귀	妸 8 고울	亞 8 버금	兒 8 아이	娿 8 여자스승	砑 9 갈

아							
俄 9 아까	峨 10 산이름	娥 10 예쁠	哦 10 읊조릴	芽 10 싹	婭 11 동서	訝 11 맞이할	啞 11 벙어리
婀 11 동서	婉 11 아름다울	椏 12 가장귀질	雅 12 바를	硪 12 바위	猗 12 부드러울	皒 12 흰빛	蛾 13 나비눈썹
莪 13 다북쑥	衙 13 마을	阿 13 언덕	鴉 15 갈가마귀	餓 16 굶을	鵝 18 거위		

악							
岳 8 뫼	堊 11 색흙	惡 12 악할	幄 12 장막	愕 13 깜짝놀랄	握 13 움큼	渥 13 윤택할	樂 15 풍류
鄂 16 언덕	鍔 17 칼날	嶽 17 큰뫼	顎 18 아래위턱뼈	鰐 20 악어	齷 24 속좁을		

안							
安 6 편안할	矸 8 깨끗한	岸 8 언덕	侒 8 편안할	姲 9 조용할	按 10 누를	晏 10 늦을	案 10 상고할
婩 11 고울	眼 11 눈	鴈 15 기러기	(雁 12) 기러기	鞍 15 안장	鴈 16 불빛	鮟 17 천징어	顏 18 얼굴
饖 19 배불리먹을							

알							
軋 8 삐걱거릴	斡 14 돌볼	謁 16 보일	閼 16 사람이름				

암							
庵 11 암자	唵 11 움켜먹을	暗 13 어두울	菴 14 쑥	癌 17 암	巖 23 바위	(岩 8) 바위	闇 17 어두울

압							
押 9 누를	狎 9 익숙할	鴨 16 집오리	壓 17 누를				

앙							
央 5 가운데	仰 6 우러를	昂 8 밝을	怏 9 원망할	殃 9 재앙	秧 10 모내기	鴦 16 원앙새	

애	艾 8	厓 8	哀 9	唉 10	埃 10	崖 11	焕 11	涯 12
	쑥	언덕	슬플	물을	티끌	낭떠러지	빛날	물가
	愛 13	賹 15	曖 17	隘 18	礙 19	(碍 13)	靄 24	
	사랑	사람이름	침침할	좁을	거리낄	거리낄	아지랑이	
액	厄 4	扼 8	掖 12	液 12	腋 14	縊 16	額 18	
	재앙	움킬	겨드랑이	진액	겨드랑이	목맬	이마	
앵	罌 20	櫻 21	鶯 21	鸚 29				
	양병	앵두	꾀꼬리	앵무새				
야	也 3	冶 7	夜 8	耶 9	野 11	倻 11	若 11	惹 13
	어조사	쇠불릴	밤	어조사	들	땅이름	반야	끌
	爺 13	椰 13	揶 13					
	아비	야자나무	희롱할					
약	約 9	弱 10	若 11	葯 15	蒻 16	藥 21	躍 21	
	맺을	약할	같을	구리때잎	구약나물	약	뛸	
양	羊 6	佯 8	昜 9	恙 10	洋 10	痒 11	椋 12	揚 13
	양	상양할	빛날	근심할	물	옴	푸조나무	날릴
	煬 13	敭 13	暘 13	楊 13	瘍 14	養 15	樣 15	漾 15
	녹을	밝을	밝을	버들	머리헐	기를	모양	물결일
	襄 17	陽 17	瀁 19	壤 20	孃 20	攘 21	禳 22	穰 22
	도울	볕	물넘칠	고운흙	아가씨	밀칠	기도할	볏줄기
	讓 24	釀 24						
	사양할	술빚을						
어	於 8	圄 10	御 11	魚 11	唹 11	馭 12	瘀 13	語 14
	어조사	가둘	거느릴	고기	고요히웃을	말부릴	어혈질	말씀

어	漁 15 고기잡을	禦 16 막을	齬 22 이어긋날				
억	抑 8 누를	億 15 억	憶 17 생각	檍 17 참죽나무	臆 19 가득할		
언	言 7 말씀	彦 9 클	焉 11 어조사	偃 11 자빠질	堰 12 방죽	嫣 14 예쁠	諺 16 상말
얼	孼 19 치장할	蘖 23 싹날					
엄	奄 8 문득	俺 10 나	掩 12 거둘	淹 12 물가	龑 20 고명할	嚴 20 엄할	儼 22 공경할
업	業 13 업	嶪 16 산높을					
엔	円 4 원						
여	予 4 나	如 6 같을	余 7 나	汝 7 너	好 7 아름다울	茹 12 부드러울	惥 12 잊을	艅 13 나룻배
	與 14 더불	餘 16 남을	輿 17 수레바탕	歟 18 아름답다할	礜 19 돌이름	璵 19 보배옥	轝 21 수레바탕	
역	亦 6 또	役 7 부릴	易 8 바꿀	疫 9 염병	域 11 지경	逆 13 거스를	晹 13 해반짝	繹 19 베풀
	譯 20 번역할	驛 23 역말						
연	均 7 따를	延 7 맞을	沇 8 물흐를	姸 9 고울	兗 9 고을이름	衍 9 넓을	沿 9 쫓을	姃 10 빛날

661

연	娟 10 어여쁠	宴 10 잔치	研 11 갈	挻 11 당길	涓 11 물방울	捐 11 버릴	軟 11 부드러울	涎 11 연할
	然 12 그럴	淵 12 못	硯 12 벼루	堧 12 빈터	鉛 13 납	筵 13 대자리	煙 13 연기	(烟 10) 연기
	椽 13 서까래	瑌 13 옥돌	莚 13 풀이름	鳶 14 솔개	戭 15 사람이름	嬿 15 아리잠직할	緣 15 인연	演 15 펼
	燃 16 불탈	燕 16 연나라	縯 17 길	瑌 19 옥돌	嚥 19 침삼킬	曣 20 청명할	醼 23 잔치	
열	咽 9 목맬	悅 11 기뻐할	說 14 기쁠	熱 15 더울	閱 15 읽을	涅 16 물흐르는모양		
염	炎 8 불꽃	染 9 물들	苒 11 풀우거질	焰 12 불빛	琰 13 비취옥	髯 14 구렛나루	厭 14 넉넉할	閻 16 이문
	艶 19 탐스러울	鹽 24 소금						
엽	爆 14 불빛이글이글할	葉 15 잎새	曄 16 빛날	燁 16 빛날				
영	永 5 길	咏 8 노래할	柍 9 나무이름	映 9 비칠	盈 9 찰	泳 9 헤엄칠	浧 11 거침없이흐를	英 11 꽃부리
	迎 11 맞을	眰 12 똑바로볼	詠 12 읊을	楹 13 기둥	塋 13 무덤	漢 13 물맑을	暎 13 비칠	煐 13 빛날
	榮 14 영화	瑛 14 옥광채	影 15 그림자	朠 15 달빛	潁 15 물이름	瑩 15 밝을	穎 16 이삭	嬴 16 찰
	霙 17 눈꽃	鍈 17 방울소리	嶸 17 산높을	嬰 17 어릴	營 17 지을	濚 18 물돌	蠑 20 영원	瀛 20 큰바다

영	濚 21 물돌아갈	濚 21 지킬	瓔 22 옥돌	纓 23 갓끈			
예	乂 2 풀벨	刈 4 풀벨	曳 6 끌	汭 8 물이름	艾 8 쑥	羿 9 사람이름	芮 10 나라이름	倪 10 어릴
	珬 10 옥돌	堄 11 성각휘	埶 11 심을	猊 12 사자	詣 13 나아갈	預 13 미리	裔 13 옷뒷자락	嫕 14 유순할
	銳 15 날카로울	藝 15 재주	瘱 16 고요할	橤 16 꽃술방울	豫 16 먼저	叡 16 밝을	霓 16 암무지개	濊 17 깊을
	蓺 17 심을	穢 18 더러울	譽 21 기릴	藝 21 재주	蘂 22 꽃술	(蕊 18) 꽃술		
오	午 4 낮	五 5 다섯	伍 6 다섯	吾 7 나	污 7 더러울	吳 7 오나라	旿 8 낮밝을	俉 9 맞이할
	娛 10 기쁠	烏 10 까마귀	悟 11 깨달을	浯 11 물이름	梧 11 오동	晤 11 밝을	敖 11 희롱할	惡 12 미워할
	珸 12 옥빛	傲 13 거만할	奧 13 깊을	筽 13 버들고리	塢 13 산언덕	蜈 13 지네	嗚 13 탄식할	寤 14 깨달을
	誤 14 그릇	獒 15 개	熬 15 볶을	墺 16 물가언덕	澳 17 깊을	燠 17 불	懊 17 한할	顤 20 높고클
	鰲 22 큰자라	鼇 24 큰자라						
옥	玉 5 구슬	沃 8 기름질	屋 9 집	鈺 13 보배	獄 14 옥			
온	昷 9 어질	媼 13 한미	榲 14 기둥	溫 14 따뜻할	瘟 15 돌림병	瑥 15 이름	縕 16 싱할	饂 19 보리를서로먹을

온	穩 19 편안할	馧 19 향기로울	蘊 22 저축할				
올	兀 3 우뚝할						
옹	瓮 9 항아리	翁 10 늙을	邕 10 화할	雍 13 화할	壅 16 막을	擁 17 안을	甕 18 독	饔 22 아침밥
	癰 23 등창						
와	瓦 5 기와	臥 8 누울	訛 11 거짓말	蛙 12 개구리	渦 13 웅덩이	窩 14 굴	窪 14 도랑	蝸 15 달팽이
완	岏 7 산높을	完 7 완전	妧 7 좋은모양	抏 8 꺾을	宛 8 완연할	杬 8 어루만질	玩 9 구경	垸 10 바를
	梡 11 네발도마	婠 11 몸예쁠	浣 11 빨	婉 11 예쁠	椀 12 사발	琓 12 서옥	阮 12 성	碗 13 그릇
	琬 13 아름다울	頑 13 완고할	莞 13 웃을	脘 13 중완	腕 14 팔뚝	緩 15 너그러울	翫 15 싫을	豌 15 완두
	鋺 16 주발						
왈	曰 4 가로						
왕	王 5 임금	往 8 갈	枉 8 굽을	汪 8 못	旺 8 왕성할			
왜	歪 9 비뚤	娃 9 아름다울	倭 10 나라이름	矮 13 난쟁이				

외	外 5 바깥	畏 9 꺼릴	猥 13 더러울	嵬 13 산뾰족할	巍 21 높을		
요	夭 4 어여쁠	凹 5 오목할	妖 7 아리따울	拗 9 꺾을	要 9 구할	姚 9 예쁠	窈 10 고요할	堯 12 높을
	僥 14 요행	晓 14 햇빛	搖 14 흔들릴	窯 15 기와가마	嶢 15 높을	瑤 15 예쁜옥	樂 15 좋아할	腰 15 허리
	橈 16 꺾일	謠 17 노래	繇 17 따를	遙 17 멀	曜 18 빛날	燿 18 빛날	繞 18 얽힐	蟯 18 촌백충
	擾 19 온화할	邀 20 맞을	耀 20 빛날	饒 21 배부를				
욕	辱 10 욕될	浴 11 목욕	欲 11 탐낼	慾 15 욕심	褥 16 이불	縟 16 화문놓을		
용	冗 4 쓸데없을	用 5 쓸	宂 5 한가로울	甬 7 물솟을	勇 9 날랠	俑 9 허수아비	埇 10 길돋을	彧 10 사나울
	容 10 얼굴	庸 11 떳떳할	涌 11 물솟을	茸 12 녹용	俗 12 혁혁할	傭 13 머슴	湧 13 물솟을	憑 14 권할
	熔 14 녹일	溶 14 녹일	踊 14 뛸	墉 14 성	榕 14 용나무	槦 15 나무이름	瑢 15 옥소리	蓉 16 연꽃
	聳 17 솟을	鎔 18 녹일	鏞 19 큰쇠					
우	又 2 또	于 3 어조사	尤 4 더욱	友 4 벗	牛 4 소	右 5 오른쪽	羽 6 깃	圩 6 오목할
	宇 6 집	佑 7 도울	扜 7 지휘할	盱 7 헤돋을	盂 8 밥그릇	雨 8 비	玗 8 옥돌	紆 9 얽힐

665

우	俁 9 클	芋 9 토란	禹 9 펼	迂 10 굽을	祐 10 도울	邘 10 땅이름	雩 11 기우제	猛 11 물소용돌이쳐흐를
	偶 11 우연	釪 11 요령	堣 12 땅이름	寓 12 붙일	惆 13 기쁠	愚 13 어리석을	虞 13 편안할	霖 14 물소리
	禑 14 복	瑀 14 옥돌	愳 15 공경할	憂 15 근심	郵 15 우편	遇 16 만날	優 17 넉넉할	隅 17 모퉁이
	燠 17 위로할	藕 21 연뿌리						
욱	旭 6 빛날	昱 9 빛밝을	彧 10 빛날	栯 10 산앵두	勖 11 힘쓸	煜 13 빛날	郁 13 문채날	頊 14 이름
	稶 15 서직무성할	燠 17 따뜻할						
운	云 4 이를	夽 7 높을	沄 8 끓을	耘 10 김맬	芸 10 꽃성할	員 10 더할	雲 12 구름	暈 13 무리
	煩 14 누른빛	殞 14 죽을	賱 15 떨어질	橒 16 나무무늬	賱 16 넉넉할	運 16 운수	澐 16 큰물	鄖 17 나라이름
	隕 18 떨어질	篔 18 왕대	(篔 16) 왕대	蕓 18 평지	顒 19 둥글	韻 19 운		
울	乤 3 땅이름	菀 14 무성할	蔚 17 고을이름	鬱 29 답답할				
웅	雄 12 수컷	熊 14 곰						
원	元 4 으뜸	杬 8 나무이름	沅 8 물이름	垣 9 낮은담	怨 9 원망할	爰 9 이끌	員 10 관원	原 10 근본

원							
笎 10 대무늬	袁 10 성	悁 10 즐거워할	洹 10 흐를	朊 10 희미할	苑 11 나라동산	寃 11 원통할	(冤 10) 원통할
婉 11 예쁠	媛 12 예쁜계집	阮 12 원나라	援 13 구원할	園 13 동산	圓 13 둥글	湲 13 물소리	嫄 13 여자이름
源 14 근원	瑗 14 도리옥	愿 14 성실한	猿 14 원숭이	院 15 집	褑 15 패옥띠	鴛 16 숫원앙새	遠 17 멀
轅 17 진문	願 19 원할						

월		
月 4 달	越 12 넘을	鉞 13 도끼

위							
危 6 위태할	位 7 자리	委 8 맡길	韋 9 다룬가죽	威 9 위엄	胃 11 밥통	尉 11 벼슬이름	偉 11 클
圍 12 둘레	爲 12 할	渭 13 강이름	暐 13 밝을	僞 14 거짓	萎 14 마를	瑋 14 보배	葦 15 갈대
蝟 15 고슴도치	緯 15 씨	慰 15 위로할	衛 15 지킬	褘 15 휘장	違 16 어길	謂 16 이를	衞 16 지킬
蔿 18 고을이름	魏 18 위나라	韡 21 활짝필					

유							
由 5 말미암을	幼 5 어릴	有 6 있을	酉 7 닭	攸 7 자득할	侑 8 도울	乳 8 젖	臾 8 차할
兪 9 공손할	幽 9 그윽할	油 9 기름	宥 9 너그러울	囿 9 동산	柔 9 부드러울	柚 9 유자	姷 9 짝
秞 10 무성할	洧 10 물이름	聊 11 고요할	悠 11 멀	媄 11 아름다울	唯 11 오직	喩 12 깨우칠	庾 12 노적

유	釉 12 물건빛날	惟 12 생각할	猶 13 같을	猷 13 꾀	愉 13 기뻐할	愈 13 나을	裕 13 넉넉할	游 13 노닐
	楡 13 느릅나무	渘 13 물이름	瑈 13 옥같은돌	楢 13 종려나무	揉 13 주무를	揄 13 칭찬할	誘 14 가르칠	瑜 14 예쁜옥
	瑈 14 옥이름	逌 14 웃을	維 14 이을	牖 15 들창	萸 15 수유나무	逾 16 갈	踰 16 넘을	遊 16 놀
	蹂 16 밟을	諭 16 비유할	儒 16 선비	諛 16 아첨할	鍮 17 놋쇠	孺 17 사모할	蕤 18 꽃	癒 18 병나을
	濡 18 젖을	曘 18 햇빛	遺 19 끼칠					
육	肉 6 고기	育 10 기를	堉 11 기름진땅	毓 14 기를				
윤	尹 4 다스릴	允 4 진실로	昀 8 햇빛	玧 9 옥빛	胤 11 씨	阭 12 높을	閏 12 윤달	鈗 12 창
	奫 14 물깊을	芶 14 연뿌리	鋆 15 금	閏 15 윤달	橍 16 나라이름	潤 16 윤택할	贇 18 아름다울	
율	聿 7 스스로	汩 8 물흐를	喬 12 송곳질할	建 13 걸어가는모양	颶 13 큰바람	燏 16 빛날	欥 16 빨리날	潏 16 사주
융	戎 6 도울	絨 12 가는베	融 16 화할	瀜 20 물깊을				
은	听 7 벙긋거릴	圻 7 언덕	垠 9 언덕	泿 10 물가	圁 10 물이름	恩 10 은혜	殷 10 은나라	訢 11 공손할
	珢 11 옥돌	憖 14 공손할	溵 14 물소리	銀 14 은	珢 15 사람이름	闇 15 화평할	儓 16 기댈	憖 17 억지로

은	蒽 16 풀이름	蒑 16 풀빛푸른	嶾 17 산높을	隱 17 집마룻대	灃 18 물소리	檼 18 집마룻대	隱 22 숨을	蘟 23 인동덩굴
을	乙 1 새	圪 6 흙더미우뚝할	鳦 12 제비					
음	吟 7 읊을	音 9 소리	淫 12 음탕할	飮 13 마실	愔 13 조용할	陰 16 그늘	蔭 17 덮을	馨 20 화할
읍	邑 7 고을	泣 9 울	揖 13 공손할					
응	凝 16 엉길	應 17 응할	膺 19 가슴	曨 22 정하고볼	鷹 24 매			
의	衣 6 옷	矣 7 어조사	依 8 의지할	宜 8 마땅	倚 10 의지할	椅 12 교의	猗 12 불감개	意 13 뜻
	義 13 옳을	疑 14 의심할	儀 15 거동	毅 15 군셀	誼 15 옳을	擬 18 비낄	醫 18 의원	蟻 19 검을
	犧 19 배닿을	薏 19 연밥	議 20 의논할	懿 22 클				
이	二 2 두	已 3 이미	以 5 써	耳 6 귀	弛 6 놓을	而 6 말이을	伊 6 저	夷 6 평평할
	杝 7 피나무	佴 8 버금	易 8 쉬울	姏 9 계집칭호	怡 9 기쁠	姬 9 아름다울	姨 9 이모	珆 10 올돌
	珥 11 귀고리	異 11 다를	痍 11 다칠	移 11 옮길	苡 11 율무	羡 12 고을이름	貽 12 끼칠	貳 12 두
	黅 12 벨	媐 12 이쁠	胹 12 힘줄이질긴	肄 13 익힐	廙 14 공경한	爾 14 너	飴 14 엿	彛 16 떳떳할

이	頤 16 턱	鴯 17 제비	邇 21 가까울				
익	益 10 더할	翊 11 도울	翌 11 이튿날	熤 15 빛날	謚 17 웃을	翼 18 날개	瀷 21 흐를
인	人 2 사람	儿 2 어진사람	刃 3 칼날	仁 4 어질	引 4 이끌	印 6 도장	因 6 인할	氵刃 7 젖어맞붙을
	牣 7 찰	忍 7 참을	咽 9 목구멍	姻 9 혼인할	氤 10 기운어릴	茵 10 씨	蚓 10 지렁이	寅 11 동방
	稇 11 벼꽃	絪 12 기운덩이	茵 12 사철쑥	靷 12 질길	靷 13 가슴걸이	湮 13 빠질	䩄 14 소고칠	認 14 알
	㯂 14 작은북	戭 15 창	䛐 16 공경할	璌 16 사람이름	臏 17 등심	濥 18 물줄기		
일	一 1 한	日 4 날	勎 7 기쁠	佚 7 아름다울	佾 8 춤출	壹 12 한	溢 14 넘칠	馹 14 역말
	逸 15 편안할	鎰 18 무게단위						
임	壬 4 북방	任 6 맡길	妊 7 아이밸	姙 9 아이밸	恁 10 믿을	話 11 생각할	荏 12 부드러울	䛐 13 믿을
	賃 13 빌	稔 13 풍년들						
입	入 2 들	廿 4 스물	(廾 3) 스물					
잉	仍 4 인할	孕 5 아이밸	芿 10 풀싹	剩 12 남을				

자	子 3 아들	仔 5 자세할	字 6 글자	自 6 스스로	炙 8 구울	姉 8 맏누이	(姊 8) 맏누이	孜 8 부지런할
	秄 8 북을돋을	刺 8 찌를	咨 9 꾀할	姿 9 모양	者 9 사람	恣 10 방자할	兹 10 이	疵 10 흠
	紫 11 실다듬을	瓷 11 오지그릇	茨 12 쌓을	滋 13 맛	煮 13 삶을	雌 13 암컷	資 13 재물	雌 14 암컷
	慈 14 인자할	磁 15 자석	諮 16 꾀	褯 16 포대기	蔗 17 사탕수수	藉 20 깔		
작	勺 3 구기	灼 7 사를	作 7 지을	炸 9 불터질	昨 9 어제	芍 9 작약	斫 9 찍을	酌 10 술
	雀 11 참새	䧿 12 까치	綽 14 너그러울	爵 17 벼슬	鵲 19 까치	嚼 21 이해할	孱 12 나약할	棧 12 사다리
	殘 12 쇠잔할	盞 12 술잔	潺 16 물흐를					
잠	岑 7 멧부리	暫 15 잠깐	箴 15 바늘	潛 16 잠길	蠶 24 누에	簪 18 모을		
잡	雜 18 섞일							
장	丈 3 길	仗 5 의장	匠 6 장인	庄 6 전장	杖 7 몽둥이	壯 7 장할	長 8 긴	狀 8 베풀
	奘 10 클	章 11 글	張 11 베풀	帳 11 장막	將 11 장수	粧 12 단장할	場 12 마당	掌 12 손바닥
	裝 13 꾸밀	莊 13 씩씩할	(庄 6) 씩씩할	奬 14 권면할	臧 14 착할	獐 15 노루	漳 15 물이름	漿 15 미음

671

장	暲 15 밝을	樟 15 예장나무	葬 15 장사	腸 15 창자	璋 16 구슬	蔣 17 과장풀	牆 17 담	(墻 16) 담
	檣 17 돛대	醬 18 식혜	障 19 막힐	薔 19 장미	藏 20 감출	贓 21 장물잡힐	欌 22 장롱	臟 24 오장
재	才 4 재주	再 6 두번	在 6 있을	材 7 재목	災 7 재앙	哉 9 비로소	栽 10 심을	財 10 재물
	宰 10 재상	捱 11 손바닥에받을	梓 11 책판	裁 12 판결할	溨 13 맑을	載 13 실을	溨 14 물이름	滓 14 찌꺼기
	縡 16 비단	賊 16 재물	齋 17 집	齎 21 가질				
쟁	爭 8 다툴	箏 14 풍경	諍 15 간할	錚 16 징				
저	低 7 낮을	佇 7 오래설	杵 8 공이	咀 8 깨달을	姐 8 만누이	底 8 밑	抵 9 밀	狙 9 살필
	沮 9 축축할	疽 10 등창	苧 11 모시	紵 11 모시	詛 12 방자할	貯 12 쌓을	邸 12 집	楮 13 닥나무
	猪 13 돼지	渚 13 물가	雎 13 원앙	菹 14 김치	這 14 맞이할	檸 15 가죽나무	箸 15 젓가락	著 15 지을
	儲 18 쌓을	躇 20 머뭇거릴	齟 20 이어긋날	藷 22 감자				
적	吊 6 이를	赤 7 붉을	炙 8 고기구울	的 8 밝을	狄 8 오랑캐	寂 11 고요할	笛 11 피리	迪 12 나아갈
	荻 13 갈대	勣 13 공	賊 13 도둑	跡 13 발자국	迹 13 업적	嫡 14 맏아들	翟 14 왕후의옷	敵 15 대적할

적	摘 15 딸	滴 15 물방울	積 16 쌓을	績 17 길쌈	謫 18 꾸짖을	適 18 마침	蹟 18 사적	鏑 19 살촉
	籍 20 호적							

전	田 5 밭	灯 6 등잔	朾 6 칠	全 6 온전	甸 7 경기	佃 7 밭맬	典 8 법	佺 8 신선이름
	前 9 앞	佂 9 평탄할	畑 9 화전	展 10 펼	栓 10 나무못	眖 10 바라볼	剪 11 가위	悛 11 고칠
	梃 11 막대기	胜 11 새이름	專 11 오로지	捵 12 벌릴	奠 12 전드릴	筌 12 통발	荃 12 향풀	詮 13 갖출
	煎 13 다릴	殿 13 대궐	塡 13 막힐	電 13 번개	鈿 13 비녀	雋 13 새살찔	琠 13 옥이름	傳 13 전할
	靛 14 검푸른빛	箋 14 기록할	塼 14 벽돌	銓 14 저울질	篆 15 전자	廛 15 터전	箭 15 화살	頲 16 곧을
	錢 16 돈	戰 16 싸울	輾 17 돌아누울	氈 17 모	澱 17 물고일	餞 17 보낼	轉 18 구를	顚 19 정수리
	纏 21 돌릴	鐫 21 새길	顫 22 떨릴	癲 24 미칠				

절	切 4 끊을	折 8 꺾을	浙 11 물이름	晢 11 밝을	絶 12 끊을	截 14 말잘할	節 15 마디	癤 20 부스럼
	竊 22 앝을							

점	占 5 점칠	店 8 가게	帖 8 고개	粘 11 붙을	漸 15 점점	鮎 16 메기	點 17 점	(点 9) 점

점	霑 16 젖을						
접	接 12 접할	蝶 15 들나비	摺 15 접을				
정	丁 2 고무래	井 4 우물	正 5 바를	汀 6 물가	姘 7 계집	征 7 두려워할	呈 7 드러낼	町 7 밭지경
	玎 7 옥소리	廷 7 조정	妌 8 여자단정할	政 8 정사	定 8 정할	征 8 칠	訂 9 고칠	貞 9 곧을
	穽 9 구덩이	柾 9 나무바랄	炡 9 빛날	酊 9 술취할	亭 9 정자	庭 10 뜰	釘 10 못	桯 11 걸상
	彭 11 꾸밀	梃 11 막대기	停 11 머무를	埩 11 밭갈	挺 11 뺄	胜 11 새이름	涏 11 아름다울	偵 11 엿볼
	頂 11 이마	旌 11 장목기	淨 12 깨끗할	情 12 뜻	晶 12 맑을	淀 12 배댈	程 12 법	婷 12 아리따울
	珽 12 옥돌	珵 12 패옥	幀 12 화분	晸 12 햇빛들	睛 13 눈동자	碇 13 닻돌	淳 13 물괴일	滇 13 물이름
	鼎 13 솥	綎 13 인끈	艇 13 작은배	楨 13 쥐똥나무	鉦 13 징	靖 13 편안할	禎 14 상서	精 14 세밀할
	靚 15 단장할	霆 15 벼락	鋌 15 쇳덩이	鋥 15 칼날세울	諪 16 고를	靜 16 고요할	整 16 정돈할	錠 16 촛대
	檉 17 능수버들	頲 17 아름다울	鄭 19 나라	瀞 20 맑을				
제	弟 7 아우	制 8 제도	姼 9 예쁠	帝 9 임금	悌 11 공경할	晢 11 별반짝반짝할	梯 11 사다리	祭 11 제사

제	俤 11 준걸	第 11 차례	堤 12 막을	媞 12 안존할	啼 12 울	提 13 당길	製 14 지을	齊 14 모두
	褆 14 복	瑅 14 옥이름	除 15 제할	劑 16 나눌	儕 16 무리	諸 18 모두	醍 16 빛붉은술	蹄 16 토끼올무
	濟 18 건널	題 18 글	際 19 지음	薺 20 냉이	臍 20 배꼽	霽 22 개일		
조	爪 4 손발톱	弔 4 조상	早 6 일찍	兆 6 조짐	助 7 도울	昭 9 비출	俎 9 제기	租 10 부세
	祚 10 복조	曹 10 성(姓)	凋 10 시들	晁 10 아침	蚤 10 일찍	祖 10 할아버지	粗 11 간략할	條 11 곁가지
	窕 11 고요할	釣 11 낚시	曹 11 무리	眺 11 볼	鳥 11 새	彫 11 새길	組 11 인끈	棗 12 대추초
	措 12 둘	朝 12 아침	詔 12 조서	阻 13 막힐	照 13 비칠	稠 13 빽빽할	嶆 14 깊을	肇 14 비로서
	趙 14 조나라	造 14 지을	調 15 고를	槽 15 말구유통	漕 15 배로실어올	嘲 15 희롱할	潮 16 조수	雕 16 환할
	燥 17 마를	操 17 잡을	糟 17 지게미	遭 18 만날	璪 18 면류관술옥	繰 19 아청빛비단	躁 20 빠를	藻 22 마름
족	足 7 발	族 11 겨레	簇 17 모일	鏃 19 살촉				
존	存 6 있을	尊 12 높을						
졸	卒 8 군사	拙 9 옹졸할	猝 12 갑자기					

종	宗 8 마루	柊 9 방망이	倧 10 신인	終 11 마침	從 11 쫓을	淙 12 물소리	棕 12 종려나무	悰 12 즐거울
	椶 13 벼묶음	琮 13 옥	慫 15 권할	腫 15 부스럼	綜 14 모을	種 14 씨	踪 15 자취	璁 16 옥찰소리
	踵 16 이을	縱 17 세로	鍾 17 쇠북	蹤 18 발자취	鐘 20 쇠북			
좌	左 5 왼	坐 7 앉을	佐 7 도울	座 10 자리	挫 11 바로잡을			
죄	罪 14 물							
주	主 5 임금	州 6 고을	舟 6 배	朱 6 붉을	走 7 달릴	住 7 머무를	侏 8 난쟁이	周 8 두루
	呪 8 방자할	姝 8 예쁠	宙 8 집	柱 9 기둥	紂 9 말고삐	注 9 물댈	拄 9 버틸	炷 9 심지
	奏 9 아뢸	姝 9 예쁠	株 10 뿌리	洲 10 성	酎 10 진한술	珠 11 구슬	珘 11 구슬	晝 11 낮
	絑 11 댈	紬 11 명주	酒 11 술	做 11 지을	冑 11 투구	蛛 12 거미	註 12 기록할	晭 12 밝을
	絑 12 붉을	棷 12 영수목	跓 12 재물	晭 12 햇빛	誅 13 꾸지람	邾 13 나라이름	湊 13 물이름	睭 13 밝을
	銂 13 쇳돌	喌 14 개부릴	聏 14 귀	綢 14 빽빽할	廚 15 부엌	駐 15 머무를	調 15 아침	週 15 주일
	遒 16 굳셀	輳 16 모일	澍 16 물쏟을	燽 18 밝을	疇 19 밭	籌 20 셈놓을	躊 21 머뭇거릴	鑄 22 부을

죽	竹 6 대	粥 12 미음					
준	俊 9 준걸	埈 10 높을	峻 10 높을	悛 10 물러갈	准 10 법	隼 10 새매	純 10 옷선	墫 11 과녁
	晙 11 밝을	焌 11 불붙을	浚 11 취할	畯 12 농부	竣 12 마칠	睃 12 볼	皴 12 틀	雋 13 높을
	逡 13 앞선	惷 13 어수선할	僔 14 모일	準 14 법	逡 14 주저할	陖 15 가파를	儁 15 준걸	葰 15 클
	樽 16 그칠	餕 16 대궁	寯 16 준걸	噂 17 기뻐할	憌 17 똑똑할	駿 17 준마	濬 18 깊을	遵 19 좇을
	鐏 20 창물미	蠢 21 꿈실거릴						
줄	茁 11 풀싹							
중	中 4 가운데	仲 6 버금	重 9 무거울	衆 12 무리				
즉	卽 9 즉	卽 9 나아갈						
즐	櫛 19 빗							
즙	汁 6 진액	楫 13 돛대	葺 15 기울					
증	拯 10 도울	症 10 병증세	烝 10 찔	曾 12 일찍	增 15 더할	憎 16 미워할	蒸 16 찔	甑 17 시루

677

증	繪 18	證 19	贈 19				
	비단	증거	줄				
지	之 4	止 4	支 4	只 5	勁 6	地 6	旨 6	至 6
	갈	그칠	지탱할	다만	굳건할	땅	뜻할	이를
	吱 7	志 7	坻 7	池 7	底 7	址 7	枝 8	沚 8
	가는소리	뜻	머무를	연못	이를	터	가지	물가
	泜 8	恀 8	知 8	祉 9	咫 9	枳 9	持 10	祇 10
	붙을	사랑할	알	복	적을	탱자	가질	공경할
	庤 10	趾 10	芷 10	指 10	紙 10	芝 10	肢 10	砥 10
	물기	발	백지	손가락	종이	지초	팔다리	평평할
	舐 11	脂 12	智 12	蜘 14	駓 14	搘 14	褆 14	誌 14
	만날	기름	지혜	거미	굳셀	버틸	복	기록할
	漬 15	鋕 15	摯 15	贄 18	識 19	遲 19		
	물거품	새길	잡을	폐백	기록할	더딜		
직	直 8	稙 13	稷 15	職 18	織 18			
	곧을	올벼	피	벼슬	짤			
진	辰 7	杓 8	晙 9	殄 9	抮 9	津 10	唇 10	畛 10
	별	바디	밝을	착할	휘어잡을	나루	놀랄	밭갈피
	晉 10 (晋 10)		珍 10	秦 10	眞 10	疹 10	朕 11	倣 11
	나아갈	나아갈	보배	진나라	참	홍역	눈동자	다스릴
	袗 11	振 11	晫 11	振 11	診 12	軫 12	靖 13	鉁 13
	고운옷	떨칠	밝을	평고대	성낼	수레	바를	보배
	瞋 13	塡 13	榛 14	槇 14	盡 14	搢 14	溱 14	塵 14
	성낼	오랠	개암나무	결고울	다할	떨칠	성할	티끌

진	賑 14 풍부할	瞋 15 눈부릅뜰	進 15 나아갈	稹 15 빽빽할	禛 15 복받을	瑨 15 옥돌	瑱 15 옥이름	陣 15 진
	震 15 진동할	縝 16 고울	儘 16 다스릴	縉 16 분홍빛	陳 16 베풀	臻 16 이를	蓁 16 풍성할	蔯 17 더위지기
	璡 17 옥이름	鎭 18 진압할						
질	叱 5 꾸짖을	侄 8 군을	帙 8 책갑	姪 9 조카	疾 10 병	桎 10 수갑	秩 秩 차례	窒 11 가득할
	迭 12 갈마들일	跌 12 거꾸러질	蛭 12 서캐	嫉 13 미워할	質 15 바탕	膣 17 새살날	瓆 20 이름	
짐	朕 10 조짐	斟 13 짐작할						
집	什 4 열사람	執 11 잡을	集 12 모을	楫 13 돛대	緝 15 빛날	輯 16 모을	濈 16 샘날	鏶 20 쇳조각
징	徵 15 부를	澄 16 맑을	懲 19 징계할					
차	叉 3 깍지낄	且 5 또	次 6 버금	此 6 이	車 7 수레	侂 8 자랑할	姹 9 아름다울	借 10 빌릴
	差 10 어긋날	硨 11 옥같은돌	茶 12 차	嵯 13 산높을	嗟 13 슬플	剳 14 전갈할	磋 15 갈	瑳 15 옥빛깨끗할
	蹉 17 미끄러질	遮 18 가릴	鹺 21 소금	齹 24 너그럽고클				
착	窄 10 좁을	捉 11 잡을	着 12 입을	搾 14 압박할	錯 16 어긋날	齪 22 악착할	鑿 28 깨끗할

찬	粲 13 선명할	撰 16 갖출	餐 16 삼킬	澯 17 맑을	儹 17 모을	篡 17 빼앗을	燦 17 빛날	饌 18 반찬
	璨 18 옥광채	竄 18 숨길	贊 19 도울	纂 20 모을	儹 21 모을	巑 22 산높을	孄 22 희고환할	欑 23 모을
	攢 23 모일	瓚 24 옥잔	纘 25 이을	讚 26 도울	鑽 27 뚫을			
찰	札 5 편지	刹 8 절	紮 11 머무를	察 14 살필	擦 18 문지를			
참	站 10 설	斬 11 끊을	參 11 참여할	塹 14 구덩이	憯 14 참람할	慚 15 부끄러울 (慙 15) 부끄러울		慘 15 슬플
	懺 21 뉘우칠	讖 24 비결	讒 24 참소할					
창	昌 8 창성	昶 9 밝을	倡 10 번창할	倉 10 창고	娼 11 기생	唱 11 노래할	窓 11 창	創 12 날에다칠
	猖 12 너풀거릴	敞 12 넓을	淐 12 물이름	唱 12 사람이름	淌 12 큰물결	槍 14 막을	彰 14 밝을	滄 14 서늘할
	愴 14 슬플	脹 14 창증날	菖 14 창포	暢 14 화창할	漲 15 물많을	瘡 15 부스럼	廠 15 헛간	艙 16 선창
	蒼 16 푸를							
채	采 8 캘	砦 10 울타리	責 11 꾸짖을	寀 11 동관	釵 11 비녀	琗 11 식음	婇 11 여자이름	彩 11 채색
	採 12 딸	採 12 참나무	債 13 빚	琗 13 빛날	睬 13 주목할	寨 14 나무울	菜 14 나물	綵 14 채찍비단

채	蔡 17 채나라						
책	册 5 책	栅 9 우리	責 11 꾸짖을	策 12 꾀			
처	妻 8 아내	凄 10 쓸쓸한	處 11 곳	悽 12 슬플			
척	尺 4 자	斥 5 내릴	坧 8 기지	刺 8 찌를	坧 8 터	拓 9 열	倜 10 고상할	剔 10 뼈발라낼
	隻 10 새한마리	戚 11 친척	脊 12 쌓을	塉 14 터	慽 15 근심할	滌 15 씻을	瘠 15 여윌	陟 15 오를
	蹠 18 밟을	擲 19 던질						
천	川 3 내	千 3 일천	天 4 하늘	仟 5 천사람	舛 6 어그러질	玔 8 옥고리	泉 9 샘	穿 9 통할
	阡 11 밭두길	釧 11 팔찌	茜 12 꼭두서니	淺 12 얕을	喘 12 헐떡거릴	踐 15 밟을	賤 15 천할	擅 17 오로지할
	遷 19 옮길	薦 19 천거할	闡 20 클	韆 24 그네				
철	凸 5 뾰족할	哲 10 밝을	悊 11 밝을	喆 12 밝을	綴 14 맺을	輟 15 거둘	徹 15 관철할	澈 16 물맑을
	撤 16 걷을	瞮 17 눈밝을	轍 19 바퀴자국	鐵 21 쇠				
첨	尖 6 뾰족할	沾 9 젖을	甜 11 달	添 12 더할	詹 13 살필	僉 13 여럿	諂 15 아첨할	瞻 18 처다볼

첨	簽 19 농	籤 23 찌붙일						
첩	妾 8 첩	帖 8 문서	捷 12 빠를	貼 12 붙일	堞 12 성가퀴	睫 13 속눈썹	牒 13 편지	輒 14 문득
	諜 16 염탐할	疊 22 거듭						
청	靑 8 푸를	晴 12 갤	淸 12 맑을	菁 14 우거질	請 15 청할	鯖 19 청어	聽 22 들을	廳 25 관청
체	切 4 온통	剃 9 털깎을	涕 11 눈물	玼 11 옥빛깨끗할	替 12 대신할	棣 12 산앵두나무	逮 15 단아할	締 15 맺을
	滯 15 엉길	諦 16 살필	諟 16 살필	遞 17 역말	體 23 몸			
초	初 7 처음	炒 8 볶을	岧 8 산높은	抄 8 주릴	肖 9 같을	俏 9 닮을	招 9 부를	秒 9 초침
	哨 10 보초설	梢 11 나무끝	苕 11 우뚝할	鈔 11 좋은쇠	稍 12 고를	焦 12 그을릴	貂 12 돈피	超 12 뛰어넘을
	硝 12 망초	酢 12 초	椒 12 향기로울	草 12 풀	(艸 6) 풀	剿 13 끊을	楚 13 초나라	醋 15 초
	樵 16 땔나무	憔 16 파리할	礁 17 암초	礎 18 주춧돌	蕉 18 파초	醮 19 초례제	齠 23 오색빛	
촉	促 9 재촉할	蜀 13 땅이름	燭 17 촛불	觸 20 찌를	囑 24 부탁할	矗 24 우뚝솟을		
촌	寸 3 마디	村 7 마을	忖 7 헤아릴	邨 11 마을				

총	冢 10 무덤	悤 11 바쁠	塚 13 무덤	銃 14 총	総 14 할할	摠 15 거느릴	憁 15 바쁠	聰 17 귀밝을
	蔥 17 푸를	總 17 합할	叢 18 모을	寵 19 사랑할				
촬	撮 16 모을							
최	崔 11 성	最 12 가장	催 13 재촉할					
추	酋 9 두목	秋 9 가을	抽 9 뺄	芻 10 꼴	推 12 밀	椎 12 쇠몽둥이	楸 13 바둑판	湫 13 서늘할
	追 13 쫓을	諏 15 꾀할	墜 15 떨어질	萩 15 맑은대쑥	皺 15 쭈그러질	樞 15 지두리	錐 16 송곳	錘 16 저울
	趨 17 달아날	醜 17 추할	鄒 17 추나라	雛 18 병아리	鎚 18 저울	騶 20 마부	鰌 20 미꾸라지	
축	丑 4 소	竺 8 나라이름	畜 10 기를	祝 10 축원할	軸 12 굴레	筑 12 축	逐 14 쫓을	蓄 16 쌓을
	築 16 쌓을	縮 17 오그라들	蹙 18 쭈그러질	蹴 19 밟을				
춘	春 9 봄	椿 13 대추나무	瑃 14 옥이름	賰 16 넉넉할				
출	出 5 날	朮 5 삽주뿌리	黜 17 내칠					
충	充 5 채울	忠 8 충성	沖 8 (冲 6) 화할 화할		衷 10 속	琉 11 귀고리	蟲 18 (虫 6) 벌레 벌레	

683

충	衝 15 충돌할						
췌	悴 12 근심할	萃 14 모을	贅 18 모을	膵 18 지라			
취	吹 7 불	炊 8 불땔	取 8 취할	臭 10 냄새	娶 11 장가들	脆 12 약할	就 12 이룰	聚 14 모을
	翠 14 비취	趣 15 뜻	嘴 15 부리	醉 15 술취할	鷲 23 독수리	驟 24 달릴		
측	仄 4 기울	側 11 곁	廁 12 뒷간	(厠 11) 뒷간	測 13 측량할	惻 13 슬플		
층	層 15 층층대							
치	侈 8 사치할	治 9 다스릴	峙 9 산우뚝할	值 10 만날	蚩 10 사람이름	致 10 이룰	恥 10 부끄러울	梔 11 치자
	痔 11 치질	淄 12 물이름	雉 13 꿩	馳 13 달릴	嗤 13 비웃을	痴 13 어리석을	稚 13 어릴	緇 14 검을
	置 14 둘	幟 15 깃대	緻 15 빽빽할	齒 15 이	輜 15 짐수레	熾 16 불성할	穉 17 늦을	癡 19 어리석을
칙	則 9 법칙	勅 9 경계할	飭 13 부지런할					
친	親 16 친할							
칠	七 7 일곱	柒 9 옻칠할	漆 15 옷					

침	沈 8 잠길	枕 8 베개	侵 9 침노할	砧 10 다듬잇돌	針 10 바늘	浸 11 젖을	綅 12 우거질	琛 13 보배
	寢 14 잘	鍼 17 바늘						
칩	蟄 17 잠잘							
칭	秤 10 저울	稱 14 일컬을						
쾌	夬 4 쾌이름	快 8 쾌할						
타	他 5 다를	朶 6 늘어질	打 6 칠	妥 7 편안할	咤 9 꾸짖을	拖 9 당길	唾 11 침	舵 11 키
	惰 13 게으를	陀 13 비탈	駄 13 탈	駝 15 낙타	橢 16 (楕 13) 길죽할 길죽할		墮 15 떨어질	
탁	托 7 밀	卓 8 뛰어날	坼 8 찢을	拓 9 밀칠	柝 9 쪼갤	度 9 헤아릴	託 10 부탁할	倬 10 클
	啄 11 쪼을	晫 12 환할	琢 13 옥다듬을	琸 13 사람이름	橐 16 (橐 14) 전대 전대		踔 15 멀	濁 17 흐릴
	擢 18 뺄	濯 18 씻을	鐸 21 방울					
탄	吞 7 삼킬	坦 8 평탄할	炭 9 숯	綻 14 나타날	誕 14 날	嘆 14 한숨쉴	歎 15 탄식할	彈 15 탄환
	暺 16 밝을	憚 16 수고로울	灘 23 여울					

탈	脫 13 벗을	奪 14 빼앗을					
탐	眈 9 노려볼	耽 10 즐길	探 11 정탐할	貪 11 탐할			
탑	塔 13 탑	榻 14 평상					
탕	帑 8 금고	宕 8 방탕할	湯 13 물끓일	糖 16 사탕	蕩 18 넓고클		
태	太 4 클	台 5 별이름	兌 7 곧을	汰 8 씻길	怠 9 게으를	泰 9 클	殆 9 위태할	娧 10 아름다울
	珆 10 옥무늬	笞 11 볼기칠	胎 11 애밸	苔 11 이끼	邰 12 나라이름	迨 12 미칠	跆 12 밟을	鈦 12 티타늄
	脫 13 기뻐할	態 14 태도	颱 14 태풍	鮐 16 복어			
택	宅 6 집	垞 9 언덕	澤 17 못	擇 17 가릴			
탱	撐 16 버틸						
터	攄 19 펼						
토	土 3 흙	吐 6 토할	兔 9 (兎 8) 토끼 토끼		討 10 다스릴		
통	洞 10 밝을	桶 11 통	統 12 거느릴	筒 12 대롱	痛 12 아플	通 14 통할	慟 15 서러울

퇴	堆 11 언덕	退 13 물러갈	槌 14 몽둥이	頹 16 기울어질	腿 16 넓적다리	褪 16 바랠		
투	投 8 던질	妬 8 투기할	套 10 덮개	偸 11 훔칠	透 14 통할	鬪 20 싸움		
특	特 10 특별할	慝 15 간악할						
틈	闚 18 엿볼							
파	巴 4 땅이름	爬 8 긁을	杷 8 비파나무	坡 8 언덕	波 9 물결	把 9 잡을	破 10 깨질	派 10 물결
	芭 10 파초	婆 11 춤출	跛 12 절뚝발이	琶 13 비파	頗 14 자못	播 16 심을	罷 16 마칠	擺 19 손뼉칠
판	判 7 쪼갤	坂 7 언덕	板 8 널	版 8 조각	販 11 팔	鈑 12 불린금	阪 12 언덕	瓣 16 갖출
	辦 19 꽃잎							
팔	叭 5 입벌릴	八 8 여덟	捌 11 깨뜨릴					
패	貝 7 조개	沛 8 넉넉할	佩 8 찰	唄 10 노래부를	悖 11 어지러울	狽 11 이리	浿 11 물가	敗 11 패할
	牌 12 패	稗 13 돌피	霸 21 으뜸	(覇 19) 으뜸				
팽	烹 11 삶을	彭 12 성	澎 16 물소리	膨 18 부풀				

팍	愎 13							
	사나울							
편	片 4	便 9	扁 9	偏 11	翩 15	篇 15	編 15	遍 16
	조각	편안할	작은	치우칠	나부낄	책	엮을	두루
	鞭 18	騙 19						
	채찍	속일						
폄	貶 12							
	떨어질							
평	平 5	坪 8	泙 9	枰 9	評 12	萍 14		
	평평한	들	물소리	바둑판	평론할	개구리밥		
폐	吠 7	肺 10	閉 11	幣 15	陛 15	廢 15	弊 15	嬖 16
	짖을	허파	닫을	돈	섬돌	폐할	헤질	사랑할
	蔽 18	斃 18						
	가릴	죽을						
포	布 5	包 5	佈 7	咆 8	抛 8	抛 9 (抛 8)		怖 9
	베	쌀	펼	고함지를	버릴	던질 던질		두려울
	泡 9	抱 9	匍 9	砲 10	哺 10	疱 10	圃 10	苞 11
	물거품	안을	엉금엉금길	대포	먹일	부풀	채마밭	그령풀
	袍 11	浦 11	匏 11	捕 11	胞 11	脯 13	逋 14	飽 14
	도포	물가	바가지	잡을	태	포	도망갈	배부를
	暴 15	鋪 15	葡 15	褒 15	鮑 16	蒲 16		
	사나울	펼	포도	포장	절인고기	창포		
폭	幅 12	暴 15	輻 16	曝 19	爆 19	瀑 19		
	폭	사나울	바퀴살통	볕쬘	불터질	소나기		

표	杓 7 자루	表 9 겉	俵 10 나누어줄	豹 10 표범	彪 11 칡범	票 11 표	剽 13 표독할	慓 15 급할
	漂 15 뜰	瓢 15 표주박	標 15 표할	瞟 17 들을	飄 20 나부낄	驃 21 날랠	飈 21 폭풍	
품	品 9 품수	稟 13 여쭐						
풍	風 9 바람	馮 12 성	楓 13 단풍나무	諷 16 외울	豊 18 풍년	(豊 13) 풍년		
피	皮 5 가죽	彼 8 저	披 9 헤칠	疲 10 피곤할	被 11 입을	陂 13 기울어질	避 20 피할	
필	匹 4 짝	必 5 반드시	疋 5 짝	佖 7 점잔피울	咇 8 향내날	泌 9 물흐를	珌 10 칼장식	畢 11 마칠
	苾 11 향기날	弼 12 도울	筆 12 붓	粂 12 샘이용솟을	鉍 14 창자루	馝 14 향기날		
핍	乏 5 옹생할	逼 16 닥칠						
하	下 3 아래	何 7 어찌	呀 7 입딱벌릴	欨 9 껄껄웃을	河 9 물	抲 9 지휘할	昰 9 클	夏 10 여름
	賀 12 하례	煆 13 데울	閜 13 크게열릴	荷 13 연꽃	廈 13 큰집	(厦 12) 큰집	煆 14 군을가	瑕 14 붉은옥
	碬 14 숫돌	蝦 15 두꺼비	遐 16 멀	赮 16 붉을	霞 17 노을	嗃 17 웃음소리	蕸 19 연잎	鰕 20 고래
학	虐 9 나울	嗃 13 기뻐할	學 16 배울	壑 17 골짜기	謔 17 희롱힐	鶴 21 학		

한	旱 7 가물	汗 7 땀	罕 9 드물	恨 10 한할	悍 11 사나울	閒 12 겨를	寒 12 찰	閑 12 한가할
	限 14 한정	漢 15 한수	翰 16 날개	澖 16 넓은	罕 17 높을	澣 17 옷빨	韓 17 한나라	瀚 20 넓고큰
할	割 12 나눌	轄 17 다스릴						
함	含 7 머금을	函 8 함	咸 9 다	唅 11 머금을	喊 12 고함지를	涵 12 젖을	銜 14 머금을	菡 14 연꽃
	緘 15 묶을	陷 16 빠질	檻 18 난간	艦 20 싸움배	鹹 20 짤			
합	合 6 합할	哈 9 한모금	盒 11 소반뚜껑	蛤 12 조개	閤 14 도장	陜 15 땅이름	闔 18 문짝	
항	亢 4 목	伉 6 강직할	行 6 굳셀	杭 8 건널	沆 8 큰물	抗 8 항거할	巷 9 거리	姮 9 계집이름
	肛 9 배뚱뚱할	缸 9 항아리	航 10 배	桁 10 수갑	恒 10 항상	項 12 항목	港 13 항구	降 14 항복할
	嫦 14 항아							
해	亥 6 돼지	咍 8 비웃을	垓 9 땅가장자리	咳 9 방글방글할	孩 9 어린아이	晐 10 갖출	奚 10 어찌	害 10 해할
	海 11 바다	偕 11 함께할	解 13 풀	楷 13 본뜰	該 13 해당할	瑎 14 검은옥돌	駭 16 놀랄	骸 16 뼈
	諧 16 화할	懈 17 게으를	瀣 17 바다이름	蟹 19 게	邂 20 우연히만날	瀣 20 찬이슬		

핵	劾 8 캐물을	核 10 씨						
행	行 6 행할	杏 7 살구	幸 8 다행	倖 10 친할	涬 12 기운	荇 12 마름풀		
향	向 6 향할	享 8 누릴	香 9 향기	晑 10 밝을	珦 11 옥이름	餉 15 먹일	鄕 17 시골	嚮 19 누릴
	麝 20 사향사슴	響 22 소리	饗 22 잔치할					
허	許 11 허락할	虛 12 빌	噓 14 뿜을	墟 15 언덕				
헌	昍 8 밝을	軒 10 초헌	憲 16 법	輑 16 초헌	獻 20 드릴	憓 20 총명할	櫶 20 항렬한자	
헐	歇 12 쉴							
험	險 21 험할	驗 23 증험할						
혁	侐 8 고요할	革 9 가죽	奕 9 아름다울	焃 11 빛날	焱 12 불꽃	赫 14 빛날	嚇 17 성낼	爀 18 빛날
현	玄 5 검을	見 7 나타날	呟 8 소리	妶 8 여자의자	弦 8 활시위	泫 9 물깊을	炫 9 밝을	俔 9 염탐할
	怰 9 팔	眩 9 햇빛	峴 10 고개	玹 10 옥돌	娊 10 허리가늘	眩 10 현황활	舷 11 뱃전	絃 11 악기줄
	衒 11 자랑할	睍 11 햇살	弲 11 활	睍 12 고울	現 12 나타날	梒 12 땅이름	絢 12 문채날	琄 12 옥모양

현	鉉 13	銷 15	儇 15	賢 15	縣 15	俔 15	嬛 16	懸 20
	솥귀	노구솥	빠를	어질	고을	한정할	산뜻할	달릴
	譞 20	顯 23	灦 27					
	슬기로울	나타날	물이깊고맑을					
혈	孑 3	穴 5	血 6	頁 9				
	특출할	구멍	피	머리				
혐	嫌 12							
	의심할							
협	夾 7	協 8	冾 8	俠 9	峽 10	狹 11	浹 11	挾 11
	끼일	화할	화할	호협할	산골	좁을	두루미칠	낄
	脅 12	脇 12	莢 13	鋏 15	頰 16			
	갈빗대	거둘	콩꼬투리	칼	천천히할			
형	兄 5	刑 6	形 7	亨 7	俔 8	型 9	泂 9	炯 9
	형님	형벌	형상	형통할	이룰	골	찰	빛날
	邢 11	珩 11	逈 13	逈 13	荊 14	滎 14	熒 14	瑩 15
	나라이름	노리개	멀	빛날	가시	실개천	의심낼	밝을
	螢 16	衡 16	鎣 18	瀅 19	馨 20	瀅 22		
	반딧불	저울대	꾸밀	물맑을	꽃다울	물이름		
혜	匸 2	兮 4	彗 11	詥 11	惠 12	鞋 15	暳 15	憲 15
	감출	어조사	비	진실한말	은혜	가죽신	반짝거릴	밝을
	慧 15	憓 16	蹊 17	蕙 18	醯 19	譓 19	鏸 20	譿 22
	지혜	사랑할	지름길	난초	단것	슬기로울	날카로울	살필
호	戶 4	互 4	乎 5	好 6	弧 8	虎 8	呼 8	岵 8
	집	어그러질	어조사	좋을	나무활	범	부를	산

호	昊 8 하늘	怙 9 믿을	狐 9 의심할	瓳 10 반호	芦 10 지황	(苧 9) 지황	祜 10 복	浩 11 넓고큰
	胡 11 어찌	毫 11 터럭	瓠 11 표주박	晧 11 해돋을	扈 11 호위할	淏 12 맑을	壺 12 병	皓 12 빛
	號 13 부를	琥 13 호박	湖 13 호수	瑚 14 산호	豪 14 호걸	嫭 14 아름다울	犒 14 호궤할	蝴 15 들나비
	葫 15 마늘	滸 15 물가	皞 15 밝을	熩 15 빛날	糊 15 풀칠할	蒿 16 다북쑥	縞 16 명주	澔 16 클
	鄂 17 땅이름	壕 17 땅이름	蔰 17 빛	謼 18 부를	濩 18 풍류	濠 18 호수	鎬 18 호경	顥 21 풍류
	護 21 호위할	頀 23 구할	灝 25 넓을					
혹	或 8 혹	惑 12 의심낼	酷 14 혹독할					
혼	昏 8 어두울	俒 9 완전할	婚 11 혼인할	混 12 섞일	渾 13 흐릴	琿 14 옥	魂 14 혼	顜 19 둥근
홀	忽 8 소홀히할	笏 10 홀	惚 12 황홀할					
홍	弘 5 클	汞 7 수은	哄 9 떠들썩할	虹 9 무지개	泓 9 물깊을	紅 9 붉을	訌 10 무너뜨릴	洪 10 큰물
	烘 10 횃불	鉷 14 세뇌고동	鴻 17 기러기					
화	化 4 될	火 4 불	禾 5 벼	和 8 화할	花 10 꽃	貨 11 재물	畵 13 그림	(畫 12) 그림

693

화	話 13 말할	靴 13 목화	華 14 빛날	禍 14 재난	嬅 15 고울	澕 16 깊을	樺 17 벗나무	譁 19 지껄일
확	廓 14 클	確 15 확실할	(碻 15) 확실할	穫 19 곡식거둘	擴 19 넓힐	攫 24 후리칠		
환	丸 3 둥글	幻 4 허깨비	宦 9 벼슬	奐 9 클	紈 10 흰비단	洹 10 세차게흐를	桓 10 씩씩할	患 11 근심
	晥 11 환할	喚 12 부를	皖 12 환할	換 13 바꿀	煥 13 빛날	渙 13 흩어질	圜 16 두를	環 18 고리
	還 20 돌아올	鐶 21 고리	鰥 21 환어	歡 22 기쁠	驩 28 기뻐할			
활	活 10 살	猾 14 교활할	滑 14 이로울	豁 17 도량넓을	濶 18 넓을	(闊 17) 넓을		
황	皇 9 임금	況 9 하물며	晃 10 밝을	眈 10 환희빛날	恍 10 황홀할	凰 11 봉황새	荒 12 거칠	黃 12 누를
	徨 12 방황할	堭 12 전각	媓 12 이름	楻 13 깃대	惶 13 두려울	湟 13 물결빠를	煌 13 빛날	幌 13 휘장
	愰 14 밝을	慌 14 어렴풋할	熀 14 이글거릴	滉 14 물깊을	榥 14 책상	篁 15 대수풀	蝗 15 황벌레	遑 16 급할
	潢 16 은하수	璜 17 반달옥	隍 17 해자	簧 18 생황				
회	回 6 돌아올	灰 6 재	廻 9 돌아올	徊 9 배회할	恢 10 클	悔 11 뉘우칠	晦 11 그믐	蛔 12 거위
	淮 12 물이름	茴 12 약이름	會 13 모을	匯 13 물돌	賄 13 재물	誨 14 가르칠	獪 17 교활할	檜 17 전나무

회	澮 17	繪 19	膾 19	懷 20				
	물도랑	그림	회칠	품을				
획	画 8	劃 14	獲 18					
	그을	새길	얻을					
횡	宖 8	橫 16	鐄 20					
	집울림	가로	큰쇠북					
효	爻 7	孝 7	洨 10	烋 10	庨 10	虓 10	效 10	(効 8)
	형상	효도	강이름	거들먹거릴	높을	범울부짖을	본받을	본받을
	哮 10	肴 10	梟 11	涍 11	婋 11	寮 12	傚 12	淆 12
	성낼	안주	건장할	물가	재치있을	높은기운	본받을	어지러울
	歊 14	酵 14	熇 14	皛 15	曉 16	嚆 17	斅 20	驍 22
	김오를	술괼	엄할	밝을	새벽	부르짖을	가르칠	날랠
후	朽 6	后 6	吼 7	姁 8	後 9	厚 9	垕 9	侯 9
	썩을	황후	사자소리	아름다울	뒤	두터울	두터울	제후
	芋 9	候 10	欨 10	珝 11	帿 12	堠 12	喉 12	嗅 13
	클	기후	즐거워할	옥이름	과녁	돈대	목구멍	냄새맡을
	逅 13	煦 13						
	만날	베풀						
훈	訓 10	焄 11	暈 13	煇 13	塤 13	熏 14	勳 16	壎 17
	가르칠	향내	무리	지질	질나팔	불사를	공훈	질나팔
	燻 18	薫 19	纁 20	薰 20	鑂 22			
	불기운	향풀	분홍빛	향풀	금빛투색			
훙	薨 19							
	죽을							

훤	旳 [8] 밝을	喧 [12] 지껄일	暄 [13] 날밝을	愃 [13] 너그러울	煊 [13] 따뜻할	萱 [15] 원추리		
훼	卉 [6] (卉 [5]) 풀	풀	喙 [12] 숨쉴	毁 [13] 헐				
휘	彙 [13] 무리	煒 [13] 빛	輝 [13] 빛날	暉 [13] 햇빛	揮 [13] 휘두를	麾 [15] 대장기	輝 [15] 빛날	諱 [16] 피할
	徽 [17] 아름다울							
휴	休 [6] 쉴	庥 [9] 그늘	烋 [10] 아름다울	畦 [11] 밭쉰이랑	携 [14] 끝	虧 [17] 이지러질		
휼	恤 [10] 근심할	譎 [19] 간사할	鷸 [23] 도요새					
흉	凶 [4] 흉할	匈 [6] 가슴	兇 [6] 흉할	洶 [10] 물소리	胸 [12] 가슴			
흑	黑 [12] 검을							
흔	欣 [8] 기쁠	忻 [8] 기쁠	昕 [8] 날돋을	炘 [8] 화끈거릴	痕 [11] 흔적			
흘	吃 [6] 말더듬을	屹 [6] 산우뚝할	紇 [9] 묶을	訖 [10] 이를				
흠	欠 [4] 하품할	欽 [12] 공경할	歆 [13] 흠향할	鑫 [24] 기쁠				
흡	吸 [7] 마실	洽 [10] 화할	恰 [10] 마치	翕 [12] 합할				

흥	興 15 일						
희	希 7 바랄	姬 9 계집	俙 9 비슷할	晞 11 마를	烯 11 불빛	稀 12 드물	喜 12 기쁠	熙 13 빛날
	僖 14 즐거울	熈 15 빛날	嬉 15 희롱할	憘 16 기뻐할	憙 16 기쁠	禧 16 길할	熺 16 밝을	熹 16 밝을
	羲 16 복희씨	暿 16 빛날	噫 16 탄식할	戯 16 희롱할	嬇 17 기쁠	戲 17 놀이	禧 17 복	譆 19 감탄할
	曦 20 햇빛	犧 20 희생	爔 21 불	囍 22 쌍희				
힐	詰 13 꾸짖을							

대
운
용
신
영
부
적

행운의 대운용신영부적

칠성부七星符

칠성七星은 북두칠성을 말하는데 제1 성부터 제7 성으로 탐낭성貪狼星, 거문성巨門星, 녹존성祿存星, 문곡성文曲星, 염정성廉貞星, 무곡성武曲星, 파군성破軍星이 있다. 이 북두칠성은 하늘의 으뜸인 자미성紫薇星을 보좌하는 선신善神으로 우리를 괴롭히는 흉신凶神들을 제압하고 재앙을 없애주는 역할을 한다. 그러므로 북두칠성을 정성껏 내실문이나 사업장에 걸어두면 재앙이 침입하지 못하고 소원하는 바를 쉽게 이룰 수 있다. 만인의 도움으로 모든 일이 순조롭게 풀리며 소망하는 일이 반드시 이루어져 큰 재물을 얻는다. 특히 불치병을 앓는 질환자가 있더라도 호전될 것이며 자자손손 입신양명한다.

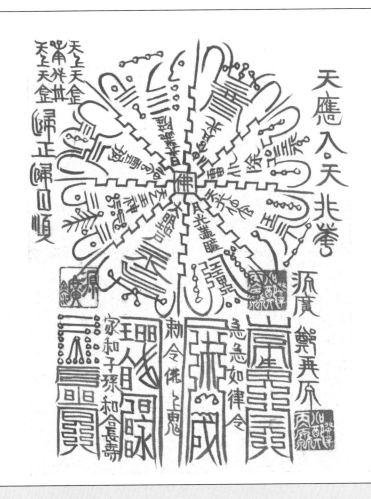

백사대통부百事大通符

대길大吉 방향에 걸어두면 만사형통하니 우환질고가 침입하지 못하고 가정이
화목하여 자손이 창성하고 모든 일이나 사업 등 목적하는 바가 이루어진다.
특히 학업 및 시험준비에 있는 자손은 입신양명한다.

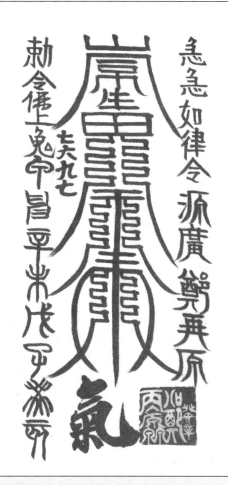

재수대길부 財數大吉符

이 부적을 소중히 몸에 지니면 만사가 뜻대로 이루어지고 재물이 날로 늘어나며 소원이 성취된다. 특히 건강하며 비운에 있다 하더라도 나날이 발전하여 소망이 성취된다.

가림출판사 · 가림 M & B · 가림 Let's에서 나온 책들

웰빙 동의보감식 발마사지 10분
최미희 지음 | 신재용 감수
4×6판 변형 | 204쪽 | 13,000원

아름다운 몸, 건강한 몸을 위한 목욕 건강 30분
임하성 지음 | 대국전판 | 176쪽 | 9,500원

내가 만드는 한방생주스 60
김영섭 지음 | 국판 | 112쪽 | 7,000원

건강도 키우고 성적도 올리는 자녀 건강
김진돈 지음 | 신국판 | 304쪽 | 12,000원

알기 쉬운 간질환 119
이관식 지음 | 신국판 | 264쪽 | 11,000원

밥으로 병을 고친다
허봉수 지음 | 대국전판 | 352쪽 | 13,500원

알기 쉬운 신장병 119
김형규 지음 | 신국판 | 240쪽 | 10,000원

마음의 감기 치료법 우울증 119
이민수 지음 | 대국전판 | 232쪽 | 9,800원

관절염 119
송영욱 지음 | 대국전판 | 224쪽 | 9,800원

내 딸을 위한 미성년 클리닉
강병문 · 이항아 · 최정원 지음 | 국판
148쪽 | 8,000원

암을 다스리는 기적의 치유법
케이 세이헤이 감수 | 카와키 나리카즈 지음
민병수 옮김 | 신국판 | 256쪽 | 9,000원

스트레스 다스리기
대한불안정애학회
스트레스관리연구특별위원회 지음
신국판 | 304쪽 | 12,000원

천연 식초 건강법
건강식품연구회 엮음
신재용(해성한의원 원장) 감수
신국판 | 252쪽 | 9,000원

암에 대한 모든 것
서울아산병원 암센터 지음
신국판 | 360쪽 | 13,000원

알로달록 컬러 다이어트
이승남 지음 | 신국판 | 248쪽 | 10,000원

불임부부의 희망 당신도 부모가 될 수 있다
정병준 지음 | 신국판 | 268쪽 | 9,500원

키 10cm 더 크는 키네스 성장법
김양수 · 이종균 · 최형규 · 표재환 · 김문희지음
대국전판 | 312쪽 | 12,000원

당뇨병 백과
이현철 · 송영득 · 안철우 지음
4×6배판 변형 | 396쪽 | 16,000원

호흡기 클리닉 119
박성학 지음 | 신국판 | 256쪽 | 10,000원

키 쑥쑥 크는 롱다리 만들기
롱다리 성장클리닉 원장단 지음
대국전판 | 256쪽 | 11,000원

내 몸을 살리는 건강식품
백은희 지음 | 신국판 | 384쪽 | 12,000원

내 몸에 맞는 운동과 건강
하철수 지음 | 신국판 | 264쪽 | 11,000원

알기 쉬운 척추 질환 119
김수연 지음 | 신국판 변형 | 264쪽 | 11,000원

베스트 닥터 박승정 교수팀의 심장병 예방과 치료
박승정 외5인지음 | 신국판 | 264쪽 | 10,500원

암 전이 재발을 막아주는 한방 신치료 전략

조종관 · 유화승 지음 | 신국판 | 308쪽 |
12,000원

식탁 위의 위대한 혁명 사계절 웰빙 식품
김진돈 지음 | 신국판 | 284쪽 | 12,000원

우리 가족 건강을 위한 신종플루 대처법
우준희 · 김태형 · 정진원 지음
신국판 변형 | 172쪽 | 8,500원

스트레스가 내 몸을 살린다
대한불안의학회 스트레스관리특별위원회 지음
신국판 | 296쪽 | 13,000원

수술하지 않고도 나도 예뻐질 수 있다
김경모 지음 | 신국판 | 144쪽 | 9,000원

교 육

우리 교육의 창조적 백색혁명
원상기 지음 | 신국판 | 206쪽 | 6,000원

현대생활과 체육
조창남 외5명 공저 | 신국판 | 340쪽 | 10,000원

퍼펙트 MBA
IAE유학네트 지음 | 신국판 | 400쪽 | 12,000원

유학길라잡이 I – 미국편
IAE유학네트지음 | 4×6배판 | 372쪽 | 13,900원

유학길라잡이 II – 4개국편
IAE유학네트지음 | 4×6배판 | 348쪽 | 13,900원

조기유학길라잡이.com
IAE유학네트지음 | 4×6배판 | 428쪽 | 15,000원

현대인의 건강생활
박상호 외5명 공저 | 4×6배판 | 268쪽 | 15,000원

천재아이로 키우는 두뇌훈련
나카마츠 요시로 지음 | 민병수 옮김
국판 | 288쪽 | 9,500원

두뇌혁명
나카마츠 요시로 지음 | 민병수 옮김
4×6판 양장본 | 288쪽 | 12,000원

테마별 고사성어로 익히는 한자
김경익 지음 | 4×6배판 변형 | 248쪽 | 9,800원

생생공부비법
이은승 지음 | 대국전판 | 272쪽 | 9,500원

자녀를 성공시키는 습관만들기
배은경 지음 | 대국전판 | 232쪽 | 9,500원

한자능력검정시험 1급
한자능력검정시험연구위원회 편저
4×6배판 | 568쪽 | 21,000원

한자능력검정시험 2급
한자능력검정시험연구위원회 편저
4×6배판 | 472쪽 | 18,000원

한자능력검정시험 3급(3급II)
한자능력검정시험연구위원회 편저
4×6배판 | 440쪽 | 17,000원

한자능력검정시험 4급(4급II)
한자능력검정시험연구위원회 편저
4×6배판 | 352쪽 | 15,000원

한자능력검정시험 5급
한자능력검정시험연구위원회 편저
4×6배판 | 264쪽 | 11,000원

한사능력검징시험 6급
한자능력검정시험연구위원회 편저
4×6배판 | 168쪽 | 8,500원

한자능력검정시험 7급
한자능력검정시험연구위원회 편저
4×6배판 | 152쪽 | 7,000원

한자능력검정시험 8급
한자능력검정시험연구위원회 편저
4×6배판 | 112쪽 | 6,000원

볼링의 이론과 실기
이태상 지음 | 신국판 | 192쪽 | 9,000원

고사성어로 끝내는 천자문
조준상 글 · 그림 | 4×6배판 | 216쪽 | 12,000원

내 아이 스타 만들기
김민성 지음 | 신국판 | 200쪽 | 9,000원

교육 1번지 강남 엄마들의 수험생 자녀 관리
황송주 지음 | 신국판 | 288쪽 | 9,500원

초등학생이 꼭 알아야 할 위대한 역사 상식
우진영 · 이양경 지음 | 4×6배판변형
228쪽 | 9,500원

초등학생이 꼭 알아야 할 행복한 경제 상식
우진영 · 전선심 지음 | 4×6배판변형
224쪽 | 9,500원

초등학생이 꼭 알아야 할 재미있는 과학상식
우진영 · 정경희 지음 | 4×6배판변형
220쪽 | 9,500원

한자능력검정시험 3급 · 3급II
한자능력검정시험연구위원회 편저
4×6판 | 380쪽 | 7,500원

교과서 속에 꼭꼭 숨어있는 이색박물관 체험
이신화 지음 | 대국전판 | 248쪽 | 12,000원

초등학생 독서 논술(저학년)
책마루 독서교육연구회 지음 | 4×6배판 변형
244쪽 | 14,000원

초등학생 독서 논술(고학년)
책마루 독서교육연구회 지음 | 4×6배판 변형
236쪽 | 14,000원

놀면서 배우는 경제
김솔 지음 | 대국전판 | 196쪽 | 10,000원

건강생활과 레저스포츠 즐기기
강선희외11명 공저 | 4×6배판 | 324쪽 | 18,000원

아이의 미래를 바꿔주는 좋은 습관
배은경 지음 | 신국판 | 216쪽 | 9,500원

다중지능 아이의 미래를 바꾼다
이소영 외6인 지음 | 신국판 | 232쪽 | 11,000원

체육학 자연과학 및 사회과학 분야의 석 · 박사 학위 논문, 학술진흥재단 등재지, 등재후보지와 관련된 학회지 논문 작성법
하철수 · 김봉경 지음 | 신국판 | 336쪽 | 15,000원

공부가 제일 쉬운 공부 달인 되기
이은승 지음 | 신국판 | 256쪽 | 10,000원

글로벌 리더가 되려면 영어부터 정복하라
서재희 지음 | 신국판 | 276쪽 | 11,500원

중국현대30년사
정재일 지음 | 신국판 | 364쪽 | 20,000원

생활호신술 및 성폭력의 유형과 예방
신현무 지음 | 신국판 | 228쪽 | 13,000원

글로벌 리더가 되는 최강 속독법
권혁천 지음 | 신국판 변형 | 336쪽 | 15,000원

디지털 시대의 여가 및 레크리에이션
박세혁지음 | 4×6배판 양장 | 404쪽 | 30,000원

취미 · 실용

김진국과 같이 배우는 와인의 세계
김진국 지음 | 국배판 변형양장본(올 컬러판)
208쪽 | 30,000원

배스낚시 테크닉
이종건 지음 | 4×6배판 | 440쪽 | 20,000원
나도 디지털 전문가 될 수 있다!!!
이승훈 지음 | 4×6배판 | 320쪽 | 19,200원
건강하고 아름다운 동양란 기르기
난마을 지음 | 4×6배판 변형 | 184쪽 | 12,000원
애완견114
황양원 엮음 | 4×6배판 변형 | 228쪽 | 13,000원

경제 · 경영

CEO가 될 수 있는 성공법칙 101가지
김승룡 편역 | 신국판 | 320쪽 | 9,500원
정보소프트
김승룡 지음 | 신국판 | 324쪽 | 6,000원
기획대사전
다카하시 겐코 지음 | 홍영의 옮김
신국판 | 552쪽 | 19,500원
맨손창업 · 맞춤창업 BEST 74
양혜숙 지음 | 신국판 | 416쪽 | 12,000원
무자본, 무점포 창업! FAX 한 대면 성공한다
다카시로 고시 지음 | 홍영의 옮김
신국판 | 226쪽 | 7,500원
성공하는 기업의 인간경영
중소기업 노무 연구회 편저 | 홍영의 옮김
신국판 | 368쪽 | 11,000원
21세기 IT가 세계를 지배한다
김광희 지음 | 신국판 | 380쪽 | 12,000원
경제기사로 부자아빠 만들기
김기태 · 신현태 · 박근수 공저 | 신국판
388쪽 | 12,000원
포스트 PC의 주역 정보가전과 무선인터넷
김광희 지음 | 신국판 | 356쪽 | 12,000원
성공하는 사람들의 마케팅 바이블
채수명 지음 | 신국판 | 328쪽 | 12,000원
느린 비즈니스로 돌아가라
사카모토 게이이치 지음 | 정성호 옮김
신국판 | 276쪽 | 9,000원
적은 돈으로 큰돈 벌 수 있는 부동산 재테크
이원재 지음 | 신국판 | 340쪽 | 12,000원
바이오혁명
이주영 지음 | 신국판 | 328쪽 | 12,000원
성공하는 사람들의 자기혁신 경영기술
채수명 지음 | 신국판 | 344쪽 | 12,000원
CFO
교텐 토요오 · 타하라 오키시 지음
민병수 옮김 | 신국판 | 312쪽 | 12,000원
네트워크시대 네트워크마케팅
임동학 지음 | 신국판 | 376쪽 | 12,000원
성공리더의 7가지 조건
다이앤 트레이시 · 윌리엄 모건 지음
지창영 옮김 | 신국판 | 360쪽 | 13,000원
김종결의 성공창업
김종결 지음 | 신국판 | 340쪽 | 12,000원
최적의 타이밍에 내 집 마련하는 기술
이원재 지음 | 신국판 | 248쪽 | 10,500원
컨설팅 세일즈 Consulting sales
임동학 지음 | 대국전판 | 336쪽 | 13,000원
연봉 10억 만들기
김농주 지음 | 국판 | 216쪽 | 10,000원
주5일제 근무에 따른 한국형 주말창업
최효진 지음 | 신국판 변형 양장본

216쪽 | 10,000원
돈 되는 땅 돈 안되는 땅
김영준 지음 | 신국판 | 320쪽 | 13,000원
돈 버는 회사로 만들 수 있는 109가지
다카하시 도시노리 지음 | 민병수 옮김
신국판 | 344쪽 | 13,000원
프로는 디테일에 강하다
김미현 지음 | 신국판 | 248쪽 | 9,000원
머니투데이 송복규 기자의
부동산으로 주머니돈 100배 만들기
송복규 지음 | 신국판 | 328쪽 | 13,000원
성공하는 슈퍼마켓&편의점 창업
나명환 지음 | 4×6배판 변형 | 500쪽 | 28,000원
대한민국 성공 재테크 부동산 펀드와 리
츠로 승부하라
김영준 지음 | 신국판 | 256쪽 | 12,000원
마일리지 200% 활용하기
박성희 지음 | 국판 변형 | 200쪽 | 8,000원
1%의 가능성에 도전, 성공 신화를 이룬 여성 CEO
김미현 지음 | 신국판 | 248쪽 | 9,500원
3천만 원으로 부동산 재벌 되기
최수길 · 이숙 · 조연희 지음
신국판 | 290쪽 | 12,000원
10년을 앞설 수 있는 재테크
노동규 지음 | 신국판 | 260쪽 | 10,000원
세계 최강을 추구하는 도요타 방식
나카야마 키요타카 지음 | 민병수 옮김
신국판 | 296쪽 | 12,000원
최고의 설득을 이끌어내는 프레젠테이션
조두환 지음 | 신국판 | 296쪽 | 11,000원
최고의 만족을 이끌어내는 창의적 협상
조강희 · 조원희 지음 | 신국판 | 248쪽 | 10,000원
New 세일즈 기법 물건을 팔지 말고 가치를 팔아라
조기선 지음 | 신국판 | 264쪽 | 9,500원
작은 회사는 전략이 달라야 산다
황충진 지음 | 신국판 | 312쪽 | 11,000원
돈되는 슈퍼마켓 & 편의점 창업전략(입지 편)
나명환 지음 | 신국판 | 352쪽 | 13,000원
25 · 35 꼼꼼 여성 재테크
정원훈 지음 | 신국판 | 224쪽 | 11,000원
대한민국 2030 독특하게 창업하라
이상헌 · 이호 지음 | 신국판 | 288쪽 | 12,000원
왕초보 주택 경매로 돈 벌기
천관성 지음 | 신국판 | 268쪽 | 12,000원
New 마케팅 기법 〈실천편〉 물건을 팔지
말고 가치를 팔아라 2
조기선 지음 | 신국판 | 240쪽 | 10,000원
퇴출 두려워 마라 홀로서기에 도전하라
신정수 지음 | 신국판 | 256쪽 | 11,500원
슈퍼마켓 & 편의점 창업 바이블
나명환 지음 | 신국판 | 280쪽 | 12,000원
위기의 한국 기업 재창조하라
신정수 지음 | 신국판 양장본 | 304쪽 | 15,000원
취업닥터
신정수 지음 | 신국판 | 272쪽 | 13,000원
합법적으로 확실하게 세금 줄이는 방법
최성호 · 김기근 지음 | 대국전판 | 372쪽 | 16,000원
선거수첩
김용한 엮음 | 4×6판 | 184쪽 | 9,000원
소상공인 마케팅 실전 노하우
(사)한국소상공인마케팅협회 지음 | 황문진 감수
4×6배판 변형 | 22,000원
불황을 완벽하게 타개하는 법칙

오오카와 류우호오 지음 | 김지현 옮김
신국판변형 | 240쪽 | 11,000원
한국 이명박 대통령의 영적 메시지
오오카와 류우호오 지음 | 박재영 옮김
4×6판 | 140쪽 | 7,500원
세계 황제를 노리는 남자 시진핑의 본심에 다가서다
오오카와 류우호오 지음 | 안미현 옮김
4×6판 | 144쪽 | 7,500원
북한 종말의 시작 영적 진실의 충격
오오카와 류우호오 지음 | 박재영 옮김
4×6판 | 194쪽 | 8,000원
러시아의 신임 대통령 푸틴과 제국의 미래
오오카와 류우호오 지음 | 안미현 옮김
4×6판 | 150쪽 | 7,500원
취업 역량과 가치로 디자인하라
신정수 지음 | 신국판 | 348쪽 | 15,000원
북한과의 충돌을 예견한다
오오카와류우호오지음 | 4×6판 | 148쪽 | 8,000원
뭐든지 다 판다
정철원 지음 | 신국판 | 280쪽 | 15,000원
더+ 시너지
유길문 지음 | 신국판 | 228쪽 | 14,000원
영원한 생명의 세계
오오카와 류우호오 지음 | 신국판 변형 |
148쪽 | 12,000원
인내의 법
오오카와 류우호오 지음 | 신국판 변형 |
260쪽 | 15,000원
스트레스 프리 행복론
오오카와 류우호오 지음 | 신국판 변형 |
180쪽 | 12,000원

주 식

개미군단 대박맞이 주식투자
홍성걸(한양증권 투자분석팀 팀장) 지음
신국판 | 310쪽 | 9,500원
알고 하자! 돈 되는 주식투자
이길영 외2명 공저 | 신국판 | 388쪽 | 12,500원
항상 당하기만 하는 개미들의 매도 · 매
수타이밍 999% 적중 노하우
강경무 지음 | 신국판 | 336쪽 | 12,000원
부자 만들기 주식성공클리닉
이창희 지음 | 신국판 | 372쪽 | 11,500원
선물 · 옵션 이론과 실전매매
이창희 지음 | 신국판 | 372쪽 | 12,000원
너무나 쉬워 재미있는 주가차트
홍성무 지음 | 4×6배판 | 216쪽 | 15,000원
주식투자 직접 투자로 높은 수익을 올릴
수 있는 비결
김학균 지음 | 신국판 | 230쪽 | 11,000원
억대 연봉 증권맨이 말하는 슈퍼 개미의
수익나는 원리
임정규 지음 | 신국판 | 248쪽 | 12,500원

역 학

역리종합 만세력
정도명 편저 | 신국판 | 532쪽 | 10,500원
작명대전
정보국 지음 | 신국판 | 460쪽 | 12,000원

하락이수 해설
이천교 편저 | 신국판 | 620쪽 | 27,000원
현대인의 창조적 관상과 수상
백운산 지음 | 신국판 | 344쪽 | 9,000원
대운용신영부적
정재원지음 | 신국판 양장본 | 750쪽 | 39,000원
사주비결활용법
이세진 지음 | 신국판 | 392쪽 | 12,000원
컴퓨터세대를 위한 新 성명학대전
박용찬 지음 | 신국판 | 388쪽 | 11,000원
길흉화복 꿈풀이 비법
백운산지음 | 신국판 | 410쪽 | 12,000원
새천년 작명컨설팅
정재원지음 | 신국판 | 492쪽 | 13,900원
백운산의 신세대 궁합
백운산 지음 | 신국판 | 304쪽 | 9,500원
동자삼 작명학
남사모지음 | 신국판 | 496쪽 | 15,000원
소울음소리
이건우지음 | 신국판 | 314쪽 | 10,000원
알기 쉬운 명리학 총론
고순택지음 | 신국판 양장본 | 652쪽 | 35,000원

법률일반

여성을 위한 성범죄 법률상식
조영원(변호사)지음 | 신국판 | 248쪽 | 8,000원
아파트 난방비 75% 절감방법
고영근 지음 | 신국판 | 238쪽 | 8,000원
일반인이 꼭 알아야 할 절세전략 173선
최성호(공인회계사)지음 | 신국판
392쪽 | 12,000원
변호사와 함께하는 부동산 경매
최환주(변호사)지음 | 신국판 | 404쪽 | 13,000원
혼자서 쉽고 빠르게 할 수 있는 소액재판
김재용 · 김종철 공저 | 신국판 | 312쪽 |
9,500원
술 한 잔 사겠다는 말에서 찾아보는 채권 · 채무
변환철(변호사)지음 | 신국판 | 408쪽 | 13,000원
알기쉬운 부동산 세무 길라잡이
이건우(세무서 재산계장) 지음 | 신국판
400쪽 | 13,000원
알기쉬운 어음, 수표 길라잡이
변환철(변호사) 지음 | 신국판 | 328쪽 | 11,000원
제조물책임법
강동근(변호사) · 윤종성(검사) 공저
신국판 | 368쪽 | 13,000원
알기 쉬운 주5일근무에 따른 임금 · 연봉제 실무
문강분(공인노무사) 지음 | 4 × 6배판 변형
544쪽 | 35,000원
변호사 없이 당당히 이길 수 있는 형사소송
김대환지음 | 신국판 | 304쪽 | 13,000원
변호사 없이 당당히 이길 수 있는 민사소송
김대환지음 | 신국판 | 412쪽 | 14,500원
혼자서 해결할 수 있는 교통사고 Q&A
조영원(변호사) 지음 | 신국판 | 336쪽 |
12,000원
알기 쉬운 개인회생 · 파산 신청법
최재구(법무사) 지음 | 신국판 | 352쪽 |
13,000원

부동산 조세론
정태식 · 김예기지음 | 4 × 6배판 변형
408쪽 | 33,000원

생활법률

부동산 생활법률의 기본지식
대한법률연구회 지음 | 김원중(변호사) 감수
신국판 | 480쪽 | 12,000원
고소장 · 내용증명 생활법률의 기본지식
하태웅(변호사) 지음 | 신국판 | 440쪽 |
12,000원
노동 관련 생활법률의 기본지식
남동희(공인노무사) 지음
신국판 | 528쪽 | 14,000원
외국인 근로자 생활법률의 기본지식
남동희(공인노무사) 지음
신국판 | 400쪽 | 12,000원
계약작성 생활법률의 기본지식
이상도(변호사) | 신국판 | 560쪽 | 14,500원
지적재산 생활법률의 기본지식
이상도(변호사) · 조의제(변리사) 공저
신국판 | 496쪽 | 14,000원
부당노동행위와 부당해고 생활법률의 기본지식
박영수(공인노무사) 지음 | 신국판
432쪽 | 14,000원
주택 · 상가임대차 생활법률의 기본지식
김운용(변호사)지음 | 신국판 | 480쪽 | 14,000원
하도급거래 생활법률의 기본지식
김진흥(변호사)지음 | 신국판 | 440쪽 | 14,000원
이혼소송과 재산분할 생활법률의 기본지식
박동섭(변호사)지음 | 신국판 | 460쪽 | 14,000원
부동산등기 생활법률의 기본지식
정상태(법무사)지음 | 신국판 | 456쪽 | 14,000원
기업경영 생활법률의 기본지식
안동섭(단국대 교수) 지음 | 신국판
466쪽 | 14,000원
교통사고 생활법률의 기본지식
박정무(변호사) · 전병찬 공저 | 신국판
480쪽 | 14,000원
소송서식 생활법률의 기본지식
김대환 지음 | 신국판 | 480쪽 | 14,000원
호적 · 가사소송 생활법률의 기본지식
정주수(법무사)지음 | 신국판 | 516쪽 | 14,000원
상속과 세금 생활법률의 기본지식
박동섭(변호사)지음 | 신국판 | 480쪽 | 14,000원
담보 · 보증 생활법률의 기본지식
류창호(법학박사)지음 | 신국판 | 436쪽 | 14,000원
소비자보호 생활법률의 기본지식
김성천(법학박사)지음 | 신국판 | 504쪽 | 15,000원
판결 · 공정증서 생활법률의 기본지식
정상태(법무사)지음 | 신국판 | 312쪽 | 13,000원
산업재해보상보험 생활법률의 기본지식
정유석(공인노무사) 지음 | 신국판 384쪽 |
14,000원

처세

명상으로 얻는 깨달음
달라이 라마 지음 | 지창영 옮김

명상

성공적인 삶을 추구하는 여성들에게 우먼파워
조안 커너 · 모이라 레너에 공저 | 지창영 옮김
신국판 | 352쪽 | 8,800원
聽 이익이 되는 말 話 손해가 되는 말
우메시마 미요 지음 | 정성호 옮김
신국판 | 304쪽 | 9,000원
성공하는 사람들의 화술테크닉
민영욱 지음 | 신국판 | 320쪽 | 9,500원
부자들의 생활습관 가난한 사람들의 생활습관
다케우치 야스오 지음 | 홍영의 옮김
신국판 | 320쪽 | 9,800원
코끼리 귀를 당긴 원숭이-히딩크식 창의력을 배우자
강충인 지음 | 신국판 | 208쪽 | 8,500원
성공하려면 유머와 위트로 무장하라
민영욱 지음 | 신국판 | 292쪽 | 9,500원
등소평의 오뚝이전략
조창남 편저 | 신국판 | 304쪽 | 9,500원
노무현 화술과 화법을 통한 이미지 변화
이현정 지음 | 신국판 | 320쪽 | 10,000원
성공하는 사람들의 토론의 법칙
민영욱 지음 | 신국판 | 280쪽 | 9,500원
사람은 칭찬을 먹고산다
민영욱 지음 | 신국판 | 268쪽 | 9,500원
사과의 기술
김농주지음 | 국판 변형 양장본 | 200쪽 | 10,000원
취업 경쟁력을 높여라
김농주 지음 | 신국판 | 280쪽 | 12,000원
유비쿼터스시대의 블루오션 전략
최양진 지음 | 신국판 | 248쪽 | 10,000원
나만의 블루오션 전략 – 화술편
민영욱 지음 | 신국판 | 254쪽 | 10,000원
희망의 씨앗을 뿌리는 20대를 위하여
우광균 지음 | 신국판 | 172쪽 | 8,000원
끌리는 사람이 되기위한 이미지 컨설팅
홍순아지음 | 대국전판 | 194쪽 | 10,000원
글로벌 리더의 소통을 위한 스피치
민영욱 지음 | 신국판 | 328쪽 | 10,000원
오바마처럼 꿈에 미쳐라
정영순 지음 | 신국판 | 208쪽 | 9,500원
여자 30대, 내 생애 최고의 인생을 만들어라
정영순 지음 | 신국판 | 256쪽 | 11,500원
인맥의 달인을 넘어 인맥의 神이 되라
서필환 · 봉은희지음 | 신국판 | 304쪽 | 12,000원
아임 파인(I' m Fine!)
오오카와 류우호오 지음 | 4 × 6판 | 152쪽 |
8,000원
미셸 오바마처럼 사랑하고 성공하라
정영순 지음 | 신국판 | 224쪽 | 10,000원
용기의 법
오오카와류우호오지음 | 국판 | 208쪽 | 10,000원
긍정의 신
김대광 지음 | 신국판 변형 | 230쪽 | 9,500원
위대한 결단
이채윤지음 | 신국판 | 316쪽 | 15,000원
한국을 일으킬 비전 리더십
안의정 지음 | 신국판 | 340쪽 | 14,000원

하우 어바웃 유?
오오카와 류우호오 지음 | 신국판 변형
140쪽 | 9,000원

셀프 리더십의 긍정적 힘
배은경 지음 | 신국판 | 178쪽 | 12,000원

실천하라 정주영처럼
이채윤 지음 | 신국판 | 300쪽 | 12,000원

진실에 대한 깨달음
오오카와 류우호오 지음 | 신국판 변형
170쪽 | 9,500원

통하는 화술
민영욱 · 조영관 · 손이수 지음 | 신국판
264쪽 | 12,000원

마흔, 마음샘에서 찾은 논어
이이영 지음 | 신국판 | 294쪽 | 12,000원

겨자씨만한 역사, 세상을 열다
이이영 · 손완주 지음 | 신국판 | 304쪽 | 12,000원

어 학

2진법 영어
이상도 지음 | 4×6배판 변형 | 328쪽 | 13,000원

한 방으로 끝내는 영어
고제윤 지음 | 신국판 | 316쪽 | 9,800원

한 방으로 끝내는 영단어
김승엽 지음 | 김수경 · 카렌다 감수
4×6배판 변형 | 236쪽 | 9,800원

**해도해도 안 되던 영어회화 하루에 30
분씩 90일이면 끝낸다**
Carrot Korea 편집부 지음 | 4×6배판 변형
260쪽 | 11,000원

바로 활용할 수 있는 기초생활영어
김수경 지음 | 신국판 | 240쪽 | 10,000원

바로 활용할 수 있는 비즈니스영어
김수경 지음 | 신국판 | 252쪽 | 10,000원

생존영어55
홍일록 지음 | 신국판 | 224쪽 | 8,500원

필수 여행영어회화
한현숙 지음 | 4×6판 변형 | 328쪽 | 7,000원

필수 여행일어회화
윤영자 지음 | 4×6판 변형 | 264쪽 | 6,500원

필수 여행중국어회화
이윤진 지음 | 4×6판 변형 | 256쪽 | 7,000원

영어로 배우는 중국어
김승엽 지음 | 신국판 | 216쪽 | 9,000원

필수 여행스페인어회화
유연창 지음 | 4×6판 변형 | 288쪽 | 7,000원

바로 활용할 수 있는 홈스테이 영어
김형주 지음 | 신국판 | 184쪽 | 9,000원

필수 여행러시아어회화
이은수 지음 | 4×6판 변형 | 248쪽 | 7,500원

바로 활용할 수 있는 홈스테이 영어
김형주 지음 | 신국판 | 184쪽 | 9,000원

필수 여행러시아어회화
이은수 지음 | 4×6판 변형 | 248쪽 | 7,500원

영어 먹는 고양이 1
권혁천 지음 | 4×6배판 변형(올컬러)
164쪽 | 9,500원

영어 먹는 고양이 2
권혁천 지음 | 4×6배판 변형(올컬러)
152쪽 | 9,500원

여 행

우리 땅 우리 문화가 살아 숨쉬는 옛터
이형권 지음 | 대국전판(올컬러)
208쪽 | 9,500원

아름다운 산사
이형권 지음 | 대국전판(올컬러) | 208쪽 | 9,500원

맛과 멋이 있는 낭만의 카페
박성찬 지음 | 대국전판(올컬러) | 168쪽 | 9,900원

한국의 숨어 있는 아름다운 풍경
이종원 지음 | 대국전판(올컬러) | 208쪽 | 9,900원

사람이 있고 자연이 있는 아름다운 명산
박기성 지음 | 대국전판(올컬러) | 176쪽 | 12,000원

마음의 고향을 찾아가는 여행 포구
김인자 지음 | 대국전판(올컬러) | 224쪽 |
14,000원

생명이 살아 숨쉬는 한국의 아름다운 강
민병준 지음 | 대국전판(올컬러) | 168쪽 | 12,000원

틈나는 대로 세계여행
김재관 지음 | 4×6배판 변형(올컬러)
368쪽 | 20,000원

풍경 속을 걷는 즐거움 명상 산책
김인자 지음 | 대국전판(올컬러) | 224쪽 | 14,000원

3.3.7 세계여행
김완수 지음 | 4×6배판 변형(올컬러)
280쪽 | 12,900원

**법정 스님의 발자취가 남겨진
아름다운 산사**
박성찬 · 최애정 · 이성준 지음
신국판 변형(올컬러) | 176쪽 | 12,000원

**자유인 김완수의 세계 자연경관 후보지
21곳 탐방과 세계 7대 자연경관 견문록**
김완수 지음 | 4×6배판(올컬러) | 368쪽 | 27,000원

레포츠

**수열이의 브라질 축구 탐방 삼바 축구,
그들은 강하다**
이수열 지음 | 신국판 | 280쪽 | 8,500원

마라톤, 그 아름다운 도전을 향하여
빌 로저스 · 프리실라 웰치 · 조 헨더슨 공저
오인환 감수 | 지창영 옮김
4×6배판 | 320쪽 | 15,000원

인라인스케이팅 100%즐기기
임미숙 지음 | 4×6배판변형 | 172쪽 | 11,000원

스키 100% 즐기기
김동환 지음 | 4×6배판변형 | 184쪽 | 12,000원

태권도 총론
하웅의 지음 | 4×6배판 | 288쪽 | 15,000원

수영 100% 즐기기
김종만 지음 | 4×6배판 변형 | 248쪽 |
13,000원

건강을 위한 웰빙 걷기
이강옥 지음 | 대국전판 | 280쪽 | 10,000원

쉽고 즐겁게! 신나게! 배우는 재즈댄스
최재선 지음 | 4×6배판 변형 | 200쪽 |
12,000원

해양스포츠 카이트보딩
김남용 편저 | 신국판(올컬러) | 152쪽 |
18,000원

골 프

퍼팅 메커닉
이근택 지음 | 4×6배판변형 | 192쪽 | 18,000원

아마골프 가이드
정영호 지음 | 4×6배판 변형 | 216쪽 | 12,000원

골프 100타 깨기
김준모 지음 | 4×6배판 변형 | 136쪽 | 10,000원

골프 90타 깨기
김광섭 지음 | 4×6배판 변형 | 148쪽 | 11,000원

KLPGA 최여진 프로의 센스 골프
최여진 지음 | 4×6배판 변형(올컬러)
192쪽 | 13,900원

KTPGA 김준모 프로의 파워 골프
김준모 지음 | 4×6배판 변형(올컬러)
192쪽 | 13,900원

골프 80타 깨기
오태훈 지음 | 4×6배판 변형 | 132쪽 | 10,000원

신나는 골프 세상
유응열 지음 | 4×6배판 변형(올컬러)
232쪽 | 16,000원

이신 프로의 더 퍼펙트
이신 지음 | 국배판 변형 | 336쪽 | 28,000원

주니어출신 박영진 프로의 주니어골프
박영진 지음 | 4×6배판 변형(올컬러)
164쪽 | 11,000원

골프손자병법
유응열 지음 | 4×6배판 변형(올컬러)
212쪽 | 16,000원

박영진 프로의 주말 골퍼 100타 깨기
박영진 지음 | 4×6배판 변형(올컬러)
160쪽 | 12,000원

10타 줄여주는 클럽 피팅
현세용 · 서주석 공저 | 4×6배판 변형
184쪽 | 15,000원

단기간에 싱글이 될 수 있는 원포인트 레슨
권용진 · 김준모 지음 | 4×6배판 변형(올컬러)
152쪽 | 12,500원

이신 프로의 더 퍼펙트 쇼트 게임
이신 지음 | 국배판 변형(올컬러) | 248쪽 |
20,000원

인체에 가장 잘 맞는 스킨 골프
박길석 지음 | 국배판 변형 양장본(올컬러)
312쪽 | 43,000원

여성 · 실용

결혼준비, 이제 놀이가 된다
김창규 · 김수경 · 김정철 지음
4×6배판 변형(올컬러) | 230쪽 | 13,000원

아 동

꿈도둑의 비밀
이소영 지음 | 신국판 | 136쪽 | 7,500원

바리온의 빛나는 돌
이소영 지음 | 신국판 | 144쪽 | 8,000원

大運命
대운명

2014년 9월 30일 제1판 1쇄 발행

지은이 / 정재원
펴낸이 / 강선희
펴낸곳 / 가림출판사

등록 / 1992. 10. 6. 제 4-191호
주소 / 서울시 광진구 능동로 334 (중곡동) 경남빌딩 5층
대표전화 / 02)458-6451 팩스 / 02)458-6450
홈페이지 / www.galim.co.kr
전자우편 / galim@galim.co.kr

값 23,200원

ⓒ 정재원, 2014

ISBN 978-89-7895-382-5 03810

우 편 엽 서

보내는 사람

☐☐☐ - ☐☐☐

받는 사람

시정음악연구회 · 신정아단
서울시 종로구 종로 46길 22(창신동) 임진빌딩 4층
문의전화 : 02-765-4724~5
팩   스 : 02-765-4726

☐1☐ ☐0☐ - ☐8☐ ☐4☐ ☐2☐

우표

《대운명》 독자 여러분께 행운을 드립니다.

이 책을 끝까지 읽어주신 여러분께 진심으로 감사드리며, 항상 행운이 가득하시길 기원합니다. 숫자로 운명을 보는 것은 고대 중국 진시황시대부터 있었는데, 그 당시 너무도 잘 맞추기 때문에 숫자로 점치는 사람을 모두 죽이고 그에 관련된 모든 서적과 자료를 불태워버렸다는 설이 있습니다. 숫자는 인간 생활과 밀접한 관계에 있으므로 대단히 중요합니다. 인간은 태어나면서부터 숫자와 관련되는데 자신에게 부여되는 모든 숫자, 즉 이름의 수리, 주민등록번호, 금융비밀번호, 홈뱅킹번호, 전화번호, 자동차번호 등이 사주와 맞아야만 대길운을 맞게 됩니다. 점이 번지나 아파트의 동, 호수, 층수 또는 그 합수 등 일상생활의 각종 수가 자신의 사주와 맞지 않으면 여러 가지 사고가 빈발할 뿐 아니라 극한 상황으로 치닫어 죽음에 이르기도 합니다. 배우자와의 생리사별의 불행, 재물을 얻거나 건강이 나빠 병고에 시달리고 죽음에 이른다거나 만재 구설, 시비 등 흉한 작용이 빈번하고 이무리 열심히 하여도 첫수고로 빈곤하여 실패합니다. 애정운도 퇴락하여 모함이나 억울한 누명을 쓰게 됩니다. 이러한 불운을 없애기 위해 《대운명》 독자를 중 원하는 분에 한하여 은행비밀번호, 자동차번호, 전화번호, 휴대전화번호, 홈뱅킹번호 등을 각 개인의 사주에 맞게 조정, 기 종목되는 재수 대길 부작을 정성껏 작성하여 소중히 지닐 수 있도록 특수우편으로 보내 드립니다. 위 5종의 행운편호와 기 종목되는 재수 대길 부작이 없는 **31**만 원이므로 원하는 분은 다음 계좌로 입금하시고 엽서 또는 우편으로 음력 생년월일시를 적어 보내주시면 저자가 직접 작성해 드리겠습니다.

018-21-0786-330 국민은행 (예금주 : 정재원)
110-08-227212 우리은행 (예금주 : 정재원)

1. 생년월일시(生年月日時) : 양력 □ 음력 □

2. 주소 :

3. 이름 : 한글 □ 한자 □

4. 이 책을 읽은 소감 또는 의견 : (여백이 모자라면 별지에 기재하여 봉함 봉투로 우송하여 주십시오)

전화번호 :

직업 :